BASTEI
LÜBBE

Hedwig Courths-Mahler

Nach dunklen Schatten das Glück

Nur aus Liebe, Marlies

Des Schicksals Wellen

BASTEI LÜBBE

BASTEI-LÜBBE-TASCHENBUCH
Band 12791

Einbandgestaltung: Roland Winkler
Titelfoto: Bastei-Eigenproduktion
Satz: hanseatenSatz-bremen, Bremen
Druck und Verarbeitung: Elsnerdruck, Berlin
Printed in Germany Februar 1998
ISBN 3-404-12791-9

Hedwig Courths-Mahler

Nach dunklen Schatten das Glück

BASTEI LÜBBE

1

AUF DEM BAHNSTEIG der Jungfraubahn in Lauterbrunnen standen die beiden Schwestern Freda und Blandine Nordmann und warteten auf die Abfahrt des Zuges, der sie nach Wengen hinaufbringen sollte, wo sie im Palace-Hotel für einige Wochen wohnen würden. Sie wollten sich dort oben in der reinen Bergluft erfrischen und erholen. Nach langer, sorgenvoller Zeit konnten sie sich einmal wieder einen Sommeraufenthalt in den Bergen gönnen.

Ehe sie den schon bereitstehenden Zug besteigen durften, mußten sie die Ankunft des Gegenzuges, der von oben herunterkam, abwarten. Dieser kam aber schon bei der letzten Wendung in Sicht. Langsam, als müsse er recht bedächtig und vorsichtig fahren, kam er heran. Er war bis zum letzten Platz mit Passagieren besetzt. Das schöne, klare Wetter hatte viele Ausflügler in den letzten Tagen zu der Jungfrau hinaufgeführt, wo alle die, die nicht imstande waren, Bergtouren zu Fuß zu machen, das wunderbare Bergpanorama bewundern konnten. In einem Abteil zweiter Klasse saß am Fensterplatz ein junger Mann in elegantem, aber zweckmäßigem und durchaus nicht neuem Reiseanzug. Er lehnte mit ziemlich mißvergnügtem Gesicht in der Ecke, ohne auf seine Mitreisenden zu achten, obwohl ihm ein paar reizende und vergnügt lachende junge Damen gegenübersaßen und ihm schöne Augen machten, als seien sie nicht abgeneigt, ihn aufzuheitern.

Verstimmt sah der junge Mann zum Fenster hinaus, als der Zug nun in den Lauterbrunner Bahnhof einlief. Da erblickte er plötzlich drüben auf dem Bahnsteig die Schwestern Nordmann, die in ihren eleganten Reiseanzügen einen sehr erfreulichen Anblick boten. Er zuckte zusammen, und in seinen braunen Augen leuchtete es wie heiße Freude auf. Jäh richtete er sich empor, und alles Mißvergnügen war aus seinen Zügen verschwunden. Aber dann nahm er sich zusammen und wandte seine Blicke von den Schwestern ab, wenn es ihm auch nicht leichtfiel. Er zwang sich zu einem gleichmütig heiteren Aussehen und begann plötzlich ein auffallendes Interesse an den ihm gegenübersitzenden jungen Damen zu nehmen. Er lachte sie an, ging auf ihre übermütigen Scherze ein, half ihnen mit ritterlicher Artigkeit aus dem Wagen und verabschiedete sich, nachdem er ihnen mit großer Liebenswürdigkeit ihre Handköfferchen herabgeholt hatte, mit scherzenden Worten von ihnen. Scheinbar beachtete er dabei die beiden auf dem Bahnsteig stehenden Schwestern gar nicht, aber ein rascher verstohlener Seitenblick hatte ihn überzeugt, daß sie ihn entdeckt hatten und ihn beobachteten. Seine Galanterie gegen die fremden jungen Damen mußte ihnen auffallen, und das hatte er bezweckt.

Die Schwestern hatten ihn allerdings schon entdeckt, noch ehe der Zug hielt. Freda bemerkte ihn zuerst, Blandine wurde etwas später auf ihn aufmerksam. Sie legte hastig die Hand auf den Arm der Schwester.

»Sieh doch, Freda! Da ist doch Frieder Lienhard – dort im Kupee am Fenster. Wie kommt denn der hierher?«

Freda war es aber nicht, wie Blandine, entgangen, daß Frieder Lienhard sie beide entdeckt hatte und dann erst, aus einer verdrießlichen Haltung auffahrend, die gegenübersitzenden Damen anzusprechen schien. Sie merkte auch sehr wohl, daß er verstohlen zu ihnen herübersah, als er so auffallend den Galanten spielte, und ein leises Lächeln war um ihren Mund gezuckt.

»Wie du siehst, mit diesem Zug der Jungfraubahn, Dina«, erwiderte sie ruhig.

»Nein doch, ich meine, wie er überhaupt hierher in die Schweiz kommt.«

»Vermutlich auf dieselbe Weise wie wir. Er wird seine Sommerreise hierher gemacht haben, um sich gleich uns zu erholen. Aber während wir erst hinauf wollen, kommt er schon wieder herab. Schade, wir hätten in seiner Gesellschaft einige Ausflüge machen können.«

»Das hätte mir gerade noch gefehlt!« stieß Blandine abweisend hervor, während ihre Augen fast zornig zu Frieder Lienhard hinüberflogen, der absolut keine Notiz von ihr zu nehmen schien. Und wie er sich mit diesen scheinbar sehr zugänglichen Damen amüsierte! Die Röte stieg in ihr Gesicht.

»Aber er ist doch ein sehr amüsanter und netter Gesellschafter«, sagte Freda scheinbar gleichmütig, ein heimliches Lachen unterdrückend.

»Der Geschmack ist gottlob verschieden; ich finde ihn fade und langweilig.«

Wieder zuckte ein verhaltenes Lachen um Fredas Mund.

»Das ist aber ungerecht, Dina, wenn er dir auch leider sehr wenig gefällt, so mußt du doch zugeben, daß er allgemein beliebt ist. Sieh nur die jungen Damen an, mit denen er spricht, was die ihm für schöne Augen machen. Sie strahlen ihn sehr wohlgefällig an.«

»Mögen sie ihn anstrahlen, er wird dann noch eitler und unausstehlicher«, stieß Blandine zornig hervor. Aber es sollte gleichgültig klingen.

»Von Eitelkeit habe ich wirklich noch nichts an ihm bemerkt. Schade, daß er nicht zu uns herübersieht, er hat uns noch nicht entdeckt«, sagte Freda bedauernd, obwohl sie ganz genau wußte, daß Frieder Lienhard sie und die Schwester längst gesehen hatte. Sie ahnte, weshalb er sich den Anschein gab, sie nicht zu bemerken.

Blandine zog die Stirn kraus.

»Hoffentlich entdeckt er uns nicht noch. Komm schnell, Freda, laß uns zu unserm Zug hinübergehen, wir dürfen jetzt einsteigen.«

»Du willst ihm also absichtlich ausweichen?«

»Soll ich ihm vielleicht nachlaufen?« fragte Blandine, den Kopf trotzig zurückwerfend.

»Nein, das nicht, aber wir könnten uns ihm irgendwie bemerkbar machen.«

»Auf keinen Fall, laß ihn nur mit diesen Mädels flirten. Komm schnell hinüber zu unserem Zug.«

»Oh, du brauchst keine Angst zu haben, daß er uns entdeckt; er ist so völlig mit den reizenden Damen beschäftigt, daß er für uns keine Zeit hat.«

»Reizende Damen? Ich finde sie sehr wenig reizend, aber dafür sehr kokett. Was die ihm für Augen machen – einfach schamlos«, stieß Blandine ärgerlich hervor und zog die Schwester mit sich fort.

Diese unterdrückte wieder ein leises Lächeln und folgte der Schwester ruhig zu dem Zug. Sie warf nur noch einen forschenden Blick zu Frieder Lienhard hinüber und merkte, daß dieser sich jetzt schnell von den Damen verabschiedete.

Während die Schwestern ihren Zug bestiegen, trat Frieder Lienhard verstohlen an den von oben gekommenen Gepäckwagen heran. Hier gab er schnell Weisung, daß sein Koffer sofort wieder in den nach oben fahrenden Zug geladen würde, obwohl er eben erst herabbefördert worden war. Er hatte sehr wohl gesehen, daß die Schwestern den Zug nach oben bestiegen hatten. Er sah auf die Uhr und sprang zu dem Schalter hinüber, um sich eine neue Fahrkarte zu lösen – für die Rückfahrt nach Wengen. War er doch vor einigen Tagen nur nach Wengen hinaufgefahren in der Hoffnung, daß er dort »ganz zufällig« mit den Schwestern Nordmann zusammentreffen würde. Mit List und Diplomatie hatte er von dem Portier des Hauses, in dem die Schwestern wohnten, in Erfahrung gebracht, daß diese für alle Fälle ihre Adresse zurückgelassen hatten. Und diese Ferienadresse lautete: Wengen, Schweiz, Palace-Hotel. Er hatte gehört, daß die Schwestern dort einen mehrwöchigen Aufenthalt nehmen wollten. Daß sie erst eine Rundreise durch die Schweiz machen wollten, wußte der Portier nicht, sonst hätte er es sicherlich dem noblen jungen Herrn verraten, der ihm ein so gutes Trinkgeld gegeben hatte.

Frieder Lienhard war sofort nach Wengen abgereist, aber dort fand er zu seinem Leidwesen nicht die beiden Schwestern, auch im Palace-Hotel nicht. So nahm er an, daß sie ihre Reisepläne geändert hätten. Mißmutig hatte er deshalb heute die Rückreise wieder angetreten. Er hatte es sich so schön ausgemalt, hier wochenlang in Gesellschaft der Schwestern Nordmann zu leben, hauptsächlich in Gesellschaft von Blandine

Nordmann, obwohl diese immer auf dem Kriegsfuß mit ihm stand. Nun hatte er schon die Hoffnung auf ein Wiedersehen aufgegeben. Um so größer war seine Freude, als er die Schwestern plötzlich auf dem Bahnsteig in Lauterbrunnen erblickte und sich gleich sagte, daß sie erst jetzt nach Wengen hinauffahren würden.

So hatte er sich schnell entschlossen, wieder mit hinaufzufahren. Sie durften selbstverständlich nicht ahnen, daß er eben hatte abreisen wollen, und deshalb mußte er ein wenig Komödie spielen.

Die Schwestern hatten inzwischen ein Abteil zweiter Klasse bestiegen. In diesem Abteil saß bereits ein hochgewachsener Herr von etwa vierzig Jahren. Er war eine sehr interessante und markante Erscheinung, einer jener Männer, denen man auf den ersten Blick ihre Bedeutung ansieht. Doch sein Gesicht war ernst, fast düster, so daß Blandine eine kleine Grimasse zog und der Schwester damit andeutete, daß sie diesen Herrn durchaus nicht für einen angenehmen Reisegefährten hielt. Aber Freda Nordmanns Aufmerksamkeit war durch den Fremden gleich seltsam gefesselt. Er half den Damen artig, ihr leichtes Handgepäck zu verstauen, und dachte bei sich, daß dies sehr vernünftige junge Damen sein müßten, die nicht unzählige Gepäckstücke mit sich herumschleppten. Aber er lehnte sich dann wieder in die Ecke am Fenster zurück und sah hinaus. Von den Damen nahm er weiter keine Notiz.

Freda Nordmann hatte also Muße, sein markantes Profil zu beobachten. Sie sah auch, daß er einen gutsitzenden, eleganten Reiseanzug trug, daß er braunes, kurzgeschnittenes Haar hatte und unter der schön gebauten, vorspringenden Stirn tiefliegende stahlblaue Augen. Der Mund war fest und herb geschlossen, so daß die Lippen wie ein schmaler Strich in dem fesselnden Gesicht wirkten. Das breite, feste Kinn verriet Willenskraft und Entschlossenheit, aber um den Mund hatte sich ein herber Schmerzenszug eingegraben. Als er die Reisemütze abgesetzt hatte, war sein Scheitel etwas in Unordnung geraten, aber er achtete nicht darauf, ein Beweis, daß dieser Mann keine Anlage zur Eitelkeit hatte. Freda war gewohnt, scharf zu beobachten, und nachdem sie diesen Mann eine Weile angeschaut hatte, ohne daß er es merken konnte, sagte sie sich:

Ein glücklicher Mensch ist das nicht, aber er ist sehr interessant.

Und daß er unglücklich zu sein schien, fesselte sie fast noch mehr als sein blendendes Aussehen. Sie war, gegen ihre sonstige Art, so sehr in den Anblick dieses Mannes vertieft, daß sie vergaß, auf ihre Schwester zu achten.

Diese schaute anscheinend gleichmütig zum Fenster hinaus, aber ihre Augen suchten unruhig nach Frieder Lienhard. Sie konnte ihn nicht mehr entdecken, aber die hübschen jungen Damen, mit denen er ihrer Meinung nach geflirtet hatte, standen noch wartend am Ausgang des Bahnhofs. Vielleicht warteten sie auf ihren sehr galanten Reisegefährten. Dieser Gedanke erfüllte Dina von neuem mit Zorn. Grollend behielt sie die Damen im Auge, fest überzeugt, daß Frieder Lienhard wieder neben ihnen auftauchen würde. Aber er war nirgends zu sehen.

In dem Augenblick jedoch, da das Abfahrtszeichen für den Zug gegeben wurde, stieg plötzlich ein junger Herr in das Abteil, in dem die Schwestern saßen. Er hatte sich im letzten Augenblick mit einem eleganten Satz hinaufgeschwungen, ohne daß Dina vorher sein Auftauchen bemerkt hätte. Und nun stand Frieder Lienhard, scheinbar sehr erstaunt, vor den Schwestern.

»Träum' ich, ist mein Auge trübe?« zitierte er lachend. »Nein, ich sehe Sie wirklich leibhaftig vor mir, meine sehr verehrten Damen. Das ist ja ein reizendes Zusammentreffen. Das ist aber eine freudige Überraschung für mich.«

Dabei sah er Freda Nordmann lachend an und begrüßte sie mit einem strahlenden Blick. Dann erst blickte er auch in Dinas reizendes Gesicht, das zu ihrem Ärger bei seinem plötzlichen Auftauchen sehr rot geworden war. Er verbeugte sich vor ihr.

»Gestatten Sie mir, Sie zu begrüßen, mein gnädiges Fräulein. Wollen Sie auch zur Jungfrau hinauf? Ich glaube, Sie werden eine ausgezeichnete Aussicht haben.«

Blandine hatte nur kurz mit dem Kopf genickt, um seinen Gruß zu erwidern.

»Nein, wir fahren nur bis Wengen hinauf«, sagte sie kühl.

»Ah, bis Wengen? Wollen Sie da längeren Aufenthalt nehmen?«

Blandine wunderte sich, daß er jetzt wieder mit hinauffuhr, da er doch eben erst herabgekommen war. Aber sie antwortete mit gleicher Kühle und Sprödigkeit:

»Allerdings!«

»Ah, das trifft sich ja herrlich! Ich habe auch in Wengen einen längeren Aufenthalt genommen, ich wohne im Palace-Hotel. Bin gerade nur mit herabgefahren, um einige junge Damen, mit denen ich oben sehr reizende Stunden verlebt habe, bis Lauterbrunnen zu begleiten, um ihre Gesellschaft noch ein Stündchen länger genießen zu können«, sagte er scheinbar harmlos.

Freda glaubte kein Wort, das er sagte, verbiß aber ihr Lächeln und erwiderte ruhig:

»Das ist wirklich ein drolliger Zufall, wir haben auch im Palace-Hotel Zimmer bestellt, Herr Lienhard.«

Bei diesem Namen wandte der Herr am Fenster zum ersten Male wieder den Kopf und sah einen Moment prüfend auf die drei Personen. Aber er wandte sich gleich wieder ab und sah zum Fenster hinaus.

Frieder Lienhard tat sehr erstaunt.

»Also auch im Palace-Hotel? Das ist ja reizend. Freilich dürfte es wohl nur für mich sehr angenehm sein. Sie werden meine Freude kaum teilen, mein gnädiges Fräulein?« sagte er zu Blandine.

Diese hatte sich gefaßt. Um keinen Preis der Welt hätte sie eingestanden, nicht einmal sich selbst, daß sie sich freute, daß Frieder Lienhard auch im Palace-Hotel wohnte. Und um ihre Freude zu verbergen, sagte sie kalt, fast ungezogen:

»Man wird sich ja aus dem Wege gehen können.«

Es zuckte ein wenig schmerzlich in seinem Gesicht, und er wollte schnell etwas erwidern, aber da trafen seine Augen in die Fredas, und sie schienen zu sagen: Nimm es nicht ernst, was meine kleine Schwester sagt. Und um so liebenswürdiger sagte sie:

»Auch für uns ist es ein sehr erfreulicher Zufall, daß wir

Ihnen hier begegnen. Wir sahen Sie aber mit dem Zug von oben herabkommen und nahmen schon an, daß Sie weiterreisen würden. Da Sie in Gesellschaft waren, wollten wir Sie nicht stören, sonst hätten wir uns bemerkbar gemacht.«

Beim Klang ihrer dunklen, weichen Stimme sah der Fremde am Fenster wieder für einen Moment zu ihr herüber, um dann gleich wieder zum Fenster hinauszusehen. Freda Nordmanns Stimme klang aber auch zu schön, die ganze reiche Güte ihres Wesens sprach aus ihr.

Frieder Lienhard hatte sich den Damen gegenübergesetzt, auf dieselbe Seite wie der Fremde.

»Oh, es hätte mich sehr betrübt, wenn Sie an mir vorübergegangen wären, ohne daß ich Sie gesehen hätte.«

Blandine, die immer noch zum Fenster hinaus zu den Damen sah, die auch jetzt noch am Ausgang des Bahnhofs standen, fuhr zu ihm herum.

»Die Damen, in deren Gesellschaft Sie herabkamen, stehen noch immer da drüben, um auf Ihren letzten Gruß zu warten«, spottete sie.

Seine Augen sahen groß und lachend zu ihr hinüber.

»Möglich, es waren sehr liebenswürdige Damen, die mir einige Ferientage verschönt haben«, log er übermütig, denn er hatte diese Damen zum erstenmal gesehen, als sie mit ihm im Zug gefahren waren. Und er hatte sie absolut nicht beachtet, bis zu dem Moment, da er die Schwestern erblickt hatte. Für ihn gab es nur ein einziges weibliches Wesen, das ihm Interesse abnötigte, und zwar brennendes Interesse, und das war Blandine Nordmann. Und so abweisend und widerspruchsvoll sie auch war, er hatte die Hoffnung noch nicht aufgegeben, ihre Liebe zu erringen. Denn daß sie auch keinem anderen Mann ein tieferes Interesse zugewandt hatte, wußte er.

Er wußte aber auch, daß sie nicht leicht zu erobern war, und daß sie anders, ganz anders angefaßt werden mußte als andere junge Damen. Ein wertvoller Mensch war Blandine Nordmann, ebenso wie ihre ältere Schwester. Ihre herbe Sprödigkeit hatte, wie er wußte, ihre Gründe. Diese Distanz mußte erst langsam besiegt werden, und bei flüchtigem gelegentlichem Zusammentreffen mit ihr in Berlin hatte er nie Zeit und Muße, ihr innerlich näherzukommen. Er hatte versucht, sie durch Komplimente und Aufmerksamkeiten für sich zu gewinnen, wie das bei anderen jungen Damen wirksam war, aber er hatte bald gemerkt, daß er damit nicht zum Ziel kam. Sie verabscheut den leichten Flirt, dem ihre Altersgenossinnen so viel Geschmack abgewannen, und sie hatte geglaubt, Frieder Lienhard suche auch bei ihr nur leichtes Amüsement. Er betrachtete sie vielleicht als leichte Beute, und deshalb war sie ihm mit schroffer Ablehnung begegnet.

Sehr bald hatte er bemerkt, daß Blandine auf diese Weise nicht zu erobern war, und deshalb änderte er seine Taktik. Er spielte ihr nun erst einmal eine Gleichgültigkeit vor, die er nicht empfand, und suchte sie dadurch zu fesseln. Er ahnte, daß ihm das besser gelingen würde, als wenn er sich ihr aufdrängte. Deshalb durfte sie auf keinen Fall merken, daß er ihr und der Schwester absichtlich nach Wengen gefolgt war. Er spielte ihr mit Absicht eine kleine Komödie vor, als er sie auf dem Bahnsteig erblickt hatte, und in dem Bestreben, sich bei ihr ein wenig rar zu machen, schoß er ebenfalls wieder über das Ziel hinaus.

Aber immerhin hatte er das Empfinden, die Ursache ihres Zornes sei nur die, daß er so galant gegenüber den jungen Damen gewesen war, und er spürte zum erstenmal einen leisen Hauch von Eifersucht in ihrem Wesen, der ihn beglückte. Und als sie ihn nun auf die Damen draußen aufmerksam gemacht hatte, erhob er sich und grüßte scheinbar lebhaft zu ihnen hinüber. Die Damen entdeckten ihn auch und winkten lachend zurück. Aber Frieder Lienhard sah gar nicht zu ihnen hinaus, er sah nur in Blandines Gesicht und merkte, daß ihre Lippen zuckten wie in verhaltener Erregung.

Blandine bemerkte nicht, daß er sie forschend ansah und durchaus nicht zu den Damen hinausblickte, aber Freda merkte es, und wieder huschte ein gutes, verstehendes Lächeln über ihr Gesicht.

Als Frieder sich wieder niedergelassen hatte, versuchte Blandine, ein gelangweiltes Gedicht zu machen und sah immerfort zum Fenster hinaus, wie der fremde Herr in der andern Ecke des Wagens. Frieder unterhielt sich nun anscheinend sehr angeregt mit Freda Nordmann, ohne sich um Blandine zu kümmern. Freda suchte nach Kräften das unliebenswürdige Benehmen ihrer Schwester gutzumachen und zeigte sich sehr freundlich und gütig, wie das immer ihre Art war. Aber während sie auf seine Unterhaltung einging, sah sie doch immer wieder prüfend zu dem Fremden hinüber, der ernst und düster zum Fenster hinausstarrte, während es zuweilen schmerzhaft um seine Lippen zuckte oder seine Stirn sich zusammenzog. In Fredas Herz wurde immer schnell eine Hilfsbereitschaft geweckt, wenn sie einen Menschen in Not sah, und es schien ihr, als sei dieser Mann von einer großen Herzensnot befallen. Er hätte gar nicht so interessant und bedeutend zu sein brauchen, um ihr Mitgefühl zu wecken, aber selbstverständlich verstärkten diese Eigenschaften ihr mitleidiges Interesse.

Dabei ließ sie aber auch Frieder Lienhard nicht zu kurz kommen, denn sie war klug und wußte, daß er ihre Schwester liebte und daß er unter Blandines abweisendem Wesen zu leiden hatte.

Der Wagen, in dem sie fuhren, war stark besetzt, nur in ihrem Abteil waren noch einige Plätze frei. Die einzelnen Abteile waren in diesen Wagen der Jungfraubahn nur durch halbhohe Wände begrenzt, die mit den Lehnen der Sitzbänke aufhörten. So konnte man von einem Abteil alle andern überblicken und zur Not auch aus einem in das andere hinüberklettern. Eine andere Gelegenheit, aus einem Abteil in das andere zu gelangen, hatte man während der Fahrt nicht. Aber jedes Abteil hatte rechts und links eine Tür zum Aus- und Einsteigen. Die meisten Insassen des Wagens waren Amerikaner und Engländer, von denen die Aussicht laut bewundert wurde.

Diese war auch in der Tat bewunderungswürdig. Man überblickte jetzt das Lauterbrunner Tal und sah jenseits dieses die gelben Wagen der Zahnradbahn nach Mürren hinaufkriechen. Sie wirkten bei der großen Entfernung wie Kinderspielzeug. Weiter hinten sah man die Staubbachfälle, wie sie ihre zerrissenen Wasserschleier von den Felsen hinabwehten.

Das wunderschöne Tal abschließend, standen in schweigender Majestät die gigantischen, schneebedeckten Bergriesen des Berner Oberlandes, das beginnende Jungfraumassiv. Es trat immer deutlicher hervor, je weiter die Bahnwagen aufwärtsstiegen, und der Mönch und der Eiger wurden dann auch sichtbar.

Blandine hatte anscheinend für nichts anderes Interesse als für diese wunderbare Berglandschaft, die empfänglichen Menschen eine tiefe Andacht ins Herz zaubert. Aber sie lauschte dabei doch auf das Gespräch, das ihre Schwester mit Frieder Lienhard führte. Versuchte dieser aber zuweilen sie ins Gespräch zu ziehen, dann erhielt er immer nur eine abweisende, kühle Antwort. Und als eine solche wieder einmal besonders schroff und scharf ausfiel, sagte er mit einem Seufzer zu Freda:

»Anscheinend ist es Ihrem Fräulein Schwester sehr unangenehm, daß ich Ihnen in den Weg gelaufen bin. Aber ich habe nun einmal im Palace-Hotel Wohnung genommen und muß mich darauf beschränken, Ihnen sowenig wie möglich lästig zu fallen.«

Dabei überlegte er, wie er es einrichten konnte, von neuem im Palace-Hotel Wohnung zu nehmen, ohne daß die Schwestern merkten, daß er sein Zimmer heute morgen bereits aufgegeben hatte.

Freda sah mit einem leichten Lächeln zu der Schwester hinüber.

»Ich hoffe, Sie glauben nicht im Ernst, daß uns Ihre Gesellschaft lästig sein könnte. Meine Schwester ist nur zu sehr in den Anblick des herrlichen Bergpanoramas vertieft, sonst würde sie nicht so kurz angebunden sein. Mir ist jedenfalls Ihre Gesellschaft sehr angenehm, und es kann gar keine Rede davon sein, daß sie uns je lästig fallen könne. Im Gegenteil, es ist uns ein sehr angenehmes Gefühl, daß wir an Ihnen einen männlichen Schutz haben. Wenn wir auch gewohnt sind, immer selbst für uns einzustehen, so ist es doch gerade auf Reisen sehr angenehm für alleinreisende Damen, sich unter einen männlichen Schutz stellen zu können.«

Mit einem dankbaren Blick sah Frieder sie an.

»Ich danke Ihnen für Ihre freundlichen Worte, die mich von dem Gefühl befreien, daß ich Ihnen und Ihrem Fräulein Schwester sehr ungelegen in den Weg gekommen bin.«

Blandine fuhr plötzlich zu ihm herum und wollte sagen: Meine Schwester darf nur von sich sprechen, ich bin anderer Ansicht. Aber sie brachte es doch nicht über ihre Lippen, weil Frieder Lienhard sie gerade mit einem großen, ernsten Blick ansah, der so gar nichts von seinem gespielten Übermut verriet. So preßte sie die Lippen aufeinander und schwieg.

Weiter und weiter stieg der Zug hinauf, immer neue, wundervolle Ausblicke freigebend. Freda und Frieder Lienhard plauderten angeregt, ohne dabei zu versäumen, sich an der herrlichen Landschaft zu entzücken. Aus ihrem Gespräch ging hervor, daß sowohl die Schwestern, als auch Frieder Lienhard ihr bleibendes Domizil in Berlin hatten. Der schweigsame, düstere Fremde in der Ecke sah zuweilen flüchtig zu ihnen hinüber und lauschte mit Genuß auf die weiche, dunkle Altstimme Fredas, auf ihre verständigen, freundlichen Worte, die so viel Güte und Klugheit verrieten und so gar nichts gemein hatten mit dem oberflächlichen, gedankenlosen Geplauder der meisten jungen Damen. Einmal sah er sie forschend an, als sie ihrer jüngeren Schwester einige warme, liebevolle Worte zurief. Und er sah, daß sie dabei ein weiches, fast mütterliches Lächeln hatte, das viel Güte und ein reiches Seelenleben widerspiegelte. Dieses Mädchen, das wohl schon in der Mitte der Zwanzig stand, war nicht schön im strengen Sinne des Wortes, aber ihre Züge waren fein und sympathisch und sehr reizvoll, obwohl sie nicht nach klassischen Schönheitsregeln gebildet waren. Die Stirn war klar und rein, die großen, seltsam hell leuchtenden Grauaugen von großer Schönheit, aber die Nase war etwas zu kurz geraten und die Oberlippe ebenfalls. Das gab ihrem Gesicht jedoch einen aparten Reiz, wie auch die schön gezeichneten ganz dunklen Wimpern und Brauen, die stark mit den hellen Augen kontrastierten. Beim Sprechen und Lachen sah man die prachtvollen, regelmäßig geformten Zähne, und der Mund war schön geschwungen und ausdrucksvoll.

Freda Nordmann war bereits sechsundzwanzig Jahre alt,

aber sie wirkte durch ihre Lebensfrische und Lebensfreudigkeit jünger. Etwas Lebenbejahendes lag in ihrem ganzen Wesen, wenn auch ihre Augen zumeist sehr ernst blickten. Ihre ganze Art sprach von großer Selbständigkeit, wie man es bei Frauen findet, die für sich selbst einzustehen haben.

Nachdem der Fremde Freda Nordmann eine Weile mit einigem Interesse angesehen hatte, trafen ihre Blicke plötzlich groß und ernst in die seinen. Da wandte er sich mit einem leichten Seufzer ab und sah wieder zum Fenster hinaus. Frieder Lienhard aber hatte sich indessen in den Anblick von Blandines reizendem Profil vertieft. Sie war entschieden die schönere der beiden Schwestern. Auch sie hatte die eigenartig hell leuchtenden Grauaugen, die ebenfalls von dunklen Brauen und Wimpern umgeben waren, was ihren Glanz noch erhöhte. Auch ihr Haar hatte, wie das der Schwester, den sanften rötlichen Schimmer, wie ihn reife Kastanien haben, und wenn die Sonne darauf schien, hatte es metallischen Glanz. Unbedingt sahen sich die Schwestern ähnlich, aber Blandines Züge waren regelmäßiger und das feine Näschen von klassischer Schönheit. Beide Schwestern hatten schlanke, jugendfrische Gestalten. Freda war vielleicht ein wenig voller als Blandine, aber dafür war sie auch etwas größer. Und wenn über Fredas Wesen ein bezaubernder Hauch echt weiblicher Güte lag, so entzückte Blandine durch eine etwas herbe, aber bezaubernde Jungfräulichkeit.

Das hatte Frieder Lienhard zuerst auf Blandine aufmerksam gemacht, als er sie kennenlernte, und wenn sie auch zuweilen ihre Sprödigkeit übertrieb in der heimlichen Abwehrstellung, die sie ihm gegenüber einnahm, so reizte sie ihn gerade dadurch nur noch mehr. Er war nicht der Mann, dem leichte Siege bei Frauen erstrebenswert erschienen. Und da er eine sehr interessante, sympathische Persönlichkeit war, dem von vielen Damen mehr oder minder deutliche Avancen gemacht wurden, so schätzte er Blandines Zurückhaltung nur noch mehr.

Blandine hatte daheim sehr wohl bemerkt, daß sich die jungen Damen aus ihrem Bekanntenkreise sehr um Frieder Lienhard bemühten und sein Interesse zu wecken versuchten. Sie hatte mit ansehen müssen, wieviel sich manche von ihnen dabei vergaben, und je mehr sie sich im stillen darüber ärgerte, um so ablehnender verhielt sie sich ihm gegenüber. Sie schoß dabei zuweilen über das Ziel hinaus, aber sie hatte von den Männern im allgemeinen keine sehr gute Meinung. Zwar hatte sie selbst noch keine schlimmen Erfahrungen mit ihnen gemacht, aber ihre zärtlich geliebte und bewunderte Schwester hatte eine herbe Enttäuschung hinter sich, und darunter hatte Blandine gelitten, als habe sie selbst diese Enttäuschung erlitten.

Freda war mit einem jungen Mann verlobt gewesen und hatte an seine Liebe geglaubt. Als aber ihr Vater während der Inflation sein ganzes Vermögen verloren hatte und sich das so zu Herzen nahm, daß er gestorben war, hatte sich Fredas Verlobter von ihr gelöst mit der Erklärung, daß er nicht imstande sei, eine vermögenslose Frau zu heiraten. Er hatte ziemlich brüsk seine Freiheit von ihr zurückgefordert, und sie hatte ihn nicht eine Minute länger festgehalten. Freda hatte ihre Enttäuschung recht schnell verwunden. Sie hatte sich gesagt, es sei besser, derartiges vor der Hochzeit zu erleben als hinterher. Vielleicht war es bei ihr auch noch nicht die rechte Liebe gewesen, sie war damals noch zu jung, um sich über sich selbst ganz klarzuwerden. Genug, sie war damit fertig geworden, wenn auch nicht leicht. Blandine aber hatte gemerkt, wie sehr Freda doch unter diesem Verrat ihres Verlobten gelitten hatte, und sie nahm sich das so zu Herzen, daß es einen bleibenden Eindruck auf sie machte. Sie war damals erst fünfzehn Jahre gewesen, während Freda schon über zwanzig Jahre alt war, und gerade in den Entwicklungsjahren machen solche Erlebnisse einen tiefen Eindruck auf junge Gemüter. Blandine fand das Verhalten des Verlobten ihrer Schwester so verächtlich, daß sie von dieser Zeit an alle Männer mit mißtrauischen Augen ansah.

Dazu kam, daß die Schwestern in jener Zeit sehr unter ihrer gänzlichen Verarmung zu leiden hatten. Sie hatten den geliebten Vater verloren und standen beide plötzlich dem,

Nichts gegenüber. Immer gewöhnt, in guten, gesicherten Verhältnissen zu leben, mußten sie jetzt die bittersten Erfahrungen machen.

Für Freda war allerdings damals der Zusammenbruch ihres Wohlstandes und die Notwendigkeit, für sich und die noch die Schule besuchende Blandine den Lebensunterhalt zu verdienen, eine fast wohltätige Ablenkung gewesen, die sie den Schmerz um den Verlust des Vaters und um den Treubruch ihres Verlobten leichter ertragen ließ, als sie es für möglich gehalten hätte. Ohne Zögern hatte sie eine Stellung, die sich ihr zum Glück bot, angenommen. Sie wurde Sekretärin bei einem berühmten Schriftsteller, dessen glänzende Erfolge ihm ein horrendes Einkommen sicherten und der Freda gut bezahlen konnte.

Freda hatte ihren Posten zu seiner vollsten Zufriedenheit ausgefüllt, und sie hatte es fertiggebracht, für sich und Blandine zu sorgen, bis diese mit sechzehn Jahren ihre Schulbildung vollendet hatte. Freilich hatten sich die Schwestern mit einem bescheidenen gemeinsamen Zimmerchen in einer billigen Pension begnügen müssen. Die Verpflegung war sehr mangelhaft gewesen, aber es war doch gegangen. Und als Blandine die Schulzeit hinter sich hatte, bekam auch sie bald eine allerdings viel weniger gutbezahlte Stellung im Büro eines Rechtsanwaltes. So konnten sie sich einige Erleichterungen schaffen. Jedenfalls stellten sie beide tapfer ihren Mann im Lebenskampf und waren unverzagt, vor allem Freda, die der Schwester mit gutem Beispiel voranging.

Und dann kam plötzlich wieder das Glück zu ihnen, nachdem sie jahrelang sehr bescheiden gelebt hatten. Ein Bruder ihrer früh verstorbenen Mutter, der in jungen Jahren nach Argentinien ausgewandert war und dort später ein großes Warenhaus gegründet hatte, war gestorben und hatte seinen beiden Nichten je hunderttausend Dollar hinterlassen. Diese Erbschaft war ihnen gleichsam vom Himmel herabgefallen, sie hatten kaum noch eine Ahnung von der Existenz dieses verschollenen Bruders ihrer Mutter gehabt, die schon gestorben war, als Freda fünfzehn und Blandine neun Jahre alt gewesen war. Niemand hatte seither mit ihnen von diesem

Onkel gesprochen. Dieser aber hatte von seinem Millionenvermögen auch seinen beiden Nichten einen Teil vermacht.

Die Schwestern vermochten das Glück kaum zu fassen. Sie waren nun plötzlich wieder in glänzenden Verhältnissen und konnten ihre Stellung aufgeben. Es war für sie eine große Freude gewesen, daß sie sich wieder ein richtiges Heim schaffen konnten, und sie richteten sich mit so viel Geschick ein, daß dieses Heim sehr reizend und behaglich wurde. In einer stillen, vornehmen Gegend von Charlottenburg lag dieses Heim. Sie holten sich eine alte Dienerin, die schon bei ihren Eltern in Stellung gewesen war und die sie bei ihrer Verarmung schweren Herzens hatten entlassen müssen, wieder ins Haus, und die alte Lisa wurde ihre Haushälterin. Ein adrettes, junges Hausmädchen wurde noch engagiert, und die Schwestern fühlten sich nach allen Entbehrungen wie im Himmel. Seit fast einem Jahr hatte sich ihr Leben in so günstiger Weise geändert, und nun hatten sie sich auch wieder einmal eine Erholungsreise gegönnt.

Als sich ihre Verhältnisse in dieser Weise gebessert hatten, kamen dann auch nach und nach die alten Freunde der Familie zum Vorschein, die sich im Unglück von ihnen gewandt hatten. Freda nahm sie ohne Einwand, mit leichtem, überlegenem Lächeln wieder auf und mit der ruhigen Freundlichkeit ihres Wesens, aber die alte Herzlichkeit konnte sie doch nicht wiederfinden. Blandine aber zeigte ihnen unverhohlen, wie sie darüber dachte, daß man plötzlich wieder soviel Liebenswürdigkeiten für sie übrig hatte. Und es verstärkte ihre Abwehr noch mehr. Sie begriff nicht, daß die Schwester auch für diese Menschen noch eine Entschuldigung hatte und daß sie noch freundlich mit ihnen sprechen konnte.

Man überschüttete die Schwestern wieder mit Einladungen, und Freda drang darauf, ab und zu eine davon anzunehmen. Sie wollte nicht, daß Blandine sich völlig durch diese Erfahrungen verbittern ließ und sich noch mehr in eine gewisse Menschenfeindlichkeit hineinsteigerte.

Freda war für Blandine immer ein leuchtendes Vorbild gewesen, sie bewunderte sie und suchte ihr in allen Dingen nachzueifern. In diesem Falle vermochte sie das nicht. Etwas

Herbes und Awehrendes blieb in ihrem Wesen und verwischte sich nur sehr langsam unter Fredas stetem Einfluß.

Eines Tages tauchte dann auch Fredas ehemaliger Verlobter wieder auf und suchte die Verbindung zwischen sich und ihr wiederherzustellen. Blandine überfiel eine heftige Angst, daß Freda diesem Mann gegenüber schwach werden könnte. Sie atmete erlöst auf, als Freda ihn kühl abfallen ließ. Blandine fiel ihr erlöst um den Hals, als Freda ihr erklärte, daß zwischen ihr und diesem Mann nie mehr eine Gemeinschaft bestehen könne, er sei ihr nicht nur verächtlich, sondern auch gleichgültig geworden.

Vor etwa einem halben Jahr hatten die Schwestern dann auf einer Gesellschaft Frieder Lienhard kennengelernt, und er hatte Blandine gleich mit Feuereifer den Hof gemacht. Sie aber war ihm vielleicht noch abweisender als allen anderen Männern begegnet. Gerade weil in ihrem Herzen etwas für ihn sprechen wollte, wappnete sie sich mit ihrer ganzen Kühle ihm gegenüber. Zwar war er selbst in glänzenden Verhältnissen als einziger Sohn eines reichen Fabrikanten, aber Blandine sagte sich in ihrem fast kindlichen Trotz, der aus schlimmen Erfahrungen geboren war: Wenn ich arm wäre, würde auch er sich nicht um mich kümmern.

Und so war Frieder Lienhard bisher zu seinem Leidwesen nicht um einen Schritt weitergekommen, zumal seine Begegnungen mit ihr immer nur sehr flüchtiger Natur gewesen waren. Deshalb hatte er den Entschluß gefaßt, den Schwestern zu folgen, als er gehört hatte, sie seien in die Schweiz gereist. Dabei hoffte er, bessere Gelegenheit zu einer Annäherung zu finden. Hier in Wengen konnte er täglich mit ihnen zusammen sein und auf längere Zeit, als während eines Gesellschaftsabends, wo sie beide immer von vielen andern Seiten in Anspruch genommen waren. Besuche bei den Schwestern zu machen, hatte er nicht gewagt, dazu kannten sie sich doch zuwenig, und er wußte überhaupt nicht, ob cr vorgelassen werden würde, da er wußte, daß die Schwestern allein lebten und nur eine alte Dienerin zum Schutz bei sich hatten.

Frieder war glücklich, die Schwestern nun doch gefunden zu haben, und während er mit Freda plauderte, überlegte er sich immer wieder, wie er im Palace-Hotel wieder Unterkunft finden konnte. Aber das würde sich schon irgendwie arrangieren lassen. Daß das Hotel noch lange nicht ganz belegt war, wußte er. Und vorläufig konnte er ungestört in Blandines reizendes Gesichtchen sehen, und das war schon ein großes Glück für ihn.

Ihre trotzige Abwehr entmutigte ihn nicht. Er hätte sich vielleicht dadurch in die Flucht schlagen lassen, hätte ihm Freda nicht eines Tages, in ihrer fast mütterlichen Besorgnis um die Schwester, Aufschluß gegeben, warum Blandine so herb und abweisend geworden war. Da verstand er alles und konnte nun entsprechende Maßnahmen treffen. Sehr deutlich durfte er mit seiner Werbung freilich nicht werden, sonst nahm Blandine gleich wieder Kampfstellung gegen ihn ein.

Heute hatte er immerhin einen kleinen, ganz kleinen Erfolg zu verzeichnen, er hatte etwas wie heimliche Eifersucht in Blandines Augen aufblitzen sehen, und deshalb war er den beiden hübschen jungen Damen im stillen dankbar, die ihm, ohne es zu ahnen, zu diesem Erfolg verholfen hatten.

2

DER ZUG HIELT in Wengen an der Station, und Freda merkte, daß sich auch der Fremde erhob, um hier auszusteigen. Das freute sie. Er interessierte sie sehr, und so bestand die Hoffnung, daß sie ihn noch einmal wiedersehen könne. Während sie mit Frieder Lienhard und ihrer Schwester den schmalen Bahnsteig entlangging, sah sie der hohen Gestalt nach, die etwas Imponierendes und Gebietendes hatte. Sie konnte beobachten, daß er einem Hoteldiener einen Schein gab, wahrscheinlich einen Gepäckschein. Dann verschwand er hinter dem Stationsgebäude.

Die Schwestern wurden nun, da ihr Kommen gemeldet war, von einem Hotelangestellten empfangen, der sich auch von ihnen den Gepäckschein aushändigen ließ. Frieder wartete, bis das erledigt war, dann drückte er dem Angestellten rasch auch seinen Gepäckschein in die Hand, und während die Schwestern schon weitergingen, sagte er leise:

»Ich möchte mein Zimmer wiederhaben, das ich bis heute morgen bewohnt habe. Es ist doch noch frei?«

»Ja, gnädiger Herr, es sind bisher keine neuen Gäste angekommen.«

»Schön, ich nehme das Zimmer für einige Wochen. Bitte sorgen Sie dafür, daß die Damen, mit denen ich eben angekommen bin, nichts davon erfahren, daß ich schon abgereist war. Ich habe es mir anders überlegt, und die Damen sollen nicht wissen, daß ich schon abreisen wollte. Verstehen Sie?«

Der Angestellte verstand gar nichts, aber da ihm Frieder ein gutes Trinkgeld in die Hand drückte, nickte er eifrig und versprach alles zu ordnen.

Frieder folgte nun den Damen und holte sie ein, als sie bei der Post um die Ecke bogen. Hier zweigte der Weg ab. Freda hatte ihre Augen suchend die Hauptstraße des Ortes entlangschweifen lassen und sah von weitem den Fremden wieder auftauchen. Er ging mit seinen festen, zielsicheren Schritten ruhig dahin, ohne rechts und links zu blicken.

»Welchen Weg müssen wir zum Palace-Hotel einschlagen, Herr Lienhard?« fragte Freda.

Dieser zeigte die sanft aufsteigende Hauptstraße entlang, auf der auch der Fremde dahinschritt.

»Bitte hier, in fünf Minuten sind wir dort.«

Und er ging neben den Schwestern her, an den Basaren und Geschäften vorüber, die rechts und links in den niederen Häusern untergebracht waren und alles anboten, was man in einem frequentierten Gebirgskurort nur erwarten kann. Alles war vertreten, ein Bankgeschäft, mehrere Fotografen, eine Apotheke, ein Kurzwarengeschäft, ein Geschäft mit allerlei Sportartikeln, eine Bäckerei, Buchhandlungen und Obst- und Gemüsehandlungen. Auf dieser Straße kamen ihnen mehrere Kurgäste entgegen, die sich schon akklimatisiert hatten und mehr oder minder der Umgebung gemäß gekleidet waren. Allen sah man an, daß sie hier nicht bodenbeständig waren, aber jeden Atemzug mit Inbrunst einsogen. Man kam an einer sanft aufsteigenden Berghalde, an Wiesen und Feldern vorüber; sobald zwischen den Häusern eine Lücke entstanden war, sah man überall zwischen dem Grünen kleine und größere freundliche Hotels und Pensionen stehen. Wie in all solchen Orten schienen nur Wohnungen für die Fremden vorhanden zu sein, man wunderte sich, wo die Einheimischen Platz fanden.

Schließlich führte die Straße etwas steiler bergan, am Gemeindehaus vorüber, auf dessen Veranda ein paar Dorfalte sich die Sonne auf den Rücken scheinen ließen und dabei mit abwägenden Blicken die ankommenden Fremden taxierten, wieviel Geld sie wohl in Wengen lassen würden.

Gleich darauf stand man vor dem stattlichen Palace-Hotel mit seiner aus unzähligen kleinen Holzplättchen bestehenden Fassade. Eines dieser Holzplättchen lag über dem andern, eine dichte, geschlossene und wetterfeste Mauer bildend.

Der Fremde war Fredas Blicken schon entschwunden, als er das Gemeindehaus passiert hatte, sie wußte nicht, wo er geblieben war, weil der Weg hier eine Biegung machte.

Frieder wandte sich an die Schwestern:

»Gestatten Sie, meine Damen, ich will den Portier heranrufen«, sagte er und lief durch das Vestibül auf die Portierloge zu.

Hier verständigte er auch den Portier rasch, daß er sein Zimmer wiederhaben wollte und daß man nicht darüber sprechen möge, daß er heute früh abgereist sei.

Der Portier begriff sofort, und so war alles in schönster Ordnung. Aufatmend führte Frieder den Portier zu den Damen. Indessen kam auch der junge blonde Direktor aus dem Direktionszimmer und begrüßte die neuangekommenen Damen. Er sah etwas erstaunt auf Frieder, doch dieser wußte zu verhindern, daß er etwas zu ihm sagte bezüglich seiner Abreise. Der Direktor begleitete die Damen selbst zu ihren Zimmern, die sich in der ersten Etage befanden. Man fuhr im Fahrstuhl hinauf. Frieder ebenso.

Ein hübsches, großes Zimmer mit davorliegendem Baderaum war für die Schwestern reserviert worden. Zwei Betten standen darin und die üblichen Hotelmöbel.

Ein hübsches, sauberes Zimmermädchen kam aus dem danebenliegenden Zimmer, in dem sie wohl für einen Gast gesorgt hatte, und stellte sich jetzt den Damen vor.

Frieder war inzwischen den langen Gang hinabgegangen, nachdem er sich von den Schwestern vorläufig verabschiedet hatte. Am Ende dieses Ganges, gleichfalls in der ersten Etage, lag sein Zimmer.

Freda und Blandine teilten dem Zimmermädchen ihre Wünsche mit und legten Hüte und Oberkleider ab. Dann sahen sie sich lächelnd im Zimmer um und nickten sich zu, als wollten sie sagen: Hier gefällt es uns. Sie traten dann an die Fenstertür heran, die auf eine sehr breite und geräumige Veranda führte. Der Fußboden dieser Veranda bildete die Decke der darunterliegenden breiten Frühstücksterrasse, die sich im Parterre längs der ganzen Fassade hinzog. Und dementsprechend zog sich hier in der ersten Etage die breite Veranda längs des Hauses hin. Der Fußboden war mit Parkett belegt. Alle Zimmer der ersten Etage gaben durch Fenstertüren den Ausgang zu der Veranda frei, und zwischen jedem Teil der Veranda, der vor einem Zimmer lag, war eine eiserne Kette als Grenzwall gezogen. Diese Ketten konnte man aber nach Belieben abhängen. Falls also mehrere Personen benachbarte Zimmer bewohnten, konnten sie über die Veranda bequem zueinander gelangen. Vor jedem Zimmer war eine Gruppe von Korbmöbeln und Liegestühlen um kleine runde Tische aufgestellt.

Dies alles sahen aber die Schwestern vorläufig nicht, sie überzeugten sich nur, daß sie vom Fenster aus auf die Veranda gelangen konnten und daß sie einen wundervollen Ausblick nach dem Jungfraugebiet hatten. In schweigender Majestät thronte die Jungfrau dort oben, und ihr weißer Gipfel ragte in den blauen Himmel hinein. Drüben über dem Lauterbrunner Tal lag Mürren. Die Staubbachfälle wirkten von hier aus wie zarte duftige Schleierstreifen, die sich an der steilen Felswand herniederzogen. Es war ein wundervoller Anblick. Die Schwestern wollten ihn noch mehr genießen und traten auf die Veranda hinaus.

Da schrak Freda leise zusammen und hielt die Schwester

zurück. Vorn an der Holzbrüstung der Veranda stand, in den Anblick der herrlichen Landschaft versunken, der Fremde aus dem Eisenbahnabteil.

Blandine drückte lächelnd den Arm der Schwester.

»Unser Reisegenosse! Er scheint hier ebenfalls Wohnung genommen zu haben und bewohnt anscheinend das Zimmer neben uns«, sagte sie leise.

Freda sah zu der nächsten Fenstertür. Ja, sie stand offen, dahinaus war der Fremde getreten.

»Wir wollen ihn nicht stören, Dina, wir können die Aussicht nachher bewundern, wenn er fertig ist«, sagte Freda ebenso leise und schob Blandine wieder in das Zimmer zurück. Aber Blandine konnte doch noch sehen, daß am hinteren Ende der Veranda soeben Frieder Lienhard aus seinem Zimmer auf die Veranda hinaustrat. Schnell ging sie in ihr Zimmer zurück, aber nicht schnell genug, als daß Frieder sie nicht noch erblickt hätte.

Inzwischen war das Gepäck der Schwestern heraufgebracht worden. Sie machten es sich nun bequem, ordneten ihre Sachen in Schränke und Schubfächer, soweit sie diese nicht in dem neuen Aluminiumschrankkoffer ließen, den sie sich eigens für diese Reise angeschafft hatten. Erst als sie mit allem fertig waren, traten sie wieder auf die Veranda hinaus. Der Fremde war verschwunden, und die Schwestern traten, einander liebevoll umschlungen haltend, an die Brüstung heran.

»Oh, Freda, wie dankbar müssen wir dem guten Onkel sein, daß er uns durch die Erbschaft auch diesen wundervollen Genuß verschafft hat. Ganz andächtig wird man beim Anschauen dieser Landschaft.«

Freda nickte nur stumm. Sie sprachen kein Wort mehr und schauten nur ergriffen und bewundernd auf die schneebedeckten Berge und die grünen Täler.

Der Fremde im Nebenzimmer erblickte nach einer Weile die beiden versunkenen jungen Damen, die sich aneinanderschmiegten, und er dachte:

Sie genießen wenigstens stumm und machen kein Geschrei davon wie die meisten Frauen.

Er hatte seine Reisegenossinnen auch gleich wiedererkannt, aber besondere Aufmerksamkeit brachte er auch jetzt ihnen nicht entgegen. Doch empfand er etwas wie Befriedigung, daß diese beiden jungen Damen nicht zu der lauten, aufdringlichen Sorte gehörten.

Nach einer Weile verließ er sein Zimmer durch eine zu dem Korridor führende Tür. Er ging die Treppe hinunter und suchte die Portiersloge auf.

»Ich möchte nach Interlaken telefonieren, Herr Portier. Sie haben also Zimmer Nummer sechs neben mir reserviert?«

»Ja, gnädiger Herr.«

»Es soll für ein Kind und seine Wärterin bereitgemacht werden.«

»Sehr wohl, es wird geschehen.«

»Ist das Hotel sehr besetzt?«

»Leider nicht. In der ersten Etage sind nur noch zwei Zimmer außer den von Ihnen bestellten besetzt, in dem einen wohnen zwei Damen, in dem andern ein Herr. Die zweite Etage ist auch noch nicht ganz besetzt, und in der dritten Etage fast nur Touristenzimmer für einige Tage.«

»Dann besteht ja Aussicht, daß man Ruhe hat. Also bitte, Interlaken!«

Man merkte dem Fremden an, daß er gewohnt war, zu befehlen, wenn er auch ruhig und höflich blieb.

»Soll ich die Verbindung herstellen?« fragte der Portier.

»Bitte.«

»Mit welcher Nummer?«

»Mit Hotel D'Angleterre.«

»Bleiben Sie in der Nähe?«

»Ich warte hier im Vestibül.«

Während der Portier die Verbindung herstellte, setzte sich der Fremde in einen Sessel am Kamin, in dem ein lustiges Holzfeuer prasselte, denn trotz des sonnigen Junitages war es noch frisch und kühl hier oben in der Gletschernähe. Man freute sich, wenn das Feuer brannte, obwohl es nicht viel Wärme verbreitete.

Der Fremde hatte sich bereits für die Abendtafel angekleidet, es war nicht mehr weit bis zur Dinerstunde. Und er sah in dem eleganten Smoking noch viel vornehmer und imponierender aus als im Reiseanzug. Er vertiefte sich in die Lektüre einer Zeitung, bis ihn nach einer Weile der Portier an das Telefon rief. Die Verbindung mit dem Interlakener Hotel war da.

Der Fremde meldete sich:

»Hier Frank Markwald, kann ich die Nurse meiner Tochter sprechen? Sie wartet auf meinen Anruf und wird sich im Vestibül befinden.«

»Sehr wohl, Herr Markwald, sie ist schon hier«, erwiderte der Portier des Hotels.

Und gleich darauf meldete sich eine Frauenstimme.

»Gnädiger Herr?«

»Ja, Frau Hollmann, sind Sie es?«

»Ja, gnädiger Herr!«

»Wie geht es Conny?«

»Sie ist wohl und munter und verlangt nur sehr nach ihrem Vati.«

»Also, Sie halten sich morgen früh bereit. Packen Sie alles ein. Es hat sich doch nichts Besonderes begeben?«

»Nein, gnädiger Herr können ganz beruhigt und unbesorgt sein, ich bin mit Conny im Hotelgarten geblieben. Niemand Verdächtiges ist in unsere Nähe gekommen.«

»Gut, Sie verlassen das Hotel auch nicht, bis ich morgen unten bin.«

»Ich werde mich streng an die Vorschriften des gnädigen Herrn halten.«

»So gegen zehn Uhr bin ich unten, bis dahin halten Sie sich mit Conny bereit. Grüßen Sie Conny von ihrem Vati.«

»Sie wird sich freuen. Wollen Sie selbst mit ihr sprechen, sie ist hier bei mir.«

»Gut, lassen Sie das Kind an den Apparat.«

Darauf ertönte ein Kinderstimmchen:

»Vati, lieber Vati!«

»Mein Kleines!« sagte Frank Markwald zärtlich. »Hast du Sehnsucht nach Vati?«

»Oh, so sehr.«

»Morgen früh hole ich dich. Sei schön brav und schlafe gut. Auf Wiedersehen!«

»Auf Wiedersehen, Vati!«

Dann meldete sich Frau Hollmann wieder.

»Haben der gnädige Herr sonst noch Befehle?«

»Nein, Frau Hollmann. Nur gut achtgeben, niemand an Conny heranlassen, den Sie nicht genau kennen. Ich verlasse mich auf Sie.«

»Unbesorgt, gnädiger Herr!«

»Gut, bis morgen!«

Frank Markwald hängte ab und begab sich wieder in das Vestibül, wo er sich weiter in die Zeitung vertiefte.

Nach und nach fanden sich hier die Gäste des Hauses ein, auf den Beginn des Diners wartend. Auch in der Schweiz regeln sich die Mahlzeiten ganz nach den zahlreichen englischen und amerikanischen Gästen, es gibt mittags den Lunch und abends als Hauptmahlzeit des Tages das Diner.

Auch Frieder Lienhard, ebenfalls im Smoking, kam herunter, und bald nach ihm erschienen die beiden Schwestern auf der Treppe. Sie trugen elegante, aber in ihrer Schlichtheit sehr vornehm wirkende Abendkleider, Blandine ein tiefes Blau, und Freda weiß. Es war ein erfreulicher Anblick, als die Schwestern langsam, Arm in Arm, die Treppe herabkamen. Aller Augen richteten sich neugierig und bewundernd auf sie. Die allgemeine Aufmerksamkeit war auf seiten der Damen.

Frieder Lienhard trat sogleich auf sie zu, um stolz zu dokumentieren, daß er zu ihnen gehörte. Und Frank Markwald sah von seiner Zeitung auf und legte sie beiseite, während er seine Augen auf den Schwestern ruhen ließ.

»Darf ich Sie in den Speisesaal führen?« fragte Frieder, als in diesem Moment der Gong ertönte und zu Tisch rief.

»Wir bitten darum«, erwiderte Freda, »und wenn Sie nicht schon anderweitig disponiert haben, würden wir uns sehr freuen, wenn Sie mit an unserem Tisch speisen wollten. Nicht wahr, Dina, wir haben dann gleich einen Schutz und angenehme Gesellschaft.«

Frieders Augen strahlten auf, aber Blandine warf den Kopf stolz zurück.

»Bestimme du, Freda«, sagte sie, als sei es ihr sehr gleichgültig, ob er mit ihnen zusammensaß.

Frieder gab sich aber den Anschein, als sei das so gut wie eine Einladung.

»Es wird eine Ehre und ein Vergnügen für mich bedeuten, ich werde stolz sein auf das Amt eines Beschützers so reizender Damen.«

»Komplimente können Sie sich sparen«, sagte Blandine über die Schultern hinweg.

Aber Freda sah ihn lächelnd an und nickte ihm zu.

Sie betraten den Speisesaal, an dessen Eingang die hübschen, flinken Serviererinnen in schwarzen Kleidern und weißen Häubchen und Schürzen aufgereiht standen und die Gäste an sich vorüberziehen ließen.

Frieder führte die Damen in den Saal hinein an einen Tisch am Fenster, den der Oberkellner ihm bezeichnete.

Sie nahmen an diesem Tisch Platz, und gleich darauf erschien am Nebentisch Frank Markwalds stolze, düstere Erscheinung. Er setzte sich so, daß er dem Saal den Rücken kehrte, als wolle er keinen Menschen sehen. Wie in tiefe Gedanken versunken nahm er sein Mahl ein, ohne sich umzublicken. Freda konnte sein Profil sehen, sie saß so, daß sie dem Tisch zugewandt war, an dem er saß, während ihre Schwester ihm den Rücken kehrte. Frieder saß dem Fremden gegenüber.

Kaum hatten alle Platz genommen, als die Serviererinnen auch schon die Suppe auftrugen, während der Oberkellner herumging und die bestellten Getränke notierte. Das Diner wurde schnell nacheinander serviert, man brauchte nicht lange auf die einzelnen Gänge warten. Die Speisen waren alle vorzüglich zubereitet, das merkte man an der behaglichen Stimmung der Gäste.

Selbstverständlich wurden die Neuangekommenen mit besonderem Interesse gemustert. Frieder hatte man schon seit einigen Tagen beobachtet, und niemand wußte, daß er inzwischen schon einmal abgereist war. Aber er hatte bei den anwesenden jungen Damen sehr an Interesse eingebüßt, da er jetzt in Damengesellschaft war. Die Herren aber bedauerten, daß sie nicht vorher schon seine Bekanntschaft gemacht hatten, sie hätten sich dann den reizenden jungen Damen vorstellen lassen können, die sich jetzt in seiner Gesellschaft befanden.

Daß Blandine und Freda Schwestern waren, nahm man ihrer großen Ähnlichkeit halber ohne weiteres an.

Während also Frieders Chancen bei den Damen fielen, konzentrierte sich deren Interesse sofort auf Frank Markwald, dessen interessante Erscheinung nicht zu übersehen war. Man bedauerte sehr, daß er sich nur von seiner Rückseite zeigte, man konnte nicht einen einzigen koketten Blick bei ihm anbringen. Aber schon als er durch den Saal geschritten war, hatte er die Herzen der jungen und auch älteren Damen höher schlagen lassen. Wenn er das aber auch gewußt hätte, so hätte es ihn doch sehr kalt gelassen.

Doch auch die Herren sahen interessiert zu der imponierenden Erscheinung, die stillschweigend Achtung und Aufmerksamkeit forderte.

Freda wagte kaum zu ihm hinüberzublicken, obwohl sie merkte, daß er in seine Gedanken vertieft war. Und wieder stellte sie fest, wenn sie doch einmal flüchtig zu ihm hinübersah, daß er sehr unglücklich aussah.

Nach dem Diner verließen die Gäste den Speisesaal und placierten sich entweder in den Gesellschaftsräumen oder in dem behaglich durch das Kaminfeuer belebten Vestibül. In den Gesellschaftsräumen wurde musiziert, und einige Paare begannen sofort zu tanzen. Die Schwestern Nordmann ließen sich an einem kleinen Tisch nieder in der Nähe des Kamins. Sie hatten keine Lust, näher bei der Musik zu sitzen oder gar zu tanzen. Frieder bat um Erlaubnis, bei ihnen Platz nehmen zu dürfen.

Freda gab ihm gern die Erlaubnis, aber sie sagte lächelnd:

»Sie dürfen nun aber nicht glauben, daß Sie uns Ihre ganze Zeit opfern müssen. Gewiß wollen Sie doch gern tanzen. Sie können uns unbesorgt allein lassen.«

Er schüttelte den Kopf.

»Tanzen werde ich nur, wenn Sie mit mir tanzen wollen.«

»Ich verzichte gern auf das Tanzen«, sagte Freda lächelnd.

Frieder wandte sich an Blandine.

»Und Sie, mein gnädiges Fräulein?«

Sie sah flüchtig zu ihm auf und mußte dabei konstatieren, daß er sehr vorteilhaft von allen anwesenden Herren abstach, den stummen Fremden aus dem Eisenbahnabteil ausgenommen, der wieder in seinem Sessel am Kamin Platz genommen hatte und sich in seine Zeitung vertiefte. Aber sie gab sich Mühe, ein sehr gleichgültiges Gesicht zu machen.

»Nein, danke, ich tanze auch nicht.«

Frieder nahm nun mit an dem kleinen runden Tisch Platz, und sie plauderten angeregt miteinander. Sogar Blandine gab ihre Zurückhaltung auf und beteiligte sich an der Unterhaltung. Freda fragte Frieder, ob er schon Ausflüge gemacht habe, und er berichtete von verschiedenen Spaziergängen und einem Ausflug zum Jungfraujoch mit der Jungfraubahn.

»Leider hatte ich absolut keine Aussicht, als ich hinaufkam, obwohl ich bei klarstem Wetter aufgebrochen war. Schon auf der Scheidegg fing es an, sich zu bewölken, wenn auch nicht genug, um mich von der Weiterfahrt abzuhalten. Aber als ich auf der nächsten Station ankam, war der Himmel schon ganz bezogen, und wieder eine Station weiter hatte ein so tolles Schneetreiben eingesetzt, daß nichts, absolut nichts zu sehen war. Und das Schneetreiben hielt an, bis ich wieder auf der Scheidegg ankam, wo sich der Schnee in einen ausgiebigen Regen verwandelt hatte. Wenn Sie also einen Ausflug zur Jungfrau unternehmen wollen, schließe ich mich gern noch einmal an, wenn Sie gestatten.«

»Aber selbstverständlich!« erwiderte Freda.

»Hoffentlich haben wir dann eine bessere Aussicht, sie soll ja wundervoll sein.«

»Werden Sie auch Hochtouren machen, Herr Lienhard?« fragte Blandine.

Er war glücklich, daß sie das Wort an ihn richtete.

»Vielleicht die eine oder andere, es kommt darauf an, ob ich Lust dazu habe.«

»Sie sollen sich aber ganz gewiß nicht aus Rücksicht auf uns davon abhalten lassen, Herr Lienhard«, sagte Freda.

Er lächelte.

»Ich bin kein begeisterter Bergsteiger, obwohl ich ganz gern mal eine Hochtour mache. Jedenfalls stehe ich Ihnen immer zur Verfügung, wenn Sie meiner bedürfen. Sie müssen mir nur gleich sagen, wenn ich Ihnen lästig falle.«

»Daran ist nicht zu denken.«

»Wie lange wollen Sie denn in Wengen bleiben?« fragte Blandine scheinbar gleichgültig.

Er konnte natürlich nicht sagen, daß er nicht weichen würde, solange sie hier war. Mit ernsten, großen Augen sah er sie an.

»Das weiß ich noch nicht genau, einige Wochen jedenfalls.«

»Haben Sie denn so lange Urlaub vom Geschäft?«

»Mein alter Herr hat meinen Urlaub nicht begrenzt. Jetzt im Sommer haben wir stille Zeit, da genügt es, wenn ein Chef anwesend ist. Wenn ich heimkomme, löse ich Vater ab, der geht dann, wie alle Jahre, nach Bozen zur Traubenkur.«

»Sie verstehen sich sehr gut mit Ihrem Vater, nicht wahr?« fragte Freda lächelnd.

Frieder lachte.

»Manchmal hat er einen Dickkopf, mein alter Herr, aber im ganzen kommen wir gut miteinander aus.«

»Eigentlich ist es doch Sache der Söhne, ihren Vätern nachzugeben«, sagte Blandine ein wenig spöttisch.

Er sah sie humorvoll an.

»Bei uns ist es umgekehrt, mein Vater würde sich permanent zuviel zumuten, wenn ich nicht gehörig auf ihn aufpaßte, er würde sich keine Ruhe und Erholung gönnen, wenn ich ihn nicht ganz energisch bevormunden würde. Seit Mutter tot ist, hat er vor keinem Menschen Respekt, und da habe ich mir Autorität verschaffen müssen. So alte Herren muten sich oft zuviel zu und – ich habe meinen alten Vater viel zu lieb, als daß ich ruhig mit zusehen würde, wenn er sich überanstrengt. Da trete ich sehr energisch auf, und meistens ist er dann auch brav.«

Das klang so warm und herzlich, so liebevoll trotz allem Humor, daß Blandine plötzlich mit einem seltsam aufhorchenden Ausdruck zu ihm hinübersah. Sie lauschte eine ganze Weile seinen Worten nach und deren warmem, liebevollem Klang.

Freda sah ihn mit einem hellen Aufleuchten ihrer schönen Augen an.

»Eine solche Bevormundung läßt sich Ihr Vater sicherlich gern gefallen.«

Frieder lachte.

»Oh, er tut dann furchtbar grantig, aber ich kenne ihn doch. Im Grunde tut es ihm doch wohl, und schließlich versöhnen wir uns immer wieder, und diese Versöhnung ist dann immer so schön, daß wir schon deswegen immer wieder aneinandergeraten.«

Freda seufzte.

»Wie beneidenswert Sie sind, daß Sie Ihren Vater noch haben.«

»Ich schätze mich auch sehr glücklich, und ich bedauere Sie beide außerordentlich, daß Sie leider weder Vater noch Mutter mehr besitzen.«

Wieder lauschte Blandine, eigenartig bewegt. In so warmen, herzlichen Tönen hatte sie Frieder Lienhard noch nie sprechen hören. In Gesellschaften kommt es ja selten dazu, daß ein Mensch aus sich herausgeht und etwas von seinem Innern preisgibt. Da schwatzt man zumeist Belanglosigkeiten. Es war im Grunde das erstemal, daß Blandine eine längere und ernste Unterhaltung mit ihm führte. Und dabei wollte ihr seltsam warm und wohlig ums Herz werden.

»Dafür haben wir uns, Blandine und ich, wir müssen uns gegenseitig Vater und Mutter ersetzen«, sagte Freda.

Rasch faßte Blandine Fredas Hand und preßte sie schnell an ihre Wangen.

»Du ersetzt mir alles, Freda, aber was kann ich dir sein? Du bist immer gut und liebevoll wie eine Mutter zu mir gewesen und hast soviel für mich getan.«

»Und du warst mir immer wie ein geliebtes Kind, wir sind uns nichts schuldig geblieben.«

Frieder hatte bei den liebevollen, warmen Worten Blandines vor innerer Erregung einen ganz roten Kopf bekommen. So weich und zärtlich hatte er sie noch nie sprechen hören. Seine Liebe für sie wallte hoch auf. Wie gern hätte er sie in seine Arme genommen und den sonst so trotzigen Mund, der jetzt so weich und liebevoll lächelte, mit Küssen bedeckt.

Aber als Blandine in diesem Moment seinem Blick begegnete, sprang sie auf, wie auf der Flucht vor sich selbst.

Sie trat an die Tür des Gesellschaftsraums, in dem getanzt wurde, als sähe sie interessiert dem Tanz zu.

Frieder atmete tief und schwer.

»Ich bin außerordentlich froh, daß ich Sie noch gefunden habe«, sagte er leise zu Freda.

Sie sah ihn fragend an.

»Gefunden? Haben Sie uns denn gesucht?«

»Ja, ich wollte Ihnen eines Tages einen Besuch machen und hörte von dem Portier Ihres Hauses, daß Sie verreist seien. Zum Glück konnte er mir sagen, daß Ihre Adresse Wengen, Palace-Hotel, war. Und da bin ich Hals über Kopf abgereist, ich konnte es nicht ertragen, so lange auf den Anblick Ihres Fräulein Schwester zu verzichten. Ich hoffte auch, daß ich hier, wenn ich länger und öfter mit Ihnen zusammensein könnte, Fräulein Blandine endlich näherkommen würde. In der Berliner Gesellschaft kann man ja kaum ein vernünftiges Wort miteinander sprechen. Als ich nun hierherkam, fand ich Sie nicht, und nachdem ich einige Tage vergeblich auf Ihr Eintreffen gewartet hatte, glaubte ich, Sie hätten Ihre Absicht, nach Wengen zu gehen, aufgegeben. Da reiste ich ab. Und zu meiner großen Freude sah ich Sie in Lauterbrunnen auf dem Bahnsteig stehen. Schnell gab ich meinen Koffer wieder auf und bestieg den Zug, der Sie hier heraufbringen sollte.«

Freda lächelte in ihrer gütigen Art.

»Ich merkte gleich, daß Sie uns gesehen hatten, wenn Sie sich auch den jungen Damen, mit denen Sie reisten, noch so galant zeigten und uns nicht zu bemerken schienen.«

Er zuckte die Achseln.

»Die dummen Dinger hatten mich während der ganzen Fahrt angeödet, ich war wirklich nicht in der Verfassung, mich um sie zu kümmern. Sie kamen von weiter oben herab und saßen schon im Zug, als ich einstieg.«

»Also haben Sie nicht ›einige reizende Tage‹ mit ihnen

verlebt?« neckte Freda gutmütig und verständnisvoll, wie immer.

»Keine Spur, ich war viel zu melancholisch, weil ich Sie nicht gefunden hatte, als daß mich irgendein weibliches Wesen hätte interessieren können. Ich taute erst auf, als ich Sie stehen sah, und da begann ich eine Komödie zu spielen. Fräulein Blandine sollte doch nicht merken, daß ich ihretwegen in die Schweiz gereist war, sie hätte mich dann noch viel schlechter behandelt, als es ohnedies geschah. Ihnen kann ich das alles gestehen, Sie sind so gut und verständnisvoll, und wenn ich noch nicht alle Hoffnung aufgegeben habe, Fräulein Blandine zu gewinnen, dann danke ich es nur Ihnen. Sie haben mir immer wieder Mut gemacht.«

»Weil ich fühle, daß Sie meiner kleinen Schwester eine ehrliche Neigung entgegenbringen.«

»Das weiß Gott!«

»Sie dürfen sich nicht durch Blandines Art abschrecken lassen. Wenn sie erst erkennt, wie gut und ehrlich Sie es mit Ihr meinen, wird sie ihr Verhalten Ihnen gegenüber ändern.«

»Glauben Sie?«

»Ich weiß es bestimmt, denn ich kenne meine Schwester. Ihre kühle Abwehr ist nichts weiter als die Angst, enttäuscht zu werden. Sie empfindet sehr tief und sehr stark und fürchtet sich, zuviel zu geben. Deshalb bemüht sie sich, scheinbar nichts zu geben.«

Er zog ihre Hand an seine Lippen.

»Wenn Sie ahnten, wie dankbar ich Ihnen bin. Ich habe mein ganzes Herz an Ihre Schwester gehängt, und es macht mich froh, daß ich Sie auf meiner Seite weiß.«

»Davon darf aber Blandine vorläufig nichts merken, es würde nur ihren Trotz stärken. Still, sie kommt zurück.«

Und Freda und Frieder unterhielten sich nun sehr lebhaft über eventuelle Partien, die man zusammen unternehmen wollte. Blandine beteiligte sich wenig an diesem Gespräch. Sie sah versonnen vor sich hin, war aber mit allem einverstanden, was die Schwester mit Frieder vereinbarte.

Bald danach zogen sich die Schwestern auf ihr Zimmer zurück: sie waren sehr müde, da sie heute morgen sehr zeitig hatten aufbrechen müssen. Die letzte Nacht hatten sie in Interlaken verbracht, nachdem sie gestern von Montreux herübergekommen waren. Am frühen Morgen hatten sie dann von Interlaken aus im Auto eine Fahrt durch das Lauterbrunner Tal gemacht. In Lauterbrunnen hatten sie das Frühstück eingenommen und waren von dort mit einem anderen kleinen Auto zu den Trümmelbachfällen gefahren, zu denen sie hinaufgestiegen waren. Dann erst waren sie nach Lauterbrunnen zurückgekehrt, um den Zug der Jungfraubahn zu benutzen. Ihr Gepäck hatten sie schon in Interlaken nach Wengen aufgegeben. Und nun verlangten sie nach Ruhe.

Frieder verabschiedete sich von ihnen und begleitete sie bis zum Fahrstuhl. Dann nahm er seinen Platz wieder ein, er wollte noch eine Zigarre rauchen. Und auch er vertiefte sich nun in eine Zeitung, wie Frank Markwald.

Gleich darauf kam ein Depeschenbote, und der Portier, dem er sie übergab, kam aus seiner Loge und rief: »Ein Telegramm für Herrn Frank Markwald.«

Und er überreichte diesem das Telegramm.

Beim Nennen dieses Namens lauschte Frieder überrascht und sah dann forschend zu dem Fremden hinüber. Dieser hatte die Depesche gelesen und zu sich gesteckt. Sie enthielt nur eine geschäftliche Mitteilung.

Frieder erhob sich nach kurzem Zögern und trat zu ihm heran.

»Verzeihen Sie, mein Herr, ich hörte soeben Ihren Namen, er ist mir gut bekannt. Mein Name ist Lienhard, aus der Firma Lienhard & Sohn. Ich irre mich wohl nicht, wenn ich in Ihnen den Chef der Ceda-Werke vermute, mit denen unsere Firma in Verbindung steht.«

Frank Markwald sah von seiner Zeitung auf, und ein schwaches Lächeln spielte um seine Lippen, als er sich verneigte.

»Sie vermuten recht, und meine Vermutung, daß Sie der junge Lienhard sein müßten, hat sich demnach auch bestätigt. Ich hörte im Eisenbahnzug Ihren Namen, und weder der Ihre noch der meine sind sehr häufig. Ich habe bisher immer geschäftlich nur mit Ihrem Herrn Vater verhandelt, und es freut mich, daß ich nun auch den jungen Lienhard kennenlerne. Bitte, nehmen Sie Platz. Da uns der Zufall hier zusammengeführt hat, können wir ja unsere Bekanntschaft etwas erweitern.«

Frieder setzte sich ihm gegenüber und sah nun mit doppeltem Interesse in das interessante Gesicht Frank Markwalds. Die Herren vertieften sich in eine rein geschäftliche Unterhaltung. Im Laufe dieser sagte Frieder:

»Sie gedenken auch längeren Aufenthalt hier zu nehmen, Herr Markwald?«

»Ja, sofern meine Tochter sich hier wohl fühlt, was ich nicht bezweifle. Ich habe sie vorläufig mit ihrer Nurse in Interlaken im Hotel zurückgelassen, weil ich erst herausfinden wollte, ob sie hier oben gut aufgehoben sein würde. Aber ich denke, daß es der Fall sein wird.«

»Ihre Frau Gemahlin ist nicht mit in Interlaken?« fragte Frieder.

Aber kaum hatte er diese Frage getan, da fiel ihm ein, daß er, ohne es zu wissen und zu wollen, eine Taktlosigkeit begangen hatte, denn er erinnerte sich plötzlich, von seinem Vater etwas über einen Ehekonflikt im Hause Markwald gehört zu haben. Da ihm die Frage aber einmal entschlüpft war, konnte er sie nicht zurückrufen und mußte sich unbefangen stellen. Das wurde ihm aber nicht leicht, weil er merkte, wie Frank Markwald zusammenzuckte und sein Gesicht sich verdüsterte. Seine Stirn zog sich wie im Schmerz zusammen, und der schmallippige Mund preßte sich hart aufeinander.

»Ich habe keine Frau mehr, wir haben uns getrennt, bitte, berühren Sie dies Thema nicht mehr. Sie ist tot für mich«, stieß er heiser hervor.

»Ich bitte um Entschuldigung, Herr Markwald, wenn ich unbedacht an einer Wunde gerührt habe, es tut mir leid.«

Franz Markwald wehrte mit der Hand ab.

»Sie brauchen sich nicht zu entschuldigen. Sie konnten ja nicht wissen, wie schmerzlich dies Thema für mich ist. Also bitte, reden wir von etwas anderem, ich ertrage es noch sehr schlecht, daß man an dieser Wunde rührt. Also, ich habe hier im Hotel für einige Wochen Zimmer gemietet, und morgen hole ich meine Tochter mit ihrer Nurse herauf. Ich bin etwas herunter mit meinen Nerven und will sie durch einige Hochtouren wieder in Ordnung zu bringen suchen. Aus verschiedenen familiären Gründen konnte ich mich nicht von meiner kleinen Tochter für Wochen trennen, und so habe ich sie mit mir genommen. Sie bleibt unter der Obhut ihrer Wärterin im Hotel, wenn ich Bergtouren mache.«

»Ihr Töchterchen ist, da sie noch einer Nurse bedarf, wohl sehr klein?«

»Etwas über drei Jahre alt.«

»Was für Hochtouren wollen Sie machen?«

»Ich will vom Jungfraujoch hinauf auf den Jungfraugipfel, will auch sonst noch einige Touren im Jungfraugebiet machen. Mich verlangt nach einer gründlichen Verausgabung, bei mir handelt es sich nicht um Bergfexereien, ich habe in dieser Beziehung keinen Ehrgeiz, und gefährliche Experimente werde ich gewiß nicht machen.«

»Auf den Gipfel der Jungfrau möchte ich auch«, sagte Frieder mit leuchtenden Augen. »Wenn man sie hier Tag für Tag so vor sich liegen sieht, lockt es einen.«

»Vielleicht machen wir die Partie zusammen, wenn Sie mit der Gesellschaft eines griesgrämigen, verdrießlichen Gesellen, wie ich es jetzt bin, fürliebnehmen wollen.«

»Gern, wenn Sie gestatten, daß ich Sie begleite.«

»Aber halt! Da fällt mir ein, Sie sind in Damengesellschaft hier, in Damengesellschaft mache ich niemals Bergtouren, jetzt schon gar nicht. Auch keine sonstigen Ausflüge.«

Frieder lachte.

»Die beiden Damen, Geschwister Nordmann, haben mir vorhin gesagt, daß sie anstrengende Touren überhaupt nicht machen werden. Sie wollen sich auf Spaziergänge und kleine Wandertouren beschränken. Also brauchen Sie nicht besorgt zu sein, daß sie sich anschließen werden.«

»Offen heraus, das ist mir lieb. Ich bin momentan nicht in der Verfassung, mich in Damengesellschaft zu bewegen. Deshalb bitte ich Sie auch, mich nicht zu veranlassen, mich Ihnen anzuschließen, wenn Sie mit den Damen zusammen sind. Wenn sich hier im Hotel eine Vorstellung nicht vermeiden läßt, gut. Aber nichts weiter. Das soll durchaus kein Ausdruck des Mißfallens den Damen gegenüber sein, sie scheinen sehr vernünftig zu sein, soviel ich beobachten konnte, und durchaus sympathische Erscheinungen, aber wie gesagt, Damengesellschaft ist jetzt für mich unerwünscht und beschwerlich.«

»Danach werde ich mich richten. Sie können auch ganz unbesorgt sein, die Damen Nordmann sind außerordentlich zurückhaltend und taktvoll, und wenn wir uns nicht schon von Berlin aus gut kennen würden, hätte ich ganz gewiß ihre Gesellschaft nicht genießen dürfen.«

»Nun gut! Sie verzeihen, wenn ich so offen meine Wünsche äußere, aber es gibt Stimmungen, gegen die man machtlos ist. Ich bin augenblicklich ein wenig aus meinem seelischen Gleichgewicht gerissen und möchte nicht gezwungen sein, artig Konversation zu machen.«

Die Herren plauderten nun noch eine Weile über geschäftliche und politische Angelegenheiten, dann trennten sie sich, um ebenfalls zur Ruhe zu gehen.

3

DIE SCHWESTERN HATTEN sich inzwischen auf ihr Zimmer begeben und machten Toilette für die Nacht. Dabei plauderten sie, wie immer, angeregt miteinander über die Erlebnisse des Tages.

»Wie gefällt es dir hier in Wengen, Dina?« fragte Freda, ihr schönes Haar bürstend.

»Wunderschön, Freda, die Landschaft ringsum ist grandios. Soviel wir auch jetzt auf unserer Rundreise durch die Schweiz gesehen haben, dünkt mich doch, daß es hier am schönsten ist.«

»Das ist auch meine Ansicht. Und ich hoffe, wir werden hier einige schöne Wochen verleben, zumal wir gleich das Glück hatten, in Herrn Lienhard einen guten Gesellschafter zu finden.«

Blandine legte mit großer Umständlichkeit eines ihrer Kleidungsstücke zusammen.

»Ach, weißt du, mir wäre es bedeutend lieber, wenn uns der Zufall diese Begegnung nicht beschert hätte. Und er, nun, wenn er sich auch den Anschein gibt, als freue er sich, uns hier begegnet zu sein, so glaube ich doch, daß wir ihm mit der Zeit nur lästig werden. Wir stören ihn vielleicht nur, wenn er hier mit jungen Damen herumflirten will. Die Herren wollen sich doch gewöhnlich im Urlaub amüsieren.«

Es klang eine ganz leise Gereiztheit aus Blandines Worten.

»So, wie du es meinst, glaube ich das nicht von Frieder Lienhard«, erwiderte Freda ruhig.

Zornig fuhr Blandine auf.

»So, das glaubst du nicht von ihm? Nun, und die zudringlichen Dämchen, mit denen er unten in Lauterbrunnen flirtete, und mit denen er angenehme Tage hier oben verbracht hat und von denen ihm die Trennung so schwer wurde, daß er sie bis nach Lauterbrunnen begleitete und sich kaum von ihnen trennen konnte?«

Ein verstohlenes Lächeln huschte um Fredas Mund.

»Er hatte sie ja gar nicht begleitet, Dina, er ist erst im Zuge mit ihnen zusammengetroffen, als er in Wengen einstieg. Sie kamen von weiter oben herunter. Und ich habe doch gesehen, wie er ihnen stocksteif und ablehnend gegenübersaß, als der Zug einfuhr. Erst als er uns erblickte, gab er sich den Anschein, als habe er für nichts Auge und Ohr als für sie.«

Blandine hatte ebenfalls ihre Haarbürste ergriffen und bearbeitete damit ihr Haar, daß es im Lampenlicht Funken zu sprühen schien. Jetzt hielt sie inne und sah Freda mit großen Augen an, während sie ganz blaß geworden war.

»Du hast dich eben getäuscht! Er hat doch selbst gesagt, daß er sehr angenehme Tage mit den Damen verlebt hat hier in Wengen.«

Freda lachte leise.

»Ja, das hat er uns vorgeschwindelt in seiner Verlegenheit und in seiner Freude, uns endlich gefunden zu haben. Das hat ihn lauter dummes Zeug reden lassen, weil er eben die

Wahrheit nicht eingestehen wollte, aus Angst, daß du ihn dann noch schlechter behandeln würdest.«

»Was redest du denn da, Freda?« fragte Blandine ganz benommen.

»Die Wahrheit, meine Kleine. Er ist nämlich nur nach Wengen gekommen, weil er durch unseren Portier erfahren hat, daß wir nach Wengen gereist seien und im Palace-Hotel wohnen wollten. Da ist er schleunigst hierhergereist. Und als er uns nicht fand und nicht ahnen konnte, daß wir erst eine Rundreise durch die Schweiz machten, da ist er betrübt und enttäuscht abgereist. Und betrübt und enttäuscht saß er im Eisenbahnzug, als er uns endlich auf dem Bahnsteig in Lauterbrunnen stehen sah. Und da hat er vor Freude lauter dummes Zeug gemacht. Ja, Dina, er war wirklich schon abgereist und hat schnell seinen Koffer umladen lassen, hat sich eine neue Fahrkarte gelöst und ist dann in unser Abteil eingestiegen, scheinbar ganz zufällig.«

In Blandines Gesicht war das Blut zurückgekommen. Es sah jetzt sehr rot aus.

»Woher willst du denn das alles wissen, Freda?«

»Ich könnte ja sagen, daß es mir ein Vöglein gesungen hat, aber ich will doch bei der Wahrheit bleiben, obwohl Frieder Lienhard sehr erschrecken würde, wüßte er, daß ich dir das alles verrate. Er fürchtet eben, daß du ihn dann extra schlecht behandeln wirst. Aber ich traue dir das einfach nicht zu, so garstig wirst du doch nicht sein. Also, ich habe es von ihm selbst erfahren, als du unten an der Tür den Tanzenden zuschautest.«

Blandine senkte den Kopf und wich Fredas Blick aus.

»Nun möchte ich doch wissen, weshalb er uns nach Wengen gefolgt ist.«

Wieder zuckte es um Fredas Mund, und sie sagte lachend: »Vielleicht ist er in eine von uns beiden verliebt!«

Blandine wandte sich hastig ab und kramte in einem Schubfach herum.

»Bah, darum macht er doch nicht so eine weite Reise.«

»Also will ich dir auch das noch verraten: Er ist hierhergekommen, weil er hier besser Gelegenheit finden wird, mit uns zusammen zu sein und uns näherzukommen. In der Berliner Gesellschaft kann man sich doch nicht richtig kennenlernen, nicht wahr? Und dann reizte ihn wohl auch die schöne Landschaft.«

Blandine lachte in ihrer Verlegenheit hart auf.

»Also er hat das Angenehme mit dem Nützlichen verbunden«, spottete sie.

»Was ist hierbei nach deiner Meinung das Angenehme und was das Nützliche? Ich kenne dich doch, wenn du ein solches Gesicht machst, kommt etwas sehr Törichtes heraus«, sagte Freda ernst.

»Nun, das Angenehme ist die schöne Landschaft, das Nützliche eine gute Partie.«

»Dacht ich's doch! Ach, Dina, meinst du, daß Frieder Lienhard es so nötig hat, eine gute Partie zu machen?«

»Alle Männer wollen das, ganz gleich, ob sie selber reich sind oder nicht. Solange wir arme Mädels waren, hat sich keiner um uns bemüht.«

»Wenn er uns begegnet wäre, als wir noch arme Mädels waren, er wäre uns genau in derselben Weise begegnet wie jetzt.«

Blandine sah die Schwester mit zuckenden Lippen und funkelnden Augen an.

»Ach, Freda, ich weiß wirklich nicht, woher du den Glauben nimmst, daß es Männer gibt, die bei der Bewerbung um eine Dame nicht zuerst daran denken, ob sie arm oder reich ist.«

Freda drehte sich um und sah die Schwester mitleidig an.

»Meine kleine Dina, das ist das Schrecklichste an meiner Enttäuschung, die ich einst erlitten habe, daß du so bitter und so mißtrauisch geworden bist.«

Dina umarmte ihre Schwester.

»Muß es mich nicht verbittern, Freda, wenn ein so herrliches Geschöpf wie du ohne Geld nicht geschätzt wurde? Wie sollte ich da je glauben können, daß ich um meiner selbst willen geliebt werden könnte.«

Zärtlich streichelte Freda ihr Haar.

»Reiß dich doch los von diesem dummen Mißtrauen. Nicht

alle sind so wie Heinz Hartung, nicht alle denken an Geld. Frieder Lienhard ganz bestimmt nicht, glaube mir das. Verschließe dein junges Herz nicht vor ihm, kleine Dina, glaube mir, er hat dich herzlich lieb, ich fühle es. Ob du arm oder reich bist, gilt ihm nichts. Er ist reich genug und Mann genug, auf Geld bei einer Frau verzichten zu können.«

Dina schluchzte auf.

»Du bist so gut, Freda, bist viel besser als ich. Ich weiß, daß ich oft unausstehlich bin. Aber ich an deiner Stelle könnte nie wieder an einen Mann glauben.«

»Nun, schwer genug würde es auch mir fallen. Du weißt, daß noch kein Mann wieder Gnade vor meinen Augen gefunden hat. Ein gebranntes Kind scheut das Feuer. Aber du sollst dich freimachen von der dummen Angst, daß alle Männer wertlos sind, weil es eben auch wertlose gibt, wie es auch wertvolle und wertlose Frauen gibt. Bring dich nicht selbst um dein Lebensglück, meine Kleine, denn Männer wie Frieder Lienhard sind selten.«

»Rede mir nicht zu, daß ich mich je von dir trennen könnte, ich mag nicht von dir fort, niemals! Und sowenig du jemals heiraten wirst, ebensowenig werde ich es tun.«

»Aber du törichte Dina, verrenne dich doch nicht in solchen Unsinn! Gott verhüte, daß wir beide alte Jungfern werden. Wer weiß auch, ob ich nicht doch noch eines Tages einen Mann finde, dem ich vertrauen kann und der mich um meiner selbst willen liebt.«

»Das sagst du nur, um mir zuzureden, du denkst ja nicht daran, dich zu verheiraten.«

Freda küßte die Schwester lächelnd.

»Das kann man nie wissen, Dina. Und jedenfalls sollst du dich nicht immer mehr in deine Männerfeindlichkeit hineinsteigern, und den armen Frieder Lienhard darfst du nicht mehr so schlecht behandeln. Er verdient es wirklich nicht.«

Blandine küßte die Schwester und begann dann wieder energisch ihr Haar zu bürsten.

»Aber jetzt wollen wir endlich zu Bett gehen, ich bin müde«, sagte sie.

Freda gab sich zufrieden, sie wußte, ganz erfolglos war ihr

Zureden nicht gewesen. Dina würde eines Tages schon vernünftig werden. Sie würde Frieder Lienhard bestimmt ihr Jawort geben, denn sie liebte ihn, wenn sie das auch keinem Menschen und vielleicht nicht einmal sich selbst eingestehen würde. Ja, dann würde ihre liebe, kleine Schwester von ihr gehen, und dann würde es sehr einsam um sie her werden. Sie war nun schon fast sechsundzwanzig Jahre alt, und ob das Schicksal noch ein spätes Glück für sie bereithielt, war sehr fraglich. Aber Dina sollte wenigstens glücklich sein, und was sie dazu beitragen konnte, wollte sie tun. Ihre süße kleine Dina, die so bitter und trotzig mit ihrem weichen Herzen rang.

In Gedanken versunken und ohne noch miteinander zu sprechen, beendeten die Schwestern ihre Nachttoilette, und eine halbe Stunde später hatten sie ihr Lager aufgesucht. Sie konnten aber beide nicht gleich einschlafen. Blandine mußte an Frieder denken, an den warmen Herzenston, in dem er von seinem Vater gesprochen hatte, und an seine ernsten Augen, mit denen er sie einmal so seltsam angesehen hatte, daß ihr das Herz erzitterte.

Und Freda? Sie sah im Geiste das ernste, markante Gesicht Frank Markwalds, seine düsteren, unglücklichen Augen, seinen fest zusammengepreßten Mund. Und sie fragte sich unwillkürlich, was ihn so unglücklich gemacht hatte.

Auch er war nicht glücklich, nein, auch er nicht.

Und sie nahm sein Bild mit hinüber in ihre Träume.

Am nächsten Morgen saß Frieder Lienhard schon unten auf der Terrasse, als die Schwestern erschienen. Er hatte sein Frühstück schon bestellt, weil er nicht wußte, wie lange die Schwestern schlafen würden. Aber nun war er doch sehr erfreut, daß er in ihrer Gesellschaft frühstücken konnte.

Zu seiner großen Freude gab sich Blandine heute etwas freundlicher und zugänglicher, wenn sie auch immer noch sehr unnahbar scheinen wollte. Er ahnte nicht, daß Freda gestern abend der Schwester verraten hatte, daß er gestern Komödie gespielt hatte. Sonst hätte er sich wahrscheinlich noch mehr über Blandines Freundlichkeit gewundert und gefreut. Aber er strahlte auch so schon über das ganze Gesicht vor Glückseligkeit, daß sie ihn etwas milder behandelte als bisher.

Nachdem das Frühstück serviert war und man eine ganze Weile über Belanglosigkeiten geplaudert hatte, sagte Frieder:

»Ich habe gestern abend noch eine Bekanntschaft gemacht. Sie erinnern sich des Herrn, der mit uns im Abteil saß, als wir von Lauterbrunnen herauffuhren?«

Die Schwestern schauten beide überrascht auf.

»Der Herr, der gestern abend im Speisesaal am Nebentisch saß?« fragte Freda mit Herzklopfen.

»Ja, der. Ich hörte zufällig vom Portier seinen Namen rufen und erkannte ihn daran als einen langjährigen Geschäftsfreund unserer Firma. Ich kannte ihn persönlich noch nicht, weil er bisher immer mit meinem Vater verhandelt hat. Er ist der Chef der bekannten Ceda-Werke in Spandau, aber er wohnt im Grunewald, in seiner Villa. Wir haben verabredet, eine Bergtour vom Jungfraujoch zu dem Gipfel der Jungfrau zu machen, wenn das Wetter im Laufe der nächsten Woche günstig ist.«

Fredas Augen leuchteten auf.

»Das ist für Sie gewiß eine sehr interessante Bekanntschaft, Herr Lienhard.«

»Vorausgesetzt, daß er auf der Tour nicht ebenso verdrießlich ist wie gestern«, sagte Blandine.

»Verdrießlich dürfte kaum die rechte Bezeichnung für seinen Seelenzustand sein, ich glaube, er ist sehr unglücklich, und ich habe mich jetzt auch wieder auf den Grund dazu besonnen.«

»Sie kennen diesen Grund?« fragte Freda leise.

»Er sagte mir, daß er sich von seiner Frau getrennt habe, sie sei tot für ihn. Und mir ist nachträglich wieder eingefallen, was ich darüber von meinem Vater hörte. Seine Frau hat eine Liebschaft mit einem Filmschauspieler gehabt, und er hat sie einer Untreue überführt und sich deshalb von ihr scheiden lassen.«

Fredas Gesicht wurde blaß vor Teilnahme.

»Dann kann man verstehen, daß er so unglücklich aussieht«, sagte sie.

Frieder berichtete nun von seiner Unterredung mit Frank Markwald, wobei er aber verschwieg, wie schroff dieser jede Damengesellschaft abgelehnt hatte. Das war nicht nötig, die Schwestern würden sich ihm auch ohnedies in keiner Weise aufdrängen. Er gab ihnen nur in milder Form zu verstehen, daß er momentan etwas menschenscheu sei und keine Bekanntschaften machen wolle.

Mit atemlosen Interesse hatte Freda zugehört.

»Also ist er heute nach Interlaken gefahren, um seine Tochter abzuholen?« fragte Blandine nun auch teilnahmsvoll.

»Ja, so sagte er mir. Ich habe ihn auch heute morgen noch nicht gesehen, er ist wohl schon mit dem ersten Zug hinuntergefahren. Aber wie ist es nun mit Ihnen, meine Damen, darf ich Sie zu einem Spaziergang auffordern? Da oben in halber Höhe dieses Berges zieht sich ein wundervoller Waldweg bis nach Wengernalp hinauf. Er ist gar nicht beschwerlich. Und es ist der reine Märchenwald, mit seinen moosbedeckten, riesigen Steinblöcken, die wohl vor Jahrhunderten einmal herabgestürzt sind. Zwischen diesen Steinen grünt und blüht neues Leben. Die Bäume haben sich an diesen Felsblökken vorbeigedrängt, es ist wie ein Wunder, daß sie sich so kräftig entwickelt haben. Zuweilen sprengen die Baumwurzeln die Steinblöcke. Man kann sich sehr gut Gnomen und Waldnymphen in diesen Wald hineindenken.«

»Wenn Sie uns den Wald so poetisch schildern, dann können wir nicht widerstehen, nicht wahr, Dina.«

»Wollen Sie uns dahin führen?« fragte Blandine ganz zag und gar nicht trotzig.

Frieder bekam vor Freude einen roten Kopf.

»Gern, oh, wie gern. Aber, bitte, ziehen Sie erst feste Schuhe an, zuweilen muß man doch ein wenig klettern, um alle Schönheiten genießen zu können.«

Eine Viertelstunde später machten sich die Schwestern mit Frieder auf den Weg, und sie brauchten es nicht zu bedauern, seinen Vorschlag angenommen zu haben. Es war wirklich ein Märchenwald, durch den sie gingen. Und als sie aus dem Wald herauskamen, setzten sie den Weg bis Wengernalp fort, wo sie eine Erfrischung nahmen. Von Wengernalp aus hatten sie ein wundervolles Bergpanorama vor sich. Sie konnten Jungfrau, Mönch und Eiger liegen sehen. Die gigantischen Bergriesen streckten ihre Gipfel in den fast wolkenlosen Himmel hinein. Nur um den Jungfraugipfel schwebten einige kleine Wolken, und nun sollte ihnen ein ganz seltenes Naturschauspiel beschieden sein. Die zusammengeballte kleine Wolke am Jungfraugipfel war plötzlich mit einem farbigen Strahlenkranz umgeben. Dieser Strahlenkranz spielte in allen Regenbogenfarben, es sah genauso aus, als habe sich ein Regenbogen rings um die weiße Wolke gelegt, um sie einzufassen. Im Volksmund heißt diese Naturerscheinung der Schleier der Jungfrau. Fassungslos vor Entzücken faßte Blandine Frieders Arm, als müsse sie einen Halt haben, um so viel Schönheit ertragen zu können.

»Sehen Sie das, Herr Lienhard, Freda, sieh doch nur«, stammelte sie erschauernd.

Aber als sie fühlte, daß Frieder unter der Berührung ihrer Hand zusammenzuckte, zog sie schnell die Hand wieder zurück und faßte nach Freda. Sie errötete jäh und hielt die Augen auf das Naturschauspiel gerichtet. Frieder wußte nicht was schöner war, dies wunderbare Schauspiel oder das holde, errötende Mädchen an seiner Seite.

Wie gern hätte er Blandines Hand festgehalten, allein, er wagte es nicht. Sehr glücklich hatte es ihn gemacht, daß sie im Überschwang ihrer Empfindungen nach ihm gefaßt hatte. Er wollte dieses erste Zeichen eines aufkeimenden Vertrauens nicht dadurch verscheuchen, daß er diesen beglückenden Moment festzuhalten suchte. Aber seine Augen strahlten in die ihren, als der Schleier der Jungfrau verblichen war, und sie sah verwirrt zur Seite.

Freda hatte, obwohl auch sie durch das Naturschauspiel gefesselt war, diese kleine Szene beobachtet. Ein liebes Lächeln spielte um ihren Mund, und als Blandine sich nun bei ihr einhängte, drückte sie ihre Hand an sich.

»Wenn man so etwas gesehen hat, kommt man sich begnadigt vor«, sagte sie nach einer Weile, denn lange Zeit vermochten die drei Menschen nicht zu sprechen.

Frieder atmete auf.

»Selten genug mag Sterblichen solch ein Anblick beschieden sein, ich habe nie ähnliches gesehen, und ich werde diesen Anblick nie vergessen, in dem sich uns die ganze Schönheit der Natur verschwenderisch enthüllte«, sagte er ernst und bewegt, seine Augen auf Blandine ruhen lassend.

Diese sprach noch immer kein Wort, aber ihre Lippen zuckten in verhaltener Erregung. Auch in ihrer jungen Seele war etwas wie ein Wunder geschehen.

Es dauerte sehr lange, bis sie alle drei wieder einen unbefangenen Plauderton gefunden hatten. Sie schlugen nun den Rückweg ein. Frieder führte die Damen jetzt einen anderen Weg, und sie pflückten unterwegs Enzian und Alpenrosen.

Als sie wieder im Hotel ankamen, war es Zeit, den Lunch einzunehmen. Sie machten sich schnell fertig und suchten den Speisesaal auf. Frieder erwartete die Schwestern schon an dessen Eingang. Heute saßen sich Frieder und Blandine sehr friedfertig gegenüber, wenn auch zuweilen aus Blandines Mund eine herb ablehnende Bemerkung kam, die Frieder zeigte, daß er noch lange nicht an dem ersehnten Ziel war.

Frank Markwald saß nicht an seinem Platz, er war wohl noch nicht wieder von Interlaken zurückgekehrt.

Nach dem Lunch zogen sich die Schwestern auf ihr Zimmer zurück, sie wollten auf der Veranda etwas ruhen. Sie nahmen jede ein Buch mit hinaus, ließen das Sonnenzelt herab und nahmen in den bequemen Sesseln Platz. Dann vertieften sie sich in die Lektüre ihrer Bücher.

Frieder hatte ebenfalls sein Zimmer aufgesucht, und auch er nahm auf der Veranda in einem Liegestuhl Platz. Dann vertiefte er sich scheinbar in seine Zeitungen. Aber er brannte sich mit seiner Zigarre ein kleines Loch in die Zeitung, durch das er ungestört Blandine beobachten konnte. Es war für ihn eine himmlische Ruhestunde, weil er Blandine, soviel er wollte, betrachten konnte. Zum Glück saß sie so, daß er in ihr reizendes Gesicht zu sehen vermochte.

Aber obwohl sie ihn gleich bei seinem Heraustreten auf die Veranda bemerkt hatte, so gab sie sich doch den Anschein, ihn nicht zu sehen. Nicht der flüchtigste Blick flog zu ihm hinüber, er war einfach nicht für sie vorhanden. Freda hatte ihn überhaupt nicht gesehen, da sie ihm den Rücken zukehrte. So blieben sie einige Stunden sitzen, durch die ganze Länge der Veranda fast voneinander getrennt.

Bis zur Teestunde wurde diese Ruhepause ausgedehnt. Ab und zu warfen die Schwestern einen bewundernden Blick auf die Landschaft, aber immer wieder vertieften sie sich in ihre Lektüre. Es herrschte eine wohltuende Ruhe hier oben, kein Auto, kein Wagen, kein Lärm. Die Großstadt mit allen nervenzermarternden Geräuschen war fern. Nur selten hörte man einige Menschenstimmen.

Frieder wurde schon sehr ungeduldig und wartete sehnsüchtig, daß die Schwestern sich seiner wieder erinnern sollten. Endlich erhob sich zuerst Freda, um zu klingeln und Tee zu bestellen. Dabei erblickte sie Frieder, der begeistert zu ihr herübergrüßte. Sie rief ihm lachend zu, ob er ihnen nicht hier auf der Veranda beim Tee Gesellschaft leisten wolle.

Gewiß wollte er, sehr gern sogar. Er sprang auf und kam die ganze Veranda entlang, wobei er jedesmal mit einem eleganten Satz über die Sperrketten hinwegsprang. Lachend langte er so bei den Schwestern an.

»Sie sind doch eine barmherzige Seele, gnädiges Fräulein, daß Sie mir gestatten wollen, meinen Tee in Ihrer Gesellschaft einzunehmen. Jetzt erkenne ich erst, eine wie segensreiche Einrichtung diese Veranda ist, die mir erlaubt, Ihnen hier einen Besuch abzustatten.«

»Ja, das ist sehr bequem, wenn es mir auch erst ein wenig unbehaglich erschien, als ich feststellte, daß auf diesem Wege sämtliche Bewohner der ersten Etage durch die Fenstertüren in alle Zimmer gelangen können, wenn sie nur wollen. Für Berlin wären das unhaltbare Zustände, aber hier in den friedlichen Bergen gibt es wohl weder Fassadenkletterer noch Einbrecher. Ich habe mich aber doch erst überzeugt, ob die Fenstertüren und die Läden fest verschließbar sind, denn in der Nacht ist diese ungehinderte Passage doch etwas beunruhigend. Aber zum Glück funktionieren die Verschlüsse tadellos, so daß man nichts zu fürchten braucht«, sagte Freda.

»Für mich ist es jedenfalls eine herrliche Einrichtung, ich

kann Ihnen auf diesem Weg wenigstens auf Ihrem Verandaplätzchen zuweilen einen Besuch machen, was nicht möglich wäre, wenn ich über den Korridor und erst durch Ihr Zimmer gehen müßte.«

»Ein Besuchszimmer haben wir hier freilich nicht, aber auf dieser geräumigen Veranda können wir zur Not eine Menge Gäste empfangen.«

»Und man kann so ungestört plaudern.«

»Also, bitte, nehmen Sie Platz, Herr Lienhard, wir haben sogar einen dritten Sessel zur Verfügung.«

»Sonst würde ich einen von mir mit herübergebracht haben.«

Der Kellner erschien, und sie bestellten Tee mit Toast und Butter. Kleine Kuchen hatten die Schwestern mitgebracht, und Freda legte davon auf einen Teller.

Blandine hatte während dieser Szene scheinbar ruhig in ihrem Buch weitergelesen, aber Frieder hatte beobachtet, daß sie nicht ein einziges Mal eine Seite umgeblättert hatte. Er wandte sich nun an sie:

»Sie sind anscheinend in eine sehr fesselnde Lektüre vertieft, mein gnädiges Fräulein.«

Blandine zwang sich zu einem leichten Ton.

»Allerdings, am liebsten hätte ich sie nicht unterbrochen.«

»Also störe ich?« fragte er und wollte sich erheben.

Sie hob die Hand und lächelte sogar.

»Nein, nein, das wollte ich damit nicht sagen. Ich habe fast zwei Stunden gelesen, und das ist genug. Außerdem wollen wir doch Tee trinken.«

Der Tee wurde gebracht, und Frieder wurde von den Schwestern hausfraulich bedient. Freda füllte die Tassen, und Blandine ließ die Zuckerstücke hineinfallen.

Dann reichte sie ihm die Platte mit Toasts, die Freda mit Butter bestrichen hatte.

Er strahlte.

»Herrgott, ist das behaglich, wenn man so verwöhnt wird. Jetzt wünschte ich nur, mein alter Herr hätte es auch so gut. In unserm Haushalt daheim fehlt es seit meiner Mutter Tod an sorgenden Frauenhänden.«

»Haben Sie kein weibliches Wesen, das Ihnen den Haushalt führt?« fragte Blandine.

»Doch, unsere alte Haushälterin. Bis zum Tod meiner Mutter war sie nur Köchin, dann ist sie avanciert. Aber schöner ist sie dadurch auch nicht geworden, und ihre runzligen Hände, so treu sie sich für uns mühen, sind kein ästhetischer Anblick, da bedienen wir uns schon lieber selbst. Und Vater liegt mir schon lange in den Ohren: Junge, du mußt endlich heiraten, damit wir eine junge, hübsche Frau ins Haus bekommen.«

Dabei sah er Blandine an, und zu seiner innigen Freude wurde sie ein wenig rot.

»Sie wohnen mit Ihrem Herrn Vater zusammen?« fragte Freda.

»Ja, in unserer Villa in Lichterfelde. Ich kann meinen alten Herrn in dem großen Haus doch nicht allein wohnen lassen.«

»In Lichterfelde wohnen Sie?«

»Ja, Vater hat die Villa vor zwanzig Jahren bauen lassen. Wenn ich mal heiraten sollte, bezieht mein alter Herr sein Altenteil in der ersten Etage. Ich werde mich dann mit meiner jungen Frau im Parterre breitmachen. Da befinden sich acht große Zimmer, im Souterrain sind die Küche, die Wirtschaftsräume und die Dienstbotenzimmer gelegen. Auch eine große Diele liegt im Parterre. In der ersten Etage befinden sich gleichfalls acht Zimmer. Vier davon will Vater dann für sich haben, die andern vier sind Gastzimmer. Und wenn ich einmal heirate, wird das ganze Parterre neu eingerichtet, ganz nach den Wünschen meiner zukünftigen Frau. Wenn ich sie nur erst hätte!«

Freda lachte. Sie sah in Blandines Gesicht. Diese hielt die Augen gesenkt, aber ein ganz leises Zucken ihrer Lippen verriet, daß sie seinen Worten doch nicht ganz gleichgültig gelauscht hatte.

»In Lichterfelde wohnt man wohl sehr hübsch?« fragte Freda lächelnd.

»O ja, wir haben einen großen Garten, rings um die Villa herum. Eine Garage ist auch vorhanden, in der ein großes Tourenauto und eine hübsche Limousine Platz haben. Die letztere benutzt Vater am liebsten, ich fahre lieber im offenen Wagen. Wir brauchen zwei Wagen, weil wir zu verschiedenen Zeiten ausfahren. Daß Vater noch immer so früh aufsteht, leide ich nicht mehr, er muß ausschlafen. Wozu hat er einen Sohn, der ebenfalls Chef der Firma ist? Er hat lange genug für mich gearbeitet, nun geht es umgekehrt. Erst hat er mächtig gebockt, knurrte was vom Ins-alte-Eisen-Werfen und vom Überflüssigsein. Na, da habe ich mal energisch werden müssen. Und dann ist er ganz brav geworden, und jetzt findet er es schon sehr behaglich, daß er erst um zehn Uhr sein Frühstück nimmt. Er darf auch abends in seinen Klub fahren, aber um zwölf Uhr spätestens muß er zu Hause sein und in sein Zimmer gehen.«

»Und Sie? Gehen Sie dann auch schon in das Zimmer?« fragte Freda lachend, während Blandine mit einem ganz wunderlich weichen Gefühl zuhörte.

»Manchmal wird es ein bißchen später«, antwortete Frieder, »aber ich bin ja auch noch jung. Man besucht Theater und Gesellschaften, da wird es zuweilen spät. Es ist alles ganz schön, nur fehlt eben eine Frau im Haus.«

»Es ist schön, wenn man einen Garten bei der Wohnung hat«, lenkte Freda ab, weil Blandine sehr verlegen wurde. »Wir vermissen es sehr, meine Schwester und ich, daß so wenig Grünes um uns her ist. Bäume stehen ja auch bei uns in der Carmerstraße, sogar Rotbuchen, eine Seltenheit im Berliner Straßenbild, aber hat man nicht eine eigene Villa, ist ein Garten unmöglich. Und so weit hinaus möchten wir auch nicht ziehen, alleinstehende Damen müssen auf ihre Sicherheit bedacht sein. So begnügen wir uns damit, von unsern Fenstern aus zuweilen hinüber auf den Steinplatz zu sehen, wo es wenigstens grünen Rasen gibt.«

»Sie wohnen ja auch in der Nähe des Tiergartens. Da können Sie doch bald hingelangen und dort promenieren.«

»Eine reine Freude ist das auch nicht mehr bei dem starken Autoverkehr. Als Vater noch lebte, hatten wir eine kleine Villa am Wannsee. Da hatten wir einen schönen Garten, dicht am See. Aber dann mußte Vater auch die Villa verkaufen, und eine Weile später saßen wir beide, meine Schwester und ich, verwaist und verarmt in einem winzigen Hinterzimmerchen in einer billigen Pension, und waren froh, daß wir das hatten. Wir sahen auf einen engen Hof hinaus, der nie einen Sonnenstrahl bekam. Dagegen haben wir es doch jetzt herrlich, was, Dina?«

Blandine nickte aufatmend.

Teilnahmsvoll hatte Frieder zugehört.

»Sie haben schwere Jahre durchlebt nach der Inflation, ich hörte es von gemeinsamen Bekannten.«

»Ja«, erwiderte Freda aufatmend, aber ihre Augen leuchteten. »Leicht waren diese Jahre nicht, aber auch sie waren lebenswert für uns, wir haben wenigstens zeigen können, daß wir uns nicht unterkriegen lassen.«

Blandine faßte ihre Hand.

»Du hast dich nicht unterkriegen lassen, Freda, du hast gezeigt, was eine Frau leisten kann, du hast für dich und mich gearbeitet. Ich konnte dich nur wenig unterstützen, und überhaupt erst, als ich mit der Schule fertig war.«

»Aber kaum warst du damit fertig, da nahmst du eine Stellung an, und wenn sie auch nicht so gut bezahlt wurde wie die meine, so kannst du nichts dafür. Du hast so gut wie ich deinen Mann gestellt, und darauf wollen wir stolz sein, Dina. Ich mag die Erinnerung an die mageren Jahre, die wir damals durchlebten, nicht missen, wenn sie für uns auch viel Schweres und manche Entbehrungen brachten. Wir wissen wenigstens, daß wir für uns selbst einzustehen imstande waren, daß wir aus eigener Kraft unser Schicksal meistern konnten.«

»Ja, Freda, und außerdem haben wir damals erkennen müssen, daß man sich auf keinen Menschen verlassen kann außer auf sich selbst. Unsere Freunde, die sich so schnell wieder einfanden, als der gute Onkel uns ein ansehnliches Vermögen hinterlassen hatte, waren auf einmal wie vom Erdboden verschwunden, als wir arm waren«, stieß Blandine erregt hervor.

Teilnehmend sah Frieder sie an, sagte aber begütigend:

»Sie dürfen dabei eines nicht vergessen, mein gnädiges Fräulein, gerade in jener Zeit hatten alle Menschen mit ihrem eigenen Schicksal zu tun. Manche Existenz stand auf dem Spiel, und jeder mußte seine Kräfte dransetzen, um nicht unterzugehen. Da hatte keiner Zeit für den anderen. Auch in unserer Firma gab es eine harte Zeit, und ich spreche darum aus Erfahrung, wenn es mir auch nicht so schlimm ergangen ist wie Ihnen. Glauben Sie nicht, daß alle Ihre Freunde sich damals von Ihnen zurückhielten, weil Sie arm geworden waren, manche taten es vielleicht nur, weil sie selbst dicht vor dem Untergang standen und Ihnen mit ihrem Leid nicht lästig fallen wollten.«

»Daran habe ich noch nie gedacht«, sagte Blandine leise.

Er wollte noch mehr die Bitterkeit mildern, die ihre junge Seele noch immer bedrückte.

»Ich möchte aber wetten, daß mancher von Ihren Freunden erst zu Ihnen zurückfand, als er selbst endlich wieder freie Fahrt hatte.«

»Aber niemand hat mit uns davon gesprochen, daß es ihm schlecht gegangen sei.«

»Und Sie meinten, weil niemand zu Ihnen von seinen Sorgen sprach, er habe keine gehabt? Haben Sie damals von Ihren Sorgen gesprochen?«

»Nein!«

»Nun also! Man spricht nicht gern über Kämpfe, die hinter einem liegen.«

Freda reichte ihm die Hand.

»Ich danke Ihnen, daß Sie meiner Schwester einmal diese Angelegenheit von einer anderen Seite zeigen, von der ich sie auch noch nicht angesehen hatte. Das wird viel Bitterkeit in der Seele meiner Schwester auslöschen.«

»Das sollte mich freuen! Möglich, daß dieser und jener sich von Ihnen zurückhielt, weil er Ihnen doch nicht helfen konnte. Werfen Sie aber nur nicht alle in einen Topf. Es gibt auch Menschen, die sich nicht durch die Armut ihrer Freunde abschrecken lassen. Hätte ich Sie damals schon gekannt, hätte ich dafür den Beweis erbracht.«

Mit einem unsicheren Blick sah Blandine ihn an. Aber ehe sie noch etwas sagen konnte, wurden sie in ihrer Unterhaltung durch ein reizendes kleines Mädchen gestört, das plötzlich aus dem Zimmer Frank Markwalds auf die Veranda herausgesprungen kam.

»Oh, Vati, wie lustig ist das, man kann aus deinem Zimmer gleich ins Freie hinauslaufen!« rief das Kind und stand dann plötzlich erstaunt und betroffen still, und sah die drei Personen um den Teetisch mit großen Augen an. Die Kleine blieb an der Grenzkette stehen. Wie verzaubert blickten die Schwestern auf das süße kleine Wunder, das vom Kopf bis zu den Füßen in Weiß gehüllt war. Wortlos staunte das Kind, und wortlos staunten die drei Menschen. Aber da erschien plötzlich Frank Markwald.

»Komm, Conny, nicht lästig fallen«, sagte er, und während er eine entschuldigende Verbeugung machte, nahm er das Kind an der Hand und wollte es fortführen.

Da sprang Frieder auf.

»Ihr reizendes Töchterchen ist uns gewiß nicht lästig gefallen, Herr Markwald. Gestatten Sie, daß ich Sie den Damen vorstelle.«

Frank Markwald neigte nach einem kurzen Zögern das Haupt, er sah ein, daß eine Vorstellung mit seinen Zimmernachbarn nicht zu umgehen sei.

Frieder machte die Herrschaften bekannt, und Markwald sagte in seiner ruhigen, ernsten Art:

»So will ich den Herrschaften auch gleich meine kleine Tochter Conny vorstellen. Sie hat nach einer Patin den etwas umständlichen Namen Constanze erhalten, was in Conny abgekürzt wurde. Ich hoffe, sie wird Ihnen nie lästig fallen, wenn sie hier draußen auf der Veranda spielt.«

Freda sah wie verzaubert auf das entzückende Kind, das mit seinen blauen Augen zu ihr emporlachte. Sie beugte sich herab.

»Du wirst hier draußen sehr schön spielen können, kleine Conny, es wird uns immer freuen, dich zu sehen.«

»Bist du eine Mutti?« fragte Conny und blickte mit reizender Zutraulichkeit zu ihr auf.

Freda stieg das Blut ins Gesicht, aber sie antwortete lächelnd, das Kind mit ihrem gütigen Blick ansehend:

»Nein, Conny, eine Mutti bin ich nicht.«

»Aber eine Tante, gelt?«

»Ja, gewiß, eine Tante bin ich.«

»Und wie heißt du?«

»Freda.«

»Und die andere Tante?« fragte Conny, auf Blandine zeigend.

»Tante Dina!«

Artig reichte Conny auch Blandine das Händchen, und dann auch Frieder, zu dem sie lachend sagte:

»Du bist ein Onkel, das weiß ich schon.«

»Sie müssen Conny schon erlauben, in Ihnen Tanten und Onkel zu sehen, sie macht von dem Vorrecht Gebrauch, alle Menschen, die sie leiden mag, auf diese Weise zu ihrer Verwandtschaft zu rechnen«, sagte Frank Markwald mit einem müden Lächeln.

Conny plauderte ungeniert weiter mit den beiden Damen, die sehr entzückt von ihr waren, während ihr Vater noch einige Worte mit Frieder Lienhard wechselte. Dann kam eine Frau im schwarzen Kleid mit weißer Schürze und weißem Häubchen aus dem neben Frank Markwalds Zimmer liegenden Raum und sah sich nach Conny um. Diese lief auf sie zu.

»Lena, sieh doch nur, zwei neue Tanten und einen neuen Onkel habe ich hier gefunden.«

Die Nurse sah fragend zu ihrem Herrn auf. Er nickte ihr zu.

»Sie müssen Conny jetzt umkleiden, Frau Hollmann, dann bringen Sie das Kind zu mir herüber, bis Sie ausgepackt haben«, sagte er.

Und während Frau Hollmann Conny davonführte, die lächelnd ihren neuen Freunden zuwinkte, machte Frank Markwald eine Verbeugung vor den Schwestern und Frieder und zog sich in sein Zimmer zurück.

Freda stand eine Weile ganz benommen und sah zu der Tür, hinter der das Kind verschwunden war.

»Was für ein entzückendes Geschöpf«, sagte sie endlich, sich aufraffend.

»Ja, Freda, ich habe noch nie ein so reizendes kleines Mädchen gesehen«, stimmte Blandine bei.

Sie nahmen noch eine Weile am Teetisch Platz, aber dann schlug Blandine vor, man solle noch einen kleinen Spaziergang machen.

Freda stimmte sofort zu, sie hatte das Gefühl, daß man Frank Markwald auf sein Zimmer bannen würde, wenn man jetzt nicht die Veranda räumte.

Auch Frieder war sofort einverstanden, und wenige Minuten später schritten die drei Menschen in den Wald hinein, der sich hinter dem Hotel ausbreitete.

4

FRANK MARKWALD KAM wirklich sogleich auf die Veranda heraus, als er merkte, daß es drüben still geworden war. Aufatmend warf er sich in einen der Sessel, die vor seinem Zimmer standen, und lauschte auf das Geplauder seines Töchterchens, das aus dem Nebenzimmer herausschallte. Bald darauf erschien Conny wieder an der Hand ihres Kindermädchens. Sie eilte auf den Vater zu und umhalste ihn.

»Vati! Oh, mein lieber Vati, wie froh bin ich, daß ich wieder bei dir bin!«

Er zog sie auf seinen Schoß und drückte ihr Köpfchen zärtlich an sich.

»Gefällt es dir hier, Conny?«

»Schöööön, Vati! Aber wo sind die lieben Tanten, die vorhin hier waren, und der Onkel?«

»Sie sind wohl spazierengegangen, Conny.«

»Oh, warum haben sie uns nicht mitgenommen?«

»Sie machen wohl einen weiten Weg, wo kleine Mädchen nicht mitkommen können.«

»Aber sie kommen doch wieder?«

»Gewiß!«

»Bald?«

»Vielleicht! Ich weiß es nicht.«

»Ich mag sie leiden, sie sollen bald wiederkommen.«

Er strich über das blonde, gelockte Haar.
»Du darfst aber niemals lästig werden, Conny.«
Conny lachte unbekümmert.
»Nein, sie mögen mich leiden!«
Er lächelte leise.
»Weißt du das so bestimmt?«
»Ja doch, Vati, das sieht man doch gleich an den Augen«, meinte sie ernst und wichtig und schüttelte ein wenig den Kopf über den Vater, dem man so etwas erst sagen mußte.
Er seufzte.
»Mögest du immer in den Augen der Menschen lesen, ob sie dich möchten oder nicht«, murmelte er.
»Wie meinst du, Vati?«
»Oh, es war nichts von Bedeutung.«
»Darf ich meine Lilly und meine anderen Puppenkinder hier herausholen, Vati?«
Lilly war ihre Lieblingspuppe.
»Gewiß, hole sie nur.«
»Lilly wenigstens, Vati, sie soll gesund werden in der guten Luft. Lena sagt, alle Menschen müssen hier gesund werden, also Puppenmenschen auch. Und Lilly ist so blaß.«
»Ja, ja, bringe sie in die Sonne, das wird ihr guttun.«
Sie lief davon und kehrte bald darauf mit einer ziemlich großen Puppe zurück, die einigermaßen ramponiert aussah. Sie hatte zuweilen sehr viel unter den Zärtlichkeiten ihrer kleinen Puppenmutter auszustehen. Conny legte sie in einen der Sessel, den sie mitten in die Sonne rückte. Dann sah sie sich überall um, und als sie darauf wieder zu ihrer Puppe zurückkehrte, sagte sie:
»Mir scheint, Lilly sieht nun schon viel wohler aus. Findest du nicht, Vati?«
Ernsthaft und aufmerksam sah er das kleine Monstrum von einer Puppe an.
»Ein wenig blaß ist sie schon noch, weißt du, aber das wird besser werden. Sieh, wenn du sie dorthin in das geschützte Eckchen setzen würdest, dann wäre sie auch vor Regenwetter geschützt und könnte immer draußen bleiben. Der Balkon da oben in der oberen Etage hält den Regen ab.«

»O fein, dann kann sie immer frische Luft haben. Aber abends muß sie mit in meinem Bettchen schlafen. Sie ist das so gewöhnt, und wenn ich sie mal vergesse, sehnt sie sich die ganze Nacht nach mir. Man hat so große Sorgen mit den Puppenkindern«, seufzte sie gewichtig.

Gerührt sah der Vater sein Kind an, und er mußte denken, daß Conny mehr an ihrer Puppe hing, als ihre Mutter an ihr gehangen hatte.

Conny placierte ihre Puppe unter den Balkon, dann ging sie vor bis an die Holzbalustrade der Veranda und schaute zu den Bergen hinauf.

»Vati, wie heißt denn der große, große Berg, der am weitesten im Himmel ist?«

»Die Jungfrau.«

Verwundert sah Conny den Vater an.

»Was für ein komischer Name für einen Berg! Gehen wir da hinauf, ganz oben hinauf, wo der Schnee liegt?«

»Wenn du groß bist, gehen wir wieder hierher, dann kannst du mit hinaufkommen. Jetzt bist du noch zu klein und zu schwach, es dauert viele Stunden, bis man oben ist.«

»Oh, der Berg ist doch so nahe.«

»Das scheint nur so.«

»Ist Tante Freda auf den Berg hinaufgegangen?«

»Tante Freda? Wer ist denn das?«

»Aber Vati, die liebe neue Tante, die wie eine Mutti aussieht.«

»Ach so! Ich glaube nicht, daß sie auf den Berg hinaufsteigt.«

Conny hatte nach Kinderart noch viel zu fragen, und der Vater antwortete geduldig auf alle diese Fragen, so gut er konnte. Dabei sah er mit traurigen Augen auf sein Kind, das einzige, was ihm geblieben war von einem kurzen, berauschenden Glück, das doch nur ein Scheinglück gewesen war.

Als Frau Hollmann dann herauskam, um Conny zu holen, die ihre Abendmahlzeit einnehmen und dann zu Bett gebracht werden sollte, sagte Frank Markwald zu ihr:

»Ich hoffe, hier haben Sie es ein wenig bequemer, Frau Hollmann. Conny kann den größten Teil des Tages hier auf der Veranda spielen. Da kommt ihr so leicht kein Fremder zu nahe, der nicht ins Hotel gehört. Sie können dann mit draußen sitzen und sich auch ein wenig erholen.«

»Ich danke, gnädiger Herr! Hier ist es wunderschön, und die gute Luft wird Conny sehr guttun, ganz abgesehen davon, daß ich mich hier prächtig erholen werde. Ich kann Ihnen nicht genug danken, daß Sie mir eine so schöne Reise möglich gemacht haben. Und hoffentlich erholen sich der gnädige Herr auch recht gut, das ist doch die Hauptsache.«

»Ich denke, daß ich von hier aus unbesorgt meine Bergtouren machen kann, hier wird sich niemand so leicht an Conny heranschleichen können. Wer nicht ins Hotel gehört, kommt nicht hier herauf. Und von unten kann das Kind nicht gesehen werden. Trotzdem dürfen Sie nicht nachlassen mit Ihrer Wachsamkeit.«

»Ganz unbesorgt, gnädiger Herr! Ich glaube ja auch nicht, daß der Versuch, Conny zu entführen, wiederholt werden wird. Ihre Mutter wird eingesehen haben, daß Sie gut bewacht wird, und sie hat sich ja auch noch nicht wieder in Connys Nähe sehen lassen.«

Er fuhr sich mit der Hand über die Stirn.

»Wir wollen hoffen, daß der Versuch nicht wiederholt wird, immerhin kann man sich aber nicht darauf verlassen. Doch Sie werden auf dem Posten sein, und, wie gesagt, hier herauf wird niemand kommen. Ich habe ja auch alles Nötige getan, um geheimzuhalten, wohin ich mit Conny gegangen bin, selbst die Geschäftspost wird mir unter den größten Vorsichtsmaßregeln nachgesandt. Im übrigen verlasse ich mich auf Sie.«

»Das können der gnädige Herr gewiß. Wie ist es aber mit den beiden jungen Damen und dem Herrn, mit denen Conny vorhin sprach. Muß ich da vorsichtig sein?«

»Nein, nein, diese Herrschaften sind über jeden Verdacht erhaben. Doch sorgen Sie dafür, daß Conny in ihrer Zutraulichkeit den beiden Damen, die hier neben uns wohnen, nicht lästig fällt.«

»Sehr wohl, gnädiger Herr.«

»Was ich noch fragen wollte – hat Conny in letzter Zeit noch nach ihrer Mutter verlangt?«

»Nein, gar nicht mehr. Kinder vergessen so leicht.«

»Gut! Nun sorgen Sie, daß Conny ihr Abendessen erhält, Sie überzeugen sich, daß alles tadellos ist, was dem Kind vorgesetzt wird. Und dann bringen Sie die Kleine zur gewohnten Zeit zu Bett.«

»Sehr wohl, gnädiger Herr!«

Damit war Frau Hollmann entlassen und führte das Kind fort. Als er allein war, zog Frank Markwald einen Brief aus der Tasche, der bereits geöffnet war.

Der Brief, den er aus der Tasche genommen hatte, enthielt mehrere Blätter. Frank Markwald entfaltete das erste und las:

Sehr geehrter Herr Markwald!

Heute muß ich noch einmal auf Ihre Scheidungsangelegenheit zurückkommen. Es liegt mir ein Brief Ihrer geschiedenen Gattin, Frau Ellen Markwald, vor, den ich Ihnen in der Abschrift beifüge. Sie ersehen daraus, daß sie mir mitteilt, daß sie sich dareinfügen müsse, als schuldiger Teil aus dem Scheidungsprozeß hervorzugehen (etwas anderes wird ihr unter den obwaltenden Umständen nicht übrigbleiben), daß sie sich aber noch immer nicht damit einverstanden erklären will, alle Ansprüche an ihr Kind aufzugeben. Sie will nicht auf ihre Tochter verzichten, und mir scheint, man muß vorsichtig sein, damit sie den Versuch, Ihre Tochter zu entführen, nicht noch einmal wiederholen wird. Ich halte es für meine Pflicht, Ihnen den Brief zugänglich zu machen, aus dem hervorgeht, daß sie den festen Willen hat, Ihre Tochter in ihre Gewalt zu bekommen und dann mit ihr ins Ausland zu fliehen. Würde ihr das gelingen, bliebe Ihnen wenig Hoffnung, das Kind wiederzuerlangen. Der Brief ist meiner Ansicht nach diplomatisch und sehr berechnend abgefaßt, möglicherweise ist er Frau Ellen Markwald diktiert worden. Sie werden so gut wie ich zwischen den Zeilen herauslesen, daß ihr viel daran liegt, das Kind in ihre Gewalt zu bekommen, weil sie annimmt, daß sie Ihnen dann Bedingungen diktieren kann. Aus Angst, daß es dem Kind schlecht gehen könne, würden Sie sich selbstverständlich sofort bereit erklären, Frau Ellen Markwald die nötigen Existenzmittel zu überweisen. Anscheinend steht sie noch mit dem Filmschauspieler Hofer in Verbindung, und er dürfte der treibende Keil sein. Soviel ich weiß, ist er in ziemlich schwerer finanzieller Lage, er ist bisher von Frau Ellen Markwald unterstützt worden. Da aber nach ausgesprochener Scheidung keine Alimente von Ihnen mehr an sie gezahlt werden, wird sie dazu kaum noch lange in der Lage sein. Ich habe Ihnen, als Ihr Anwalt in dieser Angelegenheit, dringend abgeraten, Frau Ellen Markwald weitere Zuwendungen, zu denen Sie absolut nicht mehr verpflichtet sind, zu machen, denn Sie würden damit nur den Filmschauspieler Hofer unterstützen, der einer von den fragwürdigen Gentlemen ist, die sich von einer Frau bezahlen lassen. Er hat seit Monaten keinen Auftrag mehr gehabt, anscheinend ist er, so schnell er aufgestiegen ist, ebensoschnell wieder abgestürzt und vergessen worden, man mag ihn nicht mehr sehen, weil er eben nichts kann und nur des schönen Äußeren halber engagiert wurde. Damit allein ist aber beim Film ein dauernder Erfolg unmöglich. Was er verdient hat, ist immer schnell ausgegeben worden, und so befindet er sich in großen Geldschwierigkeiten. Bei seiner Veranlagung ist es selbstverständlich, daß er an Ihrem Reichtum partizipieren möchte, sicherlich drängt er Frau Ellen Markwald, um auf irgendeine Weise Geld von Ihnen zu erpressen. Und da diese anscheinend eine letzte Scheu davon abhält, sich wegen Unterstützung an Sie zu wenden, wie Hofer wohl schon von ihr verlangt haben wird, so suggeriert er ihr eben jetzt, daß sie das Kind an sich bringen muß, um sofort aus aller Not befreit zu sein. Man nimmt nicht mit Unrecht an, daß Sie gegen alle Forderungen gefügig gemacht werden können, sobald das Kind in den Händen dieser beiden Menschen ist. Deshalb rate ich Ihnen dringend, Ihr Töchterchen nie ohne Aufsicht zu lassen. Wenn ich noch etwas für Sie tun kann, lassen Sie es mich wissen. Ich lege Ihnen auch eine Abschrift der Antwort bei, die ich Frau Ellen Markwald zugesandt habe.

Von Herzen wünsche ich Ihnen gute Erholung.

Mit ergebenem Gruß
Ihr Dr. Hermann Schröter

Mit düsteren Augen entfaltete Frank Markwald das zweite Schreiben, dieses lautete:

Sehr geehrter Herr Doktor!

Vergeblich habe ich versucht, mit meinem ehemaligen Gatten in Verbindung zu treten. Er läßt alle meine Briefe, in denen ich ihn um ein Zusammentreffen mit meinem Kind bitte, uneröffnet zurückgehen. Deshalb wende ich mich an Sie und bitte Sie, ihm mitzuteilen, daß ich nie, niemals auf den Besitz meiner Tochter verzichten werde. Keinem Gericht der Welt erkenne ich das Recht zu, mich von meinem Kind zu trennen, und nie, niemals werde ich aufhören, um mein natürliches Recht zu kämpfen. Man verweigert mir jetzt sogar, was das Gericht mir zugestand, das Kind zuweilen zu sehen, weil ich, von meiner Mutterliebe getrieben, versuchte, es mit mir zu nehmen. Ich werde diese Versuche, mein Kind an mich zu nehmen, nie aufgeben, und es wird mir gelingen. Dann werde ich mit meiner Tochter ins Ausland flüchten, wo man nicht wagen wird, einer Mutter ihr Kind zu rauben. Ich war gestern und vorgestern vor der Villa Markwald, man hat mich nicht eingelassen und hat mir gesagt, Conny sei mit ihrem Vater verreist. Ich bitte, ich beschwöre Sie, Herr Doktor, wenn es wahr ist, daß sie verreist sind, geben Sie mir die Adresse. Ich muß mein Kind wiedersehen. Ich will Frank Markwald folgen und ihn anflehen, mir mein Kind zu geben. Es muß mir gelingen, sein hartes Herz zu rühren. Er hat sich ja mit einer unübersteigbaren Mauer umgeben, hier in Berlin ist es unmöglich, an ihn heranzukommen. Draußen in der Welt wird es leichter für mich sein, in seine und Connys Nähe zu gelangen und dann Gespräche mit ihm zu führen. Deshalb flehe ich Sie an, geben Sie mir seine Adresse, Sie wissen sie bestimmt. Bei Ihnen liegt die Hoffnung einer unglücklichen Mutter. Bitte, helfen Sie mir. Stellen Sie sich nicht hartherzig auf den Standpunkt des Gerichts, daß ich das Recht an meiner Tochter verloren habe, weil ich schwach war und meinem Herzen folgte. Sollen wir Frauen allein verdammt werden, wenn uns das Herz zu einer Untreue verleitet? Den Männern wird doch in solchen Fällen soviel verziehen. Ich habe gefehlt, aber ich habe auch gebüßt und büße noch immer, da ich durch die Scheidung in sehr schwierige Verhältnisse gekommen bin. Bitte, helfen Sie mir, seien Sie menschlich, und geben Sie mir Frank Markwalds Adresse, damit ich ihn aufsuchen kann.

Hochachtungsvoll ergeben

Ellen Markwald

Ein verächtlicher, bitterer Zug lag um Frank Markwalds Mund.

»Alles Komödie«, sagte er vor sich hin.

Er wußte nicht, ob die Liebe, die er einst für diese Frau empfunden, schon ganz gestorben war. Weh tat ihm das Herz noch immer, wenn er an sie dachte. Er hatte sie heiß geliebt, hatte ihr rückhaltslos vertraut, bis zu jener Stunde, da er, unerwartet von einer Reise heimkommend, sie in den Armen des Filmschauspielers Gert Hofer gefunden hatte. Mit der Reitpeitsche seiner Frau, die er vor sich liegen sah, hatte er diesen ins Gesicht geschlagen und hinausgejagt in die Nacht. Seiner treulosen Gattin hatte er ebenfalls die Tür gewiesen. Sie hatte am nächsten Morgen sein Haus verlassen, ohne daß er sie wiedergesehen hatte. So heiß er geliebt, so schrankenlos er vertraut hatte, genauso unerbittlich hatte er verdammt, zumal ihm seine Gattin an jenem Abend in der Erregung zugerufen hatte, daß sie ihn nie geliebt habe, daß sie nur seine Frau geworden sei, um sich aus armseligen Verhältnissen in ein Dasein voll Luxus und Reichtum zu retten. Er war seit jener Stunde fertig mit ihr gewesen, aber die Wunde, die sie ihm geschlagen hatte, brannte noch immer und vertrug keine Berührung. Wie ein Verzweifelter hatte er sich in die Arbeit gestürzt, um zu vergessen. Als er an jenem Abend seine Frau gefragt hatte, ob sie nicht an ihr Kind gedacht habe, hatte sie ihm geantwortet: Was ist mir das Kind, es ist das eines ungeliebten Mannes, und es füllt mein inhaltleeres Dasein nicht aus.

Das hatte er bisher nicht vergessen können, und das machte ihn hart und unbeugsam gegen die Mutter seines Kindes. Deshalb konnte er auch jetzt nicht an ihre Sehnsucht nach dem Kind glauben. Es war Komödie, wie ihr ganzes Leben, seit sie als seine Frau in sein Haus gekommen war. Ob sie für jenen Gert Hofer eine echte Liebe empfand, wußte er nicht. Er bezweifelte es. So, wie er sie jetzt kannte, war sie eine jener Frauen, die leichtfertig mit dem Leben tändeln.

So sehr hatte er sich in seine Arbeit verbissen seit jenem Abend, daß er sich überarbeitet hatte und seine Nerven schließlich den Dienst versagten.

Und nun wollte er Heilung und Erholung in den Bergen suchen, die ihm so oft schon Erfrischung gebracht hatten nach anstrengenden Arbeitswochen. Als Chef eines großen Unternehmens hatte er immer sehr viel Arbeit zu bewältigen.

Langsam faltete er das Schreiben zusammen. Er wußte, daß der Rechtsanwalt recht hatte, wenn er sagte, daß Ellen nur Geld erpressen wollte. Er hätte trotz allem weiter für sie gesorgt, wenn er nicht gewußt hätte, daß er damit zugleich jenen Menschen unterhalten würde, der seine Ehre verletzt hatte. Dagegen empörte sich sein ganzes Empfinden. So weit durfte sein Großmut nicht gehen, wenn er sich nicht selbst verächtlich vorkommen wollte. Und nun wollten sie sein Kind entführen, um ihn so zu zwingen, ihnen Existenzmittel zu geben. Nicht Mutterliebe war es, was Connys Mutter trieb, sich des Kindes zu bemächtigen, sondern nur die Sucht, für sich und jenen Mann eine Existenz zu schaffen. Aber es sollte ihnen nicht gelingen, seine kleine Conny sollte nicht in die Hände ihrer lieblosen Mutter und ihres ehrlosen Verführers fallen. Um keinen Preis durfte das geschehen. Sein Kind sollte in reiner Umgebung aufwachsen.

Zum Glück hatte Conny nie sehr an ihrer Mutter gehangen. Feinfühlig hatte das Kind wohl gespürt, daß sie der Mutter nicht viel bedeutete, während der Vater sie innig liebte. So hing sie viel mehr an dem Vater. Sie hatte nicht oft nach der Mutter verlangt, nachdem diese aus ihrem Leben geschieden war. Gleich nach der Scheidung hatte Ellen das Kind entführen wollen. Damals hatte Conny ihre Mutter das letztemal gesehen. Sie hatte dann noch einige Male gefragt: Wo ist Mutti, kommt sie nicht wieder? Aber als man ihr gesagt hatte, sie sei verreist auf lange Zeit, da hatte sie sich schnell damit abgefunden.

Aufatmend entfaltete Frank Markwald nun auch das dritte Schreiben und las:

Sehr geehrte, gnädige Frau!

Den Empfang Ihres Briefes von gestern dankend bestätigend, teile ich Ihnen mit, daß ich Ihnen den derzeitigen Aufenthalt des Herrn Frank Markwald nicht mitteilen kann. Wenn ich denselben auch kenne, so habe ich doch Anweisungen von meinem Klienten, ihn niemand mitzuteilen. Ich weiß, daß Herr Markwald eine Begegnung mit Ihnen nicht wünscht, und weiß auch, daß er Ihnen niemals seine Tochter überlassen wird. Ich rate Ihnen, jeden Versuch, das Kind an sich zu bringen, aufzugeben, denn da das Gericht zu Ihren Ungunsten entschieden hat, bleibt das Kind dem Vater. Vielleicht wird es Ihnen leichter, sich dareinzufügen, wenn Sie bedenken, daß Herr Markwald schon genug Leid zu tragen hat. Der Verlust seiner Tochter würde verhängnisvoll für ihn werden, denn er ist durch alles, was geschehen ist, schwer an seiner Gesundheit geschädigt. Die Trennung von Ihrer Tochter wird Ihnen zweifelsohne leichter werden, wenn Sie bedenken, daß sie in geordneten, sicheren Verhältnissen zurückgeblieben ist unter dem Schutze ihres sie zärtlich liebenden Vaters. Gerade wenn Sie Ihr Kind lieben, werden Sie nicht wollen, daß es mit Ihnen in unsichere, sorgenvolle Verhältnisse hineingerissen wird. Und wenn Sie so große Sehnsucht nach dem Kind haben, so halten Sie sich vor Augen, daß Herr Markwald Ihnen späterhin zuweilen ein Wiedersehen mit ihm gestatten wird, wenn er nicht mehr fürchten muß, daß Sie es ihm entführen wollen. Ihr letzter Brief ist nicht dazu angetan, ihn in diesem Punkt zu beruhigen. Weiter kann ich Ihnen heute nichts sagen. Sonst gern zu Diensten bereit

Hochachtungsvoll

Dr. Hermann Schröter, Rechtsanwalt

Über den Brief hinweg sah Frank Markwald zu dem Gipfel der Jungfrau hinauf, der im Schein der Abendsonne langsam aufzuglühen begann. Tief atmete er auf und richtete sich empor, als würfe er eine Last von sich. Dann trat er in sein Zimmer, um sich zum Diner anzukleiden. Er hatte gehört, daß seine Zimmernachbarinnen zurückgekehrt waren, die sich wahrscheinlich auch für das Diner umkleiden wollten.

Als er fertig war, ging er noch einmal zu seiner kleinen Tochter hinüber. Sie wurde eben von Frau Hollmann zu Bett gebracht. Er hob sie empor und preßte ihr rosiges Körperchen fest an sich.

»Gute Nacht, meine kleine Conny, schlaf gut. Gott behüte dich.«

»Und morgen kann ich draußen auf der Veranda mit meinen Puppen spielen, und dann ist Tante Freda und die andere Tante auch da, nicht wahr.«

»Hast du sie noch nicht vergessen, die neuen Tanten?« fragte er lächelnd.

»Aber nein, Vati, sie sind doch so lieb.«

Es zuckte in seinem Gesicht. Sein armes Kind mußte sich ein bißchen mütterliche Liebe von fremden Frauen holen.

Schnell setzte er Conny nieder, strich ihr noch einmal liebevoll über das blonde Haar und ging hinaus.

5

EINIGE TAGE WAREN vergangen. Conny hatte nun schon mit den neuen Tanten sehr innige Freundschaft geschlossen, hauptsächlich mit Freda, »die wie eine Mutti aussah«. Was Conny damit meinte, wußte sie vielleicht selbst nicht, denn an ihre Mutter hatte sie nicht eben gute Erinnerungen. Aber sie fühlte instinktiv, wie das bei Kindern oft der Fall ist, die mütterliche Güte in Fredas Wesen, fühlte, daß diese sie wirklich liebhatte. Freda nahm sich des kleinen, mutterlosen Mädchens mit großer Innigkeit an. Wenn ihr Vater nicht da war, verzichtete Freda zuweilen gern auf einen Spaziergang, nur um in Connys Gesellschaft bleiben zu können.

Das Kind spielte fast den ganzen Tag auf der geräumigen Veranda, und trotz des Einspruchs von Frau Hollmann respektierte sie die Grenzkette nicht lange. Sie schlüpfte schon am ersten Tag darunter durch, um zu Freda zu gelangen, und so geschah es auch an anderen Tagen, nachdem Freda Frau Hollmann beruhigt hatte, daß das Kind ihr gewiß nicht lästig sei.

Freda wußte aber auch wundervoll mit dem Kind umzugehen. Die angeborene Mütterlichkeit ihres Wesens half ihr, in der Kinderseele zu lesen und dafür Verständnis zu finden. Und Conny merkte das instinktiv und schloß sich bald mit großer Inbrunst an Freda an. Niemand konnte so herrliche Märchen erzählen wie Tante Freda, niemand wußte so gut Bescheid, wo es der Puppe Lilly fehlte, wenn sie nach Connys Meinung krank war, und niemand konnte mit so blühender Phantasie im Kinderland spazierengehen und das Kinderseelchen so gut verstehen wie sie.

Und wie Conny restlos von Tante Freda entzückt war, so war Freda restlos Conny zugetan. Blandine scherzte und spielte auch zuweilen sehr gern mit Conny, aber so gut wie Freda verstand sie doch nicht mit ihr umzugehen.

Frank Markwald merkte sehr wohl, was für eine innige Freundschaft zwischen Conny und Freda geschlossen worden war, aber sobald er auftauchte, zog sich Freda scheu zurück. In seiner Gegenwart war sie sehr zurückhaltend, und das schönste Spiel wurde zu Connys Leidwesen sofort unterbrochen, wenn er in Sicht kam. Er erfuhr nur durch Conny und durch Frau Hollmann, wie sehr sich Freda Nordmann mit seinem Kind beschäftigte.

Frau Hollmann war sehr froh, daß das lebhafte Kind in Freda eine so willige Gesellschafterin gefunden hatte, blieb ihr doch so mehr Zeit für sich selbst. Sie konnte jetzt auch einmal daran denken, ein Buch zu lesen oder ungestört eine Näherei vorzunehmen. Deshalb war sie Freda sehr dankbar und ergeben.

Freda fragte und forschte nie nach Frank Markwalds Verhältnissen, wenn sie mit Conny und Frau Hollmann allein auf der Veranda war. Sein Name wurde nie von ihr genannt, vielleicht gerade, weil sie soviel an ihn und sein Schicksal denken mußte. Aber unaufgefordert hatte ihr Frau Hollmann berichtet, daß sie doppelt gut auf Conny achten müsse, weil deren Mutter, die von Frank Markwald geschieden sei, die Absicht habe, das Kind zu entführen.

»Und wenn Herrn Markwald Conny genommen würde, das überlebte er nicht«, hatte sie gesagt.

So wußte Freda doch nun allerlei aus Frank Markwalds Leben, genug, um ihr Mitleid zu wecken.

Dieses Mitleid wurde immer stärker, und daraus entwikkelte sich ein noch viel tieferes Gefühl. Freda war gewohnt, sich über ihre Gefühle Rechenschaft abzulegen wie über ihre Taten, und sie verhehlte sich nicht, daß sie Frank Markwald liebte, mit einer anderen, tieferen und stärkeren Liebe, als sie damals als ganz junges Mädchen für ihren Verlobten empfunden hatte.

Was sie damals für Liebe gehalten hatte, das war ein sehr kleines Gefühl im Verhältnis zu dem, was sie jetzt empfand. Diese neue Liebe war wunschlos, sie war sich klar, daß diese Liebe nie Erfüllung werden würde, aber sie war trotzdem glücklich, daß sie so empfinden konnte. Ihr Leben wurde reich dadurch, es war so schön und so erhebend, so lieben zu dürfen. Und niemand konnte ihr das verwehren. So innig sie nur wollte, konnte sie diesen Mann lieben, wenn sich nur keine Wünsche nach seinem Besitz an diese Liebe knüpften. Dankbar gegen das Geschick, freute sie sich, daß sie nach allen herben Enttäuschungen noch so tief und stark empfinden konnte.

Sie sah, daß ihre junge Schwester mehr und mehr den stachligen Widerstand gegen Frieder Lienhard aufgab, sah in der Zeiten Hintergrund, daß ihre kleine Dina eines Tages Frau Lienhard werden würde. Dann war es gut, wenn sie ihr Herz an etwas klammern konnte, damit ihr Leben nicht leer und inhaltslos würde.

Kein Bedauern kam über sie, daß sie einen Mann lieben mußte, dessen Herz wahrscheinlich noch immer an der untreuen Frau hing und der bestimmt niemals ihre Liebe erwidern würde. Stolz und froh machte sie diese Liebe, und sie wehrte sich nicht dagegen.

Da sie nun den ganzen Liebesreichtum ihres Wesens nicht dem Mann darbieten konnte, ließ sie ihn über sein mutterloses Kind ausströmen.

Und instinktiv spürte Conny, wie sehr sie von Tante Freda geliebt wurde, und erwiderte diese Liebe.

Frank Markwald nahm vorläufig keine Stellung zu dem vertraulichen Verhältnis, das zwischen seiner Tochter und Freda Nordmann herrschte.

Aber er merkte wohl, daß sie sich immer scheu zurückzog, sobald er auftauchte. Und zuweilen tat es ihm leid, daß er nicht ein wenig zuhören konnte, was die weiche, dunkle Frauenstimme seinem Kind zu sagen hatte. Wenn er jetzt unten im Speisesaal allein an seinem Tisch saß, sah er zuweilen verstohlen zu Freda hinüber, und erst jetzt merkte er, daß sie eine sehr reizvolle Erscheinung war. Wenn sie auch nicht so schön war wie ihre junge Schwester, so wurde das reichlich ersetzt durch ihr gütiges, beseeltes Wesen. Sie wurde ihm immer sympathischer, und er dachte oft daran, wie viel mehr so eine feingebildete, wertvolle Frau seinem Kind sein könnte als eine bezahlte Nurse. Nur schade, daß Conny nur wenige Wochen »Tante Fredas« Gesellschaft würde genießen können.

Trotz diesen Erwägungen hielt er sich immer noch zurück, vermied es tunlichst, mit den Damen zu sprechen, und empfand es sehr angenehm, daß sie so taktvoll und zurückhaltend waren. Er plauderte nur abends, wenn die Damen sich schon zurückgezogen hatten, noch ein Stündchen mit Frieder Lienhard, der ihm sehr sympathisch war.

An einem besonders schönen Morgen machte Frieder den Schwestern den Vorschlag, zum Jungfrauhotel hinaufzufahren. Am Abend vorher hatte er mit Frank Markwald von dieser Absicht gesprochen, und dieser hatte ihn gebeten, oben auszukundschaften, ob Führer auf den Gipfel zu haben seien, und wenn es der Fall wäre, alles Nötige mit einem solchen zu besprechen. Frank Markwald hatte in diesen Tagen schon einige kleinere Touren unternommen, und einmal hatte Frieder ihn auch schon begleitet. Die Tour zu dem Gipfel der Jungfrau stand aber noch aus und sollte nun bald unternommen werden. Frieder sollte mit dem Führer besprechen, welcher Tag als der passendste angesehen werden könne.

In bester Stimmung brachen die Schwestern mit Frieder am frühen Morgen auf, und sie kamen wohlbehalten oben im Jungfrauhotel an, dessen Vestibül gleichzeitig der Bahnsteig der Station war. Sie hatten unterwegs viel lachen müssen, weil es in dem Wagen immer wärmer wurde, je höher man kam, statt daß sich eine gewisse Kälte eingestellt hätte, wie man bei der Höhe und in dem Felsentunnel hätte erwarten können. Sie konnten sich das nicht erklären, bis Frieder schließlich entdeckte, daß nicht nur die Wagen, sondern auch die Sitze und Rückenlehnen der Bänke elektrisch geheizt waren. Man hatte sich vorsorglich mit warmen Oberkleidern und derben Schuhen versehen, und nun stellte sich heraus, daß man diese Fahrt zur Not im leichtesten Sommeranzug hätte zurücklegen können. Die Damen legten lachend und gegen die Hitze protestierend die Oberkleider ab. Frieder sagte aber lächelnd:

»Nur erst warten, bis wir oben sind. Ich habe das vorige Mal bei dieser Tour im Schneegestöber und Schneesturm genug gefroren, und wenn wir erst oben sind und ins Freie kommen, darin werden unsere Oberkleider und die festen Schuhe schon zu ihrem Recht kommen.«

Von der Station Eismeer und Eigergletscher hatten sie eine wundervolle Fernsicht gehabt auf die umliegenden Berge, auf Interlaken und bis hinüber nach St. Beatenberg. Es war ein sehr klarer, heller Tag und eine selten gute Aussicht.

Auch als sie oben im Hotel ankamen, war es noch ganz klar. Das ganze Hotel war gut geheizt und bot einen angenehmen Aufenthalt. Sie nahmen eine Erfrischung und begaben sich darin erst auf die vorgebaute Holzveranda, von der aus sie hinab über die riesigen Gletscherfelder sehen konnten. Es hatte am Tage vorher Neuschnee gegeben, und der Anblick der weißverschneiten Berge war wundervoll. Hier draußen wehte eine ganz frische Brise, und die Damen waren jetzt schon ihrer warmen Überkleider froh. Der Wind fegte den

Neuschnee in leicht stäubenden Schneelawinen über das Dach der Veranda hinweg und sprühte ihnen Schnee ins Gesicht. Einem Herrn, der neben ihnen stand und der unpraktischerweise einen Hut aufhatte, nahm der energische Wind seine Kopfbedeckung. Es sah drollig aus, wie der schwarze Hut unten über die Gletscherfelder kullerte. Es gab ein Hallo hinter dem Ausreißer her, und der nun unbehutete Herr mußte gute Miene zum bösen Spiel machen. Er zog sich schnell von der Veranda zurück.

In der Vorhalle herrschte reges Leben, das klare Wetter hatte viel Besucher heraufgelockt, und einige hatten auch hier übernachtet, um früh den Sonnenaufgang zu genießen. Frieder und die beiden Damen fuhren nun im Fahrstuhl hinauf und gingen oben durch den dunklen, niederen Gang ins Freie, um ein wenig auf dem Gletscher herumzulaufen. Frieder fand hier oben die Führer und besprach alles Nötige mit einem von ihnen. Die Damen besichtigten inzwischen die Eisgrotte, die Frieder schon kannte.

Sie tummelten sich dann alle drei im Schnee und warfen sich lachend mit Schneebällen. Und sie sahen zum Gipfel der Jungfrau empor, der nun ganz nahe vor ihnen lag.

»Da hinauf wollen Sie?« fragte Blandine.

»Ja, mein gnädiges Fräulein, ich habe schon mit dem Führer alles ausgemacht. Er prophezeit für morgen sehr gutes und klares Wetter, und so werde ich, wenn ich Sie nach Wengen hinuntergebracht habe, gleich heute wieder mit Herrn Markwald herauffahren. Wir bleiben die Nacht oben im Hotel, damit wir früh aufbrechen können.«

Es lag eine heimliche Unruhe in Blandines Augen.

»Ist diese Tour nicht sehr gefährlich?«

Es freute ihn, Sorge aus ihren Worten herauszulesen, Sorge um ihn.

Seine Augen leuchteten in die ihren.

»Nicht mehr als jede andere Kletterpartie, besonders schwierig ist die Tour nicht, und wir sind ja vorsichtige Leute und nehmen einen Führer mit.«

»Und wie lange wird es dauern, bis Sie zurückkommen können?«

»Wenn wir zeitig genug aufbrechen, können wir morgen abend schon wieder in Wengen sein, spätestens aber übermorgen früh mit dem ersten Zug.«

Blandine atmete unruhig und sah noch einmal prüfend zu dem Gipfel hinauf. Das machte Frieder sehr übermütig. Über eine Stunde schritten sie über das Gletscherfeld hinweg. Dann kehrten sie um und gingen wieder in das Hotel.

Da inzwischen unten noch viel mehr Gäste angekommen waren und es überall sehr turbulent war, beschlossen sie, gleich mit dem nächsten Zug wieder hinabzufahren. Das geschah auch. Sehr befriedigt von diesem bequemen Ausflug fuhren sie zur Scheidegg zurück, wo sie umsteigen mußten. Sie hatten noch etwas Zeit und machten einen Spaziergang. Frieder entdeckte dabei unter dem Schnee ein Bündel Schneeglöckchen und pflückte sie für die Damen.

»Schneeglöckchen Ende Juni, das ist immerhin eine Seltenheit«, sagte Freda und befestigte sie am Ausschnitt ihres Kleides. Blandine tat das nach kurzem Zögern auch, zu Frieders großer Freude.

Die steil aufragende Eigerwand lag vor ihnen und der riesige Eigergletscher. Der Eiger ist der unheimlichste der drei Berge, der Mönch lag viel behaglicher neben ihm, und über beiden thronte die Jungfrau majestätisch mit ihrem Strahlenhaupt. Sie nahmen dies gigantische Bild noch einmal in sich auf. Dann war es Zeit, den Zug zu besteigen, der über Wengernalp hinab nach Wengen und von da nach Lauterbrunnen fuhr. In Gegenrichtung fuhr eben von der Scheidegg ein Zug nach Grindelwald hinunter, er war besetzt mit einer großen amerikanischen Reisegesellschaft, die alle offenen Wagen füllte.

In Wengen angekommen, verabschiedete sich Frieder im Hotel gleich von den Damen. Er gedachte Frank Markwald aufzusuchen und ihm mitzuteilen, daß sie gleich nachher wieder zur Jungfrau hinauffahren wollten, um die Nacht oben zu verbringen und am nächsten Morgen ihre Tour auf den Gipfel der Jungfrau zu machen.

Frank Markwald war auch sogleich bereit. Ehe er mit Frieder aufbrach, trat er noch einmal auf die Veranda hinaus, auf der Freda und Blandine schon jubelnd von Conny begrüßt worden waren und mit ihr plauderten. Er trat an die Grenzkette heran.

Sich an Freda wendend, sagte er mit einer Verbeugung:

»Mein gnädiges Fräulein, ich muß Ihnen einmal meinen Dank sagen, daß Sie so freundlich und liebenswürdig sich meiner kleinen Tochter angenommen haben. Ich fürchte nur, sie wird Ihnen mit ihrer Schwärmerei bald lästig fallen.«

Freda war erschrocken, als er auftauchte, aber obwohl ihr eine leichte Röte ins Gesicht stieg, sagte sie sehr ruhig:

»Das brauchen Sie nicht zu fürchten. Conny ist ein so reizendes und liebes Kind, daß wir unsere Freude an ihr haben, meine Schwester und ich. Ganz gewiß wird sie uns niemals lästig werden.«

»Jedenfalls fühle ich mich Ihnen zu großem Dank verpflichtet, daß Sie ihr so freundlich begegnen. Wie Sie wohl wissen, fahre ich jetzt mit Herrn Lienhard zur Jungfrau hinauf, und wir werden morgen den ganzen Tag abwesend sein. Ich wage das mit großer Beruhigung, da ich weiß, daß ich nicht nur Frau Hollmann, sondern auch Sie in der Nähe meiner Tochter weiß.«

»Sie können wirklich ganz unbesorgt aufbrechen, meine Schwester und ich haben morgen nichts Besonderes vor und werden Conny wahrscheinlich den ganzen Tag Gesellschaft leisten. Sie wird uns die Zeit nicht lang werden lassen.«

»Ich danke Ihnen für Ihre Bereitwilligkeit, es ist sehr liebenswürdig von Ihnen.«

»Wir wünschen Ihnen eine gute Bergfahrt, Herr Markwald!« rief ihm Blandine lächelnd zu.

Er verbeugte sich.

»Vielen Dank, mein gnädiges Fräulein.«

Und mit einer nochmaligen Verbeugung vor den Damen zog er sich zurück. Freda blieb stehen, als sei sie festgebannt. Ihre Augen bekamen einen feuchten Schimmer. Aber als dann Blandine aus dem Zimmer nach ihr rief, richtete sie sich schnell auf und zwang ein Lächeln in ihr Gesicht.

»Was willst du, Dina?«

»Freda, glaubst du, daß den Herren etwas zustoßen könnte auf dieser Tour?« fragte diese mit bangen Augen.

»Das verhüte Gott, Dina. Sie gehen ja mit dem Führer, und weder Frieder Lienhard noch Frank Markwald sind leichtsinnige Gesellen. Du kannst ganz unbesorgt sein.«

Blandine errötete jäh.

»Ach, ich dachte nur an Herrn Lienhards Vater. Du hörtest doch, wie sehr die beiden aneinanderhängen. Wie schrecklich, wenn dem Sohn etwas zustoßen würde.«

Ein leises Lächeln huschte um Fredas Mund.

»Ja, freilich, daran darf man nicht denken. Man muß schon ein bißchen Gottvertrauen haben, Dina. Und nun wird es Zeit, daß wir uns zum Diner umkleiden.«

Eine halbe Stunde später saßen die Schwestern im Speisesaal, diesmal allein an ihrem Tisch. Und auch Frank Markwalds Tisch war leer. Sie kamen sich ganz verlassen und vereinsamt vor, und Freda sagte, die Schwester forschend ansehend:

»Jetzt merkt man erst, wie gut es war, daß wir Frieder Lienhard hier getroffen haben. Ich gestehe ganz offen, daß er mir fehlt.«

»Mir auch!« entfuhr es Blandines Lippen, aber dann fing sie schnell an von etwas anderem zu sprechen. Und Freda ging darauf ein, ohne ein Wort darüber zu verlieren, wie sehr sie Blandines Zugeständnis erfreut hatte.

Der nächste Tag wurde von Freda recht mit Inbrunst ausgekostet, denn sie hatte Conny fast ganz für sich und mußte nicht immer fürchten, daß ihr Vater kommen würde und sie vertrieb.

Conny fand es herrlich, daß die beiden Tanten so ganz zu ihrer Verfügung standen. Sogar einen Waldspaziergang machten sie zusammen, und dabei wurden herrliche Dinge gesehen. Conny durfte auch mit den beiden Damen zusammen frühstücken, die Schwestern ließen sich das Frühstück auf die Veranda bringen. Das war ein sehr interessantes Erlebnis für Conny. Nachher ging es gleich an allerlei festliche Veranstaltungen, es wurde ein Gartenfest für die Puppen veranstaltet und eine Teegesellschaft. Für Lilly wurde aus einem Stück Batist, der sich in Tante Fredas Koffer fand, ein neues Kleid gearbeitet und ein neuer Hut, und so bekam Lilly nach einer gründlichen Reinigung ein etwas gesitteteres Aussehen.

Conny war sehr glücklich darüber. Eine größere Freude hätte ihr Freda nicht bereiten können, und sie mußte sich viele stürmische Umarmungen gefallen lassen. Das alte Kleidchen, das wirklich nicht mehr schön war, steckte Freda lächelnd Frau Hollmann zu, damit diese es auf Nimmerwiedersehen gleich verschwinden ließe.

Als diese nach einer Weile wiederkam und nun zusah, wie die neuausgestattete Lilly herumgezeigt wurde, sagte sie zu Freda:

»Wenn für Conny die Abschiedsstunde von Ihnen schlägt, wird ihr das mehr Herzweh kosten als da ihre Mutter von ihr ging.«

Freda wollte nicht darauf eingehen, aber Blandine fragte schnell:

»Hat Conny ihre Mutter nicht sehr vermißt?«

»Nein, gnädiges Fräulein, und das ist auch kein Wunder. Frau Markwald hatte keine Art, mit Kindern umzugehen. Es machte ihr wohl Spaß, wenn Conny hübsch gekleidet war und die Besucher sie reizend fanden, aber wenn sie allein war, mochte sie Conny nicht viel in ihrer Nähe haben. Das Kind machte sie gleich nervös, und da gab es schnell einen Klaps, den Conny wirklich nicht verdiente. Und sie ist sehr feinfühlig und empfindlich. Sie weint nicht, wie andere Kinder, wenn sie einen Klaps bekommt, aber sie zieht sich dann gleichsam in sich selbst zurück und sieht einen mit großen, traurigen Augen an.«

»Hat sie nie Sehnsucht nach ihrer Mutter?«

»Sehnsucht? Nein, das habe ich nie bemerkt. Sie hat wohl im Anfang zuweilen gefragt, wo die Mutti sei, aber sie hat sich immer schnell mit der Erklärung beruhigt, sie befinde sich auf Reisen. Und jetzt erwähnt sie die Mutter gar nicht mehr.«

»Wie lange hat Conny ihre Mutter nicht mehr gesehen?«

»Während der Scheidung ist Frau Markwald nur zweimal mit dem Kind zusammengetroffen. Das ganze dauerte so ungefähr ein halbes Jahr. Gleich danach, nun ja, zu Ihnen kann ich wohl davon sprechen, hat Frau Markwald Conny entführen wollen. Sie ist ja ihrem Vater zugesprochen, weil Frau Markwald die Schuld an dieser Trennung hat. Und damit will sie sich nicht zufriedengeben, deshalb wollte sie Conny entführen, und wenn ich nicht so schnell gewesen wäre und Conny fortgetragen hätte, wäre es ihr auch gelungen.«

»Man kann sich freilich denken, daß sich die Mutter danach sehnt, ihr Kind bei sich zu haben.«

Frau Hollmanns Gesicht wurde hart und mitleidlos.

»Das hätte sie bedenken sollen, ehe sie dem gnädigen Herrn ein so großes Leid zufügte. Er hat sie sehr geliebt, hat ihr jeden Wunsch von den Augen abgelesen. Aber sie hat das nie gewürdigt. Und es ist auch gar nicht Sehnsucht nach dem Kind gewesen, was sie dazu getrieben, es zu entführen, das weiß ich gewiß, sie hat andere Gründe dafür gehabt.«

Freda hatte kein Wort von der Unterhaltung zwischen ihrer Schwester und Frau Hollmann verloren, obwohl sie scheinbar ihre ganze Aufmerksamkeit darauf konzentrierte, für Conny Puppen aus Papier zu schneiden und mit dieser zu plaudern. Und in ihrem Innern klang es nach, was Frau Hollmann gesagt hatte: Er hat sie sehr geliebt, hat ihr jeden Wunsch von den Augen abgelesen. Wie eine traurige Melodie klang das in ihrer Seele.

Blandine fragte jetzt nicht weiter, sie wollte nicht neugierig erscheinen und beteiligte sich nun auch an dem Spiel, während Frau Hollmann auf ihren Platz an der Fenstertür zurückging, wo sie immer saß, wenn Conny auf der Veranda weilte. Blandine knüpfte jetzt aus ihrem Taschentuch eine Maus und ließ sie zu Connys Jubel herumspringen. Am Nachmittag durfte Conny mit den Schwestern Tee trinken, und dazu wurde sie feierlich samt ihrer Puppe Lilly eingeladen. Es gab eine große Aufregung, Lilly wurde wiederholt ermahnt, ja recht artig bei der Teegesellschaft zu sein und sich den Magen nicht zu verderben. Und es war ganz herrlich, mit den beiden Tanten Tee zu trinken und köstliche kleine Kuchen zu essen.

So war der ganze Tag für das Kind wundervoll ausgefüllt und auch für die Schwestern, die selber zu Kindern wurden im Bestreben, Conny alles recht zu machen.

Nach dem Tee nahm Blandine ihr Fernglas und suchte den Gipfel der Jungfrau ab. Conny sah sie erstaunt an.

»Was tut Tante Dina?«

»Sie sieht da hinauf auf den Berg, weil dein Vati da oben ist«, belehrte sie Freda.

»Wo ist Vati? Ich will ihn auch sehen.«

»Ganz da oben auf dem weißen Berg.«

»Oh, laß mich auch sehen, Tante Dina!«

Lachend hielt ihr Blandine das Glas vor die Augen. Conny blinzelte drollig hinein und machte ein sehr wichtiges Gesicht. Aber dann sagte sie enttäuscht:

»Ich sehe nur eine große weiße Wand, keinen Vati. Hast du denn Vati gesehen, Tante Dina?«

»Nein, leider auch nicht.«

»Gib mir das Glas, Dina«, bat Freda.

Freda suchte nun den Riesengipfel der Jungfrau ab, obwohl sie wußte, daß sie darauf die winzigen Punkte nicht finden würde, die zwei Menschen in dieser Entfernung bilden würden. Sie würden ja doch nicht größer wie Sandkörnchen wirken, wenn man das Glas wirklich genau hätte auf sie einstellen können.

»Die Herren sind sicherlich schon wieder herabgestiegen jetzt«, sagte sie, das Glas sinken lassend.

»Waren Sie schon auf der Jungfrau oben, Frau Hollmann?« fragte Blandine lächelnd.

»Nein, gnädiges Fräulein, dazu ist es noch nicht gekommen. Ich kann Conny doch nicht allein lassen, und sie soll nicht so hoch hinauf, weil sie zu zart dazu ist.«

»Was das anbetrifft, wir hüten Conny gern mal einen Tag, Frau Hollmann«, sagte Freda. »Wenn Ihnen Herr Markwald Urlaub gibt, können Sie unbesorgt hinauffahren.«

Frau Hollmann dachte nach und schüttelte dann den Kopf.

»Nein, darum will ich ihn gar nicht bitten. Durch seine Güte sehe ich schon soviel Schönes. Er würde mir auch gern den Urlaub gewähren, das weiß ich. Aber ich muß ja nicht alles sehen, was die Herrschaften zu sehen bekommen. Hier unten ist es ja auch wunderschön.«

Freda nickte ihr lächelnd zu. Frau Hollmann gefiel ihr, sie hatte Takt und war treu ergeben.

Als die Schwestern sich am Abend zum Diner ankleiden wollten, nahmen sie von Conny herzlichen Abschied, sie sollte zu Bett gebracht werden.

»Heute war ein schöner Tag, Tante Freda, morgen soll auch wieder so schön werden«, sagte Conny begeistert.

Freda versprach es ihr.

Beim Diner saßen die Schwestern heute wieder allein. In den letzten Tagen hatte sich das Hotel etwas mehr gefüllt, und im Speisesaal waren fast alle Tische besetzt. Die beiden Schwestern wurden mit Interesse beobachtet, man sprach darüber, daß sie heute allein speisten und gestern abend auch schon. Sie waren von den Damen immer um ihren aufmerksamen Kavalier beneidet worden. Einige Damen hatten versucht, mit den Schwestern ein Gespräch anzuknüpfen, aber wenn diese auch höflich Rede und Antwort gestanden hatten, so ließen sie sich doch nicht auf mehr ein. Diese Bekanntschaften reizten sie nicht. Aber sie fühlten auch heute wieder, wie sehr ihnen Frieder Lienhard fehlte, und Freda fehlte außerdem der einsame Mann am Nebentisch.

Nach dem Diner saßen sie noch im Vestibül am Kamin, jede in ein Buch vertieft, aber sie konnten beide nicht viel Aufmerksamkeit für ihre Lektüre aufbringen. Immer wieder lauschten sie verstohlen hinaus, bald mußte der letzte Zug von oben eintreffen. Ob die beiden Herren mitkommen würden? Oder blieben sie die Nacht im Jungfrauhotel?

Diese Frage stellten sie sich immer wieder. Und dann zuckten sie beide leise zusammen – durch das Portal traten zwei sonnengebräunte Bergsteiger. Etwas müde und sturmverweht sahen sie aus, aber sie waren scheinbar in bester Stimmung. Frieder lachte über das ganze Gesicht, als er die Schwestern erblickte, und auch Frank Markwald grüßte lächelnd zu ihnen hinüber. Die Klettertour schien ihm gut bekommen zu sein. Sie hatten sich oben im Jungfrauhotel nicht Zeit gelassen, zu speisen. Frank Markwald hatte es hinuntergetrieben zu seinem Kind, und Frieder sehnte sich nach Blandine.

Sie machten sich schnell etwas salonfähiger und nahmen ihre Mahlzeit gemeinsam ein. Nach dem Essen leistete Frieder den Schwestern im Vestibül noch ein Stündchen Gesellschaft. Er erzählte ihnen mit leuchtenden Augen von dem Auf- und Abstieg. Es sei herrlich gewesen.

Frank Markwald saß nicht weit von ihnen über einer Zeitung, und Freda sah einmal verstohlen zu ihm hinüber. Er sah etwas gelöster aus als sonst. Das freute sie sehr.

Als die Damen sich dann zurückgezogen hatten, setzte sich Frieder noch eine Weile zu Markwald an den Tisch heran. Sie sprachen über die Tour, die hinter ihnen lag, und waren beide von ihr sehr befriedigt. Mitten in diesem Gespräch sagte Frank Markwald plötzlich:

»Die Schwestern Nordmann sind wirklich sehr sympathische und liebenswürdige Damen und scheinen beide wertvolle Menschen zu sein.«

Frieder nickte strahlend.

»Daran ist kein Zweifel. Man muß sich glücklich schätzen, hat man sie kennenlernen dürfen.«

Markwald sah Frieder forschend an.

»Eine von ihnen dürfte wohl später einmal Frau Lienhard heißen, wenn ich mich nicht sehr täusche.«

»Wenn es auf mich ankommt, dann täuschen Sie sich nicht. Es ist mein sehnlicher Wunsch, aber von der Erfüllung bin ich wohl noch weit entfernt.«

»Welche der beiden Damen erscheint Ihnen begehrenswerter, wenn man fragen darf?«

»Daraus will ich Ihnen gegenüber kein Geheimnis machen, ich liebe Fräulein Blandine Nordmann, die jüngere der Schwestern.«

»Sie ist ein sehr schönes Mädchen.«

»Sie ist nicht nur schön, sondern auch sehr liebenswert.«

»Recht haben Sie, das ist viel wichtiger. Die ältere Schwester ist vielleicht nicht ganz so schön, aber immerhin ebenfalls eine sehr reizvolle Erscheinung. Und sie scheint ein sehr gediegener, vornehmer Charakter zu sein.«

»Unbedingt, ich verehre sie sehr. Sie ist ein Mensch, dem man vertrauen kann. Die Schwestern lieben einander sehr, sie haben schon viel Schweres miteinander erlebt.«

Und Frieder erzählte Frank Markwald, wie tapfer die Schwestern nach ihrer Verarmung den Lebenskampf aufgenommen hatten und auf welche Art sie dann wieder zum Wohlstand gekommen waren. Sichtlich interessiert hörte Frank Markwald zu, und als Frieder mit seinem Bericht zu Ende war, sagte er,:

»Also Glückauf, Herr Lienhard, mögen Sie Ihr Ziel erreichen und glücklich werden.«

Dann sprachen sie von anderen Dingen. Bald darauf gingen auch sie zur Ruhe, denn sie waren müde von der Tour und hatten heute den Tag sehr früh angefangen. Dafür hatten sie auch einen unvergleichlichen Sonnenaufgang erlebt.

6

WIEDER WAREN TAGE vergangen. Das Verhältnis zwischen Frieder und Blandine war viel harmonischer geworden. Blandine stand mit ihm nicht mehr unbedingt auf dem Kriegsfuß, wenn ihr Trotz auch zuweilen noch aufzuckte, seltsamerweise meist darin, wenn sie eine große Weichheit überfallen wollte. Darin hielt sie sich diesen Trotz wie einen Schild vor, hinter dem sie sich verbarrikadieren konnte. Frieder war ihr durchaus nicht so gleichgültig, wie sie sich immer den Anschein geben wollte.

Freda ließ sie ruhig gewähren, sie redete nicht mehr zu Frieders Gunsten, denn sie kannte die Schwester viel zu gut, um nicht zu wissen, daß das nicht mehr nötig war.

Immer wieder blieb Freda bei Conny zurück, wenn gemeinsame Spaziergänge geplant wurden, und wenn sie wußte, daß Frank Markwald auf einem Ausflug unterwegs war. So geschah es immer öfter, daß Frieder und Blandine auf solchen Spaziergängen allein waren. Frieder hütete sich dann, seinen Gefühlen für Blandine Ausdruck zu geben. Wenn ihn auch zuweilen ein heißes Verlangen überkam, sie in seine Arme zu reißen und den süßen, trotzigen Mund mit Küssen zu bedekken, so wußte er doch, daß er alles verderben konnte, wenn er nicht seine Stunde in Geduld abwartete. Er wußte sehr wohl, daß er noch nicht am Ziel war. Blandine war nicht leicht zu erobern. Aber es wurde ihm oft sehr schwer, seine Ruhe zu bewahren und immer vernünftig zu sein, wenn er mit ihr allein war.

Aber sie unterhielt sich jetzt wenigstens friedlich mit ihm, hörte lächelnd zu, wenn er von zu Hause, von seinem alten Herrn erzählte und unterbrach ihn auch nicht, wenn er Pläne machte, wie sein Leben sich künftig gestalten sollte, wenn er erst verheiratet sein würde. Mit versonnenen Augen konnte sie dann vor sich hinsehen, und zuweilen wurde sie rot, wenn er zu deutlich durchblicken ließ, daß er schon ganz genau wisse, wie seine zukünftige Frau beschaffen sein müsse.

Sie stellte sich dann aber auch nicht, als wisse sie nicht, wen er meinte. Alle Koketterie lag ihr fern. Sie trieb auch durchaus kein Spiel mit ihm nach Art anderer junger Mädchen und suchte ihn nicht durch verfängliche Fragen in Verlegenheit zu bringen oder zu Vertraulichkeiten zu ermuntern. Aber er merkte beglückt, wie sie sich langsam in ein immer stärker werdendes Vertrauen zu ihm hineintastete. Immerhin war sie sich noch nicht ganz klar darüber, ob sie Frieder Lienhard unbedingt vertrauen konnte. Aber er gefiel ihr immer mehr, je näher sie ihn kennenlernte. Und sie war längst von dem Verdacht losgekommen, daß er sich nur um sie bemühte, weil sie kein armes Mädchen mehr war. So gut kannte sie ihn nun schon, um zu wissen, daß das für ihn nicht von Wichtigkeit war.

Manchmal sagte sie sich bereits heimlich, sie sei töricht, immer noch so sehr auf der Hut zu sein vor ihm. Aber sie blieb immerhin noch kühl und reserviert, weil sie mit sich selbst noch nicht im klaren war.

Wenn er alles tat, was er ihr an den Augen absehen konnte,

fragte sie sich manchmal ärgerlich über sich selbst: Was willst du eigentlich noch, warum bist du noch immer so spröde und ablehnend gegen ihn? Wenn er es nun müde wird, immer wieder sich um dich zu bemühen, und hingeht und um eine andere wirbt?

Aber dann warf sie den Kopf zurück und antwortete sich selbst: Wenn er das könnte, dann hättest du nicht viel an ihm verloren. Es ist ganz richtig, daß du ihn ernsthaft prüfst, ihn und dich selbst, denn eine Ehe ist eine ernsthafte Sache, sie muß für ein ganzes Leben ausreichen, wenn sie gut und richtig sein soll. Und deshalb darf man nicht eine ernste Prüfung scheuen.

Wurde aber Frieder zuweilen still und traurig, wenn sie wieder einmal sehr kühl gewesen war, und versuchte er dann ihr gegenüber eine gewisse Gleichgültigkeit zu heucheln, dann kam doch wieder die Angst über sie, daß er sich nicht mehr um sie kümmern könne.

Und war er fern von ihr, zum Beispiel, wenn er mit Frank Markwald eine Bergtour machte, wurde sie von einer quälenden Unrast gepackt, die anhielt, bis er wieder in ihrer Nähe auftauchte und sie mit seinen treuen Augen anstrahlte.

Eines Tages hatten sie beide allein einen Ausflug zur Hunnenfluh unternommen. Das war ein schöner Aussichtspunkt, von wo aus man das Lauterbrunner Tal überblicken konnte und das »Bödli«, das sich zwischen dem Thuner See und dem Brienzer See dahinstreckte. Als sie dort angekommen waren, standen sie nebeneinander und bewunderten die Aussicht.

Frieder lenkte aber bald seine Aufmerksamkeit etwas anderem zu, was ihn noch mehr entzückte. Das war der Streifen von Blandines Nacken, der aus dem Ausschnitt des Kleides sah. Er zeigte eine wundervolle Linie, und die kastanienbraunen Löckchen strichen im Lufthauch darüber hin. Die kleinen rosigen Ohren und die reizende Nackenlinie erfüllten ihn mit einem unsinnigen Verlangen. Nur einen einzigen Kuß auf diesen zarten Nacken drücken dürfen, das mußte Seligkeit sein. Aber er hielt sich in der Gewalt, weil das aber gar so schwer war und ihn gar so hart ankam, stieß er einen tiefen Seufzer aus.

Als dieser Seufzer Blandines Ohr erreichte, wandte sie sich schnell zu ihm um und sah ihn mit großen, fragenden Augen an. Sie sah in seine Augen hinein, aus denen ihr eine heiße Sehnsucht entgegenbrannte. Dunkle Glut überzog ihr Gesicht, ein scheues, beklommenes Gefühl stieg in ihr auf, und ihr Herz klopfte laut und stark.

»Wir wollen zurückgehen«, stieß sie wie in angstvoller Abwehr heraus. Und sie ging an ihm vorbei und trat den Rückweg an. Er atmete tief und schwer. So viel Anstrengung hatte er noch nie gebraucht, um die Selbstbeherrschung nicht zu verlieren. Die Zähne aufeinanderbeißend, ging er neben ihr her. Alle Fasern seines Seins brannten danach, sie in seine Arme zu nehmen und all seine heiße Liebe hervorzustammeln. Aber ein Blick in ihr ängstliches, verwirrtes Gesicht brachte ihn doch wieder zur Vernunft. Er riß sich zusammen und sah starr geradeaus, bis er sich wieder in der Gewalt hatte.

Stumm gingen sie nebeneinander her, er vermochte es jetzt nicht, ruhig über Nebensächliches zu reden, und alles außer seiner Liebe erschien ihm nebensächlich.

Auch Blandine fand kein unbefangenes Wort, solange sie spürte, daß er so erregt war. Endlich hatte er sein Gleichgewicht wiedergefunden und sagte, so ruhig er konnte:

»Nun sind wir schon fast drei Wochen in Wengen. Wie lange wollen Sie mit Ihrem Fräulein Schwester noch hierbleiben?«

»Wir hatten vor, bis Ende Juli hier zu verweilen.«

»Also noch reichlich zwei Wochen.«

»Ja! Und wie lange werden Sie noch bleiben?«

»Wenn Sie gestatten, ebensolange.«

Sie errötete jäh.

»Darüber habe ich doch nicht zu bestimmen.«

»Doch, nur Sie! Wenn Sie mir sagen, daß ich abreisen soll, daß ich Ihnen lästig bin, dann reise ich auf der Stelle ab.«

Sie preßte die Lippen zusammen, und erst nach einer Weile entgegnete sie unsicher:

»Das werde ich gewiß nicht sagen, ich müßte ja lügen, wenn ich Ihnen sagen sollte, daß Sie mir lästig sind.«

»Wie froh macht mich das, Fräulein Blandine.«

Er nannte sie zum ersten Male so, und ihre Lippen zuckten leise. Aber sie verbat sich diese Anrede nicht. Und er wußte, wieviel das bei ihr galt.

»Sie wissen recht gut«, sagte sie, »daß wir sehr froh sind, daß wir Sie hier getroffen haben, Freda und ich, weil wir doch in Ihnen nicht nur einen angenehmen Gesellschafter, sondern auch einen Schutz gefunden haben.«

Er lächelte ein wenig.

»Als ich in Lauterbrunnen mit Ihnen zusammentraf, hatte ich aber stark den Eindruck, daß ich Ihnen lästig sei.«

Sie zögerte wieder, dann sagte sie hastig, ihn mit großen Augen ansehend: »Ich war abscheulich zu Ihnen, das habe ich längst eingesehen, und ich bitte Sie um Verzeihung dafür.«

Er faßte beglückt ihre Hand. Seine Stirn rötete sich, und er beugte sich über ihre Hand und küßte sie.

»Wenn Sie nur einsehen, daß Sie mir unrecht taten, dann bin ich so froh, daß ich Ihnen gern alles verzeihe, womit Sie mir zuweilen weh getan haben.«

Unsicher löste sie ihre Hand aus der seinen.

»Daß ich Ihnen weh getan habe, wußte ich nicht, ich wollte es nicht«, sagte sie leise.

»Aber jetzt wissen Sie es?«

Sie strich sich über die Stirn, als sei ihr zu heiß.

»Nun ja, ich weiß, daß Sie nicht verdienen, daß ich so garstig zu Ihnen war.«

»Oh, garstig waren Sie nie«, verteidigte er sie.

»Doch, ich war es, weil ich Sie falsch eingeschätzt hatte.«

»Ich bin froh, daß Sie Ihre Ansicht über mich geändert haben. Ich habe immer darauf gehofft, daß Sie das tun würden, wenn Sie mich nur erst besser kennengelernt hätten.«

»Sie haben mich gewiß für ein recht ungezogenes Geschöpf gehalten?«

»Nein! Ich wußte von Anfang an, daß Ihre schroffe Art nicht aus dem Herzen kam, daß Sie sich damit nur schützen wollten vor Enttäuschungen. Ich hätte das vielleicht nicht erkannt und hätte mich vielleicht betrübt zurückgezogen, wenn Ihr Fräulein Schwester mir nicht geholfen hätte, Sie richtig zu verstehen.«

Erstaunt sah sie ihn an.

»Freda?«

Er nickte.

»Ja, sie hat mir gesagt, warum Sie so verbittert und unnahbar erschienen und so trotzig. Und da habe ich alles verstehen können, und es hat mir trotz allem sehr gefallen, wie mir alles an Ihnen gefällt.«

Da verflog schnell der weiche Ausdruck aus ihrem Gesicht, und sie zeigte wieder ihre unnahbare Miene, weil sie vielleicht fürchtete, zuviel von ihrem Empfinden verraten zu haben. Er merkte sofort, daß er jetzt nicht weitergehen dürfe, wenn er nicht alles verderben wollte.

Das schüchtern in ihr aufgekeimte Vertrauen durfte nicht erschüttert werden. Er hatte ja heute so viel erreicht, sie hatte ihm gesagt, daß es ihr leid tue, ihn schlecht behandelt zu haben, das war sehr viel für die kleine trotzige Dina. Und damit mußte er vorläufig zufrieden sein.

Und er begann scheinbar ganz unbefangen von anderen Dingen zu plaudern, so daß sie schnell ihre Sicherheit wiederfand. Durch einige scherzhafte Bemerkungen brachte er sie zum Lachen, und so kamen sie in bestem Einvernehmen im Hotel an.

Hier fanden sie Freda noch mit Conny und Frau Hollmann auf der Veranda. Conny kam ihnen entgegen und berichtete eifrig, wie wundervoll Tante Freda mit ihr gespielt und was sie ihr für schöne Märchen erzählt habe.

Sie nahmen dann gemeinsam den Tee ein, und Conny durfte bei ihnen sitzen und in ihrer Gesellschaft ihre Milch trinken. Auch Lilly wurde bewirtet. Conny nahm es mit ihren Pflichten als Puppenmutter sehr genau, und Freda zeigte sich in ihrem innigen Verständnis für das Kind auch sehr interessiert an Lillys Wohl und Wehe. Frieder machte kleine Scherze mit Conny, und das Kind lachte laut auf darüber.

Während sie so alle in behaglichster Stimmung zusammensaßen, kam Frank Markwald von seinem Ausflug zurück. Er trat heraus auf die Veranda und sah seine Tochter mit den andern am Teetisch sitzen. Es war ein so behagliches Bild, das sich ihm bot, daß er ein wenig neidisch wurde. Zum erstenmal überkam ihn die Sehnsucht, mit diesen sehr liebenswürdigen und verständigen Schwestern Nordmann zusammensitzen und plaudern zu können.

Freda sah etwas beklommen zu ihm auf und wollte Conny von ihrem Sessel herunterheben, damit sie zu ihrem Vater gehen konnte. Dieser trat an die Grenzkette heran.

»Lassen Sie nur, mein gnädiges Fräulein, wenn Conny Ihnen nicht lästig ist, ich will sie so liebenswürdiger Gesellschaft nicht entreißen. Sie hat es so gut bei Ihnen, ich könnte neidisch werden.«

Freda schlug bei seinen Worten das Herz bis zum Hals hinauf, sie vermochte nichts zu erwidern. Aber Blandine sagte lachend:

»Wer oder was hindert Sie, es sich ebenso wohl bei uns sein zu lassen, Herr Markwald? Mit einem großen Schritt haben Sie die Grenzkette überstiegen, und wenn Sie sich einen Sessel mitbringen wollen, da es uns an weiteren Sitzgelegenheiten fehlt, sollen Sie uns herzlich willkommen sein.«

Fast erschrocken sah Freda zu der Schwester hinüber, weil sie es wagte, Frank Markwalds Einsamkeitsbedürfnis zu ignorieren. Aber zu ihrem freudigen Erstaunen faßte er nach einem vor seinem Zimmer stehenden Sessel und überstieg mit diesem die Grenzkette.

»Wenn Sie nun Ihre Einladung nicht ernst gemeint haben, mein gnädiges Fräulein, dann kann ich Ihnen nicht helfen. Sie haben sich einen sehr verdrießlichen Gast eingeladen«, sagte er fast heiter.

»Mit Ihrer verdrießlichen Stimmung wollen wir schon fertig werden, wir kennen dergleichen auch und haben uns manchmal tapfer damit herumgeplagt. Lassen Sie sich ruhig von uns ein wenig dabei helfen, sie in die Flucht zu schlagen«, erwiderte Blandine und nickte ihm lächelnd zu.

Er gab das Lächeln zurück und wandte sich an Freda.

»Daß Sie ein gutes Herz haben, weiß ich schon, und deshalb hoffe ich, daß auch Sie mich nicht vertreiben, nun ich einmal den Mut gefaßt habe, die Grenze zu überschreiten.«

»Sie sind selbstverständlich herzlich willkommen«, sagte Freda, so ruhig sie konnte, und ihre wunderschönen, beseelten Grauaugen, die hell unter den dunklen Wimpern und Brauen hervorleuchteten, sahen ihn so warm und verständnisvoll an, daß ihm so behaglich zumute wurde, wie seit langem nicht mehr.

Er placierte seinen Sessel zwischen Freda und Conny und ließ sich nieder. Und da kam auch schon der Kellner mit seinem Tee, den er sich schon unten bei seiner Ankunft bestellt hatte.

Frieder staunte, daß Markwald plötzlich seine Zurückhaltung gegen die Damen aufgegeben hatte. Er hatte ihm doch unverblümt gesagt, daß er Damengesellschaft jetzt nicht wünschte. Aber er sagte nichts darüber, freute sich nur, daß Blandine das Eis gebrochen hatte, und er konnte verstehen, daß Markwald da nicht hatte widerstehen können.

Mit einem strahlenden Blick sah er zu Blandine hinüber.

Aber auch Fredas Gesicht strahlte und leuchtete in heimlicher Glückseligkeit, so daß sie nicht weniger schön wirkte wie ihre junge Schwester. Sie war so froh, daß Frank Markwald sich ein wenig aus seiner düsteren Stimmung gerissen hatte.

Frau Hollmann, die vor ihrer Zimmertür saß, freute sich auch, daß ihr Herr sich zu der kleinen Gesellschaft gesetzt hatte. Sie gönnte es ihm, daß er die Gesellschaft der von ihr sehr verehrten Schwestern und des meist gutgelaunten Herrn Lienhard genießen konnte. Das würde ihn ein wenig aufheitern.

Und als sie ihn einige Male über Blandines munteres Geplauder und Connys drollige Bemerkungen lachen hörte, nickte sie vor sich hin, als wollte sie sagen: Es wird sich schon machen, er wird schon darüber hinwegkommen.

Diese gemeinsame Teestunde dehnte sich aus, bis es Zeit für die Großen war, sich zum Diner umzukleiden, und für Conny, zu Abend zu essen und dann zu Bett zu gehen.

Frank Markwald dankte beim Aufbruch den Damen für die erwiesene Gastfreundschaft. Und er wunderte sich über sich selbst, als er wieder allein in seinem Zimmer war, daß er sich so gut unterhalten, sich so behaglich gefühlt hatte. Diese Schwestern Nordmann waren wirklich sehr kluge und verständige Damen, mit denen man sich recht gut unterhalten konnte und die für alles ein reges Interesse hatten. Über Fragen, die ihnen fernlagen, ließen sie sich gern belehren, und zwar in einer verständigen Art, aus der man entnahm, daß man nicht tauben Ohren predigte.

Und er eilte hinunter, noch vor Beginn der Dinerstunde, und gab dem Boy unten an der Tür einen Auftrag.

Als die Schwestern dann im Speisesaal an ihren Tisch traten, fanden sie vor ihren Plätzen je einen wunderschönen Rosenstrauß. In jedem Strauß steckte ein Kärtchen mit Frank Markwalds Namen. Auf der für Blandine bestimmten Karte stand auf der Rückseite: »Für liebenswürdig angebotene Gastfreundschaft und eine behagliche Stunde.« Auf Fredas Karte stand: »Der geliebten und schwärmerisch verehrten ›Tante Freda‹ meines Töchterchens in Ergebenheit und Verehrung.«

Freda barg ihr erglühendes Gesicht in den taufrischen Rosen, und ihr Herz klopfte unruhig. Blandine aber sagte heiter:

»Sieh da, Herr Markwald kann sehr galant sein.«

Bald nach ihnen kam Frank Markward und nahm an seinem Tisch Platz, nachdem er den Damen eine Verbeugung gemacht hatte.

Und wieder nahm er seine Mahlzeit einsam ein, aber heute gefiel ihm das gar nicht mehr. Immer wieder warf er einen Blick zu dem Nebentisch, und es störte ihn, daß ihm seine Rosen Freda Nordmanns Anblick verbargen. Er sagte sich, daß er sehr töricht gewesen war, sich selbst zu dieser Einsamkeit zu verurteilen, da er doch so angenehme Gesellschaft hätte haben können. Durch Frieder Lienhards Vermittlung wäre es ihm wahrscheinlich leicht geworden, sich einen Platz am Nebentisch zu erobern.

Er machte sich nicht klar, daß er vor Wochen, als er hier ankam, noch nicht imstande gewesen war, Gesellschaft zu ertragen, und daß er, da er sie jetzt zu ertragen vermochte, auf dem Weg zur Gesundung sei. Nach Tisch nahmen die Schwestern mit Frieder Lienhard wieder ihren Platz im Vestibül am Kamin ein, und gleich darauf erschien auch Frank Markwald hier. Er blieb vor den Damen stehen.

»Ist es sehr unbescheiden, wenn ich bitte, mir zu erlauben,

bei Ihnen Platz zu nehmen und Ihrer interessanten Unterhaltung zuzuhören?« fragte er.

Frieder sprang auf und machte ihm Platz, und die Schwestern nickten ihm freundlich zu. Blandine aber sagte lachend:

»Sehr interessant war unsere Unterhaltung gerade nicht, wir sprachen über das Essen.«

»Das ist immerhin eine wichtige Angelegenheit, wenn man im Urlaub ist und für jedes Thema dankbar ist. Ich bin gern bereit, auch über das Essen mit Ihnen zu plaudern, mir ist jedes Thema recht, wenn es mich nur meiner Einsamkeit enthebt.«

»Oh, ich habe mich schon immer gefragt, ob es Ihnen nicht langweilig ist, immer nur mit sich selbst zu verkehren«, sagte Blandine.

»Es war viel schlimmer als langweilig, weil ich mir selbst der unerträglichste und unliebenswürdigste Gesellschafter war. Aber es gibt Zeiten, in denen man sich so unausstehlich erscheint, daß man seine Gesellschaft anderen Menschen nicht aufdrängen darf.«

Mit ihrem gütigen Blick sah Freda zu ihm auf.

»Die Gesellschaft Ihres Töchterchens hat uns alle so erheitert, daß wir nun sehr wohl etwas von unserer guten Stimmung an Sie abgeben können«, sagte sie mit Wärme, aber in ihrer vornehmen Zurückhaltung.

Er sah sie mit seinen ernsten stahlblauen Augen sinnend an.

»Meine Tochter hat so viel Glück gehabt, daß gerade Sie die Zimmer neben uns bewohnen. Ich war für mein armes Kind ein recht verdrießlicher Gesellschafter. Ein gütiges Geschick hat ihr zwei liebenswürdige Tanten beschert. Ich bin Ihnen sehr viel Dank schuldig geworden.«

»Und wir haben Ihnen noch nicht für Ihre schönen Rosen gedankt. Verzeihen Sie, daß dies jetzt erst geschieht«, sagte Freda.

»Ich suchte nach einer Ausdrucksmöglichkeit für meine Dankbarkeit, und mir fiel nichts anderes ein, als Ihnen ein paar Blumen auf Ihren Platz zu stellen. Sie haben mich übrigens durch Ihre liebenswürdige Gastfreundschaft heute nachmittag so recht empfinden lassen, wie bitter es ist, daß ich meine Mahlzeiten allein einnehmen muß. Herr Lienhard hat es viel besser als ich. Er darf mit Ihnen zusammensitzen.«

Blandine sah ihn lächelnd an.

»Es ist ja noch ein Platz an unserem Tisch frei, Herr Markwald.«

Unsicher sah er Freda an.

»Darf ich ihn in Anspruch nehmen, diesen vierten Platz, mein gnädiges Fräulein?«

»Wenn Sie Ihrer Einsamkeit müde sind, selbstverständlich.«

Frieder lachte.

»So gut hätten Sie es längst haben können. Ich hätte die Damen schon längst darum gebeten, Ihnen diesen vierten Platz einzuräumen, wenn ich geahnt hätte, daß Sie ihn einzunehmen wünschen.«

»Im Anfang meines Aufenthaltes hier hätte ich auch nicht gewagt, meine Gesellschaft so liebenswürdigen Damen aufzudrängen, aber inzwischen bin ich doch meiner trüben Stimmung etwas Herr geworden, und nun bewerbe ich mich allen Ernstes um diesen vierten Platz und danke sehr, daß er mir bewilligt wird. Und wenn ich kein sehr amüsanter Gesellschafter sein werde, dann bitte ich schon im voraus um Entschuldigung.«

»Keine Angst, Herr Markwald, wir sind nicht hier, um uns um jeden Preis zu amüsieren. Eine ernste Unterhaltung ist meistens wertvoller als flüchtige Scherze«, sagte Freda.

Ihre dunkle, weiche Stimme schmeichelte sich seltsam in das verbitterte, einsame Herz Frank Markwalds.

Die vier Personen unterhielten sich sehr angeregt, und sie achteten nicht darauf, daß die anderen Hotelgäste neugierig zu ihnen herüberblickten. Natürlich fiel es auf, daß der bisher so einsame Fremde mit dem interessanten Äußern jetzt plötzlich mit den »Schwestern« zusammensaß. Die Damen mokierten sich natürlich darüber, und die Herren ärgerten sich, daß sie nicht den Mut gefunden hatten, mit den so abweisend aussehenden Schwestern Bekanntschaft zu machen. Es schien doch nicht so schwer zu sein, wie man gemeint hatte. Und man tuschelte hin und her, es war ja so amüsant, einen netten kleinen Klatsch zu inszenieren. Aber es kam doch so recht niemand auf seine Kosten, zumal die Betroffenen absolut keine Notiz davon nahmen und außerdem so unerhört vornehm wirkten, daß man ihnen nichts anhaben konnte.

Als die Damen sich, wie immer, früher zurückzogen als die beiden Herren, die noch ein Stündchen zusammen sitzenblieben, gab man es auf, sich darüber aufzuregen, daß die Schwestern mit ihnen zusammengesessen hatten.

Von diesem Tage an nahm Frank Markwald mittags und abends am Tisch der Schwestern Platz, was die Hotelgäste abermals in einige Aufregung brachte. Man war ja im Grunde sehr dankbar für Gesprächsstoff. Und wenn Frank Markwald nicht größere Bergtouren machte, fand er sich auch immer nachmittags zur Teestunde auf der Veranda ein, die auch abgehalten wurde, als einige Regentage einsetzten. Die in der zweiten Etage angebrachten Balkons schützten den hinteren Teil der Veranda vor Regen, und man konnte doch im Freien sitzen.

Frank Markwald lebte sichtlich auf. Er erholte sich immer mehr, und die anregende Gesellschaft der beiden Damen und Frieder Lienhards lenkte ihn wohltätig von seinem Kummer ab. Er erkannte bald, daß die Schwestern nicht nur liebenswürdig und reizend waren, sondern auch sehr klug und geistvoll und vor allem auch warmherzig und gütig. Besonders lernte er Freda schätzen. Und wenn er jetzt zuweilen von einem Ausflug ins Hotel zurückkam und in sein Zimmer trat, dann verhielt er sich immer erst ein Weilchen ganz still und lauschte hinaus, wenn er hörte, daß Conny bei Freda war. Verstohlen suchte er dann einen Blick zu erhaschen in Fredas gütiges, liebevolles Gesicht, das sich so verständnisinnig über sein Kind neigte. Und er staunte dann mit einem eigenartigen Gefühl der Rührung, wie herrlich es Freda verstand, sich dem Ideenkreis des Kindes anzupassen und es positiv zu beeinflussen. Rein und lauter war alles, was sie tat und sagte, voll vornehmer Gesinnung und echter Güte. Es spann ihn zuweilen in ein seltsames Behagen ein, wenn er den heimlichen Lauscher spielte. Oft verhielt er sich so lange still, bis ihn irgend etwas zwang, hervorzutreten. Daß Freda dann auch jetzt noch sofort verschwand und ihr Zimmer aufsuchte, wenn er erschien und die Schwestern und Frieder Lienhard nicht bei ihr waren, gefiel ihm immer weniger. Aber natürlich sagte er nichts darüber. Er hatte ja kein Recht, sie zu halten.

7

EINES TAGES HATTE Frank Markwald wieder einen Ausflug unternommen. Frieder und Blandine waren ebenfalls ausgegangen, und Freda saß allein mit Conny und Frau Hollmann auf der Veranda. Conny war heute besonders mutwillig und stürmisch,wenn sie Tante Freda umarmte und küßte, und dabei zerriß sie ihr einen Spitzenkragen, der auf Fredas Kleid befestigt war. Damit Conny von Frau Hollmann nicht gescholten würde, sagte Freda nichts darüber, sondern verschwand stumm in ihr Zimmer, um sich schnell ein anderes Kleid anzuziehen. Frau Hollmann glaubte Conny noch bei Freda und verließ für einige Minuten das Zimmer. So befand sich Conny jetzt für eine Weile allein auf der Veranda, und sie spielte mit einem bunten Gummiball, den sie emporwarf und wieder auffing. Ein ungeschickter Wurf beförderte den Ball über die Verandabrüstung hinweg, und Conny sprang ihm nach bis zur Brüstung und kletterte an derselben empor, um ihrem Ball nachzuschauen.

Sie erblickte ihn nicht und kletterte immer weiter empor. Und plötzlich erblickte sie ihren Vater, der von unten einen Abhang emporstieg, der bis nahe an das Hotel heranführte. Jauchzend kletterte Conny vollends an der Brüstung empor, bis sie auf dem Balken stand, der den oberen Abschluß bildete. Furchtlos sich hoch emporrichtend auf der gefährlichen Stelle, streckte sie die Arme hoch empor, als wolle sie dem Vater zeigen, wie groß sie war.

Frank Markwald sah das von unten, und vor Entsetzen setzte ihm der Herzschlag aus. Ein leises Schwanken, der kleinste Fehltritt konnte sein Kind von da oben herabstürzen. Er flog den Abhang hinauf mit großen Sätzen und machte Conny verzweifelte Zeichen, wieder herabzuklettern, aber diese nahm das als einen herrlichen Spaß auf und winkte nur immer begeistert zurück, dabei ganz furchtlos auf dem gefährlichen Platz hin und her balancierend. Frank Markwald hätte am liebsten vor Angst laut aufgeschrien und eilte so schnell er konnte vorwärts, was Conny wieder zu einem begeisterten Ausruf anfeuerte. »Vati! Vati!« jauchzte sie auf.

Dieser Ausruf machte Freda aufmerksam, die gerade fertig war mit ihrem Kleiderwechsel und hinaustrat. Ein Blick überzeugte sie von der gefährlichen Situation, in der Conny sich befand. Mit einem zweiten Blick stellte sie fest, daß Frau Hollmann nicht auf der Veranda war. Ihr Herz schlug vor Entsetzen bis zum Hals hinauf. Sie wagte nicht zu rufen, um Conny nicht zu erschrecken, sonst stürzte sie vielleicht noch eher hinab. Aber sie flog lautlos auf das Kind zu, ohne daß sie sich vor Schrecken ihrer Handlungsweise nur recht bewußt wurde. Was sie tat, geschah instinktiv. Und schnell, wenn auch für ihre Angst viel zu langsam, war sie dicht an das Kind herangekommen, umfaßte es mit beiden Armen und riß es von dem gefährlichen Platz herab. Fest preßte sie es an ihre Brust, sie war blaß bis in die Lippen und sah nun erst Frank Markwald mit angstvoll verzerrtem Gesicht den Abhang emporstürmen. Er war schon nahe genug, daß sie den Ausdruck seiner Züge erkennen konnte. Seine Augen trafen jetzt in die ihren, er sah, daß sie Conny gerettet hatte, und taumelte in der erlösten Entspannung seiner Nerven, daß er fast hintenüber den Abhang hinuntergestürzt wäre. Er konnte sich zum Glück noch an einem Baum festhalten. Und an den Baum gelehnt stand er und streckte seine Hände wie in heißem Dank zu Freda empor. Sie lächelte ihm zu mit ihrem blassen, erlösten Lächeln und hob Conny hoch empor, um sie dem Vater zu zeigen, als wolle sie sagen: Beruhige dich, sie ist gerettet und heil und unversehrt. Dann trat sie mit Conny zurück, ein wenig verlegen über seine dankbar leuchtenden Augen. Fest preßte sie Conny an sich und sagte in verhaltener Erregung:

»Conny, kleine Conny, wie konntest du da hinaufklettern?

Wenn du hinabgestürzt wärest, wie weh hättest du dir und uns allen getan.«

Conny sah sie erschrocken mit großen Augen an.

»Mein Ball war doch hinabgefallen, und da sah ich Vati«, sagte sie zaghaft.

»Aber du durftest doch nicht so hoch hinaufklettern, das dürfen kleine Kinder nicht tun. Gottlob, mein Schatz, daß ich früh genug kam, um dich vor einem Sturz zu bewahren, du hättest dir sehr weh getan.«

»Aber ich wollte doch nur Vati winken.«

Freda herzte und küßte das Kind. Und sie konnte nur immer wieder sagen: »Gottlob, es geschah dir nichts!«

Während sie noch so dastand, das Kind fest an sich pressend, erschien Frank Markwald auf der Veranda. Er sah noch blaß und verstört aus. Freda hielt ihm, selbst bleich und erregt, das Kind entgegen.

»Beruhigen Sie sich, es ist gottlob nichts geschehen, Conny ist ganz heil und unversehrt«, sagte sie leise.

Er riß das Kind in seine Arme und küßte es, dann faßte er Fredas Hand und zog sie an seine Lippen.

»Wie soll ich Ihnen danken? Sie haben mein Kind vor einem bösen Sturz bewahrt. Ich hätte es nicht ertragen, wäre ihm ein Leid geschehen. Das Schicksal hat nicht gewollt, daß ich noch ärmer würde«, stieß er heiser hervor.

»Conny stand ja ganz sicher, sie wäre nicht gefallen«, suchte sie seinen Dank abzuweisen und ihn zu beruhigen.

Er schüttelte heftig den Kopf.

»Eine einzige ungeschickte Bewegung, ein leises Schwanken hätte genügt, ihr das Gleichgewicht zu nehmen. Sie wäre hinabgestürzt, da hinunter auf die eisernen Tische und Stühle, die vor dem Haus stehen, das zarte Körperchen! Ich wage es nicht, das auszudenken. Lassen Sie sich nur meinen Dank gefallen. Wo ist denn Frau Hollmann?«

Freda sah sich nun auch nach der Wärterin um.

»Ich weiß es nicht, ich kam aus meinem Zimmer und sah Conny da oben auf der Brüstung stehen. Ein Glück, daß wir die Grenzkette abgehängt hatten, sonst hätte ich sie nicht so schnell erreichen können.«

In diesem Moment kam Frau Hollmann zurück und hörte mit Entsetzen, was geschehen war.

»Um Gottes willen! Wie konntest du nur da hinaufklettern, du sollst doch nicht klettern, Conny«, stammelte sie. Und zu Frank Markwald gewandt, fuhr sie fort: »Ich war nur einige Minuten draußen und glaubte Conny sicher bei Fräulein Nordmann.«

»Und ich hatte mir etwas an meinem Kleid zerrissen und war in mein Zimmer gegangen, um ein anderes anzuziehen. Sie saßen noch auf ihrem Platz an der Tür, als ich mein Zimmer betrat. Zum Glück war ich schnell fertig und hörte Conny laut nach ihrem Vati rufen. Als ich heraustrat, sah ich sie dort oben auf der Brüstung stehen und erschrak selbstverständlich sehr. Ich weiß gar nicht, wie ich an sie herangekommen bin, denn durch einen Ruf durfte ich sie doch nicht erschrecken. Gottlob kam ich nicht zu spät. Der liebe Gott hat einen Schutzengel gesandt, um Conny vor einem bösen Sturz zu bewahren.«

Frank Markwald sah sie dankbar an.

»Der Schutzengel waren Sie, mein gnädiges Fräulein. Sie haben mich heute auf ewig zu Ihrem Schuldner gemacht.«

Freda errötete unter seinem Blick und zwang sich zu einem Lächeln.

»Bitte, machen Sie kein Aufhebens von einer Selbstverständlichkeit. Wir wollen gar nicht mehr daran denken, was hätte geschehen können. Es ist gottlob nichts geschehen. Und da kommen meine Schwester und Herr Lienhard, ich glaube, es ist Teezeit. Wir wollen unseren Tee einnehmen. Sie halten doch mit?«

So suchte sie die erregte Stimmung abzudämpfen.

»Wenn Sie gestatten, gern«, erwiderte er und drückte sein Kind noch einmal fest an sich. Conny mußte ihm fest versprechen, nie wieder zu klettern, vor allem nicht, wenn niemand bei ihr sein würde. Sie versprach es ein wenig verschüchtert, denn sie merkte wohl, daß sie etwas getan hatte, was den großen Leuten Sorge gemacht hatte, wenn es auch sehr lustig gewesen war, da oben zu stehen. Sie versprach, es nie wieder zu tun, und er stellte sie behutsam auf die Füße.

Frieder Lienhard brachte nun auch Connys Ball zurück, den er vor dem Haus hatte liegen sehen.

Frank Markwald berichtete noch ziemlich erregt, aus welcher Gefahr Freda sein Töchterchen errettet hatte. Sie wehrte verlegen ab, aber er ließ sich nicht beirren, daß sie das Leben seines Kindes gerettet habe. Zum mindesten habe sie das Kind vor einer grauenvollen Verletzung behütet.

Durch Frieder und Blandine wurde die Stimmung dann wieder heiterer, und man nahm den Tee in alter Behaglichkeit ein. Conny wurde von allen Seiten geliebkost. Alle waren froh, daß ihr kein Leid geschehen war.

Und Frank Markwald faßte immer wieder nach Fredas Hand und beugte sich dankbar darüber.

Zu derselben Zeit etwa, als Frank Markwald und Frieder Lienhard die Partie nach dem Gipfel der Jungfrau machten, saß in einem Zimmer einer Berliner Pension zweiten oder dritten Ranges eine schöne, blonde Frau einem jungen Herrn gegenüber, dessen Äußeres ebenfalls sehr schön, aber auch sehr nichtssagend war. Es war Frau Ellen Markwald, Connys Mutter, und Gert Hofer, der Filmschauspieler, um dessentwillen diese Frau ihre sorglose und behagliche Existenz an der Seite eines Gatten, der sie liebte, aufs Spiel gesetzt hatte. Die schöne Frau hatte den Kopf in die Hand gestützt und sah sehr nervös und bedrückt aus. Gert Hofer zeigte ein finsteres Gesicht, seine Augen blickten ungeduldig.

»Also der Rechtsanwalt weigert sich, dir die Adresse Markwalds anzugeben?« fragte er scharf.

»Ich habe es dir doch schon gesagt, Gert, er will eben nicht.«

»Nun, so habe ich etwas mehr Glück gehabt, ich weiß, daß er in die Schweiz gereist ist.«

Frau Ellen fuhr auf und sah ihn mit brennenden Augen an.

»In die Schweiz?« fragte sie atemlos.

»Jawohl!«

»Wie hast du das erfahren?«

Er lachte hart auf.

»Durch einen lächerlichen Zufall. Du weißt, mein Schneider wurde unangenehm mit seinen ewigen Mahnungen. Die

Bande wird immer frech, wenn sie wittern, daß man in der Klemme ist. Ich ging hin, um Aufschub zu bitten, trat selbstverständlich ziemlich sicher auf und sprach von neuen Filmangeboten. Ich hoffte, dabei einen neuen Kredit herauszuschlagen. Teufel noch mal, wie man sich demütigen muß. Es war nichts mit dem neuen Paletot. Die Kerle glauben einem nicht mehr, wenn man nicht gleich Zechinen klimpern läßt. Und ich habe nun mal kein Glück mehr beim Film, seit, nun ja, seit ich mit dir zusammen bin.«

Sie sah mit einem seltsamen Blick zu ihm auf. Der lässige und gewöhnliche Ton, in dem er jetzt nur noch mit ihr verkehrte, demütigte sie und zeigte ihr so recht, was sie seinetwegen aufgegeben hatte.

»Willst du mich vielleicht dafür verantwortlich machen?«

Er zuckte die Achseln.

»Nein doch, aber es ist nun mal so. Unsereiner braucht eben ein Maskottchen, wenn man Glück haben soll. Und das bist du mir leider nie gewesen.«

Sie wußte jetzt längst, daß er auf einer ziemlich niederen Bildungsstufe stand.

»Bist du wirklich so abergläubisch?«

»Ein wenig sind wir das alle beim Film. Und es ist doch seltsam, daß ich nicht einen einzigen großen Film mehr habe spielen können, seit wir zusammen sind.«

Ellen fuhr sich durch das kurzgelockte Blondhaar.

»Mir scheint, du hast mir schon vorher geklagt, daß man dich nicht größer werden lassen will beim Film, daß man gegen dich intrigiert und daß man dir keine großen Filme mehr zu spielen gibt. Das war also schon so, ehe wir zusammen waren. Rede dir doch nicht ein, daß ein Maskottchen daran etwas ändern könnte. Du hast eben eine Pechsträhne, aber das wird doch einmal wieder besser werden. Nun rede aber endlich, wie hast du erfahren, daß Markwald in der Schweiz ist?«

»Als ich im Atelier meines Schneiders stand und mir von ihm allerlei Liebenswürdigkeiten sagen lassen mußte, kam ein Boy herein und fragte: ›Wohin soll der Anzug für Herrn Markwald geschickt werden; er soll ihm doch nachgeschickt werden?‹ Mein Schneider erwiderte, während ich die Ohren spitzte: ›An seine Schweizer Adresse, postlagernd Spiez.‹ Der Boy ging ab, und ich fragte nonchalant: ›Der Chef der Ceda-Werke läßt auch bei Ihnen arbeiten? Er ist ein Bekannter von mir.‹ ›Ja‹, meinte der Schneider, ›er ist einer unserer besten Kunden. Ich wollte, ich hätte nur solche.‹ Ich lachte. Und dann fragte ich: ›Wo weilt er denn in der Schweiz?‹ ›Das weiß ich nicht‹, erwiderte er, ›wir haben nur eine postlagernde Adresse.‹ So, nun wußte ich wenigstens, daß er in der Schweiz ist. Und wenn er sich Kleider postlagernd nach Spiez schicken läßt, dann wird er jedenfalls nicht weit davon entfernt sein. Meinst du nicht auch?«

Sie sah nachdenklich vor sich hin. Und dann seufzte sie und sagte:

»Vielleicht ist er in Interlaken, da waren wir früher einmal zusammen. Wohin sind diese Tage, da ich sorglos solche Reisen in Glanz und Luxus machte.«

Er wollte auffahren, besann sich aber und sagte, schmeichelnd über ihr Haar streichend:

»Du wirst noch viel herrlichere Tage erleben, Ellen, warte nur, bis ich in Hollywood bin.«

Sie sah ihn zweifelnd an.

»Wirst du das je erreichen?«

»Wenn ich nur hinüber könnte. Ich garantiere dir, daß ich ein glänzendes Engagement bekäme, und dann wäre ich ein gemachter Mann. Nur Geld müßte man haben zur Oberfahrt und dann für die erste Zeit genug, um elegant auftreten und den rechten Zeitpunkt abwarten zu können. Sag' mal, Ellen, wollen wir nicht eine kleine Spritztour in die Schweiz machen?«

Und er legte seinen Arm um sie und barg sein Gesicht schmeichelnd in ihr Haar.

Mit einem müden Blick hob sie die Augen.

»Hast du Geld dazu?«

»Nein, selbstverständlich nicht, du weißt doch, daß ich ganz auf dem trocknen bin.«

»Nun also, ich besitze auch nur noch so viel, um für dich

und mich diesen Monat die Pension bezahlen zu können. Dann bin ich auch auf dem trocknen, wie du so schön sagst.«

»Aber Ellen, du hast doch deinen Schmuck noch.«

»Viel ist davon auch nicht mehr übrig, und ich muß doch an den Notfall denken.«

»Du mußt aber noch etwas zu Geld machen, wir müssen eben alles daransetzen, das Kind in unsere Hände zu bekommen. Markwald wird sein Kind nicht Not leiden lassen, und so brauchen wir dann auch keine Not zu leiden. Er wird uns dann sofort Existenzmittel überweisen.«

»Ach, Gert, es ist so quälend, so demütigend, von seiner Gnade leben zu müssen.«

Er fuhr auf.

»Unsinn, Ellen! Haben wir das Kind, dann hört es mit der Gnade auf, dann stellen wir Bedingungen. Es ist ja nur für einige Jahre, bis ich drüben in Hollywood auf der Höhe bin. Dann nehme ich selbstverständlich auch keinen Heller mehr von ihm. Aber erst müssen wir drüben sein und in Ruhe abwarten können, bis die günstigen Engagements kommen. Hier komme ich nicht voran, neidische Kollegen verbauen mir das Licht und schnappen mir die besten Rollen weg. Laß mich nur erst drüben sein. Es hilft alles nichts, Ellen, du mußt deinen Schmuck verkaufen oder verpfänden. Dann reisen wir in die Schweiz, wir werden Markwald schon finden. Und dann bringen wir das Kind in unsere Hände und fliehen sofort in das Ausland, hinüber nach Amerika, nach Hollywood. Dort werde ich bald ein glänzendes Leben für uns schaffen können. Bis nach Hollywood kommen wir schon für den Erlös deines Schmuckes, und dann muß Markwald für das Kind zahlen. Einen andern Weg, aus unserm Elend herauszukommen, weiß ich nicht. Denn du willst doch Markwald nicht für dich um Geld bitten.«

Sie warf den Kopf zurück.

»Nein, um keinen Preis. Begreifst du nicht, daß ich das nicht kann? Es wäre übrigens auch vergeblich, das hat mir der Rechtsanwalt gesagt. Solange ich mit dir zusammen bin, erhalte ich keinen Pfennig.«

»Nun also, so muß er das Kind hergeben! Hier in seiner Villa kommen wir nicht an die Kleine heran, aber da unten in der Schweiz, wo er doch in einem Hotel oder in einer Pension mit dem Kind leben wird, da ist es leicht, eine passende Gelegenheit abzuwarten und es zu entführen. Es erbarmt mich ja auch, wie du dich nach dem Kind sehnst.«

Ellen hätte der Wahrheit gemäß antworten müssen, daß sie jetzt andere Sorgen habe und daß sie froh sei, nicht auch noch für das Kind sorgen zu müssen, aber sie nickte.

»Selbstverständlich habe ich Sehnsucht nach Conny.«

Und sie redete sich das auch ein.

Hofer aber machte eine großartige Geste.

»Deine Sehnsucht soll gestillt werden, es soll meine Aufgabe sein, dich wieder mit deinem Kind zu vereinigen. Wie ich dich auch später für alles andere entschädigen werde. Mein armes Herz, du sollst noch herrliche Tage an meiner Seite erleben. Drüben in Hollywood lassen wir uns trauen. Dann wird alles wieder gut, und meine Ellen wird nie mehr traurig sein.« Er streichelte und liebkoste sie, und sie sah mit feuchten Augen zu ihm auf und merkte nicht, daß er eine nette, wirksame Komödie spielte.

»Aber wie sollen wir Markwald und Conny in der Schweiz finden?«

»Sei doch nicht schwerfällig, Schatz, wozu gibt es denn Fremdenlisten in fast allen Orten der Schweiz? Die verschaffen wir uns, sehen sie durch und werden ihn finden.«

»Wenn er nicht in Interlaken ist, dann ist er vielleicht in Beatenberg oder sonstwo in der Nähe von Spiez.«

»Nun, wir wollen ihn schon ausfindig machen, nur keine Angst. Also wir machen deinen Schmuck zu Geld, besorgen uns Pässe und Visa und dann reisen wir ab. Raffe dich doch zu diesem Entschluß auf, mein geliebtes Herz.«

Sie seufzte.

»Ach, Gert!«

»Was denn, mein Liebling?«

»Ich habe so große Angst vor der Zukunft.«

»Nur Mut, Ellen! Tue, was ich dir sage, und vertraue dich meiner Führung an. Alles wird gutgehen. Sobald wir mit dem Kind in Sicherheit sind, erhält Markwald Nachricht, wohin er den Erziehungsbeitrag für Conny schicken soll. Er wird nicht knausern, wenn er das Kind bei uns weiß. Alles andere findet sich. Du brauchst ja den Schmuck nur zu verpfänden, wir lösen ihn später ein.«

»Wenn es aber fehlschlägt?«

»Wenn wir vorsichtig sind, schlägt es nicht fehl, das laß nur meine Sorge sein. Wir müssen uns aus dieser sorgenvollen Lage herausreißen, dem Mutigen gehört die Welt.«

Sie lehnte ihren Kopf an seine Schulter und weinte ein wenig.

»Ach, Gert, ich habe meiner Liebe zu dir sehr viel geopfert.«

Es zuckte finster in seinem Gesicht.

»Ich vielleicht nicht? Habe ich nicht sogar mein Leben riskiert? Markwald hätte mich sicher über den Haufen geschossen, wenn er nur gleich eine Waffe bei der Hand gehabt hätte. Wenn ich dich nicht so wahnsinnig liebte, hätte ich mich nicht auf diese Sache eingelassen. Was kann ich dafür, daß er so unvermutet zurückkam und uns überraschte? Das war eben Pech! Du darfst mir keinen Vorwurf machen, unsere Liebe hat uns eben diesen Streich gespielt. Ellen, hast du mich nicht mehr lieb?«

So fragte er mit der schmelzenden Weichheit in der Stimme, mit der er sie immer bestrickt hatte, so daß sie alles vergaß, ihre Ehre, ihren Gatten, ihr Kind.

Sie war ein armes Mädchen gewesen, als Frank Markwald sie heiratete. Er hatte sie mit Glanz und Luxus überschüttet, ihr jeden Wunsch erfüllt, so daß sie schließlich übersättigt davon war. Und da sie sehr leichtsinnig veranlagt war und ihren Gatten nicht geliebt hatte, war sie einem leichten Flirt ab und zu nicht abgeneigt gewesen. Zu einem wirklichen Treuebruch war es aber erst gekommen, als sie Gert Hofer kennengelernt hatte. Es liefen damals gerade einige Filme von ihm, in denen er verführerische Rollen spielte. So hatte er leichtes Spiel mit ihr gehabt. Und da ihr Gatte in jener Zeit verreisen mußte, hatte sie Hofer in ihrer Villa empfangen, nachdem sie die Dienerschaft bestochen hatte. Wenn sie geahnt hätte, wohin diese Liebschaft führen würde, hätte sie Hofers Verlockungen doch wohl widerstanden, denn eine echte Liebe fühlte sie auch für ihn nicht. Einer solchen war sie wohl überhaupt nicht fähig. Es war nur ein Rausch, nur schnell aufflammende Leidenschaft und geschmeichelte Eitelkeit, was sie in seine Arme geführt hatte.

Als sie dann von ihrem Gatten aus dem Haus gewiesen wurde und nun wieder kennenlernte, was Sorgen waren, sah sie erst ein, ein wie hohes Spiel sie gewagt und verloren hatte.

Aber völlig haltlos geworden, klammerte sie sich an Hofer, obwohl sich ihre Leidenschaft bedenklich abgekühlt hatte. Er aber ließ sich nur darauf ein, mit ihr zusammenzubleiben, weil er hoffte, daß von dem Markwaldschen Reichtum irgend etwas für ihn abfallen würde. Daß Ellen selbst keinen Heller Vermögen besaß, war ihm unbekannt, und das erfuhr er auch nicht, solange Ellen von ihrem Gatten während des Scheidungsprozesses noch reichliche Alimente bezog. Es kam erst zutage, als die Scheidung perfekt geworden war und Frank Markwalds Zahlungen aufhörten. Bis dahin hatte er mit Ellen von Markwalds Geld herrlich und in Freuden gelebt, und er hatte nicht gefragt, ob das Glück anhalten würde. Das hatte er für selbstverständlich gehalten. Und da machte es ihm auch keine Kopfschmerzen, daß er keine Engagements mehr bekam. Wozu sich in den Filmateliers abplagen, wenn man es nicht nötig hatte.

Als dann aber die Quelle plötzlich versiegte, aus der das Geld floß, fragte er Ellen nach ihrem eigenen Vermögen und erfuhr zu seiner Bestürzung, daß sie arm war wie eine Kirchenmaus. Er konnte sich das gar nicht denken, diese elegante, verwöhnte Frau und kein Geld, das paßte doch nicht zusammen. Aber er mußte es begreifen lernen, und da lenkte er dann seine Aufmerksamkeit auf Ellens Schmuck und auf Connys Entführung. Die mußte ja wieder die Geldquelle fließen lassen. Er war auch inzwischen so fest mit Ellen verwachsen, daß er an eine Trennung von ihr nicht denken konnte, wenigstens nicht, solange nicht ihre letzten Hilfsquellen erschöpft waren. Erst hatte er Ellen beredet, ihren geschiedenen Gatten um Geld zu bitten, aber dazu konnte diese sich doch nicht durchringen, zumal sie ziemlich sicher war, daß die Großmut ihres Gatten hier zu Ende sein würde.

Der erste Versuch, Conny zu entführen, war an der Wachsamkeit Frau Hollmanns gescheitert.

Hofers Frage: Ellen, hast du mich nicht mehr lieb, kam durchaus nicht aus einem liebevollen Herzen. Er war ein Mensch, der nur sich allein liebte, der in seiner Eitelkeit bestärkt worden war durch Frauen, die sich ihm als leichte Beute an den Hals geworfen hatten. Er hielt nur bei Ellen aus, weil ihr Schmuck immer noch imstande war, ihm pekuniäre Sorgen fernzuhalten, und wenn er ihr wieder etwas ablocken wollte, bequemte er sich zu einigen Liebkosungen und Schmeicheleien. Da er gerade jetzt erkennen mußte, daß seine Filmkarriere durchaus nicht so glänzend sein würde, wie er es sich erträumt hatte, so war er ganz auf sie angewiesen. Auf andere Weise sich seinen Unterhalt zu verdienen, daran dachte er nicht, obwohl ihm ein wohlmeinender Regisseur gesagt hatte, er möge umsatteln, sein Talent reiche nicht aus. Das glaubte er, eitel wie er war, nicht, und er hoffte wirklich, man würde ihn in Hollywood mit offenen Armen aufnehmen. Trotzdem wollte er nicht von seinem Plan lassen, Conny zu entführen, denn man konnte immerhin nicht wissen, wie es in Hollywood war. So sicher, wie er es Ellen hinstellte, erschien es ihm keineswegs, in Hollywood Karriere machen zu können. Aber jedenfalls sollte ihm Ellen helfen, nach Hollywood zu kommen, und da er nicht sicher war, ob sie mit ihm gehen würde ohne das Kind, so sollte sie mit dem Kind mit ihm gehen.

Ellens Leben war durch ihren Leichtsinn schon so weit zerstört, daß sie sich haltlos von Hofer treiben ließ, wohin er wollte. Sie klammerte sich noch viel mehr an die Hoffnung, daß Hofer in Hollywood sein Glück machen würde und daß sie dann wieder in Glanz und Luxus leben könnte.

Und mit einem schwachen Lächeln antwortete sie ihm auf seine Frage: »Du weißt doch, daß ich dich liebe, Gert.«

»Und du glaubst an mich?«

»Ja, Gert, ich glaube an dich.«

»So höre auch auf mich, laß uns in die Schweiz reisen. Wir entführen Conny und reisen dann gleich nach Amerika. Dorthin muß Markwald uns Geld schicken, und alles wird gutgehen.«

Er erklärte ihr nun seine Pläne, und sie hörte zu und ließ sich willig von ihm beeinflussen. Daß sie gegen das Gesetz verstoßen würde, wenn sie ihr Kind entführte, das ging ihr nicht ein. Es war doch ihr Kind, ihr eigen Fleisch und Blut. Niemand hatte ein Recht, ihr das Kind zu nehmen, so meinte sie. Und daß ihr der Rechtsanwalt geschrieben hatte, sie möge das Kind in gesicherten Verhältnissen belassen und Frank Markwald nicht noch mehr betrüben, dadurch, daß sie ihm das Kind nahm, das nahm sie sich nicht zu Herzen. Ihr hatte man das Kind doch auch genommen. Und Hofer würde schon sorgen, daß ihre kleine Conny später wieder im Überfluß leben würde.

Sie machten sich also zum Ausgehen fertig, um alles zu erledigen, was erledigt werden mußte.

8

EINIGE TAGE SPÄTER fuhren sie zunächst nach Interlaken, nahmen dort in einem bescheidenen Hotel Wohnung und gaben sich als Gert Hofer und Frau aus. Hier verschafften sie sich erst einmal verschiedene Fremdenlisten, auch die von Interlaken. Und nach einigem Suchen fanden sie dann auch Frank Markwalds Namen im Hotel D'Angleterre angemeldet. Hofer begab sich darauf zunächst allein zu diesem Hotel und fragte einfach den Portier, ob Herr Frank Markwald zu sprechen sei, er habe geschäftlich mit ihm zu reden.

Hier erfuhr er, daß Frank Markwald mit seiner Tochter und der Nurse nach Wengen abgereist sei.

In der Fremdenliste von Wengen fanden sie dann Markwalds Namen unter den Gästen des Palace-Hotels. Frank Markwald mit Tochter und Begleitung, so stand in der Liste.

Triumphierend schwang Hofer die Liste.

»Wir haben ihn, Ellen, wir haben ihn! Nun laß uns überlegen, wie wir zum Ziel kommen. Selbstverständlich müssen wir erst vorsichtig sein. Noch einmal darf die Sache nicht fehlschlagen. Ich selbst kann das Kind nicht entführen, mit einem fremden Mann würde es nicht gehen. Aber ich kann dir alles genau auskundschaften und einen genauen Plan ausarbeiten. Einige Schwierigkeiten werden wir zu bewältigen haben. Markwald hat es sehr wohl bedacht, daß in Wengen seine Tochter relativ sicher ist vor einer Entführung, weil nämlich nach Wengen hinauf keine Autos fahren können. Die einzige Verbindung ist die mit der Jungfraubahn. Doch hat das auch wiederum Vorteile für uns. Hast du das Kind glücklich in den Zug gebracht, dann kannst du nicht eher verfolgt werden, bis der nächste Zug geht, und dann sind wir schon längst über alle Berge.«

»Ich habe doch Angst, Gert!«

»Die darfst du aber nicht haben. Mut gehört zu einem solchen Unternehmen. Und ich mache dir alles so leicht wie möglich. Erst fahre ich selber einmal nach Wengen hinauf und sondiere im Hotel.«

»Wenn dich Markwald aber sieht?«

Hofer lachte.

»Wozu bin ich Schauspieler, Ellen? Ich werde mir schon eine Maske machen, in der er mich nicht einmal erkennen soll, wenn er dicht neben mir steht.«

Sie überlegten eifrig hin und her und kamen schließlich zu dem Resultat, daß sie in Lauterbrunnen Wohnung nehmen wollten. Dort sollte Ellen vorläufig im Hotel zurückbleiben, bis Hofer eine gute Gelegenheit ausgekundschaftet haben würde. Was dann weiter zu geschehen habe, sollte sich nach Hofers Berechnungen herausstellen.

Gleich am andern Tage fuhren sie nach Lauterbrunnen und nahmen in einem Hotel am Bahnhof Wohnung. Sie konnten von ihrem Fenster aus das Abfahren und Ankommen der Züge der Jungfraubahn überblicken und in einem kleinen Fahrscheinheft genau die Abfahrt und Ankunft der Züge feststellen. Diese waren bei ihrem Entführungsplan sehr wichtig.

Auch hier hatten sie sich als ein Ehepaar ausgegeben, aber sie blieben soviel wie möglich auf dem Zimmer, um nicht etwa von Markwald oder von Frau Hollmann gesehen zu werden. Denn daß diese in Begleitung Connys war, nahmen sie gewiß an. Am nächsten Morgen machte Hofer sorgfältig Maske. Er klebte sich einen grauen Lippenbart an, puderte sich das dunkle Haar, daß es grau erschien, und bearbeitete sich mit dem Schminkstift. Außerdem setzte er noch eine dunkle Brille auf, wie sie hier zum Schutz gegen das Blenden des Schnees viel getragen wurden. Danach versicherte ihm Ellen, daß er absolut unkenntlich sei. Zum Überfluß sprach er gut englisch und wählte einen Anzug, der ihn als Engländer oder Amerikaner charakterisierte. Er schärfte Ellen ein, sie solle auf ihrem Zimmer bleiben, und nachdem er einen Paletot angelegt, den Kragen hochgeschlagen und die Mütze tief ins Gesicht gezogen hatte, verließ er das Hotel und ging schnell zum Bahnhof hinüber. Wie er sich ausgerechnet hatte, kam er gerade zum Abgang eines Zuges zurecht und nahm in einem Abteil zweiter Klasse Platz. Da er mit dem Schaffner englisch sprach und, als dieser ihn nicht verstand, englisch-deutsch radebrechte, hielt man ihn für einen der zahlreichen Amerikaner, die zur Reisezeit die Schweiz überschwemmen.

In Wengen stieg er aus, und vom Zug aus hatte er schon festgestellt, wo das Palace-Hotel lag. Es war deutlich genug durch große Buchstaben gekennzeichnet.

Zur Vorsicht veränderte er sogar seinen Gang, schritt breitbeinig auf der Hauptstraße dahin, die zum Palace-Hotel führte, und schien sich um nichts zu kümmern als um die ausgehängten Wohnungsschilder.

An seinem Ziel angelangt, nahm er an einem der runden Tische Platz, die vor dem Hotel standen. Breitbeinig war er auf einen dieser Tische zugeschritten und bestellte sich bei dem Kellner, der gerade am Portal stand, einen Tee. Er sah sich gleichmütig, aber scharf beobachtend um und überlegte, wie er den Kellner ausforschen konnte nach allem, was er gern wissen wollte.

Während er noch auf seinen Tee wartete, hörte er über sich das Jauchzen einer Kinderstimme. Er lauschte interessiert und hörte dann ganz deutlich eine Frauenstimme »Conny« rufen. Seine Augen blitzten hinter den dunklen Brillengläsern auf. Er hob den Kopf und sah hinauf. Dabei stellte er fest, daß da oben über dem Vorbau eine breite Veranda sich längs des Hauses hinzog. Er hörte das Kind lachen und plaudern.

Als der Kellner den Tee brachte und er ihn gleich bezahlte, fragte er radebrechend:

»Sein in diese Hotel noch Zimmer frei?«

»Ja, mein Herr«, beeilte sich der Kellner zu versichern.

»Auch in das erste Etage?«

»Ja, mein Herr, auch da sind noch Zimmer frei.«

Da sagte Hofer im reinsten Englisch vor sich hin:

»Es scheinen aber viel Kinder hier im Hotel zu sein, das liebe ich nicht, es stört die Ruhe.«

Der Kellner sah zu der Veranda, und da er englisch verstand, beeilte er sich zu versichern:

»Nur ein einziges kleines Mädchen, das sehr artig und ruhig ist.«

Da Conny aber gerade in diesem Moment wieder laut aufjauchzte, sagte Hofer wieder in schlechtem Deutsch:

»Sein das artig, und sein das ruhig?«

»Es kommt nur selten vor, daß das Kind so laut ist. Es geht abends sehr zeitig zu Bett und schläft auch des Morgens lange.«

»Hm! Also kann ich sehen eine Zimmer in der ersten Etage?«

»Mit einem Bett, oder mit zwei Betten?«

»Oh, mit zwei, well, ich haben eine Frau. Also zeigen Sie mich, ich möchte sehen und mich legen über, ob ich nehmen hier Wohnung für einige Wochen.«

Dienstbeflissen dienerte der Kellner.

»Bitte, mein Herr, ich werde Sie hinaufführen.«

Hofer erhob sich und ging breitbeinig, einen schwerfälligen Gang markierend, an ihm vorbei in das Vestibül. Er benutzte mit dem Kellner den Fahrstuhl, und als sie in der ersten Etage anlangten, führte der Kellner den »Amerikaner« in das Zimmer Nummer 9. Nummer 8 war das Zimmer der Schwestern Nordmann, und Nummer 7 und 6 bewohnte Frank Markwald mit seiner Tochter.

Hofer sah sich das Zimmer Nummer 9 aufmerksam an und schritt auf die Fenstertür zu, als wolle er die Aussicht prüfen.

»Very nice!« sagte er bewundernd vor sich hin, als habe er den Kellner ganz vergessen.

Dann trat er über die Schwelle der Fenstertür und erblickte Conny neben einer jungen Dame. Sie waren beide mit einer Puppe beschäftigt, und Conny nannte die Dame »Tante Freda«. Sie achteten beide nicht auf den Fremden in der Tür des Nebenzimmers, zumal er jedes Geräusch vermieden hatte. So konnte er sich vorbeugen und erblickte dann auch Frau Hollmann an der Fenstertür zu Connys Zimmer. Er kannte Frau Hollmann von dem ersten Entführungsversuch Connys her.

Befriedigt trat er wieder in das Zimmer und fragte scheinbar besorgt den Kellner:

»Wohnen die kleine Kind hier neben in diese Zimmer?«

»Nein, mein Herr, Sie können unbesorgt sein, das Kind wohnt erst im dritten Zimmer von hier, es besucht nur zuweilen die Damen, die hier im Nebenzimmer wohnen. Aber Sie hören, es verhält sich ganz ruhig.«

»Eine andere Zimmer sein nicht mehr frei in das erste Etage?« fragte Hofer, während er allerlei überlegte.

»Doch, mein Herr, es ist noch ein anderes Zimmer frei, ich zeige Ihnen auch das.«

Und er zeigte Hofer noch ein Zimmer, das am Ende des Ganges neben dem Frieder Lienhards lag. Aber das lag für Hofers Pläne nicht so günstig. Er hatte sich schnell überlegt, daß Conny zu entführen sein würde, wenn Ellen in das Zimmer gelangte, das ihm der Kellner zuerst gezeigt hatte, das Zimmer Nummer 9. Wenn sie sich hier verbergen konnte, bis sich eine günstige Gelegenheit ergab, dann mußte es glücken. Sie konnte Conny an sich locken und mit ihr verschwinden. Ellen mußte selbstverständlich vermeiden, Markwald oder Frau Hofer zu begegnen, aber sie konnte ja schließlich auch ein wenig Maske machen. Schleier und Schneebrille vermochten viel, und ein langer, weiter Mantel, der ihre Gestalt verbarg. Das war das wenigste.

Er sah sich Nummer 9 noch einmal scheinbar kritisch an und sagte dann:

»Well! Mich gefallen diese Zimmer, ich werde mieten für einige Wochen. Aber erst muß sehen mein Frau diese Zimmer, ah, Nummer neun. Yes, mein Frau wird kommen morgen und sich ansehen. Well! Bitte, wollen Sie reservieren diese Zimmer Nummer neun für Mister Joung und Mistreß Joung bis morgen?«

Der Kellner beeilte sich, zu versichern, daß er das Zimmer reservieren würde. Hofer nickte.

»Well, ich bin fertig!«

Und er fuhr im Fahrstuhl wieder mit dem Kellner hinunter und drückte diesem noch ein gutes Trinkgeld in die Hand.

Scheinbar ruhig und gleichmütig trank er seinen Tee aus und entfernte sich dann, langsam und breitbeinig zum Bahnhof zurückgehend. Er dachte sich dabei ganz genau einen Entführungsplan für Ellen bis in alle Einzelheiten aus. Aber plötzlich bekam er einen großen Schreck, ihm entgegen kam auf der Straße zum Bahnhof eine hohe, imponierende Männergestalt, er erkannte sofort Frank Markwald. Am liebsten hätte er sich in ein Mauseloch verkrochen, nicht nur aus Angst, daß Frank Markwald, wenn er ihn erkannte, Verdacht schöpfen könne, sondern aus wirklicher feiger Angst vor diesem Mann, dessen Weib er gestohlen hatte und dem er nun auch noch die Tochter entführen wollte, aus Angst, daß er ihn niederschlagen könne wie einen tollen Hund. Und erst, als er sich seiner guten Maske erinnerte, brachte er so viel Haltung auf, daß er scheinbar neugierig an die Auslage einer Konditorei herantrat. Dabei sah er aber nur danach, ob Markwald ohne ihn zu beachten vorüberging. Seine stolze Erscheinung spiegelte sich in dem Schaufenster.

Ahnungslos ging Frank Markwald an Hofer vorüber, sein Instinkt warnte ihn nicht, er beachtete den Mann am Schaufenster gar nicht.

Hofer atmete auf, als er vorüber war, und setzte seinen Weg zum Bahnhof fort, aber nun doppelt darauf bedacht, in seinem Gang einen alten Mann zu markieren.

Und wie alle niedrigen, gemeinen Naturen die Menschen hassen, die besser sind als sie selbst und ihnen überlegen sind, so haßte Hofer Frank Markwald, der doch viel mehr Grund dazu hatte, ihn zu hassen. Er beneidete ihn um seinen Reichtum, um seine geachtete Stellung, und, ganz abgesehen davon, daß Conny ihm Mittel zum Zweck sein sollte, um an ihrem Vater eine Erpressung auszuüben, drängte es ihn, ihm einen Schmerz zuzufügen, ihm ein noch größeres Leid anzutun, als es schon geschehen war.

Noch intensiver vertiefte er sich in den Plan zu Connys Entführung, damit er ja an keinem Zufall scheitern möge. Er notierte sich, auf dem Bahnhof angekommen, die Abfahrtszeiten der Züge von Wengen aus.

Dann kam der Zug von oben, und er bestieg ihn, um wieder nach Lauterbrunnen zurückzufahren.

Im Hotel wieder angekommen, berichtete er Ellen genau, was er ausgekundschaftet hatte, und zum Schluß sagte er:

»Es wird alles wie von selbst gehen, Ellen, du brauchst gar keine Angst zu haben. Ich will dich schon unkenntlich machen. Und du wendest dich einfach an den Kellner, sprichst ein englisch gefärbtes Deutsch und stellst dich als Mistreß Joung vor. Du sagst, daß dein Mann Zimmer Nummer neun habe reservieren lassen, und du wolltest es ansehen. Der Kellner wird dich hinaufführen, und du sagst ihm dann, das Zimmer gefiele dir, und du wolltest gleich dableiben, dein Mann käme mit dem Gepäck nach. Im Zimmer wartest du dann auf eine Gelegenheit. Das Kind spielt auf der breiten Veranda herum und wird auch in die Nähe der Fenstertür kommen, die in das Zimmer Nummer neun führt. Du lockst es an, und da es in dir seine Mutter erkennen wird, wird es willig mit dir gehen. Dann heißt es aber schnell machen. Du eilst mit dem Kind die Treppe hinab und durch das schmale Vestibül. Der Portier in seiner Loge kümmert sich nur um Ankommende, ebenso der Kellner und der Boy, das habe ich alles beobachtet. Da Conny willig mit dir gehen wird, kann es kaum auffallen, daß du mit ihr das Hotel verläßt. Achte nur darauf, daß das geschieht, wenn du gerade einen Zug erreichen kannst, hier auf dem Zettel stehen alle Abfahrtszeiten. Bist du im Zug, dann ist alles gelungen, denn hier unten erwarte ich dich mit dem kleinen Auto, das der Besitzer zuweilen für Tagestouren an Selbstfahrer vermietet. Ich habe schon mit ihm gesprochen, daß ich es morgen für den ganzen Tag miete. Ich werde selbst chauffieren, und sobald du von Wengen herunterkommst, fahren wir davon. Anschluß bekommen wir auf alle Fälle in Interlaken. Ich lasse unser großes Gepäck schon vorher nach Marseille aufgeben, du brauchst dich darum gar nicht zu kümmern. Alles das erledige ich. Von Wengen aus kann man uns nur mit dem nächsten Zug verfolgen, und bis der unten ist, sitzen wir schon längst in Interlaken im Zug und fahren ab. Du wirst sehen, es geht alles wie am Schnürchen, wenn du nur deine Sache gut machst und dich genau nach meinen Vorschriften richtest. Hast du alles gut verstanden, Ellen?«

Sie nickte seufzend.

»Es klingt so leicht, Gert, aber ob wirklich alles so glatt geht?«

Er zog sie schmeichelnd in seine Arme.

»Du bist doch eine kluge Frau und wirst schon alles gut ausführen. Denke nur daran, in was für eine abscheuliche Lage dich Markwald gebracht hat, du kannst dich jetzt an ihm rächen, daß er dich so mitleidlos vor die Tür gesetzt hat.«

Betroffen sah sie ihn an.

»Aber Gert, er hatte doch allen Grund dazu, und alles Recht.«

»Willst du ihn gar verteidigen? War es vielleicht schön von ihm, daß er dich so brüsk auf die Straße jagte und dich dem Elend preisgab? Meinst du, er habe nicht auch zuweilen einen Fehltritt begangen? Mußte er dich da so erbarmungslos verurteilen und dich von deinem geliebten Kind trennen? Oh, ich hasse ihn für alles, was er dir angetan, und es soll mir eine Freude sein, auch ihm ein Leid zuzufügen«, rief er mit theatralischem Pathos.

Sie ließ sich aufstacheln durch seine Rede. Gert hatte recht, Markwald hatte nicht sehr großmütig an ihr gehandelt. Er war es ja, der sie durch seine Härte zu diesem Schritt trieb, sie brauchte sich gar nicht durch ein böses Gewissen bedrükken zu lassen. Er hätte ihr diesen kleinen Fehltritt verzeihen können, und alles wäre gut gewesen.

»Du hast recht, Gert, von dieser Seite habe ich alles noch

gar nicht betrachtet, es war wirklich mitleidlos von ihm, mich fortzujagen, ins Elend hinein.«

Er küßte sie, scheinbar von Leidenschaft überwältigt.

»So liebe ich dich, meine Ellen, stolz und selbstbewußt, wie es dir zukommt. Wer will Richter über dich sein, weil du deinem heißen Herzen folgtest? Markwald ist eine Krämerseele, der eine so herrliche Frau wie dich gar nicht verstanden hat und nicht verdient. Sei meine stolze, kluge Ellen, räche den Schimpf, den er dir und auch mir angetan hat. Und sei mutig und tapfer. Was kann dir schon geschehen? Das Schlimmste wäre, daß unser Plan mißglückt. Fatal genug wäre das schon für uns, aber doch nicht gefährlich für dich. Also Mut, meine Ellen, Mut, es wird alles gutgehen.«

Sie merkte nicht, daß er Komödie spielte, daß jedes seiner Worte schlau berechnet war.

»Ich will mutig sein, Gert, und will hoffen, daß alles glückt. Und du kannst dir wohl denken, daß ich meine kleine Conny gern bei mir haben möchte. Wenn meine Sorgen mich jetzt auch abgelenkt haben, ich habe doch mein kleines Mädchen lieb«, sagte sie, und es klang etwas wie echtes Gefühl aus diesen Worten. Jetzt, da sie sich ihrem Kind so nahe wußte, da sie hoffen konnte, es für sich gewinnen zu können, brach sich wirklich die verkümmerte Mutterliebe in ihrem Herzen Bahn. Hofer küßte sie stürmisch.

»Mein armer Schatz, nun wird bald alle Not für dich ein Ende haben.«

Seine Worte zeigten ihr, wie bemitleidenswert sie sei, und auch der härteste Mensch wird weich, wenn er Mitleid mit sich selber hat. Sie weinte an Hofers Herzen bittere Tränen des Mitleids mit sich selber.

Freda Nordmann fuhr am nächsten Morgen mit der Jungfraubahn nach Lauterbrunnen hinunter und von da weiter nach Interlaken. Sie wollte dort allerlei kleine Besorgungen machen. Es fehlte den Schwestern an Büchern und verschiedenen Kleinigkeiten für ihre Handarbeiten. Blandine bat, sie solle ihr eine besondere Sorte Konfitüren mitbringen, die in Wengen nicht zu haben waren, und auch sonst fehlte es an

Verschiedenem, was sie oben in Wengen nicht bekommen konnten.

Gleich nach dem Frühstück war sie aufgebrochen, damit sie genug Zeit hatte für ihre Kommissionen und zum Diner spätestens zurück sein konnte. Blandine hatte sie erst begleiten wollen, aber Frieder hatte sie so betrübt angesehen, weil er sie den ganzen Tag nicht würde sehen können, daß sie sich entschlossen hatte, darauf zu verzichten.

Blandine und Frieder hatten Freda zum Bahnhof begleitet und waren dann nach Wengernalp hinaufgestiegen.

Frank Markwald war zu einer Bergtour schon ganz früh am Morgen aufgebrochen, und so befand sich Conny heute mit Frau Hollmann ganz allein auf der Veranda.

Es gefiel dem lebhaften Kind gar nicht, daß es sich heute wieder einmal mit sich selbst beschäftigen mußte, denn Frau Hollmann verstand lange nicht so schön mit ihr zu spielen wie Tante Freda, und außerdem hatte die Nurse auch eine notwendige Näherei vor, die sie sehr in Anspruch nahm, so daß sie nur kurze Worte auf all die wichtigen Fragen fand, die Conny ihr vorlegte.

Die Grenzketten auf der Veranda zwischen den Zimmern 6, 7 und 8 waren längst ein für allemal abgehängt worden, und so hatte Conny einen weiten Raum für sich und ihre Spiele zur Verfügung. Und da sie nun so ziemlich auf sich selbst angewiesen war, nahm sie ihre eigene Phantasie zu Hilfe, um sich herrliche Spiele auszudenken. Sie machte mit ihren Puppen weite Ausflüge auf der Veranda, kleidete sie zu jedem anders an und unterhielt sich mit ihnen, wobei sie Frage und Antwort gab. Ihre eleganteren Puppen wurden etwas förmlicher behandelt als die geliebte Puppe Lilly, die nun in dem neuen Kleid prangte, das Freda ihr gearbeitet hatte. Dann wurden die Puppenkinder neu angetan, mit Jäckchen und Hütchen, weil man eine Autofahrt unternehmen und zum Schluß Tante Freda und Tante Dina einen Besuch machen wollte. Sie war in ihrer Phantasie bei Tante Freda und Tante Dina zum Tee eingeladen mitsamt ihren Puppen, die schrecklich viele Verhaltungsmaßregeln bekamen, wie sie sich bei den lieben Tanten zu benehmen hätten. Auch Conny zog sich ihr rotes Mäntelchen an und drückte ein rotes Mützchen auf ihre blonden Locken.

Zwei hintereinanderstehende Sessel verkörperten das Auto.

Die Puppen mußten Frau Hollmann artig Lebewohl sagen, und Conny tat das auch und sagte:

»Bang' dich nicht, wenn wir lange ausbleiben, Lena, wir haben einen sehr weiten Weg und gehen dann zu Tante Freda und Tante Dina ins Zimmer zur Teegesellschaft.«

Frau Hollmann nickte und sagte geduldig, aber etwas geistesabwesend: »Auf Wiedersehn und viel Vergnügen.«

Die Puppen wurden in den einen Sessel placiert, Conny nahm in dem dahinterstehenden Platz. Ihre Puppe Lilly behielt sie aber im Arm. Und nun fuhr das Phantasieauto davon, bis es nach langer Zeit wieder anhielt. Da stieg man aus, und nun mußte man noch einen schrecklich langen Weg zurücklegen und deshalb einige Male die Veranda umkreisen, bis man bei den Tanten ankam. In der entferntesten Ecke der Veranda, da, wo die Grenzkette zum Zimmer neun angehängt war, hatte Conny schon vorher den Teetisch für die Teegesellschaft hergerichtet, und nun placierte sie ihre Puppen um den Tisch herum und hielt große Gespräche zwischen den Puppen, den Tanten und sich selbst.

Inzwischen war unten vor dem Hotel Frau Ellen Markwald angekommen. Sie trug einen langen, sehr weiten Staubmantel von dunkler Farbe, den sie sich einmal für Autofahrten angeschafft hatte und der ihre Gestalt viel größer und breiter erscheinen ließ, als sie in Wirklichkeit war. Auf dem Kopf trug sie einen breiten Mut, der alles Haar verdeckte und dessen Krempe sich, gleich den Hüten der Frauen bei der Heilsarmee, an die Wangen schmiegte und die Stirn weit überschattete. Solche Hüte waren zwar nicht mehr modern, aber Ellen hatte gesehen, daß verschiedene Amerikanerinnen ähnliche Hüte trugen, und hatte ihn obendrein für ihre Zwecke noch etwas zurechtgebogen. Sie hatte sich von Hofer das Gesicht sehr braun schminken lassen, trug einen losen Schleier vor dem Gesicht und vor den Augen außerdem eine dunkle Schneebrille. So hoffte sie unerkannt zu bleiben, auch wenn sie einer flüchtigen Begegnung mit Markwald oder Frau Hollmann nicht ausweichen konnte.

Sie wandte sich sogleich an den Kellner, den sie nach Hofers Beschreibung sofort erkannte. Er stand im Vestibül und gab gerade dem Boy einen Auftrag, der diesen entfernte. Der Portier saß schläfrig blinzelnd in seiner Loge, sah zwar auf, als niemand das Vestibül von draußen betrat, gab sich aber seinem Dämmerzustand wieder hin, als er merkte, daß die Dame sich an den Kellner wandte.

Ellen sagte in einem englisch gefärbten Deutsch:

»Oh, ich sein Mistreß Joung, meine Mann hat angesehen die Zimmer Nummer neun, in das erste Etage. Ich will sehen die Zimmer, ob sie mich gefallen, wollen Sie mich zeigen?«

Der Kellner dienerte eifrig, das Hotel war noch immer nicht so gut besetzt, daß man nicht gern noch neue Gäste gesehen hätte. Er hatte die Gattin des »Amerikaners« schon sehnlichst erwartet.

»Sehr wohl, bitte, wollen Sie mir folgen, ich führe Sie sofort hinauf.«

Ellen sah sich forschend im Vestibül um, ihr Herz pochte heftig, aber es war niemand zu sehen, der sie beunruhigt hätte. Der Portier schlummerte schon wieder, und der Boy war in den Wirtschafträumen verschwunden, er sollte in der Küche mithelfen.

So bediente der Kellner selbst den Fahrstuhl und fuhr Ellen hinauf in die erste Etage.

Es waren nur wenige Schritte vom Fahrstuhl bis zum Zimmer Nummer 9, aber Ellen atmete auf, als sei sie einer schweren Gefahr entronnen, als sie glücklich das Zimmer erreicht hatte, ohne daß eine gefürchtete Begegnung stattgefunden hatte.

Sie betrachtete das Zimmer, und um nicht aufzufallen, sagte sie:

»Well, es gefallen mich gut. Ich werde warten hier auf Mister Joung, meinen Gatten, er sein noch verhindert und wird kommen mit die Gepäck, wenn er sein fertig. Sie können mir lassen allein, ich kann warten allein. Wenn meine Mann kommen, dann schicken Sie ihn mich herauf. Sie können gehen!«

Und sie begann scheinbar gemütsruhig ihre Oberkleider abzulegen.

Ahnungslos, daß diese Dame ganz andere Pläne hatte, als hier ein Zimmer zu mieten, zog sich der Kellner zurück. Er freute sich, seiner Direktion melden zu können, daß der Amerikaner Mister Joung und seine Gattin das Zimmer Nummer 9 für mehrere Wochen gemietet hatten. Und zum Portier sagte er, in dessen Loge tretend:

»Die Sache mit Nummer neun ist perfekt, Herr Portier, Sie können schon anschreiben: Mr. Joung und Frau Gemahlin. Die Dame ist gleich oben auf dem Zimmer geblieben. Wenn der Herr mit dem Gepäck kommt, dann melden Sie ihm, wo seine Frau ist. Ich muß jetzt in den Speisesaal, wo ich die nächste Stunde zu tun habe. Und der Boy ist in der Küche. Sie müssen aufpassen, Herr Portier.«

»Gut«, erwiderte dieser, schrieb mit Kreide auf die Gästetafel: Mr. Joung und Gemahlin, Nummer 9.

Aber als der Kellner verschwunden war, nahm der Portier wieder in seinem Sessel Platz und schlief weiter.

Es herrschte um diese Zeit eine einschläfernde Stille im Vestibül.

Ellen Markwald atmete auf, als der Kellner verschwunden war.

Sie lauschte atemlos hinaus zu der Veranda und vernahm die Stimme ihres Kindes. Da preßte sie einen Moment die Hände aufs Herz.

Dann löste sie mit zitternden Fingern den entstellenden Schleierhut vom Kopf und nahm die Brille ab, so daß Conny ihre Mutter erkennen mußte, wenn sie diese sah. Den Mantel behielt sie gleich an, denn wenn sie sich Connys bemächtigt hatte, mußte alles schnell gehen.

Sie nahm in der Nähe der Fenstertür Platz und lauschte hinaus. Bald wurde ihr aus Connys Plauderei klar, daß sie mit ihren Puppen Teegesellschaft spielte, sie mußte ganz in ihrer Nähe auf der Veranda sein.

Und das war auch so, dicht an der Grenzkette befand sich der Teetisch, den Conny für ihre Puppen gerichtet hatte.

Behutsam beugte sich Ellen ein wenig vor und erblickte ihr

Kind, in einem roten Mäntelchen und Mützchen. Sie hielt ihre Puppe Lilly fest an sich gedrückt und plauderte mit einer ihr unbekannten Tante Freda, die aber nicht anwesend sein konnte, denn Conny gab auch die Antworten dieser Tante Freda.

Ellen konnte sich schon denken, daß Conny irgendeinen weiblichen Hotelgast zur Tante erkoren hatte, wie das Kinder oft tun. Mit Herzklopfen lauschte sie dem drolligen Geplauder, und nun kamen ihr doch die Tränen in die Augen, als ihr so recht zum Bewußtsein kam, was sie sich durch die Liebelei mit Hofer verscherzt hatte. Aber sie faßte sich schnell, jetzt war keine Zeit zu solchen Betrachtungen, sie mußte mit aller Energie ihr Ziel verfolgen und durfte nicht weich werden.

Vorsichtig hinauslugend, konstatierte sie, daß Frau Hollmann einige Zimmer weiter an einer Fenstertür saß, also vor ihrem und Connys Zimmer. Sie schien eifrig in eine Näherei vertieft zu sein, denn sie sah gar nicht auf, wenn Conny ihr zuweilen etwas zurief. Frau Hollmann fühlte sich hier oben mit ihrem Schützling auch so sicher, daß sie etwas in ihrer Wachsamkeit nachgelassen hatte. Wie hätte sie ahnen können, daß Connys Mutter unter der Maske einer Mistreß Joung in Nummer 9 an der Fenstertür saß und darauf wartete, Conny zu entführen.

Ellen merkte, daß Conny einige Male in das Nebenzimmer ging und dann immer scheinbar mit einer Tante Freda sprach.

Jeder Nerv Ellens war gespannt.

Ab und zu blickte sie auf die Uhr, um auszurechnen, wann wieder ein Zug nach Lauterbrunnen hinunterging.

Vorsichtig rückte sie jetzt etwas weiter vor. Wenn sie jetzt Conny in den nächsten zehn Minuten an sich locken konnte, erreichte sie gerade einen Zug.

Und nun kam Conny wieder aus dem Nebenzimmer heraus und kam an den Teetisch dicht neben der Grenzkette heran.

Wenn sich Ellen ein wenig vorbeugte, konnte sie die Grenzkette mit der Hand erreichen und sie hochheben, so daß ihr Kind ganz bequem darunter hinweggehen konnte.

Und da stand Conny dicht an der Grenzkette, ihre Puppe Lilly im Arm, und wollte diese gerade ebenfalls am Teetisch pladeren. Da erblickte sie plötzlich ihre Mutter und sah mit großen Augen in deren lächelndes Gesicht.

Sie erkannte sie gleich, aber vor Überraschung kam kein Wort über ihre Lippen.

Ellen hob schnell die Grenzkette empor.

»Komm, Conny, komm schnell zu Mutti!« flüsterte Ellen und zog das Kind an seinem Mäntelchen zu sich heran.

Conny staunte atemlos.

»Mutti, ach Mutti, bist du da?« fragte sie, unwillkürlich auch leise sprechend, wie die Mutter.

Diese zog sie schnell ins Zimmer herein und küßte sie innig.

»Ja, meine süße, kleine Conny. Komm schnell und ganz leise, wir wollen mit Lilly zu Vati gehen, das wird ein Spaß, Lena soll das gar nicht wissen. Komm schnell!«

Für einen Spaß war Conny immer gleich zu haben, sie nickte schelmisch und zappelte ein wenig ungeduldig, als die Mutter ihren Hut wieder aufsetzte. Die Brille setzte Ellen gar nicht wieder auf, um das Kind nicht etwa zu erschrecken. Sie war jetzt auch nicht mehr wichtig. Wenn man sie mit dem Kind sah, war es doch nicht möglich, zu entkommen, auch wenn man sie nicht gleich erkannt hätte. Sie plauderte mit etwas zitternder und unsicherer Stimme mit Conny, ihr zärtliche Schmeichelnamen gebend, und Conny war entzückt, daß Mutti »so guter Laune« war und einen Spaß machen wollte. Wo die Mutter plötzlich herkam, darüber dachte Conny jetzt nicht nach, sie war da und war lieb und gut zu ihr, und das genügte. Sie hielt nur ihr Puppenkind Lilly fest an sich gedrückt, denn das sollte doch auch den Spaß miterleben. Da Conny momentan niemanden hatte, der sich eingehend mit ihr beschäftigt hätte, war sie ganz zufrieden, daß die Mutter da war.

Es dauerte keine Minute, seit Conny bei ihrer Mutter war, als diese auch schon die Tür zum Korridor öffnete und hinauslauschte. Alles war still, kein Mensch zu sehen.

»Komm, Conny, jetzt wollen wir eilen, daß wir zu Vati kommen, er wartet schon auf uns«, sagte sie und hob das Kind auf ihren Arm. Und scheinbar ruhig, wenn auch leise mit ihr plaudernd, was Conny veranlaßte, ebenso leise zu sein, damit der schöne Spaß nicht gestört würde, huschte sie mit ihr die Treppe hinunter. Dabei zitterten ihr die Knie, und das Herz schlug ihr wie ein Hammer in der Brust.

Aufatmend sah sie, daß das Vestibül ganz leer war. Der Portier schlief noch immer in seiner Loge und sah nur wie im Halbtraum eine Frau in einem dunklen Mantel mit einem Kind auf dem Arm durch das Portal schlüpfen. Alles war Ellens Plan günstig, sie ahnte nicht einmal, wieviel Zufälligkeiten diesen Plan begünstigten.

Als Ellen mit Conny das Hotel verlassen hatte, bekam sie mehr Mut. Sie ließ das Kind, ihm einen Kuß gebend, auf seine Füße nieder. Es wurde ihr zu schwer. Und sie mußte eilen, wenn sie den Zug erreichen wollte. Fahrkarten hatte sie schon gelöst.

»Jetzt mußt du laufen auf deinen kleinen Padderbeinchen, Connylein, wir müssen schnell zur Puffbahn laufen, damit wir zu Vati fahren können. Komm, laß sehen, wer von uns beiden am schnellsten laufen kann«, sagte sie.

Conny lachte. War das ein schöner Spaß, dieses Wettlaufen. Sie rannte neben der Mutter her und jauchzte auf. Aber ihre Puppe Lilly ließ sie nicht aus ihren Armen. Es wurde ihr aber in ihrem Mäntelchen zu warm.

»Mutti, ich will den Mantel ausziehen, mir ist so warm, und ohne Mantel kann ich noch besser laufen.«

Ellen lief weiter mit dem Kind, aber sie zog ihr während des Laufens das Mäntelchen aus. Nun ging es viel besser.

»Was wird Vati für Augen machen, wenn wir kommen«, sagte Ellen.

»Oh, was für ein schöner Spaß, Mutti!« jauchzte Conny ein bißchen atemlos und trippelte so schnell sie konnte neben der Mutter her.

Kein Mensch achtete auf Mutter und Tochter, als diese so schnell zum Bahnhof eilten. Der Zug war schon sichtbar, und es kommt oft genug vor, daß sich Menschen beeilen müssen, um noch einen Zug zu erreichen. Er fuhr gerade ein, als Mutter und Tochter auf dem Bahnsteig ankamen. Hastig schritt Ellen mit dem Kind auf ein leeres Abteil zweiter Klasse zu.

Sie hob Conny mit ihrer Puppe hinein und stieg dann selbst ein. Unruhig blickte sie umher, das Kind mit ihrer Gestalt deckend. Aber niemand beachtete sie. Sie atmete zitternd auf. Bevor der Zug noch nicht abgefahren war, mußte sie noch Angst haben, daß man sie verfolgte. Sie sah zu der Ecke, um die man biegen mußte, wenn man vom Palace-Hotel zum Bahnhof ging. Aber niemand ließ sich sehen. Wie nahe sie einer Entdeckung gewesen war, ahnte sie nicht, denn sie kannte weder Blandine Nordmann noch Frieder Lienhard. Und diese beiden Menschen waren aus dem Zug gestiegen, als er hielt, weil Blandine den Rückweg von Wengernalp nicht hatte zu Fuß machen wollen. Aber sie sahen beide nicht die verschleierte Frau und die kleine Conny mit ihrer Puppe. Sie hielten sich gar nicht auf und gingen gleich zum Hotel zurück. Was auf dem Bahnhof vorging, interessierte sie nicht. So war Ellen auch dieser Entdeckung entgangen. Und auch Conny hatte weder Tante Dina noch den Onkel Frieder zwischen den anderen ein- und aussteigenden Menschen bemerkt.

Als sich der Zug wieder in Bewegung setzte, fiel Ellen erlöst aufseufzend in den Sitz zurück. Sie nahm Conny in ihre Arme und herzte und küßte sie, und war trotz allem glücklich, ihr Kind wieder im Arm halten zu dürfen. Sie flüsterte ihr Schmeichelworte zu und streichelte sie.

Conny war momentan mit ihrer Mutti sehr zufrieden, wie überhaupt mit dem ganzen Leben. Sie erzählte ihrer Puppe, daß Mutti sehr lieb sei und daß sie nun bald bei Vati sein würden.

»Und der wird Augen machen!« kopierte sie ihre Mutter.

Sie fand, daß Mutti früher nie so lieb und gut zu ihr gewesen sei; jetzt sei sie so lieb wie Tante Freda.

Ellen zog dem Kind das Mäntelchen wieder an, denn es war ihm beim Laufen heiß geworden, und nun, da es still saß, konnte es sich erkälten. Das durfte nicht sein. Conny durfte um keinen Preis krank werden.

Und nachher fuhr man im offenen Auto, da war das Mäntelchen erst recht am Platze, und unten mußte alles schnell gehen.

Conny fragte noch einige Male, ob sie bald bei Vati sein werden, und die Mutter beruhigte sie.

Dann fing Conny an zu fragen: Warum Mutti so lange fort gewesen sei, wohin sie verreist gewesen wäre, und ob sie nun immer bei ihr bleibe. Die Passagiere in den anderen Abteilen hörten wohl, was das Kind plauderte, aber sie nahmen nicht viel Notiz davon, lächelten höchstens, wenn Conny etwas Drolliges sagte und wenn sie ihre Puppe beschwichtigte. Sonst fiel ihnen absolut nichts auf. Wie hätten sie auch denken können, daß da drüben eine Mutter saß, die ihr eigenes Kind entführte.

9

FRAU HOLLMANN HATTE eine ganze Weile nicht darauf geachtet, daß Connys Geplauder verstummt war. Dann sah sie aber von ihrer Arbeit auf und bemerkte, daß Conny nicht auf der Veranda war. Sie nahm aber ohne weiteres an, daß das Kind wieder einmal in dem Zimmer der Schwestern war, was man ihr gern erlaubt hatte, auch in deren Abwesenheit. Als es aber zu lange dauerte, ehe Conny wieder zum Vorschein kam, rief Frau Hollmann laut Connys Namen. Das Kind antwortete nicht, und Frau Hollmann rief noch einmal lauter nach ihr. Als sie sich auch jetzt nicht meldete, schüttelte Frau Hollmann den Kopf.

»Mir scheint, Conny stellt da wieder einmal Dummheiten an in dem Zimmer der Damen, sie ist so verdächtig still«, sagte sie vor sich hin und erhob sich, ihre Näherei beiseite legend. Sie trat an die Tür zu dem Zimmer der Schwestern heran, hineinzugehen wagte sie nicht.

»Conny, komm sofort heraus, was machst du denn da drinnen?«

Aber keine Conny antwortete, und keine Conny war zu sehen. Erschrocken starrte Frau Hollmann in das leere Zimmer, sie wagte sich jetzt hinein und sah in alle Winkel, immerfort nach Conny rufend. Aber eine unheimliche Stille beängstigte sie. Sie eilte nun hinüber in Frank Markwalds Zimmer, Conny dort vermutend. Und wieder rief sie ihren Namen. Aber selbstverständlich fand sie Conny auch dort nicht. Schon sehr beunruhigt, lief Frau Hollmann zu der Grenzkette hinüber, die den Platz vor Nummer 9 absperrte. Vielleicht hatte sich Conny in dies fremde Zimmer verlaufen. Sie sah einen Sessel quer vor der Fenstertür stehen, als habe jemand hier gesessen.

»Conny, so melde dich doch, wo steckst du denn?« rief die geängstigte Frau in das Zimmer Nummer 9 hinein und beugte sich über die Grenzkette weg, um in das Zimmer sehen zu können. Und da erblickte sie auf dem Fußboden dieses Zimmers einen braunen Puppenschuh, den sie sofort als Lillys Schuh erkannte. Also hier in diesem Zimmer war Conny gewesen, in diesem unbewohnten Zimmer.

Außer sich vor Unruhe überstieg sie die Grenzkette, nachdem sie an dem improsivierten Teetisch festgestellt hatte, daß außer Lilly alle Puppen Connys hier aufgereiht waren. Lilly fehlte also, ebenso wie ihre kleine Puppenmutter. Ganz verstört hob Frau Hollmann den Puppenschuh auf und starrte darauf nieder, als könne er ihr das Rätsel von Connys Verschwinden lösen.

Dann raffte sie sich auf und ging auf den Korridor hinaus. Da sah sie an dessen Ende das Zimmermädchen stehen, das eben Fenster putzen wollte.

»Haben Sie unser kleines Mädchen nicht gesehen?« rief sie ihr zu.

Das Mädchen verneinte und sagte, sie sei eben erst aus der Küche heraufgekommen.

Frau Hollmann lief die Treppe hinab und rief im Vestibül nach Conny.

Das weckte den Portier aus seiner sanften Ruhe. Verdrießlich trat er aus seiner Loge und sah die geängstigte Wärterin tadelnd an.

»Haben Sie unser kleines Mädchen nicht gesehen? Bitte, Herr Portier, besinnen Sie sich.«

Dieser dachte nach, es dämmerte ihm so etwas, als habe er

soeben erst eine Frau mit einem Kind auf dem Arm hinausgehen sehen. Daß es schon länger als zehn Minuten her war, wußte er nicht mehr. Aber da er um keinen Preis eingestehen wollte, daß er geschlafen hatte, sagte er schnell:

»Gewiß, eben erst ist eine Dame hinausgegangen, die ein Kind auf dem Arm trug, es hatte ein rotes Mäntelchen an.«

Ganz stolz war er, daß er sich an das rote Mäntelchen erinnern konnte, das war doch Beweis genug, daß er nicht geschlafen hatte.

Frau Hollmann atmete auf.

»Ah, mit Fräulein Nordmann wohl?« fragte sie, obwohl sie es sehr seltsam fand, daß Blandine mit dem Kind fortgegangen war, ohne es ihr zu melden.

»Mit Fräulein Nordmann?« überlegte der Portier. »Nein, jetzt erinnere ich mich, es war doch die Dame mit dem breiten Hut und dem dunklen Mantel.«

Jetzt kam der Kellner mit dem Boy herbei, weil sie Frau Hollmanns lautes Rufen gehört hatten.

»Was gibt es denn, was ist denn los?« fragte der Kellner die vor Aufregung weinende Frau Hollmann.

»O Gott, unser kleines Mädchen ist verschwunden. Es spielte auf der Veranda, und plötzlich war es fort. Der Portier sagt, eine Dame habe es auf den Armen hinausgetragen, eine Dame mit einem breiten Hut und einem dunklen Mantel.«

Der Kellner stutzte. Einen breiten Hut und einen dunklen Mantel hatte doch Mistreß Joung, die Dame von Nummer 9, getragen.

Der Portier war jetzt ganz munter geworden und erinnerte sich, daß er das Kind hatte sprechen hören.

»Das Kind hat aber Mutti zu der Dame gesagt«, behauptete er ziemlich gewiß.

Frau Hollmann schrak zusammen und starrte ihn entgeistert an.

»Um Gottes willen, besinnen Sie sich, ist das wahr?«

»Ja, ich weiß es ganz gewiß.«

Kraftlos, unfähig sich aufrecht zu halten, sank Frau Hollmann in einen Sessel.

»Um Gottes willen! Das ist ja entsetzlich!«

»Aber warum erschrecken Sie so, was ist Ihnen denn?« fragte der Kellner.

Frau Hollmann wußte nicht, ob sie davon sprechen konnte.

Aber sie fuhr jetzt wieder empor und taumelte zur Tür, sie wollte nachsehen, ob sie die Flüchtigen noch sehen könne. Waren sie doch, wie der Portier sagte, eben erst hinausgegangen. Sie wollte nach dem Kind suchen.

In demselben Moment traten Blandine und Frieder Lienhard ein. Frau Hollmann streckte wie um Hilfe flehend die Arme nach ihnen aus.

»O Gott im Himmel, Fräulein Nordmann, Conny ist fort, verschwunden.«

Und sie erzählte aufgeregt, was geschehen war, wie sie Connys Verschwinden entdeckt hatte. Blandine und Frieder waren sehr betroffen, aber dann richtete sich Frieder auf.

»Sie haben oben vielleicht doch nicht alles durchsucht, und das Kind hat sich vielleicht versteckt.«

Frau Hollmann schüttelte trostlos den Kopf und berichtete, was der Portier gesagt hatte. Sowohl Blandine als auch Frieder erschraken nun sehr, denn sie waren eingeweiht, daß Markwalds geschiedene Frau versucht hatte, ihr Kind zu entführen.

Frau Hollmann hatte noch immer den Puppenschuh in der Hand und berichtete, wo sie ihn gefunden hatte. Und dann wollte sie wieder hinaus, um nach Conny zu suchen. Aber Frieder hielt sie fest.

»Das hat gar keinen Zweck, wenn es so ist, wie Sie vermuten, dann hält sich die Dame mit dem Kind irgendwo verborgen. Auf dem Wege zum Bahnhof kann sie jedenfalls nicht entwichen sein, sonst hätte sie uns begegnen müssen, und wir hätten Conny doch sofort erkannt. Aber da sie Wengen nur mit dem Zug verlassen kann, kann sie erst mit dem nächsten fort. Denn wir sind eben mit dem Zug angekommen.«

Frau Hollmann weinte.

»Was wird Herr Markwald sagen? Alle Schuld wird mich treffen, obwohl ich ganz unschuldig bin.«

»Beruhigen Sie sich, Frau Hollmann, Sie sind doch gewiß

pflichtgetreu, das weiß doch Herr Markwald auch«, sagte Blandine, selbst sehr beklommen.

Frieder wandte sich an die Angestellten.

»Hat noch jemand außer dem Portier die Dame mit dem Kind gesehen?«

Der Kellner zuckte die Achseln.

»Ich habe nur die Dame von Nummer neun gesehen, Mistreß Joung, die heute erst das Zimmer Nummer neun gemietet hat und dort auf ihren Gatten wartet.«

Und er erzählte, daß der Amerikaner gestern schon dagewesen sei und daß heute seine Frau das Zimmer Nummer 9 bezogen habe.

Frau Hollmann starrte ihn an.

»Aber das Zimmer Nummer 9 war doch leer, ich suchte auch dort nach dem Kind und fand darin nur den Puppenschuh von der Puppe unseres kleinen Mädchens, sonst war es ganz leer.«

Nun staunte der Kellner.

»Leer?« fragte er fassungslos.

»Ganz gewiß, niemand war darin.«

Da stürmte der Kellner mit großen Sätzen die Treppe hinan, und alle liefen instinktiv hinter ihm her, als müsse da oben das Rätsel von Connys Verschwinden gelöst werden.

Das Zimmer Nummer 9 war leer, keine Amerikanerin war darin zu sehen, sie war verschwunden wie das Kind. Perplex starrte der Kellner die andern an.

»Ich habe sie doch selbst heraufgeführt, vor einer guten Stunde etwa«, sagte er fassungslos.

Frieder und Blandine sahen sich fragend an.

»Mir scheint, das ist ein ganz raffiniert ausgesonnener Entführungsplan, ich glaube nicht an die Amerikanerin«, sagte Frieder.

Und dann fragte er den Kellner, wie die Amerikanerin gekleidet gewesen sei. Dieser beschrieb ihren Anzug, und der Portier nickte und sagte:

»Ja, ja, die Dame, die das Kind trug, war genauso gekleidet.«

Frieder entnahm der Schilderung, daß Connys Mutter anscheinend Maske gemacht hatte, wie ihr angeblicher Gatte, der Amerikaner, auch. Vielleicht war das der Filmschauspieler Hofer gewesen. Dem mußte es leichtfallen, sich in einen ältlichen Herrn zu verwandeln. Und daß beide Schneebrillen getragen hatten, war auch verdächtig.

»Ach, lieber Gott, wenn das Herr Markwald erfährt, der bricht zusammen«, jammerte Frau Hollmann. »Was tun wir nur, es muß doch etwas getan werden.«

»Nun, verlieren Sie nur noch nicht den Mut. Nach Angabe des Portiers ist es unmöglich, daß die Entführerin mit Conny den vorigen Zug erreicht hat, und auf dem Weg zum Bahnhof hätte sie uns, Fräulein Nordmann und mir, begegnen müssen. Mit einem Auto oder sonst einem Wagen können sie Wengen auch nicht verlassen haben, und zu Fuß mit dem Kind bis Lauterbrunnen zu gehen ist wohl auch unmöglich. Die Entführerin wird sich mit Conny hier in Wengen irgendwo verbergen und dann später versuchen, einen Zug zu erreichen. Denn hinauf zur Jungfrau wird sie mit dem Kind nicht erst fahren. Wir müssen also nur den Bahnhof bewachen, sobald ein Zug in Sicht ist, dann kann sie uns nicht entgehen.«

Frieder hatte ganz richtig kalkuliert. Nur konnte er nicht wissen, daß der Portier geschlafen und daß er sich dadurch um mindestens zehn Minuten in der Zeit geirrt hatte, wenn nicht um mehr, und daß Ellen Markwald längst mit Conny nach Lauterbrunnen hinuntergefahren war.

Blandine sah ihn unruhig an.

»Sie haben wohl recht, Herr Lienhard, auf diese Weise könnte sie nicht mit dem Kind entkommen. Wie aber, wenn sie sich das selbst gesagt und sie sich doch zu Fuß mit dem Kind auf den Weg gemacht hätte, um nach Lauterbrunnen zu kommen?«

Er dachte nach, dann nickte er.

»Sie haben recht, versuchen könnte sie es wohl, und wenn sie das Kind streckenweise trägt, wäre es ja auch nicht unmöglich, daß sie so nach Lauterbrunnen gelangte. Vielleicht wartet ihr Helfer auch auf dem Weg nach Lauterbrunnen, dann könnten sie sich abwechseln und das Kind tragen. Ich werde mich daher so fort aufmachen und zu Fuß nach Lauterbrunnen hinuntergehen. Da ich unbelastet bin, hole ich sie bestimmt ein. Ich springe nur in mein Zimmer, um mir meinen Browning mitzunehmen, für alle Fälle, denn wir haben es hier wohl mit Menschen zu tun, die vor nichts zurückschrekken. Und wenn ich ihnen das Kind abjagen will, muß ich ein Drohmittel in den Händen haben.«

Er lief auf sein Zimmer und kam gleich darauf wieder. Sich an Blandine wendend, sagte er:

»Sie, Fräulein Blandine, haben wohl die Güte, mit Frau Hollmann vor Abgang eines jeden Zuges auf den Bahnhof zu gehen und nach Conny zu forschen. Bis Herr Markwald zurück ist, setzen Sie das bitte fort. Was trägt denn Conny für Kleider, Frau Hollmann?«

Diese berichtete von Connys Spiel und von ihrem roten Mäntelchen und Mützchen. Und dann jammerte sie wieder über Connys Verschwinden, und wie Herr Markwald das aufnehmen würde.

»Es wird ein schwerer Schlag für ihn sein, und deshalb müssen wir alles tun, was in unserer Macht steht, um den Entführern das Kind wieder abzujagen. Ich gehe also nach Lauterbrunnen hinunter, und ob ich die Entführer erreiche oder nicht, kehre ich mit dem nächsten Zug, den ich erreiche, nach Wengen zurück. Sie, Fräulein Nordmann, bewachen inzwischen mit Frau Hollmann den Bahnhof, und in den Zwischenzeiten können Sie ja hier im Ort nachfragen, ob jemand die Frau und das Kind gesehen hat. Wenn Herr Markwald zurückkommt, teilen Sie ihm alles mit. Hoffentlich kommt er nicht zu spät, damit er im schlimmsten Falle alles unternehmen kann, was eine Verfolgung der Entführer erfordert. Ich kann da nicht eingreifen. Alles, was wir tun können, ist das, was wir eben besprachen.«

»Wir werden alles tun, was Sie uns geraten haben, Herr Lienhard. Ich mache mir jetzt Vorwürfe, daß ich nicht bei Conny geblieben bin. Freda wird außer sich sein.«

»Sie konnten doch nicht ahnen, daß Connys Mutter hier heraufkommen würde, um das Kind zu entführen. Und schließlich hätten Sie es auch nicht hindern können. Sie hat anscheinend nach einem ganz bestimmten Plan gearbeitet, wie ihre Verkleidung beweist. Also auf Wiedersehn, Fräulein Blandine!«

»Auf Wiedersehen, Herr Lienhard, viel Glück auf den Weg. Und seien Sie vorsichtig!«

Seine Augen strahlten froh in die ihren. Er nickte ihr zu und eilte davon. Obwohl er hungrig war, hatte er sich nicht Zeit genommen, zu speisen. Er hatte in seinem Zimmer außer dem Browning eine Tafel Schokolade zu sich gesteckt, die er unterwegs verzehren wollte. Das mußte genügen.

Frank Markwald kam kurz nach fünf Uhr von seiner Bergtour zurück. Er war völlig ahnungslos, ein wie schwerer Schlag ihn treffen würde. In bester Stimmung kam er im Hotel an. Es fiel ihm auf, daß der Portier, der Kellner, der Boy und einige Gäste, die im Vestibül saßen und von der Entführung des Kindes gehört hatten, ihn seltsam verlegen und beklommen ansahen, aber er achtete nicht weiter darauf. In seinem Zimmer angekommen, lauschte er hinaus auf die Veranda, ob er Fredas und Connys Geplauder vernehmen würde. Er hatte sich beeilt, um möglichst noch zu der behaglichen Teestunde zurechtzukommen. Aber es war alles still, und da fiel ihm ein, daß Freda Nordmann heute nach Interlaken hatte hinunterfahren wollen, sie war wohl noch nicht zurück.

Das bedauerte er sehr. Er rief nun nach Conny, erhielt aber keine Antwort. Da trat er hinaus auf die Veranda und sah auf der einen Seite vor seiner Tür Blandine Nordmann stehen, auf der andern Frau Hollmann. Blandine sah bleich und erregt aus, und Frau Hollmann hatte ein vom Weinen gerötetes und verschwollenes Gesicht.

Die Ahnung von etwas Schlimmem durchzuckte ihn bei diesem Anblick.

»Was ist denn? Was ist geschehen, wo ist Conny?« stammelte er heiser.

Frau Hollmann hob nur stumm und flehend die Hände, sie brachte kein Wort hervor, und ihre Tränen stürzten wieder aus den Augen. Blandine aber faßte sich Mut.

»Herr Markwald, Sie sehen uns sehr betrübt und verstört,

ja, es ist etwas geschehen, was wir Ihnen kaum zu sagen wagen.«

Er war blaß geworden, seine Züge wurden ganz schlaff.

»Conny? Was ist mit Conny?« stieß er mit versagender Stimme hervor.

Und er umkrampfte mit hartem Druck die Lehne eines Sessels, als brauche er einen Halt. Seine Augen starrten Blandine angstvoll an.

»Es wird mir sehr schwer, Ihnen das zu sagen, Herr Markwald, aber Frau Hollmann kann ja nicht sprechen vor Jammer. So muß ich es sein, die Ihnen diesen Schlag versetzt: Conny ist verschwunden.«

Er stöhnte auf.

»Verschwunden? Wie denn? Conny verschwunden? So sprechen Sie doch!« schrie er auf.

»Wir fürchten, daß sie von ihrer Mutter entführt worden ist.«

Er schwankte wie ein Trunkener und sank kraftlos in einen Sessel.

»Nein!« rang es sich qualvoll über seine Lippen.

»Doch, es ist so. Bitte, hören Sie mich an, ich will Ihnen alles erklären und Ihnen sagen, was wir bisher unternommen haben, um eine Spur zu verfolgen.«

Und Blandine erzählte alles ausführlich. Er zwang sich, sie zu verstehen, alles zu begreifen, aber er saß wie gelähmt da. In seinen Augen brannte eine unbeschreibliche Qual, und seine Hände preßten sich wie im Krampf zusammen. Er rührte sich nicht, solange Blandine berichtete, vermochte es auch nicht. Ihm war, als sei alles Leben in ihm erloschen. Erst als Blandine mit ihrem Bericht zu Ende war, sprang er auf und sah Blandine mit brennenden Augen an.

»Und Sie waren zu jedem Zug am Bahnhof?«

»Ja, Herr Markwald, Frau Hollmann und ich. Wir haben jeden Wagen abgesucht, für den Fall, daß man Conny erst nach oben gebracht und dann mit ihr herunterfahren würde. Jeden Passagier haben wir angesehen, aber keine Spur gefunden. Und wir sind auch in ganz Wengen herumgelaufen und haben an allen Türen gefragt, ob niemand eine Frau mit einem kleinen Mädchen im roten Mäntelchen gesehen hat. Niemand wollte sich erinnern. Nun bleibt uns nur noch eine Hoffnung, daß Herr Lienhard auf dem Wege nach Lauterbrunnen auf die Flüchtigen gestoßen ist. In spätestens einer halben Stunde muß er mit dem Zug heraufkommen, denn er wollte sofort zurückfahren.«

Frank Markwalds Gesicht war wie versteinert in Qual und Schmerz.

»Verzeihen Sie, wenn ich Ihnen jetzt nicht so zu danken vermag, wie ich es gern möchte, aber ich bin ganz vernichtet, ganz verstört über den Verlust meines Kindes. Man wird es mir freiwillig nicht wiedergeben. Und wo soll ich es suchen?« sagte er rauh.

Mitleidig sah ihn Blandine an.

»Bitte, warten Sie noch, bis Herr Lienhard zurückkommt. Wenn er das Kind nicht gefunden hat, so können Sie wenigstens mit ihm beraten, was noch geschehen kann.«

Frank Markwalds hohe Gestalt streckte sich. Er zwang sich mit aller Willenskraft zur Klarheit, und die Energie kehrte zurück.

»Ich will jetzt vor allen Dingen nach Lauterbrunnen an die dortige Bahnpolizei telefonieren. Man muß den Bahnhof bewachen. Kein Zug darf ankommen und abfahren, der nicht kontrolliert und nach den Flüchtigen durchsucht worden ist.«

Und er eilte hinunter zu der Portierloge. Es war schon eine Entspannung für ihn, daß er überhaupt etwas tun konnte. Er telefonierte nach Lauterbrunnen und meldete, daß sein Kind entführt worden sei, und gab alle Einzelheiten an.

»Kostenpunkt ist Nebensache, ich komme für alles auf. Es soll alles aufgeboten werden, um die Entführer meiner Tochter festzunehmen. Wer mir mein Kind wiederbringt, erhält eine hohe Belohnung. Auf einem anderen Weg als mit der Jungfraubahn können die Entführer nicht von Wengen hinabkommen, und sicherlich wenden sie sich zuerst nach Lauterbrunnen. Ich komme heute abend noch selbst hinunter und setze die Höhe der Belohnung fest.«

So sagte er und hatte natürlich keine Ahnung, daß um diese Zeit längst seine Tochter mit ihrer Mutter und Gert Hofer von Lauterbrunnen abgefahren war, da Ellen mit dem Kind schon den Zug benutzt hatte, in dem sie nach den irrigen Angaben des Portiers noch niemand vermuten konnte.

Sich mühsam zur Ruhe zwingend, verhörte Frank Markwald die Angestellten des Hotels, die ihm irgendeine Auskunft geben konnten. Er ließ sich von dem Kellner das Aussehen des »Amerikaners« und »seiner Frau« beschreiben. Der Kellner beschrieb sie ihm ganz genau, aber Frank Markwald konnte daraus nur, wie auch Frieder Lienhard, entnehmen, daß sowohl seine ehemalige Frau als auch Hofer Maske gemacht hatten. Denn daß niemand anders bei der Entführung seiner Tochter in Frage kam, erschien ihm gewiß. Es fiel ihm auch ein, daß Hofer Schauspieler war und sich sehr wohl mit den nötigen Hilfsmitteln in einen Amerikaner in gesetzten Jahren hatte verwandeln können.

»Der Hund, ich hätte ihn damals niederschlagen sollen«, knirschte er zwischen den Zähnen hervor.

Es litt ihn nicht im Hause, er konnte nicht ruhig bleiben. Blandines blasses und Frau Hollmanns verweintes Gesicht quälten ihn. Und bei allem Schmerz war er zu gerecht, um Frau Hollmann Vorwürfe zu machen. Sie hatte ihre Pflicht getan.

Wie seine geschiedene Frau seine Adresse erhalten hatte, darüber grübelte er vergeblich nach. Er hatte doch alle Vorsicht walten lassen. Aber irgendeine Nachlässigkeit mußte doch vorliegen. Genug, man hatte ihn aufgestöbert, hatte sein Kind entführt, sein geliebtes Kind, das allein ihm geblieben war aus dem Zusammenbruch seines Scheinglücks. Was tat er nur, wenn sie mit Conny entkamen, wenn sie das Ausland erreichten, wo er machtlos sein würde?

Das fragte er sich in ohnmächtiger Qual, während er ganz Wengen durchstreifte auf der Suche nach seinem Kind. Conny in den Händen dieser leichtfertigen Frau, die ihn nur des Geldes wegen geheiratet, die es ihm selbst ins Gesicht geschrien hatte, daß Conny ihr nichts gälte als das Kind eines ungeliebten Mannes. Vielleicht auch in den Händen des gewissenlosen Schurken, mit dem sie ihn schamlos betrogen hatte, der so gemein und niedrig war, daß er sich von einer

Frau aushalten ließ, von dem Geld, das sie von dem betrogenen Gatten erhalten hatte. In den Händen dieses Lumpen sein geliebtes Kind? Nein, dieser Gedanke war unerträglich, er würde ihn um seinen Verstand bringen. Er mußte ihnen das Kind um jeden Preis wieder abjagen, sonst war er ein verlorener Mann, der nie mehr eine ruhige Stunde haben konnte.

Und gerade jetzt mußte ihn dieser neue Schlag treffen, wo er angefangen hatte, sich ein wenig zu erholen, sich wieder mit dem Leben auszusöhnen. Nie würde er das verwinden, wenn es ihm nicht gelang, Conny wiederzufinden.

Als er den ganzen Ort abgesucht hatte, lief er zum Bahnhof und erkundigte sich dort bei allen Beamten, ob sie die Frau und das Kind im roten Mantel nicht gesehen hätten, aber keiner konnte sich darauf besinnen. Achteten die Beamten doch zumeist nur auf ihren Dienst und nicht auf die Menschen, die ankamen und abfuhren.

Und dann kam Blandine, denn ein Zug von oben war in Sicht, und sie wollte dem unglücklichen Vater suchen helfen. Der Gegenzug mußte ja auch Frieder Lienhard bringen. Sie sprach nicht mit Frank Markwald, nickte ihm nur mitleidig zu. Und sie untersuchten beide den Zug, der von oben kommend in Wengen hielt, und beobachteten genau jeden Reisenden, der von Wengen abfuhr. Aber es war überhaupt kein Kind darunter.

Dann kam der Zug von unten, der Frieder Lienhard brachte. Er war allein und sah niedergeschlagen in Frank Markwalds verstörtes Gesicht.

Frieder hatte in Lauterbrunnen nach seiner Ankunft unten das ganze Personal des Bahnhofs alarmiert, aber auch da hatte ihm niemand Auskunft geben können.

Frank Markwald drückte ihm krampfhaft die Hand.

»Ich danke Ihnen für alle Ihre Mühe.«

»Leider war alles erfolglos, Herr Markwald. Kann ich noch irgend etwas für Sie tun?«

»Nichts! Ich will nun mit dem nächsten Zug hinunter nach Lauterbrunnen, ich habe bereits die Bahnpolizei rebellisch gemacht und eine hohe Belohnung ausgesetzt. Bis jetzt kann mein Kind noch mit keinem Zug hinuntergelangt sein, aber vielleicht finde ich unten doch eher eine Spur. Vielleicht hält sich Connys Mutter mit ihr auf irgendeiner Alm verborgen und geht erst morgen zu Fuß mit ihr hinunter, weil sie sich sagen muß, daß ich die Bahn überwachen lassen werde. Ich habe nur noch auf Sie gewartet, weil ich doch noch eine schwache Hoffnung hatte, daß Sie mir mein Kind wiederbringen oder wenigstens eine Spur gefunden haben könnten.«

»Wie gern hätte ich Ihnen diese Freude gemacht.«

»Ich glaube es Ihnen, und was Sie für mich getan haben, soll Ihnen unvergessen sein.«

Frieder waren unterwegs Bedenken gekommen, ob der Portier sich nicht in der Zeitangabe geirrt haben konnte und ob es doch nicht möglich sei, daß Connys Mutter mit ihr schon den Zug benutzt haben könnte, mit dem er und Blandine von oben herabgekommen waren. Dann würden die Flüchtigen selbstverständlich längst schon über alle Berge sein.

Frieder Lienhard hütete sich, Frank Markwald seine Vermutung mitzuteilen, das mußte ihm die letzte Hoffnung nehmen, und dann erfolgte sicherlich ein völliger Zusammenbruch des unglücklichen Mannes, der nur mit Aufbietung aller Kräfte seine Fassung aufrechterhielt.

Blandine fragte nun erst Frieder, ob er ihre Schwester nicht gesehen habe, während sie wieder zum Hotel zurückkehrten. Frieder verneinte. Er hatte wohl an Freda gedacht, als er unten in Lauterbrunnen gewesen war, hatte aber geglaubt, daß diese schon wieder nach Wengen zurückgekehrt sei.

»Ich begreife nicht, daß Freda noch nicht zurück ist, ich habe sie eigentlich schon mit dem vorigen Zug erwartet. Sie wird furchtbar erschrecken, wenn sie hört, was geschehen ist, denn sie liebt Conny von Herzen.«

Frank Markwald nickte.

»Ja, Ihr Fräulein Schwester wird sehr erschrecken.«

Blandine sehnte sich nach all der Aufregung nach ihrer Schwester. Die konnte in solchen Fällen so wunderbar klug und besonnen sein und hätte vielleicht einen guten Rat gewußt.

»Wenn Freda nicht gerade abwesend gewesen wäre, hätte es den Entführern schwer werden sollen, das Kind zu rauben.

Freda ist Conny ja kaum noch von der Seite gewichen«, sagte sie.

Und Frank Markwald nickte, er hatte auch das Gefühl, daß Freda Nordmann wie ein Schutzengel über seinem Kind gewacht hätte, wenn sie nicht gerade diesen Ausflug nach Interlaken hätte machen müssen.

»Es war ein Verhängnis, daß gerade heute Ihr Fräulein Schwester nicht zur Stelle war.«

»Ich bin doch ein wenig beunruhigt, daß Freda noch nicht zurück ist«, sagte Blandine in ihrer nervösen Unruhe. »Wenn irgend etwas Schlimmes geschehen ist, fürchtet man leichter für seine Lieben.«

»Sie hat sich vielleicht in Interlaken bei ihren Einkäufen verspätet, man braucht dabei gewöhnlich mehr Zeit, als man vorher annimmt. Wahrscheinlich kommt sie mit dem nächsten Zug«, meinte Frieder.

Sie hatten das Hotel wieder erreicht, und Blandine und Frieder drangen in Frank Markwald, mit Frieder zusammen einen Imbiß einzunehmen. Er hatte auf seiner Tour nur verzehrt, was er an Proviant mitgenommen hatte. Und da er einsah, daß er bei Kräften bleiben mußte, zwang er sich etwas hinab und trank auch eine Tasse Tee.

Er brachte es dann, ehe er zum Bahnhof ging, auch über sich, Frau Hollmann zu beruhigen und ihr zu sagen, daß er ihr keine Schuld gebe an dem traurigen Ereignis. Sie dankte ihm, während schon wieder die Tränen über ihre Wangen rollten. Er gebot ihr, vorläufig ruhig im Hotel zu bleiben, er werde ihr Nachricht geben. Und auch Frieder und Blandine versprach er, sofort telefonisch Bescheid zu geben, wenn er irgend etwas erreicht haben würde.

Beide begleiteten Markwald wieder zum Bahnhof. Er nahm einen kleinen Handkoffer mit, damit er Nachtzeug hatte, denn er wollte diese Nacht unten in Lauterbrunnen bleiben. Die drei Personen kontrollierten wieder alle Reisenden, die mit diesem Zug nach unten fuhren, ehe Frank Markwald einstieg, aber wieder vergeblich. Als sich Frieder und Blandine von Frank Markwald verabschiedeten, sagte er heiser:

»Bitte, grüßen Sie Ihr Fräulein Schwester, und sagen Sie

ihr, ich lasse sie bitten, darum zu beten, daß ich mein Kind wiedererlange. Wenn ein so guter und reiner Mensch wie sie betet, dann geht es vielleicht in Erfüllung. Man kann ja nur noch auf den lieben Gott hoffen.«

Blandine nickte ihm mit feuchten Augen zu. Er tat ihr unbeschreiblich leid. Und Frank Markwald war zumute, als müsse es ihm ein Trost sein, wenn er jetzt hätte in Freda Nordmanns gütiges Gesicht blicken können.

Sein Zug fuhr ab, und als er dem Gegenzug von unten begegnete, suchten seine Augen die ganzen Abteile ab, ob er Freda nicht erblicken könnte. Aber er vermochte sie nicht zu entdecken, obwohl beide Züge langsam aneinander vorüberfuhren und der Gegenzug nur mäßig besetzt war.

Frieder und Blandine warteten nun auf die Einfahrt des Gegenzuges von unten, aber wieder erschien Freda nicht. Blandine wurde sehr unruhig und nervös.

»Mir ist sehr bange, ich habe das Gefühl, als sei Freda etwas Schlimmes geschehen«, klagte sie.

Frieder suchte sie zu beruhigen, obwohl auch er nicht begreifen konnte, daß Freda noch nicht wieder zurückgekommen war. Es gelang ihm auch, Blandine noch einmal zu beruhigen, und sie gingen ins Hotel zurück, um gemeinsam zu speisen. Sie wurden sehr neugierig angestarrt, denn selbstverständlich hatte sich im Hotel herumgesprochen, was geschehen war, und man wollte aus ihren Mienen erforschen, ob die Angelegenheit eine günstigere Wendung genommen habe.

Die sehr ernsten Gesichter der beiden jungen Herrschaften ließen aber keine gute Deutung zu, und man vergaß darüber ganz, sich zu entrüsten, daß die beiden allein zusammen speisten.

Nach Tisch warteten Frieder und Blandine im Vestibül, bis es abermals Zeit war, zum Zug zu gehen. Blandine hatte einen Mantel mit heruntergebracht, und Frieder legte ihr ihn gerade um, da sie aufbrechen wollten, als der Portier Blandine an das Telefon rief, weil ihre Schwester sie sprechen wollte.

»Ach, gottlob!« rief Blandine erleichtert und sah Frieder

erlöst lächelnd an. »Sie hat sich jedenfalls nur verspätet und will mir das mitteilen, um mir Sorge zu ersparen.«

Und sie eilte an das Telefon, während Frieder mit ihrem Mantel über dem Arm wartete.

10

FREDA NORDMANN WAR wohlbehalten in Interlaken angekommen und hatte ihre Besorgungen gemacht. Es war alles schneller gegangen, als sie gedacht hatte. Sie hatte vorgehabt, in irgendeinem Hotel den Lunch zu nehmen, aber sie rechnete sich aus, daß das zuviel Zeit in Anspruch nehmen würde. Wenn sie in einer halben Stunde am Bahnhof sein konnte, erhielt sie Anschluß nach Lauterbrunnen, und dann konnte sie schon zur Teestunde wieder oben in Wengen sein. Und die Hoffnung, daß Frank Markwald zu dieser von seiner Tour zurück sein könne, lockte sie sehr. So nahm sie nur schnell in einer Konditorei eine Bouillon und ein paar Pasteten. Damit war sie zeitig genug fertig und kam zur rechten Zeit zum Bahnhof.

In Lauterbrunnen mußte sie in den Zug der Jungfraubahn umsteigen, aber sie hatte bis zur Abfahrt des nächsten Zuges einen längeren Aufenthalt. Sie benutzte die Zeit, ein wenig auf dem Bahnsteig auf und ab zu promenieren und beobachtete dabei die drüben aufgereihten Autos, mit denen die von Interlaken gekommenen Passagiere zu den Trümmelbachfällen hinauszufahren pflegten. Es waren aber nicht viele Passagiere angekommen, die ein Auto benutzen konnten, und so blieben die meisten zurück. Die Chauffeure standen zusammen und unterhielten sich über das schlechte Geschäft.

Etwas abseits von diesen Autos stand ein kleiner Wagen, der nur den Führersitz und zwei sehr schmale Rücksitze hatte. Freda erinnerte sich, in diesem kleinen Auto mit Blandine damals zu den Trümmelbachfällen gefahren zu sein, und sie lächelte, als sie daran dachte, wie eng aneinandergezwängt sie hinter dem Chauffeur gesessen hatten. Der Sohn des Besitzers dieses Wagens hatte damals am Steuer gesessen. Aber heute fuhr er nicht, auch sein Vater nicht, sondern ein elegant gekleideter junger Herr. Er trug einen Wettermantel und eine Ledermütze und vor den Augen eine dunkle Brille. Immer wieder sah er scheinbar unruhig und erwartungsvoll nach dem Zug aus, der von oben kommen mußte, und immer wieder sah er mit einer typischen Bewegung auf seine Armbanduhr, wie spät es sein mochte.

Wahrscheinlich erwartete er jemanden mit diesem Zug. Freda dachte daran, daß der Sohn des Autobesitzers ihnen damals erzählt hatte, dieser Wagen werde oft von seinem Vater an Selbstfahrer vermietet, die gewohnt waren, selbst zu steuern, weil sie wohl daheim ein eigenes Auto hatten und sich fremden Chauffeuren nicht anvertrauen wollten. Diese Selbstfahrer mußten dann ein entsprechendes Pfand für den Wagen hinterlegen, und oft müsse er dann den Wagen irgendwo abholen, wobei er dann dem Mieter des Wagens das Pfandgeld zurückzugeben hatte.

Dieser junge Herr war also wohl ein solcher Selbstfahrer, aber anscheinend erwartete er noch jemanden, der ihn begleiten sollte.

Der junge Herr, der Freda einiges Interesse abnötigte, sie wußte nicht warum, war Gert Hofer, der hier, brennend vor Ungeduld, Ellens Rückkehr von Wengen erwartete und sich immer wieder die Frage vorlegte: Ist es geglückt oder ist es nicht geglückt?

Er hatte den Wagen für den ganzen Tag gemietet, hatte das Pfandgeld hinterlegt und mit dem Sohn des Besitzers ausgemacht, dieser solle mit dem Pfandgeld am Bahnhof in Interlaken warten, um den Wagen wieder in Empfang zu nehmen. Außerdem solle er das Gepäck für ihn nach Marseille aufgeben und ihm dann auch den Gepäckschein übergeben. Eine genaue Zeit könne er nicht bestimmen, weil seine Frau noch einen Besuch bei Bekannten machen wolle, aber um fünf Uhr müsse er spätestens zur Stelle sein und dann warten, bis man käme.

Davon wußte Freda nichts, sie wußte auch nicht, weshalb sie immer wieder zu dem kleinen Auto hinüberblicken mußte, als werde sie magnetisch von ihm angezogen.

Aber dann kam der Zug von oben, und nun wandte sich Fredas Interesse diesem zu. Der andere Zug, den sie benutzen wollte, stand auch schon bereit, aber bevor der von oben kommende Zug nicht eingelaufen war und hielt, durfte man nicht einsteigen.

Freda wollte gerade zu ihrem Zug hinübergehen, als sie plötzlich mit einem Ruck stehenblieb und mit großen Augen auf ein leuchtendrotes Mäntelchen starrte, in dem ein kleines Mädchen steckte, das eben von einer Dame im dunklen Mantel und großem Hut aus einem Abteil gehoben wurde. Dieses kleine Mädchen umklammerte ein undefinierbares, hellblaues Etwas, das Freda aber sofort als Connys Puppe Lilly erkannte. Und in dem kleinen Mädchen erkannte sie nun auch Conny. Wie kam diese hier herunter? Und wer war die etwas seltsam angezogene Frau, die Conny nun an der Hand fortführte? Freda bemerkte, daß die Frau sich etwas ängstlich umschaute und dann direkt auf das kleine Auto zuging, in dem der elegante junge Mann saß. Dieser sprang aus dem Auto und ging der Dame und dem Kind entgegen. Und Freda dachte plötzlich, ihn fassungslos anstarrend: Er sieht aus wie ein Filmschauspieler. Aber als sie sich dieses Gedankens bewußt wurde, zuckte sie zusammen, und wie ein Blitz schoß es durch ihr Gehirn: Das ist Connys Mutter und ihr Geliebter, und sie wollen Conny entführen.

Ihre Gedanken jagten. Was tun? Polizei herbeirufen, erst alles erklären – bis dahin waren die beiden längst über alle Berge. Aber sie selbst konnte ihnen das Kind auch nicht fortnehmen. Mit welchem Recht sollte sie es tun? Wenn ihre Vermutung stimmte, so war diese Dame die Mutter Connys, und wie sollte man erklären, daß diese kein Recht an Conny hatte.

Aber was würde Frank Markwald leiden, wenn die Entführung Connys gelang? Diese Erwägung verschärfte Fredas Energie. All ihre Geistesgaben wurden geweckt und stellten sich in den Dienst des Mannes, den sie liebte.

Mit schnellen, festen Schritten ging Freda hinüber zu den haltenden Autos und bestieg eines derselben. Der Chauffeur eilte herbei. Freda trieb ihn an, den Wagen schnell in Gang zu bringen.

»Sehen Sie da drüben den kleinen Wagen halten, in den jetzt gerade eine Dame mit einem Kind einsteigt?« fragte sie ihn.

»Jawohl, Fräulein, den sehe ich.«

»Gut, schauen Sie nicht mehr hinüber, es darf nicht auffallen. Folgen Sie diesem Auto, wohin es auch fährt, und verlieren Sie es nicht aus den Augen. Sie erhalten fünfzig Franken außer Ihrem Fahrlohn, wenn Sie mich mit diesem Wagen zusammen an dasselbe Ziel bringen.«

Der Chauffeur frohlockte. Das war ein gutes Geschäft, das ihm da vom Himmel herabfiel. Das Auto nicht aus den Augen zu verlieren, war nicht schwer, denn er wußte, daß es in Interlaken am Bahnhof von dem Sohn des Besitzers in Empfang genommen werden sollte. Aber er hütete sich, der Dame zu verraten, wie leicht die Aufgabe sei, die sie ihm gestellt hatte, sonst nahm sie vielleicht ihr Versprechen wegen der fünfzig Franken zurück.

»Gut, Fräulein, ich verspreche Ihnen, den Wagen nicht aus den Augen zu verlieren.«

Jetzt kam das kleine Auto mit den drei Insassen an dem Fredas vorüber. Freda verbarg sich hinter dem breiten Rükken des Chauffeurs, damit Conny sie nicht sehen und erkennen konnte. Sonst würden ihre Entführer gewarnt. Als das kleine Auto vorüber war, fuhr auch Fredas Chauffeur an. Sie sah, hinter dem kleinen Auto herblickend, daß die Dame den breitrandigen Hut mit dem Schleier vom Kopf nahm und ihn mit einem kleineren Hut vertauschte. Dabei sah sie, daß sie blondes, kurzgelocktes Haar hatte, und ihr fiel ein, daß Frau Hollmann einmal gesagt hatte, Connys Mutter sei auch so blond wie ihr Töchterchen, nur einige Schattierungen dunkler. Unverwandt hingen Fredas Blicke an dem vorausfahrenden Wagen, während die beiden Autos in einem kurzen Abstand hintereinander herfuhren.

Sie waren höchstens fünfzig Schritte voneinander entfernt.

Freda sah, daß die Dame Conny auf den Schoß genommen hatte und immer wieder fest an sich drückte und küßte.

Bei diesem Anblick mußte Freda denken, wie es wohl in der Seele dieser Frau aussehen mußte, die ein natürliches Recht auf dieses süße Kind hatte und es sich doch stehlen mußte. Ein tiefes Mitleid wollte sie trotz allem überkommen, aber das Mitleid mit Frank Markwald war stärker, sie mußte alles tun, was in ihrer Macht stand, um sein Kind zurückzugewinnen.

Aber was konnte sie tun? Das mußte sie jetzt überlegen. Wohin fuhr das Auto mit Conny? Auf jeden Fall mußte sie ihm auf der Spur bleiben, damit sie Frank Markwald wenigstens melden konnte, wohin man sein Kind gebracht hatte, falls es ihr nicht gelang, Conny selbst zu ihm zurückzubringen. Und sie sagte sich, entweder würden diese drei Menschen irgendwo an einem Bahnhof halten, um weiterzufahren, oder sie würden, da sie doch die Nacht über mit dem Kind nicht im offenen Wagen weiterfahren konnten, in irgendeinem Hotel für die Nacht Unterkunft suchen. Hielten sie an einem Bahnhof, dann mußte sie die Bahnpolizei alarmieren, damit sie die Flüchtigen aufhielt, bis der Vater des Kindes herbeigeeilt kam, oder, wenn sie in einem Hotel übernachteten, mußte ebenfalls entweder der Vater oder die Polizei herbeigeholt werden. Auf keinen Fall durfte das Paar vor ihr ahnen, daß es von ihr in bestimmter Absicht verfolgt werde, und deshalb durfte Conny sie nicht sehen.

Sie malte sich aus, welches Entsetzen Frank Markwald erfassen würde, wenn er erfuhr, daß man sein Kind geraubt hatte. Vielleicht wußte er es jetzt noch gar nicht, vielleicht war er von seiner Bergtour noch nicht zum Hotel zurückgekehrt. Aber auch die andern, Frau Hollmann, Blandine und Frieder Lienhard, würden entsetzt sein. Wie mochte es Connys Mutter nur gelungen sein, sich an das Kind heranzuschleichen und es fortzulocken, ohne daß es jemand gemerkt hatte? Wenn sie bei Conny gewesen wäre, ob es der Mutter dann auch gelungen wäre, ihre Wachsamkeit zu täuschen und Conny zu entführen? Wie gut, oh, wie gut war es, daß sie in Interlaken nicht erst noch den Lunch eingenommen hatte, dann wäre sie nicht so zeitig in Lauterbrunnen gewesen und hätte Connys Spur nicht folgen können.

Freda hatte beim Einsteigen die Pakete mit ihren Einkäufen achtlos auf den Sitz des Wagens geworfen, sie waren durch das Fahren herabgeglitten und fielen zu ihren Füßen nieder. Da zuckte sie zusammen und hob sie auf, sie wieder auf den Sitz verstauend. Und als sie dann wieder aufsah, war der Wagen vor ihr verschwunden, der Weg machte hier eine Kurve. Sie schrie auf und trieb den Chauffeur an, aber dieser sagte lachend:

»Nur ruhig, Fräulein, die entkommen uns nicht.«

Er machte sich seine Gedanken darüber, weshalb die Dame in seinem Wagen unbedingt dem kleinen Auto auf der Spur bleiben wollte. Aber Chauffeure erleben allerlei sonderbare Dinge, und er regte sich nicht sonderlich darüber auf, sondern freute sich, die versprochenen fünfzig Franken auf so leichte Art zu verdienen. Sie waren ihm sicher. Ab und zu kamen ihnen andere Autos auf der Straße entgegen, oder Lastwagen. Freda achtete nicht darauf. Sie war froh, als sie das kleine Auto wieder vor sich sah, als sie um die Kurve herumgefahren waren. Sie hatte auch keine Augen für das herrliche Lauterbrunner Tal, durch das sie fuhren. Auf der einen Seite der Straße, der linken in dieser Richtung, stiegen die bewaldeten Berge empor, auf der rechten Seite wurde die Straße durch die wild dahinbrausende Lütschine begrenzt, deren bleifarbiges Wasser über die großen Steinblöcke hinsprudelte. Diese Steinblöcke waren wohl vor langen Zeiten einmal von den Bergen ins Tal gestürzt und sperrten nun dem Wasser überall den Weg. Brandende Wellen schlugen gegen sie an, und der weiße Schaum spritzte hoch empor an den Felsblöcken, die sich aber nicht von der Stelle rührten, wenn das Wasser auch noch so wild dagegenschäumte. Dann ging es wieder eine Strecke ganz glatt und ungehemmt weiter, und dann war es, als wenn die Wellen sich gar nicht genug tun konnten in übermütiger Schnelligkeit, als wollten sie einholen, was sie versäumt hatten, während die Felsblöcke ihnen Widerstand boten. Es sah wundervoll aus, dieses schäumende Wasser inmitten der grünen Vegetation, die sich an den steilen Ufern ausbreitete. Rechts und links an diesen Ufern wurzelten dichte Büsche und niederhängende Bäume, die ihre Zweige zuweilen bis ins Wasser herabhängen ließen.

Und jenseits der Lütschine zogen sich etwas höher die Schienen der Eisenbahn entlang und störten die Naturschönheiten durch ihre geraden, korrekten Linien. Aber über den Schienen drüben stiegen auch an dieser Seite die bewaldeten Berge empor. Dort oben lag auch die Hunnenfluh, von der aus man das ganze Tal überblicken konnte.

Freda achtete nicht auf das herrliche Landschaftsbild, ihre ganze Seele war bei dem blonden Kind im roten Mäntelchen und bei dem unglücklichen Vater dieses Kindes, von dem sie ein schweres Leid abwenden wollte mit der ganzen Intensität ihres Willens.

Das wilde Rauschen des Flusses übertönte zuweilen sogar das Rattern und Knattern der Motoren. Immer wieder kamen Autos und Fuhrwerke entgegen. Freda klopfte vor Aufregung das Herz wie ein Hammer in der Brust, und immer wieder schrie sie ängstlich auf, wenn das kleine Auto auf kurze Zeit ihren Blicken verschwunden war.

Und jedesmal sagte der Chauffeur ruhig und zuversichtlich:

»Die kommen uns nicht aus, nur Ruhe, Fräulein.«

Sie hatten so ungefähr den halben Weg bis Interlaken zurückgelegt. Der Chauffeur schimpfte über den Fahrer des kleinen Autos. Er schien nicht sicher zu sein am Steuer, immer wieder schleuderte der Wagen hin und her. Vielleicht war der Fahrer auch nervös. Aber das Tempo wurde deshalb nicht verringert. Gert Hofer wollte eben einen bestimmten Zug in Interlaken erreichen. Gelang ihm das nicht, gab es einen mehrstündigen Aufenthalt, und der konnte verhängnisvoll für seine Pläne werden. Also ging es vorwärts, auch wenn der Wagen noch so sehr schleuderte. Hofer war kein sicherer Fahrer, er hatte chauffieren nur gelernt, weil man es zuweilen beim Film brauchte, und er war lange nicht gefahren. Aber es mußte vorwärts gehen, ohne Aufenthalt.

Das kleine Auto war jetzt nahe an eine Brücke gekommen, und über diese kam gerade jetzt eine Herde Kühe, von einem halbwüchsigen Jungen getrieben. Die Kühe kamen auf der Straße dem kleinen Auto entgegen. Fredas vorsichtiger Chauffeur bremste schon jetzt, um langsam an den Kühen vorbeifahren zu können. Aber Hofer wollte das Tempo nicht verringern, er wollte sich nicht um die Kühe kümmern. Eine der Kühe stellte sich störrisch dem kleinen Auto mitten in den Weg, trotz des Zurufes des Hütejungen.

Hofer konnte nur nach der dem Fluß zu gelegenen Seite ausweichen, denn auf der andern wäre er gerade in die Kuhherde hineingefahren. Er verlor die Geistesgegenwart und konnte den Wagen auch so schnell nicht mehr bremsen. Er riß wild am Steuer, um zu der Flußseite auszuweichen und vorbeizukommen. Dabei warf er aber den Wagen so weit zur Seite, daß die rechten Räder plötzlich den Grund verloren. Fredas Chauffeur schrie auf: »Der Kerl ist wohl verrückt!«

Aber kaum hatte er das heraus, als sich auch schon das kleine Auto überschlug. Und schneller, als man es beschreiben kann, stürzte es über das steile Ufer hinweg in die brausende Lütschine hinab. Gellende Schreie durchschnitten die Luft, wer alles geschrien hatte in diesem furchtbaren Moment, konnte nicht festgestellt werden. Aber jedenfalls hatte Freda laut und entsetzt aufgeschrien: »Conny!«

Und Freda schrie weiter, wie von Sinnen. Ihr Chauffeur hatte den Wagen sofort zum Halten gebracht, und die Kühe trotteten stumpfsinnig weiter. Der Hüter der Kühe stand wie festgewachsen am Ufer der Lütschine und starrte Freda entgegen, die aus dem Auto gesprungen war und zur Unfallstelle eilte. Sie wußte nicht, wie sie dahin kam, lief einfach instinktmäßig, wie es wohl alle Menschen in solchen Fällen tun, weil sie helfen wollen. Sie wimmerte vor Angst und Not und rief immer wieder Connys Namen. Conny war mit dem Wagen abgestürzt, ihre süße, kleine Conny, Frank Markwalds Tochter, und sie lag wohl schon bleich und tot da unten im tosenden Wasser, unter dem umgestürzten Auto. Und mit ihr ihre Entführer. Weiter vermochte sie nichts zu denken, und obwohl ihr die Knie zitterten, wankte sie weiter, bis sie an die Unfallstelle kam. Hier umklammerte sie einen Baumstamm, weil die Kräfte sie verließen. Und mit großen, entsetzten

Augen beugte sie sich über das Ufer und starrte hinab in das rauschende Wasser, das jetzt wütend auch gegen das neue Hindernis, das herabgestürzte Auto, anstürmte und es wie in wildem Zorn umtobte.

Von den Menschen, die in dem Auto gesessen hatten, war nichts zu sehen, die lagen wohl unter dem Wagen.

Freda stöhnte tief auf und starrte hinunter, als müsse sie wenigstens das rote Mäntelchen ihres kleinen Lieblings in diesem Chaos erkennen. Sie war bereit, hinunterzustürzen und wenigstens die Leiche des Kindes bergen. Aber nichts Rotes sah sie bei dem Auto. Sie schluchzte wild auf, und ein Zittern lief über sie. Weiter beugte sie sich vor, um besser sehen zu können. Da hörte sie plötzlich ein zartes, ach so bekanntes Stimmchen kläglich rufen:

»Tante Fredal«

Sie zuckte zusammen wie unter einem elektrischen Schlag und glaubte an Halluzinationen. Starr blickte sie zur Seite, dort hinunter, von woher sie das zarte Stimmchen gehört hatte. Und da weiteten sich ihre Augen, als sähen sie ein Wunder. Und es war auch ein Wunder. Dort unten an dem steil abfallenden Ufer, mitten im dichten, belaubten Gebüsch, sah sie, wie eine riesige rote Blume im Grünen, das rote Mäntelchen Connys hängen. Und darüber sah sie ein blasses Kindergesicht, über das hinweg ein dünnes, ganz dünnes Blutrinnsal wie ein roter Strich lief. Aber die Augen blickten klar und lebendig, nur ein bißchen bange und ängstlich.

So schwebte Conny, von dem Gebüsch aufgefangen, wenige Handbreit über dem tosenden Wasser der Lütschine.

Freda schluchzte krampfhaft auf, beugte sich weit vor und rief Conny, so laut sie vor Aufregung konnte, zu:

»Rühr dich nicht, mein Liebling, halt ganz fein still, sonst fällst du ins Wasser. Ich komme, ich hole dich, nur ein Weilchen halte still.«

Inzwischen war der Chauffeur auch herangekommen, und er und der Kuhhirt standen dicht neben Freda und starrten auch auf das Wunder.

»Ich muß da hinunter, muß das Kind holen«, sagte Freda

zu dem Chauffeur und wollte ohne weiteres über das steile, mit Gebüsch bewachsene Ufer hinabklettern.

Der Chauffeur hielt sie fest.

»Warten Sie mal, Fräulein, so geht das nicht, da stürzen Sie samt dem Kind ins Wasser. Die Büsche halten wohl das Kind, aber nicht Sie, dafür sind Sie zu schwer.«

Und er nahm ohne weiteres dem Hütejungen ein Seil ab, das dieser um den Hals trug und wohl brauchte, um zuweilen eine störrische Kuh anzubinden. Schnell schlang der Chauffeur das eine Ende des Seiles um den Baum, der genau oberhalb der Stelle stand, wo Conny schwebte. Dann gab er Freda das Seil in die Hand.

»So, nun fassen Sie an, dann haben Sie einen Halt.«

Freda nickte ihm mit blassem, erregtem Gesicht zu, faßte die Leine und kletterte vorsichtig an dem Steilufer hinunter, immer wieder im Gebüsch eine Stütze für ihren Fuß suchend. Dabei rief sie Conny immer wieder zu, sich nicht zu rühren. Conny hing, regungslos vor Angst, in ihrer grünen Umhüllung. Aber nun war auch Tante Freda bei ihr. Diese neigte sich zu dem Kind hinab, in der einen Hand das Seil haltend.

»Lege dein Ärmchen um meinen Hals, Conny, ganz fest«, sagte sie heiser.

Folgsam tat Conny, was ihr gesagt wurde, mit dem einen Arm. Der andere umklammerte noch liebevoll ihre Puppe Lilly, die sie auch im größten Kummer nicht losgelassen hatte und auch jetzt nicht losließ.

Freda umschlang das Kind aufatmend mit dem einen Arm, mit der andern Hand hielt sie die Leine und kletterte an der wieder empor. Sie sah jetzt ein, wie recht der Chauffeur gehabt hatte, als er sie ohne Leine nicht hinabklettern ließ. Die zarten Gebüschzweige knackten und brachen immer wieder unter ihr. Aber sie kam doch empor.

Der Chauffeur half, sobald er sie erreichen konnte, und hob sie und das Kind schließlich über den Uferrand auf festen Boden.

Freda dankte ihm mit blassem Lächeln und drückte nun aufweinend Conny fest an sich, als könnte sie ihr noch entrissen werden. Dann stellte sie das Kind auf die Erde.

»Kannst du stehen, Conny, tut dir etwas weh?«

Conny machte gleich ein paar Schritte, wobei Freda aufatmend merkte, daß sie unverletzt war. Aber sie sagte kläglich:

»Mein Gesicht brennt so sehr, Tante Freda, und mein Beinchen.«

Daß das Blutgerinnsel im Gesicht nur von einer Schramme herrührte, die in wenigen Tagen wieder heil sein würde, hatte Freda schon mit großer Beruhigung gemerkt. Nun untersuchte sie das wehe Beinchen.

Es war dies zum Glück auch nicht schlimm, die rechte Wade war ein wenig aufgeschürft, auch das würde schnell heil sein. Beide kleine Verletzungen hatte sie sich wohl zugezogen, als sie in das stachlige Gebüsch gefallen war. Wie durch ein Wunder war das Kind gerettet worden, während seine Mutter und Gert Hofer wahrscheinlich tot unter dem Auto im Wasser der Lütschine lagen.

Freda lachte und weinte und drückte Conny immer wieder an sich. Nun, da sie Conny gerettet vor sich sah, löste sich die Spannung ihrer Nerven. Aber sie wurde nun auch wieder klar und gefaßt und sagte zu dem Chauffeur:

»Bitte, fahren Sie sofort nach Interlaken und holen Sie Hilfe herbei, es muß doch etwas geschehen, um die Verunglückten unter dem Auto hervorzuholen.«

»Da wird nichts mehr zu retten sein, Fräulein. Wenn sie das Auto beim Sturz nicht erdrückt hat, sind sie wohl längst ertrunken«, erwiderte der Chauffeur.

»Aber wir müssen auf jeden Fall Hilfe herbeischaffen.«

»Ja doch, ich fahre selbstverständlich. Aber was wird inzwischen aus Ihnen und dem Kind?«

»Ich warte hier, bis Sie zurückkommen, erst muß Hilfe herbei, ehe ich an mich denken kann, und das Kind bleibt in meiner Obhut, ich weiß wohin es gehört.«

Zugleich drückte sie dem Chauffeur die versprochenen fünfzig Franken in die Hand.

»Alles Weitere nachher«, sagte sie kurz und bestimmt.

Der Chauffeur stieg auf seinen Führersitz und fuhr im schnellsten Tempo nach Interlaken. Er wollte die Feuerwehr und eine Sanitätskolonne alarmieren. Außerdem wollte er den

Sohn des Eigentümers des verunglückten Autos mit herbeiholen, das betrachtete er als seine kameradschaftliche Pflicht.

Der Hütejunge war inzwischen hinter seiner Kuhherde weitergetrottet. Freda blieb mit Conny allein zurück.

Sie setzte sich am Wegrand auf einen Stein, denn nun merkte sie doch, daß die Aufregung ihr sehr zugesetzt hatte, die Knie versagten ihr den Dienst. Sie nahm Conny zu sich auf den Schoß und drückte sie immer wieder an sich. Sorgsam reinigte sie die beiden kleinen Verletzungen des Kindes mit Kölnisch Wasser und einem sauberen Taschentuch, das sie noch zur Reserve bei sich hatte.

»Es wird ein wenig brennen, meine kleine Conny, aber du wirst ganz tapfer sein und nicht weinen, weil das Tante Freda sehr weh tun würde. Es wird dann ganz schnell heil sein. Nachher verbinden wir auch Lilly, sieh, die hat auch einen kleinen Riß davongetragen. Und sie wird auch ganz tapfer sein und nicht weinen«, sagte sie.

Und so behutsam wie möglich reinigte sie die kleinen Wunden. Conny mühte sich, tapfer zu sein, aber sie klagte doch ein wenig, das Kölnisch Wasser brannte ein bißchen. Aber es ging schnell vorbei. Und Freda sah nun, daß die Schramme im Gesicht zwar nicht tief ging, aber sich grellrot quer über das ganze Gesichtchen hinzog.

So darf sie ihr Vater nicht unvorbereitet sehen, er würde zu sehr erschrecken, dachte Freda.

Die Schürfung am Bein sah ebenfalls nur noch aus wie ein großer, roter Fleck. Auch das würde schnell heilen. Inbrünstig drückte sie das Kind wieder an sich.

»Meine süße, kleine Conny, daß du nur lebst und gesund bist und daß wir dich wiederhaben«, sagte sie glücklich.

Conny schmiegte sich an sie und verlangte nun, die Puppe Lilly sollte auch verbunden werden. Das tat Freda auch, und sie mußte daran denken, daß da drüben im Wasser, unter dem Auto, die Mutter ihrer kleinen Conny lag, und daß Conny noch gar nicht von ihr gesprochen hatte.

Aber gerade in diesem Moment fragte Conny:

»Tante Freda, warum hat Mutti mich aus dem Wagen geworfen?«

Freda stutzte. Aber sie fragte erst einmal:
»Also es war Mutti, die mit dir im Wagen fuhr?«
Conny nickte wichtig.
»Ja, sie wollte mich doch zu Vati bringen, es sollte doch so ein schöner Spaß werden. Warum warf mich Mutti da aus dem Auto hinaus in den stachligen Busch, der mir weh getan hat im Gesicht und an meinen Beinchen?«
Freda war ganz blaß geworden.
»Sie warf dich aus dem Wagen?«
»Ja doch, als die vielen Kühe kamen und das Auto so sehr rutschte und umfallen wollte, da warf mich Mutti doch ganz weit fort in den Busch. Wo ist denn nun das Auto geblieben? Ist es mit Mutti weitergefahren zu Vati?«
Tief erschüttert strich Freda über die blonden Locken des Kindes, von denen sie das Mützchen entfernt hatte, weil es an der blutigen Schramme kratzen konnte.
Und plötzlich stürzten erlösende Tränen aus Fredas Augen.
»Warf dich Mutti aus dem Wagen, mein Liebling? Oh, gesegnet sei diese Tat, die dir das Leben rettete. Sie hat das wohl gewollt.«
Ja, es wurde ihr klar. Ellen Markwald hatte, den Untergang vor Augen, als das Auto stürzte, mit dem Instinkt der Mutterliebe, der auch bei ihr wohl nur verkümmert, aber nicht erloschen war, und mit ihrer letzten Kraft und ihrer letzten Willensregung ihr Kind gerettet, dadurch, daß sie es seitwärts in das dichte Gebüsch schleuderte.
Wie gut war es, daß Conny sich dieser letzten Tat ihrer Mutter erinnerte. Nun konnte alles, was Ellen Markwald je an ihrem Gatten gesündigt hatte, ausgelöscht werden. Dadurch, daß sie ihm sein Kind rettete in letzter Stunde, hatte sie alles wiedergutgemacht. Das mußte die letzte Bitterkeit aus Frank Markwalds Seele löschen, sie fühlte es. Er würde Connys Mutter nun ein versöhnliches Gedenken weihen. Das löste auch in Fredas Herzen einen bangen Druck. Sie freute sich dieser letzten, edlen Regung einer schuldbeladenen Frau.
Und sie ließ ihren Tränen freien Lauf.
Conny sah sie beklommen an.

»Warum weinst du, Tante Freda? Möchtest du auch lieber mit zu Vati kommen?«

Freda nickte unter Tränen.

»Ja, mein Liebling, ich möchte wohl schnell mit dir bei Vati sein, er wird sich sehr bangen um seine kleine Conny. Aber wir müssen hier doch warten, bis das Auto wiederkommt, weil du den weiten Weg nicht laufen kannst.«

»Aber wohin ist Mutti nur gefahren, Tante Freda, sie war mit einem Male fort, ich sah sie nicht mehr, weil der böse Busch meine Guckaugen zugemacht hatte.«

Freda küßte die Augen des Kindes. Oh, wie gut, daß es nicht wußte, was geschehen war.

»Schilt nicht auf den Busch, Conny, er hat dich so gut festgehalten, daß du nicht ins Wasser gestürzt bist. Dabei hat er dir ein wenig weh tun müssen, aber doch nur ein wenig. Jetzt tut es schon nicht mehr weh, nicht wahr?«

»Ein wenig brennt es schon noch, aber nicht mehr sehr. Und ich weine nicht, Lilly ist doch auch tapfer.«

»Gewiß, es war sehr gut, daß du Lilly mitgenommen hast. Wie kam es denn, daß du mit Mutti gingst?«

Und Conny plauderte Freda alles aus, was sie wissen wollte, und sie entnahm aus ihren Worten, daß Conny entführt worden sei, während Frau Hollmann ahnungslos dabeigesessen hatte. Conny lachte harmlos:

»Ganz leise haben wir uns fortgeschlichen, Mutti und ich, weil Lena uns doch den Spaß nicht verderben sollte. Und Mutti war so lieb, fast so lieb wie du, Tante Freda, so lieb ist sie nie zuvor gewesen. Ist Mutti nun doch wieder auf die Reise? Sie wollte doch nicht wieder fortgehen?«

Freda drückte ihr Köpfchen an sich.

»Meine kleine Conny, sie mußte wieder weit, weit fortreisen.« Fredas Gedanken flogen nach Wengen hinauf. Was würde man dort für Angst und Unruhe ausstehen, seit Conny verschwunden war. Ihr Vater wußte es wohl nun auch. Wenn sie nur hätte Nachricht geben können. Aber hier gab es weit und breit kein Telefon. Sie mußte damit schon warten, bis sie wieder in Lauterbrunnen war. Und gottlob konnte sie ja gleich eine gute Nachricht über Conny geben.

Ein heißes Glücksgefühl überkam sie, weil es ihr vergönnt sein würde, Frank Markwald sein Kind zurückzubringen.

Während sie, noch ganz aus dem Gleichgewicht gerissen, am Wegrand auf dem Stein saß, passierten mehrere Autos die Straße, und auch einige Touristen kamen vorüber.

Und da blieben zuerst diese stehen und starrten auf das Auto im Wasser, dann hielten auch einige Autos, und die Insassen stiegen aus und starrten gleichfalls hinab. Man fragte schließlich Freda, was geschehen sei, und sie gab Antwort. Einige Herren stiegen nun hinab in den Fluß, auf den Steinblöcken Halt fassend. Sie hielten sich dabei an der Leine fest, die noch um den Baumstamm befestigt war. Der Kuhjunge hatte sie vergessen. Die Herren versuchten, das Auto beseite zu schieben, aber es gelang ihnen nicht. Der eine von ihnen behauptete, im Wasser unter dem Auto einen blonden Frauenkopf gesehen zu haben, von dem der Hut halb herabgeglitten sei. Naßgespritzt vom Wasser kletterten sie wieder herauf. Es war nicht möglich, ohne geeignete Werkzeuge Hilfe zu bringen.

Sie meldeten es Freda, die nur ernst mit dem Kopf nickte. Sie hatte sich mit Conny nicht von ihrem Platz gerührt, das Kind sollte nicht sehen, wenn es da unten etwas Grauenvolles zu erkennen gab.

Conny war von Fredas Schoß herabgeglitten und pflückte Blumen am Wegrand. Es blühten hier genug. Aber Freda bat, auf dieser Seite der Straße zu bleiben, und Conny gehorchte auch.

Endlich kam Fredas Chauffeur mit dem Sohn des Besitzers des verunglückten Autos. Er meldete, daß ihm die Feuerwehr und das Sanitätskorps auf dem Fuße folgten. Es hatte sich inzwischen eine ganze Anzahl Passanten angesammelt. Und nun kam auch die Feuerwehr und die Sanitätsbeamten. Nach einer halben Stunde war das Auto gehoben und die beiden Leichen geborgen. Man brachte sie herauf an das Ufer und legte sie auf mitgebrachte Bahren. Es waren zwei schöne, junge Menschen, die hier geborgen worden waren. Die Majestät des Todes hatte aus den Gesichtern alles weggewischt, was bei den lebenden Gesichtern vielleicht gestört hatte.

Blaß und tief ergriffen schaute Freda in das bleiche, stumme Antlitz der Frau, die Frank Markwald so sehr geliebt hatte. Das blonde Haar lag naß und glatt um das bleiche Gesicht. Aber dieses Gesicht sah so friedlich aus wie das einer Schlafenden.

Freda dachte daran, daß diese Frau Conny das Leben gerettet hatte, und erschüttert ging sie zu Conny hinüber, die noch immer Blumen pflückte.

Sie hob das Kind auf den Arm.

»Komm, meine kleine Conny, die Blumen wollen wir Mutti bringen.«

Sie hatte geschwankt, ob sie Conny von der toten Mutter Abschied nehmen lassen sollte. Wäre Ellen entstellt gewesen, so hätte sie es auf keinen Fall getan. Aber diese blasse, friedliche Schläferin war kein grauenerregender Anblick, und Freda glaubte in Frank Markwalds Sinne zu handeln, als sie Conny zu der toten Mutter trug, damit sie Abschied nehmen und für sie beten konnte.

Sie ließ das Kind neben der Bahre zur Erde gleiten und sagte leise:

»Sieh, da ist Mutti wieder, sie schläft. Lege ihr ganz leise deine Blumen auf die Hände, dann freut sie sich.«

Beklommen sah Conny in das tote Gesicht ihrer Mutti.

»Mutti schläft?« fragte sie.

»Ja, Conny, wir wollen sie nicht wecken. Gib ihr die Blumen und küsse sie.«

Gehorsam legte das Kind die Blumen auf die Brust der toten Mutter. Freda schob sie in die kalten Hände, die man gefaltet hatte, damit sie nicht herunterfielen. Und dann beugte sich Conny hinab und küßte die Mutter. Aber sie schrak schnell wieder zurück.

»Mutti ist naß und kalt«, sagte sie kläglich.

»Ja, Conny, weil sie im Wasser war.«

»Hat sie gebadet?«

Freda strich ihr über das Haar.

»Ja, meine kleine Conny. Nun falte deine Händchen, wir wollen beten. Du mußt mir alles nachsagen.«

Conny tat, wie ihr geheißen war, und Freda sagte ihr vor:

»Lieber Gott, nimm meine Mutti in dein Himmelreich und schenke ihr Frieden. Amen.«

Conny sprach alles nach mit der andächtigen Miene, die ihr beim Beten vorgeschrieben war. Die umstehenden Herren nahmen ihre Hüte ab, und die Damen bekamen feuchte Augen.

Da hob Freda das Kind empor und trat zurück. Sie hatte dem Leiter der Rettungsgesellschaft schon vorher mitgeteilt, daß der Gatte der Verunglückten von Wengen nach Interlaken kommen würde, sobald ihm Kunde von allem Geschehenen geworden sei. Er würde alle notwendigen Bestimmungen treffen und für alle entstehenden Kosten aufkommen. Da sie hier nun nichts mehr nützen konnte, begab sie sich mit Conny zu ihrem Auto und gebot dem Chauffeur, nach Lauterbrunnen zurückzufahren.

Der Chauffeur trat an den Wagen heran und sah Freda ein bißchen verlegen an.

»Ich bin ja nicht gerade neugierig, Fräulein, aber wissen möchte ich doch, weshalb Sie so sehr darauf aus waren, dem kleinen Auto zu folgen, und wie Sie mit dem Kind und den toten Herrschaften zusammenhängen.«

Freda nickte ihm freundlich zu.

»Sie haben mir so treulich geholfen, daß ich Ihnen Ihre Frage gern beantworten will. Der Vater des kleinen Mädchens wohnt mit uns im gleichen Hotel in Wengen, und ich wußte, daß er sehr in Sorge war, daß ihm sein Kind von der Mutter, von der er geschieden war, entführt werden könnte. Das ist heute geschehen, und ich kam gerade zurecht, um zu sehen, wie die Mutter mit dem Kind im Zug von Wengen herunterkam und dann in das kleine Auto stieg. Da ich nichts anderes zu tun vermochte, wollte ich wenigstens dem armen Vater sagen können, wohin man sein Kind gebracht habe. Deshalb gab ich Ihnen den Auftrag, dem Auto zu folgen. Das Weitere wissen Sie. Und nun kann ich dem Vater das Kind zurückbringen.«

Der Chauffeur nickte.

»Ich danke schön für die Aufklärung, nun brauche ich mir doch den Kopf nicht weiter zu zerbrechen. Der Vater der Kleinen wird froh sein, daß sie von Ihnen gerettet wurde. Das Kind wäre vielleicht ins Wasser gestürzt, ehe es jemand bemerkt hätte. Lange hätte der Busch nicht mehr ausgehalten.«

Freda nickte ihm zu, und er nahm seinen Sitz am Steuer ein und fuhr nach Lauterbrunnen zurück.

Als sie dort ankamen und Freda mit Conny ausgestiegen war, trat plötzlich ein Polizeibeamter an Freda heran.

Die ganze Bahnhofspolizei war rebellisch, weil Frank Markwald inzwischen seine Order gegeben und eine hohe Belohnung demjenigen versprochen hatte, der ihm sein Kind wiederbringen würde.

Die Polizeibeamten waren daher scharf auf dem Posten und kontrollierten nicht nur die Züge, sondern auch die ganze Umgebung des Bahnhofes.

Dieser Beamte hatte kaum die Dame mit dem Kind im roten Mäntelchen aussteigen sehen, als er auch schon an sie herantrat.

»Bitte, wollen Sie sich ausweisen«, sagte er, Freda scharf ansehend.

Sie stutzte einen Moment, reichte ihm dann aber ruhig ihren Paß.

Der Polizist sah ihn durch und fragte weiter:

»Gehört das Kind Ihnen? Es ist in Wengen ein Kind entführt worden, das ein rotes Mäntelchen trägt.«

Nun war Freda sofort im Bilde und sah lächelnd den Chauffeur an, der alles gehört hatte.

»Ganz recht, das entführte Kind ist dieses kleine Mädchen, und ich bin eben im Begriff, es seinem Vater, Herrn Frank Markwald, wieder zuzuführen. Der Chauffeur wird Ihnen berichten, wie wir das Kind seinen Entführern abnehmen konnten, ich muß jetzt vor allen Dingen nach Wengen telefonieren, damit der Vater des Kindes sich nicht länger zu beunruhigen braucht.«

Der Polizeibeamte schien ein wenig unschlüssig und nicht eben erfreut, daß ihm eine schöne Belohnung entgehen sollte.

Freda bemerkte sein Zögern, der Chauffeur auch, dieser sagte nun ruhig:

»Sie können das Fräulein schon ungehindert ihren Weg gehen lassen, es hat schon alles seine Richtigkeit. Und bis das Fräulein telefoniert hat, werde ich Ihnen erzählen, was geschehen ist.«

Freda nahm Conny an der Hand:

»Zu Ihrer Beruhigung, ich warte drüben in dem Hotel, bis Sie telefonisch Bescheid von Herrn Markwald haben. Sie können mich ja so lange bewachen.«

Ruhig und sicher schritt sie hinüber zu dem Hotel, wo sie telefonieren und Conny ein Glas Milch geben lassen konnte und einen Imbiß. Conny klagte über Hunger und Durst.

Der Chauffeur erstattete dem Polizisten Bericht, und dieser schien dadurch auch überzeugt zu sein, aber er schritt doch zur Sicherheit vor dem Hotel auf und ab.

11

FREDA SETZTE CONNY, die ein wenig matt war, in dem kleinen, jetzt völlig leeren Restaurationszimmer des Hotels in ein Sofaeckchen. Der nächste Zug ging etwa in einer halben Stunde nach Wengen hinauf. Bis dahin würde sie mit ihrer Schwester, die sich wohl schon um sie sorgen würde, telefoniert haben, und Frank Markwald konnte sie in dieser Zeit bei der Polizei als Beschützerin seiner Tochter beglaubigen. Conny war ein wenig matt und müde und saß ganz still, während Freda an das Telefon heranging, das im selben Zimmer in einem Verschlag angebracht war. So konnte sie das Kind im Auge behalten. Sie sagte sich, daß Connys Vater sein Töchterchen nicht unvorbereitet wiedersehen dürfte, er würde zu sehr erschrecken, der blutroten Schramme wegen, die sich über Connys ganzes Gesicht hinzog. So unbedeutend sie war, sah sie doch gefährlich in dem zarten Gesichtchen aus.

Sie ließ sich mit dem Palace-Hotel in Wengen verbinden. Und als die Verbindung hergestellt war, ließ sie ihre Schwester an den Apparat rufen.

Wir wissen, daß Blandine schnell an das Telefon eilte.

»Freda!« rief sie erwartungsvoll.

»Ja, Dina, ich bin es!«

»Ach, Gott sei Dank. Ich war schon in großer Sorge um dich. Wir sind hier alle so verstört, und ich bin ein wenig nervös. Denke dir, Conny ist entführt worden, wahrscheinlich durch ihre Mutter.«

»Ja, Dina, ich weiß bestimmt, daß sie von ihrer Mutter entführt wurde.«

»Du weißt es? Aber Freda –«

»Sag', Dina, ist Frank Markwald in erreichbarer Nähe, ich möchte ihn dringend sprechen.«

»Ach, Freda, er ist mit dem vorigen Zug nach Lauterbrunnen hinuntergefahren, um Nachforschungen anzustellen. Er muß bald unten sein. Du sprichst so seltsam, Freda, weißt du vielleicht etwas über Conny?«

»Ja, ja, Dina, alles weiß ich, und beruhigt euch alle, Conny ist bei mir.«

Dina jauchzte auf.

»Wirklich, ist es wahr? Ach, Freda, wie glücklich wird Frank Markwald sein. Hast du sie auch sicher?«

»Ganz sicher, Dina.«

»Aber wie denn, erzähle doch, wie hast du Conny gefunden?«

»Du mußt schon ein wenig warten, Dina, das geht nicht durchs Telefon, ich wollte dir nur schnell melden, daß ich aufgehalten wurde. Ich komme erst mit dem übernächsten Zug, da ich unbedingt Frank Markwald noch abwarten muß, um ihn von seiner Sorge zu befreien.«

»Sag doch nur, Freda, hast du Conny ihrer Mutter abgejagt? Du fandest sie doch gewiß in deren Händen?«

»Ja, ja, aber alles Weitere später. Also mit dem übernächsten Zug. Bitte, halte mich jetzt nicht länger auf, ich bin ein wenig aus den Fugen. Auf Wiedersehn, meine kleine Dina. Grüße Frieder Lienhard.«

»Ich sterbe inzwischen vor Neugier.«

»Tu es nicht, Dina, das ist ein unrühmlicher Tod! Auf Wiedersehn!«

»Auf Wiedersehn, Freda.«

Diese hängte ab und ging zu Conny zurück. Sie drückte Connys Händchen an ihren Mund. Ein Zittern lief über sie.

Das kam aber nicht von der Abspannung nach allen Aufregungen, sondern weil sie daran dachte, daß Frank Markwald jetzt bald vor ihr stehen würde.

Man brachte inzwischen die für Conny bestellte Milch und einen kleinen Imbiß.

Freda machte Conny alles liebevoll zurecht, und das Kind trank und aß mit Behagen.

Sie selbst vermochte keinen Bissen zu essen. Das Herz schlug ihr bis zum Hals hinauf vor Glückseligkeit darüber, daß sie Frank Markwald nun bald von seiner Seelenpein erlösen konnte.

Als Conny ihre Mahlzeit beendet hatte, war es Zeit geworden, daß Freda zum Zug hinübergehen mußte, um Frank Markwald zu empfangen. Sie bat eine der Serviererinnen, die die Erfrischung für Conny gebracht hatte, ein Weilchen auf das Kind achtzugeben, sie wolle nur jemanden am Bahnhof abholen. Die Saaltochter stimmte freundlich zu, sie hatte jetzt nichts zu tun und setzte sich neben Conny, die gleich mit ihr zu plaudern begann.

Freda bezahlte erst die Erfrischung, die sie für Conny hatte kommen lassen.

Conny einen Kuß gebend, sagte sie:

»Du bleibst ein Weilchen bei diesem lieben Fräulein, Conny, ich will nur Vati holen. Du darfst ja nicht fortlaufen, sondern mußt still hier im Eckchen sitzen bleiben, ich komme bald wieder.«

»Mit Vati?« fragte Conny.

»Ja, mit Vati. Du erzählst inzwischen dem Fräulein, wie lieb deine Puppe Lilly ist.«

Das war ein immer beliebter Gesprächsstoff für Conny, und für den Moment war sie nun versorgt und aufgehoben.

Außerdem war das Kind durch all die Ereignisse ein wenig benommen und beklommen und auch ein wenig müde.

Freda trat aus dem Hotel heraus und mußte lachen. Da patrouillierte der Polizist treu und brav vor dem Hotel auf und ab.

Sie trat an ihn heran.

»Jetzt werden Sie die Sorge um mich gleich loswerden, Herr

Markwald kommt mit diesem Zug an. Ich lasse das Kind im Hotel zurück, während ich ihn empfange, und Sie können ja die Kleine inzwischen gut bewachen«, scherzte sie.

Er sah sie halb lachend, halb dienstlich an.

»Wir werden sehen!«

Aber er ließ Freda ungehindert zum Bahnhof hinübergehen.

Sie war kaum auf dem Bahnsteig angekommen, als der Zug einlief. Und sogleich entdeckte sie des Erwarteten hohe Gestalt.

Sie lief auf ihn zu. »Herr Markwald!«

Er zuckte leise zusammen und sah ihr ins Gesicht. Sie erschrak über seine verstörten, kummervollen Züge. Aber ein blasses Lächeln spielte doch um seinen Mund.

»Sie sind es, Fräulein Nordmann? Ihr Fräulein Schwester war schon in Sorge, weil Sie noch nicht zurückgekehrt waren. Ach, es hat sich Entsetzliches ereignet, seit Sie heute morgen fortgefahren sind.«

Sie faßte seine Hand mit warmem Druck.

»Ich weiß alles, ich habe soeben mit meiner Schwester telefoniert. Aber gleich soll all Ihre Not behoben sein, ich bringe Ihnen eine Freudenbotschaft!«

Er sah sie an, als begreife er nicht, was ihn wohl jetzt erfreuen und wie seine Not behoben werden könnte.

»Sie versprechen viel, Fräulein Nordmann.«

»Nicht mehr, als ich halten kann. Conny ist gefunden.«

Er schwankte und klammerte sich an ihren Arm.

»Was sagen Sie?«

»Conny ist hier, da drüben im Hotel wartet sie auf uns.«

»Mein Kind!« schrie er auf.

»Ja, Herr Markwald, ein Zufall führte mich zeitig genug nach Lauterbrunnen zurück, als Ihre – als Connys Mutter mit ihr von Wengen herunterkam.«

»Und Sie hielten sie an, Sie nahmen ihr mein Kind ab? Wie tapfer, oh, wie wundervoll tapfer von Ihnen.«

Freda schluckte vor Erregung, sie sah, wie seine Augen leuchteten.

»Es bedurfte gar keiner Tapferkeit, genug, daß ich Conny

wieder zu ihrem Vater zurückbringe. Kommen Sie schnell, ich möchte Conny nicht zu lange allein lassen, obwohl sie nicht mehr in Gefahr ist, entführt zu werden.«

»Ich träume doch nicht, mein Kind ist mir nicht verloren. Sie bringen mir es wieder«, sagte er ganz benommen von seinem Glück, nach der furchtbaren Pein der letzten Stunden.

»Ja, heil und gesund bringe ich Ihnen Conny wieder, nur ein wenig zerkratzt. Sie dürfen nicht erschrecken, sie hat eine Schramme quer über das Gesicht. Aber es ist nicht schlimm, alles wird in wenigen Tagen wieder heil sein. Kommen Sie, das Weitere erzähle ich Ihnen drüben im Hotel.«

»Was werde ich hören müssen«, sagte er heiser. Aber er ließ sich willig von ihr fortziehen.

Vor dem Hotel stand der Polizeibeamte noch immer. Freda sagte lächelnd:

»Bitte, Herr Markwald, weisen Sie sich erst einmal vor diesem Hüter des Gesetzes aus und bestätigen Sie ihm dann, daß ich nicht die Entführerin Ihres Kindes bin, sondern es Ihnen zurückbringe, er will mir nicht so recht glauben.«

Frank Markwald erschrak.

»So hatten Sie Unannehmlichkeiten?«

»Nein, nein, es ging alles ganz harmlos zu, aber ich möchte doch in den Augen dieses tüchtigen Beamten gerechtfertigt dastehen.«

Frank Markwald zeigte dem Polizisten seinen Paß und sagte ihm, daß diese Dame seine Tochter nicht entführt, sondern zurückgebracht habe. Aber er werde das nachher noch offiziell in der Amtsstube melden.

Der Polizist mußte nun doch einsehen, daß die schöne Belohnung endgültig verloren sei, womit er übrigens doch nicht ganz recht hatte, denn er bekam später doch noch eine Belohnung von Frank Markwald.

Gleich darauf betraten Freda und Markwald das Restaurationszimmer, und er riß sein Kind in seine Arme und drückte es immer wieder an sich. Er kam erst aus seinem Freudenrausch zu sich, als Conny sagte:

»Vati, Mutti hat gebadet, sie war noch ganz naß, auch ihre Kleider. Und sie schlief so fest, sie hat gar nicht gemerkt, daß ich ihr Blumen brachte, und Tante Freda und ich haben gebetet.«

Er sah Freda fragend an.

»Was meint das Kind?«

Sie atmete auf.

»Ich habe Ihnen viel zu erzählen, und da ich erst mit dem nächsten Zug nach Wengen zurückfahren kann, soll es gleich hier geschehen. Wir sind ja zum Glück hier in diesem Zimmer ungestört«, sagte sie.

Die junge Serviererin hatte sich zurückgezogen, da ihr Freda gesagt hatte, man bedürfe ihrer vorläufig nicht.

Und nun berichtete Freda so klar und ruhig, wie sie es vermochte, was geschehen war, seit sie Conny an der Hand ihrer Mutter erblickt hatte. Er hörte ihr still, aber mit brennendem Interesse zu, aber sein Gesicht zuckte vor unterdrückter Erregung. Als sie ihm mitteilte, daß das Auto sich überschlagen und in die Lütschine gestürzt sei, tastete er mit unsicheren Händen über den Kopf seines Kindes, das sanft in der Sofaekke eingeschlafen war, die Puppe Lilly im Arm haltend.

Es war, als müsse er sich davon überzeugen, daß seine Tochter heil und gesund neben ihm saß.

Freda erzählte weiter, wie sie Conny in dem Gesträuch gefunden hatte.

Er stöhnte auf.

»Ihre eigene Mutter hätte sie in den Tod geführt, wenn ein Wunder sie nicht gerettet hätte, ein Wunder, und Sie, Freda Nordmann. Meine kleine Conny wäre zweifelsohne ins Wasser gestürzt, wenn Sie ihr nicht rechtzeitig zu Hilfe gekommen wären«, stieß er erregt hervor.

Sie faßte seine Hand.

»Das Wunder vollbrachte Connys Mutter, Herr Markwald. Sie ist tot, und der Tod löscht alles aus. Sie werden milder über die Verstorbene urteilen, wenn ich Ihnen sage, ihre letzte Tat war mütterlich. Sie rettete ihr Kind vor dem sicheren Verderben, indem sie es mit der letzten Kraft, mit der letzten Energie und mit dem natürlichen Instinkt der Mutterliebe in weitem Bogen aus dem Bereich des stürzenden Wagens hinein in das rettende Gebüsch warf. Sie hat in diesem Moment weniger an sich selbst und ihre eigene Rettung als an das Kind gedacht. Alles andere sollen Sie vergessen. Sie hat durch den Tod und durch die Rettung ihres Kindes alle Schuld gesühnt. Das allein sollen Sie noch bedenken, daß sie Ihnen durch diese letzte Tat das Kind erhielt, nichts weiter. Der Tod löscht alles aus!«

Mit einem unbeschreiblichen Blick sah er sie an und nahm ihre Hände, in denen er sein Gesicht barg. So saß er lange. Dann gab er ihre Hände frei, nachdem er sie wie in Andacht geküßt hatte.

»Was sind Sie für ein herrlicher Mensch, Freda Nordmann, wie lind und leise nehmen Sie jeden Stachel aus meiner Brust. Ich danke Ihnen, wie ein Mensch nur danken kann, der dem andern sein Höchstes schuldet. Aber bitte, nun erzählen Sie weiter, was geschah danach?«

Sie beendete ihren Bericht, sagte ihm auch, daß sie versichert habe, er würde nach Interlaken kommen und alles Nötige anordnen.

Als sie ihm dann mitteilte, daß sie Conny von der toten Mutter hatte Abschied nehmen lassen und in welcher Weise das geschehen war, zog sich seine Stirn wie im Schmerz zusammen. Sie glaubte, er mißbillige ihr Verhalten, und sagte leise:

»Ich konnte nicht anders, ich war so erschüttert durch das tragische Ende der schönen, jungen Frau, ich konnte nicht an ihre Schuld denken, sondern nur daran, daß sie Conny gerettet hatte, ich mußte ihr den letzten Gruß ihres Kindes gönnen, mußte Conny um den ewigen Frieden ihrer Mutter beten lassen. Und da sie so schön und friedlich dalag, als ob sie schlafe, glaubte ich, in Ihrem Sinne zu handeln.«

Er atmete tief und schwer.

»Das haben Sie auch getan. Sie konnten Ihrer Wesensart nach nicht anders handeln, und ich hätte an Ihrer Stelle dasselbe getan, ich habe diese Frau doch so sehr geliebt, so sehr, daß mein Leben fast an ihrer Untreue zerbrach. Und, wie Sie richtig sagen, der Tod löscht alles aus.«

Sie nickte ihm ernst, mit feuchten Augen zu und sagte sich mit bitterem Schmerz. Er liebt sie noch immer und wird nie eine andere lieben. Aber sie zwang das in sich nieder und sagte ruhig:

»Ich hoffte, daß Sie mein Verhalten gutheißen würden. Und nun, da Sie alles wissen, werden Sie wohl nach Interlaken fahren wollen, um alles Nötige zu ordnen. Ich kehre mit dem nächsten Zug nach Wengen zurück und nehme Conny mit mir, damit sie wieder zur Ruhe kommt. Das arme kleine Herz ist doch ein wenig aufgestört worden, es war auch für sie ein aufregender Tag, obwohl sie nicht ahnt, welche Tragik ihr junges Leben heute berührt hat. Ich übergebe sie Frau Hollmann, die glücklich sein wird, ihren kleinen Schützling wiederzuhaben, zumal nun von Ihnen, wie von ihr die Angst genommen ist, daß Conny eine Entführung drohen könne.«

Er ergriff wieder ihre Hände und küßte sie dankbar.

»Zweimal haben Sie meinem Kind nun schon das Leben gerettet, Sie sind wirklich zu ihrem Schutzengel bestimmt gewesen. Ich bin tief in Ihrer Schuld, nie kann ich diese abtragen.«

»Aber bitte, ich tat in beiden Fällen nichts als meine Menschenpflicht«, wehrte sie verlegen ab.

»Wenn doch alle Menschen in solcher Weise ihre Pflicht tun würden. Eine andere an Ihrer Stelle wäre ruhig in ihren Zug nach Wengen gestiegen, ohne sich Mühe und Umstände zu machen. Sie taten viel mehr als Ihre Menschenpflicht, und das werde ich Ihnen nie vergessen.«

»Sie vergessen, daß mir Conny lieb und teuer geworden ist in diesen Wochen, in denen ich sie täglich um mich hatte. Und ich konnte außerdem Ihren Schmerz ermessen, weiß ich doch, wie sehr Sie Ihr Kind lieben. Da mußte ich einfach alles tun, was in meiner Macht stand, um wenigstens die Spur zu verfolgen, wohin man Ihre Tochter brächte. Das ist so selbstverständlich, daß wir gar nicht mehr darüber zu reden brauchen.«

»Es ist bewundernswert, was alles Ihnen selbstverständlich erscheint. So umsichtig und tapfer sind Sie gewesen, so energisch und hilfsbereit. Lassen Sie mich nur danken, ich bin so glücklich, daß ich mein Kind wiederhabe. Und vielleicht können Sie, die Verständnisvolle, auch begreifen, daß mich das Ende von Connys Mutter wie eine Erlösung berührt? Sie hat einen schnellen, schmerzlosen Tod gefunden, und ist nun geborgen vor allem Leid, das ihr vielleicht, nein, bestimmt beschieden gewesen wäre. Für mich ist dieses Ende versöhnender und beruhigender, als wenn ich hätte erleben müssen, daß sie weiter gesunken wäre, von Stufe zu Stufe. Verstehen Sie mich?«

»Ja, ich verstehe Sie, denn nichts kann härter treffen als die Notwendigkeit, daß man einen Menschen, den man geliebt hat, verachten muß.«

Er sah sie forschend an.

»Das klingt, als hätten Sie ähnliche Erfahrungen gemacht?«

Sie wußte, daß sie mit ihrem Vertrauen die letzte Scheu lösen würde, die ihn vielleicht nachträglich befallen konnte, wenn er, ruhiger geworden, überlegte, wieviel von seinen inneren Empfindungen er ihr anvertraut hatte.

Nur gegenseitiges Vertrauen hebt in solchen Fällen eine Beschämung auf.

Sie sah ihn ruhig an.

»Ja! Ich war verlobt mit einem Mann, den ich liebte, wie man eben als ganz junger Mensch liebt. Ein bißchen überschwenglich und schwärmerisch, wenn auch vielleicht nicht mit dem ganzen Ernst der Reife. Er gab vor, auch mich zu lieben, und hat es mir so oft versichert, daß ich es glauben mußte. Als wir in der Inflationszeit verarmten, löste er sich von mir; schroff und schonungslos verlangte er seine Freiheit, eben weil er eine arme Frau nicht gebrauchen konnte. Er gab sich nicht einmal die Mühe, mir zu verbergen, daß er mich nur meines Geldes wegen begehrt hatte. Und das Schlimmste war, daß er wieder zu mir zurückkehrte, als ich durch eine Erbschaft wieder vermögend geworden war, er hatte inzwischen keine Reichere gefunden. Und er glaubte, ich würde mein Leben ein zweites Mal an ihn ketten. Aber das wäre bei meinem Charakter auch dann nicht möglich gewesen, wenn er mir inzwischen nicht so namenlos gleichgültig geworden wäre. Ich könnte niemals lieben, wo ich verachten muß.«

Teilnahmsvoll sah er sie an.

»So haben wir beide die gleichen Schmerzen erlitten. Auch

meine Frau sagte mir in der Stunde, die mir den Beweis ihrer Untreue brachte, sie habe mich nur meines Geldes wegen geheiratet, und mein Kind könne ihr nicht viel bedeuten, weil es das eines ungeliebten Mannes sei. Man schämt sich, wenn man seine tiefsten Gefühle an einen unwürdigen Menschen verschwendet hat.«

»Ja, und es ist hart, wenn man sich seiner Liebe schämen muß. Aber nun will ich Sie nicht länger aufhalten, Sie werden nach Interlaken fahren wollen. Wenn Sie ein Auto zu benutzen gedenken, nehmen Sie den Chauffeur, der mich gefahren hat, er ist ein sehr zuverlässiger Mensch, und er hat mir beigestanden. Ich gönne ihm einen neuen Verdienst.«

»Ihre Fürsprache gilt. Ich werde mit ihm fahren. Und heute nacht werde ich in Interlaken bleiben, gut, daß ich mich mit Nachtzeug versehen habe. Den letzten Zug nach Wengen kann ich keinesfalls erreichen. Darf ich Sie wirklich noch einmal mit der Fürsorge für meine Tochter bemühen, bis Sie diese Frau Hollmann übergeben haben?«

»Das ist selbstverständlich.«

Er lächelte.

»Alles ist Ihnen selbstverständlich, was gut und aufopfernd ist.«

Sie lachte ein wenig.

»Sie vergessen, wie froh ich bin, Gesellschaft auf der Fahrt nach Wengen zu haben. Conny wird schnell wieder munter werden, wenn sie ins Freie kommt.«

Er sah sie sinnend an, kam aber dann auf ein anderes Thema.

Sie besprachen noch einiges. Dann brachen sie auf. Frank Markwald trug sein Töchterchen, das schnell wieder wach wurde.

Freda nannte Frank Markwald ihren Chauffeur vom Nachmittag, und er war gern bereit, den neuen Fahrgast nach Interlaken zu bringen und ihm unterwegs die Unfallstelle zu zcigen.

Conny wollte gern mit dem Vati im Auto fahren, aber er sagte ihr, sie müsse schnell zu Lena hinauf und zu Tante Dina und Onkel Frieder, die sich so sehr nach ihr sehnten.

Im Auto dürfe sie ein andermal fahren. Heute müsse sie so bald wie möglich zu Bett gehen.

»Und morgen früh, wenn du wach wirst, bin ich wieder bei dir«, sagte er.

Er trug Conny zu dem Zug hinüber und setzte sie in das Abteil, nachdem er sie noch einmal innig geküßt hatte.

Er küßte Freda die Hand und wartete, bis der Zug abgefahren war.

Dann erledigte er erst die Angelegenheit mit der Polizei, ehe er nach Interlaken fuhr. –

Blandine und Frieder traten zum letztenmal den Weg nach dem Bahnhof an. Blandine hatte Frieder mitgeteilt, daß Conny bei Freda sei. Auch Frau Hollmann brachte sie diese Nachricht, worüber diese außer sich vor Freude war. Sowohl Frieder wie Frau Hollmann wollten Einzelheiten wissen, aber Blandine sagte halb lachend, halb ärgerlich: »Ich weiß leider absolut nicht mehr davon, meine Schwester war sehr eilig und hat mich bezüglich näherer Erklärungen bis nach ihrer Ankunft vertröstet.«

Als der Zug einlief und Freda mit Conny ausstieg, eilten Blandine und Frieder auf sie zu. Es gab ein frohes Begrüßen, und Blandine küßte abwechselnd die Schwester und Conny, und Frieder stand neiderfüllt dabei, weil auch er sich sehr gern hätte von Blandine küssen lassen.

Selbstverständlich fiel Blandine mit Fragen über die Schwester her, aber diese sagte, nun doch sehr abgespannt und matt:

»Laß mich erst im Hotel sein, Dina. Wenn ich Conny Frau Hollmann übergeben habe, setzen wir uns noch ein Stündchen mit Herrn Lienhard zusammen in einen friedlichen Winkel, und dann will ich alles berichten. Es ist wirklich nicht mit zwei Worten abgetan.«

Im Hotel hatte sich rasch die Kunde verbreitet, daß das entführte Kind wieder zurückkehren würde, und die abenteuerlichsten Vermutungen kursierten unter den Gästen, aber keine war so abenteuerlich wie die Wahrheit. Alle standen erwartungsvoll im Vestibül, als Frieder mit den Damen und dem Kind erschien. Aber er flüchtete mit ihnen schnell in den Fahrstuhl. Frau Hollmann empfing Conny weinend vor Freude an der Zimmertür.

»Warum weint ihr nur alle?« fragte Conny verwundert und ein bißchen müde.

Freda bat Frau Hollmann, das Kind gleich zu Bett zu bringen und eine heilende Salbe auf die Schramme im Gesicht und die Verletzung an der Wade zu streichen. Dann wandte sie sich an Frieder:

»Lieber Herr Lienhard, es ist heute ein wundervoll warmer Abend, und ich bin augenblicklich ein bißchen menschenscheu, bitte, kommen Sie durch Ihr Zimmer auf die Veranda hinaus, da können wir ungestört sitzen und plaudern.«

Das geschah. Und nun berichtete Freda zum zweiten Male, was sie erlebt hatte. Frieder und Blandine lauschten atemlos, auch Frau Hollmann kam heraus und hörte noch das Wichtigste, nachdem sie Conny zu Bett gebracht hatte.

Freda erfuhr auch alle Einzelheiten über Connys Verschwinden und was man getan hatte, sie wiederzufinden. Und Frieder sagte:

»Ich teilte Ihnen doch meine Vermutung mit, Fräulein Blandine, daß sich der Portier vielleicht in seiner Zeitangabe geirrt haben und daß Frau Markwald schon mit dem Zug abgefahren sein könnte, mit dem wir von Wengernalp herunterkamen. So ist es also auch gewesen. Und sicherlich wären die Entführer mit Conny ins Ausland entkommen, wäre Fräulein Freda nicht am Platz gewesen.«

»Und wenn der liebe Gott nicht selbst sein Veto eingelegt hätte«, sagte Blandine.

»Ich hörte an der Unfallstelle von dem Sohn des Autobesitzers, daß er das Gepäck für Frau Markwald und Herrn Hofer in Interlaken hatte aufgeben müssen, es sollte nach Marseille gehen«, sagte Freda.

»Ah, man hat sich in Marseille irgendwie nach Übersee einschiffen wollen. Da wäre es für Herrn Markwald sehr schwierig geworden, seine Tochter zurückzuerhalten«, meinte Frieder.

Freda atmete tief auf.

»Daran wollen wir gar nicht denken. Als ich Herrn Markwald unten in Lauterbrunnen mit dem verstörten, unglücklichen Gesicht aus dem Zug steigen sah, wußte ich, daß er durch das Verschwinden seines Kindes ins Herz getroffen war.«

Sie plauderten noch lange. Aber dann wurde Freda so müde, daß sie Frieder verabschiedete, sie sehnte sich nach Ruhe nach all den Anstrengungen.

12

AM NÄCHSTEN VORMITTAG, kurz vor dem Lunch, saßen Freda und Dina wieder spielend mit Conny zusammen. Die Schramme über Connys Gesicht war unter Anwendung einer guten Hautcreme schon sehr verblaßt und die kleine Verletzung an der Wade störte sie auch nicht mehr. Das Kind war vergnügt wie immer, der gestrige aufregende Tag hatte bei ihm keine Folgen hinterlassen. Sie ahnte nicht einmal, wie dicht sie am Rande des Todes gestanden hatte.

Frieder Lienhard war zum Bahnhof gegangen, um zu sehen, ob Frank Markwald jetzt kommen würde. Und eine Viertelstunde nach seinem Fortgehen trafen die beiden Herren wirklich auf der Veranda ein. Frank Markwald fing sein Töchterchen in seinen Armen auf und hob es empor, um es zu küssen.

Er begrüßte dann die Schwestern und nickte Frau Hollmann freundlich zu.

Freda merkte gleich, daß er seine Ruhe wiedergefunden hatte.

Und so war es auch. Als er zum letztenmal in das einst so geliebte Gesicht gesehen hatte, auf dem nun die Ruhe des Todes lag, war alles von ihm abgefallen, was ihn so lange gequält und gepeinigt hatte. Die Leiche war auf seine Anordnung feierlich aufgebahrt worden. Auch das brachte er über sich, daß er für die Bestattung der sterblichen Reste Gert Hofers sorgte. Der Tod löscht alles aus. An diese Worte Fredas mußte er immer wieder denken, und sie senkten ein Gefühl des Friedens in seine Brust.

Daß die nach Marseille aufgegebenen Koffer an seine Berliner Adresse befördert werden sollten, hatte er angeordnet, den Gepäckschein hatte ihm der Sohn des Autobesitzers ausgeliefert. Er wollte sich nach seiner Heimkehr erkundigen, ob Gert Hofer irgendwelche Verwandte hinterlassen hatte und ihnen dann dessen Koffer zustellen lassen. Ellens Koffer wollte er erst durchsehen, ob er nichts Kompromittierendes enthielt, ehe er ihren Nachlaß verschenkte oder als Andenken für Conny verwahrte. Fremde Hände sollten nicht darin wühlen. Ihr Handkoffer war ihm von dem Sohn des Autobesitzers, der ihn an den Zug hatte bringen sollen, den sie benutzen wollten, ausgeliefert worden. Er hatte allerlei Papiere darin gefunden, aus denen hervorging, daß Ellen und Hofer beabsichtigt hatten, sich mit dem Kind nach Hollywood zu begeben.

In Hofers durchnäßter Brieftasche hatte man die Pässe, Fahrkarten bis Marseille, Geld und Versatzscheine für Schmucksachen gefunden. Daß diese Schmucksachen seiner Frau gehört hatten, wußte Frank Markwald, und so wurde ihm auch das Geld, das daraus gelöst worden war, zur Verfügung gestellt. Er stiftete es einem Wohltätigkeitsfonds. Die Versatzscheine wollte er verfallen lassen. Nichts von diesen Sachen sollte wieder in sein Haus zurückkehren, er wollte gründlich reinen Tisch machen.

Daß die beiden Toten nebeneinander bestattet werden sollten, hatte er ebenfalls angeordnet. Er wollte zur Beerdigung noch einmal nach Interlaken kommen.

Ganz offen konnte sich Frank Markwald jetzt seinen Freunden gegenüber aussprechen, er wollte keine Geheimnisse mehr vor den Menschen haben, die ihm so treu in der Not beigestanden hatten. Vor allem Freda gegenüber war er sehr vertrauend und offenherzig. Es war, als sei eine schwere Last von der Seele dieses Mannes gefallen. Er sprach zu Freda wie zu seinem besten Freund, und sie war sehr stolz darauf und sehr glücklich, ihn so gefaßt und ruhig zu sehen. Sie fühlte, daß er ihr volles Vertrauen entgegenbrachte. Und es war ein tiefes, reiches Glück für sie, daß sie ihm einen so großen Dienst hatte leisten dürfen.

Es kamen nun noch einige freundliche, friedliche Tage für die vier Menschen und Conny. Frank Markwald hatte alle Zurückhaltung aufgegeben, suchte immer wieder die

Gesellschaft der Schwestern und Frieder Lienhards und fand, daß es sich wundervoll mit Freda plaudern lasse, deren Gesellschaft ihm immer die liebste war. Sie hatte ein feines Verständnis für all seine Seelenregungen und bedeutete seinem Kind viel mehr, als seine eigene Mutter ihm gewesen wäre.

Aber er dachte nicht darüber nach, was Freda zu einem Verständnis dieser Art befähigte, er fühlte nur zufrieden und beglückt, daß es so war. Aber keine Ahnung kam ihm, daß Freda ihn lieben könne, wie er auch seine Gefühle für Freda nicht zeigte.

Zur Beerdigung der beiden Verunglückten war er noch einmal nach Interlaken gefahren, und damit war das Kapitel seines Lebens, das den Namen Ellen als Überschrift trug, endgültig erledigt. Ein heißes Lieben war erloschen, aber er konnte jetzt wenigstens ohne Groll an sie denken.

Conny begriff noch nicht, daß ihre Mutter gestorben war, Freda sagte ihr, sie sei im Himmel bei den lieben Engeln, und Conny malte sich den Himmel als etwas sehr Vergnügliches und Schönes aus und machte sich sonst nach Kinderart nicht viel Gedanken darüber. Die Erinnerung an ihre Mutter war ohnedies schon sehr verblaßt gewesen, durch die Entführungsepisode war sie noch einmal für kurze Zeit aufgefrischt worden, aber über Tante Freda vergaß sie bald alles, was sich ihr noch mit dem Mutterbegriff verband.

Trotzdem betete sie jeden Abend auch für ihre Mutter. Das hatte Freda sie gelehrt: Nimm meine Mutti in dein Himmelreich zu den lieben Engeln, lieber Gott! So lautete diese Stelle ihres Abendgebetes. Als Frank Markwald das zum erstenmal hörte, lauschte er mit tiefer Ergriffenheit, und er wußte sogleich, daß Freda das Kind dieses Gebet gelehrt hatte. Er sagte sich, daß Conny die geliebte Tante Freda schmerzlicher als die eigene Mutter vermissen würde, wenn sie nicht mehr täglich bei ihr sein würde.

Frank Markwald machte in der letzten Woche, in der die Schwestern Nordmann in Wengen sein würden, keine Bergtouren mehr. Er schloß sich ihnen und Frieder auf Spaziergängen an. Einige beabsichtigte Hochtouren verschob er auf die letzten Tage seines Aufenthaltes in Wengen, wenn die Schwestern und Frieder Lienhard schon abgereist sein würden.

Alle Mahlzeiten, sogar das Frühstück, nahm er jetzt mit den Schwestern und Frieder ein, und wenn er dabei zuweilen sehr froh und heiter war, sah ihn Freda mit einem tiefinneren Glücksgefühl an. Sie dachte an den düsteren Mann mit den unglücklichen Augen und dem großen Einsamkeitsbedürfnis, der damals in ihrem Abteil gesessen hatte. Er würde gesund und frisch wieder heimkehren, und eines Tages fand er dann wohl auch ein neues Glück.

Bei diesem Gedanken zuckte immer ein scharfer Schmerz durch Fredas Seele, aber sie bezwang sich tapfer und resignierte still und bescheiden. Nicht alle Menschen konnten glücklich werden, und sie gehörte wohl zu denen, an denen das Glück vorüberging. So kostete sie mit Inbrunst jede Stunde aus, die sie noch in Frank Markwalds Gesellschaft verbringen würde. Trennten sie sich hier, dann war es fraglich, ob sie sich jemals wiedersahen, obwohl er immer von einem Wiedersehen in Berlin sprach.

Obwohl die kleine Gesellschaft nun fast unzertrennlich war, wußte es Frieder Lienhard doch immer einmal einzurichten, daß ihm ein kurzes Alleinsein mit Dina beschieden war. Beglückt fühlte er, daß sie ihm jetzt ganz anders gegenüberstand als früher, und er hoffte sehr, daß er bald das entscheidende Wort würde sprechen können.

Auch am vorletzten Tag vor der Abreise der Schwestern, die er bis Interlaken begleiten wollte, begleitete er Blandine noch einmal allein zur Hunnenfluh. Sie wollten von diesem schönen Aussichtspunkt Abschied nehmen. Und als sie dort angekommen waren, in Erwartung der bevorstehenden Trennung beide etwas stiller als sonst, standen sie nebeneinander und sahen hinab ins Tal. Und wie damals hob Frieders Brust ein sehnsüchtiger Seufzer, als er Blandine als herrlichstes aller Naturwunder vor sich sah. Seine heiße Liebe wallte verlangend und sehnsüchtig in ihm auf, und er glaubte, Blandines Liebe jetzt sicher zu sein. Bei seinem Seufzer wandte sie sich ihm zu und sah ihn an, und da war es vorbei mit all seiner

Selbstbeherrschung. Mit leidenschaftlicher Glut riß er sie plötzlich in seine Arme und preßte seine Lippen auf die ihren, ohne ein Wort sprechen zu können.

Blandine lag einen Moment erschrocken in seinen Armen. Ihr junges, unberührtes Mädchentum empfand die heiße Leidenschaftlichkeit, die nicht erst fragte, wie eine Entweihung. Tiefe Röte der Scham stieg in ihr erst vor Schreck erblaßtes Gesicht, und sich schnell aufrichtend, stieß sie ihn von sich und sah ihn mit dem alten Trotz, der alten Kriegsbereitschaft an, der obendrein eine tiefe Entrüstung über seine vermeintliche Respektlosigkeit beigemischt war.

»Wie können Sie das wagen!« rief sie ihm mit blitzenden Augen zu. »So etwas tut ein Ehrenmann nicht!«

Blaß bis in die Lippen trat Frieder zurück.

»Verzeihen Sie, Fräulein Blandine, es war in diesem Augenblick mächtiger als ich. Sie müssen doch längst wissen, daß ich Sie liebe, unsagbar liebe.«

Sie steigerte sich aber immer mehr in ihren Zorn hinein, weil sie sein Verhalten zu kühn, zu leichtfertig fand.

»So, wie Sie mich jetzt überfallen haben, so verhält sich ein Mann nur einem Mädchen gegenüber, das ihm eine leichte Beute erscheint, ich verbitte mir das. Ich gab Ihnen keine Berechtigung dazu«, stieß sie, noch immer außer sich, hervor.

»O nein, sehen Sie das doch nicht von dieser Seite an, Fräulein Blandine.«

»Ich verbitte dir, daß Sie mich bei diesem Namen nennen, es reut mich, daß ich es Ihnen je durchgehen ließ, dadurch haben Sie sich vielleicht einen Schein des Rechtes anmaßen können für Ihre Kühnheit.«

Er war außer sich, aus allen Himmeln gerissen.

»Seien Sie doch nicht so hart, beurteilen Sie mich nicht falsch, was ich getan habe, kam mir aus dem Herzen. Nur meine Liebe kann als Entschuldigung gelten, und ich habe geglaubt, Ihrer Gegenliebe sicher zu sein. Sie ahnen nicht, was es mich gekostet hat, all die Zeit mich beherrschen zu müssen. Ich konnte es nicht mehr.«

Es zuckte wie verhaltenes Weinen in ihrem Gesicht.

»Dann hätten Sie abreisen sollen, wenn Sie sich nicht beherrschen konnten«, stieß sie schroff hervor, obwohl ihr das Herz dabei sehr weh tat.

Er atmete schwer und tief und richtete sich auf. Und er sagte blaß und gequält:

»Ich weiß jetzt, daß ich mich in einem Irrtum befand. Ich habe geglaubt, daß Sie mich liebten, glaubte es aus Ihrem Verhalten entnehmen zu können.«

Sie hatte schon weich werden wollen, weil sie ihn so betrübt sah, aber seine letzten Worte stachelten ihren Trotz von neuem an. Sie wurde glühend rot.

»Soll das heißen, daß ich Sie durch mein Verhalten zu solcher Kühnheit herausgefordert habe?«

Er schüttelte resigniert den Kopf.

»Ich kann jetzt sagen, was ich will, Sie werden mich mißverstehen, weil Sie mich leider nicht lieben. Und ich sehe ein, daß ich einen großen Irrtum begangen habe. Nein, o nein, Sie haben mich nicht herausgefordert, haben mir immer nur die größte Hochachtung abgenötigt. Nur meine heiße, drängende Liebe war schuld, daß ich mich vergaß, daß ich Sie in meine Arme riß. Verzeihen Sie mir, ich werde Sie ganz gewiß nie wieder belästigen, ich weiß ja nun, daß Sie meine Liebe nicht erwidern.«

Diese traurigen Worte und Frieders unglückliches Gesicht wirkten seltsam besänftigend auf Blandine. Ihr war plötzlich, als müsse sie herzbrechend weinen, als müsse sie ihn trösten. Der Schreck, der sie bei seiner plötzlichen Umarmung alles klaren Denkens beraubt hatte, war vorüber, und vorbei war auch die haltlose Empörung, die sie befallen hatte, weil sie, meinte, sein Verhalten sei ein Zeichen von Mißachtung. Jetzt wußte sie, daß es keine Respektlosigkeit gewesen war, die ihn bewog, sie an sich zu reißen und zu küssen.

Männer empfinden wohl anders, dachte sie. Sie liebte ihn doch auch, ja, sie liebte ihn. Aber was würde er von ihr gedacht haben, wenn sie sich ihm plötzlich, von dieser Liebe überwältigt, in die Arme geworfen hätte? Sicherlich hätte er sie dann sehr kühl und abweisend zurückgeschreckt. Sollte sie das nicht auch tun, wenn er so unbeherrscht war?

Das Herz war ihr schwer. Sie gingen lange schweigend nebeneinander her. Erst als das Hotel auftauchte, sagte Frieder, Blandine flehend ansehend:

»Sagen Sie mir doch wenigstens, daß Sie mir verziehen haben, mein gnädiges Fräulein. Ich bin untröstlich, daß ich Sie gekränkt und beleidigt habe, denn da Sie mich nicht lieben, war das, was ich Ihnen angetan habe, eine Beleidigung.«

Er tat ihr furchtbar leid, am liebsten hätte sie ihm tröstend über den Kopf gestreichelt und ihm gesagt: »Ich liebe dich doch!« Aber das ging doch nicht, nachdem sie sich so entrüstet gezeigt hatte. Das würde lächerlich sein. Und so sagte sie nur ganz verzagt:

»Ich verzeihe Ihnen.«

Er seufzte auf.

»Ich danke Ihnen, und ich werde morgen abreisen, damit Sie meine Gegenwart nicht noch einen Tag länger ertragen müssen.«

Sie erschrak. Und plötzlich stand die bevorstehende Trennung vor ihr wie ein schweres Verhängnis. Sie glaubte, daß sie ihn nie wiedersehen würde, wenn er sich jetzt von ihr trennte in der Überzeugung, daß sie ihn nicht liebte.

Aber sie vermochte nicht, ihm seinen Irrtum zu nehmen. Mädchenhafte Scham ließ das nicht zu. So stotterte sie nur hervor:

»Sie brauchen Ihre Abreise nicht zu beschleunigen, wir werden ja nicht mehr allein sein. Und in Gegenwart der andern, es braucht doch niemand zu wissen, es darf niemand wissen, was geschehen ist, um keinen Preis.«

Sie vermochte nicht weiter zu reden.

Er biß die Zähne aufeinander. Selbstverständlich, wenn er jetzt plötzlich abreiste, würde man ihn fragen, und er mußte lügen. Nein, er durfte nicht eher abreisen und durfte sein Verhalten ihr gegenüber auch nicht ändern, sonst brachte er sie auch noch den andern gegenüber in Verlegenheit. Sie schämte sich doch so sehr, daß er es gewagt hatte, sie zu umarmen und zu küssen.

»Sie haben recht, ich darf Sie nicht auch noch den andern gegenüber in Verlegenheit bringen, ich bin ein wenig aus dem Gleichgewicht. Ich muß alles daransetzen, um jedes Aufsehen zu vermeiden. Also bitte, befehlen Sie, was ich tun soll, ich erkläre mich zu allem bereit, um Sie zufriedenzustellen.«

Sie strich sich das Haar aus der Stirn.

»Es muß alles so bleiben, wie es schon vorher verabredet war, Sie dürfen nicht eher abreisen, als es geplant war, und wenn ich übermorgen mit meiner Schwester abreise, müssen Sie, wie es ausgemacht war, uns auch bis Interlaken begleiten. Meine Schwester würde sonst sofort merken, daß etwas geschehen ist. Wir werden allerdings jedes Alleinsein umgehen, aber in Gegenwart der andern müssen wir jeden Argwohn vermeiden.«

Er verbeugte sich mit zuckendem Gesicht. Sie sah den schmerzlichen Zug in seinem Gesicht und hätte sich am liebsten in seine Arme geworfen und gesagt: »Es ist ja alles Unsinn, ich war nur so sehr erschrocken, ich habe dich doch lieb.«

Aber ihre herbe Sprödigkeit ließ das nicht zu. Sie hatte sich verrannt, und er war so töricht, zu glauben, daß sie ihn nicht liebte, weil sie ein wenig zornig gewesen war. Und nun war alles aus. Übermorgen gingen sie auseinander und würden sich vielleicht nie mehr wiedersehen. Und da er glaubte, sie liebe ihn nicht, würde er sein Herz einer andern zuwenden.

Aber bei diesem Gedanken sprühte der Trotz schon wieder in ihr auf. Wenn er das kann, wenn er eine andere lieben kann, dann hat er mich eben nicht wirklich geliebt, dann hat er nur ein Spiel mit mir treiben wollen, und dann ist es sehr gut, daß ich ihn so schroff zurückgewiesen habe.

Aber ihr war sehr elend zumute bei diesem Gedanken.

Frieder war sehr unglücklich. Er hatte sich in den letzten Tagen so sicher gefühlt, hatte so fest daran geglaubt, daß er von Blandine geliebt wurde. Und wenn er sie in diesem Glauben in seine Arme gerissen und geküßt hatte, so war das verzeihlich und erklärlich. Wenn sie ihn geliebt hatte, so meinte er, wäre ja auch alles gut gewesen. Aber er hatte sich getäuscht, sie liebte ihn nicht, und das machte sein Vorgehen unverzeihlich. Er hatte sie dadurch schwer beleidigt, und sie mußte ihn für einen Frechling halten. Das Herz war ihm furchtbar schwer, er liebte Blandine vielleicht nie vorher so tief und schmerzlich wie jetzt, und er wußte, ohne sie konnte er nicht glücklich sein.

So kamen sie beide in sehr bedrückter Stimmung ins Hotel zurück. Beide zogen sich sofort auf ihre Zimmer zurück. Blandine hörte draußen auf der Veranda Conny mit Freda plaudern. Sie waren anscheinend beide in ein Bilderbuch vertieft, und Freda erklärte alles, was Conny wissen wollte. Ganz still, ohne sich zu melden, ließ sich Blandine in ihrem Zimmer in einem Sessel nieder. Sie hätte viel darum gegeben, wenn sie jetzt hätte allein sein können, um sich ungestört auszuweinen.

Freda merkte erst nach einer Weile, daß die Schwester zurückgekehrt war, und kam herein.

»Du bist schon zurück, Dina? Ich habe dich gar nicht kommen hören. Warum bist du nicht hinausgekommen?«

»Ich habe arges Kopfweh, Freda, und will vor Tisch noch ein wenig ruhen.«

Freda hob den Kopf der Schwester empor.

»Kopfweh? Du hast dich doch nicht überanstrengt, Dina?«

»Es kann sein.«

»Wo bist du denn mit Frieder Lienhard gewesen?«

»An der Hunnenfluh.«

»Nun, dabei kannst du dich doch nicht überanstrengt haben. Du willst mir doch nicht krank werden?«

»Nein, nein, laß mich nur ein wenig ruhen, dann wird es schon wieder besser werden.«

Freda aber, die kluge, gütige Freda, kannte ihre junge Schwester ganz genau und ließ sich nicht durch eine Ausrede täuschen. Sie sah, wie blaß und niedergeschlagen Dina war und wie es um den Mund zuckte, wie verhaltenes Weinen. Und die Augen blickten so trübe und unglücklich. Ja, unglücklich sah ihre kleine Dina aus. Aber das durfte doch nicht sein, unglücklich durfte ihre Schwester nicht werden. Warum sollte sie es auch sein?

Und Freda überlegte und fragte dann:

»Wo ist denn Frieder Lienhard?«

Dina versuchte ein sehr gleichgültiges Gesicht zu machen.

»Ich weiß es nicht.«

»Kamst du nicht mit ihm zurück?«

»Ja, er ist wohl in seinem Zimmer.«

»Kommt er nicht zu uns auf die Veranda?«

»Ich weiß nicht.«

Freda fragte nicht mehr, sie ließ Dina in Ruhe, aber sie beschloß, die Augen offenzuhalten. Hier war etwas nicht in Ordnung. Ihre kleine Dina hatte einen so merkwürdigen Ausdruck im Gesicht, halb schuldbewußt, halb trotzig, und eben so recht von Herzen unglücklich. Das mußte doch einen Grund haben. Hatte sie sich mit Frieder gezankt? Aber in letzter Zeit waren sie doch beide so friedlich gewesen, und sie hatte geglaubt, daß sie auf dem besten Wege waren, recht von Herzen glücklich zu werden.

Danach sah Dina aber nun gar nicht aus.

Freda fragte aber nicht, sie drängte sich nie in das Vertrauen eines Menschen, sondern wartete immer, bis es ihr freiwillig entgegengebracht wurde. Dina würde schon reden, wenn sie es über sich brachte. Es gab eben Dinge, über die man nicht so leicht reden konnte, das wußte Freda aus Erfahrung. So gern sie helfen mochte, vorläufig war das unmöglich. Sie mußte ihre arme, kleine Schwester in ihrer bedrückten Verfassung lassen, bis sie selber darüber sprechen konnte. Dann konnte man sehen, wie man zu helfen vermochte.

Liebevoll strich Freda der Schwester übers Haar.

»Also ruhe dich ein Weilchen aus, Dina, wir haben ja noch eine Stunde bis zu Tisch.«

»Wo ist Herr Markwald, Freda?«

»In seinem Zimmer, er hat Geschäftspost zu erledigen.«

Und Freda ging wieder hinaus zu Conny und fragte sich, ob wohl Frieder Lienhard, wie sonst, auf ihr Verandaplätzchen kommen würde.

Aber er kam nicht.

Als man später bei Tisch zusammentraf, erklärte Frieder gleichmütig, er habe schon begonnen, seinen Koffer zu packen.

Aber Freda spürte feinfühlig, daß ihn wohl etwas anderes ferngehalten hatte, etwas, das mit Dinas Kopfweh zusammenhing. Er erschien ihr auch so merkwürdig blaß und still. Plagten sich die beiden jungen Menschen schon mit dem Trennungsweh?

Zuweilen zeigte sich Frieder aber dann wieder besonders lebhaft und munter, aber in dieser Munterkeit lag für Fredas feine Ohren ein falscher Ton. Und Dina war auch abwechselnd still und forciert lustig.

Da stimmt etwas nicht, zwischen den beiden ist irgend etwas geschehen, dachte Freda.

Sie gab sich den Anschein, nichts zu merken.

Frank Markwald merkte aber wirklich nichts, er unterhielt sich, wie jetzt immer, sehr lebhaft und angeregt. Aber er richtete dabei das Wort wie immer hauptsächlich an Freda.

Mit ihm war seit dem Tode seiner Frau eine auffallende Veränderung vorgegangen. Er war frisch und heiter. Seine Düsterkeit hatte sich ganz verloren und seine Nervosität ebenfalls. Er fühlte neue Kraft durch seine Adern pulsen, und er wußte jetzt, daß das Leben ihm wieder lieb werden würde.

Daß dazu Freda Nordmann beitrug, ahnte er nicht einmal. Er war nur immer besonders froh, wenn er in ihrer Nähe war und mit ihr plaudern konnte. Und wenn sie mit Conny plauderte und lachte, hörte er zuweilen ganz andächtig auf dieses warme, weiche Lachen, auf die dunkle, schmeichelnde Altstimme.

Eine unbegrenzte Hochachtung erfüllte ihn für Freda Nordmann, und er war sich bewußt, daß er noch nie in seinem Leben einer Frau von gleich hohem Wert begegnet war. Ihre Persönlichkeit hatte etwas so Lebensfrisches, Lebenbejahendes, daß auch auf ihre Umgebung etwas von dieser Frische ausströmte.

Die beiden letzten gemeinsamen Tage vergingen viel rascher, als es allen lieb war, nur Frieder sehnte heimlich die Trennung herbei, denn er ertrug es kaum noch, in Blandines Gesicht zu sehen. Der Schmerz um ihren Verlust quälte ihn, und er meinte, daß er fern von ihr eher zur Ruhe kommen würde.

Und dann kam die Stunde der Abreise. Frank Markwald und Conny begleiteten die Schwestern und Frieder zum Bahnhof. Er wollte noch einige Tage bleiben und Hochtouren von Grindelwald aus machen. Solange die Schwestern noch in Wengen gewesen waren, hatte er sich nicht auf längere Zeit von ihnen trennen wollen.

Der Abschied zwischen Conny und Freda war schmerzlich auf beiden Seiten, Conny beruhigte sich erst, als der Vater ihr versprach, daß sie Tante Freda bestimmt in Berlin wiedersehen würde. Und zu Freda gewandt, fuhr er fort:

»Sie dürfen mich nicht wortbrüchig machen meiner Tochter gegenüber, mein gnädiges Fräulein, wir wollen darum nicht Lebewohl, sondern Auf Wiedersehen sagen.«

Freda sah ihn mit ihrem stillen Blick an, der noch feucht glänzte vom Abschiedsweh um Conny. Aber sie zwang sich tapfer zur Ruhe, obwohl es ihr am Herzen riß, daß sie ihn jetzt für lange Zeit, vielleicht für immer zum letztenmal sehen würde. Wie das mit Reisebekanntschaften war, wußte sie. Man glaubt beim Abschied ganz fest an ein Wiedersehen, an ein Fortbestehen der angeknüpften Freundschaftsbande, und meistens kommt es dann nicht dazu. Wußte sie denn, ob sie Frank Markwald mehr galt als eine angenehme Reisebekanntschaft? Er würde in Berlin wieder von seinen Geschäften und von seinen gesellschaftlichen Verpflichtungen in Anspruch genommen werden, und solange Conny noch von ihr sprach, würde er noch zuweilen an sie denken und sich auch dankbar erinnern, daß sie ihm manchen Dienst hatte leisten können. Aber dann würde die Erinnerung verblassen, und sie würde eine kleine Episode in seinem Leben gewesen sein. Und von ihr würde die Initiative zu einem Wiedersehen nicht ausgehen, dazu war sie zu stolz und zu zurückhaltend.

So sah sie sich noch einmal satt an seinem Gesicht, sah noch einmal in seine stahlblauen Augen hinein, die jetzt wieder klar und froh blickten, und sagte so ruhig sie konnte:

»Wie Gott will.«

»Auf Wiedersehen, auf ein frohes Wiedersehen in Berlin!« rief cr.

»Auf Wiedersehen! Behüt' dich Gott, kleine Conny!«

Und dann fuhr der Zug davon. Lange winkten die Abfahrenden noch dem hochgewachsenen Mann und dem kleinen

Mädchen zurück, die auch beide winkten, bis der Zug ihren Blicken entschwunden war.

Die Schwestern saßen dann Frieder Lienhard ziemlich still gegenüber, denn auch Freda vermochte lange nicht zu sprechen. Sie rang mit ihrem Trennungsweh, und Blandine rang mit der Furcht vor der Trennung von Frieder und hätte ihm so gern ein gutes Wort gesagt, wenn es ihr nur über die Lippen gewollt hätte.

Frieder aber fürchtete sich vor der Trennung und sehnte sie doch herbei, damit er wenigstens nicht mehr Komödie spielen müßte. Er merkte sehr wohl, daß Freda ihn zuweilen mit fragenden Augen ansah, und es war ihm oft gewesen, als müsse es ihm einige Befreiung bringen, wenn er ihr alles hätte sagen können. Bei ihr, das wußte er, hätte er auch in dieser Sache Verständnis gefunden.

Aber was hätte es geholfen? Blandine war ihm verloren, und damit mußte er sich abfinden. Wenn er ihr heute Lebewohl gesagt hatte, dann würde er wohl nie mehr mit ihr zusammentreffen. Er mußte sie meiden, seiner Seelenruhe halber und auch um ihr seinen Anblick zu ersparen. In Lauterbrunnen mußten sie umsteigen, und alle drei dachten an den Tag, da sie hier zusammengetroffen waren. Blandine schämte sich im stillen, weil sie damals so ungezogen zu Frieder gewesen war, und hätte es ihm so gern gesagt, wie es in ihr aussah. Aber sie brachte es eben leider nicht über die Lippen.

Sie fuhren nun nach Interlaken.

Freda saß, während sie diese Strecke passierten, aufmerksam am Fenster und verfolgte mit den Augen den Lauf der Lütschine. Und plötzlich fuhr sie auf.

»Hier ist es gewesen! Da drüben in diesem Busch hing Conny!« rief sie erregt.

Frieder und Blandine erhoben sich zu gleicher Zeit, um hinauszusehen, und dabei berührten sich ihre Hände. Sie fuhren beide zurück, als hätten sie sich verbrannt. Und als sie sich wieder niedergelassen hatten, sahen sie aneinander vorbei.

Bald darauf kamen sie in Interlaken an, und sie hatten nun kaum noch Zeit, einander Lebewohl zu sagen. Die Schwestern fuhren gleich weiter, und Frieder stand wartend vor ihrem Abteil.

Noch ein letzter Blick wurde getauscht, die Hände wechselten einen letzten Druck, und Blandine trat erblassend vom Fenster zurück. Freda nickte Frieder herzlich zu.

»Wir sehen uns bald in Berlin wieder, Herr Lienhard. Gute Reise!« sagte sie warm und gütig, wie immer. Frieder war ihr lieb geworden wie ein Bruder.

Er nickte ihr mit blassem Lächeln zu, seine Augen suchten noch einmal nach Blandine, aber er konnte sie nicht mehr sehen.

Der Zug fuhr davon. Blandine hatte sich in die eine Fensterecke des Abteils gedrückt, die Schwestern waren allein darinnen. Sie mußte die Zähne zusammenbeißen wie Frieder.

Freda nahm ihr gegenüber in der anderen Ecke Platz. Sie fuhren am Thuner See entlang, drüben jenseits des Sees lag St. Beatenberg in halber Höhe des Berges. Freda warf einen Blick hinauf. Dann wandte sie sich der Schwester zu. Diese sah seltsam blaß und bedrückt aus, und plötzlich sah Freda, wie ihr die hellen Tränen aus den Augen schossen, sie konnte sie nicht mehr länger zurückhalten. Freda erschrak und erhob sich, um neben Blandine Platz zu nehmen. Sie zog sie mit einer mütterlich beruhigenden Bewegung in ihre Arme.

»Dina?«

Da warf sich Blandine aufschluchzend in Fredas Arme. Und unter Tränen stieß sie hervor:

»Ich bin so unglücklich, Freda!«

Diese streichelte ihr Haar.

»Das verhüte Gott, kleine Dina.«

»Doch, Freda, ich bin sehr unglücklich, und das Schlimmste ist, ich bin selbst schuld daran.«

»Meine kleine Dina, das kann ich doch nicht glauben. Es darf nicht sein, daß du unglücklich bist. Was bedrückt dein Herz, mein armes Kind?«

Und nun gab es kein Halten mehr, Blandine wußte, daß sie der Schwester vertrauen konnte wie einer Mutter, war sie doch schon immer mit all ihren Schmerzen und Freuden zu ihr gekommen.

Es gab eine große Beichte. Frieders ausbrechende Leidenschaft, seine Umarmung, sein Kuß, ihr Erschrecken, ihr Trotz, ihre Angst, sich etwas zu vergeben, wenn sie sich das gefallen ließ, und ihr Schmerz, als sie zu sich gekommen und merkte, daß sie sich rettungslos verfahren hatte, ohne den Weg zu finden, alles wieder ins Lot zu bringen, alles kam aus Blandines bedrückter Brust zutage. Freda hörte stumm zu, unterbrach sie mit keinem Wort, aber ein weiches Lächeln huschte um ihren Mund. Und als Blandine schluchzend mit ihrer Beichte zu Ende gekommen war, küßte Freda sie auf die verweinten Augen und auf den Mund.

»Oh, du kleine, dumme Dina, mit was für einem großen Herzeleid hast du den armen Frieder von dir gehen lassen. Nun weiß ich doch, warum er so traurig war, so blaß und bedrückt, und weshalb er dich so verzweifelt ansah, als wir uns trennten. Da hat sich meine Dina in ihrem Trotz und ihrer Sprödigkeit schauderhaft verrannt.«

»Aber Freda, was hätte ich sonst tun können?« schluchzte Blandine auf.

Freda lächelte.

»Fein stillhalten, als der Frieder dich küßte. Wenn du ihn liebst, konntest du das doch ruhig tun.«

»Was hätte er dann von mir denken sollen?«

»Daß du ihn wiederliebst, so herzlich und innig, wie er dich liebt.«

»Ach, Freda, du verstehst mich nicht.«

»Das wäre das erstemal! Ich verstehe dich schon, verstehe dich vielleicht besser, als du dich selbst verstehst. Das war der letzte mädchenhafte Stolz und Trotz, die letzte Sprödigkeit. Manchmal schießt man damit über das Ziel hinaus, und das hast du getan.«

»Jedenfalls bin ich todunglücklich und was noch viel schlimmer ist, der Frieder auch.«

»So? Erscheint dir das noch schlimmer als dein eigenes Unglück?«

»Ja doch, Freda, ich habe ihn doch lieb, sehr, sehr lieb.«

»Nun also, mein liebes Herz, dann ist ja alles in schönster Ordnung.«

»Nichts ist in Ordnung! Alles ist total verpfuscht, durch meine Schuld. Er glaubte doch, ich liebe ihn nicht, und ich werde ihn nie wiedersehn. Er kommt nicht wieder, das weiß ich.«

»Er wird schon wiederkommen, wenn du ihn nur wissen lassen wirst, daß du ihn liebst und daß du nur im ersten Schreck so bockig warst.«

»Wie soll er das wissen?«

»Aus deinem bisherigen Verhalten kann er das freilich nicht entnehmen. Du wirst es ihm eben mitteilen müssen, es gibt ja schließlich Papier und Tinte.«

Blandine schrak zurück.

»Oh, Freda, nie, niemals kann ich ihm das schreiben.«

»Warum denn nicht?«

»Ich würde mir doch etwas vergeben, ein Mädchen darf doch nicht einem Mann die Liebe erklären.«

»Wenn der Mann diesem dummen, kleinen Mädchen schon seine Liebe erklärt hat, dann kann sie es ganz gewiß tun, ohne sich etwas zu vergeben.«

Trostlos schüttelte Blandine den Kopf.

»Das kann ich nicht! Wenn mir das möglich wäre, denkst du, ich hätte ihn so von mir gehen lassen?«

Es zuckte um Fredas Lippen.

»Dann muß der arme Frieder eben unglücklich werden, und die kleine törichte Dina auch.«

»Ach, Freda, du ahnst nicht, wie schwer das alles ist.«

»Ach, Dina, wenn es alle Menschen so leicht hätten, sich ihr Glück zu erringen«, sagte Freda mit einem kleinen Seufzer, und ihre Augen blickten trübe über Blandines Kopf hinweg ins Weite.

»Leicht, sagst du? Es ist so schwer, daß ich es eben nicht tun kann.«

Freda dachte schmerzlich, wie glücklich sie sein würde, trennte sie nichts sonst von dem Mann ihrer Liebe als so ein kleines, törichtes Mißverständnis. Wie gern wollte sie ein paar Worte sprechen, möchten sie auch noch so schwer sein. Aber sie streichelte Dinas Wangen.

»Beruhige dich nur, meine kleine Schwester, das wird bestimmt alles in die Reihe kommen. Er liebt dich, und du liebst ihn, das ist die Hauptsache. Alles andere wird sich finden. Wir werden Frieder Lienhard schon wiedersehen, schließlich sind wir, er und ich, doch gute Freunde geworden, und er wird mich doch nicht mit meiner treuen Freundschaft sitzenlassen, bloß weil ihm ein kleines, dummes Mädel den ersten Kuß übelgenommen hat? Sei ganz ruhig, ich prophezeie dir, daß du in Jahresfrist Frau Lienhard heißt. Denn du weißt, er hat es gar eilig mit dem Heiraten schon wegen seines alten Herrn«, scherzte sie.

»Wenn du doch recht hättest, Freda, aber ich weiß, ich habe mich rettungslos verrannt und habe mich unglücklich gemacht und den Frieder mit.«

Freda widersprach nicht mehr, obwohl in ihren Augen ein überlegenes Lächeln lag. Sie meinte aber, es sei ihrer kleinen törichten Dina sehr gut, wenn sie sich ein Weilchen mit ihrem Herzweh herumquälte. Das half alle Härten, allen Trotz aus ihrer jungen Seele spülen. Und daß sie nicht wirklich unglücklich wurde, dafür würde sie schon sorgen. Es war doch nicht das erstemal, daß sie ein wenig Schicksal für ihre Schwester zu spielen hatte.

13

FRANK MARKWALD WAR in einer seltsamen Stimmung in Wengen zurückgeblieben. Erst jetzt kam es ihm so recht zum Bewußtsein, wie unentbehrlich Freda Nordmann ihm geworden sei. Er vermißte sie am meisten, wenn er auch die Gesellschaft Frieders und Blandines ungern entbehrte. Und Conny jammerte nach ihrer lieben, süßen Tante Freda, und dieser Jammer fand in seinem Herzen ein Echo. Nie zuvor hatte ihm eine Frau so viel bedeutet. Sosehr er Ellen geliebt hatte, war sie für ihn doch immer nur ein reizendes Spielzeug gewesen. In Freda hatte er mehr, viel mehr gefunden. Ihre kluge, verständige und warmherzige Art hatte ihn mehr und mehr gefesselt, ohne daß er sich darüber klargeworden wäre. Daß sie seinem Kind so viel galt, hatte auch dazu beigetragen, sie ihm nahezubringen.

Aber er dachte dabei gar nicht daran, daß er sie lieben könnte. Freda war nicht die Frau, mit der man einen Flirt begann, eine Liebelei. Sie löste auch nicht die wilde, begehrende Leidenschaft in ihm aus, die er für Ellen empfunden hatte, und deshalb dachte er gar nicht daran, daß er sein Herz an sie verloren haben könnte. Und doch fehlte sie ihm, er entbehrte sie schmerzlich, und viele Male des Tages war ihm, als müsse er zu ihr eilen, mit ihr plaudern, ihrer dunklen, weichen Stimme lauschen, die ihn so wohltuend berührte. Er sehnte sich nach ihren klugen, warmherzigen Worten, nach ihrem verständnisvollen Interesse für alles, was ihn bewegte. Aber sie war fort! Und das gefiel ihm gar nicht und machte ihn fast wieder so verdrießlich wie vorher.

So brach er gleich am nächsten Tag nach Grindelwald auf, um dieser Stimmung zu entfliehen. Die Hochtouren, die er noch vorhatte, sollten ihn ablenken, sollten diese seltsame Sehnsucht nach einer Frau ersticken, in der er nichts sehen wollte als einen guten Freund.

In dieser Sehnsucht ging er auf die höchsten Bergesgipfel, und als er oben stand und seine Blicke über das herrlichste Bergpanorama des Berner Oberlandes schweifen ließ, mußte er denken: Wo mag Freda Nordmann jetzt weilen, in welcher Gegend muß ich sie suchen?Er war ärgerlich über sich selbst, weil er so gar nicht von dem Gedanken an sie loskam. Das war doch lächerlich, man mußte doch an etwas anderes denken können. Und schließlich war sie doch nicht aus der Welt. In Berlin würde sich unschwer Gelegenheit finden, mit ihr zusammenzutreffen. Dann konnte er mit ihr plaudern, soviel er wollte, mehr wollte er doch gar nicht von dieser Frau, die ein so überaus klarer und verständiger Mensch war.

Daß er sie zu seiner Frau machen könne, auf diesen Gedanken kam er gar nicht, das lag aus dem Bereich der Möglichkeit. Nach Ellens Treubruch hatte er sich gesagt: Nie wieder heiraten. Und dieser Vorsatz hatte sich in seinem Innern so festgesetzt, daß ihm eine zweite Ehe ganz fern lag. Aber eine so kluge, warmherzige Freundin wie Freda Nordmann war ihm notwendig, das wußte er jetzt, die durfte ihm nicht verlorengehen. Und außerdem, Conny sehnte sich nach ihr, sprach immer nur von ihr, und hatte ihre Mutter nie so vermißt, wie sie Freda vermißte. Er mußte auch seinem Kind diese zärtliche, liebevolle Freundin erhalten, das stand fest bei ihm.

Und so beschäftigten sich seine Gedanken unentwegt von früh bis spät mit Freda. Abends vor dem Einschlafen fielen ihm viele liebe, gute und kluge Worte ein, die sie zu ihm und Conny gesprochen hatte, und er dachte dann im Halbschlaf, daß er solche liebe, gute Worte vordem in seinem Leben nie gehört hatte. Seine Mutter hatte er sehr früh verloren, und seine Frau hatte sich einfach von ihm verwöhnen lassen, hatte ihn gereizt mit ihren Kaprizen und ihrem Schmollen, wenn er ihr einmal einen Wunsch versagen mußte. Aber echte, recht weibliche Güte und Fürsorge hatte er noch nie in seinem Leben verspürt. Und es mußte doch eigentlich wunderschön sein, konnte man das immer haben.

Und mit den Gedanken an Freda schlief er ein und ahnte nicht, daß in sein vereinsamtes Herz langsam, aber sicher ein großes, tiefes Gefühl hineinwuchs, wie er es nie zuvor empfunden hatte.

Um sich abzulenken, verbiß er sich wieder in seine Arbeit, zwang sich, an seine Geschäfte zu denken, und seine zähe Energie half ihm, seine Gedanken auf diese Arbeit zu konzentrieren. Es wurde ihm genug nachgesandt, daß er seine Zeit mit Arbeit ausfüllen konnte, wenn er nicht auf den Bergen herumkletterte. Und er hatte nun auch lange genug ausgespannt und fühlte sich so frisch und erholt, daß er nun wieder einen gesunden Arbeitsdrang verspürte.

So rüstete er nach fünf Tagen ebenfalls zur Heimreise.

In Berlin angekommen, mußte er gleich wieder mit Volldampf an die Arbeit gehen, es hatte sich so viel angehäuft, was nicht ohne ihn hatte erledigt werden können, daß er von früh bis spät in Anspruch genommen war. Dazu kamen Konferenzen mit einem amerikanischen Konzern, allerlei geschäftliche Sitzungen und dergleichen. Nicht einmal für sein Töchterchen blieb ihm Zeit, er sah es nur flüchtig, da er oft die

Mahlzeiten unterwegs einnehmen mußte. Und so blieb ihm vorläufig keine Zeit, ein Wiedersehen mit Freda herbeizuführen. Wenn er auch immer wieder ihre helleuchtenden Grauaugen im Geiste vor sich sah und ihre weiche, dunkle Stimme locken hörte. Als dann das Nötigste erledigt war, kam er endlich wieder in ruhigeres Fahrwasser. Er konnte wieder seine regelmäßigen Tischzeiten einhalten, und wenn er dann in seinem schönen, vornehmen Speisezimmer allein an der Tafel saß, überfiel ihn großes Unbehagen. Es kam ihm wieder zum Bewußtsein, ein wie einsames Leben er führte. Seine Tochter war noch zu klein, um ihm eine vollwertige Gesellschaft zu sein. Gesellige Beziehungen lockten ihn nicht, er hatte sie abgebrochen, als seine Gattin ihn verließ, und mochte sie jetzt nicht wieder aufnehmen, weil ihm vor dem leeren Treiben graute. Wenn er nicht zuweilen ein Theater besuchte oder mit Geschäftsfreunden ausging, um auch nur von Geschäften zu sprechen, saß er des Abends allein zu Hause, las Zeitungen oder griff zu einem Buch, aber eben nur wie ein Mensch, der für seine Zeit keine andere Verwendung hat.

Wenn er nach Hause kam, lag Conny meistens schon in ihrem Bettchen, so daß er ihr nur gute Nacht sagen konnte. Und wenn er mittags und morgens ein Weilchen mit ihr plauderte und sich an ihren zärtlichen Liebkosungen sein Herz erwärmte, sprach Conny immer wieder sehnsüchtig von Tante Freda.

»Hast du sie noch nicht vergessen, Conny?« fragte er sie eines Tages.

»Nein, Vati, ich muß immer an sie denken, ich habe so große Sehnsucht nach ihr.«

Er küßte sie und sagte lächelnd:

»Ich auch, Conny.«

»So laß uns doch zu ihr gehen, Vati.«

Er sah sie an und dachte nach. Und dann sagte er entschlossen:

»Morgen, Conny, morgen ist Sonntag, da habe ich Zeit. Und da wollen wir Tante Freda besuchen.«

Conny jubelte, und er lachte so froh, wie seit langer Zeit nicht mehr.

Die Sonntage waren die schlimmsten Tage für ihn, seit er wieder zu Hause war, da hatte er so viel Zeit, über sein einsames Leben nachzudenken, und er fragte sich jetzt, warum er nicht schon einen früheren Sonntag benutzt habe, um Freda und ihre Schwester aufzusuchen. Sie mußte ihn wohl für recht unhöflich halten, daß er sich noch nicht hatte sehen lassen. Freilich, er hatte bisher auch an den Sonntagen gearbeitet, um alles aufarbeiten zu können, und er hatte immer das Gefühl gehabt, als müsse er erst mit allem fertig sein, ehe er es sich gönnte, Freda aufzusuchen.

Aber immerhin hatte er an diesen Sonntagen noch Zeit genug gehabt, sich so recht von Herzen einsam zu fühlen. Sein schönes, vornehmes Heim erschien ihm kalt und leer, und der große Garten um seine Villa herum fing schon an, eine leise, herbstliche Färbung zu bekommen. Bald würde der Winter da sein, und aus irgendeinem Grunde fürchtete er sich vor dem Winter. Er hatte das Gefühl, daß er sich im Winter noch viel einsamer würde fühlen müssen.

Aber nun sollte morgen ein herrlicher Sonntag werden. Er würde mit Conny zu den Schwestern fahren und sich erfreuen an Freda Nordmanns Unterhaltung und auch an Blandines munterem Geplauder.

Ellens Koffer waren inzwischen von Marseille eingetroffen und standen noch unausgepackt in Ellens einstigen Zimmern. Aber heute abend wollte er sie endlich auspacken und durchsehen, damit er das hinter sich hatte, wenn er morgen zu Freda ging.

Als er am Sonnabendabend heimkam, wurde Conny gerade zu Bett gebracht, er konnte noch ein wenig mit ihr scherzen. Wichtig erinnerte sie ihn daran, daß er morgen mit ihr zu Tante Freda fahren müsse, und Frau Hollmann sagte ihm, Conny habe den ganzen Tag von nichts anderem gesprochen als von diesem Besuch.

Nachdem er sich für die Nacht von seiner Tochter verabschiedet hatte, nahm er seine einsame Mahlzeit ein, und dann ging er zu den ehemaligen Zimmern seiner Frau. Er hatte sie nicht mehr betreten, seit sie ihn verlassen hatte. Entschlossen öffnete er die Tür, und eine Weile blieb er auf der Schwelle stehen – in diesem Zimmer hatte er damals seine Frau in Hofers Armen gefunden. Die Erinnerung an jenen Abend überfiel ihn mit plötzlicher Heftigkeit, noch einmal bäumte sich sein Empfinden auf gegen die Schmach, die ihm damals angetan worden war. Aber es hatte nichts mehr mit verratener Liebe zu tun, er fühlte nur die Beleidigung, die ihm angetan worden war.

Langsam schritt er, dies Gefühl niederzwingend, bis in die Mitte des Zimmers und sah sich um. Der feine Duft, der Ellens Person immer umgeben hatte, hing noch in diesem Raum. Er begriff nicht mehr, daß ihn dieser Duft einst umschmeichelt hatte. Heute empfand er ihn als schwül und unangenehm, und er mußte daran denken, daß Freda Nordmann ein Parfüm gebrauchte, das wie der Duft von frischen Heiderosen wirkte, er paßte wundervoll zu ihr in seiner herben, würzigen Reinheit. Er öffnete die Fenster weit und ließ die kühle Abendluft einströmen. Er wollte Frau Hollmann sagen, daß diese Zimmer jetzt tagelang gelüftet werden sollten. Später sollte Conny einmal diese Räume bewohnen.

Dann sah er auf die beiden großen Koffer hinab. Ein dritter Koffer war mit ihnen angekommen, der Gert Hofer gehört hatte. Den hatte er gleich mit Hofers Brieftasche und Papieren an einen inzwischen ermittelten Bruder abgehen lassen, der in einer kleinen Stadt ein Sattlergeschäft betrieb. Hofers Vater war Tischler gewesen.

Der Bruder war sein einziger noch lebender Verwandter.

Sich niederbeugend, öffnete er Ellens beide Koffer. Er entnahm ihnen Kleider und Wäsche und sonstige Utensilien, die zum Gepäck einer Dame gehörten. Von ihrem Schmuck war nichts mehr vorhanden, dafür hatte er ja in Hofers Brieftasche die Versatzscheine gefunden. In einem kleinen Notizbuch fand er den Verkaufspreis für einige andere Schmucksachen eingetragen. Auch einige noch unbezahlte Rechnungen fand er, die er beiseite legte, um sie begleichen zu können. Dann fand er auch einige Briefe, die anscheinend Hofer für Ellen aufgesetzt hatte und die an ihn gerichtet waren. Sie enthielten Bitten um Geld, in mehr oder minder forderndem Ton,

Klagen über seine Härte und Schilderungen, wie schlecht es ihr gehe.

Diese Briefe hatte Ellen sich geweigert, abzuschreiben und an ihn abzuschicken. Er empfand es als Wohltat, daß sie sich zu diesen fast in erpresserischem Ton gehaltenen Briefen nicht hatte entschließen können. Es zeigte doch, daß sie noch einen Funken Ehrgefühl gehabt hatte. Schließlich fand er auch einen von Hofer aufgesetzten Brief, den Ellen wohl erst von Hollywood hatte an ihn schreiben sollen, nachdem ihnen die Entführung Connys gelungen sein würde. Denn er trug oben am Kopf das Datum einer späteren Zeit und den Namen Hollywood.

Frank Markwald las auch diesen Brief. Er lautete:

Lieber Frank!

Verzeihe, wenn ich diese Anrede gebrauche, aber ich finde keine andere, denn trotz allem bist Du doch der Vater meines Kindes. Ich habe mir mein natürliches Recht genommen, das mir das Gericht abgesprochen hat, habe mein Kind mit mir genommen, weil ich die Trennung von ihm nicht ertrug. Wenn ich Dir auch damit weh tun mußte, so wirst Du mir verzeihen, wenn Du ruhiger geworden bist. Ich konnte nicht anders handeln. Ich weiß, daß Dich am meisten die Sorge drücken wird, daß Dein Kind in Not und Elend aufwachsen muß. Für mich selbst hätte ich nicht bitten können, aber für mein Kind kann ich es. Bitte sende uns Existenzmittel, ich selber bin nicht in der Lage, solche zu beschaffen, und der Mann, den ich heiraten werde, ist auch noch nicht in der Lage, etwas für Conny zu tun. Wenn er erst, wie wir hoffen, eine Filmgröße in Hollywood geworden ist, können wir Conny selbst ein angenehmes Leben bereiten und brauchen Deine Hilfe nicht mehr. Jetzt mußt Du aber helfen, wenn Du nicht willst, daß Dein Kind im Elend verkommt. Meinen Schmuck habe ich verkauft und verpfändet, um Mittel für unsere Reise zu haben. Ich habe nur wenig Geld mehr, und Du mußt schnell helfen. Du wirst großmütig sein, wie Du es immer warst. Verzeihe mir, wenn ich Dir weh tun mußte, ich habe es bitter bereut. Nur die Angst und Not um das Kind drückt mir die Feder in die Hand, um

Dir diesen Brief zu schreiben. Bitte, laß sofort Geld auf meinen Namen anweisen, postlagernd Hollywood, damit Conny nicht in Not kommt. Das wirst Du doch nicht wollen.

Nochmals verzeihe mir. Ellen.

Die Zähne zusammenbeißend, knitterte Frank den Brief zusammen und zerriß ihn dann in kleine Stücke. Der Ekel stieg in ihm auf. Wie schlau berechnet war dieser Brief. Schon im voraus war er klüglich aufgesetzt worden, man hatte wohl lange daran geformt und geändert, bis er die richtige Fassung bekam. Wie tief wäre Ellen noch an der Seite dieses Schurken gesunken, der sich und sie durch den Mann erhalten lassen wollte, dem er Ehre, Frau und Kind gestohlen hatte.

Aber als ihn der Zorn schüttelte und der Ekel, da war ihm, als höre er Fredas Stimme sagen:

»Der Tod löscht alles aus.«

Da glätteten sich seine Züge. Er atmete freier und beendete die Durchsicht der Koffer. Alle Kleider, die Wäsche und sonstigen Gebrauchsgegenstände warf er auf einen Haufen. Das sollte Frau Hollmann zusammenpacken und verkaufen. Es sollte alles aus dem Hause, auch die Koffer. Den Erlös dafür sollte Frau Hollmann für sich behalten. Die Papiere wollte er alle vernichten. Für Conny legte er nur einige Gegenstände beiseite, die ihre Mutter täglich gebraucht hatte, sie befanden sich in einem Necessaire und waren in Silber getrieben. Das mochte Conny erhalten, wenn sie erwachsen war, als Andenken an ihre Mutter. Er konnte ihr dann wenigstens der Wahrheit gemäß sagen, daß die Mutter sie mit ihrer letzten Willensregung vor dem Tode gerettet hatte, als sie sie in das rettende Gebüsch warf. Um dieser Tat willen sollte in Conny das Andenken an die Tote rein erhalten werden, diese Tat sollte Conny das Andenken an die Mutter verklären. So bewahrte er sein Kind vor der Bitterkeit, die eigene Mutter verachten zu müssen.

Als er fertig war, begab er sich noch einmal in das Schlafzimmer seiner Tochter. Frau Hollmann saß im Vorzimmer über einer Näharbeit. Er sagte ihr, was mit den Sachen geschehen sollte und daß die Fenster in den Zimmern seiner ehemaligen Frau wochenlang aufstehen sollten.

Lange saß er dann am Bett seines Kindes und holte sich Frieden aus dem reinen, lieblichen Kindergesicht. Die Schramme über dem Gesicht war längst abgeheilt. Und am Fußende des Bettchens lag sorglich in kleine Puppenbetten vergraben die Puppe Lilly, ohne die Conny nie zur Ruhe ging.

Ein Lächeln huschte um Markwalds Mund, und er dachte daran, wie prächtig Freda Nordmann es verstanden hatte, mit Conny und ihrer Puppe Lilly zu sprechen, und wie ernst sie die angeborenen mütterlichen Gefühle in der Seele des kleinen Mädchens genommen hatte.

Freda Nordmann! Die Sehnsucht nach ihr überfiel ihn, und er freute sich auf morgen wie auf einen besonderen Festtag.

Morgen sollte er sie endlich wiedersehn. Er sah schon ihre schönen, gütigen Augen vor sich, wie sie aufstrahlen würden, wenn er mit Conny kam.

14

DIE SCHWESTERN NORDMANN hatten in ihrer hübschen Wohnung in der Carmerstraße ihr gewohntes Leben und ihre Pflichten wieder aufgenommen. Ein untätiges, unnützes Leben zu führen, war ihnen unmöglich, und da sie in ihren jetzigen günstigen Vermögensverhältnissen ärmeren Menschen nicht ihr Brot fortnehmen wollten, so hatten sie ihre Zeit und ihre Kräfte in den Dienst der Wohltätigkeit gestellt. Beide waren jeden Vormittag einige Stunden in einer Wohlfahrtsküche tätig, in der arme Studierende für billiges Geld oder auch unentgeltlich mittags eine warme Mahlzeit erhielten. Dort verrichteten sie alle Arbeiten, die zu verrichten waren, und konnten auch aus eigenen Mitteln dazu beitragen, daß die Hungrigen gespeist wurden.

Zuweilen ging das nicht ohne Verdruß ab, denn leider hatten sich auch hier Menschen eingefunden, die den rechten Sinn der Wohltätigkeit nicht erfaßt hatten, und da mußten die Schwestern immer einmal energisch eingreifen, damit es ohne Beschämung der Bedürftigen abging. Waren dann die Hungrigen gespeist und die Arbeit getan, begaben die Schwestern sich nach Hause. Dort hatte ihnen inzwischen die alte Dienerin Lisa, die zugleich das Amt einer Ehrendame bekleidete, eine Mahlzeit fertiggemacht, und sie speisten zusammen und unterhielten sich über die Geschäfte des Vormittags.

Der Nachmittag war Handarbeiten, häuslichen Dingen, der Lektüre und Spaziergängen gewidmet, und die Abende füllten gute Bücher, Theater und Konzerte und ein wenig Geselligkeit aus.

So führten die Schwestern ein ganz behagliches Leben. Ihr Heim bestand aus fünf Zimmern, außer dem Zimmerchen für die alte Lisa und der Mädchenkammer, in der das Hausmädchen schlief. Dieses arbeitete unter Aufsicht der alten Lisa, und da die Schwestern auch selbst fleißig im Haushalt mit zugriffen, so blitzte alles vor Sauberkeit.

Die Zimmer waren alle sehr vornehm und gediegen ausgestattet, und die Schwestern fühlten sich nach dem jahrelangen Wohnen in dem winzigen, lichtlosen Pensionszimmerchen darin wie im Himmel. Sie hatten sich unbeschreiblich glücklich gefühlt, als sie sich dieses Heim hatten schaffen können.

Wenn aber auch das Leben der Schwestern sonst scheinbar im alten Gleis weiterging, so hatte sich doch mancherlei seit ihrer Sommerreise geändert. Oder vielmehr die Schwestern sich. Zwar merkte man Freda wenig davon an, sie verstand es sehr gut, sich zu beherrschen. Aber Blandine war sehr still, sehr sanft und sehr traurig. Sie zuckte oft nervös zusammen, wenn die Flurklingel ertönte, und lauschte dann atemlos hinaus. Aber nach einer Weile sank sie immer wieder mit enttäuschtem Ausdruck zurück.

Aber auch Freda zuckte leise zusammen beim Klang der Flurklingel, auch sie lauschte atemlos, aber sie konnte sich besser beherrschen als Blandine und zeigte ein ruhiges, scheinbar heiteres Gesicht. Die Schwestern gestanden sich beide nicht ein, daß sie heimlich auf jemanden warteten. Blandine wartete auf Frieder Lienhard und Freda auf Frank Markwald und Conny, obwohl sie sich immer wieder sagte, daß sie längst von ihnen vergessen worden seien, und daß sie nie, niemals kommen würden.

Während aber Blandine keine Ahnung hatte von Fredas stiller Sehnsucht und Resignation, wußte Freda sehr wohl, daß Blandine sehnsüchtig auf Frieder Lienhards Kommen wartete. Blandine hoffte ja nicht, daß Frieder ihretwegen kommen würde, aber sie hoffte, die Freundschaft für die Schwester würde ihn herführen. Warum kam er nicht wenigstens zu Freda?

Was dann geschehen würde, wußte sie nicht, aber sie meinte, alles müsse dann besser werden, wenn sie ihn nur erst einmal wiedersah. Sie sehnte sich fast krank nach ihm und fragte sich bange, ob er um sie wohl auch solche Schmerzen leide.

Aber Woche um Woche verging, und er kam nicht.

Freda wartete nicht weniger unruhig auf Frieder. Um der Schwester willen hoffte sie, daß er sich einfinden möge, damit sie irgendwie in das Geschick der Schwester eingreifen konnte. Bekümmert sah sie, wie ihre kleine Dina immer blasser wurde und ihre Augen immer trüber blickten. Sie hatte noch einmal versucht, die Schwester zu bewegen, an Frieder zu schreiben, daß sie ihn nur im ersten törichten Schreck abgewiesen habe, daß sie ihn liebe, wie er sie. Aber Blandine hatte sie mit einem jammervollen Blick angesehen.

»Begreifst du nicht, Freda, daß ich das jetzt noch viel weniger kann als früher, nun er sich nicht mehr bei uns hat sehen lassen? Ich schäme mich doch so sehr. Bitte, quäle mich nicht mehr. Ich kann nicht.«

Da hatte Freda es aufgegeben, in sie zu dringen, und hoffte und wartete auf Frieders Kommen. Sie ahnte ja nicht, daß dieser gar nicht wagte, sich Blandine wieder zu nähern; er war gewiß, daß er abgewiesen würde, wenn er es gewagt hätte, den Schwestern einen Besuch zu machen.

So quälte er sich mit dem Bewußtsein, daß Blandine ihm zürnte und ihn nie wiedersehen wollte, während sich Blandine mit ihrer Sehnsucht und ihrer Reue quälte.

Wochen waren vergangen, und Freda hatte ebenfalls die Hoffnung aufgegeben, daß Frieder jemals freiwillig wiederkommen würde. Und da sie nicht die Person war, die ruhig zusehen konnte, wie sich ihre inniggeliebte Schwester in Sehnsucht und Reue verzehrte, so beschloß sie, zu handeln.

Eines Tages schrieb sie an Frieder:

Lieber Herr Lienhard!

Leider haben wir uns seit Wengen noch nicht wieder gesehen, und ich hätte Ihnen doch etwas sehr Wichtiges zu sagen. Wollen Sie mich am Sonnabend nachmittag um vier Uhr im Café Jofty erwarten? Ich *muß* Sie sprechen.

In alter Freundschaft Ihre Freda Nordmann

Sie verriet Blandine kein Wort von ihrem Vorhaben. Am Sonnabendnachmittag gab sie vor, Besorgungen machen zu müssen. Damit Blandine nicht auf den Gedanken kam, sie zu begleiten, hatte sie dafür gesorgt, daß eine Beschäftigung sie zu Hause festhielt.

So fuhr sie allein zum Potsdamer Platz und betrat das Café Jofty, das sie schon seit Jahren nicht besucht hatte. Sie hatte es für ihre Zusammenkunft mit Frieder ausgewählt, weil sie meinte, es sei dort am unverfänglichsten, sich mit einem Herrn zu treffen.

Schon als sie eintrat, sah sie Frieder sitzen, und sie atmete auf. Es hätte doch sein können, daß er ihrem Rufe nicht Folge geleistet hätte. Er erhob sich schnell und kam ihr artig entgegen. Sie merkte gleich, daß sein Gesicht etwas schmaler geworden war und daß seine Augen unfroh blickten.

»Guten Tag, lieber Herr Lienhard, ich danke Ihnen, daß Sie gekommen sind«, sagte sie herzlich.

»Ich hoffe, daß Sie daran nicht gezweifelt haben, gnädiges Fräulein«, erwiderte er mit einem schwachen Lächeln.

»Doch, ich habe daran gezweifelt, weil Sie die ganze Zeit nichts von sich hören ließen.«

Seine Stirn rötete sich jäh. Sie nahm an dem Tischchen Platz, an dem er gesessen hatte, und Freda bestellte sich eine Erfrischung.

»Ich hatte sehr viel zu tun«, versuchte sich Frieder zu entschuldigen.

Mit ernsten, großen Augen sah sie ihn an.

»Wir sind doch Freunde geworden, Herr Lienhard, und gute Freunde sollten solche Entschuldigungen nicht anwenden. Ich weiß, daß Sie auch nicht gekommen wären und nicht kommen wollten, wenn Sie auch gar nichts zu tun gehabt hätten.«

»Wie kommen Sie darauf?« fragte er unsicher.

»Ich will ganz ehrlich sein, Herr Lienhard, und keine Ausrede gebrauchen, sonst kommen wir nicht weiter. Also, ich weiß, was zwischen Ihnen und meiner Schwester auf der Hunnenfluh geschehen ist«, sagte Freda ruhig und fest.

Er biß sich auf die Lippen und starrte eine Weile vor sich hin. Dann sagte er heiser: »Dann wundert es mich sehr, daß Sie Verlangen hatten, mich zu sehen.«

»Warum wundert Sie das?«

»Weil ich annehmen muß, daß Fräulein Blandine sich sehr empört über mein Verhalten an jenem Tage geäußert hat. Nur von ihr können Sie ja davon wissen. Und eigentlich müssen Sie mich nun auch verachten.«

Sie schüttelte lächelnd den Kopf.

»Warum soll ich Sie verachten? Ich habe doch gewußt, daß Sie meine Schwester lieben.«

Er fuhr auf und sah sie mit schmerzlichem Vorwurf an. »Oh, warum haben Sie mich dann nicht gewarnt? Warum haben Sie mir nicht gesagt, daß meine Liebe aussichtslos war. Ich hätte mich dann nicht auch noch verächtlich machen müssen.«

»Wie kann sich ein Mensch verächtlich machen, wenn er einem ehrlichen, wahren Gefühl Ausdruck gibt, mag es auch auf etwas stürmische Weise geschehen?«

»So entschuldigen Sie mein Verhalten? Ich habe es gehofft und hätte mich Ihnen sehr gern anvertraut.«

»Es bedarf keiner Entschuldigung.«

Er seufzte.

»Wenn Ihr Fräulein Schwester doch ebenso mild darüber geurteilt hätte! Aber freilich, sie war die Beleidigte. Offen gesagt, ich habe nicht gewagt, mich wieder bei Ihnen sehen zu lassen. Und es hat ja auch keinen Zweck, ich würde die Wunde nur immer wieder aufreißen, die mir geschlagen worden ist.«

Freda sah ihn forschend an.

»So lieben Sie meine Schwester noch immer?«

»Ich werde nie aufhören, sie zu lieben«, sagte er ganz schlicht und ohne Pathos, aber gerade deshalb sehr überzeugend.

Da faßte Freda seine Hand.

»Lieber Herr Lienhard, da ich das weiß, kann und will ich ganz offen sein. Blandine hat selbstverständlich keine Ahnung, daß ich mich mit Ihnen treffen würde. Ich habe es aber meiner Schwester wegen getan.«

Erstaunt sah er sie an.

»Wie soll ich das verstehen?«

»Blandine ist sehr unglücklich.«

Er richtete sich betroffen auf.

»Unglücklich?«

»Ja, sie wird täglich bedrückter und elender vor Sehnsucht nach Ihnen.«

Ganz blaß wurde er, und seine Augen weiteten sich in fassungslosem Staunen. Ungläubig sah er Freda an.

»Treiben Sie doch nicht so grausame Scherze mit mir«, stieß er hervor.

»Dafür müßten Sie mich doch kennen, daß ich mit solchen Dingen keinen Scherz treibe. Es ist wirklich so, meine arme kleine Dina verzehrt sich vor Sehnsucht nach Ihnen, weil sie eben Frieder Lienhard liebt.«

Er schluckte krampfhaft und konnte nicht gleich sprechen. Seine Augen brannten in die ihren.

»Das kann doch nicht sein!« stieß er endlich hervor, und eine hungrige Sehnsucht glomm in seinen Augen auf.

»Doch, es ist so, wie ich Ihnen sage, und mir können Sie schon glauben. Damit ich Sie überzeuge, will ich Ihnen ganz ausführlich erzählen, was mir Blandine gebeichtet hat, als wir uns in Interlaken getrennt hatten. Sie hat viele Tränen deswegen vergossen.«

Unruhig atmete er auf.

»Sie hat geweint?« fragte er hastig.

»Ja, herzbrechend, weil der Frieder nun nicht mehr da war und weil er so furchtbar unglücklich ausgesehen hatte.«

Und sie erzählte ihm nun, was sie mit Blandine gesprochen hatte und wie still und traurig sie geworden sei. Nichts verschwieg sie ihm, auch nicht, daß Blandine sehnsüchtig lauschte, wenn die Flurklingel anschlug, und daß sie betrübt und enttäuscht zurücksank, wenn er wieder nicht gekommen war.

»Ich habe ihr geraten, sie möge Ihnen alles schreiben und den Irrtum aufklären, aber Sie kennen doch ihre herbe Sprödigkeit, sie schämt sich, Ihnen jetzt noch, da Sie sich nicht mehr sehen lassen, ihre Liebe zu verraten. Möglich, daß sie sich eines Tages doch noch dazu aufraffen würde, aber das kann noch sehr lange dauern, und inzwischen geht sie mir zugrunde, und mein lieber Freund Frieder Lienhard quält sich auch wegen meiner törichten, kleinen Dina. Das konnte ich nicht länger ertragen, deshalb schrieb ich an Sie, und nun wissen Sie alles.«

Frieders Augen strahlten im alten frohen Glanz auf. Er beugte sich über Fredas Hand und küßte sie.

»Wie soll ich Ihnen nur danken, daß Sie mir das alles gesagt haben? Weiß Gott, Fräulein Freda, ich habe schreckliche Wochen hinter mir und habe mich halb krank gesehnt nach Blandine. Sie gestatten mir, daß ich sie so nenne, wenn sie es mir auch verboten hat. Herrgott, ich liebe sie doch so sehr! Wie soll ich Ihnen nur danken?«

»Dadurch, daß Sie auf Dinas Buße verzichten und ihre Torheit vergessen, lieber Freund.«

»Sie soll doch nicht büßen! Wenn Sie wirklich so empfindet, wie Sie mir sagen, dann ist sie doch unglücklich gewesen wie ich selbst. Am liebsten ginge ich nun gleich mit Ihnen zu ihr. Jede Minute, die sie noch leidet, macht mir das Herz schwer.«

Freda lachte glücklich auf.

»Dann ist ja alles gut, nichts steht im Wege, wenn Sie mich begleiten wollen.«

»Darf ich Sie wirklich begleiten?«

»Selbstverständlich! Aber halt, meine kleine Dina ist ein seltsames Geschöpf, sie ist unberechenbar. Wenn wir beide jetzt verbrüdert gegen ihre Torheit zu Felde ziehen, bereitet sie uns vielleicht neue Überraschungen. Lassen Sie mich erst einmal nachdenken.«

Und sie sah eine Weile versonnen vor sich hin, während er sie unruhig und erwartungsvoll ansah. Dann nickte sie ihm lachend zu.

»Ja, so geht es, wir müssen sie gleich vollständig überrumpeln, damit sie gar keine Zeit hat, wieder auf törichte Gedanken zu kommen. Also, wenn Sie Zeit haben, begleiten Sie mich gleich. Aber Sie warten an der Straßenecke, bis ich im Haus verschwunden bin, falls Blandine nach mir Ausschau hält. Sobald ich zu Hause bin, werde ich unserem Mädchen Bescheid geben, daß Sie Ihnen die Tür aufhält und Sie leise in unser Empfangszimmer eintreten läßt. Das liegt neben dem Wohnzimmer, und meistens steht die Verbindungstür offen. Daß es heute geschieht, dafür werde ich sorgen. Sie verhalten sich ganz ruhig, und ich werde Blandine festhalten und dann gleich ein Gespräch über Sie beginnen. Das sollen Sie anhören. Sie können sich dann selbst davon überzeugen, was Dina über Sie denkt. Alles Weitere überlasse ich dann Ihnen. Sie haben meine törichte, kleine Dina dann ganz in der Hand.«

Wieder beugte er sich über ihre Hand und drückte seine Lippen darauf.

»Wie dankbar bin ich Ihnen.«

Freda erhob sich. Sie merkte, daß sie und Frieder beobachtet wurden, und sie konnte sich denken, daß man sie beide für ein Liebespaar hielt.

»Lassen Sie uns gehen, Herr Lienhard, ich habe keine Ruhe mehr, bis ich das Lebensschiff meiner kleinen Schwester wieder flott weiß.«

»Sie sind ein Engel, Fräulein Freda«, sagte er enthusiastisch.

Freda mußte lachen. Wenn die Leute ringsum nun überzeugt waren, daß sie und Frieder ein Liebespaar seien, dann hatten sie alle Berechtigung zu dieser Annahme, denn Frieder hatte sie in seiner Begeisterung ziemlich laut einen Engel genannt. Mit einem humorvollen Lächeln schritt sie vor ihm her, während er dem Kellner ein Geldstück zuwarf, ohne sich herausgeben zu lassen.

Sie nahmen gleich an der Ecke ein Auto und fuhren nach der Carmerstraße.

»Halten Sie Ecke Steinplatz«, rief Freda dem Chauffeur zu.

Als sie am Ziel waren, stiegen sie aus. Freda reichte Frieder die Hand und drückte sie warm und herzlich.

»Also in fünf Minuten folgen Sie mir.«

Er nickte erregt und sah nach der Uhr. Langsam ging er auf und ab, bis die Zeit verstrichen war.

Freda hatte inzwischen ihre Wohnung erreicht, und als das Hausmädchen ihr öffnete und Freda half, Hut und Mantel abzulegen, gab sie dem Mädchen leise Weisung, was sie zu tun habe.

Dann betrat sie das Wohnzimmer. Hier saß Blandine mit einer feinen Stickerei am Fenster vor einem kleinen Tisch. Als Freda eintrat, legte sie ihre Arbeit hin, erhob sich und begrüßte Freda, wie es immer bei den Schwestern üblich war, mit einer Umarmung und einem Kuß. Ein Blick hatte Freda überzeugt, daß die Tür zum Empfangszimmer offenstand, und sie hielt Blandine ein wenig länger fest als sonst und erzählte von allerlei Besorgungen, die sie gar nicht gemacht hatte. Sie fragte, ob Blandine die Zeit sehr lang geworden sei, und sprach noch allerlei, bis ein ganz leises Geräusch aus dem Nebenzimmer ihr anzeigte, daß Frieder auf seinem Posten war. Sie drückte nun die Schwester in ihren Sessel zurück und blieb vor ihr stehen, damit sie nicht etwa auf den Gedanken kam, ins Nebenzimmer zu treten.

Blandine wollte ihre Stickerei wiederaufnehmen, aber Freda nahm sie ihr aus den Händen.

»Laß jetzt die dumme Stickerei, Dina, ich muß dir etwas erzählen.«

Erstaunt sah Blandine zu ihr auf.

»Was hast du mir zu erzählen?«

»Weißt du, wen ich gesehen habe?«

»Nun?«

»Frieder Lienhard.«

Eine Weile blieb es still. Der Lauscher im Nebenzimmer konnte leider nicht sehen, wie blaß Blandine geworden war, aber er hörte das Beben ihrer Stimme, als sie endlich fragte:

»Frieder Lienhard? Wo hast du ihn denn gesehen?«

»Am Potsdamer Platz.«

»Hat er dich auch gesehen?«

»Ich glaube wohl. Und er erschien mir sehr blaß und schmal. Sehr unglücklich sah er aus.«

Ein zitternder Seufzer kam zu dem Lauscher ins Nebenzimmer geflogen.

»Hat er dich gegrüßt?«

»Ja, aber er sah gleich wieder fort von mir.«

»Also hat er dich gesehen. Und er hat nicht mit dir gesprochen, er hat es fertiggebracht, so an dir vorüberzugehen?« fragte Blandine mit schmerzlich bebender Stimme.

»Ach, weißt du, Dina, ich hatte das Gefühl, als wage er es nicht, mich anzusprechen. Mir schien aber, als sei er sehr erregt. Und so traurig hat er ausgesehen und so schmal ist er geworden. Ich glaube, du hast ihn sehr unglücklich gemacht, Dina«, sagte Freda erbarmungslos.

Ein krampfhaftes Schluchzen drang an des Lauschers Ohr, und ein zitterndes, verzagtes Stimmchen sagte:

»Ach, Freda, sag das bloß nicht! Ich selbst will ja unglücklich sein und elend, ich hab' es doch verdient durch meine Torheit, aber er, er soll doch nicht leiden. Ich kann den Gedanken nicht ertragen, ihn so traurig gemacht zu haben.«

»Ja, Dina, da gibt es doch eben nur ein Mittel, du mußt ihm mitteilen, daß du ein ganz törichtes, kleines Mädel warst und vor Schreck über seine stürmische Umarmung und seinen Kuß eben nicht gewußt hast, was für dummes Zeug du gesprochen hast.«

Nun weinte Blandine herzbrechend, und die mitleidlose Freda freute sich noch darüber.

»Ich kann doch nicht, Freda! Ich schäme mir doch die Augen aus dem Kopf, wenn ich ihm jetzt sagen soll, daß ich ihn liebe, ach, so schmerzlich und innig liebe. Hätte ich es ihm nur damals gleich in Wengen gesagt, nachdem ich wieder zur Vernunft gekommen war, da wäre es vielleicht noch gegangen. Aber jetzt, wo er nichts mehr von sich hören läßt, was soll er denn denken, wenn ich ihm jetzt geradezu eine Liebeserklärung mache. Ach, Freda, hättest du ihn denn nicht ansprechen und ihn bitten können, einmal zu uns zu kommen. Du bist doch so gut Freund mit ihm gewesen.«

»Aber, Dina, was wäre damit gewonnen, wenn er käme?«

»Vielleicht könnte ich ihm doch irgendwie zu verstehen geben, daß mir mein törichtes Benehmen von damals leid tut, daß ich nur erschrocken war und fürchtete, er wolle ein leichtfertiges Spiel mit mir treiben. Es kam mir doch alles so überraschend. Hätte er mir damals nur Zeit gelassen. Ich bin so unglücklich, Freda, und wenn ich gewußt hätte, daß ich auch ihn unglücklich mache, dann wäre ich lieber gestorben.«

»Und hättest am Ende auch stillgehalten, als er dich küßte«, sagte Freda mit leisem Lächeln.

»Ich wußte doch gar nicht, wie mir geschah, Freda, ich war so erschrocken, und obwohl ich mich so zornig stellte, wäre ich ihm wahrhaftig am liebsten um den Hals gefallen. Mir tut das Herz so weh. Und wie soll ich das je wiedergutmachen, was ich ihm angetan habe.«

Freda erhob sich, sie war der Ansicht, daß Frieder nun genug gehört habe.

»Ja, Dina, wenn ich ihn nun wirklich gebeten hätte, uns zu besuchen, und wenn er käme?«

Nun flog auch Blandine empor und warf sich der Schwester in die Arme.

»Freda! Ach, süße, liebe Freda! Hast du es getan? Ach, wie danke ich dir. Was hat er geantwortet, wird er kommen?«

Freda lachte und küßte sie.

»Weißt du, mir ist die Sache auf die Dauer zu angreifend, ich bin dafür, daß du dir alles Weitere von ihm selbst sagen läßt. Dreh dich doch mal um, kleine Dina, wer steht denn da?«

Sie drehte Blandine an den Schultern herum und winkte Frieder lächelnd zu, der im Türrahmen zum Nebenzimmer stand, weil er seine Sehnsucht nicht länger bezwingen konnte und wirklich genug gehört hatte, und verließ schnell das Zimmer.

Blandine hatte erschrocken zu Frieder hinübergesehen, wurde rot und blaß und barg in brennender Scham und Verlegenheit das Gesicht in den Händen.

Aber da war Frieder auch schon dicht bei ihr. Er zog ihr liebevoll die Hände vom Gesicht.

»Dina, kleine, süße Dina, da bin ich, und nun gib mir einmal zu verstehen, daß es dir leid tut, daß du mich an der Hunnenfluh so schroff zurückgewiesen hast mit all meiner Liebe«, sagte er erregt.

Sie sah ihn mit feuchten Augen an.

»Ach, Frieder!« seufzte sie auf und bot ihm, bis in die Haarwurzeln erglühend, ihren Mund, zur Sühne, daß sie ihn so schlecht behandelt hatte.

Behutsam zog er sie in seine Arme, damit er sie nicht wieder durch seine Leidenschaftlichkeit erschreckte, und küßte andächtig ihre Lippen, die sich ihm so willig boten. Und diesmal hielt Blandine ganz still, auch dann noch, als er immer stürmischer wurde und seine Küsse immer heißer brannten. Sie weinte aber dabei vor Glückseligkeit, weinte sich alle Not vom Herzen, so daß Frieder ihr immer wieder zwischen seinen Küssen die Tränen trocknen mußte.

Das alles dauerte sehr lange, und die beiden glücklichen Menschen vergaßen dabei alles um sich her. Sie schraken erst auf aus ihrer zärtlichen Beschäftigung, als Freda nach langer Zeit wieder ins Zimmer trat und sich leise räusperte.

»Ach, Freda, liebe Freda, du hast mir geholfen, ich ahne nun schon, daß du bei alledem die Hand im Spiel gehabt hast.«

Gerührt lachend zog Freda die Schwester an sich.

»Nun ja, mein Kleinchen hatte sich ja so schauderhaft verrannt, daß sie allein nie mehr auf den rechten Weg gekommen wäre. Ich konnte das nicht mehr mit ansehen, daß du dich krank machtest. Ist nun alles gut, und bist du dem Frieder nicht wieder davongelaufen, ehe er begriffen hat, daß du ihn liebst, trotz deines Zornes damals?«

Mit feuchten Augen, aber schelmischem Lächeln sah Blandine zu Frieder hinüber.

»Ich glaube wohl, daß er nun endlich begriffen hat, und verziehen hat er mir auch.«

Frieder trat herzu und beugte sich über Fredas Hand.

»Ihnen danke ich mein Glück, Fräulein Freda, ohne Ihre Hilfe hätte dieser liebe Kindskopf sich und mich noch lange gequält. Sie hätte vielleicht nie aus diesem Dilemma gefunden. Tausend Dank für Ihre Hilfe.«

»Ich wollte Sie doch gern zum Bruder haben, Frieder, und nun wollen wir auch gleich alle Förmlichkeiten zwischen uns begraben. Du und du, Frieder, nicht wahr?«

»Wie stolz ich bin, daß du mir erlaubst, dir ein Bruder zu sein, Freda, ich habe dich schon immer sehr gern gehabt.«

»Das beruht auf Gegenseitigkeit, Frieder. Und nun ist wohl alles zwischen euch in Ordnung, und wir können nun heute abend eine richtige Verlobungsfeier veranstalten?«

»Dem steht nichts im Wege, aber ihr lieben, guten Schwestern müßt mir jetzt erst mal gestatten, daß ich meinen alten Herrn anrufe. Ihr habt doch Telefon in eurer Wohnung?« fragte Frieder.

»Gewiß, komm nur ins Wohnzimmer hinüber, Frieder«, sagte Blandine.

Er legte den Arm um sie und zog sie mit sich fort. Und ehe das Telefon benutzt wurde, gab es drüben im Wohnzimmer eine lange, verdächtige Stille. Freda lächelte, sie konnte sich denken, daß das Brautpaar den neuen Bund noch einmal besiegeln mußte. Aber endlich rief Frieder seinen Vater an, der sich schnell meldete.

»Vater, hier ist Frieder!«

»Hallo, mein Sohn, was ist das für eine Sache, am Sonnabendnachmittag schon Feierabend zu machen?«

»Schweig still, alter Herr, nicht zanken! Es war sehr nötig, daß ich heute Feierabend machte, ich mußte etwas sehr Wichtiges besorgen«, sagte Frieder lachend.

»So, so? Und mit einmal lachst du so vergnügt, nachdem du wochenlang Trübsal geblasen hast.«

»Ich blase keine Trübsal mehr, im Gegenteil, ich bin vor lauter Glückseligkeit ein bißchen aus dem Gleichgewicht.«

»Scheint mir auch so. Wie kommt denn das?«

»Sei stark, alter Herr, jetzt kommt was Herrliches! Der Frieder hat sich verlobt! Kannst dich schon langsam mit deinem Altenteil anfreunden, spätestens zu Weihnachten wird geheiratet. Dann kriegst du eine bildschöne und liebe Schwiegertochter ins Haus.«

»Halt mal den Atem an, Junge, nicht so schnell!«

»Hast doch schon immer gepredigt, es soll bald eine junge Frau in Villa Lienhard einziehen.«

»Mach mir nur den Mund nicht wäßrig. Wenn du mir da was vorflunkerst, nehme ich dich bei den Ohren, verstanden, so groß und stark du auch bist. Hast doch erst in diesen Tagen gesagt, du denkst nicht daran, dich zu verheiraten.«

»Aber jetzt denke ich sehr stark daran, weil sie nun will. Verstehst du?«

»Kein Wort! Wollte sie dich nicht?«

»Das schon, aber ich war ihr zu stürmisch gewesen, und da hat sie mich auf Wartezeit gesetzt.«

»Ha! Tüchtig! Da bekommst du Respekt. Ist ohnedies nötig, da dein Vater dich nicht mehr einschüchtern kann. Ist nun alles gut?«

»Merkst du denn nicht, Vater, daß ich vor Glück ganz aus dem Häuschen bin?«

»Hm! Merke es schon. Aber wann bekomme ich nun meine Schwiegertochter zu sehen?«

»Sobald du willst.«

»Dann gleich, bin schrecklich neugierig.«

»Gut! Ich bringe sie dir. Aber warte mal, alter Herr, jetzt geht's nicht mehr nur nach uns beiden, ich will sie erst mal fragen.«

Und zu Blandine gewandt, die fast alles mit angehört hatte und leise in sich hineinlachte, fragte er:

»Dina, Vater will dich jetzt gleich sehen, er kann es nicht erwarten, seine Schwiegertochter ans Herz zu drücken. Willst du mit mir zu ihm gehen?«

»Selbstverständlich, Frieder.«

Wieder ins Sprachrohr sagte Frieder:

»Hast du gehört? Sie sagte: Selbstverständlich.«

»Scheint ja ein vernünftiges Mädel zu sein. Also rasch, Junge!«

»Ja, Vater! Bitte, schicke doch den Wagen, die Limousine, Carmerstraße, Ecke Steinplatz.«

»Sofort!«

Frieder hängte ein, und Blandine bekam nun gleich wieder

einige Küsse. Dann durfte sie sich zurückziehen und fertigmachen für den Besuch bei Frieders Vater. Frieder ging zu Freda hinüber.

»Mein Vater hat Sehnsucht, Dina kennenzulernen. Ich bringe sie zu ihm gleich ins Kontor. Darf ich Vater dann mitbringen zur Verlobungsfeier, Freda, oder wollen wir lieber die Verlobung in Villa Lienhard feiern?«

»Mir ist es schon lieber hier, Frieder.«

»Mir offengestanden auch, denn ich ahne, daß du zur Veranstaltung einer solchen Feier viel mehr Geschick hast als unsere alte Haushälterin. Und Vater wird schnurren vor Behagen, bei euch ist es so reizend, so behaglich bei aller Vornehmheit.«

»Gut, Frieder, während du mit Dina deinen Vater besuchst, richte ich alles her. Ich erwarte euch dann alle drei.«

Frieder gab Freda in seiner Glückseligkeit einen Kuß. Und dann lachte er.

Sie lachte mit.

»Ist schon gut, Frieder, da Dina nicht zur Stelle war, mußte ich schon stillhalten. Du bist nun mal am Zuge.«

»Und nun gestatte mir noch mal zu telefonieren, ich will unserem Diener Auftrag geben, sofort für Vater und mich den Smoking zu dem Kontor zu bringen, damit wir uns im Geschäft gleich umziehen können. Das tun wir oft, wenn wir von dort aus eine Festlichkeit besuchen. Und ein bißchen festlich muß es doch bei unserer Verlobungsfeier zugehen.«

»Selbstverständlich! Also telefoniere nur.«

Das geschah, und als Frieder fertig war, erschien Blandine wieder im Wohnzimmer. Sie trug ein königsblaues Kleid von weicher Seide, das bestens mit ihrem kastanienbraunen Haar und ihrem zarten, klaren Teint harmonierte. Ihre Wangen waren gerötet, und die grauen Augen strahlten unter den dunklen Wimpern hervor. Frieders Augen leuchteten auf, er nahm sie in seine Arme.

»Du, Freda, bitte, drehe dich doch mal um.«

Gehorsam wandte sich Freda ab, und Frieder küßte sich erst noch einmal satt an den roten Lippen seiner Liebsten, die jetzt gar nichts mehr dagegen einzuwenden hatte.

Dann durfte Frieder Blandine den zum Kleid passenden Mantel umlegen, der mit grauem Pelz besetzt war. Blandine drückte ein kleines Hütchen auf den Kopf und nahm die Handschuhe. Und sie sah in diesem Anzug so vornehm und elegant aus, daß Frieder das Herz lachte.

Das Brautpaar verabschiedete sich von Freda. Die Limousine wartete schon unten. Freda sah den beiden glücklichen Menschen nach und preßte die Hand aufs Herz.

»Alles Glück mit dir, meine kleine Dina«, sagte sie vor sich hin.

Aber das Herz tat ihr weh, sie wußte, daß Dina ihr nun nicht mehr gehörte, daß sie nun bald ganz allein sein würde, ganz allein und einsam.

Aber sie richtete sich rasch auf. Nur nicht weich werden, nicht Mitleid mit sich selbst bekommen, das war gefährlich.

Sie ging hinaus in die Küche und kündete der alten Lisa und dem Hausmädchen die Verlobung ihrer Schwester an.

»So, Lisa, nun wollen wir dem Kind eine würdige Verlobungsfeier ausrichten. Wir müssen zeigen, was wir können, es soll an nichts fehlen. Laß uns schnell das Menü entwerfen. Und wenn alles fertig ist, ziehst du dein schwarzes Seidenkleid an, wenn du drinnen mit Martha aufwartest. Du mußt heute wieder einmal die Ehrendame spielen.«

Lisa nickte. Sie lachte über das ganze Gesicht.

»Werde meine Sache schon machen, Fräulein Freda, hier in der Küche und drinnen bei Tisch. Es wird alles in die Reihe kommen.«

Schnell war ein auserlesenes Menü beraten. Freda war immer schnell von Entschlüssen, auch in wirtschaftlichen Dingen. Dann läutete sie zuerst den Blumenhändler an, wegen der Tischdekoration, dann ein Delikatessengeschäft und eine Weinhandlung. Auch Zigaretten und Zigarren wurden herbeigeschafft, Frieders alter Herr sollte sich behaglich fühlen.

Und während Lisa und Martha draußen eifrig herumhantierten, deckte Freda selbst die Festtafel in dem schönen, vornehmen Speisezimmer. Es wurde ein kleines Kunstwerk. Sie war froh, daß sie so fleißig schaffen mußte, weil sie dann nicht

Zeit hatte, viel an sich selbst zu denken. Aber ihr war doch zumute wie einer zärtlichen Mutter, die ihr Kind fortgeben muß. Doch hielt sie sich tapfer. Dinas Glück war die Hauptsache.

15

FRIEDERS VATER, DER Chef der Firma Lienhard & Sohn, gab, nachdem er telefonisch mit seinem Sohn gesprochen hatte, Befehl, daß der Wagen nach der Carmerstraße fahren solle. Dann zog er seinen Kontoranzug aus, der nicht mehr ganz einwandfrei war und den Frieder schon einige Male hatte verschwinden lassen. Er tauchte aber wie durch einen Zauberspruch immer wieder auf. Jetzt aber sah der alte Herr ein, daß er eine junge Dame darin nicht empfangen konnte.

Er legte also seinen dunkelblauen, sehr elegant und vornehm wirkenden Anzug an und sah nun sehr repräsentabel und gediegen aus mit seinem noch sehr vollen grauen Haar und der hohen Gestalt, die Frieder wohl von ihm geerbt hatte.

Dann fiel ihm ein, daß er seiner künftigen Schwiegertochter Blumen überreichen müsse, wenn sie das erstemal zu ihm kam, und er bestellte telefonisch, daß ihm ein großer Strauß roter Rosen durch einen Expreßboten zugeschickt würde.

Aufgeregt ging er dann in seinem Privatkontor auf und ab. Er legte sich eine nette, kleine Ansprache zurecht und fragte sich immer wieder, aus welchen Verhältnissen seine Schwiegertochter wohl stammen möge und wessen Geistes Kind sie sei. Aber dann sagte er sich: Nur Ruhe, der Frieder trifft keine schlechte Wahl, da kann ich ganz unbesorgt sein.

Dann kamen die Blumen, die er auf seinen Schreibtisch in eine Vase stellen ließ, rückte noch ein bißchen an den beiden Klubsesseln und schob den Sessel vor dem Schreibtisch zurecht. Und dann nahm er von seinem Schreibtisch die Fotografie seiner verstorbenen Frau, Frieders Mutter, und nickte dem Bild zu. Mit etwas feuchtschimmernden Augen stellte er es wieder hin.

Gleich darauf fuhr unten die Limousine vor, und nach wenigen Minuten stellte Frieder Dina seinem Vater vor.

»Das ist Dina, Vater, meine Braut!«

Blandine sah den alten Herrn ein bißchen verzagt und ein wenig schelmisch an, sie sah dabei, daß er Frieders gute Augen hatte, und nicht mehr so zaghaft, fiel sie ihm um den Hals.

»Sie haben Frieders Augen, und ich weiß, Sie haben den Frieder lieb. Ich habe ihn auch lieb!« sagte sie zwischen Lachen und Weinen so recht aus dem Herzen heraus.

Der alte Herr zog sie in seine Arme. Blandine hatte schnell gesiegt.

»Du bist ein liebes, kleines Mädchen, Dina, aber das habe ich gar nicht anders erwartet. Der Frieder und ich hatten immer denselben Geschmack. Er hat auch jetzt nach meinem Herzen gewählt.«

»Nein, alter Herr, nach meinem eigenen Herzen, aber daß du mit meiner Wahl einverstanden sein würdest, habe ich nicht einen Moment bezweifelt. Und du wirst ihr auch gefallen.«

Lachend und ein bißchen gerührt sah der alte Herr Blandine an.

»Na also, wir dürfen dem Frieder keine Enttäuschung bereiten, was, kleine Dina?«

Schelmisch sah sie ihn an.

»Nein, das dürfen wir bestimmt nicht. Er muß ganz zart und behutsam behandelt werden, denn er war jetzt wochenlang sehr unglücklich durch meine Schuld, das will ich gleich gestehen.«

»So, du warst also daran schuld, daß er den Kopf so hängen ließ?«

»Ja, ich ganz allein.«

»Nein, Vater, ich war schuld«, sagte Frieder.

»Nein ich«, behauptete Blandine.

»Also Kinder, streitet euch nicht gleich am ersten Tag, das kommt später noch oft genug vor.«

»Bei uns nicht!« rief das Brautpaar zu gleicher Zeit.

Der alte Herr lachte. Und dann überreichte er Blandine mit Galanterie die roten Rosen. Dabei sah diese das Bild von Frieders Mutter. Sie dankte dem alten Herrn für die Rosen und bat dann leise: »Darf ich?«

Dabei faßte sie nach dem Bild. Der alte Herr nickte ihr zu.

»Frieders Mutter. Sie kann leider nicht mehr bei uns sein. Aber wenn du dem Frieder sein wirst, was sie mir war, dann ist es recht und gut.«

Blandine sah in das liebe, feine Gesicht von Frieders Mutter, und dann drückte sie es wie liebkosend an sich. Und als sie es wieder hingestellt hatte, löste sie eine der Rosen aus dem Strauß und befestigte sie am Rahmen des Bildes. Da sahen sich Vater und Sohn in die Augen und nickten sich zu, als wollten sie sagen: Sie ist schon die Rechte!

Der alte Herr führte Dina zu einem Sessel und nahm ihr gegenüber Platz. Dann sagte er: »So, und nun erzählt mir einmal, wie eure Verlobung zustande gekommen ist, damit ich mir selbst ein Urteil bilden kann, wer nun eigentlich schuld daran war, daß der Frieder mit einer solchen Trauermiene herumlief.«

Frieder berichtete nun alles, was geschehen war, und als er fertig war, sagte sein Vater schmunzelnd: »Also, der Frieder war schuld, er hätte sich durch ein erschrockenes, kleines Mädel nicht gleich in die Flucht schlagen lassen dürfen. Aber deine Schwester Freda, kleine Dina, die gefällt mir schon, ehe ich sie kenne, die hat, scheint mir, Kopf und Herz auf dem rechten Fleck. Hoffentlich lerne ich sie bald kennen.«

»Das soll noch heute geschehen, Vater, dein Smoking ist wahrscheinlich schon zur Stelle. Freda richtet uns eine Verlobungsfeier, und dich sollen wir gleich dazu mitbringen.«

»Gut, ich komme selbstverständlich mit. Aber nun laßt euch erst mal von Herzen Glück wünschen. Komm, Junge, wir wollen uns fest die Hand drücken, sie gefällt mir, deine Dina, obwohl ich noch nicht einmal weiß, wie sie außerdem heißt. Wenn ich mich auch sonst nicht viel um Äußerlichkeiten kümmere, das möchte ich doch wissen.«

Frieder lachte.

»Ach so, das haben wir ganz vergessen. Also gib acht, Vater, meine Braut, Fräulein Blandine Nordmann, Tochter des verstorbenen Kaufmanns Hermann Nordmann und seiner ebenfalls verstorbenen Gattin, geborene – ach, Dina – was war deine Mutter für eine Geborene?«

»Hartau, Frieder.«

»Schön, geborene Hartau.«

Und Frieder berichtete nun seinem Vater alles, was er selbst von seiner Braut wußte. Wo er nicht weiterkam, half Dina. Sein Vater war jedenfalls nunmehr überzeugt, daß seine Schwiegertochter aus guter Familie stammte, und daß sie auch nicht arm war. Daß sie und ihre Schwester verarmt gewesen waren und tapfer ihren Mann im Lebenskampf gestanden hatten, imponierte dem alten Herrn sehr. So wickelte sich alles zur vollsten gegenseitigen Zufriedenheit ab, und Frieders Vater war restlos entzückt von seiner Schwiegertochter.

Er führte sie dann gleich stolz durch die Fabrik, während Frieder sich umkleidete, stellte sie seinen Prokuristen vor, und Dina sah fast ebenso glücklich aus wie sein Sohn.

Später führte Frieder Blandine in sein eigenes Privatkontor, und in dieser Zeit kleidete sich sein Vater um. Sie plauderten dann noch eine Weile, und der alte Herr merkte dabei, daß Blandine nicht nur schön und liebenswürdig, sondern auch klug und warmherzig war. Sie gefiel ihm immer mehr. Während die beiden Herren noch abwechselnd die Post unterschrieben, telefonierte Blandine mit Freda und teilte ihr mit, daß sie in einer halben Stunde kommen würden; ob sie auch gut allein fertig werde. Freda gab beruhigende Antwort, und so fuhr dann das Brautpaar in die Carmerstraße.

Freda empfing sie mit ihrer warmherzigen Freundlichkeit. Sie hatte inzwischen noch Zeit gefunden, ein festliches Gewand anzulegen, und sah sehr hübsch und vornehm aus. Sie gefiel dem alten Herrn nicht weniger als Blandine. Und er schnurrte wirklich vor Behagen, als man in das Speisezimmer hinüberging und er die reizend gedeckte Tafel überblickte. Und die alte Lisa machte in ihrem schwarzen Seidenkleid einen ganz ehrwürdigen Eindruck. Sie legte mit ihrer Kochkunst Ehre ein, und nach dem zweiten Gang sagte der alte Herr schmunzelnd:

»Siehst du, Frieder, ein Haushalt, wo Frauenhände in liebender Sorgfalt schalten und walten, ist doch behaglicher als unser Junggesellenhausstand. Gottlob, daß wir wieder eine Frau ins Haus bekommen. Und das Rezept zu diesem Maronenpüree mußt du unbedingt mit in die Ehe bringen, Dina, es ist köstlich. Du wirst mich mit in Kauf nehmen müssen, das sage ich dir gleich, Dina, ich lasse mich nicht an die Luft setzen. Wenn ich mich auch auf mein Altenteil in der ersten Etage zurückziehe und euch jungem Volk nicht viel über den Weg laufen werde, ab und zu mußt du mir aber schon ein Plätzchen an eurem Herd gönnen. Und dann hoffe ich auch Fräulein Freda bei euch anzutreffen.«

Dina sprang auf und umfaßte ihn.

»Das hat mir der Frieder schon des öfteren gesagt, daß er sich nie von seinem Vater trennen will. Wäre auch schade, es gefällt mir so gut, wie ihr miteinander steht, und damit hat Frieder zuerst mein Herz gewonnen, daß er so lieb von seinem Vater sprach. Ich bin so froh, daß ich nun auch wieder einen Vater habe. Und Freda – oh, Freda weiß, daß sie allezeit ein warmes Plätzchen bei Frieder und mir finden wird.«

Der alte Herr küßte Dinas Hände, die sie auf seine Schultern gelegt hatte.

»Dazu sage ich ja und amen.«

Es waren sehr behagliche und genußreiche Stunden, die den vier Menschen beschieden waren. Freda nahm ihr Herz tapfer in die Hände und vergaß, an sich selbst zu denken. Wenn nur die Dina glücklich wurde.

Aber während sie sah, wie Frieder und Dina die Liebe aus den Augen strahlte, dachte sie wehmütig an den Mann, der ihrem Herzen so teuer geworden war, und der sich trotz seines Versprechens noch nicht hatte sehen lassen. Sie war überzeugt, daß er sie längst vergessen hatte über seinen Arbeiten und seinen Pflichten. Nichts war sie ihm gewesen als eine zufällige Reisebekanntschaft, die man schnell vergißt.

Er aber hatte ihr ganzes Herz zu eigen genommen, für alle Zeit.

Niemand merkte ihr aber etwas von diesem resignierenden

Gedanken an, sie erschien frisch und munter wie immer, und Frieders Vater freute sich, daß er sich so verständig mit ihr unterhalten konnte.

Als sie nach Tisch den Mokka selbst auf einer Maschine bereitete, sah er ihr fast andächtig zu. Es war ein ästhetischer Genuß, zuzusehen, wie die schönen, schlanken Hände so anmutig hantierten. Und der Duft des Mokkas war auch ein Genuß für ihn. Als er dann aber die gefüllte Tasse an die Lippen führte, umschwebte seinen Mund ein Genießerlächeln, und er sagte zu Frieder:

»Junge, in diesem Haus versteht man den Mokka zu bereiten, wie es bisher nur deine Mutter konnte. Wundervoll! Seit deiner Mutter Tod habe ich noch nicht wieder solchen Mokka getrunken. Dina, kannst du auch so vorzüglichen Mokka bereiten wie deine Schwester?«

Dina lachte.

»Alles habe ich der Freda abgelauscht, alles, was sie kann, kann ich auch – nur so klug und lieb bin ich nicht wie sie.«

Dagegen protestierte Frieder.

Man saß bis nach zwölf Uhr zusammen. Dann verabschiedeten sich die Herren. Frieder versprach, am nächsten Vormittag wiederzukommen, und die Schwestern sollten am nächsten Tage in der Villa Lienhard zu Mittag speisen. Sie sollten die Villa ansehen und Dina ihre Wünsche bezüglich der neuen Ausstattung der Parterreräume äußern, die sie mit Frieder bewohnen sollte.

Als die Schwestern wieder allein waren, warf sich Dina in Fredas Arme.

»Ach Freda, liebe Freda, wie soll ich dir nur danken, daß du mein verfahrenes Lebensschiff wieder flottgemacht hast?«

Freda streichelte liebevoll das Haar der Schwester.

»Dadurch, kleine Dina, daß du recht glücklich wirst und Frieder glücklich machst.«

»Aber ich werde dich allein zurücklassen müssen, das kommt mir so treulos vor, dir gegenüber.«

»Darum mache dir keine Kopfschmerzen; ich freue mich deines Glückes, und du gehst ja nicht weit von mir. Ich kann dich sehen, sooft ich will, und wenn der Frieder in der Fabrik ist, dann komme ich hinaus zur Villa Lienhard, und wir können uns dann so viel erzählen wie bisher, wir müssen es nur ein wenig zusammendrängen.«

»Das ist mein einziger Trost, Freda. Weißt du, wenn man glücklich ist, dann ist man schauderhaft egoistisch.«

Freda lachte, wenn ihr auch nicht so leicht ums Herz war, wie es scheinen sollte.

»Ich schlage vor, wir gehen jetzt zu Bett, damit das Bräutchen morgen frisch ist. Ich bin auch müde.«

Als sie am nächsten Morgen aufstanden, hatten die beiden Dienerinnen schon wieder alles in Ordnung gebracht. Der Frühstückstisch war wie immer in einem molligen Winkel des Speisezimmers zierlich und appetitlich gedeckt, und mitten auf dem Tisch stand ein großer roter Rosenstrauß, den Frieder schon für seine Braut geschickt hatte.

Die Frühherbstsonne schien durch die feinen Spitzenstores ins Zimmer, und behaglich beendeten die Schwestern ihr Frühstück. Dann machten sie gleich Toilette für den Besuch in der Villa Lienhard, denn Blandine nahm als sicher an, daß Frieder, der sie mit dem Auto abholen wollte, schon früher kommen würde.

Als die Schwestern gleich nach elf Uhr fertig waren,, setzten sie sich in das Wohnzimmer, um über Blandines Wäscheaussteuer zu beraten. Aber sie sollten heute nicht mehr dazu kommen, denn gleich nach elf Uhr schlug die Klingel an. Blandine fuhr auf und sagte mit strahlenden Augen:

»Da ist der Frieder schon!«

»Wie gut, daß wir schon fertig sind«, sagte Freda.

Aber dann zuckte sie plötzlich zusammen und wurde ganz blaß. Sie hörte draußen auf dem Korridor ein helles Kinderstimmchen fragen:

»Ist hier Tante Freda, Vati?«

Langsam erhob sie sich. Dina sah die Schwester an.

»Hast du gehört, Freda, das war doch Connys Stimme?«

Ehe Freda antworten konnte, trat das Hausmädchen ein und überreichte ihr eine Visitenkarte.

Frank Markwald.

»Wir lassen bitten!« sagte sie leise, völlig aus dem Gleichgewicht. Sie hatte doch schon alle Hoffnung auf dies Wiedersehen aufgegeben. Und nun war Frank Markwald doch mit seinem Kind gekommen. Das bewegte sie so tief, daß sie sich nicht wie sonst beherrschen konnte, und Dina sah betroffen in Fredas blasses, zuckendes Gesicht.

Sie gab sich aber einen Ruck und sagte so ruhig sie konnte: »Laß uns hinübergehen, Dina.«

Die Schwestern begaben sich in das Empfangszimmer, und als Freda über die Schwelle trat, flog Conny ihr jubelnd entgegen und hielt einen großen Blumenstrauß zu ihr empor.

»Sieh doch, Tante Freda, die schönen Blumen, sie gehören dir!«

Freda hob Conny samt den Blumen empor und drückte sie an sich.

»Meine süße kleine Conny«, sagte sie mit verhaltener Stimme.

Frank Markwald hatte inzwischen Blandine begrüßt und trat nun zu Freda.

»Sie haben mein kleines Mädchen noch nicht vergessen, mein gnädiges Fräulein?«

Fredas Augen waren vor unterdrückter Erregung ganz dunkel geworden.

Sie ließ Conny aus ihren Armen und reichte ihm die Hand.

»Oh, so schnell vergesse ich meine Freunde nicht. Aber ich habe geglaubt, daß Sie und Conny uns längst vergessen hätten.«

Frank Markwald sah mit einem Gefühl in Fredas Augen, als habe sein Dasein plötzlich wieder einen Zweck bekommen, als sei alle Einsamkeit vorbei. Er beugte sich tief zu ihrer Hand herab.

»Nein, für so undankbar haben Sie uns hoffentlich nicht gehalten, daß Sie das geglaubt haben könnten. Ich fand in den ersten Wochen so viel an Arbeit und geschäftlichen Verpflichtungen, daß ich wirklich keine Zeit hatte, an etwas anderes zu denken. Aber nun bin ich wieder im alten Gleis, und nun war unser erster Weg zu Ihnen. Conny sollte Ihnen zum Zeichen unserer Dankbarkeit wenigstens ein paar Blumen bringen. Sie hat mich weidlich gequält mit ihrer Sehnsucht nach Tante Freda.«

Freda zog Conny das weiße Mäntelchen aus und löste das weiße Mützchen von ihren blonden Locken. Sie hatte sich nun schon wieder in der Gewalt.

»Liebe kleine Conny, was macht denn Lilly, wie geht es ihr?« fragte sie, über Connys Locken streichelnd.

Mit einem drollig wichtigen Gesicht sah Conny zu ihr auf.

»Oh, Lilly ist ein wenig krank, sie hustet soviel«, berichtete sie wie eine sorgenvolle Mutter.

»Das tut mir aber leid. Aber sie wird hoffentlich schnell wieder gesund. Du hast sie doch zu Bett gelegt?«

»Ja, Tante Freda, aber Lilly sehnt sich so sehr nach dir. Ich wollte sie mitbringen, aber Vati meinte, sie sei zu krank dazu.«

Freda und Frank Markwald sahen sich lächelnd an. Freda ahnte, daß Lilly inzwischen in eine noch weniger salonfähige Verfassung geraten sei.

»Da hat Vati recht, man tut überhaupt gut, die arme Lilly zu Hause zu lassen, sie ist so zart«, sagte Freda.

»Ja, aber dann mußt du schnell kommen und sie besuchen, dann wird sie schnell wieder gesund werden.«

Freda wußte im Moment nicht, was sie dazu sagen sollte. Es war selbstverständlich ausgeschlossen, daß sie in Frank Markwalds frauenlosem Haus einen Besuch machte. Statt ihrer antwortete Frank Markwald:

»Ist Ihre Zeit so sehr besetzt, mein gnädiges Fräulein, daß Sie nicht zuweilen ein Stündchen für mein armes kleines Mädchen übrig haben?«

Freda errötete ein wenig, dann sagte sie so ruhig sie konnte:

»Es soll mich sehr freuen, wenn Sie mir Conny zuweilen mit Frau Hollmann schicken. Ich muß gestehen, daß sie mir sehr gefehlt hat.«

Er sah sie nur immer an und dachte: Bei diesem herrlichen Mädchen findet man immer Ruhe und Frieden. Und dann sagte er aufatmend:

»Ich darf Sie ja leider nicht bitten, uns draußen in meiner Villa zu besuchen. Aber ganz offen, nicht Conny allein hat nach Ihnen und nach Ihrem Fräulein Schwester Sehnsucht gehabt. Ich habe mir schon oft wieder gewünscht, ein Stündchen mit Ihnen verplaudern zu können. Sie wollen mich doch hoffentlich nicht ausschließen, wenn Sie Conny willkommen heißen?«

»Gewiß nicht! Wenn Ihre kostbare Zeit es Ihnen gestattet, uns zu besuchen, so werden wir uns immer freuen.«

»Ich danke Ihnen für diese Erlaubnis. Wie geht es Herrn Lienhard? Ich habe ihn auch noch nicht wiedergesehen.«

Freda lächelte zu Dina hinüber, die Frank Markwald gegenüber Platz genommen hatte.

»Ich glaube, es geht ihm sehr gut. Und vielleicht werden Sie ihn heute noch sehen, wenn Sie noch ein wenig verweilen. Er will uns heute vormittag aufsuchen. Ich will Ihnen gleich mitteilen, daß sich Frieder Lienhard gestern mit meiner Schwester Dina verlobt hat.«

Lächelnd sah Frank Markwald zu Dina hinüber und reichte ihr die Hand.

»Meinen allerherzlichen Glückwunsch, mein gnädiges Fräulein, ich wußte schon in Wengen, daß Herr Lienhard sich sehr wünschte, Sie möchten seine Frau werden.«

Dina dankte für seinen Glückwunsch und fragte:

»Sie wußten es?«

»Ja, er hat es mir selbst in Wengen gesagt.«

»Dann sind Sie also gar nicht überrascht?«

»Nein, gnädiges Fräulein, wenn ich auch nicht wußte, daß Ihre Verlobung schon stattgefunden hat. Aber ich kann Ihnen wirklich aufrichtig gratulieren; Herr Lienhard ist ein vornehmer Charakter und ein tüchtiger Mann. Und sein Vater wird eine so reizende Schwiegertochter mit offenen Armen aufnehmen. Ich kenne ihn gut, er ist ein prächtiger alter Herr.«

»Ich habe ihn auch schon sehr liebgewonnen, obwohl ich ihn erst gestern kennengelernt habe.«

»Wir hatten gestern eine kleine Verlobungsfeier, und Frieders Vater war selbstverständlich auch zugegen«, sagte Freda.

»Oh, daran hätte ich auch gern teilgenommen«, erwiderte

Frank Markwald lächelnd. »Sie alle fehlen mir sehr! Wenn ich jetzt meine einsamen Mahlzeiten einnehme, denke ich mit Sehnsucht an die reizenden Stunden, die ich in Ihrer Gesellschaft in Wengen verleben durfte.«

Freda hatte Conny auf den Schoß genommen und drückte ihr Köpfchen zärtlich an sich.

»Wenn wir nur eine Ahnung gehabt hätten, daß Sie gern gekommen wären, hätten wir Sie gern eingeladen.«

In diesem Augenblick klingelte Frieder, und als er hereinkam, begrüßte er nach den Damen auch Frank Markwald sehr herzlich.

Dina, die ein wenig nachdenklich von ihrer Schwester zu Frank Markwald hinübergeblickt hatte, sagte zu ihrem Verlobten:

»Denke dir, Frieder, Herr Markwald hätte gern an unserer Verlobungsfeier teilgenommen.«

»Wie schade, daß wir das nicht ahnten, aber da wollen wir Sie lieber schon jetzt zu unserer Hochzeit einladen, die noch vor Weihnachten stattfinden soll.«

»Ich werde bestimmt nicht fehlen. Jetzt lassen Sie sich aber erst meinen herzlichen Glückwunsch gefallen.«

Nach einer Weile suchte das Brautpaar Gelegenheit zu einem Alleinsein und verschwand im Wohnzimmer. Frank Markwald blieb mit Freda und Conny allein. Mit ernsten Augen sah er zu ihr hinüber.

»Wenn Sie wüßten, ein wie friedliches Gefühl in mir ausgelöst ist, wie ich Sie da vor mir sehe, meine kleine Conny im Arm. Ich habe Ihre Gesellschaft oft schmerzlich entbehrt. Sie haben so viel zu geben, so viel Güte, so viel Klugheit, ein so warmherziges Verstehen. Sie wissen vielleicht gar nicht, wie selten Frauen Ihrer Art sind. Ich habe mich jedenfalls in meinem ganzen Leben noch mit keiner Frau so gut unterhalten wie mit Ihnen. Und ich gäbe viel darum, wenn ich auch hier in Berlin jeden Tag einige Stunden so zwanglos Ihre Gesellschaft genießen dürfte, wie das in Wengen möglich war. Berlin ist nicht Wengen. Wenn das Auto auch Entfernungen nichtig macht, so fehlt mir doch der Platz, an dem ich mit Ihnen zusammentreffen könnte. In mein frauenloses Haus kann ich Sie leider nicht bitten, zu Ihnen kann ich auch nicht so oft kommen wie ich gern möchte. Vielleicht würde ich Ihnen auch sehr bald lästig sein?«

»Das glauben Sie nicht, Herr Markwald. Es ist für mich immer ein Gewinn, mich mit einem so klugen Mann unterhalten zu dürfen.«

»So darf ich also wirklich zuweilen zu Ihnen kommen?«

»Warum nicht? Unsere alte Lisa, die schon bei meinen Eltern in Stellung war und eine unbedingte Vertrauensperson ist, genügt uns, meiner Schwester und mir, als Ehrendame. Wir sind ja ohnedies gewohnt, uns selbst zu beschützen, denn als wir darauf angewiesen waren, unser Brot zu verdienen, hatten wir auch keine Ehrenwache. Ich war Sekretärin bei einem bekannten Schriftsteller und war stundenlang mit ihm allein, ohne daß er je vergessen hätte, was er mir als Dame schuldig war. Wie sollte ich da nicht Ihren Besuch gern in unserem Haus sehen. Sie sind eine durchaus vertrauenswürdige Persönlichkeit.«

Das sagte Freda mit ruhigem Ernst, und Frank Markwald wußte, daß dieses Mädchen wahrlich keiner Ehrenwache bedürfe.

»Ich danke Ihnen für diesen Vertrauensbeweis, mein gnädiges Fräulein, und so werde ich mir erlauben, zuweilen bei Ihnen vorzusprechen. Meiner kleinen Conny möchte ich aber öfter das Vergnügen gönnen, ihre Tante Freda zu sehen, und wenn Sie erlauben, schicke ich sie öfter einmal mit Frau Hollmann zu Ihnen. Mit dem Auto sind sie ja in einer Viertelstunde hier.«

Fredas Augen leuchteten auf.

»Wie ich mich darauf freue, schicken Sie mir das Kind recht oft.«

»Sie haben Conny wirklich lieb?«

»Ja, sehr, man muß sie liebhaben.«

»Auch sie hängt an Ihnen mit schwärmerischer Zärtlichkeit. Nicht ein Tag ist vergangen, an dem sie nicht sehnsüchtig von Ihnen gesprochen hätte.«

Freda drückte Conny an sich und küßte sie.

»Nicht wahr, meine kleine Conny, wir haben uns sehr lieb?«

Conny legte die Arme um ihren Hals und drückte ihr Näschen an Fredas Wange.

»Du bist die Liebste, Tante Freda.«

»Und Vati?« fragte Freda lächelnd.

»Vati ist auch der Liebste!«

»Sehen Sie, mein gnädiges Fräulein, beinahe rangiere ich hinter Ihnen im Herzen meiner Tochter.«

»Nein, nein, erst kommt der Vater«, wehrte Freda erschrokken ab.

Er lächelte.

»Lassen Sie nur, ich gönne Ihnen den Platz. Sie haben meiner Tochter zweimal das Leben gerettet, also haben Sie auch ein Anrecht an ihre Liebe.«

»O bitte, davon wollen wir doch nicht mehr sprechen.«

»Doch, wir wollen immer und immer wieder davon sprechen und es ja niemals vergessen. Sie wissen gar nicht, was alles ich Ihnen zu danken habe«, sagte er ernst und küßte ihr die Hand.

In diesem Moment kamen Frieder und Blandine wieder herüber, und Blandine sah, daß ihre Schwester über diesen Handkuß litt und daß Frank Markwald die Schwester mit großer Verehrung ansah. Und da mußte sie sehr lange darüber nachdenken.

Frank Markwald blieb mit Conny, bis die Schwestern mit Frieder aufbrechen mußten. Er hatte versprochen, Conny schon morgen mit Frau Hollmann zu schicken. Und Freda sagte zu Conny:

»Du bringst aber morgen Lilly mit, ich will sie doch auch wiedersehen, und ich glaube, wir werden ihr mal wieder ein neues Kleid arbeiten müssen. Ich habe so schöne Stoffreste, die sich herrlich dazu eignen.«

Frank Markwald sah Freda lächelnd an.

»Lilly ist sehr verschönerungsbedürftig, aber Conny läßt nicht von ihr.«

Freda nickte.

»Das wäre auch eine schlechte Mutter, die ihr Kind von sich lassen würde, nur weil es nicht mehr schön ist.«

»Wenn Lilly zu dir kommen darf, Tante Freda, dann ist sie gleich gesund.«

»Dann wollen wir sie nur schnell gesundmachen.«

Frank hielt Fredas Hand zum Abschied länger in der seinen, als es üblich war, und wieder bemerkte Blandine dabei, daß sich eine tiefe Röte über Fredas Gesicht zog. Sie war plötzlich sehr hellsichtig geworden und fragte sich:

»Kann es denn sein? Kann Freda ihr Herz ein zweites Mal verschenken? Wie herrlich sie zu Frank Markwald passen würde, was für eine prächtige Frau würde er an ihr bekommen und was für eine liebevolle Mutter für sein Kind. Und wie froh wäre ich, wenn meine Freda nicht allein zurückbleiben müßte.«

Aber sie wurde dann schnell wieder von diesen Gedanken abgelenkt, denn Frieder nahm ihre ganze Aufmerksamkeit in Anspruch. Und draußen in Villa Lienhard gab es dann so viel Wichtiges zu beraten und zu überlegen bezüglich der Neuausstattung der Parterreräume, daß sie vorläufig nicht mehr an ihre Beobachtungen denken konnte.

Das kam erst später wieder.

16

FRANK MARKWALD VERLEBTE die nächsten Tage in einer sonderbaren Verfassung. Seit er Freda wiedergesehen, war seine Sehnsucht nach ihr durchaus nicht gestillt worden, sie war nur noch größer geworden. In ihrer eigenen Häuslichkeit erschien sie ihm noch viel bewundernswerter als vordem, so wie ein Bild, das erst den rechten Rahmen bekommen hat. Und dieser Eindruck verstärkte sich bei jedem neuen Wiedersehen.

Es gefiel ihm immer weniger, daß er allein in seiner großen Villa wohnte, und er beneidete seine kleine Tochter, weil die jetzt fast jeden Tag mit Freda zusammen war. Conny berichtete ihm dann immer, wie schön es bei Tante Freda gewesen sei. Freda ging auch mit Conny zuweilen im Tiergarten spazieren, und er kam sich dann immer sehr ausgeschlossen vor.

Er zergrübelte sich den Kopf, wie es einzurichten sei, daß er öfter mit ihr zusammen sein könnte. Aber so einfach war das nicht. Tagsüber hatte er wenig Zeit, und an den Abenden konnte er den alleinlebenden Schwestern nicht gut einen Besuch machen.

So blieben ihm einzig die Sonntage, und bald fehlte er nicht einen einzigen Sonntag in der reizenden Wohnung in der Carmerstraße. Nur war ihm die Zeit immer viel zu kurz. Kaum war man richtig warm geworden, da mußte man schon wieder aufbrechen, und hinterher erschienen ihm dann seine einsamen Stunden noch viel einsamer. Conny konnte ja ohne weiteres so lange bei Freda bleiben, wie diese sie nur behalten wollte. Zuweilen beurlaubte Freda Frau Hollmann stundenlang, so daß diese mehr Zeit für sich hatte. Sie war Freda sehr dankbar dafür, sie konnte ihre eigenen Verwandten besuchen. Conny war ja bei Fräulein Nordmann so gut aufgehoben.

So hörte Frank Markwald auch noch von Frau Hollmann Fredas Lob in allen Tönen singen. Es war, als kennten Conny und Frau Hollmann kein anderes Thema mehr als Tante Freda.

Dann kam er sich doppelt einsam vor, und wenn er abends allein zu Hause saß, was meistens der Fall war, da er zur Geselligkeit keine Lust hatte, weil eben Freda doch nicht dabeisein würde, dann malte er es sich aus, wie schön es sein müsse, wenn sie ihm hier gegenübersitzen, wenn sie in ihrer klugen, verständigen Art mit ihm plaudern und ihn mit den gütigen Augen ansehen würde. Oh, man konnte so herrlich mit ihr plaudern, sie hatte für alles Verständnis und besaß einen warmherzigen Humor, der einem das Herz wärmte. Auf alle Fragen, die er anschnitt, ging sie mit so viel Interesse ein, und er wußte, fühlte, daß auch sie sich gern mit ihm unterhielt, daß sie sich ehrlich freute, wenn er kam, und daß ein leiser Schatten über ihr Gesicht flog, wenn er wieder aufbrach.

So quälte er sich lange mit dieser Sehnsucht nach Freda herum, ohne sich darüber klarzuwerden, was diese Sehnsucht eigentlich zu bedeuten hatte.

Aber eines Abends, als er wieder so verlassen und einsam

zu Hause saß und sich nach Freda Nordmann sehnte, sprang er plötzlich auf und sagte zu sich selbst:

»Das ist doch alles Unsinn! Warum hole ich mir Freda Nordmann nicht einfach in mein vereinsamtes Haus? Warum gebe ich Conny in ihr nicht eine liebevolle Mutter? Sie wird ihr eine echte, rechte Mutter sein, und wenn sie ihr auch nicht das Leben gegeben hat, so hat sie es ihr doch zweimal neu geschenkt. Und sie hat Conny lieb und wird ihr eine vortreffliche Mutter sein. Warum soll sie mir nicht eine ebenso wundervolle Gattin werden? Es muß sich doch gut leben unter ihrer freundlichen Fürsorge. Sie wird mir keine bitteren Enttäuschungen bereiten. Wenn sie sich entschließt, einzuwilligen, dann wird sie mir auch unverbrüchlich die Treue halten. Und sie wird Wärme und Licht in mein stilles, leeres Haus bringen, wird treulich alle Sorgen und Freuden mit mir teilen wie eine guter, treuer Kamerad. Kann das nicht eine wundervoll harmonische Ehe werden? Und was ich für sie fühle, ist doch wahrhaftig keine Gleichgültigkeit. Es ist kein wilder Rausch, keine blinde Leidenschaft, aber es ist eine tiefe Sympathie, und ich sehne mich doch mit ganzer Seele nach ihr. Was mich zu ihr zieht, ist freilich nicht dasselbe, was mich zu Ellen zog, aber wenn es auch nicht so stürmisch ist, so ist es doch tiefer und besser, es basiert auf innigeren, edleren Empfindungen.

Aber freilich, sie liebt mich nicht, sieht in mir nur den guten Freund, mit dem sie gern plaudert und den sie ein wenig wegen seines einsamen Lebens bedauert. Frauen wie sie verschenken sich nicht ohne Liebe, nein, das tut Freda Nordmann nicht. Ihre Schwester sagte mir freilich kürzlich, daß sie sich darum bangt, daß sie Freda allein zurücklassen muß, sobald sie sich verheiratet. Dann ist sie so einsam wie ich, genauso einsam. Wäre es da nicht klüger, wenn wir diese beiden Einsamkeiten zu einer Zweisamkeit zusammenfügten? Es ist ja doch nur ein schauderhaftes Leben ohne Frau.

Ob man sie nicht einmal fragen könnte, ob sie Frau Markwald werden möchte?«

So grübelte er lange, und das Herz wurde ihm immer wärmer, je mehr er sich den Gedanken ausmalte, wie es sein würde, wenn Freda Nordmann durch die Räume seines Hauses schreiten und sie mit Sonne und Wärme erfüllen würde. Und je weiter er sich diesen Gedanken ausmalte, um so stärker und heißer überfiel ihn das Gefühl der Sehnsucht nach ihrer Nähe. Und schließlich lachte er ein wenig über sich selbst und sagte sich:

»Was ist nur mit dir? Hast du dir nicht schon mal die Finger verbrannt, hast du wirklich den Mut, eine zweite Ehe einzugehen?«

Er wollte es immer noch nicht wahrhaben, daß seine Gefühle für Freda einer heißen, echten Liebe so ähnlich waren wie ein Ei dem andern. Scheute sich davor, sich einzugestehen, daß er sein Herz zum zweiten Male an eine Frau verloren hatte, wenn es auch nicht in jäh aufflammender Leidenschaft geschah wie einst für Ellen. Mochte er nun seinen Gefühlen einen Namen geben, wie er wollte, es war die Liebe, die ihn gepackt hatte.

Er wehrte sich noch, hielt sich immer wieder vor, wie grausam er von einer Frau getäuscht worden war und fragte sich, ob er solche Erfahrungen ein zweites Mal machen wollte. Aber dann schüttelte er heftig den Kopf.

Mit Freda nicht, Freda ist treu, wenn sie ja sagt, dann ist es wie ein Evangelium. Aber – ob sie ja sagen würde?

Dann schritt er durch die Räume seines Hauses, schaltete überall das elektrische Licht ein und sah sich prüfend um. Zum erstenmal fiel ihm wieder auf, wie schön sein Haus eingerichtet war. Fredas hohe, jugendschöne Gestalt würde sich herrlich darin ausnehmen.

Auf seiner Wanderung durch die Zimmer kam er in das Schlafzimmer seines Töchterchens. Conny schlief, die runden Glieder wohlig im Schlaf gelöst, das blonde Köpfchen in die weißen, spitzenbesetzten Kissen gedrückt.

Mußte er es nicht schon Conny zuliebe tun? Sollte sein Kind immer nur auf bezahlte Dienstboten angewiesen sein? Freda liebte das Kind, liebte es sehr. Und kurz und gut, Freda fehlte dem Kind und fehlte ihm.

Am Bettchen seines Kindes faßte er den festen Entschluß, daß er Freda fragen wollte, sobald er sie wiedersah, vorausgesetzt, daß sie allein waren. Wenn sie ja sagte, dann liebte sie ihn auch, sagte sie nein, dann . . .

Es wurde ihm plötzlich heiß und kalt bei dem Gedanken, daß sie ihn abweisen würde. Und da merkte er so recht, wie lieb und teuer sie ihm geworden war. Er wollte nächsten Sonntag versuchen, sie allein zu sprechen. Frieder Lienhard war an den Sonntagen meistens bei den Schwestern, und das Brautpaar war immer von dem Wunsch beseelt, ein Alleinsein herbeizuführen. Fast immer hatte er Gelegenheit, eine Weile mit Freda zu plaudern. Freilich, Conny war immer dabei, aber diesmal durfte Conny eben nicht dabeisein. Wenn er Freda die entscheidende Frage vorlegte, mußte er ganz allein mit ihr sein.

Nur zwei Wochen sollte es noch dauern bis zu Blandine Nordmanns Hochzeit. Da hatte er überhaupt keine Zeit mehr zu verlieren, denn wenn Freda erst ganz allein in ihrer Wohnung lebte, wurde es noch schwieriger, Besuche bei ihr zu machen.

Er konnte an diesem Abend vor Unruhe nicht einschlafen, und schließlich gab er es ganz auf, sich über seine Gefühle für Freda zu täuschen, er liebte sie, ja, er liebte sie und hatte sich nur hinter die gemäßigten Gefühle verschanzt. Und er fragte sich: »Warum soll ich eigentlich bis Sonntag warten?« Dann quälte er sich noch tagelang mit dieser Unruhe herum. Gleich morgen würde er zu ihr gehen, und Conny mußte morgen früh zu Hause bleiben, damit sie ihm mit Frau Hollmann nicht dazwischenkam, wenn er Freda die schwerwiegende Frage vorlegte. Wenn Blandine auch zugegen war, er würde sie einfach bitten, ihm eine Unterredung unter vier Augen mit der Schwester zu gestatten. Nachdem er diesen Entschluß gefaßt hatte, schlief er endlich ein.

Am nächsten Morgen erwachte er mit einem erwartungsvollen Gefühl. Er war doch sehr erregt. Frau Hollmann sagte er, daß Conny heute zu Hause bleiben solle, die Damen Nordmann hätten Besorgungen für die Aussteuer von Fräulein Blandine zu machen und könnten die Kleine heute nicht gebrauchen. Conny hörte das und sah ihn mit großen betrübten Augen an.

»Ich soll heute nicht zu Tante Freda, Vati?«

»Nein, Conny, Tante Freda hat heute so viel zu tun und kann kleine Mädchen nicht brauchen.«

»Doch, mich kann sie immer brauchen«, sagte sie überzeugt.

Er küßte sie.

»Heute wirklich nicht, Conny, aber morgen fahren wir zu ihr.«

»Dann bin ich heute sehr traurig, und Lilly wird weinen, sie sollte doch heute ein neues Hütchen bekommen von Tante Freda. Sie mag überhaupt am liebsten bei Tante Freda sein, ich auch.«

»Ja«, sagte er aufatmend, »das kann ich mir schon denken, schön ist es bei Tante Freda.«

»Sie ist so lieb, Vati, und wenn ich nicht komme, wird sie traurig sein und weinen«, versuchte Conny ihren letzten Trumpf.

»Tante Freda wird doch nicht weinen.«

»Doch, Tante Dina hat es mir gesagt, wenn ich nicht komme, ist Tante Freda traurig und weint, deshalb soll ich alle Tage kommen.«

Er strich ihr nachdenklich über den blonden Kopf.

»Heute muß es einmal sein, dann sollst du jeden Tag bei Tante Freda sein.«

»Und Lilly auch?«

»Gewiß, Lilly auch!«

Er mußte humorvoll denken, daß Tante Freda eines Tages eine Wunderkur an Lilly vornehmen müsse, das kleine Monstrum mußte irgendwie durch eine Zauberei in eine schöne Puppe Lilly verwandelt werden. Lächelnd hatte ihm Freda neulich angedeutet, die Puppe Lilly müsse bald einmal so krank werden, daß man sie in ein Sanatorium bringen müsse, damit sie dann ganz gesund und frisch und schön wieder zum Vorschein käme. Was für ein reizendes Schelmenlächeln da um Fredas Mund gespielt hatte Sie war schon eine solche Zauberin, daß alles Häßliche wieder schön wurde unter ihrem Einfluß und alles Schlechte gut.

Frank Markwald konnte es kaum mehr erwarten, bis er in die Carmerstraße kam. Er fuhr heute nicht erst hinaus zu den Ceda-Werken, sondern erledigte einiges Notwendige telefonisch. Dann machte er sich zur Ausfahrt fertig. Draußen lag der erste Schnee, und er zog seinen Pelz an. Er fühlte sich heute so jung und lebensfrisch, so unternehmungslustig. Jetzt, da er sich zu einem Entschluß durchgerungen hatte, war alles Zagen aus seiner Seele genommen worden.

Freda wollte er haben, er liebte sie. Und sie mußte ihn wiederlieben, mußte seine Frau und Connys Mutter werden. Vielleicht tat sie es Connys wegen.

Freda und Blandine waren beschäftigt, Blandines Wäscheaussteuer mit seidenen Wäschebändern einzubündeln. Eines dieser Bündel nach dem anderen wurde in einen großen Koffer verstaut, der neben dem Tisch stand. Dabei kam zutage, daß Blandine noch etwas vergessen hatte.

»Ich werde heute vormittag gleich noch einmal zu Grünfeld fahren, Freda, um das Fehlende zu besorgen. Wir sind ja gleich fertig, und ich bin dann zu Tisch wieder zurück. Sollte Frieder anklingeln, gib ihm bitte Bescheid, daß ich ihn heute nachmittag erwarte.«

Freda sah sie lachend an.

»Als ob er einen Tag einmal nicht kommen würde!«

Blandine lachte auch.

»Ach, Freda, es ist ja so schrecklich viel zu besprechen, wegen der Einrichtung unserer Wohnung, und sonst noch allerlei.«

Freda nickte.

»Selbstverständlich, Dina!«

»Wann kommt denn Conny heute?«

»Ich denke, wie immer, so gegen elf Uhr.«

»Ich bin wirklich froh, daß du Conny jetzt hast. Das ist dir doch ein kleiner Ersatz dafür, daß ich dich jetzt soviel allein lasse. Manchmal mache ich mir schreckliche Vorwürfe. Wenn ich denke, daß ich Hochzeit mache und du so allein zurückbleiben mußt, ganz herzlos komme ich mir dann vor.«

Freda umarmte und küßte die Schwester.

»Mache dir keine Vorwürfe und grüble Unabwendbarem nicht nach, du sollst nur glücklich sein, kleine Dina. Du gehst ja gottlob nicht in einen fernen Weltteil. Ich müßte es auch ertragen, wenn Frieder zum Beispiel mit dir nach Afrika oder Australien ginge.«

»Das käme gar nicht in Frage, Freda.«

»Weil Frieder zum Glück in Berlin lebt. Nun mache dich fertig, Dina, die letzten Pakete packe ich allein ein.«

Während Blandine sich zum Ausgehen fertigmachte, packte Freda die letzten Wäschebündel in den Koffer und schloß ihn ab. Dann stand sie eine Weile und sah mit großen Augen vor sich hin. Ein leiser Seufzer hob ihre Brust. Wenn sie Blandine auch nicht zeigte, wie ihr ums Herz war, so fürchtete sie sich doch sehr vor der Trennung von der Schwester. Wie fest war bisher ihrer beider Leben ineinander verankert gewesen. Aber Freda war tapfer und richtete sich auch jetzt entschlossen auf.

Nur nicht weich werden, dachte sie wieder.

Sie breitete eine Tischdecke über den Tisch, auf dem die Wäschepakete gebündelt worden waren. Dann nahm sie eine Stickerei, die noch für Blandines Aussteuer fertig werden sollte, und setzte sich an das Fenster. Jetzt mußte Conny bald kommen.

Blandine kam herein und verabschiedete sich von der Schwester.

Als sie aus dem Haus trat, fuhr gerade ein Auto vor, und diesem entstieg Frank Markwald. Blandine begrüßte ihn freundlich, denn sie mochte ihn jetzt schon lange sehr gut leiden.

»Bringen Sie Conny?«

Er wurde etwas verlegen, Blandine fiel das auf.

»Nein – ich –, ist Conny noch nicht bei Tante Freda?«

»Bis jetzt noch nicht, aber Freda erwartet sie.«

»Also Ihr Fräulein Schwester ist zu Hause?«

»Gewiß, sie wird doch nicht fortgehen, wenn sie Conny erwartet. Aber ich habe noch nötige Besorgungen in der Stadt zu machen.«

»Wollen Sie meinen Wagen nicht benützen?«

Blandine, der jetzt meistens Frieders Wagen zur Verfügung stand, den sie heute nur nicht bestellt hatte, weil sie nicht gewußt hatte, daß sie Besorgungen machen mußte, sah ihn lachend an.

»Wenn Sie ihn nicht gebrauchen.«

»Ich kann ja warten, bis Sie zurückkommen.«

Blandine nickte.

»Dann nehme ich gern an. Ich bin dann um so früher zurück«, sagte sie. Aber sie dachte, daß sie sich gar nicht so sehr beeilen würde, es konnte, ihrer Meinung nach, gar nichts schaden, wenn Freda mit Frank Markwald eine Weile allein war. Hoffentlich kam Conny mit Frau Hollmann nicht so bald.

Er half ihr in den Wagen.

»Wohin soll Sie der Chauffeur fahren?«

»Zu Grünfeld, Leipziger Straße.«

Er gab dem Chauffeur Weisung und trat, den Hut ziehend, zurück.

Dann ging er ins Haus und stürmte die Treppe hinauf. Etwas atemlos hielt er vor der Tür an, die zur Wohnung der Schwestern führte. Und plötzlich wollte ihn ein Zagen überkommen.

Wenn ich mir einen Korb hole, dachte er beklommen. Aber dann drückte er entschlossen auf die Klingel.

Das Hausmädchen öffnete, und dann kam auch Freda schon aus dem Zimmer.

Sie sah etwas betroffen auf Frank Markwald.

»Ah, ich glaubte, es sei Conny. Sie ist doch nicht krank?«

»Nein, nein, gnädiges Fräulein«, sagte er, Hut und Pelz ablegend und sie begrüßend. Und als sie dann mit ihm ins Zimmer trat, fuhr er fort:

»Sie sind enttäuscht, mich statt meiner Tochter zu sehen?«

Sie war etwas blaß geworden bei seinem unvermuteten Anblick. In der Woche ließ er sich sonst nicht sehen. Aber sie hatte sich schon wieder in der Gewalt.

»Ich staune nur, daß Sie um diese Zeit nicht in den Ceda-Werken sind. Aber ich freue mich, Sie zu sehen. Conny muß ja gleich kommen. Bitte, nehmen Sie Platz.«

Sie setzten sich einander gegenüber.

»Ich muß Sie enttäuschen, Conny wird heute nicht kommen.«

»Oh, warum nicht?«

»Weil, also rund heraus, mein gnädiges Fräulein, weil ich etwas mit Ihnen allein zu besprechen habe.«

Sie fühlte sich etwas unsicher, versuchte aber, ruhig zu bleiben. Von diesem Wunsch war auch er durchdrungen, er hatte plötzlich das Gefühl, eine lächerliche Rolle zu spielen, wenn sie merken würde, wie erregt und unruhig er war. Es ist für einen Mann überhaupt immer eine heikle Angelegenheit, um die Hand einer Frau anzuhalten, vielleicht bleiben viele Ehen ungeschlossen, weil die Männer sich vor dieser heiklen Angelegenheit fürchten. Und Frank Markwald beschloß jedenfalls, recht vernünftig und gesetzt zu erscheinen, obwohl er, nun, da er vor dem entscheidenden Moment stand, durchaus nicht ruhig war.

»Was haben Sie mir zu sagen?« fragte Freda ein wenig erstaunt.

Er erhob sich und trat dicht vor sie hin.

»Erlassen Sie mir alle Umschweife, ich will mich ganz kurz fassen. Fräulein Freda, wollen Sie meine Frau werden, meinem Kind eine geliebte Mutter?«

Wenn plötzlich der Blitz vor Freda eingeschlagen hätte, sie hätte auch nicht mehr erschrecken können als vor dieser Frage, die ihr so unerwartet kam. Sie war immer fest überzeugt gewesen, daß er nichts in ihr sah, als höchstens eine gute Freundin. Nie war ihr der Gedanke gekommen, er könne sie zu seiner Frau machen wollen. War sie doch fest davon überzeugt, daß er seiner ersten Frau nie eine Nachfolgerin geben würde. Sie wußte doch, wie sehr er sie geliebt hatte, und glaubte, er würde nie eine andere Frau lieben können. Und sie hörte auch jetzt aus seinen kurzen, gefaßten Worten nichts anderes als den Entschluß, seiner Tochter eine Mutter zu geben.

Sie war blaß geworden bis in die Lippen und erhob sich gleichfalls. So standen sie einander gegenüber, aber Freda vermochte nicht, ihn anzusehen, sie fürchtete sich geradezu, seinem ruhigen, leidenschaftslosen Blick zu begegnen, den allein sie doch in seinen Augen vermuten konnte. Es war eine Weile ganz still zwischen ihnen, aber endlich fragte Frank Markwald, schon sehr entmutigt:

»Sie antworten mir nicht? Ich fürchte, ich habe Sie erschreckt.«

Ein blasses Lächeln zwang sie in ihr Gesicht.

»Allerdings, ich bin wirklich ein wenig erschrocken. Ihre Werbung kommt mir völlig unerwartet. Nie hätte ich daran gedacht, daß Sie mir je diese Frage vorlegen würden.«

»Aber nun ist es geschehen, Freda, und nun bitte ich Sie, mir Antwort zu geben.«

Freda schloß einen Moment die Augen. Es lockte sie, seine Werbung anzunehmen, dann könnte sie doch immer bei ihm sein und bei Conny. Dann würde sie nicht mehr so einsam und allein zurückbleiben, wenn Dina von ihr ging. Ihr Leben hätte dann wieder einen Inhalt, sie war nicht mehr überflüssig.

Aber dann bäumte sich etwas in ihr auf gegen die Rolle einer ungeliebten Frau, die er ihr zumutete, wie sie sicher glaubte. Sie biß die Zähne zusammen. Nein, sie konnte diesen Antrag nicht annehmen, weil sie eben bestimmt zu wissen glaubte, daß er sie nicht liebte, daß er sie nur aus Vernunftgründen, seines Kindes wegen, zur Gattin wählte.

Hätte sie ihn nicht geliebt, stünde sie ihm kühlen Herzens gegenüber, dann vielleicht, dann hätte sie es wohl gewagt, seine Hand anzunehmen, schon Connys wegen. Aber da sie ihn liebte, so tief und stark, mußte sie auf diese Verbindung verzichten. Die Qual, als ungeliebte Frau neben ihm dahinzuleben mit ihrer heißen, tiefen Liebe im Herzen, würde ihr unerträglich werden. Das wußte sie, dafür kannte sie sich zu gut.

Langsam hob sie die Augen zu ihm auf.

»Ich danke Ihnen für Ihr großes Vertrauen, Herr Markwald, aber ich muß Ihnen auf Ihre Werbung mit einem Nein antworten.«

Ihm war plötzlich, als weiche mit ihrem Nein alles Liebe und Schöne aus seinem Leben, auf das er gehofft hatte. Sein Gesicht zuckte, und die Augen wurden trübe.

»Nein? Ein glattes Nein! Nicht einmal überlegen wollen Sie, ob Sie sich nicht doch mit dem Gedanken vertraut machen können? Nicht einmal Connys wegen?« fragte er heiser.

Sie preßte die Handflächen zusammen. Aber ihre Lippen zitterten, als sie jetzt so ruhig, als sie konnte, sagte:

»Es ist ein so großer Vertrauensbeweis, den Sie mir mit Ihrer Werbung geben, daß ich mein Nein begründen muß, Herr Markwald. Einen Mann wie Sie weist man nicht einfach ab ohne zwingende Gründe. Sie werden mich verstehen, gerade Sie, denn Sie haben mir einmal anvertraut, wie sehr Sie unter dem Gedanken gelitten haben, daß Ihre Frau Sie nicht geliebt hat, daß sie in Ihnen nur den ungeliebten Gatten sah. Viel schlimmer ist solch eine Situation für eine Frau. Ich kann Ihre Frau nicht werden, weil – *weil ich Sie liebe* und mich nie mit dem Gedanken abfinden könnte, Ihnen eine ungeliebte Frau zu sein.«

Er zuckte zusammen und sah sie an, als traue er seinen Ohren nicht. Aber er verstand sie, ach, wie gut verstand er sie. Und auf einmal flutete es heiß zu seinem Herzen. Jetzt erst, da ihm ihr Nein gezeigt hatte, wie ihr Verlust ihn schmerzen würde, erkannte er ganz klar, was sie ihm war. Und zugleich zeigte ihm ihre Weigerung und ihr Geständnis, ein wie großherziges Geschöpf sie war. Mit festem Druck faßte er plötzlich ihre Hände und zog sie ganz dicht an sich heran.

»Freda, sieh mir doch in die Augen! Glaubst du, daß ich ohne Liebe um dich geworben hätte? Ich habe mich freilich lange genug dagegen gewehrt, dich zu lieben. Habe mich in meinen eigenen Augen lächerlich gemacht, daß ich zum zweiten Mal mein Herz an eine Frau gehängt habe, nach der bitteren Enttäuschung meiner ersten Ehe. Aber alles Wehren hat nichts geholfen, sieh mir doch in die Augen, Freda! Ich liebe dich, ich liebe dich mit schrankenloser Innigkeit und zeigte mich nur so ruhig und beherrscht, weil ich mich von dir nicht geliebt glaubte, weil ich einen Korb fürchtete. Es ist nicht mehr die stürmische, unvernünftige Liebe eines jungen, unreifen Menschen, die ich dir entgegenbringe, ich liebe dich mit der ganzen Reife des fertigen Mannes. Wie sehr habe ich mich nach dir gesehnt! Ich konnte es nicht mehr ertragen, ohne dich zu sein. Und nun du das weißt, wirst du nicht mehr nein sagen, Freda. Jetzt lasse ich dich nicht mehr los, du hast mir ein beglückendes Geständnis gemacht. Daran halte ich dich fest. Du bist mein, nicht wahr, Freda, du bist mein?«

Sie sah mit feuchtschimmernden Augen zu ihm auf, ihre Lippen zuckten in verhaltener Erregung.

»Kann es denn sein, Frank? Ist es möglich, daß du mich liebst?«

Sie konnte nicht weitersprechen, er hatte sie fest in seine Arme gezogen und küßte sie innig auf die Lippen, und seine Küsse ließen sie nicht mehr an seiner Liebe zweifeln.

Er zog sie dann neben sich auf den Diwan nieder und erzählte ihr mit einem jungen, fast übermütigen Lachen, das sie in Erstaunen setzte, weil sie ihn nie hatte so recht froh und glücklich lachen hören, wie er sich abgequält hatte mit seiner Sehnsucht nach ihr, wie er noch gestern abend nicht ganz sicher gewußt hätte, ob er es wagen könne, ein zweites Mal zu freien.

»Ich hatte mich mit tausend vernünftigen Vorsätzen gewappnet, Freda, und habe geglaubt, daß ich meiner ganz sicher sei. Hab' nicht darauf geachtet, daß du mir ganz leise ins Herz hineingeschlichen bist mit deiner warmherzigen Güte, mit deiner verständigen Art, mit der Liebe zu meinem Kind. Mit einem Male merkte ich, wie fest du darinnen saßest, nachdem ich mich lange mit dem Unbehagen herumgeschlagen hatte, daß ich mich nach dir sehnte. Ja, Freda, ich sehne mich nach dir, mein Haus ist so kalt und leer, ist es vielleicht immer gewesen, auch damals, als Ellen noch bei mir war. Warm und wohlig war mir nie darin zumute, nicht so, daß ich mich nach des Tages Arbeit auf das Ausruhen freuen konnte. Mit Ellen mußte ich von einem Fest zum andern jagen, oder wir hatten selbst das Haus voller Gäste. Sie brauchte eben dieses laute Treiben, um die Leere in ihrem Herzen zu betäuben. Damals wußte ich das nicht, weil ich mich von ihr geliebt glaubte. Erst als sie mir sagte, daß sie mich nie geliebt habe, verstand ich das.«

Freda faßte seinen Kopf und drückte ihn an sich, es war fast eine mütterliche Gebärde.

»Mein armer Frank, wie mußt du damals gelitten haben.«

Er schloß die Augen und ließ es willig geschehen, daß sie sein Haar streichelte.

»Ach, wie warm und wohlig ist es bei dir, meine Freda. Ich glaube, jetzt weiß ich erst, was Glück ist.«

Mit einem dankbaren Blick sah sie zum Himmel auf.

»Wäre es mir nur vergönnt, Frank, dich glücklich zu machen«, sagte sie leise.

»Das kannst nur du allein, Freda, glaube es mir.«

Und er küßte ihre Hände, ihren Mund und ihre Augen und staunte über die Schönheit dieser hellgrauen, leuchtenden Sterne.

Hand in Hand saßen sie beisammen und hatten sich so viel zu sagen.

Freda beichtete, daß sie ihn gleich von der ersten Stunde an ins Herz geschlossen habe, und wie leid er ihr getan habe in seiner verbitterten, düsteren Stimmung. Auch von Conny sprachen sie, und Fredas Augen wurden feucht vor Glückseligkeit.

»So reich bin ich nun mit einem Male, gerade jetzt, da ich mich so einsam und verlassen fühlte, weil Dina von mir geht. Und nun habe ich einen Mann gefunden, der mich liebt, und zugleich ein süßes, geliebtes Kind.«

Er sah sie bewundernd an, nie war sie so schön gewesen wie jetzt, da sich all ihre Reize in der heißen Glückseligkeit ihres Herzens voll entfalteten.

Sie saßen noch zusammen, als Dina zurückkehrte, und erschraken ein wenig, als die Flurklingel ertönte. Gleich darauf trat Dina ins Zimmer.

»Sind Sie sehr böse, Herr Markwald, daß ich Ihren Wagen so lange benutzte? Ich wurde länger aufgehalten, als ich dachte«, sagte sie, ihn und Freda verstohlen forschend betrachtend.

»Haben Sie den Wagen lange benutzt? Ich weiß gar nicht, daß Sie lange fort waren«, sagte er mit einem übermütigen Lachen.

Dina schüttelte den Kopf.

»Das haben Sie nicht bemerkt?«

Frank schlang den Arm um Freda.

»Nein, Fräulein Blandine, denken Sie, ich habe gar nicht

auf die Zeit geachtet. Wir haben so Wichtiges zu besprechen gehabt, Ihre Schwester und ich, wir haben uns verlobt.«

Blandine jauchzte auf und flog ihrer Schwester um den Hals.

»Oh, Freda, meine Freda, nun fällt mir ein Stein vom Herzen, nun brauche ich dich nicht einsam zurückzulassen, nun bist auch du glücklich geworden. Daß du Frank Markwald geliebt hast, habe ich schon längst gemerkt, aber ich wußte nicht genau, ob er so gescheit war, dich wiederzulieben.«

»Doch, so gescheit war ich, Fräulein Blandine.«

Sie drückte seine Hand.

»Ihnen braucht man nicht erst Glück zu wünschen, Sie halten es schon fest, denn Sie bekommen die beste, liebste und herrlichste Frau, die man sich denken kann. Ich als Schwester muß das beurteilen können. Aber ich glaube, die Freda hat auch in den Glückstopf gegriffen.«

»Davon sind wir beide überzeugt. Aber kleine Schwägerin, jetzt will ich einen Kuß von dir, und damit begraben wir das feierliche Sie.«

Lachend küßte sie ihn.

»Soll mir lieb sein, lieber Frank, und du darfst mich nun auch Dina nennen. Herrgott, ist das schön, daß ihr ein Brautpaar seid.«

»Nicht wahr, Dina, ich bin auch sehr froh darüber. Aber erst hat mir die Freda einen großen Schreck eingejagt, sie hat nämlich zuerst auf meine Werbung nein gesagt.«

Blandine schlug die Hände zusammen.

»Aber Freda! Was ist das mit den Nordmannmädels? Müssen die immer zuerst nein sagen? Nun hast du es ebenso töricht gemacht wie ich. Hattest du dir keine Lehre genommen an meinem Unglück?«

Freda lachte leise.

»Es ging mir wie dir, Dina, ich konnte nicht glauben, daß ich wirklich geliebt wurde.«

»Also du hast auch zuerst nein gesagt, Dina?« fragte Frank lächelnd.

»Ja, Frank, laß dir das von Freda erzählen, wie töricht ich war. Ich will nur schnell erst Frieder anrufen, er muß doch wissen, daß hier in der Carmerstraße abermals Verlobung gefeiert wird. Aber das sage ich gleich, Frieders Vater muß auch dabeisein, der bläst sonst Trübsal!«

Und sie huschte aus dem Zimmer.

Freda erzählte Frank lächelnd, was an der Hunnenfluh zwischen Frieder und Dina geschehen war, und wie sie dann hatte eingreifen müssen, um ein Unglück zu verhüten. Er zog sie in seine Arme und küßte sie, und dann sagte er aufatmend:

»Dann ist es mir ja noch bedeutend besser gegangen als Frieder Lienhard. Herrgott, Freda, wenn du mich deshalb abgewiesen hättest. Tapfere Freda, herrliche Freda! Wie einzig von dir, daß du den Mut hattest, mir deine Liebe zu verraten.«

Sie errötete.

»Ach, Frank, ich erschrecke jetzt noch über diesen meinen Mut. Aber ich glaubte es dir schuldig zu sein, weil ich dir doch begründen wollte, weshalb ich dich abwies.«

»Sehr schuldig warst du mir das. Wenn ich denke, du hättest mich fortgeschickt, ohne mir deine Liebe zu verraten, das wäre ja noch viel tragischer geworden als bei Frieder und Dina, wir hätten ja keine kluge Freda gehabt, die alles wieder ins Gleichgewicht gebracht hätte.«

Er drückte sie so fest an sich, als sei er jetzt noch in Sorge, daß sie ihm entschwinden könne.

Dann kam Blandine wieder herüber.

»Also Frieder läßt vorläufig durch mich herzlich gratulieren, er findet es famos, daß Frank Markwald sein Schwager wird. Und Vater Lienhard kommt selbstverständlich mit Wonne zum Verlobungsschmaus, den ich dieses Mal richten werde. Du hast da gar nichts hineinzureden, Freda, ich will auch mal zeigen, daß ich so etwas sehr nett machen kann.«

»Gute Dina, dann kann ich jetzt unbesorgt mit Frank zu meiner kleinen Conny fahren, das gehört auch zu meinem Glück.«

»Halt! Verliebte Leute können auch nicht von der Luft leben. Jetzt wird erst zu Mittag gegessen, ich lasse dich eher nicht fort, sonst wirst du schwach vor lauter Glückseligkeit«, bestimmte Dina energisch.

Frank lachte.
»Darf ich auch mitessen?« fragte er.
»Wenn du nicht zu große Ansprüche stellst. Du wirst andere Menüs gewohnt sein, wir Frauen nehmen das Essen nicht so wichtig, wenn wir allein sind, und wir hatten ja keine Ahnung, daß wir noch einen Bräutigam als Tischgast haben würden. Du mußt fürliebnehmen mit Kalbskotelett und Rosenkohl. Vorher gibt es eine legierte Spargelsuppe und nachher jungen, englischen Sellerie mit Butter und Käse.«
»Es soll mir herrlich munden.«
»Dann will ich Lisa sagen, daß sie anrichten soll«, sagte Dina und ließ das Brautpaar verständnisvoll ein Weilchen allein.
Bei Tisch neckte sich Frank sehr übermütig mit Dina, und sie sagte lachend:
»Wenn ich bedenke, Frank, was du für ein verdrießlicher Geselle warst, als wir uns das erstemal im Eisenbahnabteil sahen. Da graulte ich mich ein wenig vor deinem düsteren Gesicht und fand dich gar nicht nett. Du hast dich sehr zu deinem Vorteil verändert.«
»Vertrauen gegen Vertrauen, Dina, auch ich war damals gar nicht sehr entzückt von dir. Ich fand, daß du den armen Frieder sehr schlecht behandeltest.«
Sie lachten beide, und Dina sagte vergnügt:
»Gut, daß wir uns jetzt besser leiden mögen. Aber Freda hatte gleich ein Faible für dich. Nur ahnte ich damals nicht, daß daraus eine große Liebe werden würde. Das habe ich erst gemerkt an dem Tag, da du uns hier das erstemal mit Conny besuchtest. Da war Freda ganz blaß geworden vor Erregung, und ihre Hände zitterten. Da ging mir nach und nach ein Licht auf. Und, ganz ehrlich, deshalb dachte ich, es sei ganz nützlich, wenn ich deinen Wagen ein wenig länger als unbedingt nötig war, in Anspruch nahm.«
»Für die gute Absicht heißen Dank, aber es ging alles viel schneller, als ich gedacht hatte. Wir waren schon nach etwa zehn Minuten verlobt, trotz aller Hindernisse.«
Nach Tisch fuhren Freda und Frank hinaus nach Villa Markwald. Sie wurden von Conny mit Jubel empfangen.

»Tante Freda! Oh, Tante Freda, nicht wahr, du hast dich auch nach mir gesehnt?«

Freda hob das Kind empor und drückte es innig an sich. »Sehr, meine kleine Conny, deshalb kam ich zu dir.«

Conny umhalste sie.

»Bleibst du nun sehr lange bei mir?«

Da nahm Frank Conny von Fredas Armen.

»Heute noch nicht, Conny, aber bald wird sie für immer zu uns kommen. Und dann wird sie deine Mutti sein.«

Conny jauchzte auf.

»Oh, Tante Freda, wie schön soll das werden.«

Und sie strebte wieder zu Freda. Frank umarmte sie beide. Und Freda sagte lächelnd zu Frank:

»Weißt du noch, welches die ersten Worte waren, die Conny zu mir sagte?«

»Nein, daran erinnere ich mich nicht.«

»Sie fragte mich: Bist du eine Mutti? Nun bin ich wirklich ihre Mutti geworden.«

»Du hast ihr ja auch das Leben geschenkt, Freda, zweimal sogar, du bist wirklich ihre Mutti.«

Freda küßte Conny.

»Sie soll mir immer lieb sein wie ein eigenes Kind, Frank«, sagte sie, als lege sie ein Gelübde ab.

Vierzehn Tage später hielt Frieder Lienhard mit Blandine Nordmann Hochzeit. Und gleich nach der Hochzeit der Schwester rüstete auch Freda zu der ihren. Frank wollte nicht länger als nötig auf sie warten. Und so wurde sie schon Ende Januar seine Frau. Mit ihr zog das Glück in Villa Markwald ein, und Frank Markwald war nie mehr einsam und traurig. Wenn er jetzt aus den Werken nach Hause kam, eilten ihm Freda und Conny entgegen, und aus beider Augen strahlte ihm helles Glück entgegen. Zumeist umschlang er Frau und Kind zusammen mit seinen Armen, und dann klang frohes Lachen durch das einst so stille Haus, in dem auch Frieder Lienhard und seine Frau Dina oft zu Gast waren. Die Schwestern hingen auch in Zukunft in inniger Liebe aneinander, und die beiden Schwäger verband eine herzliche Freundschaft. Vater Lienhard mußte immer mit dabeisein, wenn man vergnügt beisammen war, ob in Villa Lienhard oder in Villa Markwald. Und Conny und der alte Herr hatten ein festes Freundschaftsverhältnis geschlossen. Die beiden jungen Paare hatten das Glück gefunden und hielten es fest für alle Zeit.

Hedwig Courths-Mahler

Nur aus Liebe, Marlies

BASTEI LÜBBE

1

JETZT ABER SCHNELL an die Arbeit, die Gastzimmer müssen noch in Ordnung gebracht werden! Marlies, steh nicht wieder da und träume! Ich habe keine Zeit, mich auch noch darum zu kümmern, habe ohnedies alle Hände voll zu tun.«

Marie Elisabeth Mainau, von ihren Verwandten Marlies genannt, kam gerade atemlos nach ziemlich schwerer Arbeit in die Halle herauf. Sie hatte keine Sekunde Zeit gehabt zu träumen, sah übrigens auch gar nicht danach aus, sondern ihre Augen blickten sehr munter und wirklichkeitsnah in die Welt. Sie wußte aber schon aus Erfahrung, daß man ihr hier im Haus meist allerlei andichtete, was ihre Tüchtigkeit in Frage stellte. Deshalb verzichtete sie auf jeden Einwand; es zuckte nur ein kleines Lächeln um ihren Mund, und dann sprang sie die Treppe schon hinauf, um auch diese Aufgabe Tante Beates nach bestem Ermessen zu lösen. Die Tante hatte aber mit scharfen Augen dieses Lächeln erspäht, und es stieg zornige Röte in ihr Gesicht.

»Warum lächelst du so spöttisch, Marlies?« rief sie ihr nach.

Marlies hielt es für besser, diese Frage zu überhören, denn Tante Beate ließ sich in solchen Fällen der »Unbotmäßigkeit« nie von einem längeren Verhör abhalten. Und es war jetzt keine Zeit dazu, wenn alle angemeldeten Gäste gut und bequem untergebracht werden sollten. Ihr Vetter Herbert hatte heute morgen erst mitgeteilt, daß er drei seiner Freunde mit zum elterlichen Gut bringen würde, man solle dafür sorgen, daß seine Gäste gut aufgenommen würden. Vetter Herbert war der einzige Sohn Tante Beates und nach seines Vaters Tod Herr auf Mattenheim, wovon er aber nicht viel mehr Gebrauch machte, als daß er alles, was das Gut abwarf, in

Berlin unter die Leute brachte. Arbeit durfte es für ihn nicht geben, auch keine Verpflichtungen, und er übte seine Herrenrechte nur aus, indem er ab und zu mit einigen Freunden im Mattenheimer Herrenhaus das Unterste zuoberst kehrte. Seine Mutter, die mit Marlies so hart umging, sah dem zärtlich geliebten Sohn alles nach und hatte ihn unglaublich verzogen. Immer nahm sie ihn gegen seinen strengen Vater zu dessen Lebzeiten in Schutz, und er erreichte alles bei der Mutter, was der Vater ihm aus erzieherischen Gründen versagt hatte.

Marlies war eine Nichte des verstorbenen Besitzers von Mattenheim, die Tochter seiner einzigen Schwester. Als sie nach deren Tod als zwölfjähriges Mädchen verwaist zurückblieb, nahm der Onkel sie in sein Haus. Daß sie darin bleiben durfte, solange sie selbst es wollte, hatte er letztwillig verfügt weil er seine Frau kannte und annehmen mußte, daß sie in irgendeiner Laune Marlies einfach auf die Straße setzen könnte.

Aber Frau Beate Mattenheim ließ sich nicht wehrlos eine Nichte aufnötigen, ohne dabei ihren Vorteil zu suchen, und so mußte Marlies fleißig im Hause arbeiten, damit sie – wie Frau Beate meinte – ihr Brot nicht umsonst äße.

Das tat Marlies bestimmt nicht, wollte es auch nicht. Gewissenhaft verrichtete sie jede Arbeit, die man von ihr verlangte, aber ganz wehrlos überließ sie sich dabei doch nicht der Willkür ihrer Tante und ihres Vetters, der, sooft er in Mattenheim war, allerlei besondere Arbeiten für Marlies hatte, damit ihr ja nicht zu wohl würde. Zuweilen trumpfte Marlies auf, wenn man ihr wieder einmal eindringlich klarmachte, wie dankbar sie zu sein hätte für alles Gute, das man ihr antat. Sie sagte dann ganz ruhig und sachlich:

»Onkel Ernst habe ich zu danken, sonst keinem Menschen. Ich tue freiwillig, was ich tun kann. Und ich tue es gern. Aber, bitte, bedenkt immer daß ich es freiwillig tue.«

Das erboste Tante Beate selbstverständlich sehr, zumal sie sehr wohl wußte, daß Marlies recht hatte und sie wirklich Hervorragendes im Haus und auf dem Gut leistete. Jedenfalls viel mehr als der jetzige Herr, der ganz Mattenheim hätte verkommen lassen, wenn Marlies und seine unbedingt tüchtige und fleißige Mutter nicht alles in bestem Stand gehalten hätten. Marlies liebte Mattenheim und wollte es um keinen Preis vor die Hunde gehen lassen. Darin wenigstens war sie mit Tante Beate einer Meinung.

Diese fühlte sehr wohl, wenn sie es auch nie eingestand, daß sie sich mit allen Kräften gegen den Untergang stemmen müsse; denn ihr Sohn verbrauchte so viel, daß kaum für die notwendigsten Reparaturen etwas übrigblieb. Und sie selbst war auch nicht stark genug um aufzuhalten, was sich drohend nahte. Sie tat, was sie konnte – aber das reichte eben nicht aus. Und sie ahnte nicht, daß Marlies Mainau ihrem sterbenden Onkel in die Hand gelobt hatte, Mattenheim nicht zu verlassen. Denn er allein hatte erkannt, daß nur Marlies imstande sein würde, das Gut zu halten; sie war ungemein tüchtig, so jung sie auch war.

Marlies hatte ihm gesagt: »Man wird mich nicht im Haus lassen, Onkel Ernst, ich bin hier wahrscheinlich überflüssig, wenn du uns genommen wirst.«

Darauf hatte er geantwortet: »Du darfst dich daran nicht kehren, mein Kind, ich habe deshalb schon in meinem Testament niedergelegt, daß niemand dir verbieten kann, in Mattenheim zu bleiben. Laß es dich nicht anfechten, wenn Tante Beate und mein Sohn Herbert nicht freundlich zu dir sind, denke daran, daß du hier nötig bist, und da du das weißt, wirst du auf dem Posten bleiben. Laß sie reden und bleibe, solange du es irgend ertragen kannst. Mein Segen wird bei dir sein. Und – verrate keinem Menschen, daß ich dein Vermögen, es sind allerdings nur dreißigtausend Mark, die deine Eltern dir hinterlassen haben, in sicheren Papieren auf der Deutschen Bank hinterlegt habe, wo du sie am Tag deiner Mündigkeit abheben kannst. Ich habe schon alles mit meinem Freund Bassermann besprochen, der nach mir die Vormundschaft über dich antreten wird. Du bist erst achtzehn Jahre und kannst noch nicht über dieses Geld verfügen. Karl Bassermann wird es verwalten. Nur wenn du unbedingt etwas brauchst, wende dich an ihn, er wird dir dann von den Zinsen auszahlen lassen, was du unbedingt haben mußt. Aber wie gesagt – halte das geheim, niemand hier im Haus soll wissen, daß du dieses Geld besitzt. Ich fürchte, daß mein leichtsinniger Sohn dich bestimmen könnte, es ihm zu geben. Das darf nicht sein – auf keinen Fall, es soll dich wie es deine Eltern wollten, vor größter Not schützen. Ich habe es weder meine Frau noch meinen Sohn wissen lassen daß du dieses Geld geerbt hast. Also – versprich mir das!«

Und Marlies hatte es ihm versprochen und ihr Versprechen gehalten. Jetzt war der Onkel schon ein halbes Jahr tot, und sie hatte nach seinen Wünschen gehandelt. Im Grunde war es diesem achtzehnjährigen Mädchen zu danken, wenn auf Mattenheim noch immer erträgliche Zustände herrschten. Sie war von früh bis spät auf den Füßen in Haus und Keller, Hof und Scheunen. Und sie verstand sehr viel und wußte vor allem richtig mit den Leuten umzugehen, die sie immer wieder bei guter Laune und Arbeitswilligkeit erhielt, auch wenn Tante Beates launenhafte Art diese oft genug verstimmte. Immer renkte Marlies Mainau alles wieder ein, so daß jeder seine Pflicht tat.

Um Tante Beates kleine Feindseligkeiten kümmerte sie sich so wenig wie um die gelegentlichen Flegeleien ihres Vetters, der zum Glück nicht viel zu Hause war. Sie war auch durchaus keine »wehrlose Dulderin« damit wäre sie in Mattenheim nicht weit gekommen; sie konnte, wenn nötig, recht widerborstig ihr Recht verfechten.

Im Augenblick war sie gerade dabei, die Fremdenzimmer behaglich instand zu setzen. Mattenheim sollte seinen Ruf als gastliches Haus nicht verlieren. Es ging ihr alles flink von der Hand. Zwischen Staubwischen und Blumen in die Vasen ordnen wurde sie verschiedentlich von unten angerufen, bald von der Tante, bald von Untergebenen, die sich irgendeinen Rat bei ihr holen wollten. Mit lachendem Gesicht gab sie diesen Rat oder fuhr auch, wo es nötig war, mit einem kleinen Donnerwetter dazwischen. Tante Beates Ausfälle wehrte sie mit Humor ab und ließ sich weder die Stimmung noch die Arbeitsfreude verderben.

Als sie mit den Gastzimmern fertig war – der Sicherheit halber hatte sie fünf statt drei gerichtet, weil sie wußte, daß Herbert oft mehr Gäste mitbrachte, als er angemeldet hatte –, überblickte sie mit zufriedenem Lächeln ihr Werk und dachte: selbst wenn er wieder Damen mitbringt, ich habe vorgesorgt, wir lassen uns hier im Haus nicht lumpen.

Und dann lief sie hinunter, um noch einmal in der Küche nachzusehen, ob alles klappen würde. Die Küche lag im Kellergeschoß, und sie mußte die Halle durchqueren. Da stand Tante Beate vor einem kleinen weinenden Hausmädchen und kanzelte es ab, daß ihm Hören und Sehen verging. Marlies trat hinzu.

»Was hat Burgerl angestellt, Tante Beate?«

»Es ist zum Auswachsen mit den Hausangestellten – hat die dumme Dirn wieder vergessen, die Teppiche hier in der Halle auszulegen!«

Die Teppiche wurden der Schonung halber zusammengerollt in einem Wandschrank unter der Treppe aufbewahrt, wenn keine Gäste anwesend waren. Burgerl hatte sie am frühen Morgen mit dem Diener auslegen sollen, doch Marlies hatte ihr eine andere Arbeit gegeben. Die Gäste sollten ja erst mit dem Vieruhrzug eintreffen, würden also erst gegen halb fünf hier sein.

Burgerl wollte aber nicht verraten, daß Marlies ihr einen anderen Auftrag gegeben hatte, und heulte nun zum Steinerweichen über die harten Worte Frau Beates in ihre Schürze. Es zuckte um Marlies' Mund.

»Aber Burgerl, warum sagst du der Herrin nicht, daß ich angeordnet habe, die Teppiche sollten erst nach Tisch ausgelegt werden?«

Burgerl ließ die Schürze sinken und sah Marlies an.

»Ich wußte doch nicht, ob ich das sagen durfte, Fräulein Marlies.«

Diese lachte.

»Warum denn nicht, dumme Burgerl? Läßt dich da an meiner Stelle ausschimpfen. Geh nur jetzt, nach Tisch ist noch Zeit, und die Teppiche werden nicht erst schmutzig getreten.«

Burgerl war wie der Wind davon, und Tante Beate wollte nun Marlies abkanzeln, aber diese winkte lachend ab.

»Nur nicht aufregen, Tante Beate, dann bekommt dir die Mahlzeit nicht. Ich denke, wir essen jetzt erst einmal.«

»Immer denkst du nur ans Essen!« murrte die Tante.

Marlies nickte vergnügt.

»Hab' mir auch einen prachtvollen Hunger angezüchtet, Tante Beate. Und heute ist fleischloser Tag; habe von den letzten Winteräpfeln einen Strudel backen lassen. Der wird munden.«

»So? Und wovon sollen wir nun für die Abendkost Kompott bekommen?«

»Selbstverständlich ist auch noch eine Schüssel Apfelmus da, und jetzt eben will ich der Köchin sagen, daß sie morgen schon jungen Rhabarber ernten kann. Salatköpfchen haben wir auch genug, müssen ohnedies Platz machen für andere Schößlinge. Sorge dich nur nicht, wir werden Herberts Gäste schon satt bekommen; dafür liegen wir dann, wie schon oft, ein bißchen krumm, wenn er mit ihnen abgezogen ist.«

»Das sagst du wieder in so spöttischer Weise, Marlies; Herbert ist schließlich der Herr von Mattenheim, und du –«

»Weiß schon, Tante Beate, und ich bin nur die arme Verwandte, die hier das Gnadenbrot ißt. Brauchst keine Angst zu haben, daß ich das jemals vergesse.«

»Das solltest du dir auch immer vor Augen halten. Sind die Gastzimmer endlich fertig?«

»Jawohl, Tante Beate, du kannst sie dir ansehen.«

»Hast du nur drei gerichtet?«

»Nein, fünf!«

»Das ist auch nötig, damit der junge Herr von Mattenheim nicht in Verlegenheit kommt, falls er den einen oder anderen Gast mehr mitbringt.«

»An solche Überraschungen sind wir ja gewöhnt, er soll uns gewappnet finden. Und nun komm zum Essen, damit du erst noch dein Mittagsschläfchen abhalten kannst, ehe die Sintflut über uns hereinbricht.«

»Was für Ausdrücke du immer hast!«

»Laß nur, Tante Beate, es ist nicht bös gemeint.«

Die beiden Damen gingen zu Tisch, nachdem Marlies schnell noch mal in die Küche hinuntergelaufen war und dort den Duft des Apfelstrudels genüßlich in ihr Näschen gezogen hatte. Ach, würde der gut schmecken nach dem mit Arbeit angefüllten Vormittag! Marlies war ein gesundes Mädchen und brauchte nicht in Sorge um ihre schlanke Linie zu sein bei ihrer anstrengenden Arbeit.

Wie immer, wenn die Damen allein aßen, war das Mittagessen sehr bescheiden, aber trotzdem sehr schmackhaft. Die alte Köchin setzte ihren Stolz darein, auch das einfachste Mahl sorgfältig zu bereiten.

Dann sorgte Marlies dafür, daß Tante Beate zu ihrem Ruhestündchen kam; und weil sie sich gar so lieb darum mühte, war die Tante etwas weniger schroff zu ihr als sonst. Wohlig streckte sie sich aus und schloß die Augen, während Marlies leise das Zimmer verließ. Die alte Dame mußte ganz still bei sich denken, daß es zuweilen doch sehr angenehm war, Marlies in Mattenheim zu haben. Das hätte sie aber um keinen Preis ausgesprochen.

Marlies aber machte sich nun daran, den Teetisch nett und einladend zu decken. Sie legte sechs Gedecke auf, stellte aber zwei weitere auf die Anrichte, so daß sie nur eingeschoben zu werden brauchten. Und während sie hantierte, blieb sie plötzlich sinnend mitten im Zimmer stehen und rief sich das Bild eines Mannes vor Augen, das sich ihr ins Herz geschlichen hatte. Sie wußte, daß er auch heute unter Herberts Gästen sein würde, wie schon oft. Zwar konnte sie nicht verstehen, daß sich dieser Mann zu Herberts Freunden zählte, weil seine ganze Art der ihres Vetters in jeder Hinsicht unähnlich war. Sie hatte erwartet, er werde nur eine flüchtige Bekanntschaft sein und ein zweites Mal nicht wiederkommen, aber er hatte sich doch wieder eingestellt, jedesmal, wenn Herbert mit Freunden nach Mattenheim kam. Und so sehr sie sich dagegen wehrte, Lutz Bergmann hatte ihr junges Herz schon beim ersten Zusammentreffen erobert, wenn sie das auch keinem Menschen, nicht einmal sich selbst, eingestand.

Nun sollte sie ihn heute wiedersehen, und das Herz klopfte ihr bei diesem Gedanken bis zum Hals, so sehr sie sich auch darüber ärgerte. Lächerlich von ihr, an diesen Mann zu denken. Er beachtete sie gar nicht, obwohl Herberts andere Freunde sich sehr um ihre Gunst bemühten, da sie ein schönes Mädchen war. Lutz Bergmann schien das nicht zu bemerken, er hatte eine etwas überlegene, spöttische Art und war anscheinend immer kühl, beherrscht und jeder Lage gewachsen. Das machte ihn ihr gerade interessant, und es tat ihr ein wenig weh, daß er sie so gleichgültig übersah. Sie warf bei diesen Gedanken den Kopf trotzig zurück. Mochte er sich doch ausgiebig mit den jungen Damen unterhalten, die zuweilen in Herberts Begleitung waren – er sollte unbedingt glauben, daß sie dem ganz gleichgültig zusah. Wenn ihr auch darüber das Herz in Stücke zu gehen drohte, er sollte gewiß nichts davon merken. Und schließlich war es doch keine Empfehlung für ihn, daß er sich in der seichten Gesellschaft um ihren Vetter wohl zu fühlen schien und er sich angelegentlich mit den oberflächlichen Modepuppen befaßte, die mit Herbert und dessen Freunden zuweilen nach Mattenheim kamen. Sie konnte überhaupt diese modernen jungen Damen nicht ausstehen, die sich wie ungezogene Jungen benahmen und den Männern sehr deutlich entgegenkamen. Daß hierbei die Eifersucht mitsprach, hätte sie sich niemals eingestanden. Sie wußte aber, daß Tante Beate diese Damen auch nicht besonders schätzte und nur ihrem Sohn zuliebe liebenswürdig zu ihnen war. Eine von ihnen sollte eine reiche Erbin sein, und auf diese hatte Herbert Mattenheim es abgesehen. Aber es war sehr wohl zu merken, daß Fräulein Lulu Strauß sich viel mehr für Lutz Bergmann interessierte und ihn in ihre Netze zu ziehen suchte. Das war ihr freilich nicht zu verdenken, denn Herbert war ein fader, blonder nichtsnutziger Schlingel, der dem lieben Gott die Tage abstahl, Lutz Bergmann dagegen ein sehr interessanter und anscheinend vollwertiger Mensch. Er mußte aber trotzdem an der aufdringlichen Art von Fräulein Lulu Strauß Gefallen finden, da er sich viel mit ihr beschäftigte. Mochte er! Aber einen tiefen Zorn – und einen nagenden Schmerz – empfand Marlies bei diesem Gedanken doch.

Vielleicht tut er es nur, weil sie reich ist. Die Männer wollen ja alle reiche Frauen haben, dachte sie ingrimmig und warf stolz den Kopf zurück. Aber sie ergab sich nicht ganz wehrlos und wünschte nur, diesem Fräulein Lulu Strauß einmal ordentlich die Meinung sagen oder ihr sonst etwas antun zu können, um ihrem Ärger Luft zu machen. Nein – Marlies gehörte durchaus nicht zu den sanften Frauen, die klaglos alle Widrigkeiten des Schicksals auf sich nehmen. Aber was konnte sie dieser reichen Erbin antun? Wenn sie doch heute wenigstens nicht dabei sein würde!

Heftig riß sie sich aus ihren Gedanken und mühte sich mit flinken Händen weiter, den Teetisch hübsch herzurichten. Dann ging sie noch einmal hinunter in das Kellergeschoß, wo sich die Wirtschaftsräume und die Dienstbotenzimmer befanden, gab in der Küche noch einige Anweisungen und eilte hinauf in ihr Zimmer, um sich umzukleiden. Dazu brauchte sie heute entschieden mehr Zeit als sonst. Sie wählte lange unter ihrem bescheidenen Kleidervorrat, ehe sie sich für ein schlichtes, aber sehr hübsches hellblaues Leinenkleid entschied. Sorgfältig kämmte sie das in weichen, natürlichen Wellen um ihr feines Köpfchen fallende Haar, über dessen goldbraunen Ton die Sonne metallische Lichter streute. Dabei schauten ihre lichten Grauaugen, die – ein entzückender Gegensatz – von ganz dunklen Brauen und Wimpern umsäumt waren, scharf prüfend in das zart blühende Gesicht. Sie gefiel sich durchaus nicht, und widerborstig schnitt sie eine Grimasse.

Das erleichterte sie ein wenig. Hastig drehte sie sich auf dem Absatz herum und trat an das Fenster, von dem aus sie den Weg übersehen konnte, auf dem das große Auto herankommen mußte, das man zur Bahn geschickt hatte. Vor ihrem Blick lag bis zum Wald sanft abfallendes Wiesengelände, und ringsum türmten sich die Berge, als müßten sie das weite Tal beschützen.

Es war ein herrliches Landschaftsbild, mit allen Reizen der bayrischen Berge geschmückt. Mattenheim lag nicht südlich genug, als daß die Berge hier besonders hoch gewesen wären, aber bei klarem Wetter konnte man oben von der Anhöhe, auf der sich das Herrenhaus erhob, in der Ferne die Schneehäupter der Bayrischen Alpen liegen sehen.

Während Marlies hinausschaute, wurde ihr das Herz leichter. Schön war es doch in Mattenheim, das ihr eine zweite Heimat geworden war. Und der liebe Gott würde helfen, daß es erhalten bleiben konnte. Sie wollte jedenfalls ihr Onkel Ernst gegebenes Wort halten und ihre junge Kraft in die Speichen stemmen, wenn die Räder abwärts rollen wollten. Ein wenig besser ging es ja schon, und hoffentlich bescherte der liebe Gott eine gute Ernte. Das Vieh sollte dieser Tage auf die Alm hinauf, wie in jedem Frühjahr. Da mußte ebenfalls vorgesorgt werden. Die Sennerinnen mußten gut ausgestattet werden mit allem, was sie brauchten.

Da war sie schon wieder mitten in ihren Sorgen um das Gedeihen von Mattenheim. Erschrocken fuhr sie auf, als sie jetzt das Auto aus dem Wald biegen sah.

Sie erkannte sofort, daß es reich besetzt war, also Herbert mehr als drei Gäste mitbrachte. Anscheinend war auch eine Dame dabei, denn ein langer Schleier flatterte mit dem Wagen heran. Ob das wieder diese unausstehliche Lulu Strauß war?

Schnell huschte Marlies hinunter und fand Tante Beate schon mit rotgeschlafenem Gesicht und umgekleidet in der Halle vor. Marlies mußte ihr schnell noch eine Spitzengarnitur um den Hals feststecken, dann war die Tante bereit, die Gäste ihres Sohnes und diesen selbst zu begrüßen, Marlies aber eilte in das Zimmer, wo der Teetisch gedeckt war, und schob auf alle Fälle die beiden bereitstehenden Gedecke zwischen die andern. Auch zwei Sessel rückte sie noch an den Tisch heran, denn ein Blick aus dem Fenster zeigte ihr, daß außer den angemeldeten drei männlichen Gästen noch zwei weibliche mitgekommen waren. Unter diesen zu Marlies' Leidwesen auch Fräulein Lulu Strauß. Nun aber ging sie pflichtgemäß hinaus in die Halle, um die Gäste zu begrüßen und dafür zu sorgen, daß sie in den für sie bestimmten Zimmern untergebracht wurden.

Eigentlich sah sie aber nur Lutz Bergmann, dessen hohe Gestalt die andern um ein gutes Stück überragte. Leider mußte sie aber auch sehen, wie er sich bemühte, den langen Schleier zu lösen, den Fräulein Strauß zu fest um ihren kleinen Hut geknüpft hatte. Daß Lulu Strauß ihn dazu aufgefordert hatte, wußte sie nicht, sie glaubte, es sei ein freiwilliger Ritterdienst, und das tat ihr weh.

Als sie ihren Vetter begrüßte, meinte dieser, ein fadblonder, schlanker Mensch mit ziemlich verlebten Zügen:

»Na, Marlies, schnell, schnell, schaff Platz auch für die beiden Damen, die sich uns angeschlossen haben, um uns die Langeweile des Landaufenthaltes zu vertreiben.«

Marlies sah ihn ernst und ruhig an und sagte kurz: »Es ist alles schon bereit – wir wissen ja, daß du uns immer Überraschungen bereitest.«

»Hoffentlich keine unangenehmen, Fräulein Mainau«, meinte Lulu Strauß, indem sie mit einem gefallsüchtig dankbaren Augenaufschlag ihren gelösten Schleier aus Lutz Bergmanns Händen entgegennahm.

Marlies stieg eine zornige Röte ins Gesicht.

»Ich habe hinzunehmen, was mein Vetter zu beschließen für gut findet; denn er ist der Herr von Mattenheim.«

Das klang durchaus nicht demütig und ergeben, sondern genau so aufsässig, wie Marlies dabei zumute war.

Herbert gab ihr einen kleinen Stoß.

»Also mach schnell, führe meine Gäste in ihre Zimmer und sorge dann für Tee und Zubehör. Und es ist sehr gut, daß du dir immer wieder in Erinnerung rufst, daß ich hier der Herr bin.«

Mit ihren leuchtenden Augen sprühte sie ihn an.

»Das brauchst du mir nicht zu sagen, ich weiß schon, was ich zu tun habe. Bitte, meine Herrschaften, wollen Sie mir nach oben folgen.«

Und ruhig, mit erhobenem Haupt, schritt Marlies die Treppe hinauf. Sie sah nicht den strahlenden Blick, den Lutz Bergmann hinter ihr her sandte. Mit einigen Sätzen war er an ihrer Seite.

»Ich bekomme hoffentlich dasselbe Zimmer, das ich schon einige Male bewohnt habe, mein gnädiges Fräulein?«

Schnell sah sie von der Seite zu ihm auf.

»Ja«, erwiderte sie nur kurz.

»O weh, Ihre Ungnade erstreckt sich auch auf mich armen unschuldigen Sterblichen?«

Sie hörte den leisen Spott aus seinen Worten und sah ihn mit funkelnden Augen an.

»Ich hindere Sie nicht, sich ebenfalls von meiner Ungnade betroffen zu fühlen, Herr Bergmann.«

»Und warum gilt sie auch mir?«

»Sie gilt Ihnen nicht im besonderen, sondern als Mitglied der ganzen Gesellschaft, die uns mein Vetter ins Haus geführt hat.«

»Ah, so feindlich sind Sie gegen Ihre Gäste eingestellt?«

»Ich habe niemals Gäste. Sie sind die Gäste meines Vetters, des Herrn von Mattenheim.«

»Gut, unterscheiden wir genau. Aber – ist es nicht eigentlich Ihre Pflicht, die Gäste des Hauses willkommen zu heißen?«

»Eigentlich gehört das mit zu meinen Pflichten, aber – Sie werden doch schon oft genug darauf hingewiesen worden sein, daß ich eine ziemlich pflichtvergessene, widersetzliche Person bin.«

Er sah von der Seite auf sie hinab. Es lag etwas Unerklärliches in seinem Blick, das ihr eine jähe Röte ins Gesicht trieb.

»Widersetzlich? Das stimmt! Ein Trotzkopf mit vielen Stacheln. Aber für pflichtvergessen halte ich Sie nicht – im Gegenteil. Ich habe beobachtet, daß Sie es sehr ernst mit Ihren Pflichten nehmen. Nur hindert Sie wohl Ihr Dickkopf, auch mir und den übrigen Gästen gegenüber Ihre Pflicht, liebenswürdig zu sein oder wenigstens zu scheinen, zu erfüllen.«

Sie hatte ihm mit geröteten Wangen zugehört und öffnete nun die Tür zu seinem Zimmer. Als hätte sie seine letzten Worte nicht gehört, sagte sie ruhig und eisig:

»Hier ist Ihr Zimmer, Herr Bergmann – wenn Sie noch etwas bedürfen, bitte zu klingeln.«

Marlies wandte sich ab und schritt den andern voran den langen Gang hinunter. Unterwegs öffnete sie ein Zimmer nach dem andern, nannte den Namen der Gäste, die jeweils das Zimmer bewohnen sollten. Das für Fräulein Lulu Strauß lag am weitesten entfernt von dem Lutz Bergmanns. Dieser hatte hinter Marlies hergesehen, und um seinen Mund zuckte ein heimliches Lächeln. Seine Augen blitzten auf, als er bemerkte, daß Fräulein Strauß ganz hinten am letzten Ende des Ganges untergebracht worden war. Als Marlies wieder zurückkam, mußte sie an ihm vorüber. Sie sagte sich, er habe nur hinter ihr her gesehen, um zu erfahren, wo Fräulein Strauß wohnen sollte, und wollte schweigend an Lutz vorübergehen, aber er vertrat ihr den Weg.

»Sie haben Fräulein Strauß woanders untergebracht als sonst.«

Ein unbeschreiblicher Blick aus ihren Augen, der ihrem Gesicht einen seltsam weichen Ausdruck gab, flog zu ihm hoch.

»Hat sie sonst in einem andern Zimmer gewohnt?« fragte sie nachlässig.

»Ja – ich glaube hier dicht neben dem meinen.«

»Das hatte ich schon für Herrn von Selbitz zurechtmachen lassen. Es wird Ihnen hoffentlich nichts ausmachen, daß Fräulein Strauß Ihnen etwas ferner gerückt ist«, stieß sie in schmerzlichem Zorn hervor.

Und dann lief sie davon, die Treppe hinab. Er sah ihr nach. Es lag ein gutes Lächeln um seinen Mund. Schnell betrat er sein Zimmer und machte sich zurecht.

Marlies aber tat das Herz furchtbar weh. Es erschien ihr immer sicherer, daß Lutz Bergmann Lulu Strauß liebte. Wie sehr er sich für die Lage ihres Zimmers interessierte! Das hatte er übrigens ihr zu verdanken, denn mit Absicht hatte sie Lulu Strauß aus seiner Nähe fortgeschafft, weil sie beobachtet hatte, daß beide sich noch aus ihren Fenstern heraus unterhalten hatten, während alle andern Gäste längst schon schliefen.

Bei einem noch spät durch den Garten unternommenen Rundgang hatte Marlies das zu beobachten vermocht.

Das wußte sie aber nicht, daß Lutz ganz harmlos noch eine Zigarette am offenen Fenster geraucht hatte, als auch Fräulein Lulu Strauß am Fenster ihres Zimmers erschien und ihn gleich in ein Gespräch zog. Das war ihm ganz und gar nicht willkommen gewesen. Er hatte damals Marlies über den Gartenweg huschen sehen und konnte sich nun sehr leicht erklären, warum Fräulein Strauß entfernt von ihm untergebracht worden war.

Und wieder spielte ein weiches, gutes Lächeln um seinen Mund.

2

EINE HALBE STUNDE später füllte Marlies am Teetisch die Tassen der Gäste und reichte ihnen leckere Fleischbrötchen und kleine knusperige Kuchen, sie versorgte auch alle mit Zucker, Zitrone und Sahne und auf Herberts besonderen Wunsch auch mit Arrak. Am Tisch herrschte eine lustige, angeregte Unterhaltung. Sie war beinahe zu laut und burschikos, in Anbetracht dessen, daß auch Damen zugegen waren. Es wurden unzählige Zigaretten geraucht, mehr oder minder gute Witze gemacht, und die Hausfrau, Herberts Mutter, und Marlies wurden dabei als ziemlich überflüssig empfunden. Sie störten, wenigstens nach Ansicht der beiden weiblichen Gäste, die Gemütlichkeit. Diese beiden Landpomeranzen waren mehr als rückständig, sahen immer sehr betroffen aus, wenn mal ein offenes, forsches Wort fiel. Diesen beiden gegenüber mußte man sich immerhin etwas vorsehen, und das mochten diese jungen Leute nicht, die sich wenig um Zucht und Sitte kümmerten und sich nur nach ihrem Belieben ausleben wollten.

Tante Beate zwang freilich ein gequältes Lächeln um ihren Mund und versuchte vor allem Fräulein Lulu Strauß gegenüber so liebenswürdig wie möglich zu sein, weil sie in dieser reichen Erbin schon die Frau ihres Sohnes sah. Dieser fahlblonde, verlebt aussehende junge Mann, der seine schlottrigen Glieder faul in einen Sessel geflegelt hatte, die Hände in den Taschen und mit gewollt betonter Lebemannmanier den Rauch seiner Zigarette von sich blies, war aber durchaus nicht Lulus Geschmack. Ihr gefiel Lutz Bergmann viel besser, und diesem machte sie immer wieder durch den leichten Rauch ihrer Zigarette hindurch verliebte Augen, was sie aber die anderen nicht merken ließ. Nur Marlies merkte das alles, und ihre sonst so hellen, strahlenden Augen wurden dunkel vor heimlicher Empörung. Lulu Strauß lockte es nun, ihren Witz ein wenig an Marlies zu üben und sie sagte nachlässig über den Tisch hinüber zu ihr:

»Sie entsetzen sich wohl heimlich über unsere losen Redensarten, Fräulein Marlies?«

Diese richtete sich zu Lutz Bergmanns Vergnügen sofort kriegerisch auf und sagte kühl:

»Nicht nur heimlich! Im übrigen heiße ich für Fremde Fräulein Mainau.«

Lulu Strauß maß diese arme Verwandte des Gutsherrn mit ein wenig erstaunten, zugleich aber auch empörten Blicken. Wie kam dieses arme Mädel, das hier, wie sie wußte, das Gnadenbrot aß, zu solcher Anmaßung? Schon wollte sie zu einem heftigen Ausfall ausholen, da nahm Herbert ihr das Wort vom Mund weg und sagte zornig zu seiner Base:

»Ich bitte mir einen liebenswürdigeren Ton aus meinen Gästen gegenüber, Marlies! Was fällt dir ein, so anmaßend zu sein!«

Marlies sah ihn furchtlos an, warf auch einen heimlich forschenden Blick zu Lutz Bergmann hinüber, um zu ergründen, ob sie ihn ebenfalls mit ihren kühlen, abweisenden Worten geärgert hätte. Er blickte sie aber lächelnd an; ein Lächeln war es, das sie für Spott hielt. Das reizte sie nur noch mehr. Ihren Vetter nun groß ansehend, sagte sie ruhig und bestimmt:

»Ich wurde von Fräulein Strauß lediglich nach meiner Meinung gefragt, im übrigen bemerkte ich nur, daß ich als Fräulein Mainau angeredet zu werden wünsche, da ich ja Fräulein Strauß auch nicht Fräulein Lulu nenne.«

»Aber da besteht doch ein großer Unterschied«, sagte Herbert zornig.

»Ah, du meinst, weil Fräulein Strauß eine reiche Erbin ist und ich nur eine arme Verwandte, die hier deiner Meinung nach das Gnadenbrot ißt?«

»Nun ja, da du es selbst aussprichst, muß ich das bestätigen.«

»Aber ich bin nicht einer Meinung mit dir, Herbert; denn ich verdiene mir ehrlich mein Brot und – außerdem war es eine letztwillige Verfügung deines Vaters, daß ich in Mattenheim eine Heimat haben sollte, solange es mir beliebt.«

Inzwischen hatte Tante Beate sich von ihrem Ärger über das unbotmäßige Benehmen ihrer Nichte erholt und warf ziemlich giftig hin:

»Und es wird dir sehr lange belieben.«

Ruhig sah Marlies in ihre Augen.

»Mindestens so lange, wie Mattenheim meiner bedarf, Tante Beate, das weißt du sehr wohl. Und solange Herbert hier nicht seine Pflichten als Gutsherr erfüllt, will und muß ich für ihn eintreten. Das habe ich seinem sterbenden Vater versprochen, und ich werde es halten.«

Dieser Meinungsaustausch drohte sich zuzuspitzen, deshalb lenkte Lutz Bergmann ein. Er hatte sich gefreut über Marlies' Tapferkeit.

Lange schon studierte er ihr Wesen, und er kam hauptsächlich mit nach Mattenheim, um sie wiederzusehen. Denn an dem Verkehr mit Herbert und Leuten seiner Art lag ihm blitzwenig. Er war im Besitz eines großen Vermögens, dachte aber nicht daran, sich auf die faule Haut zu legen. Von Beruf Geologe, hatte er große Forschungsreisen gemacht und stand im Begriff, über ihre Ergebnisse ein Werk zu schreiben.

Marlies hatte ihm gleich großes Interesse abgenötigt. Er staunte darüber, mit welcher Ausdauer sie ihre Pflicht erfüllte, ohne sich knechten und demütigen zu lassen. Immer wieder ließ er sich von Herbert bestimmen, seine selbsterteilte Urlaubszeit in Mattenheim zu verbringen, obgleich ihm an dem Verkehr mit Herbert Mattenheim wenig gelegen war. Aber wenn er hörte, daß dieser sich auf das Gut begeben wollte und er gebeten wurde, ihn zu begleiten, da es draußen auf dem Land gar zu langweilig sei, nahm er jedesmal die Einladung an, nur um Marlies Mainau endlich wiedersehen zu können. Er freute sich ihres furchtlosen, kampfbereiten Wesens, das ganz anders war als die Oberflächlichkeit der modernen jungen Damen seiner Gesellschaftskreise. Und wenn es auch nicht seine Art war, schnell und unüberlegt eine aufblühende Neigung Macht über sich gewinnen zu lassen, wollte er die heimlich Geliebte doch immer wieder beobachten und sich und sie gründlich prüfen. Denn für leichte Liebeleien war er nicht zu haben, und eine festere Bindung einzugehen, ehe er sich genau über alles unterrichtet hätte, war er bei seinem tiefgründigen Wesen nicht imstande. So gab er sich vorläufig den Anschein, ein Herz und eine Seele zu sein mit den leichtfertigen Gästen des Hauses Mattenheim. Allein sobald er bemerkte, daß Marlies ihm ebensowenig gleichgültig gegenüberstand wie er ihr, als er erkannte, daß sie auf Lulu Strauß eifersüchtig war, wurde ihm wärmer und immer wärmer ums Herz.

Sie verhielt sich, weil er ihr nicht gleichgültig war, ihm gegenüber stets sehr abweisend, und verriet eben dadurch, wie es um sie stand.

Um sie aus ihrer Zurückhaltung herauszulocken, erweckte er hin und wieder den Anschein, als gehe er auf Lulus Entgegenkommen ein.

So war es auch heute wieder. Er schlug einen Spaziergang durch den Park vor, und man brach auf. Lulu Strauß hängte sich gleich in seinen Arm, und weil die Herren in der Überzahl waren, schob sie ihren anderen Arm unter den des Hausherrn. Herbert Mattenheim war so sehr von seiner Unwiderstehlichkeit überzeugt, daß er Lutz Bergmann als Rivalen nicht fürchtete. Mit dünkelhafter Miene nahm er den Platz an Lulus anderer Seite ein. Es eilte ihm noch gar nicht, sich den Goldfisch einzufangen, weil er damit auch seine Freiheit aufgeben mußte. Seine Mutter hätte es gern gesehen, wäre er etwas forscher vorgegangen, allein sie wagte nicht ihm Vorhaltungen zu machen, denn Herbert konnte manchmal so unausstehlich sein, daß selbst die eitle Mutter sich dadurch verletzt fühlte.

Zu Lutz Bergmanns Verdruß schloß Marlies sich dem Spaziergang nicht an, obwohl die anderen Herren sie dringend dazu aufforderten. Er selbst sagte kein Wort, sondern ging anscheinend ganz zufrieden mit den anderen davon. Marlies sah noch, wie er ritterlich besorgt eine warme Hülle um Lulus Schultern legte, denn es war an diesem Frühlingstag im Freien noch recht frisch. In ihrem reizenden Gesicht zuckte es vor unterdrücktem Kummer. Das sah Lutz noch im Fortgehen, und er wäre sehr gern bei ihr geblieben. Aber er war zu ehrenhaft, Hoffnungen in ihr zu erwecken, solange er noch nicht den festen Entschluß gefaßt hatte, ihr seine Hand anzubieten.

Marlies wurde sehr schnell aus ihrem Kummer aufgerüttelt durch eine geharnischte Strafpredigt ihrer Tante.

»Du hast dich wieder einmal unglaublich benommen, Marlies. Wie konntest du Herbert gegenüber so auftrumpfen auf dein Recht, in Mattenheim zu bleiben. Immerhin muß er dir als Herr von allem hier doch seine Erlaubnis dazu geben.«

Marlies strich sich über die Stirn, um einige widerspenstige Löckchen zurückzulegen, und sagte dann mit einer gewissen Müdigkeit:

»Laß nur gut sein, Tante Beate, ihr solltet doch beide wissen, daß ich nicht in diesem Ton mit mir reden lasse. Ich tue meine Pflicht, scheue mich vor keiner Arbeit und verlange Anerkennung für meine Leistung, die ihr mir immer wieder versagt. Eure versteckten Drohungen, mir die Tür vor der Nase zuzumachen, schrecken mich nicht. Denn erstens hat Onkel Ernst mir wirklich Heimatrecht zugesichert, und zweitens bin ich fest davon überzeugt, daß alles hier drunter und drüber gehen würde, wenn ich ginge. Sonst – das kannst du mir glauben, wäre ich schon längst auf und davon.«

»Das sagst du so! Was wolltest du anfangen, wenn du von hier fortgehen müßtest?«

»An einer anderen Stelle auf dieser Erdkugel arbeiten und eine Pflicht erfüllen; du kannst versichert sein, daß ich mich nirgends schlechter stehen würde. Aber nun laß uns dieses unerfreuliche Thema beenden – ich habe noch zu tun.«

Damit ging Marlies hoch erhobenen Hauptes davon, um in der Küche allerlei für die Abendtafel zu bestellen und Vorräte herauszugeben.

Frau Beate hatte wieder einmal den kürzeren gezogen, das mußte sie einsehen. Sie wäre viel weniger scharf und hart zu Marlies gewesen, wenn diese sich in Demut ihrem Willen gefügt hätte. Das lag aber Marlies durchaus nicht. Und zu ihrem Leidwesen sah Beate Mattenheim in besinnlichen Stunden sehr wohl ein, daß man ohne Marlies hier in Haus und Hof nicht weit kommen würde. Selbst auf den Wiesen und Feldern wußte diese besser Bescheid als der langjährige Inspektor, mit dem zusammen sie alles besprach, was draußen bei der Bewirtschaftung von Mattenheim geschehen mußte.

Frau Beate fand es zwar unerhört, daß dieses achtzehnjährige Mädchen so viel zu leisten vermochte, aber wo wären sie alle hier geblieben ohne ihr Eingreifen. Da mußte wirklich erst Herbert für immer nach Hause kommen und sich um die Wirtschaft kümmern. Aber vielleicht tat er das, wenn er heiratete. Und so Gott wollte, würde er Lulu Strauß heimführen. Diese gefiel ihr freilich durchaus nicht, aber sie hatte viel Geld, und dieses Geld würde Mattenheim zugute kommen. Also mußte man alles tun, um diese Partie zustande zu bringen. Als Frau würde Lulu sich schon den ziemlich freien Ton abgewöhnen, man konnte ja auf sie einwirken.

Was Lulu wohl gesagt hätte, wüßte sie, welche Hoffnungen Frau Beate Mattenheim auf sie setzte?

Lulu war im Augenblick eifrig bemüht, ihre zwei Begleiter gegeneinander auszuspielen. Sie kam Herbert Mattenheim stark entgegen, um Lutz Bergmann eifersüchtig zu machen und ihn aus seiner Zurückhaltung herauszulocken. Weit davon entfernt anzunehmen, irgendein Mann könne imstande sein, ihr Entgegenkommen zu übersehen, war sie in bezug auf sich selbst mindestens ebenso eingebildet wie Herbert. Nicht nur auf ihr Vermögen, sondern auch auf ihre Persönlichkeit. Denn man schmeichelte ihr überall. Sie war auch durchaus nicht häßlich, sogar durchaus ansehnlich, und wenn sie sich zu beherrschen verstanden hätte, wäre sie sehr ansprechend gewesen. Aber sie forderte von aller Welt Beachtung und Bewunderung und nahm als sicher an, daß sie jeden Mann erobern könnte, den sie nur haben wollte. Es dauerte ihr schon zu lange, bis Lutz Bergmann mit einer Werbung herauskam, und deshalb zeigte sie heute einmal Herbert ein so besonderes Entgegenkommen, daß dieser geschmeichelt lächelte und ihren Arm ziemlich kräftig an sich drückte, als wollte er damit sagen: Liebes Kind, gedulde dich nur noch ein Weilchen, eines Tages werde ich dich schon zur Frau von Mattenheim machen.

Lulu verstand diesen Druck sehr gut, aber sie dachte nicht daran, Herbert von Mattenheim ernst zu nehmen. Lutz Bergmann hatte ihr sprödes Herz besiegt.

Sie setzte jetzt alles daran, ihn zu erobern. Keine Ahnung kam ihr, daß er eine andere Frau lieben könnte. Sie bezweifelte nicht, daß er nur ihretwegen in Mattenheim sei, denn auch ihr wollte es scheinen, als könne zwischen Herbert von Mattenheim und seinen anderen Bekannten und Lutz Bergmann keinerlei freundschaftliche Bindung bestehen. Sie wußte sehr wohl, daß letzterer ein ganz anderer Charakter war, und obwohl sie selbst besser zu den leichtlebigen Menschen paßte, lockte es sie viel mehr, Lutz Bergmann für sich zu gewinnen. Aber so hoch dachte sie doch nicht von ihm, daß sie annehmen konnte, er sei völlig unempfindlich gegen ihre Millionen.

Er würde schon zu besiegen sein. Sicherlich fehlte ihm nur der Mut, seine Werbung bei ihr anzubringen. Zu diesem Mut mußte ihm irgendwie verholfen werden. Und deshalb begann sie sehr deutlich mit Herbert zu liebäugeln, damit Lutz Bergmann eifersüchtig gemacht würde.

Dieser reagierte aber leider nicht darauf. Lulu Strauß war ihm nicht nur gleichgültig, sondern geradezu zuwider. Er konnte diese Art Frauen nicht verstehen und mochte sie nicht.

Inzwischen schaffte Marlies eifrig in Haus und Küche und trat nur zuweilen an eines der Fenster, ob sie Herbert mit seinen Gästen erblicken könnte. Gerade, als sie wieder eifrig spähend am Fenster des Speisezimmers stand, trat ihre Tante ein und sah Marlies müßig stehen.

»Aber Marlies, soll wieder alles auf meinen Schultern ruhen? Da stehst du nun und schaust zum Fenster hinaus, als gäbe es im Haus nicht alle Hände voll zu tun.«

»Es ist alles fertig, Tante Beate, du brauchst dich um nichts mehr zu kümmern. Und auch ich ziehe mich jetzt zurück, um mich zur Abendtafel fertigzumachen. Oder hast du noch Wünsche?«

»Ich wüßte nicht. Du kannst gehen. Aber frisiere dich nicht so auffallend; Fräulein Strauß darf nicht in den Schatten gestellt werden von dir, es könnte sie verletzen.«

Marlies richtete sich mit einem Ruck empor.

»Ich kann mich Fräulein Strauß zu Gefallen nicht in eine Vogelscheuche verwandeln, Tante Beate, mein Haar ist nicht anders zu frisieren, ich kämme es nur einfach durch, dann fällt es, wie es will.«

»Aber Fräulein Strauß hat nun mal etwas sprödes und struppiges Haar, und sie könnte dich beneiden um deine natürlichen Locken. Deshalb könntest du dein Haar etwas mehr bändigen. Es ist wirklich recht auffallend, wie dir das Haar in das Gesicht fällt. Wie ein Kinostar siehst du aus.«

»Mein Aussehen hat mir der liebe Gott gegeben, ich will und kann das nicht ändern. Aber sei nur ganz ruhig – Fräulein Strauß wird von mir bestimmt nicht in den Schatten gestellt, sie ist reich, und ich bin arm. Deshalb wird sie den Männern stets begehrenswerter erscheinen als ich.«

In diesem Augenblick kam die Post. Frau Beate sah sie durch. Außer einigen stark nach Parfüm duftenden Briefchen an Herbert, geschäftlichen Briefen und einigen Zeitungen war auch ein Schreiben an Frau Beate darunter. Sie drehte es unbehaglich in der Hand hin und her, denn sie wußte gleich, von wem es kam. Eine Kusine ihres Mannes, eine verwitwete Frau Oberst von Breul, die, seit sie Witwe war, in einem Damenstift lebte, hatte es abgeschickt.

Albertine von Breul oder, wie sie sich immer nennen ließ, Frau Oberst von Breul, war sozusagen der Schrecken der Familie. Sie meldete sich meist ganz überraschend und fast immer zu unpassender Zeit zu Besuch an, dehnte ihre Gastspiele stets sehr lange aus und hielt es für ihre Pflicht, ihren Anverwandten unter dem Motto wohlgemeinter Aufrichtigkeit viel Unangenehmes zu sagen. Ebenso pflegte sie das Haus bis in die abgelegensten Winkel zu durchstöbern, um festzustellen, ob überall gut Staub gewischt sei. Das war sozusagen ihre Lebensaufgabe, und vor ihrem Erscheinen gab es daher überall erst ein großes Generalscheuerfest, um ihr keinen Anlaß zum Tadel zu geben.

Frau Beate ahnte, daß wieder ein Besuch von Tante Albertine, wie Herbert diese seit seiner Kindheit zu nennen pflegte, bevorstehe. Schnell riß sie den Brief auf und las:

»Teure Beate!

Es ist wieder einmal Frühling geworden, und ich erinnere mich, wie schön der Lenz in den bayerischen Bergen ist. Es ist selbstverständlich Voraussetzung, daß noch Schnee auf den

Gipfeln liegt. Um mir diesen herrlichen Ausblick wieder einmal zu verschaffen, werde ich Euch auf längere Zeit besuchen. Ihr wartet doch noch einige Tage, bis ihr das Vieh auf die Almen schickt? Ich bin gar zu gern dabei, wenn es unter Geläut seiner Glocken davonzieht, unter der Obhut der Sennerinnen und Sennbuben. Leider werde ich nicht so lange bleiben können, bis die Kühe im Herbst blumengeschmückt und strotzend vor Kraft und Leben wieder abgetrieben werden. Später könnte ich aber im Herbst noch einmal für einige Zeit zurückkommen, um auch diesen Anblick zu genießen. Inzwischen gehe ich dann mit meiner Freundin, der Generalin Spenzer, an den Thuner See, wo mir der Hochsommer immer so besonders gut bekommt. Also länger als bis Ende Juni könnte ich diesmal nicht bleiben, doch hole ich im Herbst vielleicht nach, was ich jetzt werde versäumen müssen. Also erwarte mich am nächsten Sonnabend; ich reise, wie du weißt, immer sonnabends, wenn es möglich ist, weil man dann gleich einen Sonntag vor sich hat. Bitte, richte mein Zimmer wieder nach der Südseite, wie ich am liebsten wohne. Marlies weiß das schon und wird mir alles behaglich machen. Grüße Herbert herzlich von mir, hoffentlich bekomme ich ihn in Mattenheim zu sehen. Er befindet sich doch wohl noch immer hauptsächlich in Berlin, wo man sich in der Gesellschaft tolle Sachen von ihm erzählt. Hoffentlich sind die nur zur Hälfte wahr, was auch noch mehr als genug sein würde. Ich werde ihm einmal auf den Zahn fühlen. Bei mir läßt er sich kaum noch sehen, obwohl unser Stift so nahe bei Berlin liegt. Aber die Jugend, meine liebe Beate! Wir wurden doch ganz anders erzogen. Also Sonnabendnachmittag gegen halb fünf Uhr bin ich in Mattenheim, und wir werden uns über das Wiedersehen freuen.

Sei gegrüßt von Deiner

Albertine.«

Mit einem Seufzer ließ Frau Beate den Brief sinken. Das war eine unliebsame Überraschung. Tante Albertine zwischen den Gästen ihres Sohnes – großer Gott, was mochte daraus werden! Und wie viele Mühe die alte Dame zu machen pflegte, war ihr genügsam bekannt. Sie brachte regelmäßig ihre alte Dienerin Pauline mit, die beinahe ebenso anspruchsvoll war wie ihre Herrin. Für einige Monate setzte Albertine Breul sich immer fest, und der einzige frohe Tag, den man mit ihr verlebte, war der ihrer Abreise.

Herbert würde schön zornig sein, wenn er von diesem Besuch hörte.

3

MARLIES WAR, AHNUNGSLOS, welche Überraschung ihrer harrte, nach oben gegangen, um sich ein wenig aufzufrischen. Ihr Zimmer lag dem des Fräulein Strauß schräg gegenüber, und nachdem Marlies sich ihre Sachen zurechtgelegt hatte, hörte sie Herbert mit seinen Gästen zurückkommen.

Man machte viel Lärm dabei, schrie sich etwas zu, lachte und knallte die Türen. Am lautesten wurde die Tür von Fräulein Strauß zugeschlagen. Sie hatte ihre Jungfer nachkommen lassen, weil sie behauptete, nicht ohne diese auskommen zu können. Und nun schien diese Jungfer irgend etwas falsch gemacht zu haben, denn Marlies hörte, als sie ihre Tür öffnete, einen Schwall von Schimpfworten aus Lulus Zimmer herausdringen, der von sehr viel Unbeherrschtheit und ungebändigter Wut zeugte.

Wie würde Fräulein Strauß sich erst innerhalb ihrer eigenen vier Wände aufführen, wenn sie schon in fremden Häusern, wo sie Gast war, so rücksichtslos vorging?

Leise schloß Marlies wieder ihre Tür und machte sich fertig. Dabei beschäftigten sich ihre Gedanken mit der Szene drüben. Und sie fragte sie, was Lutz Bergmann wohl von einer derartigen Szene denken würde. Überhaupt, ob er wohl ahnte, welche Charaktereigenschaften diese junge Dame besaß? Wußte er, daß sie lügenhaft, gefallsüchtig, ränkevoll und ziemlich gewöhnlich war? Ihre Eltern waren entweder sehr nachsichtig gewesen, oder sie hatten selbst nicht gewußt, wie sich ein gebildeter Mensch benehmen muß. Lutz Bergmann wollte ihr schon leid tun, aber dann warf sie den Kopf zurück. Warum sollte sie sich deswegen das Herz schwer machen? Lulus Reichtum würde ihm wahrscheinlich alles vergolden, er wollte ihre Fehler gar nicht sehen, sonst hätte er längst gewahr werden müssen, daß sie nicht nur ihm, sondern auch anderen ausgiebig schöne Augen machte. Warum sollte sie ihn also bedauern? Wenn er sie zur Frau erwählte, mochte er sehen, wie er mit ihr fertig wurde.

»Er ist eben selbst nicht viel mehr wert als sie«, sagte sie vor sich hin. Aber es tat ihr viel weher, als sie es sich eingestehen wollte.

Und dann rief sie sich wieder selbst zur Ordnung. Was kümmerte es sie, wenn er mit einer solchen Frau unglücklich wurde? Er verdiente es nicht anders, wenn er sich durch ihren Reichtum blenden ließ. Denn lieben konnte er sie unmöglich, sie war doch eine unausstehliche Kokette – und schön auch nicht, trotz ihrer auffallend eleganten Toiletten, mit denen sie den Männern die Augen verblenden wollte. Schamlos sah sie zuweilen aus, ja, schamlos. Aber mochte sie es. Und Lutz Bergmann war es nicht wert, daß man sich um ihn kümmerte – ja, man ärgerte sich bloß, weil er so blöd und dumm in sein Unglück hineinrannte. Aber mochte er, ihr war es gleichgültig. Nein, noch mehr – sie haßte ihn, ja, sie haßte ihn, daß ihr zuweilen alles weh tat davon. Das konnte nur Haß sein! Ach, wenn sie nur ihm und ihr etwas antun könnte – ja, so sehr haßte sie diese beiden Menschen, daß sie das mit allen Fasern ihres Herzens ersehnte.

Und Marlies vergrub sich wütend und zugleich schmerzbewegt in diesen Haß, der doch nichts war als verborgene Liebe.

Jetzt mußte sie aber wieder hinuntergehen, wo Tante Beate ihr mitteilte, daß Tante Albertine am Sonnabend zu längerem Besuch kommen würde.

»Die hat mir gerade noch gefehlt, diese anspruchsvolle Person in all dem Trubel. Was sollen wir nur anfangen?«

Marlies mußte lachen. Tante Albertine war auch für sie eine

Prüfung, aber trotzdem ein amüsantes Original. Sie pflegte zu sagen, daß Tante Albertine so viel grimmigen Reiz habe wie Adele Sandrock im Film.

»Ach, Tante Beate, laß es dich nur nicht verdrießen, Tante Albertine ist gar nicht so schlimm, wie es einem im ersten Augenblick erscheint. Wir werden auch diesmal mit ihr fertig werden und sie im übrigen mit Humor ertragen.«

»Ich verstehe nicht, wo man Humor hernehmen soll, wenn sie im Haus ist.«

Wieder mußte Marlies lachen. Ihre Tante Beate und Humor, das waren unvereinbare Begriffe. Das durfte sie ihr aber nicht sagen.

»Es wird schon alles gehen, Tante Beate, überlaß Tante Albertine mir.«

»Nun, sie wird wie gewöhnlich im ganzen Haus herumstöbern und jeden Winkel prüfen bezüglich seiner Sauberkeit.«

»Dann hat sie wenigstens etwas zu tun.«

»Aber denke dir den Aufstand, wenn sie wirklich irgendwo ein Stäubchen entdeckt.«

»Oh, sie ist dann glücklich für den ganzen Tag und denkt sich immer neue Strafpredigten für uns aus. Sehr oft wird sie nicht dazu kommen, denn, gottlob, wir haben keine Staubwinkel im Haus, es sei denn auf dem Speicher, wo die alten Kisten und Koffer aufbewahrt werden. Aber auch der Speicher hat kürzlich ein großes Frühjahrsscheuerfest durchgemacht, und auch da wird sie nur wenig Staub finden – die Arme.«

»Ach, wie du das nur wieder sagst.«

Marlies hatte bei dieser Unterhaltung ihr schweres Herz ein wenig vergessen – ebenso ihren »Haß«. Sie besichtigte die Tafel im Speisezimmer, rückte hier und da noch etwas hübscher zurecht und gab nach der Küche Weisung, daß angerichtet werden könne. Die Hauptmahlzeit wurde in Mattenheim nach englischer Sitte am Abend eingenommen, und wenn Herbert mit Gästen anwesend war, kam man immer in großer Toilette zu Tisch. So geschah es auch heute. In wenigen Minuten erschienen die Gäste in Abendanzügen, die Herren im Smoking, die Damen in eleganter großer Toilette. Selbst

Marlies hatte ein schlichtes schwarzes Abendkleid angelegt und ebenso Tante Beate. Sie betonten beide in ihrem Anzug, daß sie noch um Onkel Ernst trauerten.

Herbert Mattenheim hatte freilich seinen Vater längst vergessen. Er war immer äußerst streng gegen ihn gewesen, weil er sehr wohl erkannt hatte, daß sein einziger Sohn ein ziemlich wertloser Mensch war. Wie sehr seinen Vater diese Erkenntnis geschmerzt hatte, ahnte Herbert gar nicht einmal. Jedenfalls hatte er seinen Vater nie geliebt, wie er auch seine Mutter nicht liebte, sondern im Grunde nur sich selbst.

Und so war es ihm gar nicht lieb, durch die Trauerkleider seiner Mutter und seiner Base daran erinnert zu werden, daß man immer noch in einem Trauerhaus weilte. Er hatte jedenfalls nicht vor, darauf irgendwelche Rücksicht zu nehmen. Die Stimmung wurde bei Tisch wieder sehr laut. Nur Lutz Bergmann erschien, wie immer, ernst und zurückhaltend und warf nur zuweilen einige sarkastische Worte in die Unterhaltung.

Lulu Strauß liebäugelte wieder heftig mit ihm und ebenso mit Herbert und den anderen.

Und Marlies quälte sich mit dem herum, was sie ihren Haß nannte, denn sie fand, daß Lulu Strauß ein widerwärtiges Geschöpf sei. Allerdings war die andere Dame, ein Fräulein von Stratz, auch nicht liebenswerter. Auch sie kokettierte, warf mit kessen Sätzen um sich und rauchte nach Tisch eine Zigarette nach der anderen. Aber für Fräulein von Stratz empfand Marlies nur kühle Abneigung, an Haß grenzten ihre Gefühle für sie nicht.

Als die Mutter erzählte, daß Tante Albertine sich für Sonnabend angemeldet habe, zog Herbert seine Stirn ärgerlich zusammen.

»Was will denn das alte Fossil? Du solltest ihr abschreiben, Mama, weil du das Haus schon voller Gäste hast.«

»Das würde sie nur erst recht herlocken, sie würde versichern, in einem Mausewinkel Platz zu haben.«

»Und dann das halbe Haus für sich beanspruchen, das kennen wir schon.«

»Aber Herr von Mattenheim, ist das Ihre vielgerühmte

Gastfreundschaft«, neckte Lulu ihn und blies den Rauch ihrer Zigarette ungeniert dem Hausherrn ins Gesicht.

»Sie kennen eben Tante Albertine nicht, mein gnädiges Fräulein.«

»Also bitte, beschreiben Sie sie!«

Das tat Herbert.

»Stellen Sie sich eine beleibte Dame von Gardemaß vor, mit immer drohenden Augen, umwölkter Stirn und im Besitz von des Basses Grundgewalt. Sie kann einen das Gruseln lehren, wenn sie mit ihrer Nase in alle Geheimnisse hineinwittert. Dabei wuchtet sie von früh bis spät durch das ganze Haus, um zu erspähen, in welcher Ecke zufällig nicht Staub gewischt ist. Dann geht ein Strafgericht auf meine Mutter oder Marlies nieder, und bei dieser Gelegenheit bekomme ich dann auch jedesmal ein paar Liebenswürdigkeiten ab, weil ich mich nicht besser um Mattenheim kümmere. Eine besondere Spezialität von ihr ist, ihre Taschentücher überall herumliegen zu lassen und dann jeden Anwesenden auf die Suche danach zu schicken. Sie tut das mit dem Scharm eines preußischen Unteroffiziers, obwohl man sie beileibe nicht anders als Frau Oberst anreden darf, falls man nicht, wie ich, die unerhörte Bevorzugung genießt, sie Tante Albertine nennen zu dürfen, obwohl sie berechtigten Anspruch hat, Großtante genannt zu werden. Wenn man sich bei ihr einschmeicheln will, muß man ihr sagen, daß sie genau wie Adele Sandrock aussehe und denselben Scharm habe wie diese. Das glaubt sie auch, nur pflegt sie mit einem verschämten Lächeln zu sagen, daß Adele Sandrock mindestens zehn Jahre älter sei als sie. Aber wenn ich auch nicht weiß, wie alt oder wie jung die Sandrock ist – meiner Tante Albertine traue ich schon dasselbe Alter zu.«

Lulu Strauß jubelte auf.

»Ihre Tante Albertine scheint ein Original zu sein. Und das wollten Sie uns neidisch vorenthalten?«

Herbert seufzte auf.

»Noch etwas habe ich vergessen. Sie glaubt sich berechtigt dazu, immer die Wahrheit zu sagen, solange diese keine Schmeichelei enthält, sondern nur mehr oder weniger gepfefferte Grobheiten. Sie ist von einer balkenbiegenden Rücksichtslosigkeit.«

Es hatte bei dieser Beschreibung schelmisch um Lutz Bergmanns Mund gezuckt. Auch er freute sich auf die Bekanntschaft mit Tante Albertine und zitierte lächelnd:

»Doch erfrischend wie Gewitter
Sind zu Zeiten
Goldne Rücksichtslosigkeiten.«

Herbert lachte ärgerlich auf.

»Nun, lassen Sie sich erfrischen, lieber Herr Bergmann – Sie werden schnell genug davon bekommen.«

»Ich glaube nicht. Wenn ein Mensch nur den Mut hat, Original zu sein, dann bin ich mit allem ausgesöhnt. Schablonenmenschen kann ich nicht leiden.«

Nachdenklich sah Marlies zu ihm hinüber. Wenn er Schablonenmenschen nicht leiden konnte, warum verkehrte er in dieser Gesellschaft? Auch Fräulein Strauß war nichts weiter. Das mochte er aber nicht zugeben, denn sie war von dem Glanz ihrer Millionen in einen vorteilhaften Rahmen gehüllt. Das hob sie für ihn wohl aus der Schablone heraus.

Wieder stieg es heiß und zornig in ihr empor. Oh, wie sie ihn haßte – das wurde immer schlimmer. Und Lulu Strauß haßte sie noch viel mehr.

Sie nahm jetzt dem Diener das Tablett mit den Mokkatassen ab und füllte diese mit dem duftenden Trank, den sie selbst auf der Maschine bereitet hatte. Dann ließ sie von dem Diener das Tablett mit Zuckerschale und Rähmkanne herumreichen. Herbert stellte Zigaretten bereit und Liköre, mit denen sich auch die beiden Damen bedienten.

Lulu Strauß setzte sich an den Flügel und gab einige Schlager zum besten, die nicht ganz einwandfrei waren, aber begeisterten Beifall fanden. Sie sah dabei spöttisch zu Marlies hinüber, die sehr rot geworden war, als sie die leichtfertigen Worte anhören mußte. Wieder regten sich Haß und Verachtung in Marlies' Herzen. Sie schämte sich für Lulu Strauß. Aber Fräulein von Stratz gab ebensolche Lieder zum besten –

Marlies wünschte sich weit fort. Sie sah ganz entsetzt zu Lutz Bergmann hinüber. Konnte diesem wirklich eine Frau gefallen, die solche Worte in den Mund nahm? Sein Blick begegnete dem ihren, und sie erschrak darüber, seine Augen hatten einen seltsam weichen Ausdruck.

Konnten diese leichtfertigen Lieder ihm so gefallen, daß seine Augen einen derartigen Ausdruck bekamen?

Ach, welche Macht hatte das Geld, es vergoldete alles – alles.

Und sie hätte am liebsten geweint. Selbstverständlich nur aus Haß und Zorn, wie sie sich einredete.

Plötzlich trat Lutz Bergmann zu ihr heran, als Fräulein von Stratz wieder ein leichtfertiges Lied vortrug. Auch Tante Beate mußte sich zwingen, ruhig zuzuhören. Marlies stand dicht neben ihr, als brauche sie einen Schutz. Lutz neigte sich zu den beiden Damen nieder:

»Sie sollen sich einmal draußen auf der Terrasse den Mond und den Sternenhimmel ansehen, meine verehrten Damen, es lohnt sich schon, die Gesellschaft auf ein Weilchen zu verlassen.«

Tante Beate erhob sich sofort und ging mit Lutz hinaus. Marlies schloß sich ihnen an. Sie fürchtete, daß das Lied, das Fräulein von Stratz begonnen hatte, wahrscheinlich die andern an Schamlosigkeit noch überträfe und daß Lutz Bergmann nicht wollte, daß Tante Beate es hören sollte. Daß er sie selbst schonen wollte, weil er das Lied genügsam kannte, ahnte sie nicht.

Eine Weile standen sie draußen auf der Terrasse. Es bot sich ihnen ein wundervolles Bild. Über den Schneehäuptern der fernen Berge stand der Mond in voller Klarheit, und die Sternbilder traten leuchtend hervor. Im Tal lagen die dunklen Tannenwälder und dazwischen die Laubbäume mit dem feinen Blattgeriesel, das sich hinausgewagt hatte in den derben Bergfrühling. Wie schön das war, wie beruhigend, wie rein! Marlies' Brust hob sich in befreiten Atemzügen. Ihre zarte Gesichtslinie hob sich von dem dunklen Hintergrund ab wie eine feine Gemme, und wieder sah Lutz den Ausdruck eines heißen Schmerzes in ihren Augen. Wie liebte er sie darum, wie sehr entzückte sie ihn in ihrer herben, frischen Reinheit. So jung war sie und so tapfer. Wie hoch stand sie über den beiden Damen da drinnen.

Er ahnte nicht, daß Lulu Strauß ihm ärgerlich nachgesehen hatte, als er mit Frau von Mattenheim und Marlies verschwand. Es tröstete sie gar nicht, daß Lutz und Marlies nicht allein waren. Zum ersten Mal empfand sie heftige Eifersucht auf Marlies, die sie ohnedies nicht leiden mochte, weil sie in ihren Augen »eine blöde Tugendgans« war. Jetzt aber fürchtete sie, dieses arme Aschenbrödel könnte ihr in den Weg treten. Dieser Gedanke trieb sie plötzlich empor, und auch sie trat auf die Terrasse hinaus, wo sie die drei Personen nebeneinander an der Brüstung stehen sah – Lutz in der Mitte.

Mit einem Scherz zwängte Lulu sich zwischen Lutz und Marlies und sagte lachend:

»Also hier wird in Mondscheinzauber geschwelgt. Kann man da mithalten, meine Herrschaften?«

Dabei schob sie ihren Arm in den von Lutz Bergmann, der sehr bedauerte, daß Marlies von seiner Seite gedrängt wurde.

Er sagte aber doch artig und höflich:

»Bitte sehr, mein gnädiges Fräulein, der Mond und der Sternenhimmel sind bereit, sich noch von mehr Augen bewundern zu lassen.«

Lulu hatte ganz und gar keinen Sinn für Naturschönheiten. Sie wollte jedoch Lutz gefallen und drängte ihn seitwärts zur Terrassentreppe.

»Kommen Sie, Herr Bergmann, lassen Sie uns einen Gang durch den Garten machen, er sieht wundervoll aus im Licht des Mondes.«

Das war Lutz eine unangenehme Aufforderung, er wäre viel lieber an Marlies Mainaus Seite geblieben, konnte jedoch nicht so ungezogen sein, Lulus Wunsch zu überhören. So sagte er zu Frau von Mattenheim und Marlies:

»Wenn es den Damen recht ist?«

Frau von Mattenheim war durchaus nicht gewillt, Lulu Strauß mit einem so gefährlichen Mann wie Lutz Bergmann allein zu lassen, sie wollte dafür sorgen, daß die Aussichten ihres Sohnes nicht gefährdet wurden.

»Das können wir ja tun. Komm, Marlies!«

Diese war aber nicht gewillt, mit anzusehen, wie Fräulein Strauß sich um Lutz Bergmann bemühte und ihm schöne Augen machte.

»Ich muß ins Haus, Tante Beate, ich habe noch einiges anzuordnen, du entschuldigst mich. Bist ja in guter Gesellschaft.«

Und ehe ihre Tante antworten konnte, hatte sie sich herumgewandt und war davongegangen. Niemand sah, daß zornige Tränen ihre Augen füllten. Es war ihr ein Trost, daß Tante Beate wenigstens mit da draußen war und Lutz Bergmann mit Lulu Strauß nicht allein durch den mondbeschienenen Garten ging. Sie mißgönnte Lulu das Zusammensein mit Lutz. Das hätte sie sich aber nie eingestanden. Wieder einmal sagte sie vor sich hin:

»Wie ich sie hasse – beide, ja, ich hasse sie.«

Die sonst über ihre Jahre gereifte Marlies war in dieser Beziehung wie jedes andere noch sehr junge Mädchen. Sie redete sich ein, den jungen Mann zu hassen, den sie doch im Grunde liebte.

Sie machte sich im Haus zu schaffen, um im Salon keinen leichtfertigen Gesprächen zuhören zu müssen, und ahnte nicht, daß Lutz sehr wenig von dem Spaziergang erbaut war. Ahnte nicht, wie unmißverständlich er von Fräulein Strauß abrückte, wenn sie sich zu eng an ihn schmiegte. Er hatte auch ihre Hand sehr ruhig von seinem Arm gestreift und diesen dafür Frau von Mattenheim geboten. Lulu war im stillen sehr ärgerlich auf ihn und noch ärgerlicher auf Marlies, die ihnen diese langweilige Tante »aufgehalst« hatte, wie sie es bei sich nannte.

Als Lutz nach einer Weile erklärte, es sei zu kühl für die Damen, widersprach sie nicht, und so kehrten alle drei ins Haus zurück.

Lutz sah sofort, daß Marlies nicht bei den anderen saß, und ahnte, daß sie vor ihren leichtfertigen Gesprächen geflohen war. Lulu aber war wütend, Marlies jetzt nicht erreichen zu können, denn sie sehnte sich danach, ihren Zorn an der unschuldigen Marlies auszulassen. Endlich kam Marlies zurück, um die Tante zu fragen, ob man ihrer noch bedürfe.

»Sonst möchte ich mich zur Ruhe begeben, Tante Beate.«

»Ach, schon zu Bett gehen?« fragte Lulu spitz. »Sie sind wohl eine kleine Schlafmütze, jetzt soll es doch erst vergnügt werden.«

Marlies sah sie groß und ernst an.

»Ich bin hier überflüssig, und morgen früh muß ich um fünf Uhr schon wieder auf dem Posten sein.«

Lulu ärgerte sich über Marlies' Ruhe, sie wollte sie unbedingt kränken.

»Mein Gott, Fräulein Mainau, Sie verstehen es, einem Ihre Vortrefflichkeit immer wieder vor Augen zu halten. Ohne Sie würde Mattenheim wohl gar nicht bestehen können?«

Marlies sah kühl und abweisend in ihr Gesicht. Sie fühlte, daß Lulu Strauß sie reizen wollte. Aber sie war nicht dazu geschaffen, sich herausfordern zu lassen, ohne mit gleicher Münze zu dienen.

»Sie haben recht – Mattenheim könnte schwer ohne mich bestehen.«

Lulu funkelte sie bösartig an und sah aufreizend zu Herbert hinüber.

»Haben Sie gehört, Herr von Mattenheim, Ihre Base hält sich hier für unentbehrlicher als Sie selbst.«

Herbert hatte aber keine Lust, sich mit Marlies in einen Streit einzulassen, weil er dabei immer den kürzeren gezogen hatte. Darum sagte er nur achselzuckend:

»Gegen Anmaßung läßt sich nichts machen.«

Marlies ging an ihm vorbei zur Tür.

»Sonst hättest du dieses Mittel wohl längst bei dir selbst anwenden müssen. Gute Nacht, allerseits.«

Damit verließ sie das Zimmer, ohne noch einen Blick zurückzuwerfen, so sehr Lutz Bergmann sich auch danach sehnte, daß sie ihn noch einmal ansehen möchte.

Oben in ihrem Zimmer warf Marlies sich weinend auf ihr Lager. Eifersucht hatte sie bisher in ihrem Leben noch nicht kennengelernt, und sie ahnte nicht einmal, daß es Eifersucht war und kein Haß, was ihr das Herz so sehr bedrückte.

4

AM ANDEREN MORGEN war Marlies schon einige Stunden tätig gewesen, als Herbert und seine Gäste sich vom Lager erhoben. Diese hatten bis lange nach Mitternacht zusammengesessen und gelärmt und gelacht.

Marlies war gerade dabei, die Frühstückskörbchen mit frischem Gebäck zu füllen und sie auf den großen runden Frühstückstisch zu stellen, als Lutz Bergmann eintrat. Seine Augen leuchteten zu Marlies hinüber.

»Guten Morgen, mein gnädiges Fräulein!«

»Es genügt, wenn Sie mich Fräulein Mainau nennen.«

»Aber mir genügt das nicht«, erwiderte er lächelnd.

Sie warf den Kopf trotzig zurück.

»Ich bin aber durchaus kein gnädiges Fräulein.«

»Allerdings, mir scheint, daß Sie im Gegenteil sehr ungnädig sind, wenigstens mir gegenüber.«

»Ich habe keine Veranlassung, Sie anders zu behandeln als die anderen Gäste meines Vetters.«

»Mir scheint doch, daß Sie mit mir eine Ausnahme machen.«

»Ich möchte wissen, warum!«

»Das möchte ich auch gern wissen, aber Sie behandeln mich am schlechtesten von allen Anwesenden.«

»Das bilden Sie sich bloß ein. Es können Ihnen nicht alle Menschen so liebenswürdig entgegenkommen wie Fräulein Strauß«, entfuhr es ihr wider Willen.

Sie ahnte nicht, daß sie sich ihm dadurch wieder einmal verriet.

»Das ist aber schade«, neckte er sie ein wenig.

Sie sah nur flüchtig zu ihm auf, aber er gewahrte, daß ihre Augen feucht glänzten. Es tat ihm furchtbar leid, und er hätte sie sehr gern ein wenig getröstet, vielleicht hätte er es auch getan, aber in diesem Augenblick trat Lulu Strauß hastig ein, sah sich im Zimmer um und sagte spitz:

»Oh, hoffentlich störe ich nicht!«

Lutz hätte ihr gern gesagt, daß sie sogar sehr störe, aber Marlies sah sie vernichtend an, von oben bis unten, und ging schnell hinaus, um das Frühstück auftragen zu lassen.

Lulu wandte sich achselzuckend an Lutz.

»Diese kleine Hausangestellte hat sich ein Benehmen angewöhnt wie eine Prinzessin.«

Lutz richtete sich abwehrend auf.

»Fräulein Mainau ist so gut wie die Tochter des Hauses.«

Lulu trieb der Zorn die Röte ins Gesicht.

»Ach, machen Sie doch keine Geschichten, Herr Bergmann, was heißt hier Tochter des Hauses? Sie ißt hier das Gnadenbrot und weiter nichts!«

»Ich meine, daß sie sich das wirklich reichlich verdient.«

»Sagt sie! Mir scheint, Sie wollen sie verteidigen. Gelüstet es Sie vielleicht nach einer kleinen Liebschaft mit dieser durchaus nicht häßlichen Marlies? Sie ist wohl sehr entgegenkommend?«

Lutz stieg dunkle Röte in die Stirn.

»Ich würde Ihnen raten, mein gnädiges Fräulein, vorsichtiger mit der Ehre einer Geschlechtsgenossin umzugehen. Fräulein Mainau ist arm und muß ihre Ehre sorgsamer behüten als manche reiche Erbin.«

Sie sprühte ihn an.

»Wollen Sie mich damit in Vergleich ziehen?«

»Ich will nichts als Fräulein Mainau verteidigen, weil sie eine hilflose Frau ist.«

»Ach, haben Sie sich doch nicht so. Hilflos ist Fräulein Mainau gewiß nicht, sie pflegt sehr kräftig wiederzuschlagen, wenn man etwas von ihr will.«

»Ja, sie ist sehr tapfer, aber – man sollte sie nicht in die Notwendigkeit versetzen, sich verteidigen zu müssen.«

Sie trat nahe an ihn heran und sah gefallsüchtig zu ihm auf.

»Sind Sie nicht doch ein wenig in sie verschossen?«

»Nein!« erwiderte er hart und kalt. Er war ja wirklich nicht »verschossen« in Marlies, sondern er liebte sie. Auf einmal war ihm das klar geworden. Lulu nahm das aber anders auf. Sie glaubte ihm unbedingt und meinte, er lehne damit jedes wärmere Interesse für Marlies ab. So schob sie ihre Hand in seinen Arm.

»Ich gönne ihr auch nicht, daß sie Ihnen etwas gilt, Lutz Bergmann.«

Er trat rasch zurück.

»Ich höre die anderen kommen«, sagte er ruhig und ging an seinen Platz am Frühstückstisch.

Sie konnte nichts erwidern, weil die anderen wirklich eintraten. Lutz aber sagte sich, daß Fräulein Strauß sehr weit gegangen sei mit ihren Worten und daß er gut tun würde, ihr möglichst auszuweichen.

Gespannt wartete er auf Marlies' Rückkehr, aber sie ließ sich nicht mehr beim Frühstück sehen. Gleich nachdem sie das Zimmer verlassen hatte, war sie auf ihrem Rad ins Dorf gefahren, wo sie allerlei Einkäufe und Bestellungen zu machen hatte. Niemand vermißte sie – außer Lutz Bergmann.

Lulu Strauß aber wandte kaum ihre Augen von Lutz. Sie wollte ergründen, welchen Eindruck ihre Worte auf ihn gemacht hatten. Daß man ihn sozusagen mit der Nase darauf stoßen mußte, daß er Aussichten bei ihr habe, erschien ihr klar. Und sie beschloß, ihm nicht mehr zu gestatten, sich weiter so zurückhaltend zu benehmen wie bisher.

Um ihm noch besonders einzuheizen, liebäugelte sie wieder sehr auffällig mit Herbert, der sich das gnädig gefallen ließ und bei sich beschloß, eines Tages Lulu Strauß für diese Bemühungen mit seiner ganzen für ihn sehr wertvollen Persönlichkeit zu belohnen.

Nach dem Frühstück begaben die jungen Leute sich auf den Tennisplatz, wo Lulu und Fräulein von Stratz einerseits und Herbert und Herr von Selbitz andererseits ihre Kräfte miteinander messen wollten. Lulu wußte, daß sie bei diesem Sport immer gut abschnitt. Man hatte ihr sogar oft genug versichert, daß sie eine ungewöhnlich anmutige Spielerin sei. Wenn das nun auch nicht ganz wörtlich genommen zu werden brauchte, so war immerhin gewiß, daß sie nirgends eine bessere Figur machte als beim Tennisspiel.

Lutz und der andere Gast gaben die Zuschauer ab. Von Lutz konnte man allerdings nur behaupten, daß er dabei saß, denn seine Gedanken suchten Marlies Mainau, die er trotz aufmerksamsten Umherspähens nicht mehr im Haus gesehen hatte.

Als die Tennispartie reichlich eine Stunde gedauert hatte und zugunsten der beiden Damen entschieden war, sah Lutz plötzlich jenseits des Parks Marlies Mainau auf ihrem Rad herankommen. Da es ziemlich steil bergauf ging, sprang sie ab, und er bemerkte, daß ihr Rad mit zahlreichen Paketen beladen war, die rechts und links angebunden waren. Auch die anderen Herren entdeckten Marlies, und alle, außer Herbert, eilten zu dem Zaun hin, um Marlies zu begrüßen und ihre Hilfe anzubieten. Marlies wehrte lachend ab, sie werde schon allein fertig.

Lutz aber sprang mit einem eleganten Satz über den Zaun, nahm ihr ruhig die Lenkstange aus der Hand und schob das Rad aufwärts.

»Ich vermute, Sie haben allerlei im Dorf eingeholt, was uns zugute kommen soll, und auf keinen Fall dürfen wir zulassen, daß Sie das Rad mit den schweren Paketen bergaufwärts schaffen. Sie müssen mir schon gestatten, es für Sie zu tun. Die anderen Herren sind wohl schon müde vom Tennisspiel, ich aber bin gut ausgeruht und folglich der nächste dazu«, sagte er ruhig.

Mit einem dankbaren Blick sah Marlies ihn an.

Lulu und Fräulein von Stratz waren ebenfalls herbeigekommen. Die erstere funkelte Marlies spöttisch an.

»Es war wohl gut, daß Sie hier vorüberkamen, Fräulein Mainau, damit Sie einen Ritter fanden, der Ihnen hilfreich beistehen sollte.«

Marlies zuckte die Achseln.

»Man muß nicht immer von sich auf andere schließen. Vom Dorf aus habe ich keinen anderen Weg als diesen hier, und ich ahnte nicht, daß die Herrschaften sich auf dem Tennisplatz aufhielten. Guten Morgen – ich bin etwas eilig, weil die Köchin für das Mittagessen allerlei von dem braucht, was ich hier in meinen Paketen habe.«

Damit wandte sie sich ihrem Rad wieder zu, das Lutz langsam den Berg hinanschob.

»Bitte, machen Sie sich keine Mühe, Herr Bergmann, ich bin es gewohnt, diesen Berg hinaufzugehen, es macht mir nichts. Sie brauchen sich nicht von Ihrer Gesellschaft zu trennen.«

»Es ist ganz ausgeschlossen, daß ich Ihnen die Beförderung dieses mit Paketen beladenen Rades überlasse. Wenn Sie auch eine noch so schlechte Meinung von mir haben, es liegt mir nicht, zuzusehen, wenn eine Dame sich müht.«

Die Röte stieg ihr ins Gesicht, während sie nun unbeschwert neben ihm aufwärtsging.

»Ich bin doch keine Dame in diesem Sinn und bin an schwere Arbeit gewöhnt.«

Er blickte von der Seite in ihr süßes, trotziges Gesichtchen.

»Und ich bin keiner, der ruhig zusehen kann, daß eine Frau schwere Arbeit in seiner Gegenwart verrichtet. Fügen Sie sich schon darein, Fräulein Mainau. Daß Sie es nicht gern tun, weiß ich schon. Mich vertreiben Sie aber nicht mit Ihren zornigen Augen.«

Sie sah zur Seite.

»Man wird Ihnen nur Vorwürfe machen, daß Sie vom Spiel wegliefen.«

»Man wird das ganz gewiß nicht tun, da ich ohnedies nicht mitgespielt habe. Ich habe an diesem Spiel nicht viel Freude, mein Ehrgeiz geht andere Wege, als einen Ball kunstgerecht zurückzuschlagen. Auf meinen Forschungsreisen habe ich andere Arten von Sport kennengelernt.«

Sie hätte ihn zu gern nach seinen Reiseerlebnissen gefragt und doch hätte sie sich lieber die Zunge abgebissen, als das zu tun.

Eine Weile schritten sie schweigend nebeneinander her, und Lutz war froh, daß er ihr abgenommen hatte, das Rad zu schieben, denn es war keine leichte Arbeit. Nachher fragte er:

»Also morgen kommt neuer Besuch nach Mattenheim, die Frau Oberst von Breul?«

Sie war über diese unverfängliche Frage froh.

»So ist es, Tante Albertine trifft morgen nachmittag ein.«

»Sie haben wohl ein wenig Angst vor diesem Besuch? Ihr Vetter und Ihre Frau Tante scheinen gleichfalls nicht davon erbaut zu sein.«

»Nein, ich habe keine Angst, ich komme gut mit Tante Albertine aus. Sie ist gar nicht so schlimm, obgleich man manchmal ein wenig über ihre Schrullen lachen muß. Ich sage mir immer, daß sie eine arme, alte Frau und als frühere Regimentsmama den barschen Ton gewöhnt ist. Seit Jahren ist sie ein einsames Stiftsweiblein – man muß das nicht vergessen und wird sie dann ganz erträglich finden.«

Es rührte ihn, wie sie von der alten Dame sprach, von der er nur gehört hatte, daß sie schrecklich sei, daß sie Greuel statt Breul heißen müsse, daß sie wie eine Landplage sei und ihre Nase in alles stecke und daß man ihr allerlei kleinen Schabernack spielen müsse. Nun er Marlies' Ansicht über sie gehört hatte, nahm er sich vor, sich mit ihr anzufreunden und durch ihre Schrullen nicht abschrecken zu lassen.

»Ich will mich bemühen, ihr Gerechtigkeit widerfahren zu lassen, Fräulein Mainau.«

»Es wird Sie nicht gereuen«, sagte sie freundlicher als sonst, aber dann fiel ihr wieder ein, daß sie ja Herrn Bergmann schrecklich haßte, und das steifte ihr den Nacken.

Sie waren inzwischen oben auf der Höhe des Gutshauses angelangt und Marlies bemächtigte sich jetzt kurzerhand ihres Rads.

»Ich sitze wieder auf und fahre zum Haus hinüber«, sagte sie kurz und bestimmt.

Aber da sie dabei wider Willen Lutz Bergmanns Hände berührte, stieg ihr das Blut jäh ins Gesicht. Er bemerkte es sehr wohl und sah sie, während sie aufstieg, mit einem weichen Blick an. Sorgsam ordnete er noch die Pakete, daß sie gleichmäßig verteilt waren, dann trat er zurück und verbeugte sich schweigend. Sie jagte auf ihrem Rad davon, als sei eine große Gefahr hinter ihr. Lutz blieb stehen und blickte ihr nach. Dabei verglich er ihr zurückhaltendes Wesen mit dem aufdringlichen von Fräulein Strauß, und dieser Vergleich fiel sehr zu Marlies' Gunsten aus.

Erst als sie am Portal des Herrenhauses angekommen war, wandte er sich zum Gehen. Sie merkte erst jetzt, als sie zurücksah, daß er stehengeblieben war, und wandte sich schroff ab. Was hatte er ihr nachzustarren? Sollte er sich doch zu Lulu Strauß zurückbegeben, die ihn sicherlich schon mit Vorwürfen empfangen würde, weil er einem armen Mädchen höflich begegnet war.

Eilig begab sie sich mit ihren Paketen in die Küche, wo die Köchin schon auf sie wartete.

Lutz schritt langsam wieder den Berg hinab. Es zog ihn nichts zu den anderen. Er wäre am liebsten allein geblieben, das ging aber nicht, denn schließlich war er Herbert Mattenheims Gast und durfte sich hier nicht in dem Maße von ihm zurückhalten wie in Berlin.

Die andern kamen ihm schon entgegen. Niemand hatte mehr Lust gehabt, Tennis zu spielen. Am wenigsten Lulu Strauß. Er wurde mit Hallo begrüßt und geneckt wegen seines Ritterdienstes. Lulu schmollte ganz offensichtlich mit ihm, aber er tat, als bemerke er nichts von dem allen, sondern schloß sich ihnen wieder an, ohne ein Wort zu sagen.

Lulu wußte es so einzurichten, daß sie an seiner Seite gehen und sich in seinen Arm einhängen konnte. So kamen sie oben wieder an, Marlies sah vom Fenster aus, wie dicht Lulu Strauß sich an Lutz Bergmanns Seite schmiegte. Da preßte sie die Lippen fest zusammen. Mochte sie ihn sich ruhig erobern, was ging sie das an. Sie würde nur froh sein, wenn diese unausstehlichen Menschen alle wieder abgereist waren, von denen ihr zwei geradezu verhaßt waren.

Ja, verhaßt – verhaßt! Das bestätigte sie sich nachdrücklich. Viel lieber würde ihr der Besuch von Tante Albertine sein, die wenigstens nicht so scheußliche Lieder singen und so frivol sein würde. Ja, Tante Albertine war besser. Wenn es ihr doch gelingen möchte, die anderen Gäste fortzugraulen – wenigstens Lulu Strauß und, nun ja – und Lutz Bergmann. Die anderen waren ihr nicht so schrecklich verhaßt wie diese beiden.

Arme kleine Marlies! Wie sie sich mit diesem eingebildeten Haß herumquälte.

5

TANTE ALBERTINE ZOG mit dem großen Pomp in Mattenheim ein, ohne den sie nicht zu denken war. Kein Mensch sollte auf den Einfall kommen, sie sei eine arme Verwandte der Mattenheim, ein armseliges altes Stiftsweiblein, das froh war, auf einige Zeit ihre knappen Groschen sparen zu können. Daß ihr dabei wirklich die wundervolle Berglandschaft am Herzen lag, hätte ihr kein Mensch zugetraut. Um ihren Wunsch zu erfüllen, hatte man den Auftrieb des Viehs aufgeschoben bis zum folgenden Montag. Tante Albertine erkundigte sich gleich, ob man alle ihre Wünsche erfüllt habe. Sie bekam ihr Zimmer, das nach Süden lag, Marlies hatte schon alles für sie bereit gemacht, so daß es an nichts fehlte. Sie half ihr nun auch gleich bei dem Auspacken ihres Koffers und räumte alles in Schränke und Schubfächer.

Tante Albertine nickte ihr zufrieden zu.

»Du bist ein liebes gutes Tierchen, Marlies, aber in deiner Lage bleibt dir selbstverständlich nichts anderes übrig, als deiner Umgebung dienstbar zu sein. Wer sind denn diese jungen Leute, die am Portal aufgereiht waren?«

»Es sind Gäste von Herbert.«

»So, so? Na, dann werden sie wohl nicht viel wert sein; Herbert ist es ja auch nicht, und: sage mir, mit wem du umgehst, so sage ich dir, wer du bist! Sie machten mir auch alle keinen sehr günstigen Eindruck – nur der eine, der mir sehr artig die Hand küßte, schien mir eine rühmliche Ausnahme zu sein. Wie hieß er doch?«

»Du meinst sicherlich Herrn Lutz Bergmann.«

»So, so. Was ist er denn?«

»Er hat große Forschungsreisen gemacht und arbeitet jetzt an einem Werk über deren Ergebnisse.«

»Ah – so, so, also ein nicht ganz gewöhnlicher Mann. Ich werde ihn durch eine Unterhaltung auszeichnen. Und die Damen?«

»Die mit dem rötlichen Haar –«

»Das ist gefärbt, Marlies, und sie hat sich die Augenbrauen

rasiert und mit dem Stift nachgezogen. Eine greuliche Mode! Also wer ist das?«

»Eine Millionenerbin, Tante Albertine.«

»So, so? Also diese müßte man im Auge behalten. Millionärinnen dürfen sich vieles erlauben, sogar Schminke und Lippenstift. An die sollte sich Herbert heranmachen. Er sieht geradezu erbärmlich aus. Kein Wunder bei diesem Lebenswandel, man hört schlimme Dinge von ihm. Wie heißt die Millionärin?«

»Fräulein Lulu Strauß.«

»Also nicht von Adel? Nun, bei ihrem Reichtum ist das unwichtig. Also Herbert soll sehen, daß er sie erobert.«

»Ich glaube, sie hat andere Absichten.«

»Weiß du, welche?«

»Sie kommt Herrn Bergmann in ungewöhnlicher Weise entgegen.«

Interessiert sah Tante Albertine mit ihren blitzenden Blauaugen auf Marlies herab.

»Sieh da? Dann freilich – mir wäre dieser Bergmann auch lieber, in seiner kraftvollen, gediegenen Männlichkeit, als dieser fahlblonde Herbert mit seiner Ungezogenheit. Hast du gesehen, daß er die eine Hand in der Tasche behielt, als er mich begrüßte?«

»Das sind so die Gewohnheiten der jungen Herren von heute.«

»Ich liebe diese Gewohnheiten nicht, sie sind mir verhaßt. Also diese reiche Erbin hat Absichten auf Herrn Bergmann? Da soll er nur schnell zugreifen, Millionenerbinnen sind selten heutzutage. Und er ist wohl arm und vermögenslos?«

»Soviel ich weiß, ja, Tante Albertine, und ich glaube, er ist schon drauf und dran, sich die reiche Erbin zu sichern.«

»Sage das nicht so verächtlich, Marlies, die Männer sehen manchmal sehr auf Geld; man kann es ihnen in einigen Lebenslagen gar nicht verdenken. Und wie ist es mit der anderen jungen Dame, die wie ein Junge auf der Terrassenbrüstung saß? Ist die auch so reichlich mit Glücksgütern gesegnet?«

»Nein, sie soll nur ein sehr bescheidenes Vermögen von ihrer Mutter zu erwarten haben.«

»Also kommt sie für Herbert nicht in Frage. Der Schlingel müßte sich eifrig um eine reiche Frau bemühen. Was soll sonst aus ihm werden? Verzieht Beate ihn immer noch so sträflich?«

»Er ist ihr ein und alles, Tante Albertine.«

»Und wie stehen jetzt hier die Verhältnisse?«

»Wir setzen alles daran, Mattenheim zu halten, aber es wird mit jedem Monat schwerer, und Herberts Ansprüche werden immer größer. Es wäre schon gut, wenn er eine reiche Frau bekäme.«

»Und hoffentlich eine sehr energische, die ihm die Flausen austreibt. Da – diese Spitzengarnitur packe recht sorgfältig wieder in Seidenpapier und lege sie in dieses Schubfach, so daß sie von nichts anderem berührt wird. Es ist mein kostbarstes Stück, ich hüte es wie meinen Augapfel.«

»Die Spitzen sind auch wirklich wunderschön, Tante Albertine.«

»Eine Königin würde mich darum beneiden«, sagte die alte Dame ziemlich großsprecherisch. Marlies lächelte nachsichtig und verwahrte die Spitzen sorgfältig.

Tante Albertine fragte noch mancherlei, und Marlies gab ihr Auskunft, so gut sie konnte. Immerhin lag eine gewisse Güte Marlies gegenüber in dem Wesen der alten Dame, aber es war unbedingt eine herablassende Güte. Frau Oberst von Breul war der Ansicht, daß man ein solch armes Ding nicht gar zu üppig werden lassen dürfe. Huldvoll dankte sie wie eine verbannte Königin für Marlies' Dienste und entließ sie dann, um noch zum Tee zurechtzukommen.

Marlies eilte hinab, um noch die letzte Hand an den Teetisch zu legen. Dann stellten sich nach und nach die Gäste ein. Zuletzt rauschte Tante Albertine herein, in einem Kleid, das wohl vor fünfzehn Jahren sehr pompös gewesen war und überall Fältchen und Rüschen zeigte, um kleine Schäden zu verstecken. Ihr dünnes graues Haar war mit allerlei Anleihen, die nicht auf ihrem Kopf gewachsen waren, zu einer üppigen Fülle aufgebauscht, und nur am Ansatz an der Stirn, der ziemlich dürftig war, sah man die Kopfhaut durchschimmern. In der Hand hielt sie einen perlbestickten Strickbeutel und die andere Hand klammerte sich um ein Stielglas aus glanzlos gewordenem Schildpatt. Vom Nacken flatterte ein langer Schleier hinter ihr her, der die Aufgabe hatte, zu verbergen, daß Kinn und Hals keine jugendliche Rundung mehr vortäuschen konnten. Es war aber jedenfalls ein großes Ereignis, als sie stolz hereinrauschte, und es folgte ihrem Auftritt ein atemloses Schweigen. Da ihre stattliche Größe und Breite viel Raum beanspruchte, hatte Marlies den geräumigsten Sessel an den Platz gerückt, den die Tante immer einnahm. Es war ein Platz, der sie in eine nicht zu scharfe Beleuchtung brachte.

Huldvoll teilte sie ringsum Liebenswürdigkeiten aus, die einer kleinen Spitze nicht ermangelten. Jeder bekam seinen Teil – nur Lutz Bergmann wurde verschont. Für ihn hatte sie wirklich einige liebenswürdige Worte, ohne jeden Stachel. Auch Lulu Strauß kam einigermaßen leidlich weg, denn die Frau Oberst hatte große Hochachtung vor wirklichem Reichtum, wahrscheinlich deswegen, weil sie selbst jeden Groschen dreimal umdrehen mußte.

Die jungen Leute belustigten sich im geheimen über die ein wenig gespreizte Art der alten Dame und waren sich einig, daß sie in jeder Pose, in Blick und Wort der Sandrock ähnlich war, wenn diese ihre köstlichen Typen im Film oder auf der Bühne zeigte.

Es dauerte aber nicht lange, dann ließ das Interesse an dem alten Original nach, und die jungen Leute unterhielten sich wieder in ihrer gewohnten Weise, ohne auf die Tante Breul Rücksicht zu nehmen. Diese zwang sich noch eine Weile zu einem liebenswürdig sein sollenden Lächeln, woran aber die empört blitzenden Augen nicht teilnahmen, dann erstarb auch dieses gezwungene Lächeln, und nun war Tante Albertine nur noch Entrüstung. Sie sah immer wieder zu Beate hinüber, forderte sie mit ihren Blicken auf, diesem Ton Einhalt zu gebieten, und als das nicht geschah, richtete sie sich energisch hoch und fragte Fräulein von Stratz, die eben einen sehr eindeutigen Schläger trällerte:

»Wo sind Sie eigentlich erzogen worden, gnädiges Fräulein?«

Dieser blieb bei dem unerwarteten Angriff der Ton in der Kehle stecken, und sie sah halb beleidigt halb unsicher in die strengen Augen der alten Dame. Das dauerte aber nicht lange, dann sagte sie mit einem spöttischen Lachen:

»Soll ich Ihnen meine Schulzeugnisse vorlegen, Frau Oberst?«

»Lieber nicht, ich wette, sie sind sehr wenig befriedigend.«

Jetzt richtete sich Herbert kampfbereit auf.

»Ich muß dich bitten, Tante Albertine, an meinen Gästen keine Kritik zu üben.«

Sie tippte ihm mit ihrem Stielglas auf den Arm.

»Wenn in meiner Gegenwart derartig leichtfertige Lieder gesungen werden, noch dazu von einer Dame, dann habe ich das Recht, Kritik zu üben. Das merke dir, mein Sohn. Daß du deiner Mutter zumutest, das anzuhören, ist stark, aber sie ist leider so vernarrt in dich, daß sie dir alles nachsieht. Ich als deine Verwandte gestatte mir, dir zu sagen, daß das sehr ungehörig ist. Im übrigen ist auch Marlies da, die das anhören muß, und Fräulein Strauß.«

Lulu lachte hell auf.

»O bitte, ich bin nicht zimperlich, mir macht das gar nichts. Wir sind moderne junge Damen und haben jede falsche, einengende Moralfatzkerei längst über Bord geworfen. Ich selbst singe diese Liedchen sehr gern.«

Tante Albertine nahm das Stielglas vor die Augen, sah sich die junge Dame mit vernichtenden Blicken an und sagte mit ihres Basses Grundgewalt:

»Dann sind Sie sehr zu bedauern.«

»Ich fühle mich keineswegs bedauernswert.«

»Um so schlimmer!«

Wieder warf Herbert sich in die Brust.

»Tante Albertine, ich muß dich nochmals bitten, meine Gäste nicht herauszufordern.«

Sie sah nun auch ihn scharf durch das Augenglas an.

»Dein Vater würde sich im Grabe herumdrehen, könnte er hören, welcher Ton in seinem Hause herrscht. Ich muß jedenfalls energisch bitten, daß in meiner Gegenwart weder leichtfertige Liedchen gesungen, noch zweideutige Worte gewechselt werden. Beate, ich glaube, es ist auch für dich das beste, wenn du dich mit mir zurückziehst, und Marlies sollte auch nicht länger hierbleiben.«

Damit erhob sich die alte Dame, sah durch ihr Augenglas noch einmal alle Gesichter scharf an und rauschte hinaus. Beate folgte ihr, teils, weil auch sie den Ton der jungen Leute schlecht vertragen konnte, teils, um Albertine zu begütigen. Marlies nahm ein Tablett, räumte es voll Geschirr und entfernte sich. Auch sie kam nicht wieder.

Als Herbert mit seinen Gästen allein war, lachten die beiden Damen und Herr von Selbitz laut auf.

»Herr von Mattenheim, das ist ja ein unbezahlbares Original aus der Rumpelkammer«, sagte Lulu mit lautem Lachen und warf sich in ihren Sessel zurück.

Auch Fräulein von Stratz gab ihrer Heiterkeit unverhohlenen Ausdruck. Herbert sah sehr ungehalten aus.

»Sie müssen alle entschuldigen, ich habe Ihnen ja im voraus gesagt daß Tante Albertine ein altes Fossil ist.«

»Aber – sie hat recht!« sagte in diesem Augenblick Lutz Bergmann und erhob sich vom Teetisch.

Alle sahen ihn erstaunt an.

»Bergmann – Sie haben wohl einen moralischen Katzenjammer? Das ist ja zum Schießen«, sagte Fräulein von Stratz burschikos.

»Das ist doch nicht Ihr Ernst, Lutz Bergmann«, warf Lulu ein.

»Doch, mein gnädiges Fräulein.«

»Aber um Gottes willen, Sie wollen wohl unter die Rückständigen gehen?« fragte Herbert fassungslos.

»Man braucht nicht rückständig zu sein, um Frivolitäten zu verabscheuen. Das tue ich nämlich.«

»Himmel! Lutz Bergmann als Tugendbold! Hält man das für möglich? Sie haben doch sonst immer mitgemacht –«

»Ich habe mich nie an solchen Gesprächen beteiligt, sie haben mir nie gefallen. Zugehört habe ich, weil ich es nicht ändern konnte. Aber als eben die alte Dame ihrer berechtigten Entrüstung Worte gab, schämte ich mich, daß ich bisher ohne Widerspruch zugehört habe.«

Die anderen sahen ihn an, als rede er in einer fremden Sprache mit ihnen.

»Lutz Bergmann als Bußprediger – das ist eine Sensation.«

»Nehmen Sie es, wie Sie wollen, Fräulein Strauß, ich erkläre, daß ich weder von meiner Frau, falls ich eine hätte, noch von meiner Schwester solche Worte hören möchte. Es geht auch anders. Man muß jedenfalls empfindsame Leute nicht mit dergleichen verletzen. Das ist mein Standpunkt. Ich werde mich jetzt zurückziehen, damit Sie Zeit haben, den Stab über mich zu brechen. Aber hoffentlich tragen meine Worte dazu bei, daß die beiden alten Damen und Fräulein Mainau nicht mehr unter diesem Ton zu leiden haben.«

Er verbeugte sich und ging hinaus.

Eine Weile blieb es still, dann sprachen plötzlich alle durcheinander.

»Bergmann ist wohl plötzlich wahnsinnig geworden?«

»Oder ein Betbruder?«

»So ein langweiliger Moralfatzke!«

»Was fällt ihm nur ein, uns so herunterzuputzen?«

»Müssen wir uns das von ihm gefallen lassen?«

»Das ist doch unerhört! Herr von Mattenheim – geben Sie den Ton in Ihrem Haus an oder diese Frau Oberst Breul oder Herr Lutz Bergmann?«

Nach diesem allgemeinen Ausbruch wurde es wieder still. Es war ein sehr beleidigtes Stillschweigen. Aber Lulu Strauß fragte sich heimlich, während sie die Fingerspitzen gegeneinander stieß: Ist er deshalb so zurückhaltend, weil er so tugendmoppelig ist? Dann muß ich freilich andere Saiten aufziehen. Wenn er mir dann gehört, werde ich ihm schon beibringen, daß er diese Rückständigkeit als mein Gatte aufzugeben hat. Und nach einer Weile sagte sie, sich aufrichtend:

»Ja, Kinder, dann helpt dat nich – dann müssen wir einen Verein der Tugendmoppeligen gründen, wenigstens, solange es unbedingt nötig ist. Kann ja zur Abwechslung auch mal ganz lustig sein. Eine Weile hält man das schon aus. Herr von Mattenheim, geben Sie mir mal Feuer, ich muß eine Beruhigungszigarette rauchen. Hoffentlich verbietet die Tante Albertine das nicht auch noch.«

Sie nahm eine Zigarette aus ihrem Etui; Herbert ließ sein Feuerzeug aufflammen und hielt es an ihre Zigarette. Sie nickte dankend, und die anderen rauchten nun auch, um sich zu beruhigen.

Frau Beate war mit Tante Albertine ins Wohnzimmer gegangen. Teils war sie froh, daß diese so ungeniert ihrer Empörung Luft gemacht hatte, denn ihr selbst paßte dieser Ton schon längst nicht mehr, teils war sie in Sorge, daß Herberts Aussichten bei Lulu Strauß dadurch herabgemindert worden sein könnten.

Sie setzten sich einander gegenüber an die beiden Fenster und sahen eine Weile schweigend hinaus in den sonnigen Frühlingstag. Endlich sagte Tante Albertine:

»Wenn man diese wundervolle Landschaft vor sich sieht, diese erhabene Reinheit, diese großartige Schönheit, dann kann man es noch weniger begreifen, daß diese jungen, sogenannten modernen Menschen so unsaubere Worte über ihre Lippen bringen. Das darfst du nicht dulden in deinem Haus, Beate, ich kann mir nicht denken, daß dir das Freude macht.«

Die letzten Worte klangen fast drohend.

Beate schüttelte den Kopf.

»Was denkst du, Albertine, es mißfällt mir durchaus. Aber erstens bin ich nicht unumschränkte Herrin des Hauses, hier ist Herbert Herr; und zweitens sind wir vielleicht wirklich etwas rückständig. Es herrscht eben ein freierer Ton unter der heutigen Jugend als zu unserer Zeit.«

Tante Albertine tippte mit ihrem langen Stielglas auf die Sessellehne.

»Schön und gut, ein freierer Ton herrscht jetzt allerdings unter den Menschen, aber – muß das unbedingt ein so unanständiger, frecher Ton sein, wie die Gäste deines Sohnes ihn anschlagen? Da steigt einem noch als alte Frau die Schamröte ins Gesicht. Ich bitte dich, so etwas darf man doch nicht einreißen lassen. So hat man sich in unserer Jugendzeit vielleicht an einem Herrenabend gehen lassen. Und die beiden jungen Damen waren, offen gesagt die schlimmsten. Nein, nein – das darfst du nicht dulden.«

»Ach – du weißt nicht, warum ich dazu schweige, Albertine. Herbert muß eine reiche Frau haben, sonst sind wir hier in einigen Jahren zu Ende. Dieses Fräulein Strauß ist Millionärin, und ich hoffe, daß sie Herberts Frau wird. Es wäre schrecklich, wenn du sie beleidigt hättest.«

»Im Gegenteil, sie hat mich beleidigt, mich und dich – und auch Marlies. Schön und gut, wenn Fräulein Strauß Herrin von Mattenheim werden soll, dann muß sie auch lernen, sich dieses Hauses würdig zu zeigen, und deshalb ist es ganz gut, wenn sie mal von mir die Wahrheit gehört hat. Ich hoffe, sie werden sich nicht wieder so gehenlassen. Und auch Herbert gegenüber müßtest du endlich energischer auftreten. Was hat er in Berlin herumzuschwärmen, statt hier treu und brav seinen Kohl zu bauen? Dann würde hier vieles besser sein. Er verbraucht, soviel ich weiß, Unsummen für seinen sehr liederlichen Lebenswandel. Und wie sieht er aus? So verlebt und abgewirtschaftet. Du tust ihm keinen Gefallen, wenn du das alles so hingehen läßt. Bedenke nur, wie dein Mann immer dagegen aufgetreten ist, daß du ihn so erzogen hast. Das muß doch mal ein Ende nehmen.«

»Ich kann ihm keine Bitte abschlagen, er ist doch mein Einziger.«

»Du mußt aber trotzdem energischer ihm gegenüber werden, sonst geht alles schief.«

»Ich habe leider gar keinen Einfluß auf ihn, seit er Herr von Mattenheim ist.«

»Er wird es nicht mehr lange sein, wenn das hier so weitergeht.«

»Deshalb muß er eine reiche Frau bekommen. Und so lange wir Marlies haben, wird es ja nicht zum Schlimmsten kommen.«

»Ja, Marlies – die ist tüchtig, und das vergeltet ihr ihr dadurch, daß ihr so tut, als hätte sie hier das Gnadenbrot.«

»Das hat sie doch auch«, meinte Frau Beate naiv.

»Na, erlaube mal, sie schafft für zwei und bekommt Essen und Trinken und ein Zimmer zum Schlafen. Sie ersetzt euch gut zwei Angestellte, und ihr zahlt ihr keinen Pfennig Geld.«

»Sie hat doch alles, bekommt auch ihre Kleidung.«

»Das ist das wenigste. Sie ist ein armes Geschöpf, das Leben ist hart mit ihr umgegangen.«

»Wieso denn?«

»Na, erlaube mal. Seit ihrem zwölften Jahr lebt sie als Waise hier in Mattenheim. Ob sie allerdings Vollwaise ist, weiß man nicht einmal genau.«

Beate sah sie mit großen Augen an.

»Wie meinst du das? Ihre Eltern sind doch gestorben, alle beide.«

Tante Albertine sah versonnen vor sich hin.

»Weißt du denn nicht, daß ihr Vater nur verschollen ist? Man weiß nicht gewiß, ob er tot ist.«

Fassungslos sah Beate Tante Albertine an.

»Verschollen? Ich denke, er starb einige Jahre vor ihrer Mutter, das hat mir Ernst doch gesagt.«

»So, so! Nun, meine Liebe, dann muß ich dir mal reinen Wein einschenken. Es war bei uns in der Familie beschlossen, daß nicht darüber geredet werden sollte. Ehe ich dir nun aber alles sage, mußt du mir dein Wort geben, daß Marlies nichts von alledem erfährt, was ich dir offenbare.«

»Nun ja, ich gebe dir mein Wort.«

»Auch darauf, daß Marlies deshalb in keiner Weise Unannehmlichkeiten haben wird.«

»Schön, meinetwegen auch darauf. Nun spanne mich nicht länger auf die Folter.«

»Also Marlies' Vater hatte, wie du weißt, eine sehr gute Stellung in einem großen Geschäftsbetrieb. Dort hatte er auch die Kasse unter sich. Ich weiß, daß er uns immer als Ehrenmann erschienen ist und ihm kein Mensch zugetraut hat, was ihm später zur Last gelegt wurde. Kurzum, eines Tages fehlten in seinen Kassenbeständen hunderttausend Mark, die ihm auf eine unerklärliche Weise abhanden gekommen waren. Der Verdacht fiel auf ihn, daß er die Summe veruntreut habe. Es gab einc große Aufregung, man konnte kaum an seiner Schuld zweifeln, und doch beteuerte er immer wieder, er wisse nicht, wohin das Geld gekommen sei. Man gab ihm drei Tage Zeit, die Summe wieder zur Stelle zu schaffen, sei er nach drei Tagen dazu nicht imstande, würde man ihn der Polizei übergeben.«

»Um Gottes willen – das ist ja fürchterlich!«

»Allerdings. Er versuchte überall, das Geld aufzutreiben, aber umsonst, denn irgendwie war etwas durchgesickert und man hatte kein Vertrauen mehr zu ihm. Seine Frau besaß ein kleines Kapital von etwa zwanzigtausend Mark – das stellte sie ihm zur Verfügung. Er wies es zurück, sie sollte sich nicht berauben, und mit diesen zwanzigtausend Mark hätte sie ihm sowieso nicht helfen können. Sie hat das Geld später auch sehr nötig gebraucht. Nachdem ihr Mann verschwunden war, hat sie noch einmal von ihrer Tante ein kleines Vermögen geerbt, etwa in der gleichen Höhe. Davon hat sie wohl mit der kleinen Marlies gelebt. Ihr Mann war dann, da er das Geld nicht herbeischaffen konnte, spurlos verschwunden. Er hatte seiner Frau ein Briefchen hinterlassen, in dem er nochmals seine Unschuld beteuerte und ihr sagte, er wolle sich auf keinen Fall ins Gefängnis stecken lassen, deshalb gehe er ins Ausland, und auch deswegen, weil er eine Spur gefunden zu haben glaubte, wer der wirkliche Täter sei, der die hunderttausend Mark aus seinem Geldschrank entwendet habe. Er werde nur dann wiederkehren, wenn er seine Unschuld klar beweisen könne, hoffe aber, daß er dieses Ziel erreichen werde. Also er war fort, spurlos verschwunden. Niemand hat je wieder etwas von ihm gehört. Seine arme Frau hatte diese Sache bis ins Herz getroffen. Sie war siech seit jener Zeit, kränkelte jahrelang, und es war, als könne sie nicht leben und nicht sterben. Endlich, als Marlies schon zwölf Jahre alt geworden war, starb sie doch, und dein Mann, der Marlies' Vormund geworden war, nahm das Kind zu sich. Er hat sich seiner Zeit Marlies' Mutter angenommen und ihr das Sterben leicht gemacht durch das Versprechen, daß er Marlies in Mattenheim für immer eine Heimat geben würde. So ist sie nach dem Tod ihrer Mutter zu euch gekommen. Dein Mann war ein großherziger und großmütiger Mensch, und ich denke, Marlies hat es euch reichlich vergolten, was ihr für sie getan habt.«

Frau Beate zuckte die Achseln.

»Wenn ich gewußt hätte, daß sie das Kind eines Verbrechers war, hätte ich gegen ihre Aufnahme wahrscheinlich Einspruch erhoben.«

»Ich glaube nicht, daß Heinz Mainau ein Verbrecher war. Nie hat er einen solchen Eindruck auf uns gemacht. Alle stellten ihm das beste Zeugnis aus. Der Schein war freilich gegen ihn – und er kam nicht wieder. Aber vielleicht ist er längst gestorben. Jedenfalls darf die arme Marlies nie etwas davon erfahren.«

»Dann würde sie wohl ihren Hochmut fahren lassen.«

»Ich habe nie gemerkt, daß sie hochmütig ist.«

»Nun, jedenfalls ist sie sehr stolz und läßt sich nie etwas gefallen. Das kannst du mir glauben.«

»Immerhin kann sie stolz sein auf ihre Leistung hier im Haus; es ist fabelhaft, was dieses junge Geschöpf vollbringt. Sie ist ja im Grunde noch ein Kind, und doch erledigt sie schwere Aufgaben wie ein Mann. Ohne sie stände es hier viel schlimmer, so viel Urteil habe ich auch. Und ich an deiner Stelle ließe mich durch das, was ich dir eben berichtet habe, nicht noch mehr gegen sie einnehmen, sondern würde ihr mütterliche Zuneigung entgegenbringen. Zu einer armen Waise muß man ein wenig gut sein, Beate.«

Diese zog die Stirn zusammen.

»Sie macht sich gar nichts daraus, daß man gut zu ihr ist. Immer hat sie nur spitze, schnippische Entgegnungen, wenn man ihr etwas sagt.«

»Ich habe auch noch nie bemerkt, daß du ihr ein wenig Güte bezeigt hättest. Du verschwendest alle Liebe und Güte nur an deinen Herrn Sohn, darum bleibt für diese arme Waise nichts übrig. Beate, auch ich bin eine harte alte Frau geworden, ich war niemals sehr weichherzig, aber der Marlies bin ich gut – sie ist ein wertvoller, tüchtiger Mensch. Halte sie dir warm. Solange sie in Mattenheim ist, kann es hier nie ganz schlecht gehen. Hast du das nicht schon selbst gemerkt, Beate?«

Diese, vollkommen in die Enge getrieben, mußte schon zugeben, daß Marlies für Mattenheim unentbehrlich sei. »Aber, wenn sie sich nur mit Herbert besser stellen wollte. Immer fährt sie ihm über den Mund und macht sich dadurch bei ihm unbeliebt.«

»Nun, so mag Herbert erst einmal leisten, was dieses junge

Mädchen leistet, dann wird er schon merken, daß er ihr Dank schuldig ist, statt, wie er anzunehmen scheint, umgekehrt. Wie sie das Haus instand hält, ist fabelhaft. Ich prüfe doch alles gründlich, bis in die letzte Ecke, aber nirgends herrscht so unbedingte Ordnung wie hier. Alle Hochachtung vor diesem jungen Ding. Und bemerkst du nicht, wie vorteilhaft sie von diesen jungen Damen absticht, die dein Sohn als Gäste mitgebracht hat?«

»Nun ja doch – du wirst ja sehr beredt, Albertine. Vergiß aber bitte nicht, daß wir, Ernst und ich, sie gut und streng erzogen haben.«

»Ernst gut – du aber wohl nur streng. Versuche es mal mit ein bißchen Güte; wie gesagt, verschwende nicht alles an Herbert, der es dir nur wenig dankt.«

Da weinte Frau Beate.

»Ich habe ihn doch so lieb, er ist mein einziges Kind, und Marlies ist für mich eine Fremde. Und nun auch noch dieses unselige Familiengeheimnis. Das darf ich Herbert gar nicht sagen.«

»Besser, du behältst es für dich, obwohl Marlies ganz unschuldig ist. Auch ihren Vater halte ich noch immer für unschuldig. Wenn du ihn gekannt hättest, wie ich ihn kannte, würdest du es auch tun.«

Die Damen wechselten den Gesprächsstoff. Vor allem beschwor Frau Beate die alte Dame, nicht mehr so schroff gegen Lulu Strauß vorzugehen.

»Es wäre ein kaum ausdenkbares Glück, wenn Herbert sie heiraten würde.«

Tante Albertine wiegte den Kopf hin und her.

»Wer weiß, ob er nicht glücklicher werden könnte ohne sie, wenn er ordentlich zu arbeiten anfinge und seine dummen Streiche ließe. Aber von mir aus soll nichts mehr geschehen, Fräulein Strauß zu vergrämen. Meine Ansicht hat sie gehört, so gut, wie die andere, und wenn mir ihre Unterhaltung nicht gefällt, kann ich mich ja zurückziehen. Da fällt mir ein – habt ihr das Vieh schon auf der Alm?«

»Nein, Montag früh ziehen alle hinauf, das Vieh, die Sennerinnen und die Sennbuben. Aus Rücksicht auf deinen Wunsch haben wir es einige Tage verschoben. Du wirst also übermorgen im Schlaf gestört werden.«

»Immerzu. In meinem Alter schläft man nicht mehr so lange, und für mich ist es eine Augenweide, das prächtige Vieh unter dem Klang der Almglocken dahinziehen zu sehen.«

Jetzt trat Marlies ein, die inzwischen schon wieder allerlei Arbeiten erledigt hatte. Keine Ahnung sagte ihr, was man hier über sie und ihre Angelegenheiten gesprochen hatte. Sie brachte der Tante Beate das kleine Wirtschaftsbuch für die wöchentlichen Ausgaben, wie jeden Sonnabend gegen sechs Uhr. Frau Beate warf einen flüchtigen Blick auf die Endsumme und sagte seufzend:

»Man merkt recht deutlich, daß viele Gäste im Haus sind.«

»Meinetwegen brauchst du dir keine großen Kosten zu machen, Beate, ich esse nicht viel und bin abends mit einer Satte Dickmilch zufrieden, wenn es sein muß.«

Um Marlies Mund zuckte ein Lächeln. Sie wußte, daß Tante Albertine einen gesegneten Appetit hatte und außer ihrer üblichen Satte Dickmilch noch allerlei gute Sachen zu vertilgen vermochte. Mit einem neckischen Lächeln nahm sie von allem und pflegte zu sagen: »Solche Leckerbissen bekommen wir aus unserer Stiftsküche nicht, ihr wißt gar nicht, wie gut ihr es habt.«

Auch Tante Beate mußte mit Marlies einen lächelnden Seitenblick tauschen.

»Wo sind denn die jungen Herrschaften verblieben, Marlies?« fragte Tante Beate.

Marlies machte sich mit einigen Decken zu schaffen, die sie auflegte.

»Herbert ist mit zwei Damen und zwei Herren hinunter ins Dorf. Sie wollen sich einen Ulk machen und dort die Läden besuchen, um die unmöglichsten Dinge zu verlangen, die es hier selbstverständlich nicht gibt. Und Herrn Bergmann sah ich den Berg hinaufsteigen – ich glaube, er hatte keine Lust, mit ins Dorf zu gehen.«

»So, so«, sagte Tante Albertine interessiert – »ich möchte auch ein Stück aufwärts steigen. Vielleicht erwarte ich seine Rückkehr oben an der Aussichtsbank. Ich würde mich gern zuweilen allein mit ihm unterhalten. Willst du mir, bitte, meine Flauschjacke herunterholen, Marlies?«

»Gern, Tante Albertine. Aber versteig dich nicht, in einer Stunde wird es dunkel.«

»So kann ich den Anblick der untergehenden Sonne noch genießen, und unter Herrn Bergmanns Schutz komme ich sicherlich gut wieder unten an.«

6

WENIG SPÄTER MACHTE Tante Albertine sich rüstig auf den Weg. Sie sah unglaublich aus in ihrem rüschengeschmückten Kleid von ehemaliger Eleganz, das bis auf den Fußboden reichte, mit der derben Flauschjacke darüber und dem kräftigen Bergstock in der Hand. Zierlich raffte sie das viel zu lange Kleid und stieg den schmalen Weg hinauf, der zur Aussichtsbank und auf den Berggipfel führte.

Marlies und Tante Beate sahen ihr vom Haus aus lächelnd nach.

»Herr Bergmann wird seine helle Freude haben, wenn er sie erblickt, sie sieht wieder einmal unmöglich aus«, sagte Frau Beate.

»Und doch irgendwie vornehm und stattlich. Das ist das Drollige bei ihr, sie kann einfach alles tragen. Die ältesten Sachen sehen immer auf ihrem Körper so aus, als könnte sie nicht besser und passender gekleidet sein. Sieh nur, wie lustig der Schleier um ihren Hals hinter ihr herflattert«, entgegnete Marlies.

»Ja, von dem Schleier läßt sie nicht, ich glaube, sie trägt ihn sogar des Nachts.«

»Wohl möglich, er verbirgt den Hals, der ihr Alter deutlicher verrät, als sonst etwas an ihr. Aber auch der Schleier gehört zu ihr.«

Frau Beate seufzte.

»Man muß sich mit ihr abfinden. Wenn sie nur nicht so taktlos wäre und Herberts Gäste ungeschoren ließe.«

»Taktlos kann man ihr Benehmen nicht einmal nennen, Tante Beate, und mit ihrem Ausfall am Teetisch hatte sie wirklich nicht ganz unrecht. Gestehe es nur selbst, dir paßt der Ton auch nicht, der zwischen Herbert und seinen Gästen herrscht.«

»Nun gut, er ist außergewöhnlich, aber man muß über ihn hinwegsehen.«

»Dazu ist er zu aufdringlich, Tante Beate.«

Diese ging achselzuckend davon.

»Ich kann es nicht ändern. Sie werden ja nicht den ganzen Sommer bleiben.«

Marlies blickte ihr nach. Sie wußte, wie sehr Tante Beate unter den Rücksichtslosigkeiten ihres Sohnes litt. Aber davon konnte ihr niemand helfen als sie selbst. Dann sah sie zu dem Berggipfel hoch. Warum war Lutz Bergmann allein hinauf gestiegen? Warum war er nicht mit den andern ins Dorf gegangen, um sich mit ihnen auf Kosten der Dorfbewohner lustig zu machen? Sie würden sich wieder nett aufführen und die unglaublichsten Witze reißen. Vielleicht war Herrn Bergmann das doch nicht lieb, vielleicht wollte er absichtlich solchem Treiben fernbleiben.

Sie sah dort oben nichts von ihm, nur Tante Albertine tauchte noch einige Male auf und schwenkte ihr grüßend den Stock entgegen. Marlies mußte lachen über ihren Unternehmungsgeist. Aber dann mußte sie wieder ins Haus, um sich um die Abendtafel zu kümmern. Es war die höchste Zeit dazu. Gleich lief sie noch zu den Gemüsebeeten hinüber, um nachzusehen, ob man einige zarte Salatköpfchen ernten konnte oder Radieschen, die hier besonders gut gediehen. Nächste Woche würde es auch die ersten jungen Mairettiche geben, und zarte Dillpflanzen sproßten auch schon zwischen den Gemüsebeeten. Die sollten an den Salat geschnitten werden.

Sie nahm mit in die Küche, was sie gebrauchen konnte, nahm auch die Stachelbeerbüsche in Augenschein. An denen hingen viele Blüten. Bald würde man Stachelbeertorten bakken können. Jetzt wurde es mit jedem Tag besser für die Küche, nun, da der lange Winter vergangen war.

Befriedigt von ihrer Besichtigung ging sie mit ihrer Ernte

in die Küche und gab ihre Anweisungen. Dann setzte sie sich in die Nähstube, um allerlei schadhafte Wäsche durchzusehen, die ausgebessert werden mußte. Dabei wurde es dunkel, und sie erhob sich, um das Licht anzudrehen. Sie blieb einen Augenblick am Fenster stehen und sah hinauf auf den Berg. Da gewahrte sie, daß Tante Albertine, neckisch auf Lutz Bergmanns Arm gestützt, wieder herunterkam. Ein Lächeln huschte über ihr Gesicht. Das Gespräch der beiden so verschiedenen Menschen hätte sie gern belauscht. Gewiß war es nicht uninteressant.

Aber dabei mußte sie doch denken, wie viel besser Lutz Bergmann an der Seite der Tante Albertine aufgehoben war, als an der von Lulu Strauß. Es erleichterte ihr schweres Herz ein wenig, daß sie ihn nicht mit Lulu zusammen wußte. Warum – darauf blieb sie sich die Antwort schuldig. Es gab ihr auch nicht einmal zu denken, daß der »Haß« gegen Lutz Bergmann immer viel weniger heftig war, wenn er nicht mit Fräulein Strauß zusammen war. Nur die Abneigung gegen Lulu blieb immer gleich heftig. Marlies war noch viel zu jung und unerfahren, um die Ursache ihres »Hasses« zu ergründen.

Während sie sich mit verbissener Energie wieder an ihre Arbeit machte, waren Lutz Bergmann und Tante Albertine in einem angeregten Gespräch begriffen. Lutz hatte Frau Oberst Breul auf der Aussichtsbank erblickt, als er vom Berg herabgekommen war, wo er einen weiten Ausblick auf die schneebedeckten Berge der Bayrischen Alpen gehabt hatte. Plötzlich stand er dann überrascht vor der alten Dame.

»Ah, Frau Oberst, Sie haben sich soweit heraufgewagt? War Ihnen das nicht sehr beschwerlich?« fragte er, ein Lächeln verbeißend, beim Anblick ihrer seltsamen Kostümierung.

Sie sah ihn vergnügt an.

»Was werden Sie erst sagen, daß ich eigens hier heraufgestiegen bin, um mir ein Stelldichein mit Ihnen zu geben.«

»Das ist außerordentlich schmeichelhaft für mich.«

»Schmeichelhaft? Daß eine so alte Frau Ihnen buchstäblich nachsteigt, Herr Bergmann?«

»Unbedingt schmeichelhaft!«

»Nun gut, lassen wir es dabei bewenden. Wie kommt es,

daß Sie nicht mit den jungen Herrschaften in das Dorf gegangen sind?« fragte sie wie ein Untersuchungsrichter.

Er mußte über diesen Ton wieder ein Lächeln unterdrükken.

»Weil mir diese Art Vergnügungen nicht liegt. Ich kann keinen Witz darin finden, wenn man bei einem Dorfkrämer frische Hummer verlangt und angibt, sich in den Tod zu wundern, wenn er beklommen sagt, keine zu haben. Auch finde ich es nicht sehr ulkig, wenn man beim örtlichen Schnittwarenhändler echt japanische Kimonos verlangt und in der kleinen Tankstation eine Auswahl von neuen Autos vorgeführt sehen möchte.«

»So so? Also solchen Fez treiben die Herrschaften? Nun, immerhin ist das noch harmloser, als das Absingen frivoler Lieder und das Erzählen ziemlich eindeutiger Witze.«

»Auch dafür habe ich keine Vorliebe, und ich war Ihnen dankbar, daß Sie Frau von Mattenheim und Fräulein Mainau so energisch hinausführten aus diesem Kreis.«

Sie sah ihn forschend an mit ihren sehr großen, blauen Augen, die von vielen Falten umgeben waren und dabei doch noch so jung wirkten.

»Ja – aber warum verkehren Sie in diesem Kreis, wenn er Ihnen nicht zusagt?«

Er überlegte eine Weile, dann antwortete er lächelnd:

»Ich bin mit Leidenschaft Forscher.«

Sie hob ihren Bergstock und zeigte auf ihn.

»Jetzt wollen Sie eine alte Frau irreführen.«

»Weil ich Ihnen keine genauere Antwort geben kann.«

»So, so? Auch ohne eine solche komme ich dahinter. Marlies hat mir eine Andeutung gemacht, daß Fräulein Lulu Strauß – ein unglaublicher Rufname – Absichten auf Sie hat. Und wenn eine Millionärin auf einen jungen Mann Absichten hat, der, wie mir angedeutet wurde, obendrein noch vermögenslos ist, dann ist es nicht schwer zu erraten, daß Sie diese Absichten wirksam unterstützen möchten.«

Er verneigte sich. Also Marlies glaubte anscheinend fest an seine Werbung um Lulu Strauß, sonst hätte sie das der alten Dame nicht gesagt. Eine leise Rührung stieg in ihm auf. Lange sollte Marlies nicht mehr gequält werden, er wollte nicht von hier abreisen, ohne sie um ihr Jawort zu bitten. Aber noch wollte er nicht darüber sprechen, Marlies mußte zuerst erfahren, was er für sie empfand, und er glaubte, daß es sehr reizvoll sein würde, ihr das Geständnis ihrer Liebe zu entreißen. Allzu leicht würde das nicht sein, ihr süßer Trotzkopf würde sich wehren, daran zu glauben, daß er nur ihretwegen hier sei. So sagte er nur:

»Sie befinden sich vielleicht in einem Irrtum. Es ist mir ziemlich gleichgültig, ob eine Frau, die ich liebe, arm oder reich ist.«

Durchdringend sah sie ihn an.

»Dann sind Sie ja ein weißer Rabe. Kommen Sie, setzen Sie sich ein wenig an meine Seite, wir können die Aussicht gemeinsam bewundern. Und dabei können wir noch ein wenig plaudern. Also, es ist Ihnen nicht darum zu tun, eine Millionärin zu erobern?«

»Durchaus nicht, Millionärinnen liegen mir nicht.«

Wieder sah sie ihn von der Seite forschend an.

»Fabelhaft! Sie können sich ruhig als Sehenswürdigkeit ausstellen lassen. Aber irgendeinen Grund müssen Sie doch haben, daß Sie hierher gekommen sind. Wir wollen ganz offen sein – das bin ich immer, wo es möglich ist. Es ist mir ganz lieb, daß Sie keine Absichten auf dieses Fräulein Strauß haben. Ich möchte gern, daß mein Neffe Herbert sie heiratet, nicht, weil ich besonders entzückt von ihr wäre, sondern nur, weil hier in Mattenheim dringend Geld gebraucht wird. So, jetzt habe ich meine Karten aufgedeckt. Und nun können Sie mir vertrauensvoll sagen, weshalb Sie hier sind, in einer Gesellschaft, die Ihnen nicht zusagen kann.«

Er wippte mit seinen Fußspitzen auf und ab, denn er hatte folgsam neben ihr Platz genommen.

»Gut, Offenheit gegen Offenheit. Ich habe einen ganz besonderen Grund, der mich veranlaßt, Herrn von Mattenheims Einladung immer wieder anzunehmen. Ich kann Ihnen diesen Grund zur Zeit noch nicht nennen, aber ich denke, vor meiner Abreise kann ich ihn enthüllen. Bitte, haben Sie so lange Geduld.«

»Nun, hoffentlich sind Sie nicht Detektiv und haben hier die Spuren eines Verbrechens zu suchen«, sagte sie humorvoll.

Er lachte.

»Das kann ich Ihnen auf Ehrenwort versichern, daß ich kein Detektiv bin. Ich bin nur Forscher.«

»Ist auch so etwas Ähnliches. Aber gut, ich bescheide mich. Und nun können wir wohl an den Abstieg denken, damit wir uns noch zum Nachtmahl umkleiden können. Es war mir immerhin eine interessante halbe Stunde in Ihrer Gesellschaft. Hoffentlich wird mir noch öfter eine solche zuteil. Dann müssen Sie mir von Ihren Forschungsreisen erzählen. Ich sehe nicht ein, warum nicht auch eine alte Frau sich mit einem interessanten jungen Mann unterhalten soll.«

»Das sehe ich auch nicht ein. Ich werde gern noch oft mit Ihnen plaudern, habe ich mir doch schon vorgenommen, den Versuch zu wagen, gut Freund mit Ihnen zu werden. Fräulein Mainau hat mir nämlich viel Liebes über Sie berichtet.«

Sie sah überrascht auf.

»So so, die Marlies? Ja, das ist ein goldtreues Gemüt, man weiß hier gar nicht recht, was man an ihr hat.«

»Auch ich habe das Gefühl, daß ohne sie Mattenheim nicht mehr auf der Höhe sein würde. Hauptsächlich Herr von Mattenheim sieht sehr auf sie herab.«

Sie stützte sich fest auf seinen Arm.

»Ach, Herbert ist ein dämlicher Bengel – Sie wissen, ich bin offen. Und sein Lebenswandel gefällt mir auch nicht. Es wäre Zeit, daß er sich mal selbst ein wenig um seinen Besitz kümmerte.«

Lutz mußte lachen.

»Vielleicht wäre das noch schlimmer, als wenn er fernbleibt.«

»Vielleicht sind wir auch in diesem Punkt einig. Aber nun sehen Sie sich lieber an, wie da drüben die Schneegipfel im Schein der untergehenden Sonne aufglühen. Hat der liebe Herrgott nicht für seine verbohrten Menschenschafe Herrliches geschaffen?«

»Es bleibt einem nichts anderes übrig, als ihn restlos zu bewundern und anzubeten.«

»Schön, das gefällt mir. Und nun sehen Sie da unten Herbert mit seiner Kolonne! Hoffentlich müssen wir ihnen nicht begegnen. Ich möchte mir den Genuß an Gottes Schönheit nicht zu früh stören lassen.«

»Gestatten Sie mir, daß ich Sie hinter dem Haus auf einem mir bekannten Schleichweg herumführe, dann kommen wir um diese Begegnung herum, Frau Oberst.«

»Gut, schleichen wir uns – ich bin dabei.«

Herbert und seine Gesellschaft erblickten aber doch da oben Lutz Bergmann und die alte Dame und machten ihre Glossen darüber. Herbert meinte spottend:

»Bergmann stellt Tante Albertine bloß.«

Lulu Strauß war sehr ärgerlich, daß Lutz sich der alten Dame gewidmet hatte, statt mit ihr zu gehen.

»Sehen Sie nur, wie Tante Albertine sich herausgeputzt hat, wie ist so etwas möglich.«

»Zum Schreien sieht sie aus«, bestätigte Fräulein von Stratz. »Aber es wird ein Ulk, wenn wir heute abend wie die unschuldsvollen Lämmer auf der Weide ihre Zufriedenheit erringen werden. Wir müssen sie unbedingt zufriedenstellen, sie soll ihre Freude haben, wie erzieherisch ihre Rede gewirkt hat.«

Beim Abendessen trafen alle Hausbewohner wieder zusammen. Tante Albertine erschien als letzte und hatte sehr sorgfältig Toilette gemacht. Ihr Kleid gehörte allerdings der Mode von vor etwa fünfzehn Jahren an und hatte damals wahrscheinlich berechtigte Bewunderung erregt. Heute machte es einen überladenen Eindruck, und eine andere Frau als Tante Albertine hätte es sicherlich nicht tragen dürfen. Aber wie Marlies richtig gesagt hatte: Tante Albertine konnte alles tragen und wirkte immer großartig. Auch heute fehlten weder Spitzengeriesel noch Rüschen aus duftigen Stoffen, und auch jetzt umgab ein wehender Schleier Schultern und Hals. Auch hatte sie sorgfältig Puder aufgelegt, dessen rosige Färbung sie, zumal bei Abendlicht, jünger erscheinen ließ. Sie sah jedenfalls immer sehr gepflegt aus, und nur an ihrem Gang erkannte man die alte Dame jenseits der Siebzig.

Als sie sich im Kreis der andern umsah, bemerkte sie sofort eine betonte Einfachheit im Anzug der beiden weiblichen Gäste Herberts. Sie trugen dunkle hochgeschlossene Kleider, machten ihr eine tiefe Verbeugung und küßten ihr ehrerbietig die Hand. Tante Albertine nahm das hin als etwas Selbstverständliches. Und da die beiden Damen sich einer streng moralischen Unterhaltung befleißigten, nickte sie beifällig mit dem Kopf und meinte huldvoll, daß ihr heute abend die Unterhaltung bedeutend besser gefalle als am Nachmittag, und es gehe doch auch so. Sie bildete sich ein, ihre Strafpredigt habe tiefen Eindruck gemacht. Marlies wußte sehr wohl, daß dies alles nur Komödie war, und auch Frau Beate war überzeugt, daß ihre Gäste sich nicht in wenigen Stunden so ganz geändert haben könnten. Denn auch die jungen Herren vermieden strengstens jedes freie Wort, und alle gaben sich sehr salbungsvoll.

Lutz Bergmann ahnte sehr wohl, daß hinter dem allen eine Teufelei steckte, aber er hatte sein Wesen in keiner Weise geändert und widmete sich in liebenswürdigster Weise den beiden älteren Damen.

So ging es während des Abendessens, und auch nachher im Nebenzimmer befleißigten sich die jungen Leute einer tadellosen Haltung. Nur sah Marlies sehr wohl, daß es spöttisch und übermütig in ihren Augen aufblitzte. Jedenfalls war sie froh, einmal nicht über eine Unterhaltung bei Tisch empört sein zu müssen.

Es wurde auch heute musiziert, und zwar brachte Lulu Strauß ein altes, rührseliges Volkslied zum Vortrag, das sie mit sittsamen Gebärden begleitete.

Fräulein von Stratz spielte mit ebenso sittsamer Miene die Klosterglocken und das Gebet einer Jungfrau, Stücke, die Tante Albertine sehr wohl aus ihrer Jugendzeit kannte und mit Wohlgefallen aufnahm.

Lutz Bergmann aber war überzeugt, daß die alte Dame durch das alles nur verspottet werden sollte, erhob sich plötzlich, um sich selbst an den Flügel zu setzen. Er begann sofort die Mondscheinsonate von Beethoven zu spielen, und gab sie so wundervoll wieder, daß es ganz still um ihn her wurde und

Marlies mit großen Augen zu ihm hinübersah. Ihr war ganz weihevoll zumute, und in dieser Stunde konnte sie nicht daran denken, daß sie Lutz Bergmann haßte. Vielleicht spürte sie, daß zwischen einem Mann, der in dieser Weise Beethoven spielte, und einer Frau, die leichtsinnige frivole Chansons sang, keine innere Gemeinschaft bestehen konnte. Es machte sie froh, daß er so wunderschön und beseelt spielte, ohne daß sie sich darüber klar wurde, warum es sie froh machte.

Als Lutz geendet hatte, wurde ihm viel Beifall zuteil, selbst von den andern Gästen Herberts, aber er nahm anscheinend gar keine Notiz davon, präludierte eine Weile und begann dann die H-Moll-Sonate von Schumann. Es war, als habe er ganz vergessen, daß er nicht allein war. Wahrscheinlich war ihm seine Zuhörerschaft auch ganz unwichtig – bis auf eine schlanke junge Dame, die er mit gefalteten Händen und feuchten Augen hatte seitwärts vom Flügel sitzen sehen. Es war Marlies, für die er spielte, für die er in Tönen sprach und der er sein Inneres erschloß. Er hatte mit seinem Spiel den frivolen Geist aus diesen Räumen vertrieben, der sich dieser Tage hier die Herrschaft angemaßt hatte. Lange würde das nicht anhalten, das wußte er, aber heute brauchte er eine reine Luft um sich und Marlies, denn endlich war er sich ganz klar darüber geworden, daß er sie liebte.

Als er mit seinem Vortrag zu Ende war, erhob er sich schnell, schloß den Flügel und sah nach der Uhr.

»Es ist wohl Zeit, zur Ruhe zu gehen«, sagte er. Damit wehrte er jeden Beifall von sich ab; er konnte es nicht leiden, wenn über sein Spiel gesprochen wurde.

Man verabschiedete sich gegenseitig. Und das war gut so, denn es brach sofort wieder der freie Ton zwischen den Berliner Gästen durch, und Lutz wollte nicht, daß er heute schon wieder die Oberhand gewann. Der einzige, auf den Lutz Bergmanns Spiel keinerlei Eindruck gemacht hatte, war Herbert Mattenheim. Er gähnte ganz ungeniert und äußerte, daß es ein »mordslangweiliger Abend« gewesen sei.

Der nächste Tag, ein herrlicher Frühlingssonntag, verlief wie alle übrigen. Schon am Frühstückstisch herrschte wieder

der frivole laute Ton, obwohl Tante Albertine empört von einem zum andern sah. Sie konnte nicht verstehen, warum die jungen Leute plötzlich wieder so unausstehlich waren, nachdem sie sich doch gestern abend so anständig benommen hatten. Aus Rücksicht auf die reiche Erbin, die wieder die schlimmste war, vermied sie es, erneut eine Philippika loszulassen, aber sie wechselte empörte Blicke mit Beate und schickte Marlies hinaus, weil sie merkte, daß diese wie auf Kohlen saß. Lulu lachte spöttisch auf.

»Das Unschuldslämmchen darf wohl nicht mal wissen, daß es zweierlei Menschen gibt«, sagte sie ziemlich laut zu Lutz, der neben ihr saß. Marlies hörte es sehr wohl und ihr stieg das Blut in den Kopf. So schnell wie möglich eilte sie hinaus. Deshalb hörte sie auch nicht, daß Lutz antwortete:

»Es wäre wirklich notwendig, gnädiges Fräulein, daß Sie etwas mehr Rücksicht auf Ihre Umgebung nähmen.«

Sie lachte gereizt.

»Ah, sieh da, Herr Bergmann empfiehlt sich als Unschuldslämmchen Nummer zwei.«

Das hatte zur Folge, daß auch die Hausfrau und Tante Albertine das Zimmer verließen und gleich hinter ihnen auch Lutz Bergmann. Nun waren die andern gleichgesinnten Seelen wieder unter sich und konnten sich nach Herzenslust lustig machen über die Tugendmoppeligkeit der andern. Marlies war mit ihrem Rad auf die Felder gefahren, wo sie mit dem Inspektor etwas zu besprechen hatte. Ihr war bitterschwer ums Herz.

Nach dem Abend gestern mit Lutz Bergmanns wundervollem Klavierspiel hatte sie ohne jeden haßerfüllten Gedanken gegen ihn einschlafen können, und nun ging es doch weiter in dem seichten Ton. Welch tiefen Eindruck mußte die Millionärin auf ihn gemacht haben, daß er ruhig ihre freien Reden anhören konnte, ohne sich davon angewidert zu fühlen.

Sie ahnte ja nicht, daß er Lulu Strauß im Grunde nicht ausstehen konnte. Noch weniger aber, wie er im Herzen zu ihr selbst stand. Sonst wäre ihre Stimmung wohl eine andere gewesen.

In ihren zornigen Schmerz vertieft, wünschte sie wieder einmal in ihrer temperamentvollen Art, Lulu Strauß irgend etwas antun zu können, was diese so schwer ärgerte, daß sie abreisen würde. Dabei wurde ihr gar nicht klar, daß ihr »Haß« gegen Lutz Bergmann seit gestern abend sehr abgeschwächt worden war.

Am andern Morgen zog das Vieh in aller Frühe auf die Alm hinauf. Marlies war selbstverständlich mit auf dem Platz und hatte noch allerlei zu ordnen gehabt. Auch Tante Albertine war im Morgenrock und mit Lockenwickeln im Haar am Fenster erschienen und hatte mit königlichem Anstand den Tieren ein Lebewohl zugewinkt. Aber sonst war niemand zu sehen gewesen, nicht einmal Tante Beate, die es nicht vertrug, so früh aufzustehen, und die außerdem bei Marlies alles in guten Händen wußte.

Erst als die Senner und Sennerinnen mit dem Vieh auf die Almen zogen, hatte Marlies Lutz Bergmann an seinem Fenster erblickt. Er war im Pyjama, sein Haar war nicht so tadellos wie sonst gescheitelt und sein kräftiger Hals war frei, nicht in einen Kragen gezwängt. Marlies hatte gleich wieder von ihm fortgesehen, sie wollte nicht, daß er merkte, daß sie ihn erblickt hatte. Später fiel es ihr wieder ein, wie stattlich er ausgesehen hatte.

Beim Frühstück hatten sich Herberts Gäste, außer Lutz, über die Störung ihrer Morgenruhe beklagt und Lulu hatte gemeint:

»Was für einen häßlichen Klang haben diese Kuhglocken.«

Darauf hatte Tante Albertine nicht umhin gekonnt, zu antworten:

»Noch häßlicher wirken auf mich Ihre frivolen Schlager; da können Sie sich ungefähr ausrechnen, wie wenig sie mir gefallen. Ich finde das Geläut der Herden sehr melodisch. Jedenfalls hat es einen reinen Klang. Und ich freue mich jedes Jahr darauf, dies Glockengeläut zu hören.«

Lulu lachte spöttisch auf.

»Über Geschmack läßt sich nicht streiten, und unsere Großstadtnerven empören sich jedenfalls bei diesem Gebimmel.«

Marlies hätte dazu liebend gern gesagt: Dann sollten Sie

nie ins Gebirge gehen. Aber sie konnte es zum Glück zurückhalten. Tante Albertine brachte aber eine gute Antwort:

»Dafür halten Ihre Großstadtnerven in anderer Beziehung bedeutend mehr aus als die unsern.«

Das war aber der einzige Meinungsunterschied zwischen Lulu und Tante Albertine heute am Frühstückstisch. Marlies hatte Tante Albertine mit all ihren Fehlern und Schwächen immer ganz gern gehabt; seit sie aber Lulu Strauß zuweilen die Zähne zeigte, wurde sie von ihr geliebt.

Während Marlies in den sonnigen Frühlingsmorgen fuhr, um Verschiedenes mit dem Verwalter zu besprechen, quälte sie sich wieder mit ihrem Haß herum, ihrem Haß auf Lulu Strauß und, als gewissermaßen zu ihr gehörend, auch auf Lutz Bergmann.

Dabei war ihr elend zumute, so daß sie am liebsten geweint hätte.

Es war ein Glück, daß sie jetzt den Verwalter stehen sah, der ihr schon zuwinkte und ihr zeigen wollte, was die Feldmäuse wieder für Schaden an den jungen Keimen angerichtet hatten. Marlies seufzte. Feldmäuse, andere schädliche Tiere und Unkraut waren die größten Sorgen der Landleute. Die beiden Menschen, denen das Wohl und Wehe von Mattenheim so viel dringender am Herzen lag, als dessen gleichgültigem Besitzer, berieten stundenlang, wie sie Rat und Hilfe schaffen könnten. Und der reichlich fünfzigjährige Verwalter, schon seit zwanzig Jahren auf Mattenheim, wußte genau, daß er in Marlies einen tüchtigen Arbeitskameraden gefunden hatte, wie sie hinwiederum wußte, daß sie sich in jeder Hinsicht auf ihn verlassen konnte.

Als Marlies sich von dem Inspektor verabschiedet hatte und wieder nach Hause fuhr, sah sie in einer Waldschneise plötzlich Lulu Strauß und Lutz Bergmann dicht zusammenstehen. Lulu hatte sich sehr dicht an ihn geschmiegt und gerade wieder ein anderes Manöver versucht, ihn für sich zu gewinnen, während die andern ein Stück vorausgegangen waren. Marlies ahnte nicht, daß die andern in der Nähe waren, sie glaubte, es handle sich um ein geheimes Stelldichein zwischen den beiden. Und sie ahnte ebensowenig, daß Lutz diesen neuen

Angriff von Lulu ruhig und zielbewußt zurückschlug, obwohl sie ihm erzählt hatte, der freie Ton sei ihr selbst zuwider und sie mache nur mit, um sich nicht auslachen zu lassen. Sie sehne sich danach, in reinere Luft zu kommen, und suche einen Lebensgefährten, der ihr dazu verhelfen könne. Dabei hatte sie ihn schmachtend angesehen, aber Lutz hatte ihr ruhig und bestimmt geantwortet, er begrüße es, daß sie sich ändern möchte, und sicherlich werde sie, wenn sie ernstlich wolle, einen Mann finden, der ihr darin beistehen würde. Ganz bestimmt würde sie dieses Ziel erreichen, wenn es ihr Ernst sei. Er nähme aber an, daß es ihr so wenig Ernst damit sei, wie vorgestern abend, als sie der Frau Oberst die kleine tugendhafte Komödie vorgespielt habe. Und bei diesen Worten hatte er sie schnell weiter geführt, zu ihrem Ärger, so daß sie bald die andern erreichten.

Das alles wußte Marlies nicht, sie sah nur die beiden dicht nebeneinanderstehenden Menschen, und das Herz tat ihr wieder zum Zerspringen weh. Dabei wurden ihr die Augen feucht. Hätte sie geahnt, daß Lutz Bergmann Lulu sehr unzweideutig von sich abwehrte, wie viel leichter wäre ihr ums Herz gewesen.

»Wenn ich ihr nur etwas antun könnte! Sie wird ihn ja doch nur unglücklich machen, sie paßt doch gar nicht zu ihm. Ich hasse sie. Ihn gleichfalls, aber sie noch viel toller.«

So sagte sie sich, während sie ihr Rad den Berg hinaufschob und kreuzunglücklich war, ohne zu wissen, warum.

So kam sie im Herrenhaus an und fand zu ihrem Glück gleich wieder alle Hände voll zu tun. Daß auch Herbert mit seinen andern Gästen auf einem Spaziergang unterwegs war, erfuhr sie wohl, aber nicht, daß sie alle zusammen gewesen waren und Lutz und Lulu sich nur für kurze Zeit abgesondert hatten auf Lulus Betreiben. Mit wütendem Eifer machte sie sich an die Arbeit, denn heute abend sollte auf Herberts Wunsch ein Festessen stattfinden, und danach getanzt werden. Er wollte seinen Gästen etwas bieten, vor allem Lulu, um ihr zu beweisen, daß in Mattenheim glänzende und geordnete Verhältnisse herrschten.

Tante Albertine und Beate Mattenheim saßen im Wohnzimmer zusammen und machten gegenseitig ihren gepreßten Herzen Luft. Frau Beate war sehr aufgebracht darüber, daß heute morgen wieder dieser üble Ton angeschlagen war. Sie kämpfte einen heldenhaften Kampf zwischen ihrer Entrüstung über Lulu Strauß und ihrem Wunsch, deren Millionen an Mattenheim zu fesseln. Tante Albertine versäumte nicht, ihr das letztere in den schwärzesten Farben auszumalen.

7

DER FESTABEND, DEN Herbert seinen Gästen geben wollte, war herbeigekommen, und Marlies hatte das ihre getan, ihn so schön wie möglich zu gestalten, ohne daß zu große Kosten entstanden. Im Verlauf dieses Tages hatte sie viele Ungezogenheiten von Lulu Strauß in Kauf nehmen müssen; und das kam daher, weil Lutz Bergmann verschiedentlich während des allgemeinen Spaziergangs Marlies verteidigt hatte, wenn die andern über sie spotteten und sie eine langweilige Tugendgans nannten. Er hatte offen erklärt, daß ihm ihr zurückhaltendes Wesen sehr gefalle und er überzeugt sei, daß sie sich nie etwas vergeben würde.

Da war Lulu schließlich in heller Wut davongelaufen, denn sie hatte sehr wohl an seinem Verhalten gemerkt, daß sie bei ihm durchaus keine Aussichten hatte. Nun ließ sie ihren Zorn und ihre Wut an Marlies aus und suchte geradezu deren Gesellschaft, um sie zu peinigen.

Marlies war durchaus kein zahmes Lamm. Sie diente Lulu so gut sie konnte, aber sie war immer mehr von dem Wunsch beseelt, auch ihr etwas anzutun, das sie ärgern würde. Hätte sie nur eine Ahnung gehabt, woher Lulus Zorn kam, hätte sie das vermutlich viel leichter ertragen. Aber davon ahnte sie nichts, glaubte im Gegenteil, daß zwischen Lutz Bergmann und der reichen Erbin schon alles in Ordnung sei und die Verlobung baldigst veröffentlicht werden würde. Vielleicht schon heute abend. Sie wäre deshalb am liebsten dem Fest ferngeblieben, aber davon wollten weder Tante Albertine noch Tante Beate etwas wissen. Sie möge nicht so töricht sein, es gäbe für sie selten eine Gelegenheit zu tanzen, meinte Tante Albertine, und Frau Beate äußerte ihrerseits, es sei ganz selbstverständlich, daß sie mit tanzen müsse, es seien doch mehr Herren als Damen anwesend.

Am Nachmittag hatte Lutz sich wieder längere Zeit mit Tante Albertine unterhalten, und sie hatten weiter Gefallen aneinander gefunden. Wenn Lutz sich auf den heutigen Abend freute, geschah es nur, weil er ihm Gelegenheit geben würde, auch mit Marlies tanzen zu können.

Wenn diese nur eine Ahnung davon gehabt hätte. So meinte sie, er werde wohl nur mit Lulu Strauß tanzen.

Dazu kam noch, daß Lulu am Abend in einer wunderbaren weißen Seidenrobe mit tiefem Rückenausschnitt erschien, in der sie vorteilhafter denn je aussah und alle Blicke auf sich zog. Auch Lutz sah sie an wie ein schönes Bild, und sagte ihr eine Schmeichelei über ihr schönes, elegantes Gewand. Das hörte leider Marlies, als sie vorüberging. Sie kam sich in ihrem schlichten hellblauen Seidenkleidchen durchaus nicht vorteilhaft vor und ahnte nicht, wie hold und lieblich sie aussah. Lutz merkte das aber sehr wohl und sah ihr bewundernd nach. Das bemerkte nun wieder Lulu, und es entfachte einen maßlosen Zorn in ihr. Was hatte er so bewundernd dieser armen Verwandten des Hauses nachzusehen. Sie zog die Stirn zusammen, und auch sie hatte den innigen Wunsch, Marlies irgend etwas anzutun. Daß diese als so tugendhaft galt, ärgerte sie ungemein; sie wünschte, ihr diesen Nimbus nehmen zu können. Aber wie sollte das geschehen?

So war die Atmosphäre zwischen den beiden Damen mit Elektrizität geladen, und der kleinste Funke konnte verheerend wirken.

Zuletzt erschien Tante Albertine, und alle Anwesenden waren über die königliche Würde, die sie ausstrahlte, sprachlos. Sie trug ein Gewand, das von oben bis unten mit blaufunkelnden Pailletten bestickt war, die bei jeder Bewegung sprühten. Auch dies Kleid war schon vor einer Anzahl von Jahren modern gewesen, aber es paßte zu der hohen, königlichen

Erscheinung. Zudem war die Tante mit ihrem sämtlichen Schmuck behängt, den sie noch aus besseren Zeiten gerettet hatte. Vielleicht war dieses und jenes Stück nicht echt, aber es wirkte alles zusammen überwältigend.

Lulu flüsterte Fräulein von Stratz mit heimlichem Lachen zu:

»Adele Sandrock in ihrer königlichen Rolle.«

»Fabelhaft«, spottete auch diese.

Aber Tante Albertine zweifelte nicht an ihrem Erfolg. Sie war es gewöhnt, Aufsehen zu erregen, und es hätte ihr etwas gefehlt, wenn nicht ringsum alles vor Bewunderung verstummt wäre.

Zu ihrer Genugtuung bot Lutz Bergmann ihr den Arm, um sie zu Tisch zu führen, aber an seine andere Seite kam Lulu Strauß zu sitzen.

Diesen beiden gegenüber hatte Marlies an Herrn von Selbitz' Seite Platz genommen. So konnte sie einen Teil der Unterhaltung zwischen den beiden mit anhören. Und es war manches dabei, das sie treffen und kränken sollte. Ein Zweck, den Lulu auch erreichte. Dadurch wurde Marlies' Stimmung keineswegs besser, glaubte sie doch, daß Lutz Bergmann mit Lulus Worten einverstanden sei.

Sie wäre am liebsten davongelaufen und hätte sich in der Einsamkeit ihres Zimmers ausgeweint.

Als dann endlich die süße Speise gereicht wurde, wozu es eine dunkelrote Wein- und Fruchtsoße gab, sagte Lulu von oben herab, sehr laut und deutlich:

»Es ist sehr unangenehm, wenn Angestellte mit am Tisch sitzen. Herr von Mattenheim hätte uns das wohl ersparen können, hätte dieses Fräulein Mainau auf ihrem Zimmer speisen lassen können.«

Marlies wurde bleich vor Zorn, und Lutz Bergmann auch. Tante Albertine aber wollte gerade für Marlies eine Lanze brechen, da herrschte Lulu über den Tisch hinüber Marlies an:

»Passen Sie doch auf, wo es fehlt, wenn Sie schon einmal hier sind. Ich habe keine Soße, reichen Sie sie mir herüber.«

Da sprühte es in Marlies Augen auf. Sie faßte jäh nach der

Soßenschüssel und dachte dabei zornig: Möchte sie sich doch die Soße über ihr weißes Kleid schütten. Dabei erhob sie sich halb und reichte Lulu mit einem heftigen Schwung die Sauciere hinüber, so daß Lulu nicht schnell genug zufassen konnte. Die Schüssel fiel in Lulus Schoß,und der ganze Inhalt ergoß sich auf das schöne weiße Kleid.

Marlies erschrak nun doch, sprang auf und wollte mit ihrer Serviette den Schaden nach Möglichkeit gutmachen. Auch Lulu schnellte, nachdem der erste Schreck überwunden war, in die Höhe, und nun ergoß sich eine solche Flut von Schimpfreden über Marlies' Haupt, daß diese abwechselnd blaß und rot wurde. Und dann holte Lulu in ihrer Wut aus und wollte Marlies ins Gesicht schlagen. Da trat aber Lutz wie zufällig dazwischen und gab sich den Anschein, auch mit seinem Mundtuch den Schaden gutmachen zu wollen. So blieb Marlies vor der ihr zugedachten Ohrfeige bewahrt, und diese traf nur Lutz Bergmanns Arm. Marlies merkte in dem Bestreben, Lulus Kleid zu säubern, nichts von diesem kleinen Manöver, sie merkte auch nicht, daß Lutz wie ein Schutzwall zwischen ihr und der erbosten Lulu stand. Diese war so gewöhnlich und ausfallend in ihrer Wut, daß alle empört zu ihr hinüber sahen. Selbst Herbert fühlte sich beklommen.

Marlies aber ließ diesen Schwall wütender Worte still, ohne Gegenrede über sich ergehen, wußte sie jetzt doch selbst nicht mehr, ob sie die Soße mit Absicht über Lulus Kleid geschüttet hatte oder nicht. Gewünscht hatte sie in ihrem berechtigten Zorn jedenfalls, daß die rote Tunke sich über das weiße Kleid ergießen möchte.

Lulu war so wütend, daß sie Marlies schließlich, ehe Lutz es verhindern konnte, so heftig zurückstieß, daß Marlies rückwärts hinfiel.

Dann stürmte Lulu aus dem Speisesaal, um sich auf ihrem Zimmer umzukleiden, denn in dem befleckten Kleid konnte sie nicht bleiben.

Lutz half Marlies beim Aufstehen. Sie sah sehr blaß und elend aus, machte sich schnell aus seinen Händen los und begab sich in ein Nebenzimmer.

Dic Tafel war durch diesen kleinen Zwischenfall schneller

beendet als vorgesehen. Fräulein von Stratz, Herr von Selbitz und der andere Gast Herberts nahmen die Sache humoristisch, Herbert sprach ärgerlich auf seine Mutter ein und verlangte, daß sie Marlies gehörig die Meinung sagen solle wegen ihres Ungeschickes, und Lutz stand mit Tante Albertine zusammen, die unbedingt Marlies' Partei nahm und behauptete, Fräulein Strauß sei nur recht geschehen für ihre ungezogenen Angriffe auf die arme Marlies.

»Ich habe einen weiteren Aufschluß über den Charakter von Fräulein Strauß erhalten. Ihr Benehmen Marlies gegenüber war sehr unfein. Ich habe deutlich gesehen, daß sie Marlies schlagen wollte, nur Sie haben es verhindert. Eine dermaßen zügellose Frau wünsche ich Herbert wirklich nicht«, sagte sie mit ihrer dunklen, baßartigen Stimme.

Lutz hätte wahrscheinlich auch allerlei unliebsame Aufschlüsse über Lulus Charakter erhalten, wenn das nicht schon vorher der Fall gewesen wäre. Er übersah aber die ganze Angelegenheit noch viel besser als alle Anwesenden. Er hatte sehr wohl bemerkt, daß Marlies durch Lulus Verhalten sehr gereizt worden war, und ein sanftes Lämmchen, das sich willenlos zur Schlachtbank führen läßt, war sie nun mal nicht. Sie besaß viel Temperament und ließ sich nicht ungestraft beleidigen. Anscheinend war sie sehr zornig und unbeherrscht mit der Soßenschüssel verfahren, hatte dann freilich einen großen Schrecken bekommen und sich geschämt, daß sie sich in solcher Weise hatte gehenlassen. Er mußte sich doch einmal nach der kleinen Sünderin umsehen.

Unbemerkt ging er ihr nach in das Nebenzimmer und fand sie auch dort, blaß, mit verweinten Augen am Fenster stehen. Als Lutz hinter sie trat und sie anredete, zuckte sie zusammen, aber alle Weichheit war aus ihrem Antlitz fortgewischt, denn sie nahm an, daß Lutz Bergmann sie zur Rechenschaft ziehen wollte. Zu ihrem Erstaunen sagte er aber ganz sanft und tröstend:

»Weinen Sie doch nicht, eine derartige kleine Ungeschicklichkeit kann jedem unterlaufen.«

Sie funkelte ihn an mit zornigen Augen, und ihre Tränen flossen stärker.

»War gar keine Ungeschicklichkeit, hab's mit Absicht getan«, stieß sie hervor und trocknete hastig ihre Tränen.

»Das wußte ich – Sie sahen sehr zornig aus.«

Verblüfft starrte sie ihn an.

»Sie wußten es?«

»Ja. Warum haben Sie es denn getan – warum das schöne Kleid verdorben?«

Sie zerrte erregt an ihrem Taschentuch. Seinen sanften Ton vermochte sie nach dem Vorgefallenen kaum zu ertragen.

»Weil ich sie hasse, diese ungezogene Person.«

»So, Sie hassen sie?« sagte er mit verhaltenem Lächeln. »Und warum hassen Sie Fräulein Strauß?«

»Weil ich –«

Sie hielt inne, beinahe wäre ihr entfahren, daß sie eifersüchtig auf sie sei. Aber sie unterdrückte das und fuhr zornig heraus:

»Weil Sie sich so blöd mit ihr anstellen, als sei sie ein anbetungswürdiger Engel, Sie – Sie haben ja nun wohl endlich gemerkt daß sie eine Furie ist.

Es zuckte wieder ein Lächeln um seinen Mund.

»Warum interessiert es Sie so stark, für was ich Fräulein Strauß halte?«

Sie wurde blutrot und wußte nicht, was sie antworten sollte. Endlich warf sie in ihrer Not den Kopf wieder heftig zurück und sagte trotzig:

»Weil ich auch Sie furchtbar hasse, weil Sie das weiße Kleid so schön fanden –, und weil ich Sie eben hasse.«

Sie ahnte nicht, wie sehr sie sich ihm verriet, und er sah nun ein, daß er sie jetzt, hier, wo jeden Augenblick jemand kommen konnte, nicht würde beruhigen können. Er sah sie nur, als sie jetzt zu ihm aufsah, mit einem Blick an, der sie zusammenzucken ließ. Dann verbeugte er sich und sagte kühl und überlegen:

»Das ist allerdings niederschmetternd für mich; da wage ich gar nicht, Sie um einen Tanz zu bitten. Deshalb kam ich nämlich hierher zu Ihnen.«

Ganz blaß wurde sie, und ihre Augen sahen müde zu ihm auf.

»Das wird Fräulein Strauß nicht gestatten.«

Damit lief sie davon, und er konnte ihr nicht folgen, wenn er kein Aufsehen erregen wollte. Aber in seinen Augen lag wieder ein zärtlicher Ausdruck.

»Süßer kleiner Trotzkopf – dein Wehren hilft dir ja doch nichts«, sagte er vor sich hin.

Langsam begab er sich wieder zu den andern, die sich jetzt im Musikzimmer eingefunden hatten, das zum Tanzen ausgeräumt worden war. Ein Klavierspieler aus dem Dorf begann soeben zu spielen.

Frau Beate sah sich nach Marlies um. Sie war nicht zu sehen. Da begab die alte Dame sich ins Wohnzimmer und fand dort Marlies in einem Sessel, wo sie fassungslos weinte.

Frau von Mattenheim blieb ihre Strafpredigt im Mund stekken, weil sie glaubte, Marlies weine über ihr Ungeschick. Sie blieb vor ihr stehen.

»Nun höre nur auf zu weinen, davon wird das Kleid von Fräulein Strauß nicht wieder sauber. Zum Glück kann sie es verschmerzen, wenn ihr mal eine Toilette verdirbt.«

Marlies trocknete ihre Tränen. Sie hätte am liebsten auch der Tante gebeichtet, daß das Unglück nicht ganz ohne ihren Willen geschehen war. Sie hätte es auch getan, wenn sie nur einen stichhaltigen Grund hätte für ihr Verhalten angeben können; denn daß Fräulein Strauß sie mit ihren kränkenden Reden schon genugsam zum Zorn gereizt hatte, würde die Tante nicht als stichhaltigen Grund gelten lassen.

So sagte Marlies nur:

»Es ist schade um dieses schöne Kleid.«

»Gewiß, sehr schade, aber Fräulein Strauß wird ein anderes anziehen, und alles wird wieder gut sein, wenn du dich nur bei ihr entschuldigst.«

Das kam Marlies hart an, aber sie nahm es als Strafe auf sich, weil sie sich von ihrem Zorn hatte beherrschen lassen. Sie schluckte die Erregung hinunter und sagte leise:

»Ich werde es tun, Tante Beate, denn ich habe Unrecht begangen.«

Diese zuckte ein wenig die Achseln.

»Von einem Unrecht kann nicht die Rede sein, es war ein Ungeschick. Aber nun kühle dir das Gesicht mit Wasser und komm dann ins Musikzimmer, es werden Tänzerinnen gebraucht.«

Marlies erhob sich und ging hinaus, um sich das Gesicht zu kühlen.

Inzwischen war Lulu, mit einem andern Kleid angetan, wieder heruntergekommen. Das verdorbene hatte sie wütend ihrer Jungfer vor die Füße geworfen und ihr geboten, es in eine Chemische Reinigungsanstalt zu schicken. Ihr Zorn hatte sich noch nicht gelegt, denn sie wußte sehr wohl, daß Lutz Bergmann sie daran gehindert hatte, Marlies ins Gesicht zu schlagen. Eine kräftige Ohrfeige, die sie bei ähnlichen Anlässen ihrer Jungfer zu verabreichen pflegte, wäre ihr sehr dienlich gewesen. Aber weil sie eine hübsche Larve hatte, waren die Männer ihr gegenüber alle hilfsbereit. Wenn sie diese Marlies nur einmal gründlich blamieren könnte, mit Wonne würde sie das tun.

Als sie wieder zu den andern kam, wurde sie von allen Seiten mit begütigenden Scherzworten empfangen. Sie zwang sich auch, darauf einzugehen, ärgerte sich nur, daß Lutz Bergmann sie nicht auch zu begütigen versuchte. Dieser war aber so ungehalten über ihr taktloses und beleidigendes Verhalten Marlies gegenüber, daß er sich nicht entschließen konnte, zu ihr heranzutreten. Er blieb bei Tante Albertine stehen, mit der er sich gerade unterhielt, und ließ nur unruhig seine Augen umherschweifen, ob Marlies nicht endlich wieder auftauchen würde.

Gerade kam Marlies wieder herein. Sie hatte die Tränenspuren, so gut es ging, beseitigt und sah sich nach Lulu um. Als sie diese erblickte, ging sie tapfer auf sie zu und sagte so ruhig sie konnte:

»Ich bitte Sie um Entschuldigung, daß ich Ihr schönes Kleid verdorben habe.«

Lulu sah sie sehr von oben herab an.

»Dadurch wird der Schaden nicht wiedergutgemacht. Sie wissen wohl nicht, wie teuer ein derartiges Kleid ist?«

»Nein, aber ich möchte es Ihnen ersetzen.«

Die andern standen alle herum und hörten jedes dieser Worte.

»Ersetzen? Haben Sie fünfhundert Mark flüssig? Soviel kostet es nämlich.«

Marlies sah sie erschrocken an, sagte dann aber gefaßt:

»Trotzdem will ich es bezahlen.«

Frau von Mattenheim sah Marlies betroffen an. Was dachte sie sich? Woher wollte sie diese fünfhundert Mark nehmen? Von den dreißigtausend Mark, die Marlies als Erbteil ihrer Eltern besaß, ahnte sie ja nichts.

Lulu wandte sich in beleidigender Weise von Marlies ab, zuckte die Achseln und sagte brüsk:

»Ich verzichte!«

Damit ließ sie Marlies stehen.

Diese stand einen Augenblick tief errötend mitten im Zimmer, da aber verbeugte sich Lutz vor ihr und forderte sie, da der Klavierspieler eben wieder einen Tanz begann, auf, mit ihm zu tanzen. In ihrer Verlegenheit ließ sie sich von ihm zum Tanz führen, und die andern folgten. Herbert bat Lulu um diesen Tanz. Aber Lulu war wütend, daß Lutz mit Marlies tanzte, und sie grübelte darüber nach, wie sie Marlies gründlich blamieren konnte. Sie sah immer wieder haßerfüllt zu Marlies und Lutz hinüber. Marlies wußte nicht, wie ihr geschah, als sie in Lutz Bergmanns Armen dahinschwebte. Er sprach kein Wort zu ihr und sie keines zu ihm, und doch waren sie beide so sehr erfüllt von einem starken, mächtigen Gefühl, daß sie an nichts anderes denken konnten. Lutz wußte schon, was für ein Gefühl ihn für Marlies erfüllte, und er hätte sie am liebsten nicht wieder aus seinen Armen gelassen. Marlies aber spürte, daß ihr Haß gegen Lutz Bergmann sonderbarerweise ganz verschwunden war. Sie konnte nicht vergessen, wie er sie vorhin in dem stillen Nebenzimmer ansah, es hatte sie dermaßen erschüttert, daß sie weinend im Wohnzimmer zusammengebrochen war. Und nun hatte er sie zum Tanz aufgefordert. Sie hatte wohl gemerkt, wie wütend Lulu darüber gewesen war. Sie würde ihm nachher vermutlich heftige Vorwürfe machen. Aber von ihm war es sehr großmütig, daß er sie zum Tanz geholt hatte, trotz ihres Geständnisses, daß sie absichtlich die Soßenschüssel so ungeschickt gereicht hatte und – daß sie nicht nur Lulu Strauß sondern auch ihn hasse. Warum nur tanzte er mit ihr, statt mit Lulu Strauß?

Da war der Tanz schon zu Ende, und Lutz mußte sie, wenn auch sehr ungern, aus seinen Armen lassen.

Dabei sah er sie wieder mit diesem seltsam weichen und gütigen Blick an, wie vorhin im Nebenzimmer. Ihr war, als sei sie in einen Traum versunken und müsse sich gewaltsam daraus lösen.

Der Abend nahm fortan einen ungestörten Verlauf. Marlies mußte mit allen Herren tanzen, und auch Lulu Strauß flog aus einem Arm in den andern. Aber Marlies fragte sich nur immer unruhig, ob Lutz Bergmann sie noch einmal zum Tanz führen würde. All die andern kamen wieder und wieder, sogar ihr Vetter. Aber Lutz Bergmann blieb ihr fern. Er fürchtete, seine Ruhe nicht bewahren zu können, wenn er sie noch einmal in den Armen halten würde. Marlies glaubte hingegen, er habe notgedrungen einen Pflichttanz mit ihr getanzt. Und sie? Ach, du lieber Gott – sie merkte erschüttert, daß ihr der ganze ungestüme Haß abhanden gekommen war – seit er sie so seltsam angesehen hatte.

Wenn er mit Lulu tanzte, tat ihr das Herz weh, aber Haß und Trotz hatten damit nichts mehr zu tun – es befiel sie nur ein tiefer Schmerz.

Sie war sehr unglücklich und wußte nicht recht, warum.

Als endlich das Fest vorüber war, ging Marlies mit Tante Albertine in deren Zimmer, um ihr beim Auskleiden zu helfen. Die alte Dame kam auf den Vorfall von heute abend zurück und sagte befriedigt:

»Ich kann dir sagen, daß ich ihr am liebsten selbst die rote Soße über das Kleid geschüttet hätte, weil sie dir über den Tisch hinüber so ungezogene, taktlose Worte sagte. Sie ist eine Furie. Wie sie auf dich losgefahren ist – schamlos einfach. Und wenn Lutz Bergmann sich nicht schnell dazwischengeschoben hätte, wärst du von ihr ins Gesicht geschlagen worden.«

Marlies sah betroffen zu ihr auf.

»Davon habe ich nichts gemerkt, Tante Albertine, sie stieß mich doch nur um, so daß ich zu Boden fiel.«

»Nun ja, weil es ihr nicht gelungen war, dich zu ohrfeigen. Lutz Bergmann machte es ihr unmöglich durch sein schnelles Dazwischentreten. Er konnte leider nicht verhindern, daß sie dich zu Boden stieß, konnte dich nur aufheben. Also das muß ich sagen, dieses Fräulein Strauß möchte ich nicht als Herrin in Mattenheim sehen, obwohl sie reich ist.

Marlies hatte nur gehört, daß Lutz Bergmann sie davor geschützt hatte, von Lulu ins Gesicht geschlagen zu werden. Das war ihm doch wohl zuviel gewesen, das hatte er nicht zulassen wollen, obwohl Lulu Strauß seine Auserkorene war. Und um deren Verhalten gutzumachen, hatte er sie zum Tanz aufgefordert.

Mochte es sein, wie es wollte, er hatte wenigstens gehört, daß sie ihn und Lulu Strauß haßte und daß sie es gewollt hatte, daß die Fruchtsoße über Lulus Kleid flösse. Und nun wußte er wenigstens, daß sie sich ohne Gegenwehr nicht beleidigen und kränken ließ.

Aber zufrieden war sie dennoch nicht mit sich.

Wenn sie nur geahnt hätte, wie ruhig und bestimmt Lutz Fräulein Strauß während des Tanzes erklärt hatte, daß sie sich unerhört betragen habe. Lulu hatte ihm eine Weile zugehört, dann hatte sie spöttisch gesagt:

»Sie werfen sich ja gewaltig zum Ritter dieses kleinen Mädels auf.«

»Allerdings habe ich das getan, weil sie niemanden fand, der sie in Schutz nahm, und weil ich nicht zulassen wollte, daß Sie allen sonstigen Demütigungen auch noch einen Schlag ins Gesicht hinzufügten.«

»Allerdings, den hatte sie verdient, diese ungeschickte Person. Ich hatte sogar das Gefühl, daß sie mich mit Absicht mit Fruchtsoße begossen hat.«

Es zuckte um seinen Mund, und er sagte kurz:

»Man hätte ihr das nach dem Vorangegangenen nicht einmal verdenken können. Sie scheinen der Ansicht zu sein, daß man eine junge Dame ungestraft beleidigen darf, wenn sie arm und schutzlos ist.«

»Nun, sie hat in Ihnen jedenfalls einen mächtigen Beschützer und Hüter bekommen, und sie wird sich schon dankbar erweisen.«

Er sah sie drohend an.

»Wenn Sie Fräulein Mainau damit von neuem beleidigen wollen, wird diese Beleidigung auf Sie selbst zurückfallen.«

Sie sah ihn wütend an.

»Wie rührend! Der Prinz und das Aschenputtel!«

Er hatte den Tanz sofort abgebrochen und sich mit einer Verbeugung von ihr verabschiedet. Danach hatte er weder nochmals mit ihr getanzt noch ein Wort an sie gerichtet.

Alles das hatte Lulu Strauß noch mehr gegen Marlies erbittert, und sie sann darüber nach, wie sie sich wirksam an dieser rächen und sie bloßstellen könnte.

Über diesem Grübeln schlief sie sehr spät ein.

8

AM ANDERN MORGEN wurde das Frühstück etwas später gerichtet, da man annahm, daß die Gäste länger schlafen würden. Marlies war aber so früh wie alle Tage auf den Füßen. Sie hatte sich in den Schlaf geweint und wußte nicht, warum sie so unglücklich war.

Leise hatte sie ihr Zimmer verlassen, um niemanden zu stören, und war an ihre Arbeit gegangen. Es gab im Haus viel aufzuräumen. Diese Arbeit leistete sie und griff selbst tüchtig mit zu, so daß alles schon wieder in Ordnung war, als die Gäste zum Frühstück herunterkamen. Sie waren alle nicht recht in Form und wollten nach dem Frühstück auf den Berg hinauf, um sich zu erfrischen. Lulu war besonders schlechter Laune. Sie konnte sich seit gestern der Erkenntnis nicht verschließen, daß ihre Millionen auf Lutz Bergmann keinen Eindruck machten und er sich nicht in ihre Netze ziehen ließ. »Weil er sich in das Lärvchen dieser blöden Tugendgans vergafft hat«, sagte sie zu sich selbst.

Und sie verlangte danach, sich an ihm wie an ihr zu rä-

ren Ansicht zu weit gegangen. Das merkte diese sehr wohl, und ihr Groll auf Marlies wuchs immer mehr.

Nach der Teestunde suchte Herbert seine Base auf.

»Ich muß dich ersuchen, Marlies, dich auf einen andern Fuß mit Fräulein Strauß zu stellen, denn ich habe die Absicht, sie zur Herrin dieses Hauses zu machen.«

Marlies sah ihn fast mitleidig an.

»Das wird dir kaum gelingen, so viel ich weiß, gehen Fräulein Strauß' Wünsche andere Wege.«

»Das geht dich nichts an, ich habe dich nicht um deine Ansicht gefragt. Und ich ersuche dich nochmals, einen andern Ton ihr gegenüber anzuschlagen.«

»Das tue ich nur, wenn sie sich mir gegenüber in Zukunft anders benimmt.«

Er sah sie ärgerlich an.

»Du bist sehr überheblich und stolz, aber du wirst dich doch dazu bequemen müssen, mein Verlangen zu erfüllen – sonst würdest du wohl dieses Haus verlassen müssen, wenn meine Frau hier einzieht.«

Marlies wurde blaß, blieb aber sehr ruhig und sagte nur:

»Wenn Fräulein Strauß hier als Herrin einzieht, würde ich ohnedies nicht bleiben.«

»Ah, willst du mir sagen, was du dann zu beginnen gedenkst?«

»Weiter arbeiten wie bisher –, an einer andern Stelle. Wenn ich auch ungern von Mattenheim fortgehe, weil ich es liebe – demütigen lasse ich mich in keinem Fall, das merk dir. Auch von dir nicht mehr. Ich möchte nicht, daß du mich ferner wie eine bezahlte Angestellte behandelst, die hier von deiner Gnade abhängt.«

Damit ließ sie ihn stehen und ging davon.

Er sah ihr ein wenig ratlos nach. Mit den Weibern war doch einfach nicht auszukommen! Und wenn Marlies ging, das wußte er, dann würde die Mutter ihn hier in Mattenheim festnageln, dann war es vorbei mit Freiheit und lustigem Leben. Zum Teufel, die Weiber konnten sich doch vertragen! Und was hatte Marlies davon gesagt, daß Lulu Strauß' Wünsche andere Wege gingen? Sollte da etwas mit Lutz Bergmann spielen?

Lulu hatte sich in letzter Zeit verdammt viel mit diesem beschäftigt. Daß dieser den Frauen begehrenswerter erscheinen könnte als er, wollte er sich freilich nicht eingestehen. Und schließlich war Lulu ihm doch verdammt deutlich entgegengekommen. Aber immerhin – sie schien nicht sehr zuverlässig zu sein, zeichnete heute diesen, morgen jenen aus. Das erschien ihm allerdings nicht besonders wichtig, wenn sie schließlich nur seine Frau wurde, damit er endlich mal wieder flott wurde. Die Erträge von Mattenheim wurden von Monat zu Monat geringer – er hatte schon Schulden machen müssen, denn sein Leben kostete viel Geld. Also war es doch wohl geraten, man machte sobald wie möglich Ernst mit Lulu. Eine schöne Frau war sie ja nicht – überhaupt nicht sein Geschmack. Aber man konnte sich ja anderweitig schadlos halten. Ihre Millionen wogen das auf. Und elegant war sie sehr, man konnte sich schon mit ihr sehen lassen. Außerdem waren alle hinter der reichen Erbin her.

Und das mit Marlies? Es schien sie leider nicht zu schrekken, daß sie das Haus würde verlassen müssen. Also gut, wenn er Lulus Millionen hatte, dann konnte man auch ohne Marlies auskommen. Und bis er mit Lulu im reinen war, würde Marlies wohl noch bleiben.

Keine Minute kümmerte er sich darum, was dann aus Marlies werden sollte. Mit dergleichen pflegte er sich nicht zu belasten.

Langsam kehrte er zu den andern zurück, die eben zu einer Tennispartie aufbrechen wollten. Eifrig erbot Herbert sich, Lulus Mantel und Schlagnetz zu tragen. Und er hielt den Platz an Lulus Seite fest.

Die andern schritten voraus. Lutz war nicht zu sehen, er hatte sich, als man plante, zum Tennis zu gehen, unbemerkt zurückgezogen. Er war nicht in der Stimmung, sich daran zu beteiligen, sondern zog es vor, einige Stunden zu arbeiten.

Daß Marlies jetzt keine Zeit für ihn hatte, wußte er. Die Frau Oberst lag auf der Terrasse in einem Liegestuhl, um die versäumte Nachtruhe nachzuholen. Frau Beate war mit Marlies zusammen in die Wäschekammer gegangen, um ein Verzeichnis aufzunehmen.

Lulu hielt sich unterwegs Herbert gegenüber darüber auf, daß Lutz Bergmann zurückgeblieben war.

»Er hofft wahrscheinlich auf ein ungestörtes Schäferstündchen«, sagte sie bissig.

Herbert lachte.

»Mit Tante Albertine vielleicht?«

»Ach, Sie blinder Tor, merken Sie denn nicht, was in Ihrem Haus vorgeht?«

»Ich verstehe Sie nicht, mein gnädiges Fräulein.«

»Dann muß ich Ihnen schon ein wenig auf die Sprünge helfen. Merken Sie nicht, daß Lutz Bergmann sich heftig in Ihre schöne Base verliebt hat?«

Herbert sah sie begriffsstutzig an.

»In Marlies? Das ist doch nicht möglich. Ich glaubte vielmehr, daß er Absichten auf Sie selbst hatte, Lulu!«

Und Herbert wurde gleich froher und munterer.

»Auf mich?« sagte Lulu nachlässig. »Lieber Gott, wer hat nicht alles auf mich Absichten. Gewiß, auch er hatte solche, aber – ich habe deutlich abgewinkt. Ich bitte Sie, er ist ein Mensch, so vollgepfropft mit sittlichen Forderungen, daß man in seiner Gegenwart einen Gähnkrampf bekommt. Nein, nein, ich will als Lebensgefährten einen flotten Lebemann haben, so wie Sie einer sind, Herr von Mattenheim.«

»O Lulu, Sie machen mich glücklich«, sagte er und faßte ihre Hand.

Sie wehrte lachend ab.

»Nur nicht so stürmisch, ich brauche mich doch nicht gleich auf Sie festzulegen. Dazu ist mir das Terrain hier in Mattenheim zu schwierig. Mir liegt diese Base Marlies nicht, ich könnte nicht in einem Haus mit ihr wohnen. Und die vorsintflutliche Tante Albertine wäre selbstverständlich hier ebenfalls unmöglich, wenn ich je auf den Gedanken kommen sollte, Herrin von Mattenheim zu werden.«

»Aber teuerste Lulu, das würde alles nach Ihren Wünschen geregelt werden, das können Sie doch glauben.«

Sie überlegte. Warum nicht auch Herbert von Mattenheim? Er würde ein bequemer Gatte sein, und man konnte ihn ein wenig zustutzen, wie man ihn brauchte. Die Hauptsache war, daß man sich an dieser Tugendgans Marlies rächen konnte, und zudem mußte auch diese schreckliche Frau Oberst für immer aus dem Weg. Mochte sie sich ihren Kuhreigen anhören, wo sie wollte. Herberts Mutter – die würde man schon irgendwo unterbringen, wo sie nicht stören konnte, denn im Haus mochte sie die auch nicht behalten. In Mattenheim mußte ein ganz anderer Zug hineinkommen, wenn man sich hier wohlfühlen sollte. Also – es war immerhin in Erwägung zu ziehen, ob man Frau von Mattenheim werden sollte. Lutz Bergmann wäre ihr allerdings lieber gewesen. Aber – das fühlte sie – der wollte keinerlei Gemeinschaft mit ihr. Das sollte er büßen. Irgendwie sollte ihre Rache auch ihn treffen.

»Sie schweigen, Teuerste?« fragte Herbert gespannt.

Sie sah ihn nicht an und entgegnete ruhig und überlegen:

»Ich werde Ihren Antrag – als ein solcher sind Ihre Worte jedenfalls aufzufassen – wohlwollend in Erwägung ziehen. Aber lassen Sie mir bis zur endgültigen Entscheidung noch einige Tage Zeit.«

Er faßte ihre Hand und küßte sie stürmisch. Dabei dachte er: »Also der goldene Freiheitstraum dürfte in einigen Tagen ausgeträumt sein.«

Er hatte nie ernstlich daran gezweifelt, daß es ihm schließlich gelingen würde, die reiche Erbin heimzuführen, keine Ahnung kam ihm, daß sie ihn nur als Werkzeug ihrer Rache und als Notbehelf betrachtete. Diese beiden Menschen paßten in ihrer Minderwertigkeit vortrefflich zueinander.

Herbert warf sich in die Brust, als sie mit den andern auf dem Tennisplatz ankamen. Er kam sich vor wie ein Sieger und sonnte sich schon in dem Gedanken, Lulus Geld mit vollen Händen auszugeben. Keine Ahnung kam ihm, daß Lulu sehr geschäftstüchtig war und auch in Zukunft, als seine Frau, ihr Vermögen selbst verwalten würde. Es stand bei ihr fest, daß sie sich völlig freie Verfügung über ihr Vermögen vorbehalten wollte. Sie kannte die Welt und die Männer hinlänglich, um einen Riegel vorzuschieben gegen leichtsinnige Gelüste. Jetzt wurde aber erst einmal fleißig Tennis gespielt, eine Partie zu vieren. Der Überzählige mußte immer die Bälle aufsammeln.

Für den Abend dieses Tages hatte Lulu ihre Rache an Marlies und gleichzeitig an Lutz vorgesehen.

Man saß erst friedlich beim Abendessen, Tante Albertine aufrecht an ihrem Platz, um aufzupassen, daß keine bedenklichen Worte gebraucht wurden. Sie war fest entschlossen, energisch dagegen aufzubegehren, den sie hatte mit Frau Beate vereinbart, daß man das nicht mehr dulden dürfe. Bisher gab es aber noch keine Veranlassung, einzuschreiten, das Gespräch lief gewissermaßen immer auf Messersschneide hin.

Nach dem Essen ging man wieder ins Musikzimmer hinüber, und die beiden alten Damen baten Lutz dringend, vielleicht um keine anstößigen Lieder hören zu müssen, etwas auf dem Flügel vorzutragen. Lutz hatte noch keine Gelegenheit gehabt, mit Marlies zu reden, er mußte unbedingt warten, bis sie eine ruhige Stunde für ihn hatte. Er war sogleich bereit, zu musizieren und spielte einige schöne, ernste Stükke, spielte mit viel Verständnis, seiner ganzen Seele, die zu Marlies sprechen sollte. Er konnte sie, ohne daß sie es ahnte, in einem Spiegel betrachten und sah, wie sie, in Andacht versunken, die Hände im Schoß gefaltet, ihm zuhörte. Da wurde sein Spiel immer eindrucksvoller, und es war ihm, als sei er ganz allein mit Marlies.

Als er geendet hatte und sich erhob, wandte er sich Marlies zu und sah mit einem unbeschreiblichen Blick zu ihr hinüber. Sie sah diesen Blick aber nicht, weil sie auf ihre gefalteten Hände niederstarrte.

Lulu aber fing seinen Blick auf, und alles in ihr schrie nach Rache, weil er so einen Blick nur für Marlies hatte.

Es blieb eine Weile ganz still, als endlich Tante Albertine sagte:

»Marlies, da fällt mir ein, daß du sehr hübsch singen kannst, ich habe dich lange nicht gehört. Willst du uns nicht einige von deinen Lieder hören lassen.«

Marlies stieg das Blut in das Gesicht. Es erschien ihr unmöglich, vor diesen Menschen zu singen. Früher hatte sie nur vor Onkel Ernst, Tante Beate und Herbert gesungen, und zuweilen vor Tante Albertine. Sie war aber überzeugt, daß man sie verspotten würde, wenn sie ihre ernsten, gefühlvollen Lieder vortrüge.

Ihr Blick fiel unschlüssig auf Lutz Bergmann, der sie gespannt ansah. Schnell wandte sie sich von ihm weg und sagte zu Tante Albertine:

»Ich habe niemanden, der mich begleiten könnte, das tat früher immer Onkel Ernst. Und – ich möchte auch nicht lästig fallen mit meinem Gesang.«

Lulu nahm als sicher an, daß Marlies sich eine Blöße geben würde. Was konnte so eine kleine Landpomeranze schon zum besten geben. Aber die andern bestürmten Marlies, etwas vorzutragen und Lutz erbot sich schnell, sie zu begleiten. Marlies stand unschlüssig da und sah zu Lulu hinüber, aber diese schien friedfertig zu sein.

Nun sagte Tante Beate auch noch strafend:

»Zier dich nicht lange, Marlies – du kannst doch auch etwas zur Unterhaltung beitragen.«

Da richtete Marlies sich auf und sah zu Lutz empor.

»Wenn Sie mich begleiten wollen?«

»Gewiß, ich stehe zu Diensten.«

Sie suchte Noten aus und legte sie vor ihn hin. Er sah darauf nieder und dann erstaunt in Marlies' Gesicht.

»Das wollen Sie singen?« fragte er.

»Ja, wenn Sie es begleiten können – sonst wählen wir etwas anderes.«

»Nein nein – ich kann das schon begleiten.«

Damit legte er das oberste Notenblatt vor sich hin und begann das Vorspiel. Dann fiel Marlies ein, zuerst kamen die Töne ein wenig gepreßt heraus, aber dann mit vollem Klang und ruhiger Sicherheit:

»Du bist, Orplid, mein Land,
das ferne leuchtet!«

Es war »Weylas Gesang«, den sie gewählt hatte. Und ihre Stimme schwoll an in süßem, reinem Wohlklang, wurde zum Schluß wieder leiser, war aber immer gleich ausdrucksvoll.

Eine atemlose Stille herrschte – man war allgemein erstaunt, daß diese arme kleine Verwandte des Hauses solche Töne fand und mit so feinem Verständnis dieses immerhin nicht leichte Lied zum Vortrag brachte. Als sie zu Ende war, sah sie befangen, wie zu sich kommend, vor sich hin und wartete, bis Lutz das Nachspiel beendet hatte.

»Wer hat Sie so singen gelehrt, mein gnädiges Fräulein?« fragte er dann ganz fassungslos.

»Der Kantor unserer Dorfkirche«, erwiderte sie, nicht ahnend, welchen Eindruck ihr Vortrag gemacht hatte.

»Wissen Sie, daß Sie ein wunderbares Stimmaterial haben?«

Sie zuckte gelassen die Achseln.

»Das hat der Herr Kantor auch gesagt – aber ich habe immer nur gesungen, weil es Onkel Ernst Freude machte.«

Lulu fieberte vor Zorn, daß Marlies Mainau plötzlich so an Bedeutung gewann.

»Ein bißchen langweilig, aber ganz nett«, sagte sie laut zu Fräulein von Stratz.

Lutz wandte sich zu ihr herum.

»Sie haben wohl sehr wenig Musikverständnis?«

Und gleich darauf zu Marlies gewandt, fuhr er fort:

»Dürfen wir um noch ein Lied bitten? Ich sehe, Sie haben mir hier Noten von Grieg vorgelegt – dürfen wir Solveijgs Lied auch noch hören?«

Marlies nickte nur. Und sie sang Solveijgs Lied aus Peer Gynt. Hatte sie in dem vorhergehenden Vortrag die schwermütige Stimmung herausgeholt, so sang sie jetzt mit einer zu Herzen gehenden Innigkeit und Wärme, die alle, außer Lulu, tief berührte. Sogar Herbert konnte nicht ganz kühl und blasiert bleiben. Auch Fräulein von Stratz fand es im tiefsten Innern fabelhaft, was »die Kleine« leistete, und begriff nicht, daß diese bei solcher Stimme und Ausdrucksfähigkeit sich nicht eine musikalische Zukunft aufgebaut hatte, statt hier als Aschenputtel herumzuwirtschaften. Aber sie merkte, daß Lulu Marlies um keinen Preis Anerkennung zollen wollte, und da sie von Lulu manche pekuniären Vorteile genoß, wagte sie niemals, dieser zu widersprechen.

Lulus Zorn stieg ins Ungemessene, als alle Beifall klatschten. Marlies zog sich ganz verschüchtert auf ihren Platz zurück und war durch nichts zu bewegen, noch etwas zu singen. So legte Lutz, bis ins innerste Herz getroffen durch ihren seelenvollen Gesang, die Noten zusammen und wollte gerade den Flügel schließen, als Lulu sich an ihm vorbeidrängte, sich auf den Sessel vor dem Flügel niederließ und auf demselben wie blödsinnig herumhämmerte. Sie sang und spielte wieder einige frivole Schlager und sagte dann, wie erlöst aufatmend:

»Gottlob, mir wurde von all der Sentimentalität ganz flau.«

Als sie sich herumwandte, waren fast alle Zuhörer verschwunden, unter stillem Widerspruch, nur Herbert saß noch da und sah sie ein wenig hilflos an.

»Wollen wir auch ein wenig hinaus auf die Terrasse und den Mondschein genießen?«

Sie ließ sich in ihren Sessel fallen, zündete sich eine Zigarette an und sagte abweisend:

»Ich habe reichlich genug von Mondschein und ähnlichem Kitsch – das ist ja nicht auszuhalten.«

Herbert fand Lulu recht schwierig – aber sie hatte mit ihrer Hand Millionen zu vergeben, und deshalb blieb er bei ihr sitzen und ging auf ihre mehr als leichte Unterhaltung ein.

Als die andern zurückkamen, fanden sie die beiden vergnügt plaudernd, aber wer Lulu besser kannte, mußte gewahren, daß sie weißglühend war vor Zorn.

Man saß noch ein Stündchen beieinander und plauderte – aber Lutz Bergmann war merkwürdig still und nachdenklich, und sein Blick ruhte unverwandt auf Marlies, die ihm heute ein neues Rätsel aufgegeben hatte. Was für Schätze waren in diesem schlichten Mädchen verborgen! Seine Liebe zu ihr wurde immer tiefer. Er sehnte sich danach, ihr alles sagen zu dürfen, was er empfand, und von ihr die beglückende Gewißheit zu empfangen, daß sie ihn wiederliebe, so, wie er von ihr geliebt sein wollte. An ihren »Haß« glaubte er nicht.

Als man sich an diesem Abend trennte, war es später als sonst. Lulu ging mit boshaft funkelnden Augen davon, nachdem Marlies sich längst zurückgezogen hatte.

Als alle in ihren Zimmern waren, huschte Lulu wieder aus dem ihren heraus und klopfte leise an Marlies' gegenüberliegender Tür. Diese erschien, schon halb entkleidet, hatte aber noch schnell einen Morgenrock übergeworfen. Als sie Lulu sah, erschrak sie.

»Was wünschen Sie?« fragte sie leise.

Lulu brauchte keine Erregung zu heucheln, sie war wirklich erregt. »Kommen Sie schnell – haben Sie etwas Verbandleinen und ein Antiseptikum? Herr Bergmann hat sich erheblich an der Hand verletzt. Sie müssen die Wunde verbinden. Aber bitte leise, damit die andern nichts hören.«

Nicht ahnend, was Lulu vorhatte, nahm Marlies aus einem Schränkchen in ihrem Zimmer alles, was man in solchen Fällen nötig hat. Sie war in heißer Sorge um den Mann, den sie »so furchtbar haßte«, und eilte hinter Lulu her den Gang entlang, bis zu Lutz Bergmanns Zimmer. Lulu hatte dies alles aus der Luft gegriffen, um ihren Racheplan ausführen zu können. Daß Lutz sein Zimmer noch nicht abgeschlossen hatte, wußte sie, weil sein Schlüssel außen steckte. Als Marlies neben ihr war, öffnete sie leise die zu seinem Zimmer führende Tür, schob Marlies hinein, schloß die Tür hinter ihr zu und zog den Schlüssel ab. Sie eilte in ihr Gemach zurück und warf mit boshaft funkelnden Augen den Schlüssel zum Fenster hinaus. Dann sank sie in einen Sessel und sah mit einer fast wahnsinnigen Freude vor sich hin. So, es war gelungen! Die Tugendgans saß fest – in Lutz Bergmanns Zimmer, zur Nachtzeit – und konnte nicht wieder hinaus. Entweder mußte sie Lärm schlagen, dann fand man sie im Morgenrock in Bergmanns Zimmer, oder sie mußte die Nacht bei ihm bleiben. So oder so war sie bloßgestellt, denn niemand würde ihr glauben, daß sie von ihr dort hingelockt sei. Ihr Nimbus als tugendhaftes Mädchen war zerstört, und Lutz befand sich ebenfalls in einer äußerst peinlichen Lage. Mochte daraus werden, was da wollte – jedenfalls hatte sie ihre Rache.

Nachdem sie etwas ruhiger geworden war, sagte sie sich allerdings, daß sie doch vielleicht etwas übereilt und unklug gehandelt habe, aber nun war nichts mehr ungeschehen zu machen, und der Schlüssel war fort. Was konnte ihr selbst auch groß geschehen? Eingestehen würde sie nichts, und ihr würde man eher glauben, als den beiden, die in Lutz Bergmanns Zimmer eingesperrt waren. Die Hauptsache war nur, daß sie Zeugen fand, daß Marlies zu nachtschlafender Zeit in Lutz Bergmanns Zimmer war. Nach einigem Überlegen suchte sie Fräulein von Stratz auf. Diese wollte gerade zu Bett gehen, hatte schon ihren Schlafanzug angelegt und öffnete erstaunt die Tür, als sie draußen Lulus Flüstern vernahm.

»Was gibt es denn, Lulu?«

Diese schlüpfte hinein.

»Sie werden staunen – ich habe Ihnen etwas Tolles zu berichten. Eben habe ich die Tugendgans sich aus ihrem Zimmer schleichen sehen – und raten Sie, wohin.«

Fräulein von Stratz schüttelte den Kopf.

»Wie soll ich das raten?«

»Nein, das kann man auch nicht raten, wenn man sich ihre tugendhafte Miene vorstellt. In Lutz Bergmanns Zimmer hat sie sich geschlichen, und als sie eingetreten war, wurde der Schlüssel herumgedreht. Bei verschlossener Tür sind sie mitten in der Nacht allein. Was sagen Sie dazu?«

Fräulein von Stratz fiel sprachlos in einen Sessel und starrte Lulu an. Erst nach einer Weile sagte sie:

»Das ist unmöglich!«

»Mit meinen eigenen Augen habe ich es gesehen, so wahr ich hier vor Ihnen sitze.«

»Toll! Das hätte ich ihr nicht zugetraut! Offen gesagt, manchmal wenn sie so entsetzt war über unsere losen Reden, habe ich mich ein wenig geschämt. Also deshalb war Lutz Bergmann stets bereit, sie in Schutz zu nehmen. So ein Heimtükker! Ja, die Männer sind immer und überall bereit, auf solche Abenteuer einzugehen – aber Fräulein Marlies? Nein, das ist unglaublich. Und sie steckt wirklich noch in seinem Zimmer?«

»Mein Wort darauf.«

Fräulein von Stratz lachte in sich hinein.

»Ich gehe diese Nacht nicht zu Bett, das muß ich erleben, wenn sie wieder aus seinem Zimmer hinausschleicht, ich werde sie eher nachdrücklich begrüßen. Sie doch auch, Lulu?«

»Selbstverständlich! Man müßte noch mehr Zeugen haben, daß man es dann vielseitig bekunden kann, wenn man es Frau von Mattenheim berichtet.«

»Klopfen wir doch leise bei den Herren, die schlafen sicherlich auch noch nicht.«

»Vor allem müßte man es Herbert von Mattenheim berichten. Er hat das Recht, zu verlangen, daß Bergmann ihm die Tür öffnet.«

»Das gibt einen Riesen-Skandal, und Fräulein Mainau wird an die Luft gesetzt.«

»Selbstverständlich!«

»Ich möchte nur das Gesicht der Frau Oberst von Greuel sehen, wenn sie erfährt, daß ihre sorgsam behütete Tugendgans ein sehr freies Nachtleben führt. Und Frau von Mattenheim wird auch nicht lange fackeln. Das Frauenzimmer muß auf jeden Fall aus dem Haus.«

»Ich sage ja, das ist selbstverständlich.«

»Also wollen wir die Herren aufsässig machen?«

»Warten wir nur noch eine Weile, ich muß den Schrecken erst verwinden, und Sie müssen sich etwas überziehen. Haben Sie eine Zigarette hier?«

Fräulein von Stratz brachte ihr Etui herbei, und die beiden sittlich entrüsteten jungen Damen rauchten eine Beruhigungszigarette. Dabei berichtete Lulu ausführlich, wie sie ein leises Geräusch gehört und ihre Tür vorsichtig geöffnet habe. Da habe sie bemerkt, daß Fräulein Mainau leise ihr Zimmer verlassen, vorsichtig den Gang entlang gehuscht und schnell und leise in Bergmanns Zimmer verschwunden sei. Sie habe es gar nicht zu fassen vermocht, aber sie könne ihre Hand dafür ins Feuer legen, daß es Marlies gewesen sei. Schnell sei sie hinter ihr her und habe noch ganz deutlich gehört, daß man innen den Schlüssel herumgedreht habe.

Sie entrüsteten sich gegenseitig und kicherten doch schadenfroh vor sich hin. Fräulein von Stratz warf einen warmen Morgenrock über. Lulu war noch vollständig angekleidet. Und nun berieten sie eine Weile, was zu tun sei.

Dann schlichen sie sich hinaus und klopften leise an die Türen der andern Herren, die schnell mobil gemacht und unterrichtet wurden. Herbert war außer sich vor Entrüstung, freute sich aber, daß er einen Grund hatte, Marlies an die Luft zu setzen, denn Lulu fand Gelegenheit, ihm zuzuflüstern, daß sie sich alles überlegt habe und seinen Antrag annehme. Sie betrachte sich somit als seine Braut.

Das brachte Lulu ihm bei, um an ihm für alle Fälle Schutz und Halt zu haben, falls Marlies, trotz ihrer Verlegenheit, in die sie geraten mußte, wenn sie in Bergmanns Zimmer gefunden wurde, erklären sollte, wie sie da hinein gekommen war. Lulu wollte dann entrüstet behaupten, Marlies wolle sich damit nur herausreden. Sie wisse nichts davon. Es war doch klar, daß man dann ihr, der Braut des Hausherrn, mehr glauben würde, als der durch den Augenschein überführten armen Hausverwandten. Lulu war unverfroren genug, fest bei ihrer Lüge zu bleiben.

Es entstand nun auf dem Gang eine erregte, wenn auch leise Beratung, ehe man in geschlossener Reihe vorging, Lutz Bergmanns Zimmer zu stürmen. Die Herren wollten zwar, außer Herbert, nicht in diese Angelegenheit hineinstören, die sie nichts anging, aber schließlich fügten sie sich, als Zeugen anwesend zu sein.

Und so waren sie endlich entschlossen, und gingen leise den Gang hinunter zu Lutz Bergmanns Tür.

9

MARLIES WAR, ALS Lulu sie in Lutz Bergmanns Zimmer hineingedrängt hatte, ohne selbst einzutreten, heftig erschrocken – aber noch mehr erschrak sie, als sie hörte, daß Lulu hinter ihr das Zimmer abschloß. Sie sah Lutz Bergmann am Fenster sitzen und eine Zigarette rauchen. Sich ziemlich fassungslos an die Tür lehnend, sagte sie leise:

»Herrgott im Himmel!«

Es klang wie ein leises Stoßgebet.

Lutz sprang erschrocken auf, starrte in Marlies' blasses Gesicht und auf ihre ganze rührende Erscheinung und sagte atemlos:

»Mein gnädiges Fräulein, was ist geschehen?«

Daß es sich um etwas ganz Ungewöhnliches handeln müsse, war ihm sofort klar, sonst wäre sie zu dieser Stunde nicht bei ihm eingetreten.

Marlies sah ihn entgeistert an.

»Wo sind Sie denn verwundet?«

Er schüttelte verständnislos den Kopf.

»Ich? Verwundet? Ich verstehe Sie nicht.«

Sie reichte ihm mit hilfloser Gebärde das Verbandzeug, das sie in der Hand hielt.

»Fräulein Strauß rief mich – Sie hätten sich an der Hand verletzt, ich müsse kommen, Sie zu verbinden. Da habe ich dies hier schnell zusammengerafft und ging mit ihr zu Ihrem Zimmer. Sie öffnete, schob mich herein – und statt mit einzutreten, schlug sie die Tür so schnell zu, daß ich es nicht verhindern konnte. Und dann hörte ich, daß sie draußen den Schlüssel umdrehte – ich glaube sogar, sie hat ihn dann abgezogen.«

Lutz erkannte sofort, daß Lulu Strauß etwas Böses im Sinn gehabt hatte, er traute ihr das zu. Besorgt sah er Marlies an.

»Man hat Sie in eine Falle gelockt, ich bin durchaus nicht verletzt, nirgends. Das war eine Niedertracht von Fräulein Strauß und ich bin überzeugt, alles war ein Racheakt von ihr.«

»Ein Racheakt? Ach – weil ich ihr die Fruchtsoße über ihr Kleid geschüttet habe. Aber, mein Gott, wie soll ich hier herauskommen? Wenn ich klopfe und rufe, wird das ganze Haus aufmerksam und –«

Sie begriff mit einem Mal, was ihr drohte, ließ das Verbandzeug aus ihren Händen gleiten und schlug die Hände vor das Gesicht, das schamvoll erglühte. Es wurde ihr jetzt plötzlich klar, daß sie zur nachtschlafenden Zeit im Zimmer eines Herrn mit diesem allein war.

Er zog ihr die Hände vom Gesicht.

»Sie brauchen sich nicht zu schämen, mein gnädiges Fräulein – Sie nicht. Aber ich verstehe, in welch peinliche Lage Sie geraten sind, und werde alles daran setzen, Sie daraus zu befreien. Wir haben nicht viel Zeit – sonst hätte ich Ihnen viel zu sagen. Dazu ist hier aber weder der passende Ort noch die passende Gelegenheit. Seien Sie ganz ruhig, lassen Sie mich fünf Minuten nachdenken – es muß schnell gehandelt werden.«

Er nahm das Verbandzeug vom Boden auf und schloß es in seinen Nachtschrankkasten. Dann trat er ans Fenster und sah hinaus. Es befand sich an dieser Wand ein Weinspalier. Ihm war klar, daß Marlies um jeden Preis aus seinem Zimmer entfernt werden müsse, ehe man auf den Gedanken kam, sie hier zu suchen. Eine Weile würde er Zeit haben. Er wußte, daß ihre Rache, des verdorbenen Kleides wegen nicht nur Marlies treffen, sondern auch ihm gelten sollte.

Nach kurzer Zeit wandte er sich Marlies wieder zu, die völlig verstört an der Tür lehnte.

»Ist in Ihrem Zimmer das Fenster auf?«

Sie nickte.

»Ich schlafe immer bei offenem Fenster.«

»Das ist gut! Bitte, warten Sie einige Minuten, verhalten Sie sich ganz still, ich bin gleich wieder hier.«

Und ehe sie noch begriff, was er vorhatte, war er schon zum Fenster hinaus und kletterte gewandt wie eine Katze am Weinspalier hinunter. Er entsann sich, daß gleich um das Haus herum eine Leiter lag, die er gesehen hatte, als er neulich mit Tante Albertine im Park gewesen war. Es war eine einfache Leiter, die bequem bis zum ersten Stock hinauf reichen würde. Lautlos hob er sie hoch und legte sie an sein Fenster an. Als er wieder erschien, schrak Marlies aus ihren qualvollen Gedanken auf. Er blieb in Fensterhöhe draußen stehen und winkte ihr.

»Bitte, drehen Sie das Licht aus«, flüsterte er.

Sie tat es.

»Nun kommen Sie, schnell – Sie müssen auf dieser Leiter hinunterklettern.«

Sofort begriff sie und schwang sich gewandt auf das Fensterbrett und auf die Leiter hinaus. Er stützte sie sorgsam, und von seinem Arm umschlungen, kletterte sie schnell mit ihm hinab. Sie war plötzlich wieder ganz ruhig geworden. Und sie fühlte sich wunderbar behütet, als sie, in seinen Armen ruhend, schnell hinunterglitt.

Unten angelangt, erfaßte Lutz rasch die Leiter und sagte leise:

»Folgen Sie mir – oder besser, gehen Sie voran, bis zum Fenster Ihres Zimmers.«

Sie tat es ohne Besinnen und er folgte ihr mit der Leiter, die er dann an ihrem Fenster anlegte.

»So, nun müssen Sie allein hinaufklettern, ein Glück, daß Sie auch im ersten Stockwerk wohnen, sonst wäre die Leiter zu kurz gewesen. Schnell, beeilen Sie sich, damit ich schon wieder in meinem Zimmer sein kann, ehe Fräulein Strauß ihr niederträchtiges Werk zu Ende führt. Und seien Sie ganz ruhig, schließen Sie Ihr Zimmer von innen ab und legen Sie sich unbesorgt nieder. Sollte man an Ihrer Tür klopfen, geben Sie ruhig Antwort, und bleiben Sie fest dabei, daß Sie Ihr Zimmer nicht verlassen haben. Auf eine Lüge muß man zuweilen mit einer Lüge antworten. Alles andere überlassen Sie mir. Morgen auf Wiedersehen. Gute Nacht!«

»Gute Nacht, Herr Bergmann – und vielen herzlichen Dank.«

»Ist nicht nötig, aber – vielleicht versuchen Sie, mich nicht mehr so furchtbar zu hassen!«

Sie vermochte nicht zu antworten, die Tränen saßen ihr mehr als locker, aber sie wollte nicht weinen.

Als sie oben ihr Zimmer erreicht hatte, faßte Lutz die Leiter und trug sie an ihre Stelle zurück. Er selber kletterte am Weinspalier flink und gewandt wieder empor. Dann schloß er sein Fenster, zog schnell einen Schlafanzug an und legte sich nieder. Nun harrte er der Dinge, die da kommen mußten. Hätte Lulu nicht die drei Herren und Fräulein von Stratz auf den langen Gang gerufen, hätte der eine oder der andere vielleicht doch das leise Geräusch unten im Garten gehört. Man hätte dann vielleicht entdeckt, auf welche Weise Marlies Bergmanns Zimmer verlassen hatte. So konnten sie aber nichts bemerken.

Marlies hatte Lutz' Rat befolgt und sich niedergelegt. Aber schlafen konnte sic nicht. Atemlos lauschte sie hinaus, was nun geschehen würde. Sie war sich vollkommen klar darüber, daß Lulu sie hatte bloßstellen wollen, sie – und Lutz Bergmann. Warum aber gerade den? Hatte sie sich doch getäuscht, wenn sie annahm, daß die beiden sich angehören wollten?

Ein Schauer flog über sie hin. Er hatte sie gebeten, sie möge ihn nicht mehr so furchtbar hassen. Ach, wo war ihr Haß geblieben, sie hatte ihn ja nie gehaßt. Und das hatte Lulu vielleicht erkannt. Ach – sie wußte nicht aus und ein, wußte nur, daß sie Lutz Bergmann von ganzem Herzen dankbar war, weil er sie aus einer furchtbaren Lage befreit hatte. Sicher und geborgen lag sie dank seiner Hilfe in ihrem Zimmer, niemand konnte ihr etwas anhaben. Aus ihren jagenden Gedanken riß sie eine starke auf dem Gang entstehende Unruhe. Sie schrak unwillkürlich zusammen. Jetzt hatte die rachsüchtige Lulu sich Zeugen geholt – für ihre Schmach. Mußte sie doch annehmen, daß man sie bei Lutz Bergmann finden würde.

Sie saß aufrecht im Bett und betete, sie wußte nicht, um was. Aber sie wagte nicht, aufzustehen und nachzusehen, was es draußen gäbe. Lutz hatte ihr geraten, sich ganz ruhig zu verhalten, und das wollte sie auch tun. Sie fühlte, daß ihre Sache bei ihm in den besten Händen sei. Woher ihr plötzlich dieses große Vertrauen kam zu dem Mann, den sie so furchtbar gehaßt hatte, konnte sie sich selbst nicht erklären. Nur eines wußte sie, daß Lutz ganz gewiß keine hohe Meinung von Lulu Strauß haben konnte, und daß er ihr geholfen hatte gegen Lulu Strauß. Das machte sie unbeschreiblich froh.

Langsam legte sie sich wieder zurück und hörte vorläufig nichts mehr.

Es war draußen ganz still geworden. Aber etwa eine halbe Stunde später hörte sie wieder einige Geräusche draußen, und schließlich unterschied sie Tante Albertines tiefes Organ von der andern Seite des Ganges her, wo diese ihr Schlafzimmer hatte.

»Was ist denn das für ein ungehöriger Lärm, ich bitte mir Ruhe aus.«

Ja, das war Tante Albertines Stimme. Marlies hörte sie noch einige kräftige Scheltworte ausstoßen, die sie aber nicht mehr verstehen konnte, und endlich fiel eine Tür laut ins Schloß.

Draußen wurde es wieder still, aber Marlies hörte leise Schritte, die den Gang entlang kamen. Danach wurden einige Türen geschlossen, leise und vorsichtig. Nun wurde es ganz still.

Aufatmend legte Marlies sich auf die Seite und schlief dann auch ein. Und sie träumte von Lutz Bergmann, der sie durch Wasser und Feuer trug, ohne daß ihr dabei ein Leid geschah. Sie sah sein energisches Gesicht, mit den harten Linien um Mund und Kinn, so wie sie ihn heute abend gesehen hatte, als sie ihm stammelnd berichtete, wie sie in sein Zimmer gekommen war. Und dieses Gesicht erschien ihr wunderbar vertraut, – ganz und gar nicht verhaßt, im Gegenteil.

Auch Lulu tanzte durch ihren Traum, aber es waren unklare Gebilde, die sie bedrückten und beunruhigten. Dann sah sie wieder dunkles, rotes Blut auf einem weißen Kleid – aber das Blut war nur die rote Fruchtsoße. Da wurde ihr beklommenes Herz wieder leichter.

Lutz hatte kaum zehn Minuten in seinem Bett gelegen als an seine Tür geklopft wurde. Er richtete sich auf, gähnte ein wenig, aber laut genug, daß man es draußen hören konnte und fragte dann:

»Was ist los? Wer ist da?«

Darauf ertönte halblaut Herberts Stimme draußen:

»Ich bin es, Bergmann, bitte öffnen Sie sofort.«

Lutz erkannte sogleich Herberts Stimme, aber indem er schon aufstand, fragte er, an die Tür herangehend:

»Wer ist ich?«

»Herbert Mattenheim«, erwiderte dieser.

Lutz hatte, ehe er sich niederlegte, noch den Riegel von innen an seiner Tür vorgeschoben. Diesen schob er nun mit Geräusch wieder zurück und drückte auf die Klinke, um anscheinend das Zimmer zu öffnen.

»Ach, Donnerwetter, meine Tür ist wohl von draußen verschlossen? Bitte drehen Sie doch den Schlüssel herum. Da hat sich jemand wohl einen schlechten Scherz erlaubt.«

Die Draußenstehenden sahen sich vielsagend an. Sie waren überzeugt daß er nur nach einem Vorwand suchte, die Tür nicht zu öffnen. Nur Lulu wußte, daß der Schlüssel draußen im Garten lag.

»Mir scheint, Bergmann, Sie machen sich einen Scherz.

Selbstverständlich haben Sie den Schlüssel drinnen. Also bitte, machen Sie auf.«

Lutz brauchte nicht lange zu überlegen, es zuckte um seinen Mund, als er sagte:

»Warten Sie einen Augenblick – ich öffne Ihnen mein Badezimmer, durch das können Sie eintreten. Wir können doch mitten in der Nacht nicht darüber streiten, wer den Schlüssel hat. Ich hoffe wenigstens, daß das Badezimmer zu öffnen sein wird.«

Während die draußen Befindlichen sich der Tür des Badezimmers näherten, begab Lutz sich dort hinein. Da bemerkte er aber, daß auch dieses von außen verschlossen war. Er rüttelte an der Tür.

»Diese Tür ist ja ebenfalls verschlossen. Steckt der Schlüssel nicht draußen?«

Herbert beugte sich draußen nieder und sah wirklich den Schlüssel stecken. Das Hausmädchen hatte diese Tür von außen abgeschlossen, nachdem sie das Badezimmer gereinigt hatte. Herbert vermochte also das Badezimmer zu öffnen. Lutz stand nun der neugierigen Versammlung gegenüber und lachte sie an.

»Wie nett – Sie haben sich einen kleinen Scherz gemacht. Wie soll ich mich dafür erkenntlich zeigen, daß die ganze erlauchte Gesellschaft mich hier zur Nachtzeit besucht?«

Lulu sah ihn mit funkelnden, boshaften Augen an.

»Indem Sie uns in Ihr Zimmer einladen und uns mit einer Zigarette bewirten, wir möchten nämlich gern noch eine rauchen und besitzen alle zusammen keine mehr.«

Alle waren fest davon überzeugt, daß Lutz den Eingang zu seinem Schlafzimmer energisch verteidigen würde, denn sie glaubten bestimmt, daß Marlies drüben weile. Selbitz war der einzige Anständige und sagte, sich vor die Tür stellend:

»Nun ist es genug des Scherzes, lassen wir Bergmann wieder ruhig schlafen.«

Aber Lulu war nicht gesonnen, sich um den Knalleffekt ihrer Rache betrügen zu lassen. Sie faßte Selbitz beim Arm, schob ihn beiseite und öffnete die Tür zu Bergmanns Schlafzimmer.

»Wir gehen nicht ohne Zigarette, kommt nur alle herein.«

Sie zog Fräulein von Stratz mit sich, und die Herren folgten. Selbitz machte gegen Lutz eine hilflose Gebärde, als wollte er sagen: Ich wasche meine Hände in Unschuld. Aber zu seinem Erstaunen folgte Lutz lachend den andern.

Drüben in seinem Schlafzimmer standen die Eingedrungenen und sahen sich neugierig und verwundert um. Es war von Marlies keine Spur zu sehen. Lutz verbeugte sich vor den Damen.

»Ich muß meines Schlafanzuges wegen um Verzeihung bitten – aber die Herrschaften haben mich im Schlaf gestört.«

Herbert sah Lulu nicht sehr geistreich an, und diese machte eine verstohlene Bewegung nach dem Kleiderschrank hin. Da warf Herbert sich in die Brust.

»Also mein lieber Bergmann, jetzt müssen wir die Karten aufdecken. Wir sind gekommen, um meine Base Marlies aus Ihrem Zimmer zu holen.«

Lutz machte ein wundervoll erstauntes Gesicht.

»Erlauben Sie, Herr von Mattenheim – wie sollte Fräulein Mainau hier hereingekommen sein?«

»Nun, Fräulein Strauß hat sie doch mit eigenen Augen im Morgenrock hier eintreten sehen.«

Lutz schüttelte noch erstaunter den Kopf.

»Wann soll das gewesen sein?«

»Vor einer Stunde etwa.«

Lutz sah Lulu spöttisch an.

»Mir scheint, mein gnädiges Fräulein, Sie hatten Sinnestäuschungen. Und Sie sollten vorsichtiger sein mit Ihren Behauptungen und einer jungen Dame nicht ohne weiteres die Ehre abschneiden. Meine Herrschaften, Sie haben sich wohl hinlänglich davon überzeugt, daß Fräulein Strauß' Aussage auf einem Irrtum beruht.«

Lutz sagte das sehr ruhig und bestimmt.

Lulu blitzte ihn gehässig an.

»Ich weiß doch, was ich gesehen habe – und es befindet sich hier ein sehr geräumiger Kleiderschrank.«

Mit einem vernichtenden Blick sah Lutz sie an. Ruhig trat

er an den Kleiderschrank heran, öffnete weit die beiden Türen und trat mit einer einladenden Gebärde zurück.

»Bitte, meine Herrschaften, überzeugen Sie sich davon, daß sich niemand in diesem Schrank befindet, vor allen Dingen nicht Fräulein Mainau, deren Ehre ich als die meinige betrachte. Denn ich habe die Absicht, morgen vormittag bei der Herrin des Hauses um die Hand der jungen Dame anzuhalten. Wenn sie mir zugesagt wird, werde ich Fräulein Mainau fragen, ob sie meine Frau werden will. Und da mir diese Absicht ein gewisses Recht schon heute gibt, erlaube ich mir, Fräulein Strauß zu fragen, wie sie auf den Gedanken kam, daß Fräulein Mainau mein Zimmer betreten haben könnte, und weshalb sie das so stark interessiert, daß sie ein solches Aufgebot zusammenholte, um festzustellen, daß sie sich nicht getäuscht habe.«

Da trat Herbert an Lulus Seite. Sie hatte ihn auffordernd angesehen.

»So ist es wohl das beste, Lulu, wir enthüllen schon heute ein Geheimnis, das erst morgen bekanntgegeben werden sollte. Fräulein Strauß hat mir das Recht gegeben, sie meine Braut zu nennen, und sie hatte als solche das Recht und die Pflicht, die Ehre meines Hauses reinzuhalten. Daß sie sich in ihrer Annahme geirrt hat, daß sie meine Base Marlies zu sehen glaubte, die dies Zimmer betrat, ist wohl zu entschuldigen.«

»Ich bin der Ansicht, daß Fräulein Strauß sich hätte davon überzeugen müssen, daß sie sich nicht geirrt hatte, ehe sie Fräulein Mainau und – zugleich mich – anklagte. Ich kann das wirklich nicht entschuldigen und muß dringend ersuchen, daß Fräulein Strauß morgen Fräulein Mainau in unser aller Gegenwart um Verzeihung bittet.«

Lulu war vor Zorn und Wut ganz bleich geworden. Daß Lutz Bergmann Marlies zu seiner Frau machen wollte, ärgerte sie fast noch mehr als der Mißerfolg ihrer Rache. Sie zerbrach sich vergeblich den Kopf darüber, wohin Marlies verschwunden sein mochte. Durch verschlossene Türen konnte sie nicht entweichen, hier und im Badezimmer konnte sie sich nicht verborgen halten, der Schrank hatte die einzige Möglichkeit gegeben. Wie also war sie wieder herausgekommen – sie hatte zudem mit Fräulein von Stratz den langen Gang bewacht. Jedenfalls war ihr Streich völlig mißlungen, und sie stand nun auch noch im Verdacht, die Unwahrheit gesagt oder sich mindestens getäuscht und voreilig einen Verdacht ausgesprochen zu haben.

Sie konnte jetzt nichts weiter tun, als die Achseln zu zukken und einzusehen, daß sie geschlagen war. Ihr Haß auf Marlies war dadurch nur noch heftiger geworden. Aber als sie in Lutz Bergmanns ehernes Gesicht sah, mußte sie sich sagen, daß sie jetzt nicht weitergehen dürfe, sonst stellte er sie vielleicht noch bloß. Zweifellos war Marlies lange genug in seinem Zimmer gewesen, um ihm berichten zu können, daß sie durch Lulu hierher gelockt worden sei. Er hatte sie dann irgendwie unbemerkt befreit. In ihr Zimmer war Marlies unbedingt nicht zurückgekehrt, denn Lulu hatte ja ihre Tür die ganze Zeit über offenstehen lassen; das hätte sie unbedingt sehen müssen. Wo aber war Marlies geblieben? Sie beschloß die ganze Nacht wach zu bleiben und Marlies' Zimmertür wie ein Kettenhund zu bewachen. Sie wollte feststellen, daß diese außerhalb ihres Zimmers gewesen war.

Als die ganze Gesellschaft ziemlich geräuschvoll Lutz Bergmanns Zimmer verließ und Tante Albertine sich energisch Ruhe ausbat, kam Lulu ein Gedanke. Ah – Marlies war durch das Badezimmer entwichen, das von außen wahrscheinlich gar nicht geschlossen gewesen war, und hatte sich zu Tante Albertine geflüchtet. Da brauchte sie nicht den Teil des Ganges zu durchschreiten, wo sie mit der Gesellschaft zusammen stand. Sie hatte dann das Badezimmer von außen verschlossen und den Schlüssel stecken lassen. Wie dumm von ihr – Lulu –, nicht auch das Badezimmer gesichert zu haben.

Als die Herren sich mehr oder minder bekniffen zurückgezogen hatten, sagte Lulu leise zu Fräulein von Stratz:

»Tun Sie mir den Gefallen und wachen Sie mit mir die Nacht durch. Ich weiß bestimmt, daß Fräulein Mainau in Bergmanns Zimmer gegangen ist. Er hat sie wahrscheinlich durch das Badezimmer hinausgelassen, und sie hat dieses von außen zugeschlossen. In ihr Zimmer konnte sie aber nicht zurückkehren, ohne von uns gesehen zu werden. Ich nehme daher an, sie hat sich zu ihrer Tante Albertine geflüchtet, die sie wohl aufgenommen hat, um einem Skandal vorzubeugen. Sie wird nun bestimmt, sobald es ruhig geworden ist, wieder in ihr Zimmer zurückkehren wollen und – das muß ich wenigstens feststellen. Sie sollen mein Zeuge sein. Ich schenke Ihnen dann auch das Armband mit den Saphiren, das Ihnen immer so gut gefallen hat.«

Um diesen Preis hätte Fräulein von Stratz mehrere Nächte gewacht, und so war sie einverstanden. Die beiden Damen hüllten sich, weil es kühl wurde, in ihre Pelzmäntel und saßen im Dunkeln in Lulus Zimmer, dessen Tür einen Spalt breit geöffnet war. Durch diesen Spalt sahen sie Marlies' Tür in der dämmerigen Gangbeleuchtung ganz genau. Wenn Marlies von hier aus ihr Zimmer betreten hätte, wäre sie bestimmt von den beiden Damen gesehen worden.

Sie warteten die ganze Nacht – allein Marlies kam nicht. Lulu wurde immer nervöser. Sie hatte eine Packung Pralinen geöffnet und zwischen sich und Fräulein von Stratz auf ein Tischchen gestellt. Die jungen Damen knabberten ein Stück nach dem andern und lauschten immer wieder. Nichts regte sich. Endlich begann der Morgen zu grauen. Da wurden sie plötzlich aufmerksam – in Marlies' Zimmer klingelte ein Wecker, es war die Zeit, zu der diese sich zu erheben pflegte, um schon zeitig ihren Pflichten nachzugehen. Und mit großen, erstaunten Augen sahen sich die beiden Wächterinnen an, als aus Marlies' Zimmer allerlei kleine Geräusche herausdrangen. Da wurde ein Stuhl gerückt, und da plätscherte das Waschwasser.

»Da drinnen ist doch jemand«, sagte Fräulein von Stratz.

Lulu zuckte fassungslos die Achseln. Marlies war auf keinen Fall unbemerkt in ihr Zimmer gekommen. Konnte es möglich sein, daß sie sich drinnen befand und sich jetzt ankleidete?

Es dauerte kaum eine Viertelstunde, da öffnete Marlies ihre Tür; behutsam, um niemanden zu wecken. Sie trat heraus, wie immer am Morgen, in einem frischen sauberen Leinenkleid, das natürlich gelockte Haar, um das sie von den beiden Damen glühend beneidet wurde, frisch zurückgekämmt, einen weißen Kragen um den Halsausschnitt. Sie glich selbst einem hellen Frühlingstag, wie dem, der heute morgen die Welt mit seinem Glanz erfüllte.

Sie ahnte nichts von dem, was sich inzwischen in Lutz Bergmanns Zimmer abgespielt hatte. Wohl aber fühlte sie sich wie in einem warmen Mantel eingehüllt von dem Empfinden, in wundervoller Weise behütet zu sein.

Beim Verlassen ihres Zimmers stutzte sie einen Augenblick. Lulus Zimmertür war spaltbreit geöffnet! Was hieß das? Und mehr noch, daß diese Tür plötzlich hastig aufgestoßen wurde, Lulu heraustrat und sie mit haßerfüllten Blicken musterte.

Lulu war abermals um ihren Triumph betrogen worden und sah sich nun auch vor Fräulein von Stratz rettungslos bloßgestellt.

»Wie kamen Sie in Ihr Zimmer?« herrschte sie Marlies an.

Diese blickte sie mit großen Augen furchtlos an.

»Warum interessiert Sie das so sehr?«

»Ich will wissen, wo Sie diese Nacht waren?«

»In meinem Zimmer selbstverständlich – ich habe fest geschlafen, bis der Wecker mich geweckt hat. Aber was berechtigt Sie, mich einem solchen Verhör zu unterziehen?« fragte Marlies, die nun auch Fräulein von Stratz erblickte und sehr wohl erkannte, daß die Damen überhaupt nicht zur Ruhe gegangen waren.

»Was mich dazu berechtigt? Das will ich Ihnen sagen. Ich habe mich mit Herbert von Mattenheim verlobt und werde es nicht leiden, daß Sie mit mir in einem Haus leben. Ich hoffe, Sie verstehen mich.«

Marlies blieb ganz ruhig.

»Sie können sich beruhigen, Fräulein Strauß, ich würde viel lieber heimatlos auf der Landstraße pilgern, als in einem Haus bleiben, in dem Sie irgendwelche Rechte haben. Damit guten Morgen, meine Damen, vielleicht schlafen Sie noch ein wenig, ich muß jetzt in den Kuhstall, um das Melken der heimgebliebenen Kühe zu beaufsichtigen.«

Mit einem höflich kühlen Neigen des Kopfes entfernte sich Marlies.

Lulu schloß die Tür und stampfte wütend mit dem Fuß auf.

»Was sagen Sie zu dieser Frechheit, könnte man sie nicht ohrfeigen?« fragte sie Fräulein von Stratz.

Diese zuckte die Achseln. Sie war fest davon überzeugt, daß Lulu Marlies irgend etwas hatte antun wollen, und daß ihr das mißlungen war. Und sie ahnte auch, warum. Lulu hatte sich offensichtlich um Lutz Bergmann bemüht, und dieser hatte das übersehen. Daß er sich nun heute mit Marlies verloben wollte oder wenigstens um ihre Hand anhalten würde, hatte Lulu noch mehr erbost. Und nun wollte sie Marlies aus dem Haus haben. Fräulein von Stratz war immerhin anständig genug in ihrer Gesinnung, daß sie Lulu im Innern nicht rechtgeben konnte. Aber sie sagte:

»Regen Sie sich doch nicht auf, Lulu, Fräulein Mainau wird sowieso bald das Haus verlassen, da Bergmann sich mit ihr verloben wird. Im übrigen wird sie auch als seine Frau nicht auf Rosen gebettet sein, denn er ist vermögenslos und sie auch.«

Lulu nagte wütend an ihrer Lippe. Sie sagte sich, daß es Bergmann hätte besser haben können. Sie hätte ihm ihre Millionen zu Füßen gelegt. Er hatte sie und ihren Reichtum verschmäht, um dieses armselige Fräulein Mainau zu erringen – mochte er nun mit Sorgen und Alltagsnöten sich herumquälen, das war ihr einziger Trost.

Sie sowohl wie die meisten Menschen, die mit Lutz Bergmann im Verkehr standen, waren der Meinung, daß er kein Vermögen besitze und lediglich von den Erträgnissen seiner Feder lebe. Daß seine Garderobe immer tadellos war, fiel nicht weiter auf. Wer eine Figur hatte wie er, an dem sah selbst der billigste Anzug nach etwas aus.

Lebte Lutz im allgemeinen auch sehr bescheiden, so gönnte er sich dennoch den Luxus eines erstklassigen Schneiders und ebenso den einer ebenso eleganten wie behaglichen Wohnung.

In dieser hatte er Herbert Mattenheim einmal empfangen, in seinem Arbeitszimmer – und in dem hatte der Besucher sich kaum umgesehen.

Niemand hatte Lutz danach gefragt, ob er reich oder arm

sei, und er hatte keine Veranlassung gesehen, irgendwem Aufklärung über seine Verhältnisse zu geben.

Mochten die Leute von ihm denken, was sie wollten.

Und so glaubten die beiden jungen Damen, daß Marlies Mainau eine ebenso schlechte Partie machte, wie sie selbst eine war. Und das bereitete Lulu immerhin eine gewisse Genugtuung – aber nur eine schwache. Sie hatte Lutz Bergmann begehrt wie noch nie einen Mann, und dieser Mann sollte nun der verhaßten Marlies Mainau gehören. Lulu war gewohnt, sich alle Wünsche erfüllen zu können. Und nun sollte sie auf diesen besonders heißen Wunsch verzichten müssen? Keinerlei Scham, keinerlei Gewissensbisse empfand sie, weil sie Marlies' Ruf hatte schädigen wollen, sie ärgerte sich nur maßlos, daß es ihr nicht gelungen war. Immerhin war es für sie eine kleine Genugtuung, daß sie sich mit Herbert von Mattenheim verlobt hatte. So konnte sie wenigstens erreichen, daß diese mißliebige Person aus dem Haus kam – und zwar so schnell wie möglich.

Mißgelaunt schenkte sie Fräulein von Stratz ihr Armband, wie sie versprochen hatte, obwohl sie sich sagte, daß sie das hätte sparen können. Die Beschenkte aber war hochbeglückt und dankte ihr überschwenglich. Dann trennten sie sich und suchten ihr Lager auf, um noch einige Stunden zu schlafen.

10

MARLIES HATTE SCHON wieder eine Menge Arbeiten erledigt, bis die Frühstückszeit herangekommen war. Sie war ein wenig bange, wie sie Lutz Bergmann nach dem Geschehenen begegnen sollte und wie er ihr begegnen würde. Daß sie mit Lulu noch manchen Strauß auszufechten haben würde, stand bei ihr fest, auch, daß sie nicht mehr lange in Mattenheim bleiben könnte. Wohl hatte sie ein Recht dazu, laut des Testamentes ihres Onkels, aber sie verlangte selbst nicht, zu bleiben, würde Lulu hier Herrinnenrechte erhalten.

So war sie auf allerlei große und kleine Aufregungen gefaßt. Daß sie in Mattenheim entbehrlich war, wenn Lulu mit ihrem großen Vermögen einsprang und ein erfahrener Verwalter hier eintrat – das war ihr klar. Darum schrieb sie nach Erledigung der notwendigsten Arbeiten sogleich einen Brief an den ihr von ihrem Onkel bestellten Vormund und teilte diesem in wenigen Zeilen mit, daß sie ihn in einigen Tagen zu besuchen gedenke, um Wichtiges mit ihm zu besprechen. Wie froh war sie, dreißigtausend Mark zu besitzen, von deren Vorhandensein nur sie und ihr Vormund wußten. So stand sie doch nicht hilflos dem Nichts gegenüber und konnte sich in Ruhe nach einer anderen Stellung umsehen.

Das beruhigte sie sehr.

Keine Ahnung kam ihr, daß Lutz Bergmann heute bei Tante Beate um ihre Hand anhalten wollte. Wie hätte sie auch darauf kommen können. Sie ahnte ja nicht, daß sie sich Lutz oft genug verraten hatte, und er mehr über sie wußte als sie selbst. Nur daß sie ihn nicht mehr haßte – das wußte sie, und daß es wunderschön gewesen war, sich von ihm beschützt zu fühlen. Das allerschönste und für sie beruhigendste aber war, zu wissen, daß er Lulu Strauß durchaus nicht wohlwollend gegenüber stand. Und sie freute sich auch für ihn, daß er sich nicht an so eine wertlose Frau binden würde.

Sie war die erste im Frühstückszimmer und sah gewissenhaft nach, ob alles in Ordnung war. Nach ihr erschien zuerst Herbert, der sonst stets einer der letzten war. Er blieb vor Marlies stehen, sah sie forschend an und fragte:

»Wo warst du diese Nacht?«

Sie bezwang sich, ruhig zu bleiben, wußte sie doch Lutz Bergmann als Schutz hinter sich.

»Wo soll ich gewesen sein – in meinem Zimmer selbstverständlich.«

»Das ist nicht so selbstverständlich. Fräulein Lulu Strauß will gesehen haben, daß du, als schon alles zur Ruhe war, dich in das Zimmer von Herrn Bergmann begeben habest.«

Marlies stieg nun doch die Röte der Empörung ins Gesicht.

»Sie ist sogar noch weitergegangen, sie hat mit Fräulein

von Stratz die ganze Nacht meine Tür bewacht, und als ich zu meiner gewohnten Zeit mein Zimmer verließ, um meiner Arbeit nachzugehen, saß sie mit Fräulein von Stratz an der offenen Tür, weil sie annahm, ich sei die Nacht nicht in meinem Zimmer gewesen. Sie hat ein merkwürdiges Benehmen, dieses Fräulein Strauß.«

»Du sprichst von meiner Braut, wir werden uns heute verloben.«

»Unter uns – ich werde dir nachher den üblichen Glückwunsch sagen, aber du tust mir leid.«

Seine Stirn rötete sich.

»Du tust mir noch mehr leid, denn meine Braut verlangt daß du das Haus verläßt, ehe sie hier einzieht.«

»Keine Sorge, ich werde es verlassen, sobald ich abkommen kann. Aber bitte, vergiß nicht, daß mich kein Mensch dazu zwingen kann. Ich habe laut deines Vaters Testament Heimatrecht in Mattenheim, bis ich selbst es zu verlassen wünsche.«

»Das Testament meines Vaters war ein Unsinn. Er hat mir Lasten damit aufgebürdet.«

»Wenn du jetzt sagst, daß ich dir eine Last war, so sagst du eine Lüge. Du warst vielmehr sehr zufrieden damit, daß du mir alle deine Pflichten aufpacken konntest. Ich habe sie auf mich genommen, weil ich Mattenheim nicht herunterkommen lassen wollte. Und du warst meiner Mitwirkung herzlich froh. Jetzt brauchst du mich nicht mehr und willst mich vor die Tür setzen. Das gestatte ich dir aber nicht. Ich gehe, wann ich will, keine Minute früher. Aber sei ruhig – ich werde schneller draußen sein, als du denkst. Der Mohr hat seine Schuldigkeit getan, der Mohr kann gehen.«

Damit wandte sie sich von ihm ab und machte sich am Frühstückstisch zu schaffen. Gleich darauf kamen Herr von Selbitz, Fräulein von Stratz und der andere junge Herr. Auch Tante Beate erschien und dann schnell hintereinander Lulu und Lutz Bergmann.

Zuletzt wie immer Tante Albertine, die sogleich ihrer Entrüstung Worte verlieh, daß man sie im Schlaf gestört habe.

»Schließlich befindet man sich hier doch nicht in einem

Gasthaus, sondern hat Rücksichten zu nehmen«, sagte sie empört.

Man hatte um den Tisch Platz genommen, und entschieden wurde Marlies von vielen Seiten scharf beobachtet. Sie gab sich jedoch ganz unbefangen, denn Lutz hatte ihr durch einen Blick zu verstehen gegeben, daß alles in Ordnung sei und sie sich nicht zu sorgen brauche. Ach, wie herrlich das war, sich in seinem Schutz zu wissen.

Lulu war entschieden schlechter Laune und konnte keineswegs bräutliches Glück heucheln. Herbert hatte ihr die Hand geküßt und leise gesagt:

»Nach dem Frühstück spreche ich mit meiner Mutter.«

Sie hatte nur stumm dazu genickt, weiter nichts.

Es ging entschieden still zu bei diesem Frühstück, niemand war recht in Stimmung. Auch Lutz Bergmann war ernst und zurückhaltend. So wurde man schneller fertig als sonst. Nach dem Frühstück ersuchte Herbert seine Mutter um eine Unterredung. So mußte Lutz noch warten, bis er Frau von Mattenheim gleichfalls um eine Unterredung bitten konnte. Er wollte vorher keinesfalls mit Marlies sprechen, denn er nahm an, daß man sie von allen Seiten heimlich beobachtete und daß er also zu einer ungestörten Aussprache mit ihr erst dann kommen würde, wenn er ein Recht erlangt hatte zu einem längeren Alleinsein mit ihr.

Lulu begab sich auf die Terrasse und warf sich in einen Liegestuhl. Sie wurde ihre schlechte Laune nicht los und fragte sich, weshalb sie die Torheit begangen hatte, Herbert von Mattenheim ihr Jawort zu geben. Denn sie liebte ihn nicht, achtete ihn nicht einmal. Sie hielt ihn für einen faulen Schlingel, der nur darauf wartete, ihre Millionen in die Hände zu bekommen, um dann weiter faulenzen und ihr Geld verprassen zu können. Das sollte ihm aber nicht gelingen. Sie hielt alle Trümpfe in der Hand. Ihr verstorbener Vater hatte ausdrücklich in seinem Testament bestimmt, daß sie im Fall einer Verheiratung unbedingt in Gütertrennung mit ihrem Mann leben solle. Das hieß also, daß ihr Mann weder ihr Vermögen verwalten durfte, noch die Nutznießung davon besitzen würde. Sie war mündig und geschäftstüchtig und rechnete sich schon jetzt aus, was sie für Mattenheim hergeben würde, um es flott zu erhalten. Sie würde einen tüchtigen Verwalter verpflichten, der den Betrieb in die Hände nahm, denn Herbert traute sie nicht viel zu. Schließlich war es gleich, welchen Mann sie heiratete. Eine Ehe würde sie schließen müssen, denn sie war nun schon fast dreiundzwanzig Jahre, und da sie auf Lutz Bergmann verzichten mußte, konnte ja auch Herbert Mattenheim ihr Gatte werden, er war wenigstens energielos und unbedeutend genug, daß man ihn beherrschen konnte.

Daß Marlies ihr Lutz weggenommen hatte, darüber konnte sie noch nicht hinwegkommen. Sie haßte Marlies wirklich, es war kein eingebildeter Haß, wie ihn Marlies empfunden hatte. Wenn sie es straflos hätte tun können, wäre sie imstande gewesen, Marlies kalten Blutes umzubringen. So wollte sie ihr wenigstens noch alles antun, was in ihren Kräften stand. Und als Marlies jetzt gerade über die Terrasse ging, rief Lulu sie herrisch an:

»Kommen Sie mal her!«

Marlies sah ruhig zu ihr herüber, wollte erst weitergehen, sagte sich dann aber, daß es gut wäre, könnte ihre Auseinandersetzung mit der Feindin ohne Zeugen erfolgen.

So trat sie ruhig zu ihr heran.

»Es wäre richtiger, Sie hätten mich höflich gebeten, zu Ihnen zu kommen, Ihre Worte klangen allzusehr nach einem Befehl.«

»Allerdings, das sollten sie auch. Da ich Herberts Braut bin, haben Sie mir als Ihrer künftigen Herrin zu gehorchen.«

Marlies lächelte ein wenig überlegen. Jetzt, da Lulu von Lutz Bergmann nicht begehrt wurde, hatte sie viel mehr Duldung für sie und konnte sich nicht mehr aufregen.

»Sie befinden sich in einem großen Irrtum, Fräulein Strauß.«

»Ich verlange ›gnädiges Fräulein‹ angeredet zu werden.«

»Sobald Sie auch mich ›gnädiges Fräulein‹ nennen.«

»Sie sind ziemlich unverschämt. Wie käme ich dazu, eine Angestellte so zu titulieren.«

»Erstens bin ich nicht Ihre Angestellte und zweitens überhaupt niemandes Angestellte.«

»Sie essen hier das Gnadenbrot.«

»Durchaus nicht, ich verdiene mir mehr als reichlich mein Brot und bin eine Verwandte des Hauses.«

»Sie werden aber sehr bald dieses Haus verlassen müssen, das werde ich als erstes von meinem Verlobten verlangen, da ich mich nicht länger mit Ihnen herumärgern will.«

»Ich werde das Haus erst dann verlassen, wenn ich es selbst will.«

»Das werden wir sehen.«

»Sie wissen wahrscheinlich nicht, daß ich in diesem Haus Heimatrecht genieße kraft einer testamentarischen Bestimmung von Herberts Vater. Niemand kann mich von hier fortweisen, solange ich nicht selbst gehen will.«

Lulu richtete sich mit einem Ruck auf.

»Dann werde ich meine Verlobung rückgängig machen, das lasse ich mir nicht gefallen.«

»Ganz unter uns, Fräulein Strauß, ich würde es meinem Vetter wünschen, daß er nicht gerade Sie zur Frau bekommt. Ich habe derartige Einblicke in Ihren Charakter getan, daß ich jeden Mann beklagen muß, der Sie zur Frau bekommt. Aber mein Vetter sieht zur Stunde noch die Erfüllung seiner Wünsche in Ihnen, und ich will seinen Wahn nicht zerstören. Also seien Sie ganz ruhig, sobald ein tüchtiger Ersatz für mich gefunden ist, der Mattenheim vor dem Verfall bewahrt, werde ich gehen – freiwillig. Eher nicht, denn das habe ich meinem sterbenden Onkel gelobt, und ich pflege meine Versprechungen zu halten.«

»Dahinter verschanzen Sie sich, weil Sie nicht gehen wollen, wo man Sie nicht gebrauchen kann.«

»Darüber haben Sie gar kein Urteil. Wie gesagt, sorgen Sie mit Herbert für einen tüchtigen Verwalter und eine tüchtige Mamsell, dann werde ich ohne Bedauern aus diesem Haus verschwinden, in dem Sie die Herrin sein werden.«

»Machen Sie, daß Sie mir aus den Augen kommen, sie unverschämte Person!«

»Ich bin sehr froh, wenn ich Ihre Nähe meiden kann. Guten Morgen.«

Damit verließ Marlies als Siegerin die Terrasse und ließ Lulu in hochgradig gereizter Stimmung zurück.

11

HERBERT HATTE SEINER Mutter im Wohnzimmer mitgeteilt, daß er sich mit Lulu Strauß verlobt habe. Frau von Mattenheim war darüber teils erfreut, teils betrübt. Lulu als Person sagte ihr keineswegs zu, als Charakter auch nicht, als Millionenerbin dagegen sehr. Sie hoffte, Lulu werde sich im steten Zusammenleben mit ihr beeinflussen lassen, denn sie nahm ohne weiteres an, daß Herbert und seine Frau in Mattenheim leben würden. Diese Hoffnung sprach sie auch aus, aber dazu machte Herbert ein befangenes Gesicht.

»Das wird vornehmlich auf Lulu ankommen, liebe Mutter, sie wird es kaum das ganze Jahr hier auf dem Land aushalten. Im Sommer vielleicht, sogar wahrscheinlich. Aber ich darf in dieser Hinsicht keinen Zwang auf sie ausüben.«

Sie sah mit trüben Augen zu ihm auf.

»Das heißt also, daß auch du dich noch nicht entschließen kannst, Mattenheim selbst zu bewirtschaften?«

»Aber Mutter, was denkst du?Wozu soll ich mir eine so schwere Last aufbürden. Wir werden uns die nötigen Leute halten, das sichert uns volle Freiheit, zu kommen und zu gehen, wie es uns beliebt. Und dann bist doch auch du noch da!«

Er ahnte so wenig wie seine Mutter, daß Lulu schon bei sich beschlossen hatte, auch Frau von Mattenheim müsse das Haus verlassen, weil sie Alleinherrscherin sein wollte.

So sagte Frau Beate seufzend:

»Die Hauptsache wird sein, daß Marlies weiter die Führung in der Hand behält, ich habe erst jetzt ganz erkannt, wie notwendig sie in Mattenheim ist.«

»Auch das ist nicht möglich, Mutter. Marlies ist Lulu sehr wenig genehm; sie hat nicht die Absicht, sie im Haus zu behalten.«

Betroffen sah die Mutter ihn an.

»Aber Herbert – wie kannst du das sagen. Du weißt doch, daß Marlies in Mattenheim Heimatrecht hat, solange es ihr beliebt.«

»Das wird sich alles einrichten lassen. Marlies muß doch einsehen, daß sie hier überflüssig ist.«

»Nun, bisher war sie uns notwendig wie das liebe Brot.«

»Man wird Ersatz für sie finden und – wenn ich auch nicht vorgreifen möchte, will ich dir zur Klärung der Sachlage mitteilen, daß Lutz Bergmann heute noch bei dir um Marlies' Hand anhalten wird. Sie scheint noch nichts davon zu wissen, er will wohl erst um sie werben, wenn er deine Zustimmung hat.«

Frau Beate fühlte mit einem Mal, daß ihr eine Trennung von Marlies sehr schwerfallen würde. Aber wer fragte danach – sie mußte sich fügen und, wie die Dinge lagen, war es wenigstens für Marlies leichter, wenn sie sich verheiraten konnte, als wenn sie allein und verlassen draußen in der Welt stehen würde. Es war immerhin ein großer Glücksfall, wenn ein armes Mädchen zur Frau begehrt wurde. Freilich glaubte auch sie, daß Lutz Bergmann nur von den Erträgnissen seiner Arbeit lebte, darum nahm sie an, daß es für Marlies keine glänzende Partie wäre. Aber immerhin sorgte dann ein Mann für sie, und sie selbst brauchte sich wegen ihrer Zukunft keine Kopfschmerzen zu machen.

»Das ist allerdings überraschend und freut mich für Marlies. Es wäre sonst auch sehr peinlich gewesen, sie zum Fortgehen aufzufordern. Bis zu ihrer Verheiratung muß sie auf jeden Fall hierbleiben.«

»Das wollen wir mit Lulu besprechen, Mutter, ich will sie holen. Und ich bitte dich, mach nicht zu viele Einwände, ich bin froh, daß ich ihr Jawort erhalten habe, denn ich muß dir sagen, daß ich die letzte Zeit kaum noch mit dem ausgekommen bin, was ihr mir zugeschickt habt – ich habe sogar schon Schulden machen müssen.«

Erschrocken sah sie ihren Sohn an.

»Um Gottes willen, Herbert – du hast doch alles bekommen, was wir entbehren konnten, vielleicht mehr als das. Für uns haben wir geknapst und gespart, wo wir konnten, und nur das Nötigste ist in die Bewirtschaftung gesteckt worden.«

»Da siehst du, wie nötig für mich eine reiche Heirat ist, das Knausern wird jetzt ein Ende haben. Also ich hole dir Lulu.«

Damit ging er schnell hinaus, denn er merkte sehr wohl, daß die Mutter gern Einwände gemacht hätte, aber dazu wollte er sie gar nicht kommen lassen.

Er wußte Lulu auf der Terrasse und trat zu ihr.

»Komm zu meiner Mutter, Lulu, sie freut sich sehr über unsere Verbindung und möchte uns ihren Segen geben.«

Lulu sah durchaus nicht erfreut zu ihm auf.

»Ach, wozu diesen rückständigen Kram. Ich bin augenblicklich nicht in der Stimmung, mich zu verloben und Segenssprüche hinzunehmen. Ich habe mich eben wieder sehr über deine Base Marlies geärgert.«

»Was ist denn geschehen?«

Sie berichtete ihm von ihrer Auseinandersetzung und fragte schließlich spitz:

»Hat sie wirklich ein Recht, hierzubleiben, solange es ihr gefällt? Davon hast du mir gar nichts gesagt.«

Er sah verlegen und verstimmt aus.

»In meines Vaters Testament befindet sich in der Tat diese unsinnige Klausel. Aber Marlies wird nicht lange mehr hierbleiben. Erstens hat sie mir und dir gesagt, daß sie gehen würde, sobald ein Ersatz für sie gefunden ist, und dann – sie wird sich ja bald verheiraten, Bergmann wird wohl um sie anhalten.«

Sie biß die Lippen zusammen, erhob sich hastig und sagte wütend:

»Dazu hat sie ihn selbstverständlich gezwungen. Gestern abend ist irgend etwas geschehen, wodurch sie ihn gezwungen hat, sich schützend vor sie zu stellen. Ich weiß es genau, daß sie in seinem Zimmer gewesen ist. Wie sie sich hinausgeschlichen hat und wieder in das ihre gelangt ist, weiß ich nicht, aber sie war mit ihm allein hinter verschlossener Tür, darauf lege ich einen Eid ab.«

»Aber Lulu, Marlies konnte sich doch nicht durch die Luft entfernen –« meinte Herbert zweifelnd.

Lulu zuckte die Achseln.

»Ich werde es schon noch herausbekommen. Ganz gewiß hat sie ihn bei seiner Ehre gepackt und ihn bestimmt, sie reinzuwaschen. Sie ist ja so gerissen, diese heuchlerische Tugendgans, und so schlau, daß sie euch alle eingewickelt hat, nur mich nicht.«

Er zog sie begütigend an sich.

»Nun laß doch diese Geschichte ruhen, Lulu, uns liegt doch Wichtigeres am Herzen. Und durch die Heirat werden wir Marlies am besten los.«

Er ahnte nicht, daß gerade der Umstand, daß Marlies Bergmanns Frau werden sollte, Lulu am meisten ärgerte. Aber vorläufig ging sie mit ihm und ließ den Segensspruch seiner Mutter mit Fassung über sich ergehen, wiederholte aber auch vor dieser, daß Marlies in jedem Fall aus dem Haus müsse, ehe sie an eine Heirat mit Herbert dächte. Man versprach ihr das, und Herbert bat die Mutter, bei der Mittagstafel seine Verlobung mit Lulu bekanntzugeben.

Damit war diese Angelegenheit erledigt. Frau Beate suchte dann Marlies auf, die in der Milchkammer arbeitete. Sie teilte ihr etwas beklommen mit, daß Herbert sich mit Lulu Strauß verlobt habe. Marlies sah nicht von ihrer Arbeit auf.

»Ich weiß es schon, Tante Beate und – ich wünsche dir, daß alles gutgehen möge mit dieser Verbindung.«

Frau Beate seufzte schwer.

»Gott mag helfen! Du richtest wohl einen Verlobungsschmaus für heute mittag, Marlies. Und was ich noch sagen wollte – Lulu stellt die Bedingung, daß – ja, daß du –«

Mit einem Lächeln drückte Marlies ihr die Hand.

»Ich merke, daß es dir schwerfällt, mir zu sagen, daß Lulu Strauß eine mich betreffende Bedingung stellen wird oder gestellt hat. Sie hat sie mir schon selbst gestellt, quäle dich nicht damit herum, Tante Beate: sobald ich mein Amt in andere Hände legen kann, die mir zuverlässig erscheinen, werde ich still und spurlos von hier verschwinden.«

In diesem Augenblick wurden die Damen gestört durch einige Mägde, die Satten mit Milch brachten. Marlies nickte Tante Beate zu.

»Ich suche dich später auf, sobald ich hier abkommen kann, dann werden wir alles besprechen. Und in der Küche sage ich Bescheid. Sei ganz ruhig, Tante Beate – und herzlichen Dank dafür, daß es dir schwer wurde, mir die Bedingung von Herberts Braut zu überbringen.«

Frau Beate mußte sich zurückziehen, und sie tat es mit etwas leichterem Herzen. Marlies mußte wohl schon ahnen, daß sie eine andere Heimat finden würde.

Als Frau von Mattenheim wieder in das Wohnzimmer kam, fand sie dort Tante Albertine, die inzwischen von Herberts Verlobung gehört hatte und darüber teils froh, teils verstimmt war, jedenfalls aber sehr mitteilungsbedürftig. Sie sollte aber nicht zu einer Entladung ihrer Gefühle kommen, denn Lutz Bergmann ließ anfragen, ob er Frau von Mattenheim in dringender Angelegenheit sprechen könne.

Als er dann eintrat, wollte sich Tante Albertine, wenn auch widerwillig, erheben, aber Lutz bat sie dringend, zu bleiben, er könne sehr wohl in ihrer Gegenwart sein Anliegen vorbringen.

Tante Albertine sank befriedigt wieder in ihren Sessel zurück. Und nun sagte Lutz kurz und bündig:

»Sehr geehrte gnädige Frau, ich bin gekommen, Sie um die Hand Ihrer Nichte Marlies zu bitten.«

Frau von Mattenheim war darüber nicht weiter überrascht, desto mehr aber Tante Albertine, die kerzengerade emporfuhr.

»Aber, mein lieber Herr Bergmann, wenn ich hier mitreden darf – Sie wissen doch, daß Marlies arm ist. Und daß auch Sie ganz vermögenslos sind, habe ich von Ihren Freunden gehört. Wie denken Sie sich dann eine Ehe? Gegen Ihre Person wäre ja nichts einzuwenden – im Gegenteil, wir könnten uns für Marlies keinen wertvolleren Mann wünschen, aber wie gesagt, wovon wollen Sie beide leben?«

Lutz mußte lächeln und sah zu Frau Beate hinüber. Diese nickte mit dem Kopf und sagte:

»Darüber müßte ich wohl auch um Auskunft bitten. Verfügen Sie über ein genügendes Einkommen, um einen Hausstand gründen zu können?«

Lutz verbeugte sich zustimmend.

»Mein Einkommen aus meiner Tätigkeit würde zur Not ausreichen zu einem bescheidenen Leben, aber ich bin nicht allein darauf angewiesen. Meine ›Freunde‹ sind nicht gut über meine Vermögensverhältnisse unterrichtet. Ich pflege darüber nicht zu sprechen. Ihnen aber will ich sagen, um Sie zu beruhigen, daß ich aus meinem Vermögen über ein festes Zinseinkommen von annähernd zwanzigtausend Mark verfüge. Dazu verdiene ich noch im Jahr gegen zehntausend Mark. Das würde also auch einer weniger bescheidenen jungen Dame genügen, um es mit mir wagen zu können.«

Die beiden Damen waren erstaunt, aber sehr freudig, und Tante Albertine sagte froh:

»Ich gönne es Marlies, daß sie in so sorgenlose Verhältnisse kommt, sie hat es redlich verdient. Sie ist ein liebes, fleißiges und wertvolles Mädchen.«

»Das weiß ich, Frau Oberst.«

Frau Beate reichte ihm die Hand.

»Ich will mich freuen, wenn Marlies ihr Glück an Ihrer Seite findet. Meine Einwilligung haben Sie. Es erübrigt sich nur, sobald Sie mit Marlies im klaren sind, daß Sie bei ihrem Vormund die nötigen Schritte unternehmen. Das ist nur Formsache.«

»Das wird geschehen. Und nun bitte ich Sie, Fräulein Mainau herbeizurufen – vielleicht in ein stilles Nebenzimmer, wo wir ungestört sind. Ich möchte ihr selbst sagen, daß ich bei Ihnen um ihre Hand angehalten habe.«

Frau Beate neigte das Haupt und klingelte. Sie gab Weisung, Fräulein Marlies möchte sofort in den kleinen roten Salon kommen, ihre Tante wünsche sie zu sprechen.

Dann erhob sie sich, öffnete die Tür eines Nebenzimmers und sagte lächelnd:

»In dieses Zimmer führt nur diese Tür, wer hinein will, muß durch das Wohnzimmer. Tante Albertine und ich werden hier Wache halten.«

Lutz küßte den Damen die Hand und betrat den kleinen Salon. Gleich darauf erschien Marlies, und Tante Beate ging mit ihr zum roten Salon hinüber, dessen Tür sie wieder öffnete:

»Tritt ein, Marlies, und erwarte mich drüben – viel Glück.«

Damit schob sie Marlies hinein.

Also wieder einmal wurde Marlies unter einem Vorwand in ein Zimmer gelockt, in dem sie mit Lutz Bergmann allein sein sollte, aber wie verschieden war in den beiden Fällen die Absicht.

Frau Beate kehrte auf ihren Platz zurück und sah ein wenig beklommen zu Tante Albertine hinüber.

»Mir ist noch etwas eingefallen, Albertine. Wir sprachen doch kürzlich davon, daß Marlies' Vater vielleicht noch am Leben sein könnte und unter welchen Umständen er verschollen ist.«

»Ja richtig – das hatte ich ganz vergessen.«

»Wir müßten es Lutz Bergmann sagen, meinst du nicht?«

»Ich weiß nicht. Was man nicht weiß, macht einen nicht heiß.«

»Laß den Fall eintreten, daß Marlies' Vater eines Tages wieder auftaucht.«

»Aber ich bitte dich, er ist seit mehr als zehn Jahren verschollen.«

»Immerhin halte ich es für unsere Pflicht, Bergmann davon Mitteilung zu machen.«

»Nun gut – ich will es ihm sagen, aber – Marlies darf und soll nichts davon wissen, diese Bedingung werde ich stellen.«

Damit war auch dieser Punkt für die beiden Damen erledigt.

12

Marlies war ahnungslos in den roten Salon getreten und zuckte nun erschrocken zusammen, als sie Lutz mitten im Zimmer stehen sah.

Er trat schnell auf sie zu und sagte bittend:

»Beunruhigen Sie sich nicht, mein gnädiges Fräulein, ich hatte Ihre Frau Tante gebeten, mir eine Unterredung ohne Zeugen mit Ihnen zu gestatten, und sie hatte die Güte, uns dieses Zimmer zur Verfügung zu stellen. Ich denke, wir haben mancherlei miteinander zu besprechen.«

Unruhig sah sie ihn an, und in ihren Augen las er, daß sie ihm durchaus nicht gleichgültig gegenüberstand. Er trat noch einen Schritt näher und erfaßte ihre Hand.

»Fräulein Marlies – könnten Sie an Stelle des furchtbaren Hasses nicht ein anderes Gefühl setzen, könnten Sie mich ein wenig liebhaben?«

Sie zuckte zusammen und trat schnell von ihm fort, ihre Hand befreiend.

»Ach bitte – Sie dürfen keinen Scherz mit mir treiben.«

»Es ist mir nicht nach Scherz zumute. Ich will Ihnen gestehen, daß ich soeben bei Frau von Mattenheim um Ihre Hand angehalten und sie darum gebeten habe, mir eine Unterredung unter vier Augen mit Ihnen zu gestatten.«

Marlies wurde sehr bleich und sah ihn erschrocken an, sie mußte erst nach Fassung ringen, ehe sie sagen konnte:

»Das – das haben Sie nur getan, um mir zu helfen, damit ich nicht bloßgestellt erscheinen soll, auch – wenn es bekannt würde, daß ich wirklich gestern nacht in Ihrem Zimmer war. Aber – das nehme ich nicht an. Auf keinen Fall, ich – ich werde mir schon selbst zu helfen wissen. Sie dürfen mir kein Opfer bringen.«

Er merkte sehr wohl, wie sie mit sich kämpfte. Aber er blieb ruhig, um sie nicht zu verwirren.

»Sie trauen mir also zu, daß ich ein solches Opfer bringen würde, der Ehre einer Dame wegen?«

Tapfer schluckte sie aufsteigende Tränen hinunter.

»Ja, das traue ich Ihnen zu.«

Er verbeugte sich und sah sie noch immer mit durchdringendem Blick an.

»Ich danke Ihnen für diese gute Meinung. Aber vorläufig ist keine Notwendigkeit vorhanden, sich schützend vor Sie stellen zu müssen. Es ist ja, gottlob, vermieden worden, daß Fräulein Strauß' Anschlag auf Sie glückte. Ich brauche somit kein Opfer zu bringen. Ich habe einen ganz anderen Grund, Sie zu bitten, meine Frau zu werden.«

Sie richtete sich aus ihrer Aufmerksamkeit auf und fragte leise:

»Und – was ist das für ein Grund?«

»Der einzige, der mich bestimmen kann, diese Bitte auszusprechen: ich liebe Sie, Marlies, liebe Sie schon, seit ich Sie das erste Mal gesehen habe, und nur, um Sie wiederzusehen, habe ich mich der mir im Grunde wenig zusagenden Gesellschaft angeschlossen, die Herbert Mattenheim in sein Haus geladen hat. Ja, Marlies – ich liebe Sie so sehr, wie ein Mann eine Frau überhaupt lieben kann. Würden Sie sich nicht entschließen können, an Stelle des furchtbaren Hasses eine echte, rechte Liebe zu setzen?«

Sie war zurückgetaumelt und lehnte sich an einen Schrank, ihre zitternden Hände fest auf die Brust gedrückt und in den Augen ein unruhiges Staunen, das langsam einem wunderbaren Glanz Platz machte. Sie erkannte erst in dieser Minute, daß sie nie etwas anderes als Liebe für Lutz gefühlt hatte, schmerzvolle, aussichtslose Liebe, die sie in ihrem Stolz hinter törichtem Haß verbarg.

»Ach, mein Gott«, seufzte sie und sah ihn an. Und unter seinem Blick erzitterte sie. So stand sie und blickte ihm entgegen, als er dicht zu ihr trat und sie einfach in seine Arme zog.

»Du törichte kleine Marlies, meinst du, ich habe nicht gewußt, daß du mich liebtest und daß dein sogenannter Haß nichts war als bloße Eifersucht?«

Zitternd lag sie in seinen Armen.

»Es hat dennoch furchtbar weh getan, Lutz. Und – ach, mein Gott, da fällt mir ein, ich bin doch ein armes Mädchen, und du bist auch arm. Deshalb glaubte ich, du wolltest dir Lulu Strauß' Millionen erringen. Lieber guter Lutz – ich werde dir wahrscheinlich eine furchtbare Last sein; hast du dich nicht übereilt, hast du dir das alles auch überlegt, um Gottes willen!«

Er lachte leise und küßte sie wieder, bis sie beide atemlos waren. Dann sagte er mit hinreißender Zärtlichkeit:

»Nichts habe ich mir überlegt, gar nichts; seit ich wußte, daß ich dich liebe, hatte ich zu nichts anderem Zeit, als deinen süßen Trotzkopf zu bezwingen. Und schließlich werde ich deine süße Last schon tragen können.«

Sie richtete sich froh auf.

»Lutz – ich besitze selbst ein kleines Vermögen: dreißigtausend Mark.«

Und sie erzählte ihm, wie sie dazu gekommen war. Da küßte er sie lachend.

»Also, was willst du, dann bist du ja eine Partie!«

»Ach, Lutz, lach doch nicht, ich weiß sehr gut, wie teuer das Leben ist. Zu einer Aussteuer langt das Geld ja – aber nicht viel weiter.«

Er mußte sie wieder küssen, ehe sie sagte:

»Du bist wirklich schrecklich leichtsinnig, daß du einen ganz armen Mann heiraten willst. Oder wirst du dich jetzt umbesinnen und mich abweisen?«

Sie erfaßte erschrocken seinen Kopf und zog ihn zu sich herab.

»Jetzt, wo ich weiß – wie süß die Liebe ist, nein – jetzt kann ich trotz aller Vernunft nicht von dir lassen. Wir werden uns schon durchringen. Ich werde mithelfen.«

Gerührt drückte er ihr Haupt an seine Brust.

»Halt ein, meine Marlies, sorge dich nicht mehr, ich habe genug für dich und mich. Wenn es auch süß ist, dich so sprechen zu hören, sollst du doch wissen, daß ich ein Jahreseinkommen habe, annähernd in der Höhe deiner Mitgift.«

Sie wurde bleich.

»Lutz – kann denn ein einziger Mensch so viel Segen ertragen?«

Er küßte sie wieder, und sie sahen sich an und küßten sich noch einmal. Die ganze Welt war um sie her versunken, sie wußten sich eins, und Marlies' Augen füllten sich vor Glückseligkeit mit Tränen. Er wischte sie fort.

»Weinen darfst du nicht, Marlies, niemals!«

Ihre Augen leuchteten zu ihm empor in feuchtem Glanz.

»Nur vor Glück weine ich, Lutz. Ich kann es noch gar nicht fassen, daß die Welt plötzlich so voll Sonne für mich ist.«

Und sie flüsterten sich noch viele liebe Worte zu, bis Marlies endlich erschrocken zusammenfuhr.

»Ach, mein Gott, Lutz, jetzt habe ich über meinem Glück alles vergessen, sogar, daß ich einen Verlobungsschmaus für Herbert richten muß.«

»Dann richte ihn nur gleich für uns mit, Marlies. Komm, ich bringe dich jetzt zu deiner Tante Beate und zu der Frau Oberst, die warten im Wohnzimmer. Ich will dich ihnen als meine Braut vorstellen. Das ist das wichtigste.«

Aber es mußten doch erst noch eine Anzahl Küsse getauscht werden, ehe sie Hand in Hand hinübergingen.

Kurze Zeit darauf fand zwischen Tante Albertine und Lutz Bergmann ein ernstes Gespräch statt. Tante Albertine hatte Lutz aufgefordert, ihr gegenüber Platz zu nehmen, und sagte zu ihm, nachdem er sich niedergelassen hatte:

»Mein lieber Herr Bergmann, als Sie vorhin mit Marlies allein waren, ist uns etwas eingefallen, was wir Ihnen schon früher hätten sagen müssen. Und das will ich nun nachholen, ehe Sie Ihre Verlobung mit Marlies bekanntgeben. Sollte das, was ich Ihnen zu sagen habe, bei Ihnen Bedenken erregen, können Sie ja immer noch zurücktreten. Dann müßte selbstverständlich auch Marlies den Grund erfahren. Sie weiß bisher nichts von dem, was Sie jetzt hören werden.«

Lutz sah sie ruhig an.

»Ich bitte, mir alles zu sagen, glaube jedoch nicht, daß es etwas an unserer Verlobung ändern wird. Wenn Marlies nichts davon weiß, kann sie keinen Anteil und keine Schuld daran haben. Also, bitte, sprechen Sie.«

»Ich muß Sie aber ersuchen, mir Ihr Wort zu geben, daß Sie mit niemandem darüber sprechen – auch mit Marlies nicht, bevor Sie nicht Hochzeit gehalten haben.«

»Ich gebe Ihnen mein Wort.«

»Ich danke Ihnen. Also Sie nehmen an, daß Marlies Vollwaise ist. Wir haben sie allerdings in diesem Glauben gelassen, und auch sonst weiß niemand vom Gegenteil. Aber – wir haben niemals Gewißheit erhalten, daß ihr Vater gestorben ist. Wir wissen nur, daß er verschollen ist. Marlies war noch sehr jung, als er aus ihrem Gesichtskreis verschwand, und sie glaubt, er sei schon vor ihrer Mutter gestorben. Als diese den letzten Seufzer aushauchte, zählte Marlies zwölf Jahre. Marlies' Mutter hat das Herzeleid niedergedrückt und krank gemacht. Sie lebte nur noch ein halbes Leben, seit ihr Mann verschwunden war, und schließlich starb sie sehr jung noch, in Schmerz und Trauer um den Verlorenen.«

Lutz sah vor sich nieder.

»Und darf ich wissen, warum Marlies' Vater die Seinen verließ?«

Tante Albertine erzählte ihm nun alles, ungeschminkt und wahrheitsgemäß. Sie fügte dann noch hinzu, daß sie nicht glaube, daß Marlies' Vater damals schuldig gewesen sei, aber alles habe gegen ihn gezeugt, und man würde ihn bestimmt verhaftet haben, wenn er nicht ins Ausland gegangen wäre.

Lutz Bergmann war nicht der Mann, eine derartige Mitteilung leichtzunehmen, aber er war erst recht nicht einer, der die Frau seiner Liebe verließ, weil auf ihrem Vater ein schlimmer Verdacht ruhte.

»Und können Sie mir sagen, nach welchem Land sich Marlies' Vater begeben hat?«

»Nein, das können wir nicht. Ob er seiner Frau etwas davon anvertraut hat, wissen wir nicht. Wenn ja, hat sie das Geheimnis mit ins Grab genommen. Wir alle haben nie mehr etwas von Heinz Mainau gehört – aber wir, seine Verwandten, haben nie an seine Schuld geglaubt.«

Ein schönes, gutes Lächeln flog um Lutz' Mund.

»Da ich nun ebenfalls zu seinen Verwandten gehören werde, darf und will auch ich nicht an seine Schuld glauben. Mein Verhältnis zu Marlies berührt das in keiner Weise. Ich liebe sie, und sie ist meiner Liebe wert. Ich verdiente es nicht, von ihr geliebt zu werden, wenn diese Nachricht meine Gefühle irgendwie beeinflussen könnte. Aber ich bitte sehr darum, daß Marlies auch in Zukunft nichts darüber erfährt. Sie ist ein so streng rechtlicher Charakter, daß sie wahrscheinlich darunter leiden würde. Das soll nicht sein. Bitte, versprechen Sie mir das!«

Sie reichte ihm schnell die Hand, diese fest drückend.

»Lieber Lutz – jetzt gestatten Sie mir diese Anrede –, ich freue mich über Sie. Und ich begrüße in Ihnen einen lieben Anverwandten. Ich habe meine Pflicht getan, aber Marlies soll nichts von uns erfahren. Es hätte keinen Zweck, ihr Herz unnötig zu beschweren und damit ihr junges Glück zu trüben.«

Lutz küßte ihr die Hand, und sie plauderten noch über mancherlei.

13

DIE VERLOBUNGSFEIER VERLIEF ganz friedlich; Lutz faßte immer wieder unter dem Tisch nach der Hand seiner Verlobten. Dann stieg jedesmal ein heißes Glücksgefühl in Marlies' Herzen empor, und wenn ihrer beider Augen sich trafen, wußten sie, wie glücklich sie einander machen würden.

Tante Albertine hatte zur Feier dieser zweifachen Verlobung ganz große Toilette gemacht. Sie wirkte geradezu majestätisch, und selbstverständlich galt ihre höchste Teilnahme Lutz und Marlies. Das andere Brautpaar war nicht nach ihrem Herzen. Es saß so kühl und teilnahmslos nebeneinander, daß auch Uneingeweihte hier nicht an eine Liebesheirat denken konnten. Herbert hatte durch eine Auseinandersetzung mit seiner Braut über allerhand pekuniäre Fragen die Erkenntnis gewonnen, daß es durchaus keine reine Freude war, eine reiche Frau zu bekommen. Es würde nicht leicht sein, sich Zugang zu Lulus Geldern zu verschaffen, und er sagte sich schon jetzt, daß er dabei sehr auf der Hut sein müsse.

Daß Lulu ihm das Dasein mit ihren Launen reichlich schwer machen würde, sah er jetzt schon ein. Und vor allen Dingen paßte es ihm durchaus nicht, daß sie es als selbstverständlich ansah, daß er nun sein untätiges Junggesellenleben aufgeben müsse. Hatte er sich deshalb eine Millionenerbin zur Frau erwählt, um selbst arbeiten zu sollen? Wozu waren denn seine Angestellten da?

Daß diese auf Kosten seiner Frau eingestellt werden sollten, daran dachte er nicht. Es paßte ihm auch durchaus nicht, gezwungen zu sein, seine Freiheit aufzugeben. Lulu schien ja ganz darauf aus zu sein, ihn noch mehr, als seine Mutter es jemals getan, zur Arbeit anzuhalten.

Also war auch Herbert in wenig guter Stimmung, und wenn er in das mißvergnügte Gesicht seiner Braut sah und dieses mit Marlies' glückstrahlendem durchsonnten Antlitz verglich, wollte es ihm scheinen, daß Lutz Bergmann sehr viel glücklicher sein müsse als er. Außerdem hatte er von seiner Mutter gehört, daß Lutz Bergmann ein vermögender Mann war und ein glänzendes Einkommen besaß; das ärgerte ihn ebenfalls. Er kam sich geradezu benachteiligt vor. Am meisten verdroß ihn, daß Marlies ein Erbe von dreißigtausend Mark von ihrer Mutter her besaß. Wie war er also dazu gekommen, sie zu unterhalten? Daß Marlies zehnmal mehr verdient hatte als sie verbrauchte, wollte er nicht einsehen. Er war durchaus unzufrieden, daß seine Mutter Marlies das Glück gönnte, was sie gefunden hatte. Wie gut hätte er die dreißigtausend Mark jetzt gebrauchen können, deren Marlies doch nun bei der glänzenden Partie, die sie machte, keineswegs mehr bedurfte. Ob sie ihm einen Teil davon überlassen würde? Er konnte ihr das Geld ja später wieder zurückzahlen, wenn er erst Herr über das Vermögen seiner Frau sein würde. Es war eine Gier in ihm erwacht nach diesem Millionenvermögen, daß er es kaum erwarten konnte, es in seine Hände zu bekommen. Wie ihm wohl zumute gewesen wäre, hätte er geahnt, daß Lulu die Verfügung über ihr Vermögen niemals aus den Händen geben würde. Das zu erfahren, blieb ihm noch vorbehalten.

Für Lutz und Marlies begann jetzt eine wunderselige, glückvolle Zeit. Lutz begleitete seine Braut auf allen Wegen, denn Marlies kam nach wie vor getreulich ihren Pflichten nach, wie sie es ihrem sterbenden Onkel gelobt hatte. Sie wollte nichts von Entlastung hören, solange kein Ersatz für sie zur Stelle wäre. Herbert hatte zwar sofort Gesuche erlassen, und es gingen auch reichlich Angebote ein, allein es verging doch eine verhältnismäßig lange Zeit, bis all das erledigt war. Somit blieb Lutz, wenn er etwas von Marlies haben wollte, nichts übrig, als sie auf ihren wirtschaftlichen Ausflügen zu begleiten. So waren sie immerhin viel allein, und das war ihnen sehr erwünscht. Denn im Haus herrschte jetzt ziemlich dicke Luft, veranlaßt durch Lulus Launen. Lutz wäre am liebsten abgereist, aber er fühlte, daß er Marlies auf keinen Fall allein lassen dürfe. Herberts Einladung für ihn lief noch bis Mitte Juni. Es widerstrebte ihm freilich, seinen Besuch so lange auszudehnen, aber Marlies' wegen mußte er das auf sich nehmen. Bis dahin hoffte er, daß für sie Ersatz gefunden würde. Mit ihr und Tante Albertine hatte er besprochen, letztere solle Marlies nach Berlin begleiten, sobald sie hier abkömmlich sein würde. Unter Tante Albertines Schutz sollte sie in eine Berliner Pension ziehen und dann in Ruhe ihre persönliche Ausstattung besorgen. Der Vormund hatte ohne weiteres seine Einwilligung zur Vermählung seiner Mündel gegeben, nachdem ihm Lutz die Verhältnisse klargelegt hatte. Er war gern bereit, Marlies ihr kleines Vermögen jederzeit auszahlen zu lassen in Anbetracht ihrer baldigen Verheiratung. So ging auch hier alles glatt.

Tante Albertine schwamm in Wonne, daß sie helfen sollte, eine Braut auszustatten. Lulu wurde fast krank vor Zorn und Neid, als sie erfuhr, daß Lutz seiner Frau keineswegs eine sorgenvolle Zukunft bereiten würde, sondern ihr das Leben licht und schön gestalten konnte. Marlies mußte Lutz versprechen, jedem Alleinsein mit Lulu aus dem Weg zu gehen, denn er traute dieser allerlei Bosheiten zu.

Zwischen Lulu und Herbert gestaltete sich die Zeit sehr unerfreulich. Es war leicht zu erkennen, daß dieses zweite Brautpaar sich nicht liebte, ja, nicht einmal achtete. Jeder Tag brachte Herbert eine neue Enttäuschung, und es war, als machte es Lulu Freude, ihm eine Hoffnung nach der andern zu zerstören.

Herbert kam in arge Bedrängnis, seine Gläubiger mahnten immer dringender, und er hatte kein Geld, sie zu befriedigen. Zuerst versuchte er von seiner Mutter Geld zu bekommen. Diese war außerstande, ihm etwas zu geben. Dann fragte er Marlies, ob sich nicht etwas mehr für ihn herauswirtschaften ließe, er werde es nach seiner Verheiratung ersetzen können. Da sagte sie ihm ruhig und bestimmt, daß er schon immer alles Entbehrliche erhalten habe. Zudem brauche man der zahlreichen Gäste wegen zur Zeit im Haushalt viel mehr als sonst.

»Du mußt bedenken, Herbert, daß deine Mutter und ich immer sehr einfach und sparsam leben, sobald wir allein sind. Jetzt werden allerlei Aufwendungen nötig. Infolgedessen müssen wir doppelt genau rechnen, um zurechtzukommen. Jeder Pfennig ist schon im voraus berechnet, das darfst du mir glauben.«

Er sah sie unsicher an und sagte dann zögernd:

»Wenn du mir zwanzigtausend Mark von deinem Erbe geben wolltest, ich würde es dir hoch verzinsen und dir fünfundzwanzig bald nach meiner Hochzeit zurückgeben.«

Sie zögerte eine Weile, dann schüttelte sie energisch den Kopf.

»Ich muß jetzt erst für meine Aussteuer sorgen, will auch nicht, daß Lutz für Tante Albertine und mich Ausgaben hat, solange wir nicht verheiratet sind. Ich weiß nicht, was ich brauchen werde, und auf keinen Fall möchte ich Lutz mit irgendeiner Forderung lästig werden. Ich will dir keine Vorwürfe machen, daß du sehr leichtsinnig gewirtschaftet hast, aber ich kann dir leider nicht helfen, will es auch, offen gestanden, nicht, denn es würde wahrscheinlich für Tante Beate eine neue Sorge nach sich ziehen. Außerdem widerstrebt es mir, mit deiner Verlobten in irgendwelche Geldgeschäfte verwickelt zu werden. Sie könnte mir den Vorwurf machen, dir Vorschub geleistet zu haben, und – sie hätte recht damit. Wie sie und ich zueinander stehen, müssen wir alles vermeiden, woraus sich Schwierigkeiten ergeben könnten. Deshalb liegt mir auch viel daran, möglichst bald aus dem Haus zu kommen.«

Er war sehr gekränkt, weil sie ihm nicht helfen wollte, und sagte brüsk:

»Es ist auch wirklich sehr nötig, daß du bald fortkommst, denn Lulu macht mir viele unangenehme Szenen deinetwegen.«

»So sorge dafür, daß ich bald fort kann. Mir brennt selbst der Boden unter den Füßen, weil ich weiß, daß deine Braut sehr gehässig gegen mich ist.«

»Sie behauptet eben immer noch, du seist an jenem Abend bei Lutz im Zimmer gewesen.«

Marlies sah ihn mit großen Augen an.

»So, behauptet sie das? Nun, ich könnte dir alles erklären, aber ich müßte deine Braut anklagen – und das will ich vermeiden.«

Seine Stirn zog sich zusammen, und er sah sie finster an.

»Das klingt sehr geheimnisvoll.«

Marlies strich sich über die Stirn.

»Meinst du, daß Lutz Bergmann um eine Frau werben würde, die sich ihm gegenüber etwas vergeben hätte?«

Er wehrte hastig ab.

»Der Teufel hole die ganze Verloberei!«

»Ich bedauere dich sehr, Herbert, daß du so sprechen kannst. Aber du hast es ja selbst nicht anders gewollt.«

»Konnte ich denn? Ich mußte unbedingt eine reiche Frau haben, wenn Mattenheim nicht unter den Hammer kommen sollte.«

»Es hätte einen andern Weg gegeben, wenn du zu Hause geblieben wärest und selbst mitgearbeitet hättest, statt zu vergeuden, was wir hier um jeden Preis für dich herbei schaffen mußten. Noch jetzt wäre es Zeit gewesen, Mattenheim zu retten, wenn du nur ernstlich gewollt hättest. Du hast alles verkehrt angefangen.«

»Ich brauche deine guten Ratschläge nicht. Soll ich wie ein Knecht arbeiten? Ich bin doch nur nach Berlin gegangen, um eine reiche Partie zu machen.«

Sie zuckte die Achseln.

»Das Ziel hast du nun ja erreicht – nun gib dich auch damit zufrieden. Es kann dir kein anderer helfen als du selbst.«

»Behalte deine Weisheit für dich!«

Da sah sie ihn groß an und ließ ihn stehen.

Er fluchte wütend hinter ihr her, aber das besserte seine Lage nicht.

Gleich darauf war er von Lulu zu einem Spaziergang befohlen. Anders konnte man die Betonung ihrer Wünsche nicht nennen.

Lulu sagte Herbert auf diesem Spaziergang, daß sie endlich unter den Angeboten etwas Ihr Zusagendes gefunden und für übermorgen einige Leute zur Vorstellung herbestellt habe.

»Wir werden dann aussuchen, wer uns am besten gefällt«, sagte sie in der jeden Widerspruch ausschließenden Weise, die sie sich seit einiger Zeit angewöhnt hatte.

Er zuckte nur die Achseln.

»Wie du befiehlst.«

»Was soll das heißen?«

»Nun, du bist doch jetzt sozusagen die Herrin von Mattenheim.«

»Da du als dessen Herr so schmählich versagt hast, ist es wohl besser, wenn ich die Zügel in die Hand nehme.«

Schweigend und verdrießlich ging er neben ihr her. Sie sah ihn scharf und prüfend an. Er gefiel ihr immer weniger, je öfter sie ihn mit Lutz Bergmann verglich. Und als sie sein mürrisches Gesicht sah, meinte sie hart und kühl:

»Anscheinend findest du wenig Gefallen an unserer Verbindung. Da das auf Gegenseitigkeit beruht – wollen wir doch unsere Verlobung lösen!«

Er erschrak und faßte ihren Arm.

»Aber Lulu, wie kannst du nur so etwas sagen!«

»Weil ich es müde bin, deine mißvergnügte Miene jeden Tag vor Augen zu haben.«

Er seufzte tief auf.

»Ich habe Sorgen, Lulu, schwere Sorgen. Ich muß dir gestehen, daß ich Schulden habe.«

Sie fühlte, daß sie noch mehr Oberwasser bekam, und das war jetzt das einzig Erstrebenswerte für sie.

»So, du hast Schulden? Und warum hast du mir das nicht offen gesagt?«

»Ich wollte dich damit nicht behelligen, das kannst du dir doch denken. Und – da bin ich, da mich meine Gläubiger drängen, schließlich zu Marlies gegangen und habe sie gefragt, ob sie mir das Geld leihen wollte.«

Sie fuhr auf und sah ihn zornig an.

»Das ist ja toll, läufst zu diesem Geschöpf und machst dich klein vor ihr, anstatt zu mir zu kommen. Wie hoch belaufen sich deine Schulden, das mußt du mir jetzt gleich sagen.«

Er fing an zu hoffen, daß sie ihm das Geld geben würde. Und da nun einmal gebeichtet werden mußte, wollte er gleich noch etwas für sich mit herausschlagen und nicht nur für seine Gläubiger.

»Dreißigtausend Mark«, sagte er kühn und hoffte, daß sie ihm nun, schon um Marlies aus dem Feld zu schlagen, einen Scheck über diese Summe ausstellen würde. Aber sie war die Tochter eines sehr gerissenen Kaufmanns und hatte viel vom Vater gelernt.

»Gut – gib mir bis heute abend eine genaue Aufstellung all deiner Schulden bis zu diesem Tag, ich werde sehen, ob es gut ist, sie zu bezahlen, und wie weit das nötig ist.«

Da war er wieder um eine Hoffnung ärmer. Sie würde zwar die Schulden bezahlen, soweit sie es für nötig erachtete, aber für ihn würde kein Heller abfallen. Verdammtes Pech, daß er sich nicht vor einigen Tagen eine größere Summe geliehen hatte. Das wäre nun in einem hin gegangen.

Er war schnell fertig mit der Aufstellung, denn er brauchte nur die einzelnen Posten aus seinem Notizbuch aufzuschreiben.

Schon am Abend dieses Tages hielt Lulu das Verzeichnis in den Händen. Sie sah es aufmerksam durch und erkannte auf der Stelle, daß Herbert zehntausend Mark mehr aufgeführt hatte, als seine Verpflichtungen eigentlich ausmachten.

Sie zuckte die Achseln, dachte sich ihr Teil, schrieb aber dennoch die einzelnen Schecks aus. Sie wollte nicht, daß Herbert Schulden hatte, wenn er sie heiratete.

Geschäftstüchtig, wie sie war, sandte sie die einzelnen Schecks an die betreffenden Adressen. Erst als sie die Quittungen, die sie sich ausbedungen hatte, in Händen hielt, übergab sie Herbert diese. Er wollte ihr in überschwenglicher Weise danken, aber sie winkte kurz ab. Die zuviel angegebenen zehntausend Mark erwähnte sie mit keinem Wort.

»Laß uns nicht mehr davon sprechen. In Zukunft aber bitte ich mir aus, daß du keine Schulden mehr machst, ich würde nicht einen Pfennig davon bezahlen. Glaube nicht, daß ich als deine Frau dazu verpflichtet sein könnte, denn – daß du es weißt, laut meines Vaters Testament darf ich nur auf Gütertrennung heiraten. Wir müssen beide vor unserer Verheiratung amtlich diese Gütertrennung beantragen und notariell bestätigen lassen. Was ich dir freiwillig gebe, sofern du Bedürfnisse hast, kann ich verantworten, sonst keinen Heller, verstehst du? Mein Vater war ein sehr vorsichtiger Mann – und ich bin eine vorsichtige Frau. Ich möchte keinen Mann haben, der mein Vermögen durchbringt, so daß ich verarmen könnte, das wirst du verstehen. Wenn du aber nicht in diese Gütertrennung willigen willst, können wir immer noch unsere Verlobung lösen.«

Herbert war fassungslos und konnte nicht gleich antworten. Er hatte das Gefühl, als müsse es ihm eine Befreiung sein, von Lulu loszukommen. Aber er war viel zu schlaff, sich dazu aufzuraffen. Also um jeden Groschen würde er seine Frau hinfort bitten, würde sie sehr schonend behandeln müssen, damit sie ihre Hand nicht allzufest auf ihren Geldsack drückte.

Inzwischen setzte die Heuernte ein, und diese war für Mattenheim sehr wichtig, weil man großer Mengen Heu bedurfte, um das zahlreiche Vieh den Winter über ausreichend füttern zu können. Jetzt befanden sich die meisten Kühe oben auf den Almen und suchten sich ihr Futter selbst. Im Winter aber mußte von dem vorhandenen Vorrat gezehrt werden.

Wenige Tage später reisten die Gäste ab, und den Tag darauf auch Tante Albertine, Marlies und Lutz. Der neue Verwalter und die neue Mamsell waren angetreten und machten ihre Sache anscheinend gut. Somit konnte Marlies ohne allzu große Sorge ihren bisherigen Wirkungskreis verlassen. Der Abschied fiel ihr trotz allem schwer. Mattenheim war ihr so lange eine Heimat gewesen. Auch von Tante Beate verabschiedete sie sich unter Tränen, denn dieser war sie in der letzten Zeit viel nähergekommen als bisher. Frau Beate hatte nicht unterlassen können, zwischen Marlies und Lulu Vergleiche zu ziehen, und diese waren sehr zu Marlies' Gunsten ausgefallen.

Lutz und Tante Albertine hatten es nicht ganz leicht, Marlies über ihren Trennungsschmerz hinwegzuhelfen. Immer wieder sah sie zurück, solange sie das Mattenheimer Herrenhaus drohend auf dem Berg liegen sah. Sie wußte nur zu wohl daß es ein Abschied für immer war. Nie würde sie zurückkehren dürfen und wollen an die Stätte, an der sie so treulich geschafft hatte.

Tante Albertine gelang es endlich, das erste Lächeln in Marlies' Gesicht zu zaubern, als sie sagte:

»Wenn du jetzt nicht endlich wieder vergnügt bist, gehe ich mit Lutz durch, und du siehst ihn niemals wieder.«

Schnell reichte da Marlies Lutz ihre Hand.

»Mußt nicht böse sein, Lutz, daß mich der Abschied sehr geschmerzt hat, obwohl ich mit dir ins Glück hinein gehe. Man reißt sich nicht leicht von dem Ort los, wo man festgewurzelt war.«

Marlies wurde nun schnell wohltätig abgelenkt. Sie fand, daß der Fern-D-Zug, den sie benützten, nicht fahre, sondern fliege. Und als sie dann mit Tante Albertine und Lutz im Speisewagen saß, fand sie das herrlich. Außer kleinen Fahrten nach München hatte sie noch keine Reise hinter sich. In einem Speisewagen war sie überhaupt noch nicht gefahren, und sie fand es staunenswert, wie sicher und schnell die Kellner aufwarteten. Es ging ihr fast zu schnell.

Lutz konnte sich an Marlies nicht satt sehen und nicht satt freuen. Seine Liebe zu ihr war noch viel tiefer und innerlicher geworden, und er war sehr froh und glücklich, daß er nicht noch eine lange Wartezeit vor sich hatte, bis sie ganz sein eigen war. Es wollte ihm unerträglich erscheinen, sie jetzt den größten Teil des Tages entbehren zu müssen. Aber sie hatten beide viel zu tun. Lutz wollte seine Wohnung noch um einige Zimmer vergrößern. Es fand sich, daß in dem Haus, in dem er wohnte, eine größere Wohnung frei geworden war, und die hatte er gleich von Mattenheim aus mit Beschlag belegt. Marlies sollte sich um nichts anderes kümmern als um ihre Aussteuer und die Abende, in Tante Albertines Gesellschaft, für ihn bereit sein. Er wollte die Wohnung ganz allein in Ordnung bringen, wollte die Möbel, die noch beim Spediteur lagerten, von dort abholen lassen und Marlies erst überraschen, wenn alles fertig sein würde. Tante Albertine sollte bis zur Hochzeit in Berlin bleiben und dann erst in ihr Stift zurückkehren.

14

SECHS WOCHEN WAR Marlies in Berlin, da fand ihre Hochzeit statt. Es strömte so viel Neues auf sie ein, daß sie nicht recht zur Ruhe kam. Die Tage gehörten den Besorgungen, die Abende war sie mit Lutz zusammen. Er führte die Damen in Theater oder Kinos, und dann speisten sie zusammen. Dabei berichteten sie einander, was sie tagsüber geleistet hatten. Tante Albertine war unermüdlich bis zuletzt und war Marlies wirklich eine Hilfe. Die majestätische Art der alten Dame ließ alle Geschäftsangestellte fliegen. Nur gute Sachen wagte man ihr vorzulegen.

Lutz staunte über die unbewußte Sicherheit, die Marlies den ihr vollkommen neuen Berliner Verhältnissen gegenüber an den Tag legte. Und doch stieg jetzt zum ersten Mal der Gedanke in ihm auf, daß es schön sein müsse, mit ihr irgendwo zu leben, wo sie so naturverbunden wären wie in Mattenheim. Eines Tages fragte er sie, ob sie für immer in Berlin bleiben möchte: Da sagte sie in ihrer herzlich-innigen Art:

»Ich will da bleiben, wo du bist.«

»Aber wenn mir Berlin verleidet wäre und ich eines Tages fern von der Großstadt in einer landschaftlich schöneren Umgebung leben möchte, würdest du dann gern mit mir gehen?«

»Ach, Lutz, wo du bist, ist für mich der Himmel. Aber wenn du mich wieder in eine Umgebung bringen würdest, wie ich sie in Mattenheim gewohnt war – das, ja, das wäre unaussprechlich schön.«

Er faßte ihre Hand.

»Das habe ich von dir erwartet, und ich verspreche dir – eines Tages kaufen wir uns eine hübsche kleine Besitzung in den Bergen. Erst aber sollst du einmal Berlin genießen mit all seinen Fehlern und Vorzügen. Alles Weitere wird sich finden.«

Marlies' Augen leuchteten, und von Stund an dachte sie heimlich an irgendein schönes Erdenfleckchen, wo sie mit Lutz naturverbunden leben würde.

Die Wochen bis zu ihrer Hochzeit waren schnell vorübergegangen. Sie wurde in aller Stille gefeiert, keinerlei Einladungen ergingen. Außer Tante Albertine nahmen nur die beiden Trauzeugen, Studienfreunde von Lutz, und deren beide Schwestern, die Marlies als Brautjungfer gebeten hatte, an der Feier teil. Aus Mattenheim erhielten sie einen herzlichen Glückwunsch von Tante Beate. Sie hatte selbst den Wunsch geäußert, nicht zu Marlies' Hochzeit eingeladen zu werden, denn sie konnte es verstehen, daß ihre Nichte kein Verlangen danach trug, Herbert und Lulu an ihrem Ehren- und Jubelfest teilnehmen zu lassen.

So verlief die Feier ziemlich still. Gleich nach Beendigung des Hochzeitmahls verabschiedeten sich die jungen Eheleute. Sie verzichteten auf eine Hochzeitsreise. Marlies verlangte danach, ihr künftiges Heim in Augenschein nehmen zu können, und so führte Lutz sie strahlenden Auges in sein Haus. Sprachlos bewunderte Marlies die eleganten, vornehmen Räume. Immer wieder mußte sie ihrem jungen Gatten um den Hals fallen, weil er ihr ein so schönes Nest geschaffen hatte.

Die beiden Glücklichen brauchten niemanden als sich selbst.

Es vergingen glückselige Wochen für die jungen Gatten. Sie hatten ihre Vermählung pflichtschuldig angezeigt, wo es nötig war. Auch an Herbert und Lulu war eine Anzeige abgeschickt worden. Sonst hörten sie nichts von den beiden, als was Tante Beate zuweilen in ihren Briefen mitteilte.

So kam das Weihnachtsfest heran.

Marlies huschte in geschäftiger Heimlichkeit durch ihre Wohnung, und Lutz mußte sich hier und da aus dem Zimmer schicken lassen.

Es war kurz vor dem ersten Weihnachtsfest, das Lutz und Marlies gemeinsam feiern wollten. Aber weil Tante Albertine gar so jammernde Briefe schrieb über ihre Einsamkeit im Stift, hatten die beiden glücklichen Menschen, denen der Himmel noch immer ganz ohne Wolken war, sich entschlossen, die alte Dame einzuladen; das heißt: Lutz hatte seine Einwilligung nur gegeben, wenn sie am Neujahrstag wieder allein wären.

Marlies schrieb den Brief, und zwei Tage darauf traf Tante Albertines Antwort ein:

»Meine Lieben!

Ihr müßt einen Extraplatz im Himmel bekommen, das heißt, erst nach tausend Jahren, weil Ihr Euch so großmütig einer einsamen, alten Frau annehmt. Es ist einfach rührend von Euch, an mich zu denken. Aber ich komme wirklich – wenn Ihr Euch auf eine Absage eingerichtet habt, seid Ihr auf dem Holzweg. Ich komme und wanke und weiche nicht vor dem Neujahrstag. Habt innigen Dank, daß Ihr mir ein einsames Weihnachtsfest ersparen wollt, und dafür noch hundert Jahre Glück für Euch! Herbert und Lulu haben mich zu ihrer Hochzeit in Mattenheim eingeladen – sie soll dort mit großem Pomp gefeiert werden, wie mir Beate schrieb, aber – so gern ich Mattenheim einmal im Schnee sehen möchte, ich kann mich nicht dazu entschließen, denn der Ton der Einladung hatte auf jeder Zeile den Unterton: Sage bloß um Gottes willen ab! Darauf will ich hören, ich verspreche mir nichts Gutes davon, so gern ich auch an dem sicherlich großartigen Festessen teilnehmen würde. Doch wie gesagt, das besprechen wir noch. Auf Wiedersehen am Mittag des Christabends!

Eure sehr gerührte Tante Albertine.«

Marlies reichte Lutz diesen Brief und sah ihn halb lachend, halb gerührt an. Als er gelesen hatte, sagte sie schelmisch:

»Nicht wahr, Lutz, es lohnt sich schon, mal ein wenig an andere Menschen zu denken. Ich glaube, wir haben Tante Albertine glücklich gemacht, sie scheint sich sehr zu freuen.«

Er nahm sie in seine Arme.

»Wenn du nur jemanden glücklich machen kannst, meine Marlies!«

Sie zog ihn ein wenig an den Ohren.

»Und du? Dir ist es selbstverständlich gleichgültig, ob du jemand glücklich machen kannst?«

»Mir genügt es, wenn ich meine Marlies glücklich mache.«

Sie bekam feuchte Augen.

»Ach Lutz, ich bin furchtbar eigensüchtig – das ist mir auch die Hauptsache. Aber wenn man mit einem kleinen Opfer noch jemanden glücklich machen kann, das ist dir doch auch lieb?«

Er küßte sie.

»Aber sorge dafür, daß wir im neuen Jahr wieder allein sind. Dann halte ich so lange still. Und nun laß uns beraten, womit wir Tante Albertine am Weihnachtsabend beschenken können.«

Sie überlegten ernsthaft und entschlossen sich für ein schönes wollenes Plaid, eine solide Handtasche und eine Anzahl Bücher, von denen Marlies wußte, daß sie diese gern gelesen hätte, wenn sie ihr erreichbar gewesen wären. Dazu kamen einige Packungen Pralinen und sonstige Leckereien. Marlies hatte ihr abgelauscht, daß sie dies alles gut brauchen könnte.

Der alten Tante unnütze Sachen zu schenken, hielt die praktische Marlies für überflüssig, man wollte ihr lieber ein wenig helfen.

So mußte Marlies noch einmal in die Geschäftsgegend fahren, um Einkäufe zu machen. Lutz blieb daheim, um zu arbeiten. Marlies wußte nun schon sehr gut Bescheid in Berlin.

Dabei hatte sie ein unliebsames Erlebnis.

Als sie ein Geschäft im Berliner Westen betrat, um die Handtasche für Tante Albertine zu kaufen, erblickte sie plötzlich neben sich am Verkaufstisch Lulu Strauß und an deren Seite Herbert von Mattenheim. Marlies erschrak so sehr über diese Begegnung, daß ihr das Blut in das Gesicht schoß.

Sie grüßte aber doch mit einem Neigen des Kopfes, Lulu sah jedoch hochmütig über sie hinweg, als sei sie Luft.

Herbert wußte einen Augenblick nicht, was er tun sollte, aber dann begrüßte er Marlies, sah sie groß und erstaunt an und meinte:

»Fast hätte ich dich nicht erkannt, Marlies, du hast dich sehr zu deinem Vorteil verändert und siehst blendend aus.«

Bei ihm galt eine elegante Aufmachung immer sehr viel, und er staunte, daß seine Base Aschenbrödel plötzlich eine sehr elegante junge Dame geworden war.

Marlies hätte der Wahrheit gemäß sagen müssen, daß Herbert miserabel aussähe, aber sie äußerte nur:

»Ich hoffe, es geht dir gut.«

Er zuckte die Achseln, warf einen mißvergnügten Blick auf seine Braut und erwiderte:

»Man schlägt sich so durch.«

Lulu sah die beiden erbost an und sagte scharf:

»Willst du mir endlich helfen, die Handtasche für deine Mutter auszusuchen, ich kenne ihren Geschmack nicht.«

Er zuckte zusammen, verbeugte sich vor Marlies und wandte seine Aufmerksamkeit den vorgelegten Handtaschen zu. Die Verkäuferin, die Lulu bediente, war davongegangen, um neue Handtaschen zur Auswahl herbeizuholen, und die Marlies bedienende hatte sich ebenfalls nach dem Lager begeben. Sonst war niemand im Geschäft anwesend, so daß die drei Personen allein waren. Und da sagte Lulu laut und vernehmlich zu ihrem Verlobten:

»Ich begreife nicht, daß du dich in meiner Gegenwart mit dieser Person unterhältst, die nächtlicher Weile fremde Herren auf ihrem Zimmer besucht.«

Marlies wurde vor Empörung bleich, sie konnte das nicht hinnehmen, ohne sich zu wehren, denn sie trug jetzt Lutz Bergmanns Namen. Sich hoch aufrichtend, erzählte sie Herbert nun den Vorgang, wie er sich in Wirklichkeit abgespielt hatte.

Herbert war bleich geworden – er mußte Marlies jedes Wort glauben, denn das Gesicht seiner Braut war durch Haß und Niedertracht entstellt. Jetzt begriff er mit einem Mal alles, auch – warum Lulu sich an jenem Abend schnell mit ihm verlobt hatte. Er erkannte, daß sie Lutz Bergmann begehrt und Marlies verfolgt hatte, weil er diese erwählte. Lulu war für den Augenblick geschlagen, denn sie fand kein Wort der Entgegnung. Marlies nahm auch keine Notiz mehr von ihr, kaufte schnell eine Handtasche für Tante Albertine und verließ das Geschäft. Nur einen bedauernden Blick hatte sie noch für Herbert, der ihr völlig verstört nachsah.

Als Marlies nach Haus kam, wurde sie herzlich von ihrem Gatten begrüßt, und da erst verließ sie ihre Fassung. Sie weinte und hielt sich an ihm fest, daß er sie besorgt ansah, ihr Hut und Mantel ablegen half und sie in sein Zimmer zog.

»Marlies, was ist dir geschehen?« fragte er besorgt.

Sie faßte sich mühsam, aber da sie keine Geheimnisse vor ihrem Mann hatte und nie haben wollte, beichtete sie ihm alles und sagte zum Schluß:

»Ich werde nun schrecklich hin und her gerissen, Lutz, ob ich recht gehandelt habe, daß ich Herbert die Wahrheit sagte. Aber ich konnte es unmöglich dulden, daß seine Verlobte mich wieder in unerhörter Weise beleidigte, und zwar gegen ihr besseres Wissen.«

Er hatte ihren Kopf an seine Brust gedrückt und strich beruhigend über ihr Haar.

»Du hast ganz recht getan, Marlies, hast wirklich in dieser Angelegenheit mehr ertragen, als man dir zumuten durfte. Heute war es deine Pflicht, die Wahrheit zu sagen. Dieses Fräulein Strauß ist eine gefährliche Person, man darf sie nicht schonen.«

Marlies beruhigte sich.

»Herbert tut mir dennoch aufrichtig leid, Lutz. Er muß nun doch wissen, daß Fräulein Strauß nichts für ihn übrig hat.«

Sein Gesicht wurde hart und kalt:

»Das hat er wohl schon lange gewußt, und – er hat ja auch für sie nichts übrig. Sie werden sich gegenseitig kaum Vorwürfe machen können. Wenn er sie noch etwas besser kennenlernt, kann das wirklich nicht schaden. Mach dir deswegen keine Kopfschmerzen, jeder schläft so, wie er sich bettet.«

Und er tröstete sie so liebevoll und zärtlich, daß sie sich befreit aufatmend an ihn schmiegte.

Herbert hatte mit seiner Braut wortlos den Laden verlassen. Schweigend ging er neben ihr her, und schweigend verhielt auch sie sich. Sie fühlte sich durchaus nicht bedrückt durch Marlies' Aussage, ärgerte sich nur wütend darüber, daß diese sich so energisch und wirksam verteidigt hatte; denn sie glaubte, immer wieder einen Trumpf gegen Marlies ausspielen zu können durch ihre Anschuldigung. Was Herbert darüber dachte, war ihr unwichtig, sie glaubte ihn durch die Macht ihres Geldes vollkommen in der Gewalt zu haben, und war daher der Meinung, sich alles gegen ihn erlauben zu können.

Nachdem sie eine Weile schweigend nebeneinander hergeschritten waren, sagte Lulu, ohne auf das Vorangegangene einzugehen:

»Laß uns jetzt zu meinem Notar gehen, wir wollen die Gütertrennungsangelegenheit zu Ende führen. Wir müssen noch unsere Unterschriften geben.«

Er empfand plötzlich eine so starke Abneigung gegen Lulu, daß es ihm widerstrebte, willenlos tun zu sollen, was sie wünschte. Er richtete sich auf, und in seinem Gesicht erschien plötzlich ein energischer Zug, den sie noch nicht an ihm bemerkt hatte.

»Ich denke, das hat Zeit, bis wir wieder in Mattenheim sind, wir können das dort vor meinem Notar erledigen, der, da er in München wohnt, auf meinen Wunsch jederzeit nach Mattenheim kommen wird.«

Sie sah ihn scharf an.

»Ich wünsche aber, daß es bei meinem Notar erledigt wird.«

»Und ich wünsche, daß es bei dem meinen geschieht, und zwar erst kurz vor der Hochzeit.«

»Ah, du denkst wohl du kannst mich dann bewegen, anderen Sinnes zu werden?«

»Ich denke gar nichts, als daß ich mir das nochmals gründlich überlegen muß.«

Sein bestimmter Ton ärgerte sie maßlos, und ihre Herrschgier wurde nur noch stärker, doch blieb Herberts Widerstand nicht ohne Eindruck auf sie.

Sie zuckte die Achseln und ließ das Thema fallen. Am zehnten Januar sollte ihre Hochzeit sein. Es waren fast alle Bekannten des Brautpaares und die gesamte Nachbarschaft von Mattenheim eingeladen. Auf Lulus Wunsch sollte die Hochzeit mit großem Pomp gefeiert werden. Da ihr diese Eheschließung kein inneres Genüge brachte, wollte sie wenigstens nach außen damit glänzen. Herbert hielt ebenfalls viel zuviel auf Äußerlichkeiten, als daß er dagegen etwas eingewendet hätte.

Als Herbert seine Braut bis zu ihrer Wohnung begleitet hatte, die nun in Zukunft ihrer beider Stadtwohnung hier in Berlin werden sollte, verabschiedeten sie sich wie zwei fremde Menschen und verabredeten kühl, daß Herbert Lulu am nächsten Morgen zu bestimmter Zeit abholen würde, damit sie zu dem Fern-D-Zug nach München zurechtkämen. Denn sie wollten morgen nach Mattenheim zurückkehren.

Beide trafen im Verlauf des Tages ihre Reisevorbereitungen, beide in dem Bewußtsein, vor einer Ehe zu stehen, die ihnen beiderseits nichts als eine Fessel sein würde. Lulu überlegte sich, was sie in Mattenheim vor der Hochzeit noch zu erledigen hatte, und Herbert dachte darüber nach, ob er sich wirklich in diese Fessel legen lassen sollte, ohne wenigstens zu versuchen, noch etwas für sich zu retten. Daß Lulu jetzt noch im Sinn hatte, seine Mutter aus Mattenheim zu entfernen, ahnte er nicht. Und was er irgend an Wärme und Gefühl für einen Menschen zu vergeben hatte, gehörte seiner Mutter. Lulu ihrerseits ahnte nicht, daß sie mit diesem Bestreben sich auf gefährlichen Boden wagte.

In München erwartete die Heimkehrenden das Auto, das sie nach Mattenheim bringen sollte. Das diesmal sehr zahlreiche Gepäck sollte anderweitig befördert werden. Sie nahmen nur das Nötigste mit sich in den Wagen.

Während der Fahrt unterhielten sie sich über nebensächliche Dinge und kamen zu einer verspäteten Teestunde in Mattenheim an. Unter dem Portal empfing sie Frau Beate, und Lulu ärgerte sich, daß sie so selbstverständlich als Herrin des Hauses dort oben stand, so, als sie sei gewillt, diesen Posten niemals zu verlassen. Frau Beate ahnte nichts davon, daß Lulu vorhatte, sie aus Mattenheim zu vertreiben.

Die Begrüßung zwischen Lulu und ihrer Schwiegermutter fiel kühl und höflich aus, denn Frau Beate hatte nachgerade genug Demütigungen von ihrer Schwiegertochter erfahren. Außerdem bemerkte die zärtliche Mutter sehr wohl, daß Herbert sehr unglücklich und bedrückt aussah. Wohl sagte sie sich, daß es gut sei, wie ihr Sohn nun einmal geartet war, wenn Lulu die Zügel in die Hand nähme, aber langsam begriff sie doch, daß diese darin zu weit ging.

Mutter und Sohn begrüßten sich für Lulus Geschmack viel zu herzlich, und sie machte dem schnell ein Ende, indem sie sagte, sie friere und brauche schnell etwas heißen Tee.

Nachdem das Brautpaar die Mäntel abgelegt hatte, begab es sich in den kleinen Salon von Herberts Mutter, der sich im Winter am leichtesten erwärmte. Dort war der Teetisch gedeckt, sehr einladend, wenn auch nicht mit der liebevollen Sorgfalt, mit der Marlies das gelang.

Der Tisch war an den großen Kamin gerückt worden, der neben der vor einigen Jahren eingebauten Zentralheizung an sehr kalten Tagen, wie heute, immer noch mit Buchenholzscheiten geheizt wurde. In dem Zimmer war daher eine sehr behagliche Temperatur.

Frau Beate waltete als Hausfrau, ganz wie sie es gewohnt war, ihres Amtes und füllte die Tassen, versorgte Sohn und Schwiegertochter mit allem Zubehör und erkundigte sich, wie die Reise verlaufen sei.

Lulu ärgerte sich über die selbstverständliche Herrinnenart ihrer Schwiegermutter und beschloß, auf der Stelle reinen Tisch zu machen.

»Warum ist in diesem Zimmer noch der Kamin geheizt, Mama, da doch die Zentralheizung vorhanden ist?«

»Bei so trüben und kalten Tagen muß man einen besonders warmen Raum haben, und wenn man in meinem Alter ist, hat man gern ein warmes Plätzchen.«

Lulu stellte ihre Tasse hin und sagte lässig:

»Dann wird es dir in München behaglicher sein.«

Erstaunt und ahnungslos sah Frau Beate auf.

»In München? Was soll ich denn in München?«

»Aber Mama, ich hoffe doch, du bist dir darüber klar, daß in diesem Haus nur für eine Herrin Platz ist. Nach unserer Hochzeit wirst du selbstverständlich nach München übersiedeln. Ich habe schon einem Agenten Auftrag gegeben, für dich eine hübsche, behagliche Drei-bis-Vier-Zimmerwohnung zu mieten. Du kannst dir die Möbel aus deinem Schlaf- und Ankleidezimmer mitnehmen und auch von denen, die aus meinen

Zimmern entfernt worden sind, aussuchen, was dir gefällt. Das lassen wir nach München in deine neue Wohnung schaffen. Du hast es dort dann sehr behaglich und wirst etwas mehr von deinem Leben haben. Ab und zu sehen wir uns dann, wenn auch wir in München weilen. Im Sommer kannst du ja auch einige Wochen nach Mattenheim zu Besuch kommen.«

Lulu hatte das schnell und ohne Stocken vorgebracht, wie man etwas sagt, was man gern los sein möchte. Sie vermied es dabei, sowohl ihren Verlobten, als auch dessen Mutter anzusehen.

Diese beiden Menschen starrten sich fassungslos in die erblaßten Gesichter. Und nachdem Frau Beate ihre Fassung wiedergewonnen hatte, fragte sie ihren Sohn mit tonloser Stimme:

»Liegt es in deiner Absicht, daß deine Mutter Mattenheim verläßt, wo sie seit länger als dreißig Jahren Wurzel gefaßt hat, wo sie mit deinem Vater in friedlicher, harmonischer Ehe lebte und dich zur Welt gebracht hat?«

Herbert hatte sich mit einem Ruck erhoben. Alles, was noch gut und rechtlich in ihm war, hatte sich empört gegen Lulus herzlose Art, mit seiner Mutter umzugehen.

»Nein, Mama, das liegt ganz gewiß nicht in meiner Absicht. Ich höre soeben das erste Wort von diesem Plan Lulus, der selbstverständlich – ganz selbstverständlich – nie zur Ausführung kommen wird. Mattenheim soll bis zu deinem Tod deine Heimat sein und bleiben. Ich bin nicht immer ein guter Sohn gewesen, liebe Mutter, aber das hätte Lulu nicht über meinen Kopf hinweg bestimmen dürfen. Ich habe mich in mancherlei fügen müssen, was gegen mein Gefühl ja, gegen meine Manneswürde gegangen ist. Aber – dich aus Mattenheim zu verbannen, das kommt überhaupt nicht in Frage. Hier bist du, und hier bleibst du, und niemand hat das Recht, dich von hier zu vertreiben.«

Seiner Mutter schossen die Tränen in die Augen. Endlich glaubte sie wieder einmal das Herz ihres Sohnes zu spüren, ihn als Mann sprechen zu hören.

Still weinte sie vor sich hin, während Lulu sich brüsk erhob.

»Halte das, wie du willst«, trumpfte sie auf, »entweder ist und bleibt deine Mutter Herrin von Mattenheim, oder ich werde es, ohne jede Einschränkung.«

Er richtete sich ebenfalls empor, trat neben seine Mutter und drückte sie an sich.

»Dann laß dir gesagt sein, daß niemand meine Mutter aus diesem Haus verdrängen soll, solange ich es verhindern kann.«

Frau von Mattenheim schluckte ihre Tränen hinab, faßte ihres Sohnes Hand und sagte leise:

»Nein, Herbert, ich will nicht zwischen euch treten, es kam mir nur vollkommen überraschend. Dieses Opfer kann ich dir ja bringen. Ich werde Mattenheim verlassen und deiner künftigen Frau Platz machen.«

Herbert schüttelte energisch den Kopf.

»Das kommt nicht in Frage, Mutter. Es wird auch sonst noch allerlei Schwierigkeiten geben. Lulu verlangt, daß wir auf Gütertrennung heiraten, sie sagt, ihr Vater habe das testamentarisch bestimmt. Sie hat mir das weder vor noch am ersten Tag unserer Verlobung gesagt, sondern erst lange Zeit nachher. Sie wollte die Gütertrennung unbedingt noch kurz vor unserer Abreise in Berlin durch notariellen Akt festlegen lassen. Ich habe mich jedoch dagegen gesträubt, denn während der Dauer unserer Verlobung habe ich einsehen gelernt, wie entwürdigend für mich Lulus Einstellung mir gegenüber ist. Auch habe ich am Tag vor unserer Abreise noch etwas an ihr beobachten können, was schwere Bedenken in mir erregt hat. Ich will mich darüber jedoch nicht näher auslassen. Lulu wird schon wissen, was ich meine.«

Diese sprühte ihn beinahe haßerfüllt an, zuckte die Achseln und sagte höhnisch:

»Nun – und weiter? Du versprachst mir, hier von deinem Notar den Vertrag ausfertigen zu lassen.«

»Ich wollte noch eine letzte Bedenkzeit haben. Was du heute durch deine herzlose Aufforderung an meine Mutter, Mattenheim zu verlassen, an den Tag gelegt hast, hat mich zur Besinnung gebracht. Ich leide nicht, daß meine Mutter verbannt wird, und ich weigere mich, einen Gütertrennungsakt zu unterschreiben.«

Sie sah ihn wütend an.

»So? Dann erkläre ich dir, daß du dich diesen meinen beiden Bedingungen zu fügen hast, oder – ich trete noch so kurze Zeit vor der Hochzeit von unserer Verlobung zurück.«

Herbert atmete auf, wie von einer schweren Last befreit. Mit festem Griff faßte er seiner Mutter Hand.

»Ich wähle meine Mutter, deine beiden Bedingungen erfülle ich nicht. Ich habe mehr und mehr einsehen gelernt, daß eine Ehe zwischen uns ein Unding ist. Wenn du die gleiche Meinung hast, so laß uns noch jetzt auseinander gehen.«

Das hatte Lulu nun doch nicht erwartet. Sie hatte ihn durch diese Drohung zwingen wollen und sah mit Bestürzung ein, daß er die Kraft gefunden hatte, sich freizumachen von den unerträglichen Banden, in die sie ihn geschlagen hatte. Aber klein beizugeben hatte sie keine Lust.

»Aha, so siehst du aus! Und das Geld für die Schulden, die ich für dich bezahlt habe? Es waren wohl dreißigtausend Mark?« fragte sie höhnisch.

Er seufzte tief auf, verlor aber seine Haltung nicht und erwiderte:

»Ich werde dir das Geld sobald wie möglich zurückzahlen, irgendwie werde ich es aufbringen. Im übrigen waren es nur zwanzigtausend Mark.«

»Wird dir etwas schwer werden. Außerdem müßtest du jetzt auch das Gehalt für den Verwalter und die Mamsell aufbringen, das ging bisher auch aus meiner Tasche«, trumpfte sie auf, um ihn klein zu bekommen.

15

DER FRÜHLING KAM ins Land, und Marlies und Lutz machten schon Reisepläne. Im Frühsommer wollte Lutz mit seiner jungen Frau an den Gardasee, denn sie hatte noch nichts von der Welt gesehen. Vielleicht würden sie von dort noch einen Abstecher nach Venedig machen. Auf der Rückreise wollten sie dann zum Tegernsee fahren und sich dort umschauen nach einer Besitzung. Bis zum nächsten Sommer sollte diese instandgesetzt oder gebaut werden, und dann wollten sie ihren dauernden Aufenthalt in den Bergen nehmen, nicht gar zu fern von Mattenheim, um Tante Beate und Herbert zuweilen wiederzusehen. Tante Albertine aber würde, wie Lutz lachend sagte, abwechselnd in Mattenheim und bei ihnen zu Gast sein, es gehe dann alles auf ein Fahrgeld.

Tante Albertine hatte sich mit all ihren Schrullen und Eigenheiten in die Herzen der jungen Leute geschmeichelt, man ließ sie gewähren, und das fand sie eben »schnurrbehaglich«.

Es war gleich nach dem Osterfest, als Marlies einen sehr gewichtigen Brief von Tante Beate erhielt. Er lag des Morgens auf dem Frühstückstisch. Gewöhnlich lasen die beiden Ehegatten ihre Post erst, wenn das Frühstück hinter ihnen lag und sie sich getrennt hatten. Wie froh war Marlies später, daß dies auch heute geschehen war, denn nachdem sie den Inhalt des gewichtigen Briefes zur Kenntnis genommen hatte, saß sie beinahe fassungslos in ihrem Sessel und starrte bleichen Gesichts vor sich hin. Wie froh war sie, daß Lutz heute eine wichtige Arbeit vorhatte und sie ihn bis Mittag nicht stören sollte.

Als sie Tante Beates Brief geöffnet hatte, sah sie, daß darin ein anderes verschlossenes Schreiben lag, dessen Aufschrift lautete:

An Fräulein Marie Elisabeth Mainau, auf Mattenheim, Oberbayern.

Verwundert sah sie auf die ihr fremde Handschrift. Dann las sie erst die Zeilen, die Tante Beate geschrieben hatte. Sie lauteten:

»Meine liebe Marlies! Heute kam beiliegender Brief an Dich hier an, wahrscheinlich noch eine nachträgliche Offerte oder ein Glückwunsch. Ich lege ihn Dir bei. Von uns habe ich Dir zu melden, daß alles über Erwarten gut geht. Herbert findet endlich, wie ich immer gehofft habe, wahres Vergnügen an der Arbeit. Er denkt nicht mehr daran, sein altes Faulenzerleben wieder aufzunehmen, will auch nichts mehr von einer

Geldheirat hören. Fräulein Strauß hat alles, was sie für hier angeschafft hatte, von ihren Leuten einpacken und fortholen lassen. Herbert hat nun doch noch eine kleine Hypothek von zwanzigtausend Mark auf Mattenheim aufgenommen und hat ihr diesen Betrag zurückgezahlt. Das alles ist streng geschäftlich durch ihren Notar geregelt worden. Herbert und ich wollen alles tun, um diese Hypothek baldigst wieder abzustoßen. Die Mamsell, die Fräulein Strauß wohl für unerläßlich hielt, weil sie damit rechnete, daß ich Mattenheim verlassen würde, habe ich entlassen, es fand sich gleich wieder eine gute Stelle für sie. Der Verwalter muß noch bleiben, bis Herbert sich gründlich eingearbeitet hat, dann soll auch er sich nach einer anderen Stellung umsehen, denn wir wollen und müssen sparen, damit Mattenheim wieder hoch kommt. Was Du, meine Marlies, hier alles hast leisten müssen, verstehen wir erst jetzt ganz zu würdigen. Herbert sagt zuweilen mit zusammengebissenen Zähnen: Was eine schwache Frau wie Marlies geleistet hat, muß ich doch auch schaffen können. Zudem verbraucht er jetzt fast nichts für sich, dafür können wir manches andere begleichen. Kurzum, ich bin jetzt, unberufen, eine glückliche Mutter und unbeschwerte Frau und wünschte nur, daß Herberts Vater diese Wandlung seines Sohnes noch hätte erleben können. Albertine schreibt noch immer ganz begeistert von ihrem Weihnachtsbesuch bei Euch und wie schön Euer Verhältnis zueinander ist. Möge es immer so bleiben. Für heute muß ich schließen.

Deine Tante Beate.«

Marlies freute sich des Inhaltes dieses Briefes und legte ihn für Lutz beiseite, damit er ihn mittags lesen konnte. Dann sah sie auf den eingelegten Brief herab und öffnete ihn, noch ganz in ihre frohen Gedanken versunken. Es sollte für lange Zeit das letzte Mal sein, daß ihr so unbeschwert froh ums Herz war. Als sie den Brief entfaltete, las sie:

»Meine herzlich geliebte Tochter!«

Sie stutzte – dieser Brief konnte doch unmöglich an sie gerichtet sein. Sie hatte doch keinen Menschen, der sie mit diesem Namen anreden konnte. Betroffen sah sie noch einmal auf die Adresse – sie stimmte genau. Geschrieben und aufgegeben war der Brief in Dresden. Sie schüttelte den Kopf. Dann zwang sie sich, weiter zu lesen:

»Meine herzlich geliebte Tochter!

Du wirst sehr erstaunt, vielleicht sogar betroffen sein, daß ein Mann Dich plötzlich seine Tochter nennt. Sicherlich habt Ihr alle angenommen, daß Dein verschollener Vater längst tot sei. Vorläufig wollte ich auch für alle als tot gelten, mein Kind. Deine liebe, unvergeßliche Mutter ist, wie ich in Erfahrung brachte, schon seit Jahren tot, und Du fandest Heimat und Unterkunft bei dem guten Onkel Ernst, den ich dafür segne, daß er Dich zu sich nahm. Denn damals war ich vollkommen außerstande, Dir zu helfen. Ich habe schlimme Zeiten hinter mir, mein Kind, aber nur noch kurze Zeit, dann kann Dein Vater wieder sein Haupt erheben und beweisen, daß er durchaus nicht der Verbrecher ist, für den man ihn gehalten hat. Du wirst darunter ebenso sehr gelitten haben wie Deine gute Mutter, daß man mich einen Betrüger, einen Dieb und Verbrecher nannte. Ich konnte mich damals nicht rechtfertigen, und da man mich ins Gefängnis gesteckt hätte, wollte ich entfliehen und zugleich einer Spur folgen, auf der ich den wirklich Schuldigen, der die hunderttausend Mark entwendet hatte, fangen und mich reinwaschen konnte. Ich weiß nicht, wie weit man Dich in alle diese Dinge eingeweiht hat, aber Deine liebe Mutter glaubte an mich und wird auch Dir den Glauben an Deinen Vater erhalten haben. Jahrelang irrte ich, mit dem Ruf eines Verbrechers belastet, in der Welt umher und suchte den Mann, den ich in Verdacht hatte, dessen schuldig zu sein, was man mir in die Schuhe schob. Endlich fand ich ihn, und es gelang mir sogar, ihm das Geständnis seiner Schuld zu entreißen. Wie und wodurch, wirst Du vielleicht später einmal erfahren. Jetzt bin ich auf dem Weg nach Berlin, um vor die Menschen hinzutreten, denen ich meine Unschuld beweisen will und denen ich wiedergeben werde, was ihnen seinerzeit entwendet wurde.

Im Augenblick befinde ich mich in Dresden, wo ich einiges

erledigen will. Sobald ich in Berlin meine Unschuld bewiesen habe und wieder als ehrlicher, freier Mann gelten darf, suche ich Dich in Mattenheim auf. Bis ich vor Dir stehe, mache ich es Dir zur Pflicht, keinem Menschen gegenüber, es möge sein, wer er wolle, ein Wort darüber zu verlieren, daß ich Dir geschrieben habe. Erst muß jeder Makel von Deines Vaters Namen getilgt sein. Ich wollte Dir nur dies Lebenszeichen geben, damit Du Dich an den Gedanken gewöhnen kannst, daß ich noch am Leben bin. Namenlos hat es mich geschmerzt, daß ich Dir und Deiner lieben Mutter fern bleiben mußte. Nachdem ich erfuhr, daß sie gestorben war, ehe ich mich rechtfertigen konnte, war eine stumpfe, dumpfe Ergebung über mich gekommen. Ich hatte keine Lust mehr zu leben und wäre gern gestorben. Aber dann dachte ich an Dich, mein Kind, und sagte mir, ich müsse, was in meinen Kräften stünde, tun, um den Namen wieder reinzuwaschen, den man mir beschmutzt hatte. Gottlob, daß mir das endlich gelungen ist. Einige Monate werden freilich noch vergehen, ehe ich alles erledigt habe. Bis dahin müssen wir noch auf ein Wiedersehen warten. Ich bitte Dich herzlich und innig, schreibe mir einige Zeilen unter H. M. postlagernd Berlin NW, Postamt sieben. Sobald ich nach Berlin komme, hole ich mir Dein Schreiben ab. Dann habe ich wenigstens wieder etwas in der Hand, das mich mit meinem Kind verbindet. Du kannst mir glauben, daß mich die Sehnsucht nach Dir zuweilen ganz tiefsinnig macht. Nochmals bitte ich Dich, wenn Du nur noch ein wenig Liebe für Deinen armen Vater empfinden kannst, schweige gegen jedermann davon, daß ich Dir geschrieben habe und wieder in Deutschland bin. Ich könnte sonst Schwierigkeiten haben. Für heute lebe wohl, mein geliebtes Kind, wie glücklich werde ich sein, wenn ich Dich endlich wieder in meinen Armen halten kann. Du bist inzwischen eine erwachsene junge Dame geworden; als ich Dich verlassen mußte, warst Du noch ein kleines Mädel. Erinnerst Du Dich meiner noch ein wenig? Oder bin ich ganz vergessen von meiner einzigen Tochter? Wir haben viel nachzuholen, mein liebes Kind. Auf hoffentlich baldiges und frohes Wiedersehen!

Dein Vater Heinz Mainau.«

Marlies ließ den Brief sinken, saß wie erstarrt da. Keine Ahnung hatte sie gehabt, daß ihr Vater noch lebte und unter welchen Umständen er von ihr gegangen war. Sie wußte nur, daß die Mutter viel geweint hatte um den, wie sie glaubte, toten Vater. Sie hatte die Mutter getröstet, hatte ihr gesagt: »Mutter, im Himmel sehen wir den lieben Vater wieder.« Dann hatte die Mutter noch viel mehr geweint.

Aber nie hatte sie zu ihr gesagt: Dein Vater lebt noch! Nie hatte ihr jemand von diesem Vater gesprochen. Und doch rührte dieser Brief an ihr innerstes Sein, um so mehr, als er ihr Aufschluß gab, weshalb man ihn totgeschwiegen hatte. Für einen Verbrecher, für einen Dieb und Betrüger hatte man ihn gehalten, hatte ihn ins Gefängnis werfen wollen, und er war geflohen – mein Gott, möglicherweise hatte man ihn steckbrieflich verfolgt! Wie gut, daß sie von alledem nichts gewußt hatte. Es legte sich jetzt noch schwer und quälend auf ihre Seele. Und der Vater tat ihr von Herzen leid.

Plötzlich aber kam ihr noch ein quälender Gedanke: Wenn sie gewußt hätte, daß ihr Vater als Verbrecher galt – wie hätte sie dann Lutz Bergmanns Gattin werden können? Um Gottes willen – wenn er das erfahren hätte? Ob denn Tante Beate oder Tante Albertine davon etwas wußten? Dann hätte man sie Lutz doch nicht heiraten lassen dürfen. Wie schrecklich war das alles! Sie konnte sich kaum darüber freuen, daß ihr Vater lebte und wiederkehren würde.

Sie las den Brief noch einmal durch, und nun fiel es ihr auf die Seele, daß sie auch ihrem Gatten nicht verraten sollte, daß und was ihr Vater geschrieben hatte. Nein, Lutz durfte jetzt bestimmt nichts davon wissen, daß man ihm das alles, wohl freilich in bester Absicht, verschwiegen hatte. Kein Mensch durfte es erfahren, aber Lutz am allerwenigsten, und das war das schlimmste. Plötzlich sollte sie ein Geheimnis vor ihrem einzig geliebten Mann haben? Und doch war es besser, er erfuhr erst von ihres Vaters Auftauchen und dem, was damit zusammenhing, wenn alles geregelt und geklärt war. Die arme Marlies hatte plötzlich ein sehr schweres Herz bekommen, und kein Mensch war da, mit dem sie davon sprechen konnte.

Schnell verbarg sie den Brief des Vaters in der Tasche und überlegte, was sie Lutz sagen sollte, wenn er, nachdem er Tante Beates Schreiben gelesen hatte, fragen würde, was für eine Anlage diesem beigeschlossen gewesen sei. Hastig suchte sie ein Bewerbungsschreiben aus dem Papierkorb hervor. Dieses wollte sie Lutz nötigenfalls zeigen und es dann schnell wieder in den Papierkorb werfen.

Lieber Gott, wenn Lutz nun annahm, sie hätte, bevor sie seine Frau wurde, um all das gewußt und es ihm verschwiegen? Ihr lieber, guter, einzig geliebter Mann – wenn er durch diese Angelegenheit nur nicht den Glauben an sie verlor?

Und dann grübelte sie darüber nach, was sie dem Vater schreiben sollte. Da er nach Berlin kam, würde er sie vielleicht sehen und sprechen wollen. Unbedingt mußte sie ihm mitteilen, daß sie verheiratet war und ihr Mann von seiner Existenz ebenso wenig Kenntnis habe wie bisher sie selbst. Vielleicht beeilte der Vater sich dann mit dem Ordnen seiner Angelegenheit. Und seinen Brief mußte sie selbstverständlich sorgfältig aufbewahren. Aber so, daß Lutz ihn nicht finden konnte. Wo sollte sie ihn verbergen? Sie hatte keinerlei Versteck für heimliche Dinge, offen lag bisher ihr Tun und Denken vor Lutz da. Und jetzt würde sie etwas zu verbergen haben. Wie schrecklich war das.

Unruhig erhob sie sich und suchte ihr Ankleidezimmer auf. Dort verbarg sie den Brief ihres Vaters in einem Schrank unter einem Stoß Wäsche. Hier würde Lutz nie hineinsehen, jedenfalls den Wäschestoß nicht emporheben. Aber furchtbar quälend waren solche Heimlichkeiten.

Sie versuchte sich endlich zu fassen und begab sich in ihr kleines Arbeitszimmer, das sie sich eingerichtet hatte. Hier erledigte sie alles, was die Führung des Haushalts anbetraf. Lutz hatte ihr eine kleine Schreibmaschine angeschafft, und zuweilen erbettelte sie sich bei ihm Abschriften für seine Arbeit. Auch diese nahm sie hier vor, um ihn durch das Geklapper der Maschine nicht zu stören.

Sie hatte sich auch angewöhnt, ihre Briefe auf dieser Maschine zu schreiben. Nun setzte sie sich daran nieder, um die Zuschrift ihres Vaters zu beantworten. Sie schrieb:

»Mein lieber Vater!

Es ist für mich ein eigenes Gefühl, daß ich das Recht habe, einen Menschen so zu nennen, der noch lebt und zu mir gehört, ohne daß ich lange Jahre eine Ahnung davon hatte. Ich habe immer geglaubt, mein Vater sei gestorben. Also kannst Du Dir wohl denken, wie es mich erschüttert hat, zu hören und zu fühlen, daß mein Vater lebt. Ich habe nichts von alledem gewußt, was Dich von uns forttrieb, habe nur gewußt, daß meine arme Mutter viel um Dich geweint hat. Ich glaubte jedoch, sie beweine einen Toten.

Dein lieber Brief wurde mir von Mattenheim hierher nach Berlin nachgeschickt, denn ich lebe jetzt im Haus meines Mannes, Lutz Bergmann, heiße also jetzt Marlies Bergmann. Es bedrückt mich sehr, daß ich meinem Gatten, vor dem ich nicht das kleinste Geheimnis habe, jetzt plötzlich etwas verschweigen soll. Es macht mir überhaupt Sorge, daß er annehmen könnte, ich wisse um Dich und das, was Dich fortgetrieben hat; immer nur habe ich von meinen toten Eltern gesprochen, wenn die Rede auf Euch kam. Stell Dir bitte vor, wie es auf ihn wirken würde, wenn ich ihm jetzt mitteilte, Du seist am Leben und unter welchen Umständen Du gelebt hast.

Lieber, teurer Vater, gleich will ich Dir sagen, daß ich an Deine Unschuld glaube, Du mußt ja unschuldig sein. Aber so sehr es mich bedrückt, ein Geheimnis vor Lutz zu haben, muß ich doch in Deine Forderung willigen und will ihm alles, was Du mir geschrieben hast, verheimlichen, bis Du Deine Unschuld bewiesen hast und als freier, aufrechter Mann vor ihn hintreten kannst. Er selbst ist ein so streng ehrenhafter Mensch, daß es mich schmerzen würde, wäre Deine Unschuld nicht klar erwiesen. Das wirst Du verstehen. Ich liebe meinen Mann über alles, und er liebt mich ebensosehr, es wäre uns beiden unerträglich, würden wir den geringsten Zweifel gegeneinander hegen müssen.

Ich vermute Dich bereits in Berlin, und da wäre es möglich, daß wir einander schon jetzt wiedersehen könnten. Ich möchte mir doch ein Bild von meinem Vater machen. Bitte, schreib mir, wie und wo ich Dich sehen kann. Es gibt hier in unserer

Nähe eine kleine Konditorei, die ich zwar noch nicht besucht habe, wo ich Dich aber sehen könnte. Wir müssen selbstverständlich sehr vorsichtig sein, so lange ich meinem Mann nicht alles sagen darf. Deshalb sende mir bitte Deine Antwort ebenfalls postlagernd und zwar unter M. B. Postamt Berlin W 30. Ich werde mich dort zuweilen nach einer Nachricht von Dir erkundigen. Hoffentlich braucht das nicht mehr lange die Art unseres brieflichen Verkehrs zu sein, denn ich scheue mich sehr vor allem, was ich vor meinem Mann verbergen muß. Aber dies alles können wir wohl mündlich besser besprechen. Ich verspreche Dir, keinem Menschen etwas von Dir zu erzählen; das schwerste ist, daß Lutz nichts davon wissen darf. Ich grüße Dich herzlich und hoffe auf ein baldiges Wiedersehn.

Deine Tochter Marlies.«

Aufatmend verschloß sie den Brief, setzte die Chiffre auf den Umschlag, die der Vater ihr angegeben hatte, und barg das Schreiben in ihrer Handtasche. Schnell machte sie sich zum Ausgehen fertig, öffnete leise die Tür zu ihres Mannes Arbeitszimmer und rief ihm zu:

»Ich habe noch einige kleine Besorgungen für den Haushalt zu machen, Lutz, entschuldige die Störung.«

Er sprang auf, lief zur Tür und hielt sie fest.

»Halt! Nicht ausreißen, Marlies, ohne Kuß!«

Sie sah ihn aus blassem Gesicht mit feuchten Augen an.

»Ich wollte dich ganz gewiß nicht von der Arbeit abhalten.«

»Aber wenn ich auch noch viel nötiger zu tun hätte, ohne Kuß entkommst du mir nicht.«

Er zog sie stürmisch an sich, so daß ihre Handtasche hinfiel und sich beim Hinfallen öffnete.

Hastig riß sie sich aus seinen Armen los, hob das Täschchen auf und schloß es schnell wieder. Aber er hatte doch gesehen, daß ein Brief darin lag, dessen Aufschrift nur aus einzelnen Buchstaben bestand. Und daß sie glühend rot geworden war und sehr verlegen, war ihm ebenfalls nicht entgangen. Er zog sie bei den Händen wieder an sich heran und sah sie forschend an.

»Marlies – an wen war der Brief?«

Sie wurde noch viel röter, und dann plötzlich blaß, und in ihren Mienen lag ein gequälter Ausdruck.

»Nur einige Zeilen an Tante Albertine«, sagte sie hastig und ging schnell davon.

Er blieb stehen und sah ihr nach. Auf seinem Gesicht lag ein Schatten. Warum war seine Frau so verlegen geworden? Und warum gab sie an, daß der Brief an Tante Albertine gerichtet sei, deren Adresse sehr weitläufig und umständlich war. Auf dem Brief aber waren nur wenige einzelne Buchstaben gewesen wie ja, wie für eine postlagernde Sendung.

Langsam trat er an das Fenster und sah ihr nach. Sonst pflegte sie sich immer noch einige Male umzuwenden und ihm zuzuwinken, sie wußte, daß er ihr nachzusehen pflegte. Heute aber unterließ sie das. Warum? Und warum war sie so hastig und verlegen davongelaufen? Er kannte sie doch, sie war für ihn wie durchsichtig, jede Regung ihrer Seele las er ihr sonst vom Gesicht ab. Aber mit dem Brief und mit der Verlegenheit – da stimmte etwas nicht!

Grübelnd starrte er ihr nach, bis sie um die Ecke verschwunden war.

Plötzlich kam ihm Lulu Strauß in den Sinn. Ob der Brief an sie gewesen war oder sie betraf? Ob eine neue Bosheit von der dahinter steckte, um seine Marlies zu ängstigen oder zu verwirren?

Als Marlies verschwunden war, ging er in das Wohnzimmer hinüber. Da lag auf dem Tischchen am Fenster ein offenes Briefblatt. Er nahm es auf. Es war der Brief von Tante Beate. Und als er ihn durchlesen wollte – denn es gab für sie beide keine Briefgeheimnisse, fiel ihm sogleich der Hinweis auf den einliegenden Brief auf.

Was war das für ein Brief gewesen?

Marlies war in einer wenig beneidenswerten Stimmung davongegangen. Sie war sich bewußt, ihren Mann zum ersten Mal belogen zu haben, und daß sie ein Geheimnis vor ihm hatte, das sie wahrscheinlich noch zu mehreren Lügen zwingen würde.

Trotz aller Tapferkeit liefen ihr Tränen über die Wangen, als sie das Haus verließ, und deshalb wagte sie es nicht, sich noch einmal umzusehen. Er konnte vielleicht merken, daß sie weinte.

Schnell lief sie zur Post und gab den Brief auf, dann besorgte sie zum Schein einige Kleinigkeiten für den Haushalt und kehrte langsam und bedrückt nach Hause zurück.

Lutz hörte sie sehr wohl kommen, aber er gab sich den Anschein, in seine Arbeit vertieft zu sein und sie nicht zu hören. Absichtlich wollte er ihr Zeit geben, sich zu fassen.

Sie trafen erst an der Mittagstafel wieder zusammen, und Lutz merkte sofort, daß sie noch immer mit ihrer Verlegenheit kämpfte. Erfahrung in Heimlichkeiten hatte sie mithin ganz bestimmt nicht. Um eine unbefangene Unterhaltung anzuknüpfen, fragte er nach dem Brief von Tante Beate. Hastig berichtete sie, was darinnen stände, und nach Tisch legte sie ihm, wie das immer geschah, den Brief vor.

So ganz beiläufig fragte er:

»Was war das für eine Einlage, von der Tante Beate spricht?«

Das Blut schoß ihr jäh ins Gesicht. Sie bemühte sich, ebenso leichthin zu sagen:

»Ach – es war nur ein Angebot, ich habe es gleich in den Papierkorb geworfen.«

Da faßte er ihre Hand und zog sie nahe an sich heran.

»Marlies, gib dir doch keine Mühe, mir etwas verbergen zu wollen. Du hast es nicht gelernt, Heimlichkeiten zu haben. Ich habe bemerkt, daß der Brief in deiner Handtasche nicht an Tante Albertine war, sondern eine postlagernde Adresse hatte. Ich will nicht forschen, was für eine Bewandtnis es damit hat, aber ich will dir eindringlich sagen, daß aus solch kleinen Heimlichkeiten eine trennende Wand zwischen uns aufwachsen könnte. Das willst du doch gewiß nicht?«

Sie barg ihr Gesicht an seiner Brust und weinte bitterlich. Endlich sagte sie leise:

»Ich bin sehr unglücklich, Lutz, daß ich ein Geheimnis vor dir habe, daß ich dich belügen muß, aber – das ist ja das schlimme – ich darf dir nicht sagen, um was es sich handelt, ich bin zum Schweigen verpflichtet worden.«

»So beantworte mir wenigstens eine Frage – handelt es sich um einen Mann?«

Um Vertrauen bittend, sah sie mit feuchten Augen zu ihm auf.

»Nicht in dem Sinne, wie du vielleicht meinst, Lutz, ich gebe dir mein Wort, es wird sich alles harmlos aufklären. Nur mußt du mir Zeit geben. Ich – ich werde eines Tages darüber sprechen dürfen – und dann wirst du alles erfahren. Ich leide sehr darunter, daß ich dir nicht schon jetzt Aufschluß geben kann, aber bitte, bitte – glaube mir, daß sich alles ganz harmlos erklären lassen wird. Ich bat dich einmal: Zweifle nie an mir! Das geschah in einer Zeit, da ich nicht ahnte, daß ich einmal ein Geheimnis vor dir würde haben müssen. Du hast mir versprochen, es niemals zu tun, und, bei Gott, du brauchst es auch nicht. Habe Geduld – einige Wochen, vielleicht auch Monate, aber eines Tages werde ich dir alles offenbaren können. Bitte, rühre so lange nicht mehr daran, ich möchte Dir nicht wieder ausweichen müssen, aber – die Wahrheit darf ich dir nicht sagen.«

Er sah in ihre klaren, unschuldigen Augen hinein, die ihm in ihrer alten Reinheit entgegenstrahlten. Es war ihm schwer, nicht an dieses Geheimnis rühren zu dürfen, aber er wollte sie nicht veranlassen, ihn nochmals zu belügen. Mit einer fast väterlich gütigen Geste strich er ihr über das Haar und sagte, so ruhig er konnte:

»Ich will dich nicht quälen, will nicht in dich dringen, aber – du weißt doch, daß es mich tief unglücklich machen würde, müßte ich an dir zweifeln.«

Sie umfaßte ihn und lehnte ihre Wange an die seine.

»Du sollst nicht unglücklich werden, mein Lutz; glaube mir, ich liebe dich so sehr, daß ich es fast nicht ertragen kann, dir etwas zu verheimlichen. Es würde mich in tiefste Verzweiflung stürzen, wolltest du mir nicht glauben, daß ich kein Unrecht an dir begehe, daß ich es niemals tun werde, daß ich eben nur verpflichtet bin, zu schweigen über eine Sache – die ich nicht ändern kann, und die nicht uns und unsere Liebe betrifft.«

Er küßte sie und versprach ihr abermals, sie nicht mehr zu

quälen und nicht an ihr zu zweifeln. Trotz alledem hatte diese Angelegenheit einen leisen Schatten auf ihr Glück geworfen, und es war schlimm, daß sie beide das spürten. Denn es nahm ihnen die Unbefangenheit. Marlies beschloß nun bei sich, ihren Vater dringend darum zu bitten, wenigstens mit Lutz über ihn sprechen zu dürfen. Daß sie nichts davon gewußt hatte, daß ihr Vater lebte und warum er jahrelang verschollen gewesen, das würde er ihr schon glauben. Das konnte ihm ja auch Tante Beate bezeugen.

Marlies zeigte sich ihm sehr liebevoll, war zärtlich besorgt um ihn, und er hatte sie beinahe noch lieber als vorher, allein dieser Liebe war ein schmerzlicher Unterton beigemischt.

Marlies konnte schon nach einigen Tagen auf ihrem Postamt einen Brief ihres Vaters in Empfang nehmen. Sie suchte schon heute die kleine Konditorei auf, in der sie sich mit dem Vater treffen wollte, und bestellte dort eine Tasse Schokolade. Als diese vor ihr stand und die Bedienerin sich entfernt hatte, machte sie den Brief auf und las:

»Meine inniggeliebte Tochter!

Wie wunderbar haben Deine Zeilen auf mich gewirkt, wie gut ist es, daß Du hier in Berlin bist. Ich kann die Zeit kaum erwarten, Dich wiederzusehen und Dich in meinen Armen zu halten. Ich werde am Sonnabend in der kleinen Konditorei sein, die Du mir bezeichnet hast, und zwar vormittags gegen elf Uhr. Hoffentlich kannst Du Dich freimachen, ich warte jedenfalls, bis Du kommst. Mach Dir keine Ungelegenheiten, wenn Du nicht pünktlich sein kannst, ich warte schon, so lange es nötig ist. Es hat eigenartig auf mich gewirkt, daß Du schon Frau bist. Wenn meine Rechnung stimmt, stehst Du kurz vor Vollendung Deines neunzehnten Lebensjahres. Es freut mich herzlich, daß Du einen guten Mann hast und mit ihm glücklich bist, und deshalb will ich Dich auch nicht lange mit meinem Geheimnis quälen. Wir besprechen das alles, wenn ich Dich wiedersehe. Und, damit Du mich erkennst, werde ich eine Nummer der Illustrierten Zeitung längs gefaltet in der Hand halten. Du aber lege Deine Handtasche vor

Dich hin auf den Tisch, an dem Du Platz nimmst, und lege auf sie ein zusammengefaltetes Taschentuch. Dann werden wir uns schon erkennen. Alles andere teilen wir uns mündlich mit. Ich will Dich so wenig wie möglich dazu veranlassen, postlagernde Briefe von mir abzuholen, denn dergleichen ist immer peinlich für eine Dame. Auf Wiedersehen, meine geliebte Marlies. Ich will Dir nur noch sagen, daß eine der Personen, die ich in meiner Sache aufsuchen muß, inzwischen gestorben und die andere zur Zeit verreist ist. Ihre Rückkehr wird jedoch in vierzehn Tagen erwartet. Und dann hoffe ich, zum Ziel zu kommen. Also auf Wiedersehen Sonnabendvormittag. Solltest Du an diesem Tag nicht abkommen können, schick mir ein paar Zeilen mit Angabe eines Dir genehmeren Termins. Ich kann jederzeit kommen.

Herzlich grüßt Dich Dein Vater.«

Marlies atmete auf. Am Sonnabendvormittag paßte es ihr gut, sie wußte, daß Lutz dann eine längere Besprechung hatte mit einem Herrn, der ihn zu einem Vortrag über seine Reise verpflichten wollte.

16

AM SONNABENDVORMITTAG SASS Marlies mit ihrem Mann etwas länger als sonst am Frühstückstisch. Lutz wollte heute nicht arbeiten, er mußte um halb elf Uhr schon fortgehen. So plauderten sie länger als sonst, und heute empfanden sie beide, wie vorsichtig sie gewissermaßen umeinander herumgingen. Es war eine unbewußte Schonung, die sie füreinander hatten, und die doch das alte herzlich vertrauende Gefühl nicht so recht aufkommen ließ. Als Lutz sich endlich zum Ausgehen fertig machte, fragte er wie beiläufig:

»Was wirst du heute vormittag mit deiner Zeit anfangen, Marlies?«

Zu ihrem Leidwesen stieg ihr wieder das Blut ins Gesicht. Sie vermochte es nicht, ihn anzusehen, als sie erwiderte:

»Ich will zum Buchhändler gehen, um mir das Buch abzuholen, das ich mir bestellt habe; ich meine, das du mir empfohlen hast.«

Es zuckte in seinem Gesicht, und ihm war, als sei er hellsichtig: Heute hat sie wieder eine Heimlichkeit vor. Wenn ich das noch lange ertragen muß, werde ich verrückt.

Und Marlies dachte: Wenn ich ihm doch endlich alles sagen dürfte.

Sie verabschiedeten sich scheinbar ganz unbefangen. Heute sah Marlies hinter Lutz her, und er wandte sich einige Male um und winkte ihr zu. Dabei wollte es ihr scheinen, als sähe er blaß und traurig aus. Als er verschwunden war, brach sie weinend in einem Sessel zusammen. Das war das ärgste – daß sie wußte, Lutz litt um sie.

Sie gab der Hausangestellten noch Anweisungen wegen des Mittagessens, dann verließ sie das Haus. Das Herz klopfte ihr bis zum Hals, als sie vor der kleinen Konditorei ankam. Wie würde sie den Vater finden? Würde die Stimme des Blutes in ihr sprechen und ihr ihn gleich lieb und wert machen?

Sie hatte eine Weile vor dem Schaufenster der Konditorei gezögert, scheinbar in den Anblick der ausgestellten Leckereien versunken, aber sie sah nichts. Es legte sich wie ein grauer Schleier auf ihre Augen, und sie war bange, vor Aufregung ohnmächtig zu werden. Aber Marlies war eine tapfere kleine Frau, und endlich öffnete sie den Laden und ging durch ihn hindurch in den angrenzenden Raum, in dem einige Tische mit Stühlen aufgestellt waren. Erst, als sie an einem Tisch Platz genommen hatte und ihre Handtasche und auf diese ein zusammengefaltetes Taschentuch gelegt hatte, wagte sie es, sich umzusehen.

Ein Herr, der am Fenster gesessen und sie schon unruhig beobachtet hatte, erhob sich schnell, nahm von seinem Tisch eine der Länge nach zusammengefaltete Illustrierte Zeitung und trat auf sie zu. Es befand sich zum Glück kein weiterer Gast in dem kleinen Raum. Marlies sah unruhig empor in ein leidgezeichnetes, schmales Männergesicht, aus dem zwei klare

Augen auf sie niederschauten mit einem Blick voll Liebe und Güte.

Diese Augen erschienen ihr bekannt. Sie sah an der hohen schlanken Gestalt empor, ihr Blick traf in des Mannes Augen, und erblassend flüsterte sie:

»Vater! Lieber Vater!«

Schnell ließ er sich ihr gegenüber an dem kleinen runden Tisch nieder und schaute sie an, daß es sie bis ins Herz traf.

»Marlies – meine Tochter, mein Kind!« kam es rauh vor unterdrückter Bewegung über seine Lippen, und da er sie hier nicht an sich ziehen konnte, neigte er sich über ihre Hand und drückte seine Lippen darauf.

»Mein Kind – mein Kind«, flüsterte er heiser.

Sie hielt seine Hand fest.

»Vater – ach mein Gott, ja – ich fühle es, daß du mein Vater bist.«

Ein rührendes Lächeln flog über sein Gesicht.

»Gott Lob und Dank, daß du es fühlst – auch ich fühle, daß du zu mir gehörst! Wie habe ich auf diese Stunde gewartet, wie mich nach ihr gesehnt.«

Sie wurden gestört durch die Kellnerin, die eintrat und nach ihren Wünschen fragte. So konnten sie sich fassen, bestellten irgend etwas, was ihnen gerade einfiel, und warteten nur, daß dieses freundliche Wesen sich wieder entfernen möge. Als sie wieder allein waren, schlangen ihre Hände sich wieder ineinander. So saßen sie wortlos da, schauten sich in die Augen und blieben so, bis das Mädchen das Bestellte brachte.

Als sie wieder allein waren, hatten sie sich beide einigermaßen gefaßt.

»Wie danke ich dir, mein Kind, daß du gekommen bist.«

»Aber Vater, hast du daran gezweifelt?«

»Ich fürchtete, daß du Abhaltung haben könntest.«

»Nein, es ging alles gut. Mein Mann hatte heute eine Zusammenkunft, die ihn für einige Stunden von zu Hause fortführt. Aber – ach Vater, er ist sehr traurig, er weiß daß ein Geheimnis zwischen uns liegt, und ich durfte ihm doch nichts sagen.«

Sie berichtete ihm von dem Brief in der Handtasche und

von ihrer Unterredung hierüber mit Lutz. Der Vater, der trotz seines leidgezeichneten Gesichts noch sehr jung aussah, hörte aufmerksam zu und sagte bekümmert:

»Wie leid tut es mir, daß du Unannehmlichkeiten hattest. Das wollte ich selbstverständlich nicht. Aber es soll nicht mehr lange dauern, bis dein Gatte alles erfahren kann. Und eines will ich dir zum Trost sagen – wenn du in eine Lage kommst, wo du sprechen mußt, um dein Eheglück zu retten, so sage deinem Mann alles, was du für nötig hältst. Aber nur ihm und unter strenger Verschwiegenheit!«

Wieder nahm Heinz Mainau einen Schluck Tee, sah eine Weile vor sich nieder und begann dann zu erzählen.

»Du mußt wissen, daß ich in einem großen geschäftlichen Betrieb eine sehr gut bezahlte Vertrauensstellung hatte, die mir gestattete, dir und deiner Mutter ein schönes, sorgloses Leben zu bereiten. Ich hatte oft große Summen Geldes zu verwahren und zu diesem Zweck in meinem Kontor einen Geldschrank.«

Eines Tages übergab mir derjenige meiner beiden Chefs, der noch am Leben ist, die Summe von hunderttausend Mark, die ich einige Tage lang in meinem Geldschrank verwahren sollte. Ich tat das mit derselben Gewissenhaftigkeit wie immer, sah aber, daß in diesem Augenblick ein junger Mann aus dem Geschäft, der zuweilen Briefe aus dem großen Kontor zu mir bringen mußte, eintrat.

Ich ließ ihn einige Minuten warten, nahm die hundert Tausendmarkscheine aus den Händen meines Chefs entgegen und zählte sie vor seinen Augen nach. Dann steckte ich sie in eines der großen Geldkuverts, die ich im Kontor hatte, verschloß dieses sorgfältig und klebte noch extra eine Geschäftsmarke darauf.

Da ich das verschlossene Kuvert gleich in den Geldschrank legte, erschien es mir unnötig, den Brief zu siegeln. Du mußt verstehen, das Geldkuvert war eines von denen, wie ich eine Anzahl gleicher in meinen Vorräten in einem Fach liegen hatte, und die Geschäftsmarke gab es gleichfalls in vielen Exemplaren in dem Kontor.

Der Chef hatte sich inzwischen entfernt, und ich fertigte

den Buchhalter – er hieß Gustav Hanisch – ruhig und bedächtig ab. Er mußte warten, bis ich mehrere Briefe durchgelesen und unterschrieben hatte. Ich achtete nicht auf ihn, wußte aber, daß er den letzten Tag in der Firma war. Er hatte sich nicht als sehr fähig gezeigt und wir konnten nur besonders tüchtige Leute gebrauchen. So war ihm gekündigt worden.

Daran dachte ich an jenem Tag nicht. Etwa eine Stunde später wurde ich an das Telephon gerufen, das sich in einem Nebenraum befand.

Eben dieser Gustav Hanisch rief mich herbei und machte es sehr eilig. Ich lief schnell hinüber, achtete weiter nicht auf Hanisch, der aber doch, wie ich später erfuhr, eine Minute allein in meinem Kontor zurückgeblieben war. Damals fiel mir das nicht auf, aber als ich nach dem Gespräch wieder in mein Kontor zurückkam, sah ich zu meinem Schrecken, daß ich den Geldschrank hatte offenstehen lassen. Das widerfuhr mir sonst nicht, ich schloß ehe ich telephonierte, immer erst ab. Aber diesmal hatte ich es vergessen, weil Hanisch das Gespräch als besonders eilig gemeldet hatte. Später erst dachte ich daran, daß es keineswegs besonders eilig gewesen war. Ich glaubte, Hanisch habe sich nur wichtig machen wollen. Gewohnheitsmäßig sah ich in den Geldschrank und fand gottlob alles in Ordnung. Auch das Kuvert mit den hundert Tausendmarkscheinen lag noch unversehrt darin, genau, wie ich es hineingelegt hatte.

Völlig beruhigt schloß ich nach Beendigung der Geschäftsstunden meinen Geldschrank ab und begab mich nach Hause.

An diesem Tag also war Hanisch das letztemal im Geschäft. Am andern Morgen brachte mir ein anderer Buchhalter die Briefe zur Unterschrift.

Etwa zehn Tage vergingen, ohne daß das Geld, das nach meiner Ansicht immer noch wohlverwahrt in dem geschlossenen Kuvert im Geldschrank lag, von meinem Chef von mir zurückgefordert wurde. Die Zahlung, die damit getätigt werden sollte, hatte sich aus irgendeinem Grund verschoben.

Endlich erschien der Chef eines Morgens, begrüßte mich, wie immer, sehr freundlich und bat mich, ihm das Geld zurückzugeben, da er es heute auszahlen müsse. Ganz ruhig und ahnungslos ergriff ich das Kuvert und legte es vor meinen Chef auf den Tisch. Er nickte mir lachend zu und meinte:

»Der Ordnung halber wollen Sie das Kuvert aufmachen und mir die Scheine vorzählen.«

Ebenso lachend löste ich den Geschäftsstempel mit einem Brieföffner und schlitzte dann damit das Kuvert auf. Wir plauderten dabei von allen möglichen Dingen und ohne auf das Kuvert herabzusehen, nahm ich dessen Inhalt heraus. In diesem Augenblick wurde mir irgendwie bewußt, daß das, was ich aus dem Kuvert zog, seltsam weich war. Ich sah darauf nieder – und hatte ein Päckchen Zeitungspapier in der Hand.

Heinz Mainau wurde bei diesem Bericht vor Erregung noch jetzt blaß und fahl. Marlies faßte erschrocken seine Hand.

»O Vater – armer lieber Vater!«

Er raffte sich auf und nickte ihr zu.

»Ja, Marlies, das sind Stunden, die vergißt man nie, die prägen sich in Hirn und Herz und schrecken einen aus den Träumen auf.

Kurzum, ich will dich nicht mit allem Drum und Dran quälen – trotz der Versicherung, daß ich nicht wisse, wie das wertlose Papier mit den Scheinen vertauscht worden sei, fand ich nur ein ungläubiges Achselzucken bei meinen Chefs.

Was galt mein bisher ehrenhaftes, untadeliges Leben – ich konnte ja einer Verirrung erlegen sein. Das einzige, was man mir zubilligte, war, daß man mir drei Tage Zeit gab, die verschwundenen hunderttausend Mark wieder herbeizuschaffen, widrigenfalls man gegen mich Anzeige erstatten und mich verhaften lassen würde. Man nahm wohl an, daß man so am ehesten das entwendete Geld wiederbekommen könnte, man glaubte es ja in meinem Besitz.

Ich war wie vor den Kopf geschlagen, ging wie im Traum nach Hause und berichtete alles meiner Frau. Sie war nicht weniger erschrocken als ich, glaubte nicht einen Moment an meine Schuld und riet mir, nur das Geld zunächst irgendwie zu verschaffen. Das Weitere würde sich dann schon finden. Sie war anbetungswürdig und sehr tapfer. Zuerst bot sie mir ihr kleines Kapital an, das ich aber vorläufig verschmähte.

Es war mir klar, daß ich unbedingt das Geld herbeischaffen oder ins Gefängnis wandern müsse.

Ich ging im Geist alle Menschen durch, die mir helfen konnten, das Geld aufzutreiben. Aber – es gelang mir nicht, auch nur einen Pfennig zu erhalten, nachdem ich offen berichtet hatte, was geschehen war. Zwei Tage irrte ich erfolglos umher.

Alles, was ich selbst besaß, waren achttausend Mark. Damit konnte ich nichts anfangen. Ich zergrübelte mir den Kopf wo das Geld geblieben sein könnte. Und da kam mir die Erinnerung an Gustav Hanisch. Er war zugegen gewesen, als ich das Geld nachzählte und – er hatte mich eilig zum Telephon gerufen. Ich dachte an den offenen Geldschrank und konnte mich plötzlich nicht mehr von dem Verdacht losmachen, daß der entlassene Buchhalter das Geld entwendet haben müsse. Wie er das fertiggebracht hatte, war mir unerklärlich – aber ich kam von dem Verdacht nicht los. Bei dem Hausmann des Geschäftes erkundigte ich mich telephonisch nach der Adresse des Hanisch, und als ich diese erhalten, suchte ich seine Wohnung auf. Ich fand dort nur seine Mutter mit verweinten Augen. Sie sagte mir, ihr Sohn sei schon seit zehn Tagen fort, er habe seine Stellung verloren und sei nun ins Ausland gereist, um zu versuchen, sich dort eine Existenz zu gründen.

›Ich weine mir noch die Augen aus dem Kopf, mein Herr, weil ich vielleicht meinen Sohn nicht mehr wiedersehen werde. Er hat mir sein letztes erspartes Geld, wohl an die hundert Mark, zurückgelassen, er war immer ein guter Sohn, und wenn er eine Stellung gefunden hat, wird er mehr schicken.‹

So erzählte sie mir weinend. Mein Verdacht wurde immer größer.

›Wohin ist er denn gereist? Ich hätte eine Stellung für ihn‹, log ich der armen Frau vor, weil ich hoffte, von ihr die Adresse ihres Sohnes auf diese Weise leichter zu erfahren. Sie konnte mir aber nichts anderes sagen, als daß er mit einem Schiff als Heizer über See fahren wolle, weil er kein Geld zur Überfahrt habe. Es sei ihr nur aufgefallen, daß er sich eine Landkarte von Australien sehr gründlich angesehen habe.

›Am Ende ist er gar so weit fort, und wer weiß, was ihm da alles widerfahren kann.‹

Und sie weinte wieder. Ich war mir bewußt, daß ich nun nichts mehr erfahren würde, aber als ich niedergedrückt nach Hause ging, sagte ich mir, daß man mich am nächsten Tag voraussichtlich verhaften würde. Dann saß ich fest und konnte der Spur nicht folgen, die ich entdeckt hatte. Ich wußte, es würde mir nichts helfen, den Verdacht auf Gustav Hanisch zu lenken. Er war sicher längst über alle Berge. Aber vielleicht gelang es mir, wenn ich in Freiheit blieb, ihn irgendwie zu erreichen.

Es setzte sich in meinem Kopf fest, er müsse das Geld entwendet haben. Wie er das so schnell fertiggebracht hatte, wußte ich nicht, hatte auch jetzt keine Zeit, darüber nachzudenken. Ich wollte um jeden Preis fliehen, damit ich nicht ins Gefängnis käme, sondern selbst meine Sache führen konnte.

Deine Mutter zog ich ins Vertrauen. Sie zeigte sich tapfer, obgleich ihr das Herz fast brechen wollte. Sie packte mir schnell die nötigsten Sachen ein, ich nahm meine achttausend Mark zu mir, deine Mutter verfügte für euch über ihr kleines Vermögen, das ihr niemand nehmen konnte.

Heimlich, wie ein Dieb, schlich ich mich davon, und es war fast ein Wunder, daß ich unangehalten entkam. Ich fuhr nach Bremerhaven und erfuhr, daß vor zehn Tagen ein Dampfer nach Australien abgegangen sei. Eine Einsicht in die Schiffsliste ergab, daß ein Gustav Hanisch als Zwischendeckpassagier mitgereist war.

Nun hatte ich ein Ziel. Gustav Hanisch war nach Melbourne eingetragen. Ich erkundigte mich nach dem nächsten Dampfer – der lag gerade abfahrbereit im Hafen. Zum Glück besaß ich einen Auslandspaß, weil ich für die Firma zuweilen ins Ausland reisen mußte. Ich gab als Ziel Sydney in Australien an, obwohl auch ich nur bis Melbourne fahren wollte. Aber ich sagte mir, man würde mich vielleicht verfolgen und in Sydney meine Auslieferung beantragen. Auch ich reiste nur Zwischendeck, denn ich mußte so viel wie möglich mit meinen Mitteln haushalten. Sollte man mich trotz meiner Sicherheitsmaßregeln verhaften, wollte ich erst dann den Verdacht auf Hanisch lenken.«

Erschöpft mußte Mainau eine Weile schweigen. Alles, was er erlitten hatte, drohte ihm erneut die Fassung zu rauben. Marlies streichelte seine Hand, sah ihn mit feuchten Augen an und sagte wieder: »Mein armer, armer Vater!«

Er legte ihre Hand zärtlich an seine Wange, trank wieder einige Schlucke Tee und fragte besorgt:

»Hast du noch Zeit?«

Sie sah nach der Uhr und nickte.

»Ich muß wissen, wie du endlich dein Ziel erreicht hast, Vater.«

Er hatte sich eine Zigarette angebrannt und tat einige Züge daraus. Dann berichtete er weiter.

»Ich will dir jetzt nicht meine verschiedenen Irrfahrten ausführlich erzählen, das kann später einmal geschehen. Genug – als ich in Melbourne ausstieg, erfuhr ich, daß Hanisch schon eine Station früher an Land gegangen sei. Da ging auch ich zurück, bis zu der Station und forschte von nun an nach Hanisch. Wie ich später erfuhr, hatte er einen falschen Namen angenommen und war in das Innere des Landes gegangen. Wo sollte ich ihn nun suchen?

Aber die Gewißheit, daß er das Geld entwendete hatte, wurde immer fester in mir. Zum Glück wurde ich nirgends aufgehalten, man hatte mich vielleicht nur in Sydney gesucht. Laß mich dir nicht beschreiben, wie ich jahrelang der Spur von Hanisch folgte. Nirgends konnte ich ihn erreichen. Jahrelang trieb ich mich in Australien umher, hatte mir ebenfalls falsche Papiere besorgt und ging allen erdenklichen Spuren nach, ohne jedoch die richtige zu finden. Zwischendurch mußte ich mir immer erst wieder Geld verdienen, um weiter suchen zu können.

Was habe ich in diesen qualvollen Jahren nicht alles getan, um mein Ziel zu erreichen, das mir anscheinend immer ferner gerückt wurde. In einer deutschen Zeitung las ich dann die Todesanzeige deiner Mutter, und das warf mich auf ein langes Krankenlager. Ich war völlig vernichtet und wollte ebenfalls sterben.

Da kam mir der Gedanke an dich. Ich hatte gerade wieder eine größere Summe als Goldgräber verdient und konnte mir nun wenigstens durch ein Detektivbüro Nachricht über dich beschaffen. Ich hatte in all der Zeit nicht gewagt, deiner Mutter Nachricht zu senden, weil ich für sie Unannehmlichkeiten fürchtete.

Durch die Auskunftei konnte ich dann erfahren, daß du in Mattenheim in Oberbayern Aufnahme gefunden habest. Da wußte ich dich wenigstens in guter Hut. Der Besitzer der Auskunftei, dem ich einiges von meinem Schicksal erzählte, bot mir an, bei ihm einzutreten. Ich hatte ihm erzählt, wie ich mich wie ein Spürhund auf die Spur von Hanisch gesetzt hatte, und er fand Gefallen an mir. Ich nahm sein Anerbieten schon deshalb an, weil ich hoffen konnte, bei dieser Tätigkeit einmal auf Hanisch zu stoßen. Zuweilen fand ich eine flüchtige Spur, aber ehe ich ihr weiter nachgehen konnte, war sie wieder verwischt. Nur soviel erfuhr ich, daß ein Mann nach meiner Beschreibung – Hanisch hatte nämlich an seiner linken Gesichtshälfte eine lange tiefe Narbe – in die Golddistrikte gegangen sei und von einer der Goldgräberstätten nach der andern einen schwunghaften Handel treibe. Er sollte viel Geld verdienen.

So zog ich in all den in Frage kommenden Distrikten umher, durchsuchte ganz Australien, ohne ihn zu finden. Einige Male warfen die Strapazen mich aufs Krankenlager, und zuweilen stand ich dicht vor dem Tod. Aber mit zäher Energie biß ich mich immer wieder durch, mit dem Ziel vor Augen, daß ich für mein einziges Kind meinen Namen reinwaschen wollte.

Jahre gingen darüber hin, und als ob mich das Schicksal für allen Kummer entschädigen wollte, verdiente ich viel Geld. Ich hatte schon ein recht nettes Konto bei einer australischen Bank, das ich dir vererben wollte. Es war kein märchenhafter Reichtum, aber schon hätte ich die hunderttausend Mark selbst zurückzahlen können. Das wollte ich aber nicht, da ich sie nicht entwendet hatte. Ich wollte nur meinen Namen wieder reinwaschen.

Fast neun Jahre verfolgte ich mit zäher Energie dieses Ziel – und ganz plötzlich sollte ich ihm dann ein gutes Stück näher kommen. Meine Auskunftei hatte mich wieder einmal in einem schwierigen Fall nach dem nördlichen Australien geschickt, wo ich einen Raubmörder suchen sollte. Die Witwe des Ermordeten setzte eine hohe Belohnung dafür aus, damit der Mörder ihres Gatten seine Strafe erhielt.

Mein Chef betraute mich mit der Aufgabe, weil ich verschiedentlich mit sehr gutem Erfolg gearbeitet hatte. Das Leben eines Detektivs ist immer gefährdet, dieser Auftrag war aber besonders gefährlich. Doch ich war sehr darauf aus, meiner Tochter wieder eine schöne, runde Summe zu ihrem Erbe zuschreiben zu können. Auch reizte mich die Gefahr. Genug, ich nahm den Auftrag an, und nach etwa sechs Wochen konnte ich den Raubmörder, einen widerlichen Burschen, ausliefern. Ich hatte meinen Auftrag erledigt, hatte den Raubmörder der Polizei einer kleinen Stadt übergeben und sehnte mich nach Ruhe, nach einem reinlichen Bett, das ich wochenlang entbehrt hatte, und nach einer anständigen, kräftigen Mahlzeit. Ich sah schrecklich verwildert aus, das Leben im Busch bringt das so mit sich, und sicherlich hätte niemand in mir den ehemaligen Geschäftsbeamten eines großen Handelshauses erkannt. Ich sah über den Marktplatz hinüber ein sehr hübsches, anständiges Gasthaus liegen und nahm an, daß ich hier gut aufgehoben sein würde.

Als ich die Gaststube betrat, sah ich an einem der hinteren Tische einen Mann lehnen, der wohl der Besitzer des anscheinend sehr einträglichen Geschäftes war. Er wandte sich zu mir herum und gab einem Kellner Weisung, mich nach meinem Begehr zu fragen. Ich hatte mich niedergesetzt, aber als ich das Gesicht des Wirtes sah, zuckte ich wie unter einem Peitschenschlag zusammen.

Der Mann da vor mir war, wenn mich nicht alle meine Sinne täuschten, Gustav Hanisch. Er führte zwar einen andern Namen und war bedeutend stärker und behäbiger geworden – aber ich erkannte ihn dennoch, sah auch die Narbe auf der linken Gesichtsseite. Er erkannte mich nicht, und ich war sehr froh, daß ich so verwildert aussah. Anscheinend betrachtete er mich ein wenig mißtrauisch, vielleicht war er bange, ob ich meine Zeche bezahlen könnte. Der Kellner brachte mir Speise und Trank, und ich zwang mich, alles möglichst ruhig zu verzehren. Ich fragte, nachdem ich mit einem großen Geldstück bezahlt hatte, ob ich ein gutes, sauberes Zimmer bekommen könnte. Jetzt kam der Wirt näher heran, der Kellner hatte ihn wohl von meiner Zahlungsfähigkeit verständigt. Er verbeugte sich – und an der Art seiner Verbeugung erkannte ich meinen früheren Untergebenen abermals.

›Es sind noch zwei Zimmer frei, mein Herr, eines im ersten, eines im zweiten Stock.‹

Dann nannte er die Preise, und ich entschloß mich für das im ersten Stock, weil es das teuerste war und ich ihn sicher machen wollte. Mein Vollbart, der mir in diesen Tagen fast bis in die Augen hinauf gewachsen war, machte mich völlig unkenntlich, und wie hätte Hanisch auch auf den Gedanken kommen sollen, daß Heinz Mainau, sein früherer Vorgesetzter, ihm hier gegenübersäße.

Es erschienen dann noch mehrere Gäste, und ich überlegte mir, als ich merkte, wie Hanisch von allen Seiten vertraulich begrüßt wurde, daß ich mich erst einmal gründlich ausschlafen wollte. Ich war zu müde, um einen vernünftigen Gedanken fassen zu können.

Daß Gustav Hanisch hier Albert Breuer hieß, hatte ich schnell ermittelt, und ich war überzeugt daß er sich ganz sicher fühlte. Wie er in diese Stadt und zu diesem Gasthaus gekommen war, das, nach meiner ungefähren Schätzung gut seine zehntausend Pfund wert war, wußte ich nicht, aber ich hatte verschiedentlich gehört, daß er überall gute Geschäfte gemacht habe, immer unter dem Namen Albert Breuer. Unter diesem suchte ich ihn schon viele Jahre – und hier lief ich, ohne jede andere Absicht als die, mich auszuruhen, geradewegs in sein Haus.

Als ich mich erschöpft auf mein Zimmer zurückzog, sah ich noch, daß eine hübsche Frau, Mitte der Dreißig, zu ihm herantrat und etwas mit ihm besprach. Es war seine Frau. Sie führte mich selbst in mein Zimmer und sagte lachend:

›Sie sehen furchtbar müde aus, Herr.‹

Ich nickte ihr zu.

›Das bin ich auch!‹

Dann war ich allein. Ich säuberte mich, so gut es ging, kleidete mich aus, warf ich mich auf mein Lager und schlief fast achtzehn Stunden, ohne aufzuwachen. Es war heller Tag, als ich endlich wieder zu mir kam.

Sogleich fiel mir ein, wen ich gestern endlich gefunden hatte. Nachdem ich mir darüber klar war, sprang ich aus dem Bett. Ich fühlte mich durch den langen Schlaf wunderbar gestärkt, gar nicht, als hätte ich wochenlange Strapazen hinter mir. Ich ließ mir das Frühstück auf das Zimmer kommen. Gestern sehnte ich mich nach dem Augenblick, wo ich mir meinen wilden Bart abnehmen lassen konnte, heute sagte ich mir, daß ich ihn noch sehr nötig gebrauchte, um für Hanisch unkenntlich zu bleiben. Zuerst suchte ich nun das Polizeiamt auf und erkundigte mich nach dem Gasthofbesitzer Albert Breuer. Ich hörte dort, daß er seit fast drei Jahren hier in der Stadt sei und den großen Gasthof gekauft habe, und zwar für zehntausend Pfund. Außerdem habe er noch ein Kapital in der gleichen Höhe auf der Bank liegen. Es hieß, er habe in den Goldfeldern Glück gehabt und sich nun hier zur Ruhe gesetzt. Gleich nach seinem Auftauchen in der Stadt habe er geheiratet, und die Ehe wurde mir als eine glückliche bezeichnet. Hanisch genoß als Albert Breuer ein gutes Ansehen, und sein Geschäft ging außerordentlich gut.

Da ich am Tag vorher den gefürchteten Raubmörder eingeliefert hatte, wurde mir bereitwillig jede gewünschte Auskunft erteilt, aber man fragte mich, warum ich ein besonderes Interesse an Breuer nahm. Da erklärte ich, daß ich in ihm einen Landsmann vermute und daß ich einige Zeit in seinem Gasthof zu wohnen gedächte, um mich ein wenig zu erholen, ehe ich an neue Aufgaben ginge. Damit gab man sich zufrieden. Man bestätigte mir, was ich längst wußte, daß Breuer ein Deutscher von Geburt sei.

Befriedigt von dieser Auskunft, ging ich wieder zum Gasthof zurück und setzte mich in das große Gastzimmer, das zu dieser Zeit leer war. Nur der Besitzer des Gasthofes saß behaglich bei einem anscheinend sehr guten Frühstück am Fenster und begrüßte mich freundlich.

›Sie haben mit der Ergreifung des Raubmörders ein gutes

Stück Arbeit geleistet. Habe ich recht, wenn ich annehme, daß Sie ein Deutscher sind?‹

Ich hatte mir schon einen ganz bestimmten Plan gemacht, wie ich ihn fangen könnte, und bestätigte ihm ruhig, daß seine Vermutung richtig sei, nannte ihm auch den von mir in Australien angenommenen Namen. Darauf antwortete er mir:

›Es ist seltsam, man spürt es doch gleich, wenn man einen Landsmann vor sich hat. So gescheit wie Sie ist ja auch nur ein Deutscher.‹

›Es gibt auch sehr gescheite Leute anderer Nationen, das kommt wohl nur auf den nötigen persönlichen Scharfsinn an.‹

›Mag sein. Sie sind jedenfalls sehr scharfsinnig.‹

Ich richtete mich auf, schob meinen Teller von mir und sah ihn lange und scharf an.

›Das bin ich – ich sehe durch die Menschen hindurch, als seien sie von Glas.‹

Er lachte ein wenig gezwungen.

›Das ist doch wohl ein bißchen viel behauptet. Jeden Menschen können Sie doch nicht durchschauen.‹

›Aber die meisten. Sie zum Beispiel könnten mir keine Rätsel aufgeben.‹

Er wurde unruhig und sah sich unbehaglich um. Dann sagte er, sich zur Ruhe zwingend:

›Sie sind ein Spaßvogel!‹

›Mir ist das vollständig ernst, Herr Breuer – ich könnte Ihnen manches über Sie sagen, nachdem ich Sie einmal scharf angesehen habe.‹

Wieder zwang er sich zum Lachen. Dann richtete er sich, anscheinend zu einem Scherz bereit, auf und sagte aufmunternd:

›Na, dann schießen Sie mal los!‹

›Wo haben Sie die hunderttausend Mark mit dem Kuvert hingetan, Gustav Hanisch?‹

Wie verstört sank er einen Augenblick in den Sessel zurück, richtete sich dann aber, blaß bis in die Lippen, hoch auf und wollte seine Waffe ziehen. Da lag aber schon meine Waffe im Anschlag.

›Stillgesessen, keine Hand gerührt, sonst schieße ich Sie nieder!‹

Er sah, daß er nicht dazu kommen würde, seine Waffe zu ziehen, zwang sich zur Ruhe und lehnte sich gleichsam belustigt zurück.

›Sie sind wirklich ein toller Spaßvogel. Aber was Sie sagen, verstehe ich nicht.‹

›Doch, Sie verstehen mich ganz genau, und wenn Sie nicht wollen, daß ich hier Lärm schlage und Sie sofort verhaften lasse, dann verhalten Sie sich still und beantworten Sie meine Fragen. Also, wo haben Sie das Kuvert mit den hunderttausend Mark gelassen, das Sie aus dem Geldschrank Ihres Vorgesetzten entwendeten?‹

Ich hatte mir im Lauf der Jahre überlegt, daß die Entwendung des Geldes nur dadurch möglich geworden sei, daß er ein anderes Kuvert mit Papierschnitzeln gefüllt und es ebenso mit einer Geschäftsmarke zugeklebt hatte, wie ich das Kuvert mit den Tausendmarkscheinen. Zu etwas anderem hatte er nicht Zeit gehabt, solange ich telephonierte.

Bei meinen Worten wurde er kreidebleich und stotterte fassungslos:

›Das geht zu weit, Herr Detektiv, ich muß doch bitten – was faseln Sie da zusammen? Ich ersuche Sie, Ihre Waffe wegzustecken.‹

›Damit Sie einen unbequemen Zeugen aus dem Weg räumen können? Nein, nein, mein Herr Hanisch, dazu habe ich Sie nicht fast zehn Jahre in diesem ganzen Erdteil gesucht. Endlich habe ich Sie gefunden. Wissen Sie, wer ich bin?‹

›Ich weiß überhaupt nichts, als daß Sie ein Verrückter sind, der sich irgend etwas in den Kopf gesetzt hat und mich hier dumm machen will.‹

›Trotzdem werde ich Ihnen sagen, Hanisch, wer ich bin. Ich bin ihr einstiger Vorgesetzter, sehen Sie mich nur einmal genauer an und denken Sie sich meinen wüsten Bart weg. Ich bin Heinz Mainau, den Sie durch ihren Schurkenstreich ins Unglück gebracht haben. Mir wurde in die Schuhe geschoben, was Sie getan hatten. Ich mußte fliehen, um dem Gefängnis zu entgehen. Ein Zufall lenkte meinen Verdacht auf

Sie, ein schlaues Stückchen haben Sie sich geleistet. Ihr eigene Mutter verriet mir, ohne es zu ahnen, daß Sie nach Australien gegangen waren. Ich reiste sofort hinter Ihnen her – entdeckte in der Schiffsliste Ihren Namen und folgte Ihrer Spur. Zehn Jahre lang haben Sie mich hinter sich hergezogen, zehn Jahre suche ich Sie. Ihretwegen ist meine geliebte Frau vor Kummer und Herzeleid gestorben. Ihretwegen ist mein Kind allein und verlassen in der Welt und auf die Mildtätigkeit von Verwandten angewiesen! Ihretwegen muß ich wie ein Verbannter in der Fremde laufen. Ihretwegen bin ich Detektiv geworden und habe zehn Jahre darauf gehofft, Sie endlich zu finden. Und nun habe ich Sie, Hanisch, und lasse Sie nicht eher wieder los, bis Sie mir das Geld für meine Firma zurückgezahlt, bis Sie mir eine notariell beglaubigte Erklärung geschrieben haben, daß Sie es waren, der das Geld entwendete und wie Sie es getan haben!‹

›Sie – Sie müssen sich irren, was wollen Sie nur – ich heiße Breuer und nicht Hanisch.‹

›Und die Narbe auf Ihrer linken Gesichtsseite? Die ist Ihr Verräter, Hanisch, an der habe ich Sie sofort erkannt. Zehn Jahre bin ich hinter Ihnen her. Jetzt, da ich Sie endlich habe, lasse ich Sie nicht mehr los. Entweder, Sie gestehen alles – oder ich liefere Sie aus.‹

Er wurde störrisch.

›Dann müssen Sie doch zugeben, daß auch Sie unter einem falschen Namen hier weilen.‹

›Das ist mir einerlei. Mit Vergnügen werde ich mich mit Ihnen zusammen festnehmen lassen – jetzt kann ich ja meine Unschuld beweisen.‹

›Wie denn? Wenn ich nun nicht gestehe?‹

›Ah – jetzt haben Sie sich schon verraten. Wenn Sie nicht freiwillig gestehen, dann wird man Sie dazu zwingen. Ich will Ihnen eine Brücke bauen, Ihrer Frau wegen will ich tun, was ich kann, um Sie vor dem Schlimmsten zu bewahren. Ich werde Ihnen einen Notar bringen, der Ihre Sache im geheimen aufnimmt und Sie nicht anzeigt, sofern Sie die gestohlenen hunderttausend Mark zurückzahlen. Vielleicht läßt sich Ihr Verbrechen auch vor Ihrer Frau geheimhalten, damit sie nicht bitteres Leid erfahren muß. Verstehen Sie mich doch, ich will nichts, als meine Ehre wiederhaben und das gestohlene Geld, das Sie jetzt sehr wohl entbehren können, zurückgezahlt wissen. Jetzt überlegen Sie, ich gebe Ihnen drei Tage Bedenkzeit. Aber ich werde Sie währenddessen scharf beobachten, werde Sie nicht aus den Augen lassen. Glauben Sie nicht, daß es Ihnen etwas hilft, wenn Sie mich heimlich umbringen – meine Anklage gegen Sie liegt bereits bei der Polizeibehörde. Wenn ich sterbe, wird sie geöffnet. Sie gewinnen also nichts, wenn Sie mich ermorden.‹

Er fuhr auf.

›Ich habe noch nie einen Menschen umgebracht!‹

›Um so besser für Sie. Jetzt entscheiden Sie sich – ich warte.‹

Damit war unser Gespräch für diesmal zu Ende. Aber es dauerte noch lange Zeit, bis ich ihn so weit hatte, wie ich ihn haben wollte. Wochen vergingen, in denen er mir immer wieder versprach, alles zu bekennen, nur müsse ich ihm Zeit lassen. Der unschuldigen Frau wegen wollte ich ihn schonen. Und endlich hatte ich ihn soweit. Der mir bekannte Notar versprach, die Sache geheimzuhalten, solange Breuer sich eines einwandfreien Lebens befleißigte. Er setzte eigenhändig die Erklärung des Geständnisses von Hanisch auf, und dieser mußte es unterschreiben. Die hunderttausend Mark hat Hanisch mir ausgefolgt, und wenn ich sie dem rechtmäßigen Eigentümer zurückgezahlt habe, werde ich die Quittung an den Notar einsenden, der sie Hanisch übergeben wird. Obgleich ich durch seine Schuld schwer gelitten habe und sie deiner Mutter das Leben gekostet hat, war es mir lieb, daß ich ihn nicht auszuliefern brauchte. Schließlich habe ich ihm sogar versprochen, mich hier in Berlin nach seiner Mutter zu erkundigen, ob sie noch lebt und wie es ihr geht. Das habe ich bereits getan – sie lebt noch und beweinte ihren Sohn schon als Toten. Wie glücklich sie war, als ich ihr Kunde von ihm brachte, kannst du dir kaum denken. Hanisch wird ihr auf meine Benachrichtigung hin einen monatlichen Geldbetrag senden, damit sie sorglos in ihren bescheidenen Verhältnissen leben kann. So, mein Kind, nun weißt du in großen Umrissen alles, was du wissen mußt.«

Marlies beugte sich ergriffen über des Vaters Hand und küßte sie.

»Wie gut und edel hast du gehandelt mein geliebter Vater.«

»Davon mache kein Aufhebens, Marlies – Hanisch war schließlich kein schlechter Mensch, sondern nur ein schwacher. Und es hätte keinen Zweck gehabt und niemandem genützt, wenn ich ihn aus seiner gesicherten Lage herausgerissen hätte. Es wäre nur noch eine unglückliche Frau vernichtet worden. Siehst du das ein?«

»Ja, Vater. Und Mutter wäre auch nicht wieder vom Tod auferstanden. Nun will ich dir nur wünschen, daß auch bei deinem ehemaligen Chef alles gutgeht und du vollends dieser Last ledig wirst. Du bleibst doch dann bei uns in Deutschland?«

»Ja, mein Kind, lange genug habe ich die Heimat schmerzlich entbehrt. Erst, wenn man sich ihr fernhalten muß, lernt man sie richtig lieben und schätzen. Ich habe mir immerhin ein Vermögen von fast zweihunderttausend Mark erspart und kann bei meinen bescheidenen Ansprüchen von dessen Zinsen sorglos leben. Das Kapital kann ich dann bei meinem Tod dir hinterlassen.«

»Sprich nicht von deinem Tod, Vater, du wirst mir hoffentlich noch recht lange erhalten bleiben. Was willst du nun zunächst beginnen, wenn du erst mit deinem ehemaligen Chef im klaren bist und deine Ehre vor der Öffentlichkeit wiederhergestellt ist?«

»Das wird an dir und deinem Mann liegen. Wir sprechen darüber, sobald alles geordnet ist und ich frei und offen zu euch kommen kann. Damit du nicht mehr in Verlegenheiten kommst deinem Mann gegenüber, werden wir uns nicht mehr sehen und sprechen, bis ich dich aufsuchen und mit deinem Mann reden kann. Aber ich sage dir noch einmal – wenn es deiner Ruhe und deines Friedens wegen nötig wird, daß dein Mann schon jetzt von meiner Existenz hört, so entbinde ich dich deiner Schweigepflicht. Sage ihm dann alles, was er wissen muß, damit er seinen Frieden wiederfindet und nicht an dir irre zu werden braucht. Er darf nur vorläufig nicht weiter darüber sprechen.«

»Deswegen kannst du ganz ruhig sein, Vater. Lutz ist ein verständiger, guter Mensch – er gleicht dir sehr in seinen Ansichten. Ich glaube, ihr werdet euch mögen.«

Als sie beide auf die Straße traten, verabschiedeten sie sich, und Marlies umfaßte, von ihrem Gefühl hingerissen, den Hals ihres Vaters und küßte ihn zum Abschied. Dann lief sie schnell davon. Der Vater sah ihr nach, bis sie um die Ecke verschwunden war. Beide ahnten nicht, daß auf der gegenüberliegenden Seite ein junger Herr den Schritt verhielt, als er beide aus dem Café kommen sah. Mit weit aufgerissenen Augen sah er, wie Marlies den Herrn küßte und dann davoneilte. Er zuckte erschrocken zusammen, überquerte dann den Fahrweg und ging dicht an Heinz Mainau vorüber, der sich jetzt langsam zum Gehen wandte. Der junge Herr war Lutz Bergmann, der den ihm fremden Mann am liebsten niedergeschlagen hätte. Aber er bezwang sich mit aller Kraft. Jetzt mußte er erst nach Hause und Marlies zur Rechenschaft ziehen, mußte wissen, wer dieser Mann gewesen war, der jetzt in Gedanken verloren weiterging, ohne auf Lutz zu achten.

17

DIESER GING HASTIG weiter, seiner Wohnung zu. Er war auf dem Heimwege zufällig hier vorüber gekommen, ohne zu ahnen, was für eine Begegnung er haben würde. Mit zusammengezogener Stirn und fest aufeinandergebissenen Zähnen langte er einige Minuten später als Marlies zu Hause an. Sie hatte gerade abgelegt und kam aus ihrem Ankleidezimmer heraus. Als sie ihn stehen sah, kam sie nichtsahnend auf ihn zu.

»Ich bin auch eben erst heimgekommen, Lutz«, sagte sie ganz unbefangen und wollte ihm die Lippen zum Kuß bieten.

Er machte sich mit seinem Mantel zu schaffen und mußte sich mühen, seine Haltung nicht zu verlieren.

»Das weiß ich«, sagte er heiser.

Sie sah ihn beunruhigt an und merkte, daß es in seinem Gesicht heftig zuckte. Er wehrte sie ab, als sie ihn jetzt umfassen wollte. Schnell trat er in ein Zimmer, und sie folgte ihm betreten.

»Was ist dir, Lutz?«

Er strich sich über die Stirn, dann stieß er heiser hervor:

»Jetzt ertrage ich das nicht mehr, Marlies. Ich – ich sah dich eben mit einem fremden Herrn aus einer kleinen Konditorei treten, sah, daß du dich mit einem innigen Kuß von ihm verabschiedetest. Ich habe versucht, dir mein Vertrauen zu erhalten, obwohl mir in der letzten Zeit viel in deinem Wesen unerklärlich war. Weil du mir dein Wort gabst, daß du nichts Unrechtes tun würdest, habe ich dir mein Vertrauen nicht entzogen. Aber jetzt, Marlies – jetzt mußt du sprechen. Wer war der Mann, von dem so Abschied nahmst? Ich muß das unbedingt wissen – sonst werde ich wahnsinnig!«

Die letzten Worten stieß er wie einen Schrei hervor. Sie war blaß geworden. Gottlob, daß sie reden durfte, denn es mußte jetzt sein, wenn sie die Liebe und das Vertrauen ihres Gatten nicht verlieren wollte.

Sie erfaßte seine Hand, legte ihre Wange darauf und sagte innig:

»Mein armer Liebster – wie konnte ich ahnen, daß du Zeuge dieses Abschiedes geworden bist. Nun muß ich schon reden. Aber du wirst gleich wieder ganz ruhig sein und deine Marlies lieb und zärtlich wie früher in deine Arme nehmen. Liebster, ich weiß doch, daß du gelitten hast wie ich. Sieh mich doch an, schau mir in die Augen – kannst du glauben, daß deine Marlies einen Mann küßt, den sie nicht auch mit deiner Erlaubnis küssen dürfte? Gottlob, daß ich seit heute meiner Schweigepflicht entbunden bin, wie lange hätten wir uns sonst noch quälen müssen.«

»Wer war der Mann?« stieß er heiser hervor und sah sie mit weitoffenen Augen an. Sie sah beseligt, wie sehr sie geliebt wurde und schmiegte sich an ihn.

»Es war – mein Vater, Lutz«, sagte sie leise.

Er zuckte zusammen und sank kraftlos in einen Sessel. Nun, da die drückende Last von ihm genommen war, verließ ihn die Haltung. Er hatte Marlies mit sich niedergerissen und nahm sie auf seinen Schoß, sie wie ein geliebtes Kind an sich drückend, als habe er Angst, sie könnte ihm dennoch genommen werden.

»Dein Vater? Marlies – guter Gott, dein Vater?«

Sie strich ihm zärtlich über die Stirn und küßte seine Augen.

»Ja, mein Lutz. Ich habe vor kurzer Zeit erst erfahren, daß mein Vater, den ich immer für tot hielt, noch am Leben ist.«

Und hastig berichtete sie ihm, wie sie den ersten Brief von ihrem Vater erhalten hatte und wie sehr sie in Sorge gewesen sei, daß er, Lutz, denken könnte, sie habe gewußt, daß ihr Vater noch lebe und warum er Deutschland verlassen habe.

Er hörte ihr zu, ohne sie zu unterbrechen; endlich sagte er leise und zärtlich:

»Meine arme Marlies! Ich wußte längst, daß dein Vater nur verschollen, sein Tod aber niemals bestätigt worden war und weshalb er ins Ausland ging.«

Sie barg den Kopf weinend an seiner Brust.

»Und – so lieb hattest du mich, daß es dir nichts ausmachte, daß mein Vater vielleicht ein Verbrecher sein könnte?«

Er küßte sie zärtlich.

»Noch viel, viel lieber, mein süßes Herz. Was ging mich dein Vater an? Dich wollte ich haben, dich liebte ich, dich mit deinem tapferen Herzen, mit deinen reinen, stolzen Augen – mit deinem Temperament, das dich kampfbereit mit Fruchtsoße gegen deine vermeintliche Nebenbuhlerin vorgehen ließ. Ach du süßes, wundervolles Geschöpf was wäre aus mir geworden, wenn ich deine Liebe verloren hätte an einen andern Mann!«

Sie mußten sich erst einmal wieder recht von Herzen küssen und sich immer wieder sagen, wie lieb sie einander hatten.

Erst dann machte Marlies sich los, strich sich aufatmend das Haar aus der Stirn und sagte:

»Und das schönste, außer dem, daß ich dein Vertrauen nun wieder ganz besitze, ist, daß mein Vater gekommen ist, seine Unschuld zu beweisen. Es wird nur noch wenige Tage dauern, bis alles in Ordnung ist. Und ehe er nicht zu uns kommt, darfst du keinem Menschen verraten, daß er hier in Deutschland ist, weil – ach Lutz, das ist schrecklich, weil er steckbrieflich verfolgt worden ist. Es ist eine furchtbar traurige Geschichte, die ich dir zu erzählen habe, aber erst nach Tisch. Jetzt mußt du essen, damit du wieder Mut und Kraft bekommst. Nach Tisch erzähle ich dir alles, und versprich mir nur gleich, daß du schweigen wirst, bis Vater dir erlaubt, zu sprechen.«

»Du hast mein Wort, Marlies.«

»Und nun komm, in der Küche wird man schon warten auf das Zeichen zum Anrichten.«

Sie wollte sich erheben, aber er hielt sie noch fest.

»Warte noch – erst muß ich mir ganz deutlich machen, daß du nun wieder mir gehörst.«

Sie lachte mit feuchten Augen.

»Nie habe ich jemandem außer dir gehört, Lutz, und werde nie jemandem gehören. Mein lieber, armer Vater wird trotz allem nur das Gnadenbrot in meinem Herzen haben, so weit du es mir gestattest«, sagte sie halb lachend, halb weinend.

»Oh, gegen ihn werde ich großmütig sein, Marlies!«

Nach dem Essen, als sie bei einer Tasse Mokka zusammensaßen, berichtete Marlies, was ihr Vater ihr erzählt hatte. Lutz war ergriffen und bekundete große Teilnahme für ihren Vater.

»Wir müssen ihm helfen, alles das bald zu vergessen, Marlies.«

Sie faßte seine Hand und legte, wie so oft, ihre Wange darauf.

»Wie gut, daß du das aussprichst, Lutz; mein Vater wird ein wenig Liebe sehr nötig haben.«

»Er sieht im übrigen noch sehr jugendlich aus, das stellte ich fest, als ich die Straße überschritt, um auf ihn einzudringen. Wie gut, daß ich mich beherrschte und dich erst hören wollte.«

»Das war sehr gut. Er hat sicher nicht geahnt, daß du mein Mann bist. Aber nun muß ich eine Frage an dich richten. Du sagtest, daß du um meines Vaters Schicksal gewußt hast und daß du ihn nur für verschollen hieltest. Wer hat dir das gesagt?«

»Tante Albertine. Sie sagte es mir, schon ehe ich mich mit dir verlobte, weil sie es für ihre Pflicht hielt. Auch Tante Beate hat es gewußt. Sie wollten aber beide nicht, daß du dadurch beunruhigt würdest.«

»Wie gut von ihnen! Ich weiß nicht, ob ich sonst den Mut gefunden hätte, deine Werbung anzunehmen.«

»Ich fürchtete das gleiche, und es war ganz in meinem Sinn, daß wir dir alles verheimlichten. Wir wollten dich doch nur schonen.«

Sie hatten noch viel über diese Angelegenheit zu sprechen, und Lutz berichtete dann seiner Frau, daß er in der nächsten Woche einen Vortrag halten würde.

»Darf ich dabei sein, Lutz?« fragte Marlies.

»Selbstverständlich, ich kann mir gar nicht denken, daß du nicht dabei sein könntest.«

»Ich werde sehr stolz sein auf meinen Mann.«

»Und ich auf meine Frau.«

Marlies hatte es doch für besser gehalten, ihrem Vater ein kleines Briefchen in sein Hotel zu senden. Sie schrieb:

»Lieber teurer Vater!

Ich habe beichten müssen. Lutz hatte uns vor der Konditorei gesehen, als ich Dich zum Abschied küßte. Ganz außer sich kam er gleich nach mir nach Hause, und es würde ein Unglück gegeben haben, wenn ich länger geschwiegen hätte. Das muß ich Dir sagen. Er freut sich sehr, Dich bald kennenzulernen. Denke Dir, er hatte von Tante Albertine bereits alles über Dich erfahren und nahm an, Du seist verschollen. Ich sollte nichts von alledem wissen, weil sie glaubten, es könnte mich bedrücken. Du kannst daraus ersehen, wie sehr mein Mann mich liebt. Und er hat gesagt, wir müssen Dir helfen, alles

Schlimme bald zu vergessen. Er ist einzig gut, mein Lutz. Hoffentlich sehen wir uns bald, lieber Vater. Ich erwarte voll Ungeduld deine Mitteilung, daß alles in Ordnung ist.

Einstweilen mit herzlichen Grüßen von uns beiden

Deine Kinder.«

Dieser Brief erfreute Heinz Mainau sehr. Er war nun beruhigt daß Marlies keine Unannehmlichkeiten mehr haben würde, und konnte in Ruhe warten, bis er die Nachricht erhielt, daß sein ehemaliger Chef, der ihm damals das Geld in Verwahrung gegeben hatte, von seiner Reise zurück war. Noch an demselben Tag fragte er telephonisch im Geschäft an, ob der Chef zu sprechen sei. Man beorderte ihn auf elf Uhr. Da er sich unter dem Namen angemeldet hatte, den er sich in Australien zugelegt hatte, wurde er ohne jede Aufregung erwartet. Der Chef glaubte, er wollte ihm irgendeine Offerte machen oder ihm ein Geschäft vorschlagen. Ruhig stand er von seinem Schreibtisch auf, als Heinz Mainau eintrat.

»Was verschafft mir die Ehre, Herr –«

Er stockte und sah seinen Besucher sprachlos an. Obwohl Mainau sich sehr verändert hatte, erkannte der Chef ihn auf der Stelle. Man vergißt nicht so leicht einen Menschen, der einem hunderttausend Mark unterschlagen hat. Mainau merkte sofort, daß er erkannt war und sagte ruhig und gefaßt:

»Sie sehen schon recht, ich bin Heinz Mainau.«

»Das ist ja eine Frechheit, die –«

»Bitte, warten Sie einen Augenblick. Ich bin gekommen, um Ihnen die hunderttausend Mark wiederzubringen, die ich endlich dem wirklichen Dieb abnehmen konnte, nachdem ich ihn zehn Jahre lang gesucht und verfolgt habe.«

Der Chef zog sein Taschentuch hervor und wischte sich fassungslos seine Glatze.

»Was wollen Sie mir da sagen? Waren Sie denn nicht der Dieb?«

»Nein, ich war es nicht!«

»Aber warum sind Sie dann seinerzeit geflohen? Nach Australien, wie wir ermittelt hatten.«

»Weil Sie sonst Ihr Geld nicht wiederbekommen hätten, denn ich sagte mir, wenn ich mich ins Gefängnis einsperren ließe, würde der Dieb, auf den ich schon damals Verdacht hatte, ungehindert entkommen. Ich bin ihm bis Australien gefolgt, habe seine Spur dann verloren, habe sie immer einmal wieder auftauchen sehen und stand ihm dann plötzlich ganz unerwartet gegenüber.«

Kopfschüttelnd sah der Chef ihn an.

»Erlauben Sie – aber das klingt alles wie ein Märchen.«

»Ich kann es Ihnen nicht verdenken, daß Sie erst lernen müssen, an meine Worte zu glauben. Aber bitte, hier sind die hunderttausend Mark, freilich nicht in lauter Tausendmarkscheinen, aber genau auf den Pfennig. Sie haben nur den Zinsverlust zu tragen, ich war froh, daß ich wenigstens die runde Summe herausbekam. Die Zinsen wollte der Dieb nicht bezahlen. Immerhin war es mir wichtig, wenigstens die hunderttausend Mark zu bekommen.«

Fassungslos starrte der Chef auf das Geld, das Heinz Mainau ihm in Banknotenpäckchen aufzählte.

Jetzt fiel der Chef haltlos in seinen Sessel und forderte Heinz Mainau durch eine schwache Handbewegung auf, sich gleichfalls niederzulassen. Dieser tat es, und während der Chef das Geständnis von Hanisch durchlas, blieb er ganz still sitzen. Endlich legte der Chef das Schriftstück beiseite, sah Mainau mit einem schmerzlichen Blick an und sagte heiser:

»Und ich – wir alle haben Sie für den Täter gehalten und Sie verwünscht, weil uns der Verlust des Geldes selbstverständlich nicht gleichgültig sein konnte bei dem damals ohnehin schweren Geschäftsgang. Mein Kompagnon ist inzwischen verstorben. Wir haben schwere Zeiten durchgemacht, weil ich seine Erben auszahlen mußte. Und nun kommen mir die hunderttausend Mark sehr gelegen. Vielleicht sind sie imstande die Firma vor dem Zusammenbruch zu retten. Darf ich Sie bitten, mir meinen Verdacht zu vergeben, und darf ich Ihnen dafür danken, daß Sie mir das Geld gerettet haben?«

Er reichte Mainau die Hand, die dieser ergriff. Sie sahen sich beide lange in die Augen, und der Chef sagte aufatmend:

»Nun erzählen Sie mir bitte ausführlich, wie das alles gekommen ist.«

Heinz Mainau berichtete ihm dasselbe, was er Marlies im Café erzählt hatte. Aufmerksam hörte der Chef zu, bis zum Schluß. Dann atmete er auf.

»Und nun wollen wir sofort beide zur Polizei fahren, damit auch dort Ihr Name von jedem Makel befreit werde. Ich freue mich herzlich für Sie, daß nun alles restlos zu Ihren Gunsten aufgeklärt worden ist.«

Heinz Mainau erhob sich zugleich mit ihm und war nur zu gern bereit, den Weg zur Polizeibehörde zu machen.

Dort wurden seine Personalien durchgesehen und die nötigen Eintragungen gemacht. Er mußte auch dort ausführlich seine Jagd nach Hanisch erzählen. Man wollte Hanisch noch nachträglich verfolgen, allein Heinz Mainau sagte ruhig und bestimmt:

»Ich habe ihm versprochen, seiner Frau wegen eine Verfolgung zu verhindern. Die ganze böse Sache hat schon meiner eigenen Frau das Leben gekostet, ich mag nicht, daß es noch ein zweites Opfer gibt. Sie erfahren von mir weder den jetzigen Namen von Hanisch noch dessen Wohnort. Eine Anklage liegt nicht gegen ihn vor, und mein ehemaliger Chef wird auch keine erheben. So wird die Sache, wie ich hoffe, erledigt sein.«

Das erreichte er denn auch. Eine amtliche Ehrenerklärung wurde in das Amtsblatt eingerückt, und damit war der Vorfall als erledigt zu betrachten.

Der über die Rückgabe des Geldes sehr erfreute Chef wollte Mainau zum Mittagessen einladen, dieser dankte aber, weil es ihn drängte, seine Tochter und deren Mann aufzusuchen. Jetzt konnte er es ja hocherhobenen Hauptes tun.

Sie schüttelten sich herzlich die Hand und trennten sich.

Heinz Mainau nahm eine Autotaxe und fuhr zu seinen Kindern.

18

MARLIES UND LUTZ waren gerade fertig mit dem Mittagessen und saßen im Nebenzimmer bei einer Tasse Kaffee, als ihnen Heinz Mainau gemeldet wurde. Marlies sprang auf mit freudestrahlendem Gesicht, und auch Lutz erhob sich. Als Heinz Mainau eintrat, flog Marlies auf ihn zu.

»Vater – lieber Vater, ist nun alles wieder gut?«

Er streichelte ihr Haar.

»Gottlob, mein Kind, dein Vater ist kein Geächteter mehr!«

Sie zog ihn zu Lutz hin.

»Lutz – da ist mein Vater!«

Die beiden Herren sahen sich groß und ernst in die Augen, als müsse einer dem andern bis ins Herz hinein sehen. Dann streckten sie sich die Hände entgegen und drückten sich fest und warm.

»Ich freue mich, Sie endlich bei uns zu sehen, Herr Mainau – oder darf ich Vater zu Ihnen sagen?«

»Es wird mir lieb sein und ein Zeichen, daß ich wieder in den Kreis achtbarer Ehrenmänner aufgenommen bin. Schwer genug ist es mir geworden, lange Jahre mit dem drückenden Bewußtsein herumlaufen zu müssen, ein steckbrieflich als Verbrecher verfolgter Mensch zu sein.«

Marlies zog ihm einen bequemen Sessel heran und reichte ihm eine gefüllte Tasse, nachdem sie einige belegte Brote bestellt hatte, die bald gebracht wurden.

Tief aufatmend lehnte Mainau sich in den Sessel zurück.

»Ahnt ihr, meine Kinder, wie wohl mir zumute ist? Ich muß allerdings gestehen, daß ich auf der Polizei fast schlappgemacht hätte, nachdem mir die Beamten glückwünschend die Hände geschüttelt hatten, samt meinem ehemaligen Chef. Die Erfüllung einer jahrelang getragenen Sehnsucht ist ein wenig angreifend. So bei dir zu sitzen, meine Marlies, gaukelte mir meine Phantasie oft vor, ich glaubte dich allerdings in Mattenheim. Nun hast du an deines Mannes Seite schon ein eigenes schönes Heim – und ich darf bei euch sein und mich an diesem guten Kaffee laben. Es ist traumhaft schön – und –«

Er konnte nicht weiter reden, seine Augen füllten sich mit heißen Tränen, und er mußte tapfer schlucken, um die Fassung nicht zu verlieren. Marlies' Tränen liefen dafür ungehindert. Sie setzte sich auf die Lehne seines Sessels, umfaßte ihn liebevoll und küßte seine Wange.

»Lieber, lieber Vater – ab nun soll dein Leben ohne Angst und Sorge verlaufen.«

Lutz reichte seinem Schwiegervater die Hand und drückte sie warm.

»Wir wollen versuchen, Sie alles Schwere vergessen zu lassen.«

Eine Weile saßen sie schweigend, bis sie sich alle drei gefaßt hatten.

Solange man noch in Berlin blieb, streckte Mainau schon seine Fäden aus, um für seinen künftigen Beruf Vorbereitungen zu treffen. Er war nach einer kleinen Pension in der Nähe seiner Kinder übergesiedelt und besuchte sie jeden Tag. Marlies mußte, wenn man des Abends zusammensaß, den beiden Männern immer wieder ihre Lieder singen. Und es ließ sich schwer feststellen, ob sie ihrem Vater oder Lutz damit eine größere Freude machte.

Marlies hatte an Tante Albertine und Tante Beate über die glückliche Heimkehr ihres Vaters und dessen vollkommene Ehrenrettung geschrieben. Tante Albertine antwortete darauf mit einem sehr originellen Brief und verlangte ziemlich energisch, daß Mainau nach Mattenheim kommen möge, wenn auch sie dort anwesend sein würde.

»Ich muß mir doch diesen weitgereisten Mann ansehen und mit ihm Freundschaft schließen. Derartig interessante Momente kommen einem im Leben selten genug vor. Vorläufig grüße ihn mit verwandtschaftlicher Herzlichkeit, er wird sich hoffentlich meiner noch erinnern, aus der Zeit, wo ich noch nicht eine einsame alte Frau war. Ich freue mich für Dich, Marlies, daß Du Deinen Vater wieder hast und dich seiner Wiederkehr von Herzen freuen kannst. Wie gut, daß ich Lutz beizeite darüber aufklärte, daß wir nicht wußten, ob Dein Vater nur verschollen oder tot sei. Wie sieht er denn aus? Soweit ich mich erinnere, war er ein ansehnlicher Mann, als Deine Mutter sich mit ihm verheiratete. Aber alte Männer halten meist ebenso wenig, wie alte Frauen, was sie in der Jugend versprochen haben. Doch da fällt mir ein, gar so alt kann er noch nicht sein, noch nicht mal fünfzig. Da ist er, mit mir verglichen, ja ein Kind. Nun, wir werden uns trotzdem verstehen. Ich habe eine Vorliebe für alles Außergewöhnliche, und er hat in jedem Fall ein ganz außergewöhnliches Leben geführt. Wir werden uns also gewiß diesen Sommer in Mattenheim treffen. Euch erwarten wir auch dort, wenn Ihr auf der Durchreise nach Tegernsee seid. Glaube mir, Marlies, ich habe große Sehnsucht nach Euch, und mein gesamtes Stift ist mir sozusagen zuwider mitsamt seinen alten Dämchen, die nicht schöner anzusehen sind als ich selber – ich glaube, im Gegenteil.

Viele Grüße also an Deinen Vater und den geliebten Lutz, und Küßchen für Dich, meine liebe Marlies.

Deine alte Tante Albertine«

Lächelnd las Marlies diesen Brief ihrem Vater und Lutz vor. Ihnen wurde durch solche Briefe die originelle Tante Albertine greifbar nahegerückt. Und auch Lutz lachte vergnügt.

»Mach dich nur darauf gefaßt, Vater, daß du wie eine Zitrone ausgequetscht wirst; Tante Albertine wird dir nicht das kleinste Abenteuer schenken, und ich rate dir, ergib dich nur gleich ohne Widerstreben.«

Mainau lachte:

»Ich bin an Kummer gewöhnt«, scherzte er.

Marlies aber sagte bittend:

»Vergeßt nur nicht, daß sie einsam ist. Im Grunde meint sie es doch gut.«

»Keine Angst, Marlies, ich werde nicht vergessen, daß sie lieb und gut zu dir war in ihrer Art. Und Originale, finde ich, sind stets besser zu ertragen als Schablonenmenschen.«

So kam die Zeit der Abreise für das junge Ehepaar heran. Lutz nannte es ihre Hochzeitsreise, die sie jetzt nachholen wollten. Herzlich verabschiedeten sie sich von dem Vater, der einige Tage später nach Mattenheim fuhr. Marlies hatte ihn angemeldet.

In Mattenheim wurde er sehr herzlich empfangen. Tante Beate war durch Marlies über alles unterrichtet worden. Tante Albertine war auch schon eingetroffen und begrüßte Mainau in ihrer drolligen pomphaften Weise, die er geduldig über sich ergehen ließ.

Herbert von Mattenheim hatte inzwischen an der Arbeit wirklich Gefallen gefunden und sah viel wohler aus als früher, als er nur Berliner Nachtleben genoß. Er war auch entschieden liebenswerter geworden, und seit einiger Zeit ging er wieder auf Freiersfüßen. Die Tochter eines Münchener Großbrauereibesitzers, ein liebes und frisches Mädchen, hatte sein Herz gewonnen, und er das ihre. Der väterliche Segen sollte nächstens eingeholt werden. Die beiden jungen Menschen hatten sich in München kennengelernt in einer bekannten Familie, die Herbert auf einer Geschäftsreise nach München besuchte. Er hatte Grüße seiner Mutter überbringen sollen – und bei dieser Gelegenheit Hanna Weiß kennengelernt. Sie sahen sich öfter und fanden immer mehr Gefallen aneinander. Diesmal würde Herbert nicht nach Geld freien, obgleich seine Braut durchaus kein armes Mädchen war.

Es sei im voraus gesagt, daß alle Pläne, die Lutz, seine Frau und sein Schwiegervater machten, im kommenden Jahr Verwirklichung fanden. Nicht immer ging alles glatt. Wer jemals selbst gebaut hat, wird das verstehen, und wer noch bauen will, wird es verstehen lernen. Aber in den ersten Tagen des nächsten Juli fand die Übersiedlung von Berlin nach Tegernsee statt. Inzwischen hatte Heinz Mainau schon einige einträgliche Fälle erledigt und konnte sich nun in seinem Blockhaus in Ruhe und Frieden einrichten, während Marlies und Lutz in ihrem schönen Haus das gleiche taten. Zur Einweihung des Hauses fehlte auch Tante Albertine nicht.

Marlies aber und ihr Lutz lebten sich schnell ein und fühlten sich in inniger Verbundenheit mit der schönen Natur über alle Begriffe glücklich und froh. Abends sang Marlies ihre Lieder, daß sie vom Berge her zum See hinunter schallten. Es war ein herrliches Leben für das junge Paar, denn die Liebe bürgte für ihr Glück.

Hedwig Courths-Mahler

Des Schicksals Wellen

BASTEI LÜBBE

1

DIE BEIDEN BESITZER der großen Plantage Larina standen auf der Veranda ihres großen Bungalows. Es waren Vater und Sohn, beides hochgewachsene Männer mit gebräunten Gesichtern. Sie trugen kurze Beinkleider und leichte Jakken aus getöntem Leinen. Es waren zwei prachtvolle Erscheinungen.

»Also, ich fahre jetzt hinunter, Vater. Die Elefanten müssen in den Fluß, und ich will selber mit in die Schwemme reiten.«

»Tu das, Jan. Du kannst überall selber noch einmal nach dem Rechten sehen unten auf den Plantagen. Morgen hast du dann mit deinen letzten Reisevorbereitungen zu tun – und übermorgen fährst du nach Kandy.«

»Ja, Vater, ich habe dann gerade noch Zeit, mit der Bahn von Kandy nach Kolombo zu fahren und rechtzeitig an Bord meines Dampfers zu gelangen. Dann geht es nach Europa.«

Der Vater legte seine Hand auf die Schulter des Sohnes.

»Du freust dich auf die Reise, Jan?«

Dieser sah etwas bekümmert in das seltsam düstere Gesicht des Vaters, in dem tiefe Falten von einem schweren Schicksal sprachen.

»Ich weiß nicht, Vater, ob ich mich freuen soll. Wenn ich dich nicht allein zurücklassen müßte, würde ich mich bestimmt freuen, aber so reise ich eben nur, um den notwendigen Klimawechsel vornehmen zu können.«

»Du vergißt die Hauptsache, Jan, du hast mir doch versprochen, dich drüben nach einer Frau umzusehen.«

Jan sah gedankenverloren ins Weite.

»Eine Frau? Ach ja, Vater, ich möchte mich sehr gern verheiraten, es ist ein unausgefeiltes Leben hier, wenn man jung ist und keine Frau hat. Ich sehe es doch drüben bei meinem Freund Schlüter, wie schön es ist, eine junge Frau zu haben. Aber ob ich die rechte finden werde? Es ist nicht so leicht, eine weiße Frau hierher zu verpflanzen. Jede geht nicht mit mir – und jede mag ich auch nicht.«

»Du mußt suchen, Jan – sieh, daß du eine Deutsche findest.« Jan sah den Vater fragend an.

»Warum gerade eine Deutsche, Vater? Mutter war eine Holländerin, wie du ein Holländer bist – also warum soll ich mir nicht auch lieber eine Holländerin nehmen?«

Das Gesicht des alten Herrn überflog ein Schatten.

»Nun gut – es kann auch eine Holländerin sein, Jan.«

Dieser sah seinen Vater forschend an.

»Es ist seltsam, Vater, daß du für alles, was deutsch ist, so eine große Vorliebe hast – aber noch viel seltsamer ist es, daß ich diese Vorliebe teile.«

In die Stirn des alten Herrn stieg eine leichte Röte, und er wandte sich ab, damit Jan nicht in sein Gesicht sehen konnte.

»Das ist doch gar nicht so seltsam, Jan. Ich bin drüben auf Sumatra schon mit Deutschen viel zusammen gewesen, deine Mutter ist in einer deutschen Pension erzogen worden, und – deine Freunde drüben auf Saorda sind auch Deutsche. Und sie sind dir lieb und haben dich für ihre Heimat gewonnen.«

Jan nickte lachend.

»Ja, Vater, so sehr, daß ich den größten Teil meiner Ferien in Deutschland, im bayrischen Hochgebirge verbringen will. Harry Schlüter sagte mir, daß ich in Tirol und den bayrischen Bergen genug Eis und Schnee finden werde. Danach gelüstet es mich. Es wird Zeit, daß ich mir einmal wieder einen Schneesturm um die Nase wehen lassen kann.«

Und Jan breitete die Arme aus und merkte nicht, wie es düster in den Augen seines Vaters aufflammte.

»Also in die Berge willst du gehen?« fragte er heiser.

Jans Augen leuchteten.

»Darauf freue ich mich am meisten. Und deshalb werde ich mich auch in Holland nur kurze Zeit aufhalten – da gibt es keine Berge, Vater.«

»Nein, da gibt es keine Berge.«

»Es tut mir nur so leid, Vater, daß ich dich allein zurücklassen muß, du bist gerade in letzter Zeit wieder so schwermütig und bedrückt gewesen.«

»Darauf brauchst du nicht zu achten, Jan, das hat nichts auf sich.«

»Ich weiß aber, daß du dich sehr einsam fühlen wirst, wenn ich fort bin.«

Der alte Herr zwang sich zu einem Lächeln.

»Das mußt du doch auch durchhalten, wenn ich einen Klimawechsel vornehme und dich allein lasse. Zusammen können wir nun mal nicht fort.«

»Für mich ist es auch nicht so schwer, allein zu bleiben, Vater, ich habe Schlüters zur Gesellschaft. Aber du kommst ja nicht heraus aus dem Haus, kommst selten einmal mit Harry zusammen, wenn ihr euch gerade trefft, und bist sonst nur auf die Eingeborenen angewiesen.«

»Mache dir keine Sorge um mich, Jan, die Zeit wird mir schnell genug vergehen, denn gottlob gibt es Arbeit in Hülle und Fülle. Ein halbes Jahr ist schnell herum.«

»Aber ich befürchte, daß ich dich düsterer und schwermütiger als bisher wiederfinden werde.«

Der Vater legte den Arm um seine Schulter.

»Bist du dann wieder da, Jan, dann ist es doppelt schön. Und – wenn du eine junge Frau mitbringst –«

Jan lachte.

»Rechne nur nicht so bestimmt damit, sonst bist du enttäuscht, wenn ich allein wiederkomme.«

»Wir wollen es dem Schicksal überlassen, Jan.«

»Das wollen wir, Vater. Und nun muß ich hinunter – die Treiber warten auf mich, da sie die Elefanten nicht eher ins Wasser lassen wollen, bis ich komme.«

»Sei vorsichtig, die Tiere sind übermütig, wenn sie ins Wasser kommen.«

Jan lachte.

»Ich reite meinen Jumbo, du weißt, er hält die andern vor zu großen Torheiten zurück.«

Die beiden Herren drückten sich die Hand, und Jan sprang

mit zwei Sätzen die Verandastufen hinab, setzte sich an das Steuer seines bereitstehenden Autos und fuhr die scharfen Kurven des Berges hinab ins Tal, zu dem Fluß hinüber.

Dort warteten seine Leute mit etwa zwanzig Elefanten, die von den Plantagen herübergetrieben worden waren, um zu baden.

Jan sprang aus seinem Wagen, warf rasch den Tropenhut, die leichte Jacke und die Stiefel hinein und zog das Hemd über den Kopf, so daß er nur mit den kurzen Beinkleidern bekleidet war. Lachend trat er dann an den größten Elefanten heran.

»Nun, Meister Jumbo, du freust dich wohl schon auf das Bad. Es kann losgehen!«

Jumbo, der große Elefant, wackelte ein wenig mit seinen Schlappohren, sah sich nach seinem Herrn um, kniff das eine Auge zu und streckte seinen Rüssel einladend aus. Jan schwang sich elastisch auf den Rüssel, und Jumbo hob ihn mit einem eleganten Schwung empor auf seinen Rücken. Die Treiber folgten Jans Beispiel, so daß auf einer Anzahl der größten Elefanten je ein Treiber saß. Die kleineren liefen ohne Führer nebenher.

Jan ritt nun voraus, und Jumbo watete in den Fluß, stieß einen Trompetenton aus, der den andern Tieren anscheinend als Kommando galt, und sah sich sorglich um, ob die andern auch in den Fluß hineinwateten.

Das gab nun ein lustiges Bad. Die grauen, breiten Elefantenrücken sahen noch eine Weile trocken aus dem Fluß heraus, aber dann tauchte Jumbo unter, und die andern folgten seinem Beispiel. Es war für die Treiber nicht immer eine leichte Arbeit, ihren Sitz auf dem Rücken der übermütigen Tiere, die sich anscheinend im Wasser sehr wohl fühlten, zu behaupten. Sie wurden verschiedene Male gründlich getaucht, aber es ging alles ganz harmlos ab.

Jan redete mit Jumbo, als sei er ein verständiger alter Herr. Immer gab Jumbo an, was die andern ihm nachmachen sollten. Es war ein seltsamer Anblick, als all diese massigen Tierrücken nebeneinander den Fluß hinabschwammen.

So kamen sie fast bis zur Brücke, die über den Fluß führte,

als am gegenseitigen Ufer ein Auto aus dem Walde herauskam. Das Auto stoppte, als der am Steuer sitzende Herr die Elefanten sah. Er erhob sich und sprang aus dem Wagen.

»Hallo, Jan!«

»Hallo, Harry!«

»Ist gut, daß ich heute nicht auch meine Elefanten in den Fluß trieb, sonst wäre er übergelaufen«, scherzte Harry Schlüter, der Herr von Saorda, Jans Freund.

»Mußt ja deine Tiere nicht gerade baden lassen, wenn wir Badezeit haben, Harry. Was hast du vor?«

»Ich fahre heim. Kannst du nicht mitkommen? Dora könnte eine kleine Aufmunterung brauchen, sie ist wieder ein wenig heimwehkrank, seit deine Reise nach Europa feststeht.«

»Wenn du warten willst, bis ich die Tiere heraus habe, komme ich mit, ich wollte heute ohnedies meinen Abschiedsbesuch bei Frau Dora machen.«

»Abschiedsbesuch? O weh, da wird es wieder Tränen geben bei meiner Frau. Ist es denn schon soweit?«

»Ja, übermorgen reise ich ab, und morgen möchte ich dann Vater nicht allein lassen. Also warte ein paar Minuten, wir treiben gleich aus dem Fluß.«

Und Jan trieb Jumbo an das Ufer zurück. Sehr erbaut war dieser anscheinend nicht, aber Jan redete ihm gut zu.

»Jumbo, du willst doch nicht ein schlechtes Beispiel geben? Raus aus dem Wasser!«

Jumbo kniff das Auge zu, stieß wieder einen Trompetenton aus, um seine Artgenossen zu veranlassen, ihm zu folgen. Die schweren Tierleiber wälzten sich an das Ufer. Jumbo stieg als erster aus dem Wasser, und die andern folgten. Während Jan die Landung der Ticre überwachte, zog er die nassen Sachen aus, schüttelte das Wasser von sich und streifte sie wieder über. In wenigen Minuten war er fertig.

Die Tiere wurden von den Treibern zu den Plantagen zurückgetrieben, und Jan sprang an das Steuer seines Wagens. Schnell ging es über die Brücke zu dem andern Ufer. Da hielt er seinen Wagen neben dem Harry Schlüters an.

Die Freunde reichten sich die Hände, und dann fuhren sie hintereinander nach Saorda, der Schlüterschen Besitzung.

Das Wohnhaus Harry Schlüters lag auch oben auf einem Berge, weil oben die Luft besser war. Im scharfen Tempo nahmen sie die Kurven aufwärts und hielten bald vor dem Schlüterschen Bungalow. Auf der Veranda saß eine schlanke, junge Frau. Sie sprang auf und warf die Näherei in weitem Bogen von sich. Eiligst kam sie die Treppe herunter und flog in ihres Mannes Arme.

Dann begrüßte sie auch Jan.

»Famos, daß Sie mitkommen, Jan, ich brauche sehr nötig Ihre gute Laune. Ich habe einen Brief von meiner Freundin Waltraut bekommen, mit einer Absage. Sie bekommt von ihrem Vater keinen Urlaub, mich zu besuchen.«

Jan schüttelte ihr die Hand.

»Frau Dora, das wäre doch auch wider die Abrede gewesen, wenn Ihre Freundin nach Saorda kommen würde, wenn ich in Europa bin.«

»Ich kann mir die Zeit leider nicht aussuchen, Jan, Sie müssen bedenken, daß Waltraut bei ihrem Vater einmal eine günstige Stimmung abpassen muß, in der sie ihm die Erlaubnis zu dieser Reise abschmeicheln kann. Sie möchte ja sehr gern kommen, aber der Vater will sie nicht fortlassen. Also muß ich weiter warten. Und nun reisen auch Sie bald fort, und dann bringen Sie sich sicher eine Frau mit heim.«

»Setzen Sie mir nicht auch noch zu, Frau Dora, mein Vater hat mir den Kopf schon warm genug geredet. Ich will ja auch ganz gern heiraten, aber so eine Frau müßte ich finden, wie Ihre Freundin ist. Zeigen Sie mir doch noch einmal ihr Bild, Frau Dora.«

Dora brachte das Bild ihrer Freundin herbei. Jan sah lange in das reizende Mädchengesicht, dann atmete er tief auf.

»Also wie gesagt, zeigen Sie mir eine Frau wie diese, und ich heirate sie auf der Stelle«, scherzte er.

Frau Dora lachte.

»Das haben Sie mir schon wiederholt gesagt, Jan, aber wer weiß, ob Sie sich diesmal nicht schon eine Frau mitbringen werden. Wenn Waltraut dann endlich kommen wird, sind Sie längst glücklicher Ehemann.«

Jan sah wieder lange in das Gesicht Waltrauts und sagte dann, das Bild Frau Dora zurückreichend:

»Wer weiß, Frau Dora. Ich bin allerdings des eintönigen Lebens müde. Warum soll es Harry allein so gut haben, eine schöne junge Frau sein eigen nennen zu können.«

Frau Dora lachte.

»Sie üben sich wohl schon in Komplimenten, Jan. Wann reisen Sie denn nun?«

»Ich komme, um Abschied zu nehmen, Frau Dora. Übermorgen geht es fort.«

Dora Schlüter schluckte verstohlen ein paar Tränen hinunter, damit ihr Mann nicht merkte, wie sie das Heimweh packte. Sie wollte ihn doch nicht betrüben.

»Also, so bald schon?«

»Ja. Und ich wollte Sie und Harry herzlich bitten, sich mal nach meinem Vater umzusehen. Ich bin in großer Sorge um ihn. Er wird, wenn ich fort bin, noch viel düsterer und schwermütiger werden.«

»Ich suche ihn zuweilen auf, Jan. Aber seine Schwermut werde ich kaum heilen können.«

»Die ist nicht mehr zu heilen, Harry. Seit ich meinen Vater kenne, ist er nicht anders gewesen. Irgend etwas Schweres lastet auf ihm, etwas, das in der Vergangenheit liegt. Er spricht sich nie aus darüber, und deshalb kann ich ihm nicht helfen. Ich bitte dich nur, zuweilen nach ihm zu sehen, damit er sich nicht gar zu einsam fühlt.«

»Das ist selbstverständlich.«

Inzwischen hatte Frau Dora eine Erfrischung bestellt, eine der Dienerinnen brachte sie heraus. Die drei Menschen saßen beisammen auf der Terrasse und hatten einander noch viel zu sagen. Dann wurde Abschied genommen, er tat allen weh. In der weltabgeschiedenen Einsamkeit, in der sie hier im fremden Lande lebten, war es schwer, einen zu entbehren.

Frau Dora weinte, und auch den Männern wurden die Augen feucht. Dann raffte sich Jan auf.

»Hallo, Frau Dora, jetzt zum Abschied noch einmal klare Augen und ein frohes Lachen. Sechs Monate sind bald vorbei, dann sehen wir uns wieder. Harry, führe deine Frau einige

Male nach Kandy, damit sie das Tanzen und das Lachen nicht verlernt.«

Dora erzwang ein Lachen, die Hände wurden noch einmal geschüttelt, dann sprang Jan in seinen Wagen und fuhr davon. Dora warf sich in die Arme ihres Mannes, die sie fest und liebevoll umfingen.

Jan fuhr auf seine Plantage und sah überall nach dem Rechten. Dann kehrte er nach Hause zurück.

Am übernächsten Tage reiste er ab. Sein Vater sah ihm mit umflorten Augen nach. Ein brennendes Weh malte sich in seinem Gesicht. Würde er seinen Sohn noch einmal wiedersehn – seinen einzigen – den einzigen, den ihm das Schicksal gelassen?

Langsam, mit schweren Schritten ging er ins Haus zurück, warf sich in einen Sessel und stützte die Arme auf den Tisch. Und seine Gedanken flogen in die Vergangenheit zurück – und suchten da draußen in der Welt –, was ihm teuer war – was er verloren hatte.

»Hast du einen Moment Zeit für mich, lieber Vater?«

»Einen Moment? Der ist schon vorbei.«

»Also fünf Minuten!«

»Gut, die bewillige ich dir. Was hast du auf dem Herzen, Waltraut?«

»Ich habe wieder einen Brief von Dora Schlüter. Sie bittet mich dringend, sie auf längere Zeit zu besuchen. Willst du mir wirklich nicht erlauben, es zu tun?«

»Aber Kind, darüber haben wir doch schon oft debattiert.«

»Ja, Vater, und leider hast du mir nie eine Zusage gegeben.«

»Könntest du es wirklich ernsthaft in Erwägung ziehen, mich so lange zu verlassen?«

»Ach, lieber Vater, du wirst mich – leider – kaum vermissen. Du bist von deinen Geschäften immer so stark in Anspruch genommen oder bist im Klub. Und wenn du doch einmal daheim bist, dann sprichst du meist mit Rudolf über Geschäfte oder über Dinge, die ich nicht verstehe. Ihr beiden vergeßt dann ganz, daß ich auch auf der Welt bin. Und deshalb wird es euch kaum zu Bewußtsein kommen, wenn ich einmal fort bin.«

Georg Roland sah etwas unsicher zu seiner Tochter auf, die, rank und schlank in ihrem eleganten Kostüm vor ihm stehend, einen sehr erfreulichen Anblick darbot. Es zuckte leise in seinem Gesicht, wie ein vorüberhuschender Schmerz, aber dann wurde sein Blick wieder ganz ruhig. Er faßte ihre Hand und zog sie näher zu sich heran an den Schreibtisch, an dem er saß.

»Waltraut, für wen arbeite ich denn, wenn ich mich in Geschäfte vergrabe?«

Diese Worte klangen weicher, als er sonst zu sprechen pflegte. Das rührte an Waltrauts Herz. Sie legte den Arm um seinen Hals und strich ihm mit der andern Hand zärtlich über die Stirn.

»Ich weiß, Vater, du tust es für mich. Aber was hilft es mir, wenn du immer mehr Reichtümer für mich sammelst und mich doch darben läßt an deiner Liebe, an deiner Gesellschaft? Ich möchte lieber ärmer sein, wenn ich nur nicht immer so einsam zu sein brauchte.«

Er lehnte sich einen Moment mit geschlossenen Augen in ihren Arm zurück und empfand das wie eine Wohltat. Aber dann riß er sich gleich wieder zusammen.

»Das wird alles anders werden, Waltraut.«

»Willst du dich endlich vom Geschäft zurückziehen und dir mehr Ruhe gönnen? Soll ich etwas von meinem Vater haben? Dann verzichte ich natürlich auf die Reise zu Dora.«

Er schüttelte den Kopf.

»Aber Kind, mit kaum fünfundsechzig Jahren setzt man sich doch noch nicht zur Ruhe. Ich werde mich doch nicht außer Kurs setzen.«

»Rudolf könnte dich doch vertreten.«

»Rudolf? Nun ja, später einmal, wenn ich mich nicht mehr arbeitsfähig fühle, dann soll Rudolf mein Nachfolger werden, obwohl er nicht mein Fleisch und Blut ist. Aber noch stehe ich selbst meinen Mann. Und du darfst nicht neidisch sein auf meine Geschäfte. So ein großes Handelshaus braucht ungeteilte Aufmerksamkeit, es ist doch mein Lebenswerk. Als ich es von meinem Vater erbte, stand es schon auf der Höhe, aber ich habe es doch noch weiter emporgebracht und bin stolz darauf. Und meine ganze Kraft gehört der Firma Roland, solange ich welche habe. Aber sei versichert, wenn ich mich dir auch nicht viel widmen kann, so gehört dir doch meine väterliche Liebe, meine Fürsorge.«

Wieder streichelte sie seine Stirn.

»Das weiß ich, lieber Vater, sonst wäre es auch noch viel trauriger für mich, daß ich so wenig von dir habe.«

Er sah sie mit einem forschenden Blick an.

»Du hast doch Rudolf? Ist er dir nicht sehr viel?«

Sie merkte nicht, daß eine gewisse Unruhe in seiner Frage lag.

»Ja doch, Rudolf ist mir gewiß lieb und wert, ich habe ihn lieb, als sei er mein richtiger Bruder, und was er an Zeit übrig hat, widmet er mir. Aber das ist eben sehr wenig. Auch er wird ja von Geschäften ganz in Anspruch genommen, wenn er nicht mit dir konferiert oder mit dir im Klub ist. Ihr beide seid immer zusammen und könnt mir gar nicht nachfühlen, wie das ist, wenn man den ganzen Tag so einsam und allein ist. Du solltest mich wirklich beurlauben, ich bin so leicht abkömmlich. Im Hause läuft auch alles ohne mich wie am Schnürchen unter der Aufsicht unserer Haushälterin. Laß mich doch nach Ceylon, Vater.«

Er richtete sich schroff auf, und sein Gesicht bekam einen harten, strengen Ausdruck, der ihr immer den Vater so fremd machte. Sie wußte, daß er gegen sich selbst am strengsten und härtesten war. Irgend etwas war aber in des Vaters Wesen, über das hinweg sie zuweilen den Weg zu seinem Herzen nicht finden konnte.

»Es geht nicht, Waltraut, ich kann dich nicht für lange Zeit fortlassen. Eine Reise zu deiner Freundin würde mindestens einige Monate in Anspruch nehmen, denn zur Reise allein brauchst du hin und zurück fast zwei Monate. Auch könntest du diese Reise nicht allein machen.«

»Doch, Vater, ich würde mich unter den Schutz des Kapitäns stellen, sehr viele Damen müssen solche Reisen allein machen.«

Der alte Herr machte eine hastig abwehrende Bewegung.

»Es geht nicht, schon deshalb nicht, weil ich andere Pläne habe. Doch davon später, die fünf Minuten sind schon längst verstrichen. Laß mich jetzt allein.«

Er küßte sie auf die Stirn, und ein trüber, sorgenschwerer Blick in seinen Augen hinderte sie an jedem weiteren Einwand. Still und beklommen verabschiedete sie sich und ging hinaus aus dem Privatkontor des Vaters, das in der ersten Etage des großen Geschäftshauses lag. Er sah ihr mit einem Blick nach, der sie tief erschüttert haben würde. Und ein dumpfer Seufzer stieg wie ein Stöhnen aus seiner Brust empor.

Als sie auf das Treppenhaus hinaustrat, kam gerade der Fahrstuhl auf der Etage an, und ein hochgewachsener junger Herr trat heraus. Er mochte fast die Mitte der Dreißig erreicht haben und war ohne Hut und Überrock. Aus seinem offenen sympathischen Gesicht leuchteten zwei graue, kluge Augen, in denen viel Güte lag, als er sie jetzt auf Waltraut richtete, während sein Gesicht sonst einen sehr energischen, bestimmten Ausdruck hatte. Lächelnd trat er auf sie zu, während der Fahrstuhl mit einigen anderen Herren weiter hinauffuhr.

»Du hier in unserem nüchternen Geschäftshaus, Waltraut, das dir doch sonst so unsympathisch ist?«

Damit reichte er ihr die Hand.

Sie seufzte tief auf. »Ja, Rudolf, es ist mir sehr unsympathisch, manchmal hasse ich es direkt wie einen Moloch, der alles, was mir lieb ist, auffrißt«, sagte sie zornig.

Er lachte leise.

»Aber Schwesterchen, du siehst ja ganz kriegerisch aus. Bist du so schlecht gelaunt?«

Kläglich sah sie zu ihm auf.

»Betrübt bin ich, sehr betrübt, weil Vater meine Bitte rundweg abgeschlagen hat zum soundsovielten Male.«

»Was denn für eine Bitte?«

»Dora hat wieder geschrieben und mich dringend um meinen Besuch gebeten. Ich soll auf einige Monate zu ihr kommen.«

»Ah, also wieder Reiselust, Waltraut? Und Vater hat deine Bitte wieder abgelehnt?«

»Leider!«

»Möchtest du uns denn so gern allein lassen, kleine Waltraut?« Er fragte das mit einem warmen Lächeln.

Vorwurfsvoll sah sie ihn an. »Ihr braucht mich ja gar nicht, ich bin so überflüssig, das habe ich Vater auch gesagt.«

Er streichelte ihre Hand.

»Überflüssig? Das ist doch nicht dein Ernst, Waltraut?« fragte er ernst.

»Doch, ihr habt immer allerlei vor, nie habt ihr Zeit für mich. Ich bin so viel allein, das spüre ich um so mehr, da ich leider keine ausfüllende Tätigkeit habe.«

»Du stehst doch im Haushalt vor.«

Sie zuckte die Achseln. »Nur nominell! In Wahrheit geht ohne mich alles viel besser. Frau Hag hat alles am Zügel und versteht ja auch alles besser als ich, und unsere Leute sind sehr tüchtig. Alles um mich her hat ernste Pflichten, nur ich nicht – ich bin einfach überflüssig.«

Er legte den Arm leicht um ihre Schulter.

»Aber Schwesterchen, was ist mit dir, so kenne ich dich gar nicht.« Es zuckte um ihren Mund.

»Kennt mich denn überhaupt ein Mensch, nimmt sich jemand nur die Zeit dazu, mich richtig kennenzulernen? Vater denkt, es ist alles gut und in Ordnung, wenn er Geld für mich verdient, und du – du wirst vom Vater immerfort in Anspruch genommen und vom Geschäft.«

Er sah sie forschend an und strich ihr dann über die Wange.

»Es wäre vielleicht wirklich gut, wenn du einmal für eine Weile fortkämest, dann würdest du vielleicht am ehesten erkennen, daß du im Grunde doch der Mittelpunkt bist, um den sich alles dreht, und daß du durchaus nicht überflüssig bist.«

»Vater läßt mich aber nicht fort.«

»Er fürchtet die Trennung von dir.«

Sie sah ihn fragend an.

»Glaubst du das wirklich?«

»Aber Waltraut, er hat dich doch lieb!«

»Soweit er sich Zeit läßt, sich darauf zu besinnen, und das geschieht sehr selten«, sagte sie mit schmerzlicher Bitterkeit.

»Du bist ungerecht, Waltraut«, sagte er ernst und vorwurfsvoll.

Sie seufzte. »Vielleicht – ich weiß nicht, wie es kommt, daß ich in dieser Beziehung so anspruchsvoll bin. Dafür hältst du mich doch gewiß. Und ich weiß ja natürlich auch, daß Vater nur für uns arbeitet, für dich und mich.«

»Hauptsächlich doch für dich, Waltraut, du bist ja sein einziges Kind.«

Ernst sah sie ihm in die Augen.

»Du bedeutest ihm trotzdem mehr als ich.«

Er stutzte und sah sie fast erschrocken an.

»Waltraut, du bist doch nicht etwa eifersüchtig, du wirst mir doch nicht mißgönnen, daß dein Vater mir auch ein Vater wurde?«

Lächelnd hing sie sich an seinen Arm und sah ihn mit einem liebevollen Ausdruck an.

»Aber nein, um Gottes willen, so mußt du das nicht auffassen, Rudolf. Ich gönne dir die Liebe meines Vaters, wie ich sie einem rechten Bruder gönnen würde. Nur erkenne ich einfach Tatsachen. Es ist doch so verständlich, daß du ihm nähersteht als ich. Du warst schon jahrelang von ihm als Sohn angenommen, als ich zur Welt kam, und er hing an dir mit einer so großen Beharrlichkeit, daß es mir schwer wurde, ein Plätzchen in seinem Herzen zu erobern, genau, als hätte ich schon einen großen Bruder gehabt. Was soll ein Mann wie mein Vater mit einem kleinen Mädchen anfangen? Wenn Mutter noch am Leben wäre, dann wäre ja alles gut. Solange sie lebte, habe ich mich nicht einsam gefühlt, obwohl ich da von Vater und dir auch nicht mehr hatte. Aber – nun habe ich Mutter doch nicht mehr.«

Es klang ein tiefer Schmerz aus ihren Worten. Eine tiefe Rührung flog über Rudolfs Gesicht.

»Ja, leider ist sie von uns gegangen, deine liebe, herrliche Mutter. Sie war die personifizierte Menschengüte. Nie vergesse ich ihr, wie mütterlich sie für mich, den Heimatlosen, gesorgt hat. Ich kann dir sehr gut nachfühlen, Waltraut, wie sehr sie dir fehlt, wie einsam du dich ohne sie fühlst. Habe ich doch selbst die Lücke, die sie hinterließ, schmerzlich empfunden. Das Scheiden von dir ist ihr auch sehr schwer geworden, sie hing mit zärtlicher Inbrunst an dir.«

Waltraut nickte und schluckte aufsteigende Tränen hinunter.

»Ja, siehst du, Mutter gehörte in der Hauptsache mir, Vater gehört in der Hauptsache dir. So war es immer, und es war gut so. Aber nun habe ich Mutter nicht mehr, und das macht mich so einsam. Deshalb gönne ich dir Vaters Liebe aber von Herzen. Ein Vater braucht einen Sohn mehr, eine Mutter die Tochter. Du mußt mich doch verstehen.«

Nachdenklich sah er sie an.

»Ich verstehe dich schon, mein armes Kleines! Mutter füllte das ganze Haus mit Liebe und Güte, mit Licht und Wärme für uns alle. Nun, da sie fort ist, mußt du ja frieren und einsam sein, zumal dir fast zu gleicher Zeit die liebste Freundin genommen wurde durch ihre Heirat und die damit verbundene Übersiedlung in ein fernes Land. Ich verstehe auch, daß du dich an die anderen jungen Damen deiner Bekanntschaft nicht inniger anschließen kannst, sie sind mehr oder minder oberflächlich. Nun bist du den größten Teil des Tages allein zu Hause. Vater und ich, wir haben unsere Geschäfte, die uns ablenken und ausfüllen. Ich sehe schon ein, es wäre besser für dich, wenn du eine Weile fortkämst zu deiner Freundin Dora. Dort würdest du Mutters Verlust eher verschmerzen, und wenn du wieder heimkehren würdest, dann würdest du erst wieder merken, wie warm und traulich es trotz allem im Vaterhause ist. Soll ich Vater für dich bitten, soll ich ihm das ans Herz legen?«

Sie faßte seine Hand mit festem Druck.

»Ach bitte, tu das, Rudolf! Auf dich hört Vater vielleicht. Weißt du, Dora fehlt mir so sehr, und sie sehnt sich auch nach mir, weil ihr Mann sie auch viel allein lassen muß. Sie ist nun schon fast drei Jahre fort nach Ceylon. Und wenn sie auch ihr Mann sehr glücklich macht und ihr jeden Wunsch von den Augen absieht, so wäre sie doch sehr glücklich, wenn ich zu ihr käme. Ihre Mutter kann die weite Reise nicht machen, und ihr Vater kann, wenn er sich wirklich zu einem Besuch bei ihr entschließt, nur kurze Zeit bei ihr sein. Und wenn ihr Mann auf der Plantage zu tun hat, was natürlich meistens der Fall ist, dann ist sie allein. So himmlisch schön es in ihrer neuen Heimat ist, würde sie sich doch sehr freuen, wenn ich kommen würde. Und wenn du mit Vater sprichst und er macht seine Bedenken wieder geltend, daß ich nicht allein reisen kann, dann sage ihm nur, daß ich unter dem Schutz des Kapitäns ganz sicher reise, und im Hafen würde mich dann, wenn ich allein kommen würde, Dora mit ihrem Manne erwarten.«

Er küßte sie lachend auf die Wangen.

»Ich werde nichts vergessen, was deinem Wunsch Erfüllung bringen könnte.«

»Du bist gut, wie immer, Rudolf.«

»Und werde mir selber damit weh tun, denn ich werde dich sehr entbehren«, sagte er, sehr ernst werdend.

»Ach, weißt du, für die paar Stunden, die du für mich übrig zu haben pflegst, findest du andere Verwendung.«

Er zog sie leise am Ohr.

»Das war eine kleine Stichelei, Waltraut.«

Sie reckte sich und küßte ihn schwesterlich auf die Wange.

»So, nun habe ich abgebüßt. Also versuche, Vater umzustimmen, ich würde mich so sehr freuen. Von allem anderen abgesehen, wäre schon die weite Reise auf dem Dampfer wunderschön. Wenn ich ein Mann wäre, hätte mich Vater längst auf Reisen geschickt, wie er dich auch hat reisen lassen.«

Er sah sie lachend an.

»Wenn du ein Mann wärst? Ach, Waltraut, in deinem Alter saß ich noch fest auf der Handelshochschule und konnte noch nicht an Reisen denken.«

Sie zog ein Mäulchen.

»Nun ja, ihr Männer werdet eben später reif als wir Frauen«, neckte sie. »Aber nun will ich dich nicht länger aufhalten. Auf Wiedersehn.«

»Wiedersehn, Waltraut!«

Sie trennten sich mit warmem Händedruck, und Waltraut huschte schnell die Treppe hinab.

Rudolf Werkmeister, Georg Rolands Pflegesohn, suchte seinen Pflegevater auf.

2

ALS ER DESSEN Privatkontor betrat, sah er betroffen, daß sein Pflegevater vor seinem Schreibtisch saß und das Gesicht in den Händen vergraben hatte.

»Ich störe doch nicht, lieber Vater?« fragte Rudolf ganz betreten, daß er den Vater in solch einer Situation überraschte.

Georg Roland zuckte zusammen. Er hatte den Eintritt Rudolfs überhört. Jetzt sah er auf und starrte Rudolf fassungslos an. Nur mühsam rang er eine große Erregung nieder.

»Ich habe dich erschreckt, Vater – bist du nicht wohl?«

Besorgt sah der junge Mann in das blasse Gesicht des älteren. Mit einem tiefen Atemzug fand sich Georg Roland wieder in die Wirklichkeit.

»Es ist seltsam, Rudolf, ich dachte gerade an deinen Vater – heute ist sein Todestag. Und da standest du vor mir, und es ist mir noch nie so aufgefallen wie heute, wie sehr du ihm gleichst. Deinen Eintritt hatte ich überhört, weil ich mit meinen Gedanken in vergangenen Zeiten war. Und als ich aufblickte, war mir, als sei dein Vater aus meinen Gedanken heraus vor mich hingetreten.«

Es geschah sehr selten, daß Georg Roland mit seinem Pflegesohn von dessen Vater sprach.

»Gleiche ich meinem Vater wirklich so sehr?« fragte Rudolf.

Der alte Herr nickte.

»Ja, je älter du wirst, je mehr gleichst du ihm.«

»Er war ja wohl ungefähr in meinem Alter, als er starb?«

»Ganz recht, vierunddreißig Jahre war er alt, genau wie du jetzt.«

»Und heute ist sein Todestag – seit dreiunddreißig Jahren ist er nun schon tot.«

Schwer nickte Georg Roland mit dem Kopfe.

Rudolf setzte sich zu ihm und nahm seine Hand.

»Du sprachst mir so selten von ihm, ich weiß so wenig über ihn, daß ich dich gerade heute bitten möchte, mir doch wenigstens über seinen plötzlichen Tod einmal ausführlich zu berichten.«

»Es weckt schmerzliche Erinnerungen, wenn ich von ihm spreche, deshalb vermeide ich es gern. Aber ich kann deinen Wunsch verstehen und will mich dazu aufraffen, davon zu sprechen. Also höre mich an.«

Der alte Herr setzte sich so, daß sein Gesicht im Schatten blieb. Dann begann er mit heiserer Stimme:

»Es war die schwerste Stunde meines Lebens, Rudolf, und gerade, ehe du eintratest, hielt ich sie mir wieder in der Erinnerung vor. Ganz lebendig steht sie wieder vor mir. Du weißt, dein Vater war mein bester, wohl mein einziger Freund, was man wirklich einen Freund nennen kann. Wir kannten uns von der Schule her schon. Dein Vater war einer der besten und kühnsten Bergsteiger, und einige Tage vor seinem Tode waren wir wieder einmal in die Schweiz gereist, in den Engadin, um verschiedene Touren zu machen. Wir waren über Nacht in der Schutzhütte geblieben und wollten nun den letzten Teil des Aufstiegs auf den Gipfel eines Berges machen. Ich verschweige dir absichtlich, welcher Berg es war, denn da du selber gern auf die Berge steigst, will ich dich nicht damit belasten. Dein Vater kannte Weg und Steg genau, und wir machten die Tour, die durchaus nicht zu den gefährlichsten gehörte, die wir schon zusammen gemacht hatten, ohne Führer, wie immer.

Bei schönstem, klarstem Wetter brachen wir auf, aber nach einer Stunde setzte plötzlich, nachdem sich der Himmel schnell umzogen hatte, ein heftiges Schneetreiben ein. Es wunderte mich, denn dein Vater war sonst im Voraussagen des Wetters fast unfehlbar. Diesmal hatte er sich wohl geirrt, sonst wären wir sicher in der Schutzhütte geblieben. Ich muß gestehen, daß mir nicht sehr wohl in meiner Haut war, denn es hatte sich auch ein starker Schneesturm erhoben, und die Staublawinen fegten über uns hinweg, als wollten sie uns mitreißen. Und seltsamerweise war auch dein Vater sehr still und in sich gekehrt, was mich allerdings nicht so sehr wunderte, weil er in jener Zeit viel Schweres erlebt hatte. Der dicht fallende Schnee, der wie ein weißes Tuch über uns herniederfiel, und die Staublawinen verschütteten sofort unsere Spuren. Aber trotzdem, wir waren schon in schlimmerer Situation gewesen, ohne daß dein Vater die Richtung verloren hätte. An jenem Tage war es aber doch geschehen. Wir waren über eine Stunde in diesem wüsten Schneetreiben unterwegs und waren dicht neben einem steilen Abgrund angekommen, von dessen Schauerlichkeit ich durch den dichten Schnee, der uns fast blind machte, keine Ahnung hatte. Und da setzte sich dein Vater, der sonst nie die Ruhe und Sicherheit verlor, dicht neben den Abgrund nieder in den Schnee und stöhnte: Ich habe die Richtung verloren, wir haben uns verirrt. –

Aber das war nicht das Schlimmste, dein Vater erklärte plötzlich: ›Ich kann nicht mehr, ich will nicht mehr, geh du allein weiter, halte dich immer rechts an der Felswand – laß mich allein – rette dich.‹

Es fiel mir natürlich nicht ein, diesen Worten Folge zu leisten, aber was nun kam, war etwas so Rätselhaftes, Unverständliches für mich, daß ich es heute noch nicht begreifen kann. Dein Vater, dieser kühne und unverzagte Bergsteiger, bekam, wie ein Neuling, einen furchtbaren Anfall von Bergkrankheit. Du weißt, das ist ein vollständiges Versagen der Nervenkraft, eine absolute Willenlosigkeit, die durch nichts zu besiegen ist. Ich war fürchterlich erschrocken. Wohl hatte dein Vater in jener Zeit Schweres erlebt, und deshalb hatte ich ihn überredet, zu seiner Erholung mit mir in die Berge zu gehen, aber einen solchen Nervenzusammenbruch hätte ich bei ihm nicht für möglich gehalten. Der einige Wochen zurückliegende Tod deiner Mutter, die er sehr geliebt und die er nach schwerer Krankheit verloren, hatte ihm wohl mehr zugesetzt, als ich geglaubt hatte. Ich war gerade erst von einer mehrjährigen Auslandsreise zurückgekommen und hatte ihn sehr verändert gefunden, aber wie gesagt, einen solchen Nervenzusammenbruch hatte ich bei ihm nicht für möglich gehalten. Offen gesagt, ich war sehr gegen die Verbindung deines Vaters mit deiner Mutter gewesen, weil sie beide völlig vermögenslos waren und dein Vater auf sein Gehalt angewiesen war, das er in einer Stellung in einem großen Handelshause bezog. Er hätte bei seiner fabelhaft interessanten Erscheinung, und seinen glänzenden Fähigkeiten eine ganz andere Partie machen können. Aber er liebte deine Mutter namenlos und wollte nicht von ihr lassen. Fast zwei Jahre ist das gutgegangen, aber dann begann deine Mutter nach deiner Geburt zu kränkeln und starb dann auch nach monatelangem Leiden. Wie gesagt, kurz nach ihrem Tode kehrte ich zurück, und nun saßen wir da oben in dem Schneetreiben fest. Dein Vater war völlig hilflos, ganz zusammengebrochen. Er beschwor mich nur immer wieder mit matter Stimme, ich möge mich allein retten, möge mich immer rechts halten, er sei nicht mehr imstande, nur noch einen Schritt zu tun.

Ich hätte natürlich gern Hilfe herbeigerufen, denn ich allein konnte den großen, schweren Mann nicht tragen, zumal ich auch etwas von Kräften war durch das Ankämpfen gegen den Schneesturm, aber ich wagte nicht, deinen Vater in der gefährlichen Nähe des Abgrundes allein zu lassen.«

Eine Weile verstummte Georg Roland und vermochte nicht, weiterzusprechen. Er stützte den Kopf in die Hand und verbarg sein Gesicht. Rudolf sah ihn erregt und erwartungsvoll an, drängte aber nicht, daß er weiter berichten möge. Endlich richtete sich der alte Herr auf, seufzte tief auf und wischte sich über die Augen, als müsse er ein quälendes Bild verscheuchen. Dann sprach er weiter mit heiserer, gepreßter Stimme:

»Ich beschwor deinen Vater, sich zusammenzunehmen, sich aufzuraffen und mit mir zu kommen, aber er reagierte gar nicht mehr, saß nur stumm und starrte vor sich hin. Ich wurde ärgerlich. ›Willst du hier liegenbleiben und erfrieren? Komm mit mir, denke doch an dein Kind‹, sagte ich.

Er sah mich an mit einem Blick, den ich nie vergessen werde.

›Ich will sterben, geh, laß mich allein‹, stieß er hervor. ›Versprich mir, daß du dich meines Sohnes annimmst, ich weiß, du wirst dies Versprechen halten.‹

Um ihn zu beruhigen, sagte ich, daß ich ihm das verspreche, aber er möge nicht so törichtes Zeug reden und möge aufstehen, da ich ihn doch nicht tragen könne.

Er schüttelte den Kopf und starrte wieder vor sich hin. Da sagte ich, um ihn aufzustacheln:

›Sei keine Memme, so kenne ich dich gar nicht.‹

Wieder sah er mich seltsam an.

›Nein – du kennst mich nicht.‹

Da zwang ich mich, in meiner Angst um ihn, zu einem verächtlichen Ton: ›Feigling!‹ rief ich ihm zu.«

Wieder machte Georg Roland eine Pause und kämpfte erst die Erregung in sich nieder. Dann fuhr er, mit starren Augen auf einen Fleck sehend, fort:

»Als ich ihm dieses Wort zurief, erhob er sich plötzlich – tat es aber so schwerfällig und ungeschickt, daß er auf dem glatten Boden ins Gleiten kam und – vor meinen entsetzten Augen – in den Abgrund stürzte, ehe ich ihn nur halten konnte.«

Lange war es still zwischen den beiden Männern, Georg Roland war totenblaß geworden, und seine Augen sahen glanzlos in die Weite, als sähe er das Grauenhafte wieder vor sich.

Endlich faßte Rudolf, der sich gefaßt hatte, seine Hand. Auch er war tief erschüttert.

»Verzeihe mir, ich habe schlimme Erinnerungen in dir geweckt durch meine Bitte.«

Georg Rolands Brust hob sich in einem stöhnenden Atemzug.

»Die brauchen nicht geweckt zu werden, Rudolf, sie sind immer wach, immer lebendig, jene Stunde steht immer in grauenvoller Klarheit vor mir. Also höre weiter: Dein Vater war abgestürzt, und ich konnte nichts, nichts tun, ihn zu retten. Der Abgrund, den ich ja nur ahnen konnte, da ihn das Schneetreiben ganz verdeckte, hatte deinen Vater aufgenommen. Ich stand eine Weile wie gelähmt, habe wohl vor Schreck laut aufgeschrien, schrie nun weiter wie sinnlos und beugte mich über den Rand des Abgrundes, um deines Vaters Namen zu rufen. Eine grauenvolle Stille antwortete mir. Und da endlich kam mir zum Bewußtsein, daß ich um jeden Preis Hilfe holen müsse. Ich lief davon wie ein Blinder, aber instinktiv mich nach deines Vaters Rat immer rechts haltend. Immer wieder schrie ich laut um Hilfe, und nachdem ich wohl eine halbe Stunde so gelaufen war, hörte ich eine Antwort auf meine Rufe – sie kam aus der Schutzhütte; zu meinem Erstaunen stand ich dicht davor, und drei Männer kamen mir entgegengestürzt, auf meinen Ruf antwortend. Wir mußten im Kreise herumgelaufen sein, da wir die Hütte vor Stunden verlassen hatten. Die drei Männer waren zwei Engländer und ein Führer, die dieselbe Tour, wie wir vorgehabt, machen wollten und in der Schutzhütte noch vor dem Schneetreiben angekommen waren. Ich berichtete völlig verstört von dem Unglück, das meinen Freund betroffen hatte, und mußte von dem Führer allerlei Vorwürfe anhören, weil wir die Tour ohne Führer gemacht hatten. Ich konnte ihm kaum erklären, daß wir ganz andere Touren schon ohne Führer gemacht hatten. Aber er und die Engländer begleiteten mich zurück zu der Unfallstelle. Wie durch einen Zauberspruch hatte plötzlich das Schneetreiben wieder aufgehört, und hell und klar schien die Sonne. Wir fanden die Stelle bald, an der dein Vater abgestürzt war, seinen Eispickel, das Seil und den Rucksack fanden wir schon tief unter dem Schnee. Der Schnee hatte alle Spuren verwischt. Aber ich sah nun erst den grauenvollen Abgrund klar vor mir und starrte entsetzt hinab.

Es war ausgeschlossen, daß wir von hier oben aus deinem Vater hätten zu Hilfe kommen können, selbst wenn er noch am Leben gewesen wäre. Der Felsen fiel ganz steil ab in eine tiefe Schlucht, in die von halber Höhe des Felsens ein tosender Wasserfall mit furchtbarer Gewalt herniederbrauste und auf dem Grund der Schlucht einen brodelnden Wasserkessel bildete, der von rotierenden Steinen durch die Gewalt des Wassers ausgehöhlt worden war. Aus diesem Wasserkessel suchte sich das Wasser mit großer Gewalt einen Ausweg, um sich in eine Ache zu ergießen. Das alles sah man aber nicht vom Rand des Abgrunds aus, es wurde mir nur von dem Führer der Engländer erzählt. Ganz glatt fiel der

Felsen ab, nur etwa drei Meter tiefer als wir standen war ein schmaler Vorsprung zu sehen, der sich zu einer aufwärts führenden Felsschrunde hinzog. Der Vorsprung war aber nur so schmal, daß ein Mensch vielleicht einen Halt gefunden hätte, wenn er vorsichtig und sanft hinuntergeglitten wäre, aber im jähen Fall konnte sich hier niemand halten. Der Körper deines Vaters war aufgeschlagen auf diesem Vorsprung, denn der Schnee lag nicht so hoch an der Stelle, wo er abgestürzt war, als an den anderen. Sonst aber war keine Spur von deinem Vater zu erblicken. Tief unten brodelte der Wasserfall, der sicher alles mit sich in die Tiefe riß, was ihm in den Weg kam. Es war aber unmöglich, auf den Grund der Schlucht zu sehen, obwohl es ganz klar geworden war. Der Führer sagte uns, daß es ausgeschlossen sei, daß dein Vater noch am Leben sei. Selbst, wenn er sich nicht gleich zu Tode gestürzt hätte, wäre er von dem Wasserfall in den brodelnden Wasserkessel gestürzt und dort zerrieben worden durch die Gewalt des Wassers. Es sei kaum eine Möglichkeit, daß die Leiche unversehrt geborgen werde, wenn sie überhaupt zutage gefördert werden könne, was unerhört schwierig sein würde.

Trotzdem wurde, nachdem wir sofort abgestiegen waren – den Engländern war die Lust an der geplanten Partie vergangen –, eine umfassende Rettungsaktion, die voraussichtlich im günstigsten Falle nur eine Bergung der Leiche möglich erscheinen ließ in die Wege geleitet. Aber sie verlief trotz unbeschreiblicher Mühen ergebnislos. Auch von deines Vaters Leiche fanden wir keine Spur, weder damals noch später. Ein Priester weihte die Stelle, und wir beteten für das Heil seiner Seele, weiter konnten wir nichts tun. Nicht einmal ein christliches Begräbnis konnte ich dem Freunde verschaffen.«

Erschöpft schwieg der alte Herr und sank in sich zusammen. Auch Rudolf saß mit blassem, fahlem Gesicht da und konnte nicht sprechen. Nach einer langen Weile fuhr Georg Roland fort:

»Du kannst dir denken, wie der Tod deines Vaters auf mich gewirkt hat. In einer unbeschreiblichen Stimmung reiste ich nach Hause, als alles getan war, was getan werden konnte. Mein erstes war, daß ich mich deiner annahm, nicht nur, weil ich es deinem Vater versprochen hatte, sondern auch, weil es mir Bedürfnis war. Du warst unter der Aufsicht deiner alten Kinderwärterin zurückgeblieben, die nun mit dir in meine Junggesellenwohnung übersiedelte. Als ich bald darauf heiratete, geschah es nicht zuletzt, um dir eine Mutter zu geben, die sich deiner annehmen konnte. Meine Wahl fiel auf eine Frau, der ich zutraute, eine gute Mutter auch für dich zu werden. Sie war einverstanden, dich aufzuziehen mit liebevoller Sorgfalt, und ich brauche dir nicht in Erinnerung zu bringen, was für eine gute Mutter sie dir wurde.«

»Nein, wahrlich nicht, lieber Vater, nie, niemals werde ich euch beide vergessen, was ihr für mich getan habt«, sagte Rudolf warm und herzlich.

»Von mir sprich nicht, ich erfüllte nur eine Pflicht und löste ein Versprechen. Nicht nur deinem Vater hatte ich gelobt, für dich zu sorgen, auch mir selbst hatte ich es gelobt, dich wie meinen eigenen Sohn aufzuziehen. Und ich hoffe, du bist überzeugt, daß ich dich wie einen Sohn an mein Herz nahm.«

Rudolf faßte seine Hand.

»Ja, Vater, davon bin ich überzeugt und danke dir von ganzem Herzen.«

Und damit drückte er schnell einen Kuß auf die Hand seines Wohltäters. Dieser zog wie in tiefem Erschrecken seine Hand zurück.

»Nein, danke mir nicht! Ich will keinen Dank! Und – nun laß mich allein. Ich muß mich erst wiederfinden und habe dann noch zu tun. Oder hattest du noch ein besonderes Anliegen?«

»Ja, Vater, ich traf Waltraut draußen im Treppenhaus. Sie sagte mir, weshalb sie bei dir war, und bat mich, ein gutes Wort für sie bei dir einzulegen. Könntest du Waltraut nicht gestatten, ihre Freundin für einige Zeit zu besuchen? Du hast mich vor Jahren lange Zeit ins Ausland gehen lassen, willst du deiner Tochter diese Erlaubnis nicht auch gewähren?«

»Du bist ein Mann und du gingst hauptsächlich, um unsere

geschäftlichen Verbindungen im Ausland zu festigen. Frauen gehören ins Haus.«

»Aber sie will doch nur die Freundin besuchen, die ja nun einmal so weit fort geheiratet hat. Du mußt bedenken, wie schwer Waltraut durch den Verlust ihrer Mutter betroffen ist – viel schwerer als du und ich. Wir haben unsere geschäftlichen Ablenkungen und sind abends oft im Klub. Waltraut ist soviel allein in dem Hause, das sonst die Liebe ihrer Mutter mit Wärme füllte. Leider ist fast zu gleicher Zeit ihre einzige Freundin von hier fortgegangen, und du weißt, wie schwer sich Waltraut an andere Menschen anschließt, die ihr zudem nicht zusagen. Nun kommen immer von ihrer Freundin die Sehnsuchtsrufe, weil auch diese sich im fremden Lande einsam und allein fühlt, da ihr Mann den ganzen Tag unterwegs ist. Wie verständlich ist es, daß Waltraut diesem Rufe gern Folge leisten möchte. Laß sie doch einige Zeit nach Ceylon gehen. Reisen ist ein gutes Mittel gegen Stimmungen, wie Waltraut solchen anscheinend unterworfen ist. Kommt sie zurück, wird sie sich freuen, wieder daheim zu sein, und den Verlust ihrer Mutter nicht mehr so schmerzlich empfinden.«

Georg Roland hatte seinen Pflegesohn mit forschenden Augen angesehen. »Würdest du Waltraut nicht vermissen?«

»Doch, Vater, sehr, wie ich auch weiß, daß du sie vermissen würdest, aber an uns dürfen wir in diesem Falle wirklich nicht denken, nur an Waltraut. Ich muß gestehen, ich sorge mich um sie, sie ist jetzt immer so still und bedrückt und grübelt zuviel.«

Der alte Herr strich sich über die Stirn, als sei ihm zu heiß. »Ihr setzt mir beide sehr zu, aber – ich kann nicht einwilligen, weil ich einen ganz bestimmten Grund habe. Ich habe andere Pläne – lange schon –, und die sollen sich jetzt verwirklichen. Und zwar erscheint mir der heutige Tag, der Todestag deines Vaters, besonders dafür geeignet. Aber jetzt nichts mehr davon, heute abend daheim, da werden wir weitersprechen. Jetzt laß mich allein, ich habe zu viel zu erledigen, die Arbeit wächst mir zuweilen über den Kopf, und ich sehe ein, daß ich mir eine Sekretärin engagieren muß. Wenn man nur gleich eine tüchtige, anstellige Persönlichkeit finden würde. Für Versuche am untauglichen Objekt fehlt mir die Zeit und die Geduld. Also geh, mein Junge, hier nimm diese Post mit, sie geht dich an.«

Er reichte seinem Pflegesohn einen Stoß Briefe, und dieser entfernte sich, um in sein eigenes Kontor zurückzukehren. Er war seit zwei Jahren Prokurist der Firma Roland mit einigen anderen Herren zusammen. Freilich war er der jüngste Prokurist.

Als Georg Roland allein war, begann er aber nicht gleich zu arbeiten. Er hatte nur allein sein wollen, denn was er seinem Pflegesohn erzählt hatte, wühlte alles wieder in ihm auf, was er an jenem Tage erlebt hatte. Wieder wie vorhin vergrub er das Gesicht in den Händen und saß in qualvolle Gedanken versunken. Fast sechsundsechzig Jahre war er alt geworden, und dreiunddreißig Jahre lag jener Tag hinter ihm, aber er konnte ihn nie vergessen. Immer wieder sah er den gleichaltrigen Freund vor sich, wie er ihn gesehen hatte, ehe er abstürzte. Er hatte sich bei seiner Erzählung in einigen Punkten nicht ganz streng an die Wahrheit gehalten, nie hatte er einem Menschen die unbedingte Wahrheit über jene Szene, die dem Absturz seines Freundes vorausgegangen war, gesagt. Wahrheit war, daß er mit Heinrich Werkmeister, seinem Freund, jene Bergtour gemacht hatte, und auch sonst stimmten alle Einzelheiten, nur hatte er sich in jener gefährlichen Situation nicht nur damit begnügt, dem Freunde zuzureden, daß er sich aufraffen solle, er hatte sich schließlich zu dem Willenlosen herabgebeugt und hatte versucht, ihn emporzuheben. Dieser hatte sich dagegen gewehrt, und zwar mit viel mehr Kraft, als das völlige Versagen seiner Nerven hätte zulassen können. Und da erst hatte ihm Georg Roland, um ihn aufzustacheln aus seiner Lethargie, zugerufen, daß er ein Feigling sei. Darauf hatte sich Heinrich Werkmeister plötzlich aufgerichtet, hatte sich auf den Freund gestürzt und ihm zugerufen:

»Das lasse ich mir auch von dir nicht ungestraft sagen – wehre dich!«

Und dicht an dem furchtbaren Abgrund hatten sie zu ringen begonnen, und Heinrich Werkmeister hatte plötzlich eine erstaunliche Kraft entfaltet. Georg hatte ihn im Ringen von dem Abgrund fortziehen wollen, aber er hatte sich nicht vom Fleck bringen lassen, hatte so unglücklich manövriert, daß er immer dichter herankam. Und dann hatte er ihm einen so kräftigen Stoß versetzt, daß er ein Stück zurücktaumelte und zu Boden fiel. Aber wohl dadurch, daß er den Freund in diesem Augenblick losgelassen hatte, war dieser plötzlich über den Rand des Abgrunds in die Tiefe geglitten.

Wie gelähmt hatte Georg Roland auf die Stelle gestarrt, wo der Freund gestanden hatte, und hatte nur einen grauenvollen Schrei ausgestoßen, als sei er selbst in höchster Todesnot gewesen. Und dann hatte er sich mühsam erhoben, hatte immer wieder um Hilfe geschrien, obwohl er keinen Menschen in der Nähe wußte, und hatte sich weit über den Abgrund gebeugt, um den Namen des Freundes in qualvoller Angst zu rufen, ohne daß er eine Antwort erhalten hätte. Endlich hatte er sich dann aufgemacht, um Hilfe um jeden Preis zu holen. Und sein Herz hatte die Gewißheit bedrückt, daß er schuld sei an dem Tod des Freundes, obwohl er ihn doch nur hatte retten wollen. Eine heiße Angst war dabei über ihn gekommen. Wenn man ihn nun zum Mörder seines Freundes stempelte, wenn man ihm nicht glaubte, daß er ihn nur einen Feigling genannt hatte, um ihn aus seiner Lethargie zu reißen, wenn man annahm, der Ringkampf habe im Ernst stattgefunden und er habe bei diesem Ringkampf den Freund mit Vorbedacht in den Abgrund gestürzt? Da warf man ihn vielleicht ins Gefängnis, stellte Verhöre mit ihm an und wühlte in der Wunde, die ihm durch den Tod des Freundes geschlagen worden war. Und sein stolzer Vater – was sollte der leiden, wenn er nur einen solchen Verdacht auf seinen Sohn geworfen sehen würde? Nein, er durfte nicht die volle Wahrheit sagen, mußte sich eine andere Version zurechtlegen.

Und während er, die Seele voll Verzweiflung, im Schneetreiben nach Hilfe rief und dahineilte wie ein Blinder, sich nur instinktiv so weit wie möglich rechts haltend, hatte ihn der Selbsterhaltungstrieb befähigt, sich die Szene am Abgrund in etwas veränderter Gestalt zurechtzulegen, und niemand hatte seine Schilderung bezweifelt.

Aber obwohl er sich im Grunde seines Herzens unschuldig fühlen mußte, blieb doch immer ein heimlicher Stachel in seiner Brust, der ihm sagte: Wenn du Heinrich nicht einen Feigling genannt hättest, hätte er nicht mit dir gerungen und wäre nicht abgestürzt. Dann lebte er vielleicht noch. Und so bist du unschuldig schuldig geworden.

Und noch etwas hatte er Rudolf verschwiegen, in bester Absicht freilich. Als er damals aus den Bergen heimgekehrt war mit bedrücktem Herzen, hatte er die Firma aufgesucht, bei der Heinrich Werkmeister angestellt gewesen war, um dort den Tod seines Freundes zu melden. Man hatte aber dort schon in den Zeitungen davon gelesen und – da der Posten Heinrich Werkmeisters neu besetzt werden sollte, hatte man eine Revision seiner Bücher vorgenommen. Dabei war dann zu Tage gekommen, daß Heinrich Werkmeister im Laufe einiger Jahre zwanzigtausend Mark unterschlagen hatte. Erst waren es nur ganz kleine Summen, die nicht ordnungsgemäß gebucht waren, dann immer größere und zuletzt, kurz vor seiner Abreise, waren noch zehntausend Mark unterschlagen worden. Im ganzen fehlten also zwanzigtausend Mark.

Georg Roland war durch diese Nachricht wie vor den Kopf geschlagen gewesen, das veränderte, nervöse Wesen seines Freundes war ihm nun in einem anderen Lichte erschienen. Erst jetzt kam ihm zum Bewußtsein, daß Heinrich Werkmeister doch all die großen Kosten, die ihm die Krankheit seiner Frau, die Anschaffung des Hausstandes, der Tod der Frau und die Geburt seines Sohnes verursacht haben mußten, nicht von seinem Gehalt hatte bestreiten können. Leider war er selbst in all der Zeit im Ausland gewesen, sonst hätte sich der Freund sicher um Hilfe an ihn gewandt, die er ihm auch gewiß gewährt hätte. So hatte er sich an fremdem Eigentum vergriffen, hatte die Bücher fälschen müssen und hatte dann nicht gewußt, was er hätte tun sollen. Nun wurde ihm der völlige Nervenzusammenbruch des Freundes erklärlich. ›Nein, du kennst mich nicht!‹ hatte ihm Heinrich da oben zugerufen und hatte ihn mit einem gramerfüllten Blick angesehen, den er nie vergessen konnte.

Alles das erschien ihm jetzt in einem anderen Licht, und er hatte sich gefragt: Wollte er sterben, um sein Unrecht zu sühnen? Hatte er ihn deshalb fortschicken wollen, ihm den rechten Weg angebend, den er also sicher nicht verloren hatte, damit er sich dann in die Tiefe stürzen konnte, deren Furchtbarkeit er doch sicher kannte, da er nicht zum ersten Male diese Partie machte?

Dies Geheimnis würde nie geklärt werden. Heinrich Werkmeister hatte es mit sich in sein grausiges Grab genommen.

Aber es war für Georg Roland eine Selbstverständlichkeit gewesen, daß er dem ehemaligen Chef des Freundes die unterschlagene Summe ersetzte. Deshalb sah dieser von einer Publizierung des Falles ab, und Heinrich Werkmeisters Name war rein erhalten worden für seinen kleinen Sohn. In der Zerrissenheit seines Gemüts, niedergedrückt von einem Schuldbewußtsein, das doch keines war, suchte Georg Roland an dem Sohne seines Freundes gutzumachen, was in seiner Macht stand. Und dabei wuchs der Knabe ihm ans Herz wie ein eigenes Kind. Rudolf zählte bereits dreizehn Jahre, als Georg selbst ein Töchterchen geboren wurde. Georg Roland war dadurch in eine schwierige Lage gekommen. Er hatte in Rudolf seinen Sohn und Erben gesehen, und fast erschien es ihm nun wie ein Unrecht an diesem, daß ihm durch die Geburt seiner Tochter dies Erbe verlorengehen sollte. Er grübelte, wie er das abwenden konnte, und kam zu einem Entschluß. Er legte sich selbst ein feierliches Gelübde ab, daß seine Tochter eines Tages die Gattin seines Pflegesohnes werden solle, damit ihm so das ihm zugedachte Erbe erhalten bliebe, ohne daß er seine eigene Tochter hätte enterben müssen. Dies Gelübde, in einer Stunde seelischer Erregung abgelegt, hielt er für bindend. Da nun seine Tochter herangewachsen war, hielt er es an der Zeit, die beiden jungen Menschen aneinanderzubinden. Waltraut war nun einundzwanzig Jahre alt, also heiratsfähig. Hatte doch ihre kaum zwei Jahre ältere Freundin Dora schon vor drei Jahren Hochzeit gehalten. Heute, am Todestage seines Freundes, wollte er noch mit Rudolf und danach auch mit Waltraut sprechen und ihnen sagen, daß sie füreinander bestimmt seien.

Und er sagte sich, daß er, wenn Rudolf der Gatte seiner Tochter geworden sei, alles getan haben würde, was er hätte für Rudolf tun können. Dann mußte doch endlich seine »Schuld« gesühnt sein. Er hatte sich bis heute noch nicht mit der Tatsache abfinden können, daß der Freund wohl selbst hatte den Tod suchen wollen und daß es eher ein Verhängnis für ihn selbst gewesen sei als eine Schuld, daß er die Ursache zum Tode seines Freundes geworden war. In seinem Unterbewußtsein hatte er es immer als Schuld empfunden, und die wollte er gutmachen um jeden Preis.

Daß er schon getan hatte, was in seinen Kräften stand, daß er Heinrich Werkmeisters Namen rein erhalten hatte und seinem Sohne eine sorglose Heimat, eine erstklassige Erziehung gab, damit begnügte sich der äußerst gewissenhafte Mann nicht.

Ganz fest war er entschlossen, sein Gelübde zu halten und aus Rudolf und Waltraut ein Ehepaar zu machen. Er tat damit auch seiner Ansicht nach das Beste für seine Tochter und bezweifelte gar nicht, daß die beiden jungen Menschen füreinander geschaffen seien.

Niemals hatte Georg Roland seinem Vater Mitteilung davon gemacht, was damals in den Bergen geschehen war. Und ebensowenig seiner späteren Frau. Oft war er nahe daran gewesen, ihr auch das Letzte zu enthüllen, aber immer hatte er es wieder in sich verschlossen, und sie war wohl zu feinfühlig, um nicht zu spüren, daß er sein tiefstes Inneres ihr verschlossen hielt, wenn sie auch nie darüber sprach.

Über all das grübelte der stille Mann am Schreibtisch nach in dieser Stunde, und er kam nicht mehr zum Arbeiten, bis es Zeit war, zu Tisch zu gehen – obwohl die Arbeit drängte.

3

ES WAR AM Abend desselben Tages. Villa Roland lag in vornehmer Abgeschlossenheit inmitten eines großen Gartens am Alsterufer. Waltraut stand am Fenster des Wohnzimmers und sah über die Alster hinweg, in Gedanken versunken. Rudolf hatte ihr nach dem Mittagessen gesagt, daß auch seine Bitte von dem Vater abgelehnt worden sei, weil er andere Pläne habe.

»Was mögen das nur für Pläne sein, Rudolf?« hatte sie gefragt.

»Ich weiß es nicht, aber Vater sagte mir, daß wir das heute abend erfahren würden, jedenfalls will er mit mir darüber sprechen.«

Waltraut hatte geseufzt.

»Dann zieht ihr euch natürlich wieder gleich nach Tisch in Vaters Arbeitszimmer zurück, und ich bin wieder allein. Und denke dir nur, wie herrlich es gepaßt hätte, wenn ich jetzt nach Ceylon gegangen wäre. Ich traf auf dem Heimweg Doras Vater. Er hat sich entschlossen, seiner Tochter einen Besuch zu machen, und reist in zirka vier Wochen ab. Er sagte mir, dies sei doch eine gute Gelegenheit für mich, ich könne da unter seinem Schutz und in seiner Begleitung reisen. Und ich könne dann bei Dora bleiben, bis diese im nächsten Spätsommer mit ihrem Gatten nach Deutschland reise, um den notwendigen Klimawechsel vorzunehmen. Also hätte ich auch auf der Rückreise Begleitung.«

Betreten hatte er sie angesehen.

»Gleich so lange möchtest du fort, Waltraut?«

»Nun ja, es wäre fast ein Jahr, Doras Vater reist Anfang Oktober, und sie und ihr Mann kommen nächstes Jahr im September herüber. Aber Vater wäre dann doch die Sorge los, daß ich allein reise.«

»Also ein ganzes Jahr? Weißt du, Waltraut, daß ich fast froh bin, daß der Vater dir diese Erlaubnis nicht gibt? Was sollen wir ein ganzes Jahr ohne dich anfangen?«

Sie zog die Stirn kraus.

»Das haben wir doch schon zur Genüge besprochen. Ihr würdet mich wenig vermissen. Aber Vater will nun einmal nicht. Meinst du vielleicht, daß ihm die Reise zu kostspielig erscheint und er sie mir deshalb verweigert?«

»Das halte ich für ausgeschlossen, da er doch mir ohne weiteres eine viel kostspieligere Reise gestattet hat.«

»Sonst würde ich sie einfach selbst bezahlen.«

»Ei, bist du Kapitalistin?« scherzte er.

»Du weißt doch, Rudolf, daß ich von Mutter eigenes Vermögen geerbt habe, über das ich seit meiner Mündigkeit selbst verfügen darf. Ich habe ja bisher noch keinen Gebrauch davon gemacht, würde es aber gern tun, wenn Vater um die Kosten der Reise besorgt wäre.«

»Das ist er sicher nicht, dein Vater ist doch ein reicher Mann.«

Sie zuckte die Achseln.

»Ich suche eben nach einem stichhaltigen Grund für seine Weigerung.«

»Und übersiehst den stichhaltigsten, daß er dich nicht gern so lange entbehren möchte.«

Ehe sie hatte antworten können, war der Vater eingetreten, und sie hatten nicht weitersprechen können.

Und nun stand Waltraut wartend am Fenster. Der Vater und der Bruder mußten jeden Moment nach Hause kommen.

Da sah sie auch schon das Auto vorfahren, das beide brachte.

Wenige Minuten später ging man zu Tisch. Waltraut vertrat die fehlende Hausfrau und dirigierte die Diener, ihre einzige Beschäftigung, wie sie sagte. Und gleich nach dem Abendessen sagte der Vater zu Rudolf:

»Komm mit in mein Arbeitszimmer, ich habe mit dir zu sprechen.«

Waltraut sah Rudolf mit einem Blick an, als wollte sie sagen: Ich habe es doch gewußt. Sie sagte aber nur:

»Dann darf ich mich wohl gleich von euch verabschieden, ich ziehe mich lieber mit meiner Lektüre gleich auf mein Zimmer zurück.«

Der Vater faßte ihr Kinn und hob ihr Gesicht zu sich empor.

»Ich bitte dich, unten zu warten. Du kannst ja auch im Wohnzimmer lesen. Ich möchte dich später auch noch in einer wichtigen Angelegenheit sprechen.«

Mit einem fragenden Blick sah sie zu ihm empor, sagte aber gehorsam: »Wie du willst, Vater, ich kann ja unten bleiben. Wenn du mich haben willst, läßt du es mich wohl wissen.«

Er sah sie seltsam an und freute sich an ihrer lieblichen Erscheinung. Sie hatte eine jugendfrische, schlanke Gestalt, schöne dunkelblaue Augen, so klar wie ein Bergsee, feine, reizvolle Züge und wunderschönes Haar von einer Farbe, die sehr selten ist. Es war ein richtiges Goldbraun mit helleren Lichtern, wenn die Sonne oder Kerzenlicht darauffiel. Sie trug ein mattblaues Abendkleid, das ihren zarten, aber gesunden Teint sehr hob. Unstreitig war Waltraut Roland eine sehr anziehende und anmutige junge Dame.

Das fand auch ihr Pflegebruder, der sich herabbeugte und sie auf die Wange küßte.

»Bis nachher, Waltraut!«

Sie nickte ihm lächelnd zu, und als sie so zusammenstanden, dachte Georg Roland mit einem Gefühl der Befriedigung, wie gut diese beiden jungen Menschen zusammenpassen würden. Rudolfs Gestalt überragte die Waltrauts um ein ganzes Stück, er war eine imponierende, interessante Erscheinung mit seinem festgeprägten Charakterkopf. Und in seinen grauen, guten Augen schien für Georg Roland die Gewähr zu liegen, daß er seiner Tochter Schicksal in gute, treue Hände zu legen bemüht war.

Während sich Waltraut in einen Sessel schmiegte, verließen die beiden Herren das Zimmer. Im Arbeitszimmer des Hausherrn angekommen, ließ sich Georg Roland in einen Sessel gleiten und forderte Rudolf auf, ihm gegenüber Platz zu nehmen. Erwartungsvoll sah er seinen Pflegevater an, und dieser sagte sich im stillen, daß er wohl das Seine dazu getan habe, daß Rudolf Werkmeister ein so tüchtiger Mann geworden war und daß er dazu geschaffen sei, eine Frau glücklich zu machen, wie auch seine Tochter alle Vorzüge hatte, die einen Mann beglücken konnten. Gewissermaßen hatte er ja diese beiden Menschen füreinander erzogen. Es mußte doch eine gute Ehe zwischen ihnen geben. Von Jahr zu Jahr hatte sich Georg Roland mehr in diesen Gedanken verbissen. Er erwartete von der Erfüllung seines Gelübdes endlich die völlige Befreiung von seiner eingebildeten Schuld.

Rudolf wartete ein wenig nervös auf das, was ihm der Vater zu sagen haben würde. Aber er fragte nicht, wußte er doch, daß der Vater voreilige Fragen nicht leiden mochte. Endlich begann Georg Roland, seinen Blick voll in den seines Pflegesohnes richtend:

»Ich bin mir bewußt, Rudolf, daß ich dir etwas sehr Außergewöhnliches zu sagen habe – du sollst mir helfen, ein Gelübde zu erfüllen.«

Erstaunt, fast betroffen von dem tiefen Ernst dieser Worte, sah ihn Rudolf an.

»Willst du mir sagen, Vater, was das für ein Gelübde ist.«

»Du sollst es gleich hören. Laß mich nur noch einiges vorausschicken. Du weißt, daß ich deinem Vater versprach, für dich zu sorgen.«

»Ja, du hast es mir oft gesagt, und du hast das in so vollem Umfange getan, daß ich dir nur immer wieder danken kann.«

»Nun wohl, ich sah in dir meinen Sohn und Erben, da ich gar nicht daran dachte, daß ich auch eigene Kinder haben könne. Du weißt, daß mir Waltraut erst nach zehnjähriger Ehe geboren wurde. Und ich muß sagen, daß ich dadurch in all meinen Plänen gestört wurde. Daß ich meiner Tochter das väterliche Erbe nicht entziehen konnte, war selbstverständlich, aber unmöglich erschien es mir, dich darunter leiden zu lassen.«

»Aber, lieber Vater, es ist doch selbstverständlich, daß Waltraut deine uneingeschränkte Erbin wird. Du hast mir eine so gute Erziehung zuteil werden lassen, daß ich gottlob allezeit imstande sein werde, für mich selbst zu sorgen.«

Der alte Herr nickte ihm liebevoll zu.

»Ich weiß, daß es dir am wenigsten einfallen würde, Waltraut ihr Erbe zu mißgönnen. Ich weiß, was für ein uneigennütziger Charakter du bist, und ich weiß auch, daß deine Kenntnisse und Fähigkeiten, deine Tüchtigkeit dir immer durchs Leben helfen könnten, wenn nicht schlimme Umstände eintreten würden.«

Dabei dachte Georg Roland, wie wenig Rudolfs Vater seine Tüchtigkeit und seine Fähigkeiten vor Not und Sorge und vor Schlimmerem bewahrt hatten. Aber das sprach er natürlich nicht aus.

»Was beunruhigt dich also, lieber Vater – ich fühle, daß du unruhig bist.«

»Ich will es dir sagen. Mir ist, als begehe ich ein Unrecht an dir, wenn ich meine Tochter zu meiner alleinigen Erbin einsetze. Das empfand ich schon bei ihrer Geburt – und deshalb legte ich damals ein Gelübde ab. Ich gelobte, *daß eines Tages meine Tochter die Gattin des Sohnes meines Freundes Heinrich Werkmeister werden müsse.* Das ist es, was ich dir zu sagen habe, mein lieber Rudolf. Ich habe damit gewartet, bis Waltraut das nötige Alter hatte. Sie ist nun einundzwanzig Jahre, das rechte Alter für eine Frau zum Heiraten. Ich habe euch beide in dem Sinne füreinander erzogen und glaube, daß eure Charaktere gut übereinstimmen werden. Ich wende mich zuerst an dich und frage dich, ehe ich mit Waltraut spreche, ob du mir helfen willst, mein Gelübde zu halten. Es ist mein sehnlichster Wunsch, daß du ihr Gatte und zugleich mit ihr mein Erbe wirst und die Firma Roland nach meinem Tode in meinem Sinne weiterführen wirst.«

Rudolf war leise zusammengezuckt und sehr blaß geworden. Nur mühsam konnte er seine Ruhe bewahren, was ihm der Vater sagte, kam zu überraschend für ihn. Endlich sagte er mit verhaltener Stimme:

»Lieber Vater, wie sehr mich dein Anerbieten rührt, kann ich dir gar nicht sagen. Ich sehe darin einen erneuten Ausdruck deiner väterlichen Liebe und Güte. Aber du wirst trotzdem verstehen, daß ich momentan fast betroffen bin durch deine Worte. Sie machen mich fassungslos.«

Es zuckte erregt in den Augen des alten Herrn.

»Ich hoffe, daß das nicht etwa heißen soll, daß du dein Herz schon anderweitig vergeben hast«, sagte er beunruhigt.

»Nein, Vater, ich habe offengestanden noch gar nicht an eine Heirat gedacht. Immer habe ich mir gesagt, daß ich von deiner Güte abhängig bin, und wenn du mich auch seit einigen Jahren als deinen Prokuristen auf eine feste Einnahme gestellt hast, so habe ich mir doch immer gesagt, daß ich in deiner Schuld bleibe nach allem, was du für mich getan hast. Du hast mich diese Schuld nie fühlen lassen, hast es mir immer leichtgemacht, die unzähligen Wohltaten von dir zu empfangen, und ich habe mich immer so sehr zu euch gehörig betrachtet, daß ich nie ernstlich daran gedacht habe, mich zu verheiraten und mich so gewissermaßen von euch zu trennen. Denn wenn ich heiraten wollte, konnte ich euch nicht auch noch meine Frau aufbürden. Ich beziehe ein Gehalt von dir, das mich in die Lage versetzt, alle meine Bedürfnisse glänzend zu befriedigen, zumal ich in deinem Hause wohne und verpflegt werde. Aber als wirklichen Besitz kann ich nur mein Gehalt buchen, das ich beziehe. Und wenn ich heiraten würde, müßte dies Gehalt zunächst für zwei und später vielleicht für mehrere reichen. So habe ich mir vernünftig gesagt, wenn ich nicht aus der Sphäre heraus will, in die mich deine Güte gestellt hat, darf ich keine Heiratspläne machen, wenn ich nicht ein Mädchen finde, die so viel Vermögen besitzt, daß sie sich selbst alle Annehmlichkeiten schaffen kann. Wiederum aber war mir der Gedanke, dann nicht für alles, was meine Frau brauchen würde, einstehen zu können, so unbehaglich, ja widerwärtig, daß ich den Gedanken an eine Heirat gar nicht ernstlich erwog. Ich bin deshalb kein Mönch gewesen, Vater, hier und da eine kleine Liaison, wie sie das Leben mit sich bringt, habe ich nicht ausgeschlagen. Aber mein Herz habe ich dabei nie verloren, das waren kleine Emotionen, an denen nur die Sinne beteiligt waren. So – nun habe ich dir auf diese Frage erschöpfend Antwort gegeben.«

Mit einem tiefen Atemzug nickte der alte Herr.

»Also, wenn dein Herz noch frei ist – wie stellst du dich zu meinem Wunsch?«

Rudolf fuhr sich über die Stirn.

»Ich habe von dir schon so viel angenommen, daß ich mich auch gegen diese deine Fürsorge nicht auflehnen würde. Aber ich habe Waltraut nie mit anderen als brüderlichen Augen angesehen. Ich habe sie von ganzem Herzen lieb und kenne all ihre guten Eigenschaften so genau, daß ich weiß, eine bessere, wertvollere Frau könnte ich mir nicht wünschen. Aber wie gesagt, sie ist meine Schwester, nur als solche sah ich sie bisher an. Deine Worte rücken sie mir zum erstenmal in ein ganz anderes Licht, und das kommt so überraschend, daß ich jetzt nicht weiß, was ich dir antworten soll. Vielleicht, da du dieses Gelübde ablegtest und diesen Wunsch hegtest, hättest du besser getan, wenn du uns nicht so ganz als Bruder und Schwester hättest aufwachsen lassen. Sollte ich deinen Wunsch erfüllen, müßte ich mich erst anders zu ihr einzustellen versuchen, müßte sie erst einmal mit anderen Augen ansehen. Sie ist so lieb und reizend, daß mir das vielleicht nicht einmal schwerfallen dürfte – ich weiß es noch nicht. Und man sagt, daß die Ehen, die nicht aus einer aufflammenden Leidenschaft, sondern in gegenseitiger ruhiger Wertschätzung geschlossen werden, oft am glücklichsten auszufallen pflegen. Ich meine, mir sollte es nicht schwerfallen, Waltraut mit der Zeit auch auf eine andere Art liebzugewinnen. Außerdem würde ich gern alles tun, um dir zu helfen, dein Gelübde zu erfüllen. Aber du darfst nicht vergessen, daß ich nicht allein in dieser Frage zu bestimmen habe. Waltraut müßte da unbedingt zuerst gefragt werden. Ein Mann kann sich vielleicht in einer solchen Situation eher umstellen als ein sensitives Mädchen. Und sie ist besonders feinfühlig.«

»Aber sie hat dich doch sehr lieb, schätzt dich sehr hoch ein.«

»Das weiß ich, aber zum Heiraten gehört mehr – oder weniger. So ein junges Mädchenherz ist zarter besaitet, als wir Männer nachfühlen können, und ich möchte nicht um alle Schätze der Welt, daß wir sie beunruhigen und ängstigen. Das könnte ich nicht ertragen, sie darf das Vertrauen zu mir nie verlieren.«

»Wenn aber Waltraut einwilligt – wäre mir dann deine Einwilligung auch sicher?«

Rudolf antwortete nicht gleich. Gewiß, es gab keine Frau auf der Welt, die er lieber hatte und höher einschätzte als Waltraut. Aber diese Liebe war eben von einer ganz anderen Art, als die in einer Ehe verlangt und gegeben wird. Auch er hatte sich zuweilen ausgemalt, wie es sein würde, wenn er einmal heiraten würde. Und er hatte das in einer ganz leidenschaftslosen, vernünftigen Art erwogen, weil er im Herzen unbeteiligt war. Und weil auch jetzt sein Herz noch nicht vergeben war, erschien es ihm nicht ganz unmöglich, sich Waltraut als seine künftige Frau zu denken. Nur meinte er, es müsse da erst eine peinliche Situation überwunden werden. Aber Waltraut? Er mußte jetzt daran denken, daß sie früher, als Kind, manchmal ganz naiv gesagt hatte: »Wenn ich mal groß bin, Rudolf, dann werde ich deine Frau.«

Darüber hatte er gelacht. Jetzt kam es ihm wieder in den Sinn. Er wußte auch, daß Waltrauts Herz noch für keinen Mann gesprochen hatte, sie war mit ihren einundzwanzig Jahren noch ein unbeschriebenes Blatt. Sollte es wirklich möglich sein, daß sie beide eines Tages eine Ehe eingehen würden, dann mußten sie sich freilich erst ganz umstellen. Er kannte Waltraut ganz genau, und sie kannte ihn ebenso. Viel zu gut kannten sie sich, als daß er sich jetzt ausmalen konnte, daß sie je anders als geschwisterlich aneinander denken konnten. Aber vielleicht ging alles besser, als er glaubte, vielleicht fanden sie sich beide in die veränderte Lage. Schließlich wußte er, daß er eine Frau in ihr bekommen würde, um die ihn viele Männer beneiden würden, und er, er würde natürlich alles tun, um Waltraut glücklich und zufrieden zu machen.

Und so sagte er schließlich:

»Wenn Waltraut einwilligen würde, meine Frau zu werden, dann würde mich nichts hindern, deinen Wunsch zu erfüllen, lieber Vater.«

Und seine Dankbarkeit gegen Georg Roland war ein so starkes Gefühl, daß er tatsächlich ohne Murren noch Schwereres auf sich genommen hätte.

Der alte Herr reichte ihm die Hand.

»Ich danke dir, mein Sohn, und nun bitte ich dich, mich allein zu lassen. Ich will Waltraut rufen lassen und auch mit ihr erst einmal allein sprechen. Wenn ich deine Zustimmung nicht erhalten hätte, dann hätte ich mit Waltraut über diese Sache gar nicht gesprochen. Sobald ich mit ihr im klaren bin, lasse ich dich rufen.«

Rudolf erhob sich und sah den Vater bittend an.

»Eins mußt du mir aber versprechen, Vater.«

»Was soll ich versprechen?«

»Daß du keinerlei Zwang auf Waltraut ausüben wirst, ich muß gewiß sein, daß sie ganz freien Herzens darauf eingeht, anders wäre es mir unerträglich.«

»Darauf gebe ich dir mein Wort!«

Rudolf nahm die Hand des alten Herrn. Groß und ernst sah er ihm in die Augen.

»Ich weiß, du willst mir jetzt den größten Beweis deiner Liebe und deines Vertrauens geben, lieber Vater. Dafür danke ich dir von ganzem Herzen. Mag der Himmel alles zum besten kehren, damit du nie zu bereuen brauchst, was du für mich getan hast.«

»Nie, niemals werde ich das bereuen«, sagte der alte Herr feierlich.

Rudolf Werkmeister ging mit einem unbeschreiblichen Gefühl hinaus. Es war ihm alles so schnell und überraschend gekommen, und sein einziger Trost in dieser entschieden etwas peinlichen Situation war, daß Waltraut die Entscheidung selbst in den Händen hatte. Er würde sich in alles fügen, um seine Dankbarkeit zu beweisen.

Rudolf Werkmeister war hinausgegangen, und wenige Minuten später stand Waltraut vor ihrem Vater.

»Du hast mich rufen lassen, lieber Vater.«

»Ja, Kind, bitte nimm Platz, ich habe etwas besonders Wichtiges mit dir zu besprechen.«

Etwas beklommen durch seinen feierlichen Ernst ließ sich Waltraut in demselben Sessel nieder, in dem zuvor Rudolf gesessen hatte.

»Was hast du mir zu sagen, lieber Vater?«

Er nahm ihre Hand.

»Hast du schon einmal darüber nachgedacht, Waltraut, daß du nun im heiratsfähigen Alter bist?«

Sie lächelte ein wenig.

»Aber, Vater, daran denkt doch jedes junge Mädchen. Seit Dora verheiratet ist, habe ich natürlich zuweilen darüber nachgedacht.«

»Und hast du dabei an einen bestimmten Mann gedacht?«

Sie lachte unbefangen.

»Nein, Vater, von all den jungen Herren, die mir mehr oder weniger den Hof machten, hat mir keiner so sehr gefallen können, daß ich ihn hätte zum Manne haben mögen. Weißt du, ich glaube, das liegt daran, daß ich sie alle mit Rudolf habe vergleichen müssen – und da schneiden sie selbstverständlich sehr schlecht ab.«

Er atmete auf.

»Also Rudolf gefällt dir von allen jungen Herren, die du kennst, am besten?«

»Aber selbstverständlich, lieber Vater, mit ihm hält doch keiner einem Vergleich stand«, sagte sie ganz harmlos und unbefangen.

Gerade diese Harmlosigkeit hätte dem alten Herrn sagen müssen, daß Waltraut Rudolf mit ganz schwesterlich ruhigem Herzen gegenüberstand, aber er wollte etwas anderes heraushören und streichelte bewegt über ihre Waden.

»Weißt du, daß mich das sehr froh macht?«

Erstaunt schüttelte sie den Kopf.

»Aber, Vater, es kann dir doch nichts Neues sein, daß Rudolf mir nach dir der liebste Mensch ist?«

»Nein, das ist mir natürlich nichts Neues, aber ich freue mich doch, daß du es mir bestätigst, freue mich um so mehr, da es meinen Wünschen entgegenkommt. Und nun will ich dir auch sagen, was ich für Pläne habe. Du und Rudolf, ihr sollt gemeinsam meine Erben werden, und deshalb ist mein brennender Wunsch, daß ihr beide heiratet.«

Waltraut sah ihn erstaunt an, mehr erstaunt als betroffen.

»Aber, Vater! Heiraten? Rudolf und ich? Das kann doch nicht dein Ernst sein.«

Es zuckte erregt in seinem Gesicht.

»Doch, Kind, es ist mein Ernst, ist es um so mehr, als ich ein Gelübde abgelegt habe, daß meine Tochter die Gattin des Sohnes meines Freundes Heinrich Werkmeister werden soll.«

Und er berichtete ihr, wie er dazu gekommen sei, dies Gelübde abzulegen. Waltraut hörte etwas beklommen zu. Und als sie sich vorstellen wollte, daß Rudolf ihr Mann werden könne, mußte sie in ihrer Unerfahrenheit über das Wesen der Ehe ein wenig lachen.

»Das ist doch eine ganz seltsame Idee von dir, Vater.«

»Warum?« fragte er nervös.

Wieder mußte sie ein wenig lachen.

»Weil ich in Rudolf doch immer nur meinen Bruder gesehen habe. Nie wäre mir der Gedanke gekommen, daß er eines Tages mein Gatte sein könne. Als Kind habe ich wohl zuweilen in meinen Spielen Rudolf zu meinem späteren Gatten bestimmt, aber doch nur, solange ich ein dummes Kind war. Im Ernst hätte ich nie daran gedacht.«

»Aber nun ich dich auf diese Idee gebracht habe, nun mußt du doch zugeben, daß ich einen besseren Gatten als Rudolf nie für dich finden würde, solange ich auch suchte.«

Sie war nun doch ein wenig blaß geworden und schlang die Hände ineinander.

»Nein, nein, einen besseren gewiß nicht! Das weiß ich selbst. Nur kann ich nicht fassen, daß Rudolf jemals mein Gatte werden sollte. Wir sind doch wie Geschwister aufgewachsen und haben uns immer nur als solche betrachtet.«

»Ich sehe, daß ich damit einen Fehler beging. Rudolf hat mir das auch schon klargemacht.«

Eine jähe Röte schoß in ihr Gesicht.

»Du hast mit Rudolf schon darüber gesprochen?«

»Ja, ich habe ihm soeben meinen Wunsch unterbreitet.«

»Oh! Und er war sicher ebenso überrascht wie ich. Was hat er denn dazu gesagt?«

Und bei dieser Frage war wieder ein harmloses Lachen in ihrer Stimme.

»Er legt die Entscheidung in deine Hände.«

Überrascht sah sie auf.

»Wie? Er hält das für möglich? Er hätte nichts dagegen einzuwenden?«

»Er will mich nicht hindern, mein Gelübde zu halten, zumal er weiß, daß er in dir eine sehr liebenswerte Frau bekommen wird. Natürlich gibt er auch zu, daß ihm das alles überraschend kommt und daß er sich erst an den Gedanken gewöhnen muß, dich mit anderen Augen zu betrachten. Aber einzuwenden hat er nichts.«

Waltraut strich ein wenig unruhig das Haar aus dem Gesicht.

»Das ist doch so seltsam, Vater! Ich sollte mich plötzlich ganz anders einstellen zu Rudolf, sollte in ihm nicht mehr meinen Bruder sehen, sondern meinen Gatten. Das – das ist so merkwürdig –, ich kann das gar nicht fassen.«

»Du willst mich also zwingen, mein Gelübde zu brechen?« fragte er traurig.

Schnell faßte sie seine Hand und sah ihn betreten an.

»Wie konntest du nur so ein Gelübde ablegen, Vater?« entfuhr es ihren Lippen.

Wie ein Stöhnen kam es über seine Lippen.

»Wie ich es konnte? Ich sah doch in Rudolf meinen Sohn, schon lange, ehe du geboren wurdest. Sollte ich ihn enterben, weil ich nun eine Tochter besaß?«

Sie erschrak.

»Nein, nein, das will ich gewiß nicht, dazu habe ich Rudolf viel zu lieb.«

»Siehst du, Kind, du hast ihn lieb, weißt vielleicht selbst nicht, wie lieb du ihn hast. Du sagtest doch vorhin selbst, kein anderer Mann kann in deinen Augen den Vergleich mit ihm aushalten. Also was hindert dich, ihm dein Jawort zu geben?«

Sie zuckte hilflos die Achseln.

»Ja, was hindert mich? Ich weiß es selbst nicht, wohl nur der Umstand, daß ich immer nur meinen Bruder in ihm sah.«

»Sonst nichts?«

»Nein, nein, was sollte mich sonst hindern.«

»Du wirst dich an den Gedanken gewöhnen, in ihm deinen künftigen Gatten zu sehen.«

Waltraut sah sinnend vor sich hin. Sie war noch sehr unerfahren, unerfahrener als andere Mädchen ihres Alters. Sie gehörte nicht zu denen, die ihre Gefühle schon vor der Ehe in kleiner Münze verzetteln. Von der Ehe hatte sie nur unklare Begriffe, und so war es möglich, daß sie sich ganz harmlos fragte, ob es nicht doch ganz gut und richtig sei, wenn sie Rudolf heiratete. Er war doch wirklich ihr liebster Mensch, und sie hatte zu ihm ein so unbedingtes Vertrauen. Immer hatte sie sich ein wenig davor gefürchtet, daß eines Tages ein ganz fremder Mensch in ihr Leben treten könne mit allerlei Forderungen, die ihr unbequem und verdrießlich sein könnten. So wie Harry Schlüter in das Leben ihrer Freundin Dora eingedrungen war und sie aus den freundlichen und friedlichen Verhältnissen ihres Vaterhauses hinaus in eine fremde Welt gerissen hatte.

Wieviel besser würde sie es da haben als Rudolfs Frau, da würde nicht gewaltsam in die freundlichen Gewohnheiten ihres Lebens eingegriffen werden. Es war doch eigentlich töricht von ihr, daß sie vor diesem Gedanken erschrocken war.

Aber freilich, es war doch ein wenig peinlich, wenn sie sich plötzlich so anders zueinander einstellen sollten. Wenn sie wenigstens Zeit gehabt hätten, sich erst an diesen Gedanken zu gewöhnen. Sie seufzte auf.

»Ja, Vater – wenn man sich erst daran gewöhnen könnte! Schließlich kann ich mir wirklich keinen besseren Mann wünschen als Rudolf, aber die Umstellung ist doch gewiß etwas peinlich. Ich weiß nicht, wie sich das fügen soll. Es braucht jedenfalls Zeit.«

»Du sollst Zeit haben, soviel du willst, Waltraut. Wenn du mir nur deine Einwilligung gibst, will ich dir alles so leicht machen wie es möglich ist.«

Sie sah sinnend vor sich hin.

»Ich möchte dir natürlich helfen, dein Gelübde zu erfüllen, nun du es einmal abgelegt hast. Rudolf ist ja so lieb und gut, bei ihm wäre ich wohl geborgen, das sehe ich ein. Aber Zeit müßte ich haben und –«

Er sah sie fragend an.

»Und was?«

»Laß mich nachdenken.«

Sie saß eine Weile in tiefes Sinnen verloren, dann hob sie den Kopf. »Ja, Vater, so könnte es vielleicht gehen. Ich will dir versprechen, Rudolfs Frau zu werden, wenn du mir ein Jahr Zeit läßt. Und dieses Jahr will ich fern von Rudolf verbringen, ohne in dieser Zeit mit ihm zusammenzutreffen oder mit ihm zu korrespondieren. Auch für Rudolf wird das das beste sein. Wir können in dieser Zeit der Trennung zu vergessen suchen, wie wir bisher zueinander gestanden haben. Er und ich, wir können uns an den Gedanken gewöhnen, daß wir von jetzt an anders zueinander stehen sollen. Darauf müßte ich bestehen, Vater. So von heute auf morgen mein Verhalten zu Rudolf ändern, das kann ich nicht. Laß mich solange zu Dora Schlüter nach Ceylon gehen. Wenn ich dann von der Reise zurückkomme, dann werde ich Rudolf mit anderen Empfindungen gegenüberstehen können und er auch mir. Wir können so allem Peinlichen dieser Umstellung aus dem Wege gehen. Nicht wahr, Vater, du siehst ein, daß das sein muß?«

Georg Roland konnte sich den Ausführungen seiner Tochter nicht verschließen. Er mußte ihr recht geben.

Waltraut berichtete ihm noch, daß Doras Vater in vier Wochen nach Ceylon reise und sie gern unter seinen Schutz nehmen würde und daß sie dann im September nächsten Jahres mit Schlüters wieder zurückkommen könne.

Ihr Vater war viel zu froh, daß sie in die Verbindung mit Rudolf willigte, als daß er ihrem Wunsche, den er unter den gegebenen Umständen berechtigt fand, nicht gern nachgekommen wäre. Er besprach die Angelegenheiten noch von allen Seiten mit ihr, und Waltraut schien sich nun ziemlich leicht in den Gedanken an eine Verlobung mit Rudolf zu finden. Georg Roland ließ also schließlich Rudolf rufen.

Dieser hatte inzwischen Zeit gehabt, sich ein wenig mit dem Gedanken an eine Heirat mit Waltraut vertraut zu machen. Er suchte sich wenigstens einzureden, daß es ihm nicht schwerfallen würde, den Wunsch seines Pflegevaters zu erfüllen. Georg Roland sagte ihm nun, wie Waltraut seinen Vorschlag aufgenommen hatte und was für eine Bedingung sie gestellt hatte.

Rudolf trat zu Waltraut heran und faßte ihre Hände.

»Wir sind beide durch Vaters Wunsch überrascht worden,

Waltraut, aber in meinem Herzen besteht kein ernstes Hindernis dagegen. Und ich freue mich, daß auch in deinem Herden ein solches Hindernis nicht vorhanden ist. So wollen wir Vaters Wunsch erfüllen, damit er sein Gelübde einlösen kann. Aber ich begrüße es trotzdem mit meinem vollen Einverständnis, daß du auf ein Jahr nach Ceylon gehen willst und denke, daß du damit den richtigen Weg gefunden hast, auf dem wir uns später als Verlobte zusammenfinden können. Auch ich halte jetzt eine Trennung für wichtig und für notwendig. Jedenfalls danke ich dir, daß du dein Schicksal vertrauensvoll in meine Hände legen willst.«

Sie sah mit einem Lächeln zu ihm auf, das ihm verriet, daß sie sich der ganzen Tragweite ihres Entschlusses durchaus nicht bewußt war, und das rührte ihn.

»In keines Mannes Hände vertrauensvoller als in die deinen, Rudolf, das ist doch sicher. Und ich bin froh, daß auch du in diese Trennung willigst, die ich für unbedingt nötig halte, weil wir uns sonst vielleicht in einer gewissen Befangenheit auseinanderleben würden, statt uns auf der veränderten Basis näherzukommen. Wenn ich nach Jahresfrist zurückkomme, wollen wir uns gleichsam als neue Menschen gegenübertreten. Ich bitte dich auch, daß wir uns bis zu meiner Abreise möglichst aus dem Wege gehen.«

»Dazu kann ich am besten helfen«, warf Georg Roland ein. »Rudolf kann morgen schon eine Geschäftsreise antreten, die ihn vom Hause fernhält, bis du abgereist bist.«

Das war den beiden jungen Menschen sehr angenehm. Sie dankten dem Vater für seine Bereitwilligkeit. Dieser war sich selbst darüber klargeworden, daß auf diese Weise sich alles am besten einrenken würde. Man besprach nun ganz ruhig noch allerlei Notwendiges. Die Verlobung des jungen Paares sollte noch geheimgehalten werden bis nach Waltrauts Rückkehr, aber sie war trotzdem in aller Form geschlossen. Die Hochzeit sollte dann vorbereitet werden. Von dieser Hochzeit sprach freilich nur der Vater, Waltraut und Rudolf sahen scheu aneinander vorbei, als das geschah. Und Waltraut verabschiedete sich dann schnell von den beiden Herren. Heute gab ihr Rudolf nicht wie sonst einen brüderlichen Kuß zur guten

Nacht, sie vermieden das beide in einer peinlichen Befangenheit. Rudolf beugte sich nur auf Waltrauts Hand und führte sie an seine Lippen.

»So will ich dir schon jetzt glückliche Reise wünschen, Waltraut. Da wir nicht miteinander korrespondieren wollen, werden wir ja durch Vater voneinander hören. Ich hoffe und wünsche, daß du nach Jahresfrist leichten und frohen Herzens zu mir zurückkehren wirst«, sagte er warm und herzlich, mit einer leisen Sorge um sie.

Aber sie sah ihn ganz tapfer an.

»Ich danke dir, Rudolf, und ich wünsche dir auch, daß du nie zu bereuen brauchst, daß du Vaters Wunsch erfüllt hast.«

»Das werde ich sicher niemals tun, ich kann keine bessere und liebere Frau finden als dich.«

»Und ich keinen besseren und zuverlässigeren Mann. Leb wohl, Rudolf, auch dir wünsche ich eine glückliche Reise, wir werden uns am besten morgen gar nicht mehr wiedersehn.«

Er merkte ihr sehr wohl an, daß sie dies Wiedersehn fürchtete, und es tat ihm doch weh, daß das alte, vertraute Verhältnis zwischen ihnen gestört wurde. Aber es war gewiß notwendig, daß sie sich erst fremder werden mußten, um sich näherkommen zu können. Noch einmal zog er ihre Hand an seine Lippen. Ihm war, als müsse er sie schützend in seine Arme nehmen und ihr beruhigend über das Köpfchen streicheln, aber er versagte sich das, um sie nicht zu beunruhigen.

Rudolf blieb bei seinem Pflegevater, um mit ihm über die bevorstehende Geschäftsreise zu reden, und Waltraut suchte ihr Zimmer auf. Dort saß sie noch lange am offenen Fenster und dachte nach über die seltsame Wandlung, die ihr Geschick genommen hatte. Sie wußte nicht, ob sie froh oder traurig sein sollte, wußte nur, daß man ihr etwas Liebes und Gutes genommen hatte und daß sie dafür etwas eintauschen sollte, was sie nicht kannte. Ihr Verhältnis zu Rudolf hatte so etwas Unwirkliches, Fremdes bekommen, das bedrückte sie ein wenig. Sie wollte sich immer wieder einreden, daß es doch sehr schön sein würde, wenn sie nicht mit einem fremden Manne fortgehen müsse aus dem Vaterhaus und wenn alles hier beim alten bleiben würde. Aber irgend etwas ließ darüber doch keine Freude aufkommen. Sie konnte trotzdem nicht fassen, daß sie sich heute für alle Zeiten an einen Mann gebunden hatte, den sie nicht liebte, dem sie nur ihre Hand, aber nicht ihr Herz geschenkt hatte, trotzdem er ihr lieb und teuer war, aber doch nur wie ein Bruder.

Wenn sie nicht so unerfahren gewesen wäre, hätte sie sich vielleicht noch mehr über diese überstürzte Verlobung beunruhigt. Aber so fand sie sich mit dem Gedanken ab, daß schon alles gut werden würde. Was ihr Vater und ihr Bruder wollten, das konnte nichts Schlimmes sein. Sie wehrte die unruhigen Empfindungen von sich, und nun gewann die Freude, daß sie reisen durfte, daß sie die Freundin wiedersehen sollte, Macht über sie. Sie vertiefte sich in ihre Reisepläne, überlegte, was sie sich als Ausrüstung für diese Reise anschaffen mußte, und suchte einen Brief von Dora Schlüter hervor, in dem diese ihr angegeben hatte, was sie zu einer solchen Ausrüstung alles brauchen würde.

Das lenkte sie von dem Erlebnis der letzten Stunde ab. Sie überlegte, was sie Dora morgen telegrafieren wollte, und setzte folgendes Telegramm auf:

Komme mit deinem Vater. Waltraut.

Sie lachte ein wenig in sich hinein. Wie sich Dora freuen würde, wenn sie dieses Telegramm erhielt.

4

AM NÄCHSTEN MORGEN nahm Waltraut mit ihrem Vater allein das Frühstück ein. Dieser sagte ihr, daß Rudolf schon ins Geschäft gefahren sei, um sich noch Unterlagen für die Geschäftsreise zu holen, und daß er dann gleich zum Bahnhof fahren würde. Er lasse sie nochmals herzlich grüßen und ihr gute Reise wünschen.

Waltraut atmete auf. Sie war froh, Rudolf nicht mehr begegnen zu müssen, und bedauerte doch, daß sie froh darüber sein konnte. Aber sie vertiefte sich nun gleich wieder mit ihrem Vater in ein Gespräch über ihre Reisevorbereitungen, und dieser ging liebevoll darauf ein. Er versprach ihr auch, das Telegramm an Dora Schlüter aufzugeben, und sie plauderten noch über dies und das.

Als der Vater dann in das Geschäft gefahren war, schrieb Waltraut erst einmal einen langen Brief an ihre Freundin, der doch immerhin noch einige Wochen vor ihr eintreffen würde. Aber von ihrer Verlobung erwähnte sie kein Wort. Die sollte ja noch geheimgehalten werden.

Während sie noch bei diesem Briefe saß, brachte ihre Zofe ihr einen großen Strauß roter Rosen mit einem Billett von Rudolf. Er schrieb ihr: »Meiner lieben Schwester einen Abschiedsgruß, meiner lieben Braut ein frohes: auf Wiedersehn! Sei ruhig, kleine Waltraut, es wird alles viel leichter werden, als du glaubst. Und vergiß das eine nicht, daß Du mir immer und in allen Lebenslagen vertrauen kannst. Sei überzeugt, daß ich den ernsten und innigen Wunsch habe, Dir das Leben so leicht zu machen, wie es in eines Menschen Kraft steht. In treuer Liebe, wie immer, grüßt Dich Dein Rudolf.«

Mit einem befangenen Lächeln streichelte Waltraut die Rosen.

»Guter, lieber Rudolf, es wird schon gehen«, dachte sie in ihrer Unerfahrenheit.

Und dann schrieb sie weiter an Dora.

Als sie damit fertig war, besprach sie, wie täglich, das Menü mit der Haushälterin und dann kleidete sie sich zum Ausgehen an. Sie wollte Dora Schlüters Eltern besuchen und ihnen melden, daß sie mit dem alten Herrn reisen werde. Und anschließend wollte sie schon mit ihren Einkäufen beginnen. Der Vater hatte ihr einen Scheck ausgestellt, der hoch genug war, daß sie nicht zu knausern brauchte.

Dora Schlüters Eltern, Justizrat Dr. Heinze und seine Frau, nahmen Waltraut wie immer herzlich auf und freuten sich sehr, als sie erfuhren, daß Waltraut mit nach Ceylon gehen würde.

»Wie wird sich mein Dorchen freuen, liebe Waltraut! Und mir machen Sie auch das Herz ein wenig leichter. Weiß ich sie doch in guter Gesellschaft, wenn Sie bei ihr sind. Mein

Mann kann ja nicht lange bei ihr bleiben, aber Sie werden ihr nun Gesellschaft leisten, bis Dora mit ihrem Manne uns besuchen kommt. Ich kann Ihrem Herrn Vater gar nicht genug danken, daß er Sie so lange beurlaubt«, sagte Doras Mutter.

Waltraut küßte ihr die Hand.

»Ich freue mich so sehr auf unser Wiedersehn, um so mehr, als ich die Hoffnung schon ganz aufgegeben hatte, daß ich Urlaub bekommen würde.«

»Richtig, Sie sagten mir doch gestern, daß der Vater Ihnen absolut keinen Urlaub bewilligen wollte«, warf der Justizrat ein.

Waltraut wurde ein wenig rot, weil sie daran denken mußte, welchem Umstand sie diesen Urlaub verdankte.

»Ich habe Vater gestern abend gesagt, daß Sie mich unter Ihren Schutz nehmen wollen und daß ich dann nächstes Jahr mit Dora und ihrem Manne zurückkehren kann. Das hat ihn beruhigt.«

»Nun, jedenfalls habe ich nun eine reizende Reisebegleiterin«, schmunzelte der alte Herr.

Waltraut besprach mit ihm noch allerlei, erkundigte sich nach Einzelheiten, welche die Reise betrafen, und kündigte den baldigen Besuch ihres Vaters an, der dem Justizrat seinen Dank sagen wolle, daß er sie unter seinen Schutz nehmen wollte. Dann verabschiedete sie sich von den alten Herrschaften und begann ihre Einkäufe zu machen.

Sie wurde in der nächsten Zeit so ganz von ihren Reisevorbereitungen in Anspruch genommen, daß sie leichter, als sie geglaubt hatte, über ihre Verlobung hinwegkam. In ihrer Unerfahrenheit konnte sie nicht ermessen, wieviel sich seit gestern in ihrem Leben geändert hatte. Als sie von dem Besuch bei Justizrats nach Hause gekommen war, sah sie Rudolfs Rosenstrauß auf ihrem Zimmer stehen. Nachdenklich trat sie heran und sog den süßen Duft ein. Rote Rosen? Rosen der Liebe? Und von Rudolf? Das erschien ihr nun doch wieder ganz ungeheuerlich, ganz unfaßbar. Aber sie wehrte diese Gedanken schnell wieder von sich ab. Wozu sich damit quälen? Das hatte ja alles so lange, lange Zeit – ein volles Jahr.

Und dieses Jahr sollte voll köstlicher Tage werden. Eine herrliche Reise lag vor ihr und ein langer Aufenthalt auf Ceylon, der Wunderinsel, von deren Reizen und Seltsamkeiten Dora nie genug hatte berichten können.

Wenn ihr in den folgenden Wochen ihre Reisevorbereitungen Zeit ließen, dann ging sie oft langsam durch das ganze Haus, wie abschiednehmend, und es wurde ihr dabei so recht bewußt, wie schön doch ihr Vaterhaus war und wie viele frohe und glückliche Stunden sie darin verlebt hatte, trotz der Einsamkeit der letzten Jahre. Alle Räume waren mit soviel Geschmack und Kunstverständnis ausgestattet und überall, spürte man noch das einst sorgliche Walten der verstorbenen Mutter. Eine heiße Sehnsucht nach der Mutter überkam sie dann immer wieder, und es kam ihr zum Bewußtsein, wie nötig sie die Mutter gerade jetzt gebraucht hätte. Und eines Tages sagte sie sich in so einer Stunde:

Wenn Mutter noch gelebt hätte – sie hätte es nicht zugelassen, daß ich vor eine so schwere Entscheidung gestellt worden wäre von Vater – nein, ganz gewiß nicht.

In jener Stunde fragte sie sich auch zum ersten Male, ob die Ehe ihrer Eltern ganz glücklich gewesen war. Harmonisch war sie gewesen und friedlich, die Mutter hatte sich immer dem starken Willen des Vaters angepaßt, hatte sich beschützt und behütet gefühlt. Und ihr Kind und Rudolf, den sie auch wie ein eigenes Kind liebte, hatten ihr Leben ausgefüllt, hatten es reich und schön gemacht. Aber etwas hatte doch wohl der Ehe ihrer Eltern gefehlt – das unbedingte Ineinanderaufgehen, die jubelnde Glücksfreude aneinander, das Himmelhochjauchzende. Es war alles ein wenig ernst und still gewesen, ein wenig zu ruhig und zu gehalten. Ja, und so würde ihre Ehe mit Rudolf wohl auch einst werden, das fühlte sie mehr instinktiv, als es ihr bewußt wurde. Irgendein Etwas würde auch ihrer Ehe einst fehlen, wie es der Ehe der Eltern gefehlt hatte.

Aber gab es überhaupt Ehen, die dieses Himmelhochjauchzende hatten? Bestand das nicht nur in der Einbildung der Dichter, die davon sangen? Sie fand keine Antwort auf diese Frage. Das Herz wurde ihr dabei ein wenig schwer, eine Unruhe ergriff sie, als müsse sie irgend etwas tun, um sich Erleichterung zu schaffen, sie wußte nur nicht, was. Und dann floh sie gleichsam vor ihren beunruhigenden Gedanken und befaßte sich wieder intensiv mit ihren Reisevorbereitungen. Sie war froh, wenn sie gar nicht mehr so recht zur Besinnung kam.

Von Rudolf hatte sie nichts mehr gehört. Der Vater bestellte zwischen ihnen beiden immer nur herzliche Grüße, da er dauernd mit Rudolf in brieflicher Verbindung stand.

Ein wenig tat das Waltraut weh. Sie ertappte sich oft bei dem Wunsch, schnell mit irgend etwas, das sie beschäftigte, zu Rudolf zu flüchten, wie sie es sonst wohl getan hatte. Und sie dachte dann an seine Worte, die er ihr an jenem Abend gesagt hatte: Wir müssen uns fremd werden, damit wir uns näherkommen können. Diese Worte, die sie selber empfunden hatte, waren von ihm ausgesprochen worden. Es war ja oft so, daß sie beide dieselben Gedanken hatten, und das hatte ihnen sonst immer so viel Freude gemacht.

Oh, es tat doch zuweilen recht weh, daß sie ihren lieben Bruder Rudolf verlieren sollte. Würde ihr das Schicksal vollwertigen Ersatz dafür geben in dem Gatten, dem sie angehören sollte, wenn sie wiederkam?

Dem Gatten?

Das war ein Begriff für sie, der ihr noch nichts sagen konnte, weil er ihr fremd war. Dora Schlüters Gatten hatte sie als einen ganz rücksichtslosen Eroberer, als Eindringling in den Frieden einer Familie angesehen, der die Freundin erbarmungslos fortschleppte von allem, was ihr bisher lieb und teuer gewesen war. Konnte einen denn ein Gatte für so viel Liebes und Schönes entschädigen? Würde Rudolf ihr als Gatte ersetzen können, daß er ihr den Bruder genommen hatte?

Immer wieder verlor sie sich in solche Gedanken. Nicht für lange Zeit, sie wurde zum Glück zuviel davon abgelenkt, aber sie kamen doch wieder.

Der Vater war jetzt immer sehr zärtlich und liebevoll zu ihr, er war heiterer als sonst und suchte ihr jeden Wunsch zu erfüllen. Ganz gewiß litt er auch ein wenig unter dem Gedanken an die bevorstehende Trennung, und das genügte schon, um Waltrauts liebevolles Herz zu bedrücken. Sie hatte Stunden, in denen sie klaglos die ganze schöne Reise aufgegeben hätte, um bei dem Vater bleiben zu können. Das sagte sie ihm auch, und es rührte ihn sehr. Aber er beruhigte sie dann immer, weil er eingesehen hatte, daß diese Reise wirklich nötig war, um dem Verlöbnis alles Peinliche zu nehmen, und sagte ihr, sie möge sich nur seinetwegen die Reisefreude nicht nehmen lassen, er bleibe doch nicht allein zurück, Rudolf werde ja sofort zurückkehren, wenn sie abgereist sei.

Aber der Abschied vom Vater war dann doch sehr schwer. Er hatte sie nach Bremerhaven hinüberbegleitet, von wo ihr Dampfer abging, und brachte sie an Bord. Justizrat Heinze mußte ihm immer wieder versprechen, seine Tochter in gute Obhut zu nehmen. Und als der Vater dann den Dampfer verlassen hatte und dieser langsam abfuhr, während die Schiffskapelle: »Muß ich denn zum Städtle hinaus« spielte, da stürzten Waltraut die Tränen aus den Augen, und sie wäre am liebsten wieder umgekehrt. Auch ihrem zurückbleibenden Vater wurden die Augen feucht. Er dachte daran, daß er ein alter Mann sei. Würde er sein Kind wiedersehn? Er sah dem Dampfer mit trüben Blicken nach.

Der Dampfer, auf dem Waltraut Roland unter dem Schutze des Justizrats Heinze ihre Reise angetreten hatte, war nun schon in voller Fahrt. Waltraut hatte sich in ihrer Kabine so wohnlich wie möglich eingerichtet und wurde durch das lebhafte gesellige Treiben an Bord von ihren Gedanken abgelenkt. Auch der Justizrat hatte sich so gut wie möglich eingerichtet und war so guter Laune, daß Waltraut nicht anders konnte, als auch vergnügt zu sein. Am zweiten Tag nach der Abfahrt von Bremerhaven hatte sich der Justizrat nach Tisch zu seinem üblichen Mittagsschläfchen in seine Kabine zurückgezogen. Auf Deck behauptete er nicht schlafen zu können, weil ihn da immer wieder neugierige Mitpassagiere ansahen. Das konnte er nicht vertragen, wenn er schlief.

Waltraut war jedoch hinauf auf Deck gegangen und hatte

sich in einem abseits stehenden Liegestuhl niedergelassen, um zu lesen. Das Buch fesselte sie aber nicht genügend, und sie ließ es sinken und schloß die Augen, nicht um zu schlafen, sondern nur, um vor sich hin zu träumen. So saß sie einige Zeit, in eine wohlige Müdigkeit eingesponnen, als sie plötzlich das Empfinden hatte, daß irgend etwas sie beunruhigte. Ein unbestimmtes Gefühl zwang sie, die Augen aufzuschlagen – und sie begegnete dem Blick eines hochgewachsenen jungen Mannes, der ihr gegenüber an der Reling lehnte und mit einem eigentümlich forschenden, suchenden Blick zu ihr herübersah. Die beiden Augenpaare hingen eine Weile ineinander, als könnten sie nicht voneinander los, und Waltraut überkam ein seltsames, nie gekanntes Gefühl unter dem Blick dieser grauen Männeraugen, die so eigenartig hell aus dem tiefgebräunten Gesicht leuchteten. Irgend etwas Vertrautes und doch ganz Neues leuchtete ihr aus diesen Augen entgegen. Sie fühlte, wie ihr das Blut ins Gesicht schoß, und schloß schnell wieder die Augen. Aber ein ganz klein wenig mußte sie doch hinüberblinzeln, und sie sah, daß die grauen Männeraugen noch immer mit dem eigenartig forschenden Blick auf ihr ruhten. Sie grübelte, an wen diese Augen sie erinnerten, und plötzlich kam es ihr zu Bewußtsein. Rudolfs Augen glichen denen dieses fremden jungen Mannes, aber nur in der Form und in der Farbe, nicht im Ausdruck. Ja, es lag ein ganz anderer Ausdruck darin, und doch erinnerten sie diese Augen an die Rudolfs.

Sie wurde immer unruhiger unter dem Blick des jungen Herrn, den sie wie einen heimlichen Zwang empfand. Um diesem Zwange zu entgehen, richtete sie sich aus ihrer halb liegenden Stellung empor und wollte nach ihrem Buche greifen, um weiterzulesen, aber das Buch war ihr entfallen.

Schnell kam jetzt der junge Herr von der Reling herüber, bückte sich und hob das Buch auf, es ihr mit einer artigen Verbeugung überreichend. Unsicher und befangen sah sie in sein gebräuntes, sympathisches Gesicht und dankte mit einem stummen Neigen des Kopfes.

Der Fremde ging nun langsam davon, die Deckpromenade

entlang. Waltraut war zumute, als habe sie soeben ein schwerwiegendes Erlebnis gehabt, und ihr Herz klopfte sehr unruhig. Sie versuchte vergeblich, sich in ihre Lektüre zu vertiefen, aber sie war zerstreut, mußte jeden Satz einige Male lesen, ehe sie den Sinn erfaßte, und sah immer wieder in die Richtung, in welcher der fremde Herr verschwunden war.

Er kam ihr nicht wieder zu Gesicht, und schließlich vertiefte sie sich doch, ruhiger werdend, in ihre Lektüre.

So saß sie, bis der Justizrat wieder an Deck erschien und lächelnd zu ihr trat.

»Wie ist es, Fräulein Waltraut, wollen wir jetzt eine Deckpromenade machen?«

Sie sah lächelnd zu ihm auf.

»Anscheinend haben Sie ein ruhiges Mittagsschläfchen gemacht, Herr Justizrat, Sie sehen so zufrieden aus.«

»Bin ich auch! Famos habe ich geschlafen. Die Seeluft scheint mir ausgezeichnet zu bekommen. Und Hunger habe ich wahrhaftig auch schon wieder.«

»Seeluft zehrt, Herr Justizrat. Aber wir bekommen ja bald Tee serviert.«

»Da wir zum Tee allerlei sehr nette und sättigende Sachen bekommen, sehe ich ihm hoffnungsvoll entgegen.«

Waltraut hatte sich erhoben und ging nun an der Seite des alten Herrn die Promenade entlang. Sie plauderten sehr angeregt und vergnügt zusammen. Der Justizrat war ein kluger, vielbelesener Mann mit einem noch sehr regsamen, frischen Geist und viel Humor. Es machte ihm Vergnügen, Waltraut immer wieder zum Lachen zu bringen, und er war sehr stolz auf seine reizende Schutzbefohlene, auf die die jungen Herren sehr interessierte, mehr oder minder verstohlene Blicke warfen. Nachdem sie ein halbes Stündchen promeniert waren, sagte der alte Herr: »Ich glaube, Fräulein Waltraut, die anwesenden Leute sehen sich für gewöhnlich gleich in den ersten Tagen die Passagierliste an. Wir wollen uns doch nicht als absolute Neulinge, die wir zwar sind, zu erkennen geben und das auch mal tun. Man sieht eine Menge ganz interessanter Gesichter an Bord, und da die Welt klein ist, wäre es immerhin möglich, daß wir irgendeinen Bekannten unter den Passagieren entdecken.«

»Habe ich schon entdeckt, Herr Justizrat, wenn auch nur Menschen, die *ich* kenne. Es ist nämlich eine ganze Filmgesellschaft hier an Bord, eine ganz bekannte Filmdiva, die ich schon in verschiedenen Filmen bewundert habe, und unter anderen auch der Berliner Schauspieler Hans Brausewetter, der immer so herzerfrischend echt und natürlich spielt. Auch die russische Tänzerin, die kürzlich in Hamburg gastierte, ist an Bord.«

»Nun also, da können wir ja Studien machen und uns die Filmleute auch einmal in natura ansehen. Aber kommen Sie, wir sehen jetzt einmal die Passagierliste ein.«

Das geschah. Aber es fiel ihnen kein Name besonders auf, nur ganz am Schluß wurde Waltraut aufmerksam und deutete lächelnd auf einen Namen.

Mijnheer Jan Werkmeester.

»Sehen Sie doch, Herr Justizrat, wie drollig, ein Holländer mit dem Namen Werkmeester. Das ist doch ganz sicher identisch mit dem deutschen Werkmeister. Also ein Namensvetter meines Pflegebruders.«

»Richtig, wenn auch nur ein holländischer. Den müssen wir uns einmal anschauen, wenn er nur annähernd so ein Prachtmensch ist wie Ihr Pflegebruder, dann werden wir versuchen, uns mit ihm anzufreunden.«

Waltraut lachte.

»Ich stelle mir unter einem Mijnheer immer einen alten, behäbigen Herrn vor mit einer Glatze, einer etwas angeröteten Nase und einem vollen, runden Genießergesicht.«

»Es gibt doch auch junge Mijnheers. Aber selbst, wenn es ein alter ist und wenn er ein Genießergesicht rund wie ein Vollmond hat, kann er doch ein angenehmer Gesellschafter sein. Ich habe Leute mit vollen runden Gesichtern immer gern, vielleicht weil ich selbst immer zu den Hageren gehört habe. Ich halte es mit Julius Cäsar: Laßt wohlbeleibte Männer um mich sein.«

Schelmisch sah ihn Waltraut an.

»Diese Vorliebe kann ich nicht mit Julius Cäsar teilen.« Er lachte.

»Sie wollen mir doch nicht versteckte Komplimente machen, Kindchen?«

»Doch, es gefällt mir sehr, wenn gerade ältere Herren noch schlank sind.«

Mit einer humoristischen Verbeugung quittierte er.

»Es geht auf Ihre Rechnung, wenn ich auf meine alten Tage noch eitel werde. Aber nun wollen wir doch sehen, daß wir Tee bekommen, mein Hunger nimmt beängstigende Formen an.«

»Dann schnell, Herr Justizrat!«

Vergnügt begaben sie sich auf Deck, wo die Schiffskapelle bereits spielte und einige Paare sich schon im Tanze drehten. Auch die Filmdiva tanzte mit Hans Brausewetter, was Waltraut interessiert konstatierte.

Während sie in der Nähe dieser tanzenden Paare mit dem Justizrat an einem kleinen Tisch Platz nahm, servierte der Steward bereits den Tee, und der alte Herr kostete vergnügt von all den guten Dingen, die mit dem Tee serviert wurden. Ein Tisch neben dem ihren war noch unbesetzt, aber gleich darauf erschien derselbe junge Herr, der Waltraut vorhin das Buch aufgehoben hatte und nahm an diesem Tische Platz. Zu ihrem Leidwesen merkte Waltraut, daß ihr das Blut ins Gesicht schoß.

Der Fremde setzte sich so, daß er Waltraut ins Gesicht sehen konnte. Artig grüßend verneigte er sich vor ihr. Sie dankte etwas verwirrt mit einem leisen Neigen des Kopfes. Der Justizrat bemerkte diesen stummen Gruß.

»Kennen Sie den Herrn, Fräulein Waltraut?«

»Nein, er hob mir nur vorhin ein Buch auf, das mir entfallen war, und glaubt wohl, mich nun begrüßen zu müssen.«

Der Justizrat sah nun scharf nach dem Nebentisch hinüber, und der junge Herr erhob sich und machte auch gegen den Justizrat eine stumme Verbeugung, die dieser höflich erwiderte.

»Anscheinend ein sehr artiger junger Mann«, sagte er anerkennend, »und eine sehr sympathische Erscheinung.«

Inzwischen waren noch zwei junge Herren dazugekommen und hatten ebenfalls am Nebentisch Platz genommen.

Sie unterhielten sich lebhaft, wie gute Bekannte, mit dem ersten jungen Herrn. Es war Waltraut nicht immer möglich, dessen Blick zu vermeiden. Auch der Justizrat sah immer wieder, durch den munteren Ton am Nebentische angezogen, hinüber und bemerkte, daß der junge Herr, der am ersten Platz genommen hatte, entschieden der sympathischste und interessanteste von den dreien war. Er war elegant, aber nicht stutzerhaft gekleidet, die Eleganz war nicht auffallend, sondern durchaus vornehm. Von seinem braunen Gesicht hob sich nur die Stirn etwas heller ab, soweit sie wohl meist vom Hut beschattet wurde. Es war eine sehr schön gebaute Stirn, unter der die grauen Augen gebettet waren, die von dunklen Brauen und Wimpern umgeben waren. Das dichte dunkelbraune Haar war aus der Stirn glatt zurückgestrichen und im Nacken ganz kurz verschnitten. Ein schmallippiger, sehr ausdrucksvoller Mund, und um diesen Mund ein fester, fast harter Zug, wie ihn Menschen haben, die an Kämpfe und Beschwerden gewöhnt sind, gaben diesem großzügigen Gesicht ein sehr markantes Aussehen. Es war ein bedeutendes und interessantes Gesicht. Die Bewegungen des jungen Mannes verrieten einen sportgestählten Körper, und seine Manieren schienen tadellos zu sein.

Auch Waltraut hatte sich nicht versagen können, diese Einzelheiten im Äußeren des jungen Mannes zu beachten, dessen Erscheinung sie ungewollt fesselte. Und immer wieder mußte sie erkennen, daß seine Augen sie an Rudolf erinnerten, wenn er auch sonst keine Ähnlichkeit mit ihm hatte. Diese Augen übten aber eine seltsame Wirkung auf sie aus. Jedesmal, wenn ihre Augen mit den seinen zusammentrafen – und das geschah einige Male –, war Waltraut zumute, als wenn ihr Herzschlag einen Moment stockte.

Nachdem sie ihren Tee eingenommen hatte, erhob sie sich, um sich einen Mantel aus ihrer Kabine zu holen, da es kühl wurde. Sie ließ sich absichtlich viel Zeit dazu, weil sie sich nicht eingestehen wollte, daß es sie wieder in die Nähe des Fremden zog.

Als sie aber dann endlich wieder hinaufkam, sah sie erstaunt, daß der Justizrat mit den drei Herren vom Nebentisch zusammensaß. Er erhob sich sogleich, als Waltraut herbeikam, und zugleich mit ihm erhoben sich die drei jungen Herren.

»Denken Sie sich, Fräulein Waltraut, ich habe soeben in Erfahrung gebracht, daß dieser Herr – er zeigte auf den Fremden, der Waltraut interessierte –, ein Nachbar und sehr guter Freund meines Schwiegersohns ist. Darf ich vorstellen: Mijnheer Werkmeester, Mijnheer Boon, Herr Döring von der bekannten Handelsfirma Döring & Sohn, die Ihnen sicher bekannt ist – Fräulein Roland, eine Freundin meiner Tochter, die unter meinem Schutze diese Reise macht, um meiner Tochter einen längeren Besuch zu machen.«

Die Herren verneigten sich vor Waltraut. Diese erwiderte den Gruß und sprach einige liebenswürdige Worte mit den Herren. Zuerst wandte sie sich an Herrn Döring, einen munteren blonden Herrn im Beginn der Dreißig.

»Ihre Firma ist mir nicht unbekannt, Herr Döring, ich habe zuweilen meinen Vater und meinen Bruder davon sprechen hören. Döring & Sohn ist eine weltbekannte Firma.«

»Wie die Firma Roland auch, mein gnädiges Fräulein. Ich freue mich, in Ihnen die Tochter des Herrn Georg Roland kennenzulernen, mit dem wir geschäftlich oft zu tun haben.«

»Dann kennen Sie sicher auch meinen Pflegebruder, der Prokurist der Firma ist?«

Herr Döring verneigte sich lächelnd.

»Gewiß, wir sind erst im März dieses Jahres auf der Leipziger Messe zusammengetroffen, und wir haben einige sehr fidele Abende zusammen verlebt. Die Welt ist doch klein, nun treffe ich auch Sie, und zwar auf den Wellen des Ozeans.«

»Sie reisen sicher geschäftlich?«

»Teils, teils, mein alter Herr fand es nötig, daß ich mit unseren Geschäftsfreunden auf Ceylon, Sumatra und Java persönlich Fühlung nehme, und ich habe mich natürlich nicht geweigert. Ein junger Mann muß etwas von der Welt sehen.«

»Mein Bruder machte auch dieselbe Reise vor Jahren.«

»Weiß ich, von ihm habe ich mir die nötigen Anweisungen geben lassen, wie man sich in den Tropen benehmen muß«, erwiderte Herr Döring lachend. »Aber bitte, gnädiges Fräulein, wollen Sie nicht Platz nehmen?«

Er stellte ihr dienstbeflissen einen Sessel zurecht. Waltraut nahm Platz zwischen dem Justizrat und Mijnheer Werkmeester, dem jungen Herrn, der ihr das Buch aufgehoben hatte. Das war freilich kein Mijnheer mit einem runden Genießergesicht und einer geröteten Weinnase. Er wandte sich jetzt an Waltraut.

»Ich habe von Herrn Justizrat Heinze gehört, daß Sie nach Saorda gehen, um Herrn und Frau Schlüter einen Besuch zu machen, mein gnädiges Fräulein.«

Sie wunderte sich über seine tadellose Aussprache des Deutschen.

»So ist es«, erwiderte sie schüchtern, ärgerlich auf sich selbst, daß sie so befangen war.

»Mijnheer Werkmeester war auf einer längeren Erholungsreise in Europa, Fräulein Waltraut, und deshalb können wir ihn gar nicht ausforschen, wie es Dora geht«, sagte der Justizrat.

Waltraut sah Mijnheer Werkmeester fragend an, ihre Beklommenheit bekämpfend.

»Sie gehen auch nach Ceylon?«

»Ja, mein gnädiges Fräulein.«

»Sie leben dauernd dort?«

»Ja, wir besitzen große Plantagen dort, mein Vater und ich. Unsere größte Plantage, Larina, grenzt direkt an die Besitzung Harry Schlüters, Saorda und Larina sind nur durch einen Fluß getrennt. Harry Schlüter ist mein bester Freund. Und auch Frau Dora würdigt mich ihrer Freundschaft. Wir sind sehr viel zusammen. Ich freue mich, in Ihnen Frau Doras vielgeliebte Freundin kennenzulernen, von der sie mir sehr viel erzählt hat. Ich habe auch bei ihr Ihr Bild gesehen, und deshalb ist mir Ihr Gesicht so bekannt vorgekommen, daß ich Sie vielleicht schon mit meinem Interesse belästigt habe.«

Wieder stieg das Blut in Waltrauts Gesicht.

»Ich habe nichts davon bemerkt«, sagte sie nicht ganz der Wahrheit entsprechend.

»Und doch war dies Interesse so groß, daß ich mir erlaubte,

mich dem Herrn Justizrat vorhin vorzustellen, und durch ihn erfuhr ich, daß Sie Frau Doras Freundin sind und wußte nun gleich, wo ich Ihr Gesicht schon gesehen habe.«

Waltraut zwang sich zu einem unbefangenen Lächeln.

»Die Welt ist klein, muß ich wie Herr Döring sagen.«

»Wir haben übrigens auch schon einiges Interesse an Ihrer Person genommen, Mijnheer Werkmeester, meine Schutzbefohlene und ich«, warf hier der Justizrat ins Gespräch.

»Wirklich? Darf ich fragen, in welcher Weise?« fragte der junge Mann, während seine Augen unverwandt an Waltrauts Gesicht hingen.

»Wir sahen heute die Passagierliste durch und fanden Ihren Namen, der uns aus besonderem Grunde interessierte.«

»Und darf ich fragen, was Sie an meinem durchaus nicht ungewöhnlichen Namen interessierte?«

»Fräulein Rolands Pflegebruder heißt Werkmeister, was mit Ihrem holländischen Werkmeester doch wohl identisch ist.«

»Allerdings! So bin ich jedenfalls sehr froh, diesen Namen zu führen, da er mir Ihre Beachtung eingetragen hat«, sagte der junge Mann mit einem hübschen Lächeln.

»Aber sonst haben Sie uns sehr enttäuscht, Mijnheer Werkmeester«, sagte der alte Herr mit humoristischem Schmunzeln. »Wir hatten Sie uns ganz anders vorgestellt.«

Waltraut wurde glühend rot und faßte nach dem Arm des alten Herrn. »Nicht doch, lieber Herr Justizrat.«

Mijnheer Werkmeester wurde aber nun erst recht begierig zu erfahren, wie er in Waltrauts Vorstellung ausgesehen hatte.

»Doch, Herr Justizrat, Sie müssen mir sagen, wie ich in der Vorstellung des gnädigen Fräuleins lebte.«

»Sie behauptete, unter einem Mijnheer stelle sie sich immer einen alten Herrn mit einer Glatze, einer roten Weinnase und einem runden Genießergesicht vor.«

Mijnheer Werkmeester lachte, es war ein frisches, frohes Lachen. Schalkhaft blickte er in Waltrauts Gesicht, das nun auch ein Lachen erhellte.

»Ich bedaure wirklich nicht, daß ich Sie so enttäuschen mußte, mein gnädiges Fräulein.«

»Davon bin ich überzeugt«, sagte Waltraut, befreit in sein Lachen mit einstimmend. Und dann sagte sie, auf ein anderes Thema übergehend: »Es ist auffallend, was für ein gutes, reines Deutsch Sie sprechen, Mijnheer Werkmeester.«

»Ja? Ist es ein gutes Deutsch? Das ist aber kein Wunder. In meinem Elternhause wurde ebensoviel Deutsch wie Holländisch gesprochen. Mein Vater liebte alles, was deutsch ist, sehr, und auch meine Mutter hat schon von Kind auf die deutsche Sprache gelernt und beherrschte sie vollständig. Außerdem spreche ich mit Schlüters nur deutsch und bleibe so immer in Übung. Auch habe ich jetzt einen großen Teil meines Erholungsurlaubs in Deutschland verbracht, weil auch ich dies Land sehr liebe. Einige Monate habe ich mich im bayrischen Hochgebirge aufgehalten, um ordentlich Schnee und Eis zu genießen, wonach wir, die wir in den Tropen leben müssen, immer schmachten.«

»Haben Sie immer auf Ceylon gelebt?« fragte Waltraut interessiert.

»Nein, nicht immer, ständig erst seit zirka vier Jahren, früher immer nur vorübergehend. Der Vater meiner Mutter hatte auf Sumatra seine Besitzungen und besaß erst auf Ceylon nur eine kleine Plantage, die er geerbt hatte. Auch meine Eltern lebten auf Sumatra. Ich mußte als Kind, aus Gesundheitsgründen und der besseren Schule wegen, in Holland leben, bis zu meinem sechzehnten Lebensjahr. Abwechselnd war immer einer meiner Angehörigen bei mir, am meisten meine Großmutter, die Mutter meiner Mutter, die das Tropenklima nie sehr lange vertragen konnte. Mit sechzehn Jahren ging ich dann auch nach Sumatra, um meinem Vater, nach dem Tode meines Großvaters, bei der Bewirtschaftung unserer Plantagen zu helfen. Es hatte sich nun herausgestellt, daß unsere Besitzung Larina auf Ceylon, die mein Großvater durch große Länderkäufe mit den Jahren sehr vergrößert hatte, sich noch ertragreicher gestaltete als unsere Besitzungen auf Sumatra, und so hatten wir eigentlich schon lange vor, nach Ceylon überzusiedeln. Wir hätten aber zuvor gern die Besitzung auf Sumatra verkauft, weil es auf die Dauer zu beschwerlich war, zwei so ausgedehnte Besitzungen zu bewirtschaften, wodurch wir, Vater und ich, uns zu oft trennen mußten, zumal wir ja auch nach wie vor zuweilen einen Klimawechsel vornehmen und nach Europa reisen mußten. Wir besuchten dabei abwechselnd meine Großmutter, aber als ich vor vier Jahren wieder nach Holland kam, lebte sie nicht mehr. Meine Mutter war zum Glück bei ihr, als sie starb. Aber als meine Mutter von jener Europareise zurückkam, begann sie zu kränkeln – und starb bald darauf. Inzwischen hatte mein Vater einen Käufer für unsere Besitzungen in Sumatra gefunden, und nun hielt ihn dort nichts mehr. So siedelten wir zwei nach Ceylon über, wo wir beide reichlich genug zu tun haben mit der Bewirtschaftung unserer Besitzung, die immer größer wurde.«

So berichtete Mijnheer Werkmeester in ruhiger, sachlicher Art. Zu seinem eigenen Erstaunen war er so ausführlich geworden, er, der sonst so zurückhaltend war. Aber unter Waltrauts teilnehmenden Augen kam ihm das alles leicht über die Lippen.

»Und in Ihrer Abwesenheit ist nun Ihr Herr Vater ganz allein?«

»Leider! Ich lasse ihn nicht gern allein, denn er hat eine große Neigung zur Schwermut, die mir Sorge macht.«

»Sicher seit dem Tode Ihrer Mutter?«

»Etwas sehr ernst und schwermütig ist mein Vater eigentlich immer gewesen, aber seit dem Tode meiner Mutter ist das noch schlimmer geworden. Ich ließ ihn, wie gesagt, nicht gern allein, aber er drang darauf, daß ich den nötigen Klimawechsel vornahm. Zu gleicher Zeit können wir nicht gut fort. So mußte ich allein reisen. In zwei Jahren ist mein Vater dann wieder an der Reihe. Wenn wir ja auch in Ceylon, da unsere Besitzung, genau wie Saorda, in den Bergen liegt, ein außerordentlich günstiges Klima haben, so muß man doch von Zeit zu Zeit etwas für seine Gesundheit tun, um leistungsfähig und frisch zu bleiben.«

»Also Saorda liegt wirklich sehr günstig?« fragte der Justizrat.

»Unbedingt.«

»Das freut mich, ich habe geglaubt, daß meine Tochter uns

das nur geschrieben hat, um uns zu beruhigen«, sagte der Justizrat aufatmend.

»Nein, nein, Sie können ganz unbesorgt sein. Im übrigen werden Schlüters nächstes Jahr wieder zur Erholung nach Deutschland gehen.«

»So ist es ausgemacht.«

»Und Sie, mein Fräulein, werden auf Ceylon bleiben, bis Sie in Schlüters Begleitung zurückreisen können?«

»Ja, so haben wir es geplant.«

»Ich freue mich sehr, daß unser kleiner Kreis einen so interessanten Zuwachs bekommt«, sagte Jan Werkmeester mit seinem angenehmen Lächeln. Waltraut sah ihn mit einem schelmischen Blick an.

»Wenn Sie mich mit dem interessanten Zuwachs meinen, dann werde ich Sie wohl enttäuschen müssen.«

»Oh, das können Sie selbst wohl am wenigsten beurteilen. Wenn man in so großer Abgeschiedenheit lebt wie wir, dann ist jeder Gast ein großer Gewinn – Sie aber werden ein Haupttreffer sein.«

Waltraut wandte sich jetzt an Mijnheer Boon.

»Leben Sie auch auf Ceylon, Mijnheer Boon?«

»Nein, ich lebe auf Sumatra«, erwiderte dieser in etwas unbeholfenem Deutsch.

»Mijnheer Boon war auf Sumatra unser Nachbar und so sind wir gute Freunde geworden. Zufällig trafen wir auf der Europareise zusammen, haben zusammen im bayrischen Hochgebirge Hochtouren gemacht und haben nun auch gemeinsam die Rückreise angetreten. Leider beherrscht Mijnheer Boon die deutsche Sprache nur sehr mangelhaft, und wenn Sie sich mit ihm unterhalten wollen, biete ich meine Dienste als Dolmetscher an«, sagte Jan Werkmeester.

Er wurde nun gleich in scherzhafter Weise als Dolmetscher verpflichtet, und so kam eine sehr heitere Stimmung auf. Herr Döring unterstützte diese mit seinen lustigen Einfällen, und der Justizrat blieb nicht hinter ihm zurück. Der alte Herr war noch sehr gern fröhlich in Gesellschaft junger Menschen.

Man blieb zusammen, bis es Zeit war, sich zur Abendtafel

umzukleiden, und trennte sich mit Bedauern. Als Jan Werkmeester sich von Waltraut verabschiedete, sagte er bittend:

»Ich hoffe, daß Sie uns öfter die Ehre Ihrer Gesellschaft schenken, denn wir haben noch eine lange gemeinsame Reise und wollen doch schon als recht gute Freunde bei unsern gemeinsamen Freunden eintreffen.«

Sie sah ihn unsicher an und verschanzte sich dann wieder hinter einem Scherz.

»Wir werden uns kaum weit aus dem Wege gehen können, Mijnheer Werkmeester, auch wenn wir es wollten.«

»Aber wir wollen es doch nicht? Sagen Sie mir, daß Sie es nicht wollen«, bat er dringend.

»Nein, wir wollen es nicht«, erwiderte sie scherzend.

5

UND ES ERGAB sich in der Folge wie von selbst, daß die drei jungen Herren viel in der Gesellschaft des Justizrats und seiner Schutzbefohlenen waren, am meisten widmete sich ihnen Jan Werkmeester. Das war nicht auffallend, denn der Justizrat konnte nicht genug von seiner Tochter und seinem Schwiegersohn hören, und Waltraut forschte ihn immer wieder über die Verhältnisse auf Ceylon aus. Bereitwillig gab er ihr über alles Auskunft. Er kannte ganz Ceylon sehr genau und erzählte sehr interessant, ob er nun von dem Isuruminijatempel berichtete, den König Tissa vor mehr als zweitausend Jahren aus dem Felsen hatte heraushauen lassen und der erst vor Jahrzehnten wieder entdeckt worden war, oder von dem Adamspik, dessen Gipfel er bestiegen hatte, wo von den Buddhisten der Fußabdruck Buddhas angebetet wurde, alles schilderte er ihr so plastisch, daß sie atemlos lauschte. Von dem seltsamen, kegelförmigen Schatten erzählte er ihr, den der Adamspik, der den Buddhisten als heiliger Berg gilt, im Sonnenschein bei aufsteigendem Morgennebel auf die Landschaft wirft, von dem grandiosen Wasserfall bei Nuwara Eliya, der Hunderte von Metern abstürzt, von den heiligen Tempelfelsen, die den Europäern nur selten zugänglich sind, und von den überaus kostbaren Opfergaben, die dabei von gläubigen Birmanen und Singhalesen gestiftet und die nur bei diesen Festen dem Volke gezeigt werden, während sie sonst hinter goldgestickten Samtvorhängen verborgen liegen. In einem dieser Tempel, so erzählte er, sei der Zahn Buddhas aufbewahrt und sieben, mit den kostbarsten Steinen verzierte Glocken, und erst unter der siebenten Glocke liege eine Lotosblume mit goldenen Blättern, auf denen der Zahn Buddhas, der etwa die Daumengröße eines normalen Menschen hat und nur noch bei den ganz gläubigen Buddhisten für echt gilt, ruht.

All diese Herrlichkeiten breitete Jan Werkmeester mit seiner warmen, sonoren Stimme vor Waltraut aus. Sie staunte und lauschte ihm wie im Traume.

»Das werden Sie ja zum Teil selbst zu sehen bekommen, mein gnädiges Fräulein. Kandy, wo Sie viele solche Herrlichkeiten neben den schönsten Naturwundern sehen können, liegt an unserem Wege, wenn wir nach Saorda fahren. Wir fahren auch zuweilen nach Kandy hinüber, halten uns dort einige Tage auf, wenn wir wieder einmal internationale Geselligkeit genießen wollen. Immerhin müssen wir freilich einen halben Tag fast mit dem Auto fahren, weil es bergauf und bergab geht, aber gottlob, daß es Autos gibt. Früher waren diese Fahrten viel beschwerlicher und langwieriger, weil man auf der Ochsentonga fahren mußte. Ich habe kürzlich in Deutschland einen Artikel über Ceylon gelesen, in dem der Verfasser lebhaft bedauert, daß die Poesie des Landes durch die Autos verlorengehe. Teilweise mag er recht haben, aber wenn er öfter eine tagelange Fahrt auf einer Ochsentonga machen müßte, würde er den Sinn für Poesie verlieren. Da bleibt im Auto doch noch mehr übrig. Man behält darin wenigstens die Kraft, sich an den Naturschönheiten zu erbauen.«

Waltrauts Augen glänzten bei seinen Erzählungen, als höre sie Märchen aus Tausendundeiner Nacht.

»Ich freue mich, oh, ich freue mich so sehr, daß mein Vater mir erlaubte, diese Reise zu machen«, sagte sie froh.

»Ich auch!« erwiderte er leise, mehr zu sich selbst. Aber sie hörte es doch und sah unruhig in seine Augen, die mit einem so seltsamen Ausdruck auf ihrem Gesicht ruhten. Sie gab sich aber den Anschein, diese Worte nicht gehört zu haben.

Und an diesem Tage fragte sie sich zum ersten Male bedrückt, ob es nicht besser sei, wenn sie ihm sagte, daß sie verlobt sei. Es kam ihr aber doch nicht über die Lippen. Immer wieder hielt sie diese Worte zurück und beruhigte sich damit, daß es doch beschlossene Sache war, daß diese Verlobung bis zu ihrer Rückkehr geheim bleiben sollte. Je länger sie aber in Jan Werkmeesters Gesellschaft weilte, je öfter sie mit ihm sprach und dabei in seine seltsam zärtlich leuchtenden Augen sah, desto quälender empfand sie, daß sie mit Rudolf verlobt war. Es kam ihr immer mehr zum Bewußtsein, daß es ein Unrecht gewesen war, daß sie in diese Verlobung eingewilligt hatte. Wie hatte sie das nur tun können? Seit sie Jan Werkmeester kannte, seit seine zärtlichen Augen etwas in ihr aufgeweckt hatten, von dem sie früher keine Ahnung gehabt hatte, fühlte sie erst, was sie damit auf sich genommen hatte.

Ganz klar waren diese Empfindungen freilich noch immer nicht, sie huschten durch ihre Seele, wie ein schnell vorübergleitendes Licht, aber dieses Licht schmerzte sie, so daß sie immer wieder die Augen davor schloß.

So verging eine Woche nach der andern. Jeden Tag, fast jede Stunde war sie mit Jan Werkmeester zusammen. Das Leben auf dem Dampfer gestattete kein Ausweichen, wenn man nicht direkt ungezogen sein wollte. Und sie wollte ihm ja auch gar nicht ausweichen, sie freute sich, wenn sie ihn sah und wenn sie merkte, daß er ihre Gesellschaft jeder anderen vorzog. Immer wußte er es so einzurichten, daß sie zusammen waren, und wenn auch der Kreis um den Justizrat und seine Schutzbefohlene immer größer wurde, wenn man auch nach und nach fast mit allen anderen Passagieren bekannt wurde und wenn auch Herr Döring und Mijnheer Boon mit Jan Werkmeester wetteiferten, um Waltraut Aufmerksamkeiten zu erweisen, so fühlte sie sich doch nur wohl und glücklich, wenn Jan Werkmeester in ihrer Gesellschaft war.

Sie suchte dafür hundert Gründe – um den einzig wahren vor sich selbst zu verbergen. Um keinen Preis hätte sie sich zugestanden, daß sie für ihn ganz anders empfand als je zuvor für einen Mann. Sie redete sich ein, daß sie seine Gesellschaft bevorzugte, weil er ihr so genaue Informationen über Ceylon geben konnte, weil er der Freund von Schlüters war, weil sie für die Zeit ihres Besuchs bei der Freundin doch viel in seiner Gesellschaft sein würde und was es sonst noch für Gründe geben konnte.

»Sie werden meine Gesellschaft in Saorda fast täglich ertragen müssen«, hatte er lächelnd gesagt.

»Ich habe Ihre Gesellschaft doch hier auf dem Dampfer auch täglich genossen und habe sie ganz leidlich ertragen«, neckte sie.

Sein Blick verdunkelte sich.

»Leidlich ertragen? Es ist ganz schlimm für mich, daß Sie meine Gesellschaft nur leidlich ertragen haben.«

Ein wenig unruhig unter seinem Blick fragte sie lächelnd: »Genügt ihnen das nicht?«

»Nein!« erwiderte er.

Nichts als dieses Nein. Aber seine Augen redeten eine leidenschaftliche Sprache. Es lag ein heißes Flehen, ein stummes Werben darin. Und ihr Herz klopfte bis zum Halse hinauf. Sie lehnten beide an der Reling und hatten auf den leise gekräuselten Wasserspiegel gesehen. Nun blickten sie sich an. Und unter dem bittenden Zwang seiner Augen sagte sie leise:

»So war es doch gar nicht gemeint, ich scherzte ja nur. Sie wissen sehr wohl, daß mir Ihre Gesellschaft lieb und angenehm ist.«

Da strahlten seine Augen in die ihren, daß sie bis ins Herz hinein erschrak.

»Ist das wahr?« stieß er erregt hervor.

Sie mußte die Augen abwenden und sah wieder auf das Wasser hinaus. »Ja doch! Ich habe doch außer ihnen und dem Herrn Justizrat keinen Menschen hier an Bord, mit dem ich von meiner Freundin sprechen kann.«

Die Erregung in seinen Zügen ebbte ab, und seine Augen blickten düster. »Ah, also nur deshalb?«

Ganz scheu sah sie ihn von der Seite an.

»Was soll ich Ihnen sonst noch sagen, Mijnheer Werkmeester? Sie wissen doch selbst, daß wir beide sehr gute Freunde geworden sind während der Seereise.«

Er strich sich das Haar aus der Stirn.

»Ja, gute Freunde – *nur* gute Freunde. Aber schon damit muß ich zufrieden sein, schon das ist viel, und ich danke Ihnen, daß Sie mir das gesagt haben. Wenn ein so stolzes und zurückhaltendes Mädchen, wie Sie es sind, das sagt, so ist es schon sehr viel, und wenn ich mehr verlangen würde, jetzt schon, nachdem wir uns nur einige Wochen kennen, so wäre es vermessen. Freilich, mir ist nicht so, als kennten wir uns nur kurze Zeit, und schließlich haben wir uns in der engen Gemeinsamkeit dieser Seereise besser kennengelernt, als es sonst in jahrelangem, oberflächlichem Gesellschaftsverkehr möglich wäre. Ich wenigstens glaube, Sie bis in Ihr innerstes Wesen zu kennen, und ich möchte gern wissen, ob Ihnen das mit mir auch so geht?«

Sie schwieg eine Weile und sah versonnen auf das Spiel der Wellen. Und sie fühlte seine Nähe wie eine unbeschreibliche Wohltat und zugleich wie einen brennenden Schmerz. Ihre Augen wurden feucht. Sie dachte an Rudolf – daran, daß er ihr Verlobter war. Ach, daß sie noch seine Schwester sein könnte, nichts als seine Schwester.

»Sie antworten nicht? Das ist hart«, sagte er leise.

Da wandte sie ihm ihre Augen zu. »Sie wissen es doch! Fragen Sie mich doch nicht«, bat sie mit versagender Stimme.

Er fühlte, daß er sie quälte, und schalt sich, daß er nicht geduldig seine Zeit abwarten könne. Was wollte er denn schon jetzt von ihr hören, welche Zugeständnisse sollte sie ihm denn schon machen nach so kurzer Bekanntschaft. Und schuldbewußt zog er ihre Hand an seine Lippen. »Verzeihen Sie mir, ich bin ein Hinterwäldler. Man verlernt ein wenig, mit Damen umzugehen in unserer Weltabgeschiedenheit. Bitte, seien Sie mir nicht böse, ich sehe, daß ich Sie quäle mit meiner Ungeduld und mit meiner Sehnsucht, etwas Liebes und Gutes von Ihnen zu hören. Schimpfen Sie mich aus – bitte, tun Sie es.«

Da flog ein erlöstes Lächeln über ihr Gesicht.

»Nein, zanken werde ich nicht, und zu verzeihen habe ich Ihnen auch nichts, sonst müßten Sie mir auch etwas zu verzeihen haben. Wir haben uns doch beide gewiß nicht weh tun wollen, das weiß ich von mir und weiß es von Ihnen. So gut kenne ich Sie nun schon.«

Er wollte ihr über eine Verlegenheit forthelfen, die er selbst verursacht hatte, und zeigte sich nun wieder ganz heiter.

»Diese gute Meinung muß ich mir zu verdienen suchen, und ich werde damit anfangen, indem ich mir Mühe gebe, Sie wieder froh und vergnügt zu machen. Das tue ich schon aus Egoismus, weil ich Sie so gern lachen höre. Bin ich nicht ein greulicher Egoist?«

»Ja, mich schaudert es!« rief sie lachend, froh, daß die gefährliche Situation vorüber war.

Und dann gingen sie hinüber zu den anderen, die in großer Gesellschaft zusammensaßen und den Tanzenden zuschauten. Es wurde auch an Bord des Dampfers, wie jetzt überall, zu jeder Tageszeit getanzt, und auch hier betrachtete man den Tanz nur noch als Sport, als Ausgleich, nicht als einen Ausdruck festlicher Freude.

»Wünschen Sie zu tanzen, mein gnädiges Fräulein?« fragte Jan Werkmeester.

Waltraut schüttelte den Kopf.

»Nein, nein, diese gewohnheitsmäßigen Tänze sind mir unangenehm. Ich tanze nur, wenn ich in besonderer Stimmung dazu bin.«

»Ganz mein Fall, ich habe mit Staunen auf meiner Reise bemerkt, wieviel jetzt an allen Orten getanzt wird und wie wenig Festliches dem Tanz noch anhaftet. Auch er ist nüchtern geworden wie alles andere. Wir tanzen zuweilen auf Saorda, nur zu einem Grammophon, und Frau Schlüter muß abwechselnd für ihren Gatten und für mich Tänzerin sein, aber stimmungsvoller ist das immer als dieses stupide Tanztraining zur Erhaltung der schlanken Linie. Aber über Geschmack läßt sich nicht streiten. Jedenfalls hoffe ich, daß wir in Saorda zuweilen stimmungsvolle kleine Tanzabende arrangieren, da wir ja nun eine Tänzerin mehr haben werden.«

Seine Augen glitten dabei über ihr Gesicht wie in einer heimlichen, verstohlenen Liebkosung, und sie wandte sich rasch ab und setzte sich zu dem Justizrat, der mit Herrn Döring und Mijnheer Boon zusammensaß und scheinbar mit ihnen spaßige Bemerkungen über einige wenig graziöse Tänzer und Tänzerinnen machte.

»Hier spielt man anscheinend Lästerallee, da wollen wir auch mithalten, Mijnheer Werkmeester und ich«, sagte Waltraut, und sie beteiligte sich nun mit Jan Werkmeester an dieser Unterhaltung.

So war man, nachdem man den Suezkanal passiert hatte, fünf Tage durch das Rote Meer, wo es sehr heiß und drükkend war, gefahren. Dann war man sieben Tage durch den Indischen Ozean gefahren, hatte fast immer nur Wasser oder kahles Felsgestein an den Ufern zu sehen bekommen, und die Passagiere lechzten nun nach ein wenig Vegetation und nach dem bunten, beweglichen Treiben der Hafenplätze. Endlich tauchten die von leichten Wolken umgebenen Bergriesen Ceylons auf. Waltraut stand mit dem Justizrat und Jan Werkmeester an der Reling, und der letztere erklärte ihnen, was sie zu sehen bekamen. Die »Smaragdinsel« lag vor ihnen. So wird Ceylon genannt, und man sagt, es sei das wundervollste Tropenland der Erde. Das liegt wohl unter anderem daran, daß man hier die fremdartige Tropenvegetation in einer Mannigfaltigkeit und Üppigkeit ohnegleichen emporsprießen sieht.

Langsam näherte sich der Dampfer dem Hafen von Colombo. Nachdem man an Land gehen konnte, verabschiedeten sich der Justizrat, Jan Werkmeester und Waltraut von ihren Mitpassagieren. Mijnheer Boon reiste weiter, und Herr Döring wurde von Geschäftsfreunden in Colombo erwartet.

Jan Werkmeester riet dem Justizrat und Waltraut, den Aufenthalt in Colombo tunlichst zu beschränken, weil es zu heiß und zu staubig und Colombo nicht interessanter sei als alle internationalen Hafenplätze. Außerdem würden Schlüters, die ihre Gäste in Kandy erwarten wollten, sehr ungeduldig sein, diese in Empfang zu nehmen.

»Wir fügen uns ganz Ihren Anordnungen, Mijnheer Werkmeester, und es ist sehr angenehm für uns, daß Sie uns mit ins Schlepptau nehmen wollen«, sagte der Justizrat, der ein wenig benommen war von dem Lärm, der ihn hier umgab.

Für Waltraut war das zwar alles sehr interessant, aber sie sagte sich auch, daß es besser sei, der großen Hitze und dem Staub rasch zu entfliehen.

Also blieb man nur eine Nacht in Colombo, in einem englischen Hotel, das zwar vorzüglich geleitet war, aber, wie alle großen Hotels an belebten Hafenplätzen, einem Rummelplatz glich.

Am nächsten Morgen fuhren die drei mit der herrlich bequemen Eisenbahn in die Berge hinauf. Jan Werkmeester hatte in zuvorkommender Weise für jeden erdenklichen Komfort gesorgt. Er kannte ja Land und Leute und wußte, wie man es anfangen mußte, die besten Aussichtsplätze zu belegen, Kühlung und Erfrischungen zu erhalten und die aufdringlichen Kulis zurückzuscheuchen.

Waltraut war glücklich und froh, daß er in ihrer Gesellschaft war. In seinem Schutz fühlte sie sich geborgen. Denn der alte Herr Justizrat war nun doch etwas benommen und unbeholfen auf diesem ihm ganz fremden Boden.

Und Jan Werkmeester war glücklich und froh, daß er Waltraut dienen konnte, das sah man ihm auch an. Eifrig erklärte er ihnen die ganze Umgebung. Sie fuhren an dem berühmt schönen Botanischen Garten von Paradeniya vorüber. Mit staunenden Augen nahm Waltraut die leuchtende Farbenpracht der Smaragdinsel in sich auf. Die Bahnwagen waren so bequem und schön, daß man die Ausblicke mit allem Behagen genießen konnte. Das Wunderbarste, was die südliche Pflanzenwelt zu bieten hatte, breitete sich zu beiden Seiten der Bahnlinie aus. Und die malerische Fremdartigkeit dieser Tropenwelt wirkte wie ein Märchen auf Waltraut. Sie kam dadurch selbst in eine Märchenstimmung, fühlte sich wie losgelöst von aller Erdenschwere und empfand, unbewußt zwar, aber doch mit aller Intensität, daß dies alles noch viel schöner und wunderbarer sei, weil Jan Werkmeester bei ihr war.

Als sie endlich Kandy erreichten, schien der Höhepunkt der Schönheit erreicht zu sein. Kandy war ein wundervoller, märchenhaft schöner Gebirgsort, eine befestigte Stadt und jetzt Sitz eines englischen Gouverneurs. Die buddhistischen Tempel inmitten der üppigen Vegetation wirkten wie Wunderbauten. In der Mitte von Kandy lag ein kleiner See mit kristallhellem Wasser, und inmitten dieses Sees sah man eine kleine Insel, die mit hohen Palmen und einem märchenhaften Blütenreichtum bewachsen war. Unter diesen Palmen sah man die Ruinen eines Pavillons, und Jan Werkmeester erklärte Waltraut und dem alten Herrn, daß dieser Pavillon einst von den Gemahlinnen der Könige von Kandy benutzt worden sei.

Am Bahnhof wurden die Reisenden von Harry Schlüter und seiner jungen Frau empfangen. Das gab eine große Aufregung. Dora Schlüter, eine reizende schlanke Frau mit gebräuntem Teint und kastanienbraunem Haar, sah mit ihren braunen Augen glückstrahlend auf die Ankommenden und wußte in ihrer Freude nicht, ob sie zuerst den Vater oder die Freundin umarmen sollte. Weil sie sich darüber nicht schlüssig wurde, umfaßte sie beide zu gleicher Zeit und lachte und weinte gleichzeitig. Jan Werkmeester begrüßte inzwischen Harry Schlüter. Dieser schüttelte ihm erfreut die Hände.

»Jan, alter Kerl, das ist ja famos, daß du zugleich mit unseren Gästen ankommst. Ihr seid doch auf demselben Dampfer gefahren und habt wohl schon Bekanntschaft gemacht?«

»Jawohl, Harry, gleich die ersten Tage an Bord haben wir uns aneinandergeschlossen. Ich habe viel von euch erzählen müssen und von Ceylon überhaupt und habe mich damit natürlich sehr beliebt gemacht. Frag deinen Schwiegervater und Fräulein Roland, ob es stimmt. Aber, weißt du, wie es meinem Vater geht, Harry?«

»Gut, Jan, alles in Ordnung. Und da drüben steht euer Auto, das dein Vater geschickt hat, um dich abzuholen.«

»Ah, richtig!«

Schon kam ein singhalesischer Diener auf Jan zu und begrüßte ihn nach Landessitte. Jan nickte ihm lachend zu, gab ihm den Gepäckschein und erteilte ihm ruhig und freundlich, wenn auch sehr bestimmt, seine Befehle. Der Diener eilte davon, um sie auszuführen.

Inzwischen hatte Dora Schlüter ihre erste Wiedersehensfreude gestillt. Sie reichte nun auch Jan Werkmeester die Hand.

»Lieber Jan, auch Sie haben wir wieder. Das wird ein Labsal sein für meinen Harry!«

»Oh, und für Sie zähle ich nun gar nicht mehr, Frau Dora, ich bin jetzt überflüssig«, neckte Jan.

Sie lachte.

»Das glauben Sie ja selber nicht, so gute alte Freunde sind nie überflüssig. Jetzt soll es lustig werden in unserem Bungalow. Sie müssen wieder sehr oft von Larina herüberkommen, Jan, denn wir haben nun eine junge Dame zu Gast, für die wir einen Kavalier brauchen.«

Jan sah lächelnd zu Waltraut hinüber.

»Ich stelle mich mit Freuden zur Verfügung.«

»Und Ihren Vater müssen Sie nun auch zuweilen bewegen, nach Saorda zu kommen. Solange Sie fort waren, haben wir ihn nur an einigen Sonntagen bei uns gehabt, und immer mußten wir ihn erst lange bitten. Wir haben ja nun in meinem Vater einen würdigen Gesellschafter für ihn, er braucht sich dann nicht über den Übermut unserer Jugend zu entrüsten.«

»Tut er nie, Frau Dora, es schmerzt ihn nur, wenn er nicht mithalten kann.«

»Ja, ja, ich weiß, ich scherze nur. Aber mein Vater wird sich ihm gern widmen, wenn wir herumtollen und Unfug treiben.«

Und sich an Waltraut wendend, fuhr Frau Dora lachend fort: »Du mußt wissen, Waltraut, Mijnheer Werkmeester und Harry haben oft die tollsten Sachen angestellt, um mir das Heimweh zu vertreiben. Nicht geruht haben sie alle beide, bis ich wieder lachte.«

Waltraut sah erstaunt zu Jan hinüber.

»So übermütig können Sie sein, Mijnheer Werkmeester? Das habe ich gar nicht gewußt.«

Er lachte frisch und herzlich.

»Ja, auf dem Dampfer, da hat sich mein Übermut nicht

herausgetraut, ich war immer ein wenig bange, daß Sie mich dann strafend ansehen würden.«

Dora lachte hell auf.

»Ach, Waltraut, wenn Jan Werkmeester wüßte, was wir zuweilen für tollen Unfug angestellt haben daheim.«

Jan sah Waltraut nun mit drollig würdevollem Erstaunen an.

»So übermütig können Sie sein, Fräulein Roland? Das habe ich gar nicht gewußt«, sagte er wie sie.

Mit einem Lachen quittierte Waltraut seinen Scherz.

»Mir scheint, wir haben uns alle beide ein wenig verstellt.«

»Also ihr habt euch benommen, wie es sich für wohlerzogene Leute gehört, habt nett und artig miteinander Konversation gemacht und nur von ernsten Dingen gesprochen? Das muß anders werden. Ihr müßt beide gute Freunde, sehr gute Freunde werden«, erklärte Dora energisch.

»Nicht so viel Energieverschwendung, wo es nicht nötig ist, Frau Dora. Fräulein Roland und ich, wir sind schon ganz gute Freunde geworden, wenn ich auch in heillosem Respekt vor ihr immer sehr formell sein mußte.«

Bei diesen Worten sah Jan Waltraut mit einem verstohlenen Blick an. »Ich erlaube mir nun die ergebene Anfrage, ob ich jetzt auch einmal Fräulein Roland begrüßen darf?« fragte Harry, der inzwischen seinen Schwiegervater herzlich begrüßt hatte.

Jan sah Dora wichtig an.

»Wollen wir es ihm erlauben, Frau Dora?«

»Dich werde ich gerade fragen, mein Sohn. Geh aus dem Wege, wenn du nicht niedergeboxt werden willst«, sagte Harry und begrüßte Waltraut herzlich.

Jan schüttelte den Kopf wie ein besorgter Vater über einen ungeratenen Sohn.

»Du bist schrecklich verwildert, seit ich dich nicht veredelnd beeinflußt habe, mein lieber Harry, und was das Boxen anbelangt, so habe ich Dempsey einige recht nette Griffe abgesehen. Ich warne Neugierige.«

Harry lachte.

»Treff ich dich aber draußen im Freien, mein Sohn, dann

wollen wir mal sehen, wie weit dich die netten Griffe bringen. Im übrigen finde ich, daß wir uns das alles viel gemütlicher drüben auf der schattigen Hotelveranda sagen können, sobald ihr euch erfrischt habt. Wir bleiben heute in Kandy und fahren erst morgen nachmittag nach Saorda. Unsere Gäste sollen erst mal noch ein wenig Kultur genießen, ehe sie in unserer Wildnis untertauchen, und sollen die Sehenswürdigkeiten von Kandy wenigstens im Fluge ansehen. Nach Kandy fahren wir nämlich nur, Fräulein Roland, wenn wir es mal in unserer Wildnis vor Menschenhunger nicht mehr aushalten können.«

»Aber Harry, mache Fräulein Roland nicht bange, das klingt ja, als käme sie in Saorda zu den Menschenfressern und als seien wir darauf aus, jeden Tag ein paar Menschen zum Frühstück zu verspeisen.«

Waltraut lachte.

»Ich bin auf alles gefaßt«, neckte sie.

Harry schob fast kameradschaftlich die Hand unter ihren Arm.

»Es ist besser, Sie sind auf das Schlimmste vorbereitet und sind dann angenehm enttäuscht. Nun vorwärts! Jan, deinem Vater habe ich gesagt, daß wir dich vor morgen auch nicht von hier fortlassen.«

Jan sah neidisch zu, wie Harry Waltraut führte.

»Ich wäre auch ohnedies nicht eher heimgefahren, mein Lieber. Denkst du vielleicht, ich werde es dir allein überlassen, die Honneurs von Kandy zu machen? Ich habe Fräulein Roland versprochen, sie zu den Tempeln und zu den heiligen Schildkröten zu führen.«

Damit schob Jan seine Hand unter Doras Arm und führte sie auch davon. »Was man verspricht, muß man halten!« rief Harry über die Schulter zurück.

Der Justizrat hatte vergnügt diesen launigen Disput angehört und schritt an Doras anderer Seite. Plaudernd erreichte man das Hotel.

Und nachdem sich die Reisenden erfrischt hatten, saß man in fröhlichster Stimmung beisammen. Waltraut und Dora hielten sich bei den Händen und hatten sich viel zu sagen und zu fragen. Heute kam aber nur das Nötigste und Wichtigste zu Wort.

»Wir haben jetzt so lange Zeit zum Plaudern, Waltraut. Wie glücklich bin ich, daß du mit Vater gekommen bist. Nun habe ich euch beide hier, endlich einmal«, sagte Dora.

»Mir scheint, ich bin jetzt ganz überflüssig, meine Frau braucht mich nicht mehr«, sagte Harry in scherzhafter Eifersucht.

Dora reichte ihm die Hand schnell über den Tisch hinüber.

»Du wirst schon auch noch zu deinem Recht kommen.«

Sie sahen sich liebevoll in die Augen, und in demselben Moment trafen Jans und Waltrauts Blicke ineinander. Es flammte sehnsüchtig in Jans Augen auf. Aber schon wurde er wieder abgelenkt. Dora fragte plötzlich:

»Und eine Frau haben Sie nicht drüben gefunden, Jan, Sie wollten sich doch eine Frau mitbringen von Ihrer Reise?«

Ein schneller Blick in Waltrauts Augen überzeugte Jan, daß sie leicht erblaßte. Das machte ihn so froh, daß er hätte aufjauchzen mögen.

»Nein, ich fand keine, die ich hätte mitnehmen mögen.«

»Aber erzähle doch, wie war es drüben, hast du dich gut unterhalten?« fragte Harry.

Jan berichtete nun kurz von seinen Erlebnissen während seiner Urlaubs- und Erholungsreise.

Und dann mußte der Justizrat von zu Hause berichten.

»Mutter wird jetzt sehnsüchtig zu Hause sitzen und an uns denken«, sagte er.

Da wurden Doras Augen naß, und um die frohe Stimmung war es geschehen. Aber Jan faßte sein Glas.

»Wir wollen unsere Gläser leeren im Gedenken an Frau Doras gütige liebevolle Mutter!«

Sie taten alle, wie er geheißen. Dann sagte Jan, die weiche Stimmung vertreibend:

»Und nun wollen wir wieder sehr fröhlich sein, so will es die liebevolle Mutter daheim, die es nicht leiden mag, wenn ihre Kinder traurig sind. Frau Dora, Kopf hoch!«

Dora trocknete hastig ihre Tränen und sah schon wieder lächelnd in die besorgten Augen ihres Mannes, der ihr die Hand über den Tisch reichte.

»Ist schon wieder gut, Harry, ich bin schon wieder ganz tapfer.«

Und die frohe Stimmung kam wieder auf.

Man trennte sich ziemlich spät, um zur Ruhe zu gehen.

Am anderen Morgen wurde Kandy besichtigt. Jan Werkmeester arrangierte es aber gleich so geschickt, daß er Waltraut führen konnte, während Frau Dora zwischen ihrem Gatten und ihrem Vater ging. Man begab sich an die andere Seite des Sees. Der sonnigen Esplanade gegenüber erhoben sich in malerischen Gruppen Tempel und Paläste mit weiten Haben und Säulengängen. Sie wurden von mächtigen Bäumen beschattet. Der größte der Tempel, den eine eigenartige Kuppel krönte, war von mehreren Ringmauern und einem tiefen Wassergraben umgeben. Auf dem nassen Pflaster des Ufers sonnte sich träge eine Unzahl von Riesenschildkröten. Auch aus dem Wasser streckten viele dieser Tiere ihre Köpfe. Sie wurden gerade von den Priestern gefüttert, und diese Priester erhielten von allen Besuchern reiche Gaben, die ihnen ein sehr behagliches Leben gestatteten. Europäische Gäste waren bei den Priestern sehr beliebt, weil sie reichlich zahlten. Denn obwohl diese Priester weder Geld noch Gut besitzen dürfen, nehmen sie doch gemütsruhig die Gaben der Fremden.

Dafür spenden sie ihnen Segenssprüche.

Auf Waltraut machte das alles großen Eindruck. Jan Werkmeester führte sie dann auch zu dem Tempel, in dem der Zahn Buddhas aufbewahrt wurde. Die anderen drei folgten ihnen. In diesem Tempel wurde zur Erhöhung der Festlichkeit ein Riesenlärm gemacht mit Pauken und Schalmeien durch die Priester, so daß man es in diesen Tempelhallen nicht lange aushalten konnte. Waltraut und der Justizrat sahen sich nur schnell den Zahn Buddhas an, betrachteten die aufgestapelten Kostbarkeiten und Kleinodien, die allerdings sehr sehenswert waren, aber dann suchten sie alle ihr Heil in der Flucht, weil der Lärm zu ohrenbetäubend war. Lachend verschnaufte man in einem der wundervollen Palmenhaine, und dann ging es zu dem Hotel zurück, wo man vor der Abfahrt einen kräftigen Imbiß einnahm.

Jan Werkmeester erklärte energisch, daß er als fünfter im Schlüterschen Auto mitgenommen werden wolle, bis sich die Wege nach Saorda und Larina trennten. Es falle ihm gar nicht ein, so weit allein in seinem Wagen zu fahren. Er wolle auch von der Unterhaltung profitieren.

»Gut, Jan, nimm meinen Platz im Wagen ein, ich will großmütig sein und mich zum Chauffeur setzen«, sagte Harry.

»Ausgeschlossen, ich werde mir doch nicht Frau Doras Feindschaft zuziehen. Ich setze mich zum Chauffeur.«

»Gut! Also los!«

Man brach auf. Jan Werkmeester nahm neben dem Chauffeur Platz, die beiden Damen im Ford und die beiden anderen Herren auf dem Rücksitz. Die Koffer waren hinten aufgeschnallt worden. Jans Wagen wurde mit seinem Gepäck und dem Diener von dem Chauffeur hinterhergefahren.

Als Jan dann beim Scheideweg aussteigen mußte, verabschiedete er sich herzlich von allen.

»Morgen komme ich nach Saorda hinüber. Auf Wiedersehn, Herrschaften. Fräulein Roland, keine Angst vor Menschenfressern!«

Waltraut lachte, schüttelte den Kopf und winkte ihm, wie die anderen, noch einmal zu.

»Grüß deinen Vater, Jan!«

»Von mir auch!« rief Dora.

Jan nickte dankend. Seine Augen ließen nicht von Waltraut, während er stehenblieb und den Wagen vorüberließ. Sein Herz zuckte doch schmerzhaft, es war seit Wochen die erste räumliche Trennung von Waltraut Roland. Und wenn er auch nicht weichmütig war, diese Trennung schmerzte ihn doch.

Endlich stieg er in sein Auto, das neben ihm hielt, und fuhr ebenfalls davon.

6

DIE SONNE GING schon unter, als Schlüters mit ihren Gästen in Saorda ankamen. Immer höher in die Berge hinauf war das Auto von Kandy aus gefahren durch eine bezaubernde Tropenlandschaft. Und nun fuhr der Wagen vor dem reizenden, sehr geräumigen Bungalow vor. Er stand auf dem höchsten Punkt von Harry Schlüters Besitzung, die dieser von einem Onkel geerbt hatte, der in jungen Jahren ausgewandert war. Sie war nun für ihn und seine junge Frau eine Heimat geworden. Harry Schlüter hatte nicht genug Vermögen gehabt, um bald an eine Heirat mit Dora Heinze denken zu können, da sie auch kein nennenswertes Vermögen zu erwarten hatte. So hatten die jungen Leute es als ein Glück gepriesen, daß ihnen diese Erbschaft eine schnelle Heirat gestattete, allerdings auch eine Trennung von der Heimat brachte.

Von diesem Berg hinab konnte man in ein weites Tal schauen. An einem besonders schönen Aussichtspunkt hatte der Wagen vorhin eine Weile gehalten. Ein weites fruchtbares Tal, in dem sich Reisfelder mit Teeplantagen ausbreiteten, lag vor ihnen. Im Norden wurde dies weite Tal wieder von einem Berg begrenzt. Seine Mitte durchzog ein Fluß, an dessen beiden Ufern zwei Eingeborenendörfer mit ihren seltsamen, mit Palmenblättern bedeckten Hütten lagen. »Mit einem guten Fernglas können Sie da drüben auf dem Berge den Bungalow von Mijnheer Werkmeester liegen sehen. Das ganze vor Ihnen liegende Tal gehört zur Hälfte zu Saorda, zur anderen Hälfte zu Larina. Larina ist noch bedeutend größer als Saorda. Die Grenze wird durch den Fluß gebildet, und die beiden Dörfer dort unten heißen Larina und Saorda, wie unsere Besitzungen. In den Dörfern wohnen unsere Arbeiter«, hatte Harry Schlüter zu Waltraut gesagt.

Ihre Augen waren zu jenem Berge hinübergeflogen, der von den letzten Sonnenstrahlen hell beleuchtet wurde. Sie mühte sich, den Werkmeesterschen Bungalow mit bloßen Augen zu entdecken, aber das war nicht möglich, weil er zum großen Teil durch die Vegetation verdeckt wurde.

Also da drüben wohnte Jan Werkmeester. Ihr war etwas beklommen gewesen, seit er sie verlassen hatte, nun atmete sie auf – sie konnte doch wenigstens zu seinem Hause hinübersehen. Ein gutes Fernglas würde wohl im Schlüterschen Hause zu haben sein.

Und nun hielt das Auto vor dem Bungalow, der wie ein Märchentraum in einer bezaubernden Pracht von herrlich blühenden Blumen lag, die um diese Stunde besonders stark dufteten. Ein wundervoller Duft, der mit nichts zu vergleichen war.

Der Bungalow erhob sich auf einem etwa zwei Meter hohen Steinfundament. Eine breite Treppe führte zu der sehr geräumigen Veranda hinauf, die sich um das ganze Haus herumzog, und deren Überdachung von buntbemalten Holzsäulen getragen wurde. Hinter dieser Veranda lagen die Wohnräume. Der Bungalow hatte nur dieses eine Stockwerk, besaß aber eine große Ausdehnung und viele luftige Zimmer. Durch einen breiten Flur, zu dessen Eingang die Treppe hinführte, kam man in eine große Diele, von der aus nach allen Zimmern Türen führten. Auch von außen, von der Veranda aus, führten Türen in jedes Zimmer, die nur nachts mit Rolljalousien abgeschlossen wurden. Die Türen zu der Diele waren nur durch buntbestickte Vorhänge abgeschlossen. Nur die Schlaf- und Badezimmer waren mit festen, verschließbaren Türen versehen.

Ein Stück abseits von dem Bungalow lag noch ein Gebäude, in dem die zahlreiche Dienerschaft untergebracht war, sowie die Garage und die Stallungen.

Alle Fußböden des Bungalows waren mit Kokosmatten, mit reizenden, wenn auch naiven Mustern ausgelegt, die von den Eingeborenen selbst gewebt waren. Überall sah man auch bunte Korbgeflechte, ebenfalls Erzeugnisse der Eingeborenen, wie auch die vielen, bunten Stickereien, mit denen die Zimmer geschmückt waren.

Auf der Veranda standen mehrere Gruppen von leichten Bambusmöbeln. Die Zimmer selbst waren sehr hell und luftig gehalten, hatten nur leichte Möbel und viel eingebaute Schränke und Bänke, letztere mit bunten Kissen belegt. Verschiedene der eingebauten Schränke waren nur mit Vorhängen abgeschlossen. Viele Kissen und buntbestickte Decken gaben den Räumen ein malerisches Aussehen. Auch die leichten Vorhänge an den Fenstern waren mit hübschen Stickereien verziert. Alles in allem stellte dieser Bungalow ein sehr behagliches und schönes Heim dar.

Waltraut stieß immer wieder Rufe des Entzückens in dieser fremdartigen, farbenfrohen Umgebung aus. Sie lachte über die vielen Diener und Dienerinnen, die ihnen entgegenkamen. Die männlichen Diener trugen weiße Leinenanzüge, und die Dienerinnen hatten sich alle nur in den landesüblichen Sarong und die leichte Kabaja gehüllt, die über den Sarong wie eine weite, offenstehende Jacke getragen wurde. Bei einigen fehlte auch die Kabaja, sie zeigten ihre schöngeformten Schultern und Arme unbedeckt. »Mein Gott, Dora, was habt ihr für eine Menge Dienstboten«, rief Waltraut überrascht aus.

Dora lachte.

»Es sind trotzdem nicht zu viele, denn du mußt bedenken, daß hier die Leute nicht so leistungsfähig sind wie bei uns zu Hause. Dafür sind sie aber auch bedeutend anspruchsloser. Aber verwechsle nur ja nicht ihre Obliegenheiten. Du darfst von der Badebedienung nicht verlangen, daß sie deine Stiefel putzt oder von Khitmatgars, die nur bei Tisch bedienen, daß sie ein Zimmer in Ordnung halten sollen. Auch darfst du von den Ankleiderinnen nicht verlangen, daß sie bei Tisch servieren sollen, sie würden solche Zumutungen mit Entrüstung zurückweisen. Hier hat jeder sein bestimmtes Amt, damit für keinen zuviel Arbeit herauskommt. Aber sie sind alle sehr gutartig und freundlich, mürrische Gesichter wirst du nie sehen. Sie sind zutraulich wie die Kinder, und wenn man sie mit Berechtigung bestraft, nehmen sie es geduldig hin. Nur Unrecht darf man ihnen nicht tun, das vergessen sie nie. Sieh nur, wie sie dich anstaunen, nun du deinen Hut abgenommen hast. Sie sehen dein goldenes Haar und staunen darüber, weil es hier selten ist.«

So plauderte Dora, nachdem sich ihr Gatte mit dem Justizrat entfernt hatte, um ihm sein Zimmer anzuweisen.

Dora führte nun auch Waltraut zu ihrem Zimmer. Es war

ein heller, luftiger Raum mit weißen Möbeln und einem Bett aus blankgeputztem Messing, mit bunten Behängen und Dekken. Spitzenbesetzte Kissen erinnerten an europäischen Komfort.

»Das sieht ja ganz europäisch aus, Dora«, sagte Waltraut erstaunt.

»Nun ja, so ganz aus der Welt liegen wir ja nicht, ich hoffe, daß du dich behaglich fühlen wirst. Und nun will ich dir erst einmal deine Dienerinnen vorstellen. Dies ist Naomi, deine Ankleiderin, dies ist Mirja, die dein Zimmer in Ordnung halten, und dies ist Carida, die dich beim Baden bedienen wird.«

Waltraut nickte den zierlichen Singhalesinnen lächelnd zu. Sie sahen sie mit ihren sanften dunklen Augen freundlich an.

»Verständigen werde ich mich wohl vorläufig nicht mit ihnen können«, sagte Waltraut lächelnd.

»Oh, was denkst du, Waltraut! Du sprichst doch sehr gut englisch.«

»Allerdings!«

»Nun also, deine Dienerinnen sprechen ebenfalls ein geläufiges Englisch, ich habe sie dir deshalb ausgesucht.«

Waltraut küßte die Freundin.

»Das ist ja wahrhaft fürstlich, Dora, drei Dienerinnen ganz für mich allein, und auch noch solche, mit denen ich mich verständigen kann.«

»Nun, mit etwas müssen wir dir doch imponieren. Aber jetzt übergebe ich dich Carida, die dich zum Baden geleiten wird. Gib Naomi und Mirja deine Kofferschlüssel, sie werden inzwischen auspacken. Naomi hilft dir dann beim Ankleiden. In einer Stunde speisen wir zu Abend. Bis dahin auf Wiedersehn, mich verlangt nach der langen Fahrt auch nach einem Bade. Ach, Waltraut, wie glücklich bin ich, daß ich dich und Vater hier habe.«

Und Dora küßte und umarmte die Freundin noch einmal herzlich.

Dann war Waltraut mit ihren Dienerinnen allein. Zu ihrer Freude konnte sie sich wirklich tadellos mit ihnen verständigen. Carida führte sie in ein dicht neben ihrem Schlafzimmer gelegenes Badezimmer. Es war ein kleiner Raum mit zementiertem Fußboden, der sich etwas nach innen senkte und in der Mitte einen Abfluß hatte. Man stellte sich auf diesen Fußboden und schöpfte mit einem kleinen Eimer Wasser aus einem großen Behälter, und dies Wasser goß man sich, so oft man wollte, über den Körper, eine in den Tropen übliche Art zu baden, die sehr einfach und erfrischend ist und die man ohne Umstände beliebig oft am Tage wiederholen kann.

So war das Bad schnell genommen. In ihren Bademantel gehüllt, ging Waltraut wieder in ihr Zimmer zurück. Hier waren Mirja und Naomi noch mit Auspacken beschäftigt. Sie betrachteten mit hellem Staunen und munteren Ausrufen Waltrauts elegante Garderobe.

Naomi half Waltraut beim Ankleiden, sie war sehr gewandt und anstellig und ordnete auch Waltrauts Haar sehr geschickt, die anderen Dienerinnen immer wieder auf die goldene Farbe dieses Haars aufmerksam machend.

Als Waltraut dann, in ein duftiges weißes Kleid, gehüllt, fertig vor dem großen Spiegel stand, wurde sie mit kindlichem Entzücken von den drei Singhalesinnen angestaunt. Die schlanke Europäerin mit dem goldenen Haar und den tiefblauen Bergseeaugen gefiel ihnen anscheinend sehr gut. Und Waltraut bot auch wirklich ein reizendes Bild.

Mirja und Naomi blieben dann zurück, um Waltrauts Koffer fertig auszupacken und alles in die Schränke zu räumen. Carida begleitete Waltraut in ein Zimmer, wo sie bereits Dora und die beiden Herren ihrer wartend fand. Die Herren trugen weiße Tropenanzüge, und auch Dora hatte ein weißes Kleid angelegt.

Gleich darauf erschien ein Diener und meldete: *Khana mez pur!* (Es ist angerichtet.)

Der Hausherr reichte Waltraut den Arm, Dora wurde von ihrem Vater geführt.

So gingen sie lachend und plaudernd in das Speisezimmer, den größten Raum des Hauses, mit Ausnahme der Diele. Auch hier war alles in hellen Farben gehalten.

Die Khitmatgars (Tischdiener) walteten eifrig ihres Amtes in ihrer geräuschlosen, freundlichen Art. Ein vorzüglich bereitetes Mahl wurde serviert, dazu ein leichter Wein, den man mit Wasser vermischte. Zum Schluß gab es herrliche große Ananas, in Scheiben geschnitten, und allerlei andere köstliche Früchte.

Nach Tisch saß man im behaglichen Wohnzimmer, und es wurde viel erzählt und gefragt, bis man erst einmal das Wichtigste wußte. Um zehn Uhr ging man zu Bett. Dora brachte Waltraut selbst zu ihrem Schlafzimmer und ließ es sich nicht nehmen, sie mit Naomi zu Bett zu bringen. Dabei wurde natürlich allerlei Scherz getrieben und geplaudert. Dora versicherte wieder und wieder, wie glücklich sie sei, die Freundin bei sich zu sehen.

Waltraut war ganz gerührt von Doras Freude, aber sie wurde ein heimlich quälendes Gefühl nicht los, weil sie der Freundin verschweigen mußte, daß sie mit Rudolf verlobt sei und daß es nur diesem Umstand zu danken war, daß Waltraut von ihrem Vater den langen Urlaub bewilligt bekommen hatte. Aber, wenn es auch nicht der Wunsch ihres Vaters gewesen wäre, sie hätte es doch vielleicht nicht über die Lippen gebracht, denn sie hatte das Gefühl, als müsse sie sich schämen, in diese Verlobung eingewilligt zu haben.

Als sie dann allein war und mit offenen Augen in das Dunkel starrte, überkam sie ein nie zuvor gekanntes Gefühl, ein intensives Sehnen nach einem Menschen, der ihr doch vor Wochen noch ganz fremd gewesen war und der in diesen kurzen Wochen einen so gewichtigen Platz in ihrem Leben eingenommen hatte – nach Jan Werkmeester.

Sie konnte lange nicht einschlafen, nicht nur, weil sie an Jan Werkmeester denken mußte, sondern auch, weil so viel Neues auf sie eingestürmt war. All die neuen Eindrücke wirbelten durch ihre Gedanken, aber immer wieder drehte sich alles um eine Person wie ein fester Pol – Jan Werkmeester. Endlich schlief sie ein.

Als sie am nächsten Morgen erwachte, sah sie sich erst ein wenig fassungslos in der fremden Umgebung um und wußte nicht gleich, wo sie sich befand. Sie hörte auf der Diele huschende Schritte über die Matten gleiten, hörte, daß auf der Veranda leise mit Geschirr geklappert wurde. Da draußen wurde der Frühstückstisch gedeckt. Immer konnte man auf der Veranda irgendwo im Schatten sitzen, da sie sich um das ganze Haus zog.

Mit einem Satz war Waltraut jetzt aus dem Bett und klingelte. Gleich darauf erschien Naomi, zog die Rolljalousien empor und wünschte Waltraut, gut geruht zu haben. Schon erschien nun auch an der Verandatür Doras lachendes Gesicht.

»Guten Morgen, Waltraut, gut geschlafen?«

»Guten Morgen, Dora, ganz vorzüglich. Ich bin sehr erschrokken, daß ich mich verspätet habe. Ich konnte aber gestern abend nicht gleich einschlafen, weil ich so viel Neues und Schönes gesehen habe. Darüber mußte ich lange nachdenken.«

Die Freundinnen umarmten sich.

»Nun schnell ins Bad, Waltraut, da ist Carida schon. Harry will unbedingt heute mit uns frühstücken und hat seine Fahrt in die Plantagen verschoben, zumal ihn Vater begleiten soll. Wir warten also mit dem Frühstück auf dich.«

»Ich beeile mich, Dora!«

In einer halben Stunde trat sie auf die Veranda hinaus, wo das Chota Hazree (erstes Frühstück) schon bereitstand. Naomi kam hinter Waltraut hergelaufen und reichte ihr die kleine Handtasche, in der sie Taschentuch und allerlei Kleinigkeiten mit sich herumtrug.

»Du hast das sicher vergessen, Sahiba!« sagte sie freundlich.

Waltraut nickte ihr dankend zu. Tief atmete sie die wunderbar würzige Morgenluft ein, die mit dem Duft von Millionen Blumen getränkt war.

»Mein Gott, wie ist es hier wunderbar schön!« rief sie ganz andächtig, ihre Gastgeber und den Justizrat begrüßend.

»Nicht wahr, Fräulein Waltraut, da braucht man keinen Tempel, um seine Morgenandacht zu verrichten. Ich habe das auch schon getan inmitten dieses herrlichen Blütenmeeres. So etwas gibt es freilich bei uns zu Hause nicht. Zu schade, daß das meine Frau nicht auch sehen kann.«

»Weshalb haben Sie auch Doras Mutter nicht mit auf die Reise genommen, Herr Justizrat?«

Doras Augen wurden gleich wieder feucht.

»Mutterle kann doch nicht, die weite Reise wäre zu anstrengend für sie, und sie muß auch immer einen Arzt in der Nähe haben wegen ihres alten Leidens. Sonst wäre sie sicher mitgekommen«, antwortete Dora statt des Vaters.

Der Justizrat nickte.

»Ja, ja, so ist es! Schweren Herzens mußte sie daheim bleiben, aber nach meiner Rückkehr werde ich ihr nun wenigstens alles ausführlich berichten können. Ich habe mir deshalb schon ein Reisetagebuch angelegt, und die Illustrationen dazu müssen Sie mir liefern, Fräulein Waltraut. Ihre sehr hübschen Aufnahmen vom Dampfer und von Colombo und Kandy habe ich mir schon eingeklebt. Nun hoffe ich, daß Sie auch hier noch verschiedene Aufnahmen machen, von denen ich profitieren kann.«

»Daran soll es nicht fehlen, Herr Justizrat. Wie lange werden Sie in Saorda bleiben?«

»Vier Wochen.«

»Oh, nicht länger?«

»Ich wollte mich nur einmal hier umsehen, wie unser Kind aufgehoben ist. Die Reise frißt leider so viel Zeit, und es ist schon viel, daß ich mich ein Vierteljahr zu Hause von meinen Geschäften losreißen konnte. Es wäre nicht möglich gewesen, wenn mich nicht ein befreundeter Rechtsanwalt vertreten würde.«

Harry Schlüter legte seinem Schwiegervater vor, und Dora verwöhnte Waltraut. Die Diener hatte man entlassen.

»Wenn wir dich und Mutter nur für immer hier haben könnten, lieber Vater«, sagte Dora.

Der Justizrat seufzte ein wenig.

»Daran ist nicht zu denken, Dora. So alte Leute, wie Mutter und mich, soll man nicht mehr aus angestammtem Boden verpflanzen. So gerne wir bei unserem einzigen Kind wären, es kann nicht sein. Wir müssen uns damit begnügen, daß ihr uns alle vier Jahre auf längere Zeit besucht.«

Dora stand auf und fiel dem Vater um den Hals.

»Siehst du, Vaterle, so gern wir Kinder haben möchten, Harry und ich, der Wunsch vergeht mir immer wieder, wenn ich an euch denke, wenn ich mir ausmale, daß meine Kinder mich auch eines Tages so hartherzig verlassen könnten, wie ich euch verlassen habe«, sagte sie reumütig.

Er streichelte sie liebevoll.

»Von Hartherzigkeit kann doch keine Rede sein, Kind. Das Weib soll Vater und Mutter verlassen und dem Manne anhängen. Was aber kleine Enkelchen anbelangt, wir, Mutter und ich, hätten nichts dagegen einzuwenden. Kleine Kinder könntet ihr doch hier nicht gebrauchen, die müssen doch wohl in einem gemäßigten Klima aufwachsen. Ich glaube, Mutter würde noch einmal jung, wenn sie ein paar Enkelchen aufzuziehen hätte. Das wäre doch ein Ersatz für dich.«

Dora lehnte ihre Wange an die seine.

»Nein, nein, Vaterle, es ist schon besser, wenn wir vorläufig keine Kinder bekommen, ich – ich brächte es nicht übers Herz, mich von ihnen zu trennen. Und von Harry mag ich mich auch nicht trennen.«

Harry zog seine Frau in die Arme.

»Tapfer sein, Kleines! Kommt Zeit, kommt Rat. Für ewig wollen wir ja nicht hierbleiben. Jetzt setze dich wieder und frühstücke ordentlich, damit du bei Kräften bleibst. Fräulein Waltraut scheint auch schon vor Schreck der Appetit vergangen zu sein.«

Die beiden Herren gaben nun acht, daß die Damen ordentlich zulangten. Dann verabschiedeten sie sich, um hinunter zu den Plantagen zu fahren.

Dora und Waltraut setzten ihre Schutzhüte auf und gingen durch den Garten zu dem hübschen, luftigen Pavillon hinüber, von dem aus sie das ganze Tal überblicken konnten. Dora nahm ein Fernglas mit. Bein Durchschreiten des Gartens fragte Waltraut ein wenig zaghaft:

»Sag mir doch, Dora, ob es hier Schlangen gibt?«

Dora schüttelte lächelnd das Haupt.

»Hier oben haben wir noch keine zu Gesicht bekommen, Waltraut, unten im Tal haben wir mal eine mit dem Auto totgefahren. Sonst sah ich noch keine. Du brauchst keine Angst zu haben, die Schlangen weichen den Menschen aus, wo sie nur können.«

»Darüber bin ich sehr froh, Dora, Schlangen sind das einzige, wovor ich mich fürchte, ich glaube, ich hätte eher Mut, einem Löwen oder einem Tiger gegenüberzutreten als einer Schlange.«

Hell lachte Dora auf.

»Nun, es ist jedenfalls besser, wenn du nicht vor die Wahl gestellt wirst, und zu deiner Beruhigung kann ich dir sagen, daß es hier in unserer Gegend weder Schlangen noch Löwen und Tiger gibt. Harry hat voriges Jahr einen prachtvollen schwarzen Panther erlegt, der sich in der Nähe des Dorfes unten bemerkbar gemacht und Vieh gestohlen hatte. Das ist, außer einigen Elefanten, das einzige wilde Tier gewesen, das sich hier bei uns gezeigt hat. Die Elefanten waren übrigens schon gezähmt. Wir haben unten in den Plantagen auch eine Anzahl und darunter einen, der sehr drollig ist und schon immer auf mein Kommen wartet, weil er dann irgendeine Leckerei erhält. Bist du nun zufrieden?«

»Sehr!«

Sie waren inzwischen bei dem Pavillon angelangt.

»Siehst du, Waltraut, hier sitze ich den größten Teil des Tages, ganz allein, und habe immer dies Fernglas bei mir. Mittels seiner Hilfe kann ich Harry auf all seinen Fahrten begleiten. Er hat mir den Pavillon an dieser Stelle errichten lassen, weil ich von hier aus die beste Aussicht ins Tal habe«, sagte Dora, während sie sich in die bequemen Bambussessel niederließen. »Hier ist es auch sehr schattig und luftig.«

Waltraut sah die Freundin lächelnd an.

»Dein Mann scheint alles zu tun, was er dir nur von den Augen absehen kann – er hat dich sehr lieb.«

Verträumt blickte Dora vor sich hin.

»Das beruht auf Gegenseitigkeit. Und meines Mannes Liebe entschädigt mich für vieles, er lebt in ständiger Sorge, daß mich das Heimweh übermannen und daß ich ihn eines Tages allein lassen könne.«

»Daran ist doch gar nicht zu denken, Dora.«

»Nein, nein! Du wirst es auch eines Tages empfinden, wie stark das Gefühl ist, das uns Frauen an den Mann bindet, den wir lieben. Oder hast du vielleicht inzwischen dein Herz schon verschenkt? Aber nein, nein, dann wärst du keinesfalls auf so lange Zeit zu mir gekommen.«

Waltraut war froh, daß Dora sich selber Antwort auf ihre Frage gab. Es hatte in ihrem Herzen schreckhaft aufgezuckt, als Dora diese Frage an sich richtete.

Am liebsten hätte sie der Freundin alles gebeichtet, was ihr Herz bedrückte, wie sie dazu gekommen war, sich mit Rudolf zu verloben, und wie ihr nun schon klargeworden war, daß dieser Verlobung nie eine Ehe folgen dürfe. Ja, das war Waltraut klargeworden in diesem wochenlangen Zusammensein mit Jan Werkmeester, daß sie Rudolf um keinen Preis würde heiraten können. Sie hätte es vielleicht eines Tages gekonnt, wenn sie Jan Werkmeester nicht kennengelernt hätte, aber nun war es ganz unmöglich. Warum? Darauf gab sie sich keine Antwort, sie wagte nicht einmal, sich diese Frage zu stellen.

Während sie mit der Freundin plauderte, nahm sie wie spielend das Fernglas in die Hand, das Dora vor sich hingelegt hatte, und hielt es vor die Augen. Sie suchte damit den gegenüberliegenden Berg, und als sie es richtig eingestellt hatte, sah sie ganz deutlich da drüben unter hochstämmigen Palmen und Tiekbäumen den Werkmeesterschen Bungalow stehen, der dem Schlüterschen sehr ähnlich war.

»Da drüben also liegt Larina, Dora?«

Die sah sie ein wenig forschend an.

»Ja, Waltraut, du wirst den Bungalow durch das Glas ganz deutlich erkennen.«

»Ich sehe ihn schon, er scheint dem euren sehr zu gleichen.«

»Man baut hier alle Bungalows so ähnlich. Der Werkmeestersche ist fast zur selben Zeit gebaut wie der unsere. Als Mijnheer Werkmeester noch nicht fest auf Ceylon lebte und nur zuweilen von Sumatra herüberkam, da genügte ihm zu kurzem Aufenthalt ein kleinerer Bungalow, der schon lange da drüben auf dem Berge stand. Jetzt, seit er mit seinem Sohne hier lebt, hat er sich einen größeren Bungalow bauen lassen. Der alte wird aber auch instand gehalten. In ihm will Jans Vater einmal wieder wohnen, wenn sein Sohn sich verheiraten sollte.«

Waltraut war ein wenig blaß geworden.

»Ihr haltet gute Freundschaft mit Vater und Sohn«, sagte sie ablenkend.

»Hauptsächlich mit dem Sohne. Der Vater ist ein wenig Sonderling, ein schwerblütiger, fast melancholischer Mensch. Seit dem Tode seiner Frau ist das, wie Jan uns sagte, bedeutend schlimmer geworden. Weißt du, Waltraut, er macht mir den Eindruck, als trüge er eine schwere Last im Herzen mit sich herum, von der er keinem Menschen etwas sagen will, auch seinem Sohne nicht.«

»Wie kommst du darauf?«

»Ich weiß es nicht. Man hat dergleichen manchmal im Gefühl. Du wirst ihn ja auch kennenlernen, wenn er auch nicht häufig bei uns zu Gast ist. Dann wirst du verstehen, wie ich auf einen solchen Gedanken kommen konnte. Er ist zu düster und zu ernst. Trotzdem ist er ein interessanter alter Herr, und ich mag ihn gern und gäbe etwas darum, könnte ich ihn von seiner Schwermut heilen.«

»Sein Sohn hat aber nichts von dieser Schwermut geerbt.«

Dora lachte hell auf.

»Jan? Nein, gottlob nicht. Er ist ein lebensfrischer, fröhlicher Mensch und immer zu allerlei Späßen aufgelegt.«

»Kann er seinen Vater nicht damit beeinflussen?«

»Oh, das tut er schon, sonst wäre es sicher noch schlimmer mit ihm. Liebte er seinen Sohn nicht so sehr, wäre er zweifelsohne ein ganz menschenscheuer Einsiedler geworden.«

»Der junge Mijnheer Werkmeester ist sicher sehr froh, daß er euch in der Nähe hat.«

»Gewiß, ebenso wie wir froh sind, ihn zu haben. Wir sind sehr viel zusammen, und er hat uns sehr gefehlt, während er in Europa war. Neben Harry verdanke ich es am meisten ihm, wenn ich nicht vor Heimweh krank geworden bin.«

Und Dora erzählte von verschiedenen übermütigen Späßen, die Jan mit ihrem Gatten getrieben hatte, um sie aufzuheitern. Waltraut mußte darüber lachen.

»Wie ich schon sagte, ich kann mir gar nicht denken, daß er so übermütig sein kann.«

»Von der Seite wirst du ihn schon noch kennenlernen.«

»Weshalb ist er eigentlich noch nicht verheiratet?« fragte Waltraut ein wenig zaghaft.

Dora zuckte lächelnd die Achseln.

»Er hat eben die Rechte noch nicht gefunden. Ich habe ihm schon weidlich damit zugesetzt, aber er behauptet, ohne eine große, ganz große Liebe werde er nicht heiraten. Diesmal war er mit dem festen Vorsatz nach Europa gereist, sich gründlich zu verlieben und sich eine Frau mitzubringen, aber du hörtest ja, als ich danach fragte, daß er wieder nicht die Rechte gefunden hat. Weißt du, Waltraut, ich glaube, du wärst die passende Frau für ihn.«

Dunkle Röte schoß in Waltrauts Gesicht und verriet der klugen Dora eine ganze Menge.

»Ich?!« rief Waltraut erschrocken.

In Dora regte sich der in allen glücklichen Frauen schlummernde Trieb, auch andere glücklich zu machen. Es fiel ihr eine kleine Episode ein, die sie nun schnell Waltraut erzählen mußte.

»Ja, du! Das wäre doch wunderschön, wenn du hierbleiben würdest.«

»Aber, Dora, wie kommst du nur darauf?«

»Das will ich dir sagen. Jan hat doch dein Bild bei mir gesehen und hat es immer wieder lange angeschaut. Kreuz und quer hat er mich nach dir ausgefragt, und immer wieder erkundigte er sich, wenn ich Post von dir erhielt, ob du nicht kommen würdest. Und einmal, als ich ihn scherzhaft bedrängte, er möge doch heiraten, damit ich auch einen weiblichen Umgang hätte, sagte er mir, mich mit seinen lachenden Augen anblitzend: Auf der Stelle würde ich Ihre Freundin heiraten, dann hätte ich eine Frau und Sie den gewünschten Umgang. Also verschaffen Sie mir Ihre Freundin zur Frau!«

Waltrauts Gesicht wurde zu Doras heimlichem Vergnügen noch viel röter. Aber sie sagte so ruhig sie konnte:

»Er scheint wirklich sehr übermütig zu sein.«

Dora stellte sich ganz unbefangen.

»Natürlich war es nur ein Scherz, Waltraut. Und Gott sei Dank, daß er übermütig ist, das braucht er so nötig als Ausgleich zu seines Vaters Schwermut, damit er sich von dem ja nicht anstecken läßt. Aber bei allem Obermut, in dem soviel überschüssige Kraft steckt, ist er doch ein sehr tiefgründiger und wertvoller Mensch von vornehmer Gesinnung, und die Frau, die er mal heimführen wird, kann sich glücklich preisen.«

»Das glaube ich dir ohne weiteres, Dora, denn ein wenig habe ich ihn doch auch schon kennengelernt. Wir waren doch an Bord täglich, ja stündlich zusammen.«

»Es war wirklich ein hübscher Zufall, daß ihr zusammengetroffen seid, nicht wahr?«

»Ganz gewiß, ich war diesem Zufall sehr dankbar, denn ich konnte von ihm schon auf der Fahrt so viel von Saorda und von Ceylon im allgemeinen erfahren. Und außerdem, seit wir den Dampfer verlassen haben, war er uns ein unschätzbarer Helfer. Er hat sich unser so fürsorglich angenommen, daß wir ihm viele Annehmlichkeiten zu verdanken haben.«

»Ja, er ist ein lieber, prachtvoller Mensch, und ihr müßt unbedingt sehr gute Freunde werden.«

»Das sind wir schon, Dora.«

»Oh, noch lange nicht genug. Aber bitte, gib mir doch einmal das Fernglas, ich will mal sehen, wo Vater und Harry sich befinden.«

Waltraut reichte ihr das Glas.

»Glaubst du wirklich, sie damit zu finden?«

»Ganz bestimmt! Was meinst du, was ich für Übung darin habe. Und ich weiß doch genau, welchen Weg Harry fährt. Wie oft habe ich ihn auf diese Weise begleitet. An einer bestimmten Stelle winkt Harry dann immer mit einem großen Taschentuch, das heißt: Ich denke an dich.«

Waltraut sah die Freundin fast neidisch an. Wie schön mußte es sein, so zu lieben – und so geliebt zu werden.

Dora suchte nun im Tal mit dem Fernglas das Auto zu entdecken. Das dauerte gar nicht lange.

»Da sieh, zwischen diesen beiden Palmenstämmen hindurch mußt du das Glas halten – so –, ein wenig mehr nach rechts. Du siehst eine helle, durch das Grün schimmernde Straße, siehst du den kleinen Palmenhain?«

»Ja, ja, den habe ich jetzt im Glas!«

»Nun gib acht, jetzt ein wenig weiter nach links, da siehst du, wie die Straße wieder aus dem Palmenhain herausführt, hast du die Stelle?«

»Ja, ich sehe genau, wie die Straße weiterführt.«

»Nun verfolge die Straße ein Stück, bis eine andere Straße sie kreuzt.«

»Richtig, ich habe den Kreuzungspunkt.«

»Gut, nun halte das Glas auf diesen Kreuzungspunkt gerichtet. Gleich wird das Auto dort entlangfahren, und dann wirst du Harrys weißes Tuch flattern sehen.«

Waltraut sah angestrengt nach der bezeichneten Stelle und gleich darauf rief sie lebhaft:

»Ja, jetzt kommt das Auto! Ah, wahrhaftig, jetzt flattert ein weißes Tuch! Aber nun sind sie schon vorüber.«

Sie ließ das Glas sinken und sah Dora lachend in die leuchtenden Augen.

»Du, Dora, jetzt weiß ich doch, wozu solch ein Fernglas gut ist.«

Dora lachte.

»Was meinst du, wie oft es mich in meiner Einsamkeit getröstet hat?«

Waltraut seufzte ein wenig.

»Trotz allem bist du doch beneidenswert, Dora.«

»Ich weiß es, Waltraut, und wünsche dir, daß du auch einmal in deiner künftigen Ehe so glücklich wirst.«

Waltraut wurde ein wenig blaß und sah mit großen Augen vor sich hin, aber dann begann sie schnell von anderen Dingen zu plaudern.

Der Gesprächsstoff ging ihnen nicht aus, sie hatten sich so viel zu erzählen. Aber dabei dachte Waltraut immer wieder, wie in einem Zwange: Nein – nein, ich kann Rudolf nicht heiraten –, ich kann nicht.

Jan Werkmeester war nach Larina weitergefahren, und als er sein Ziel erreicht hatte, wurde er von seinem Vater herzlich empfangen. Nachdem sich Jan erfrischt hatte, saßen sich die beiden Herren beim Abendessen gegenüber.

Mijnheer Hendrik Werkmeester war ein großer, stattlicher

Mann. Jan hatte seine Figur geerbt, wenn der Vater auch etwas stärker war als er. Das ebenfalls tiefgebräunte Gesicht war von dichtem weißem Haar umgeben. Er mochte in der zweiten Hälfte der Sechzig stehen, war aber noch sehr rüstig und kräftig. Er hatte seinen Körper noch in der Gewalt wie ein junger Mann. Aber das Leben hatte tiefe Falten in sein Gesicht gegraben, und dadurch war es sehr charakteristisch geworden.

Hendrik Werkmeester hatte dieselben grauen, von dunklen Brauen und Wimpern umrahmten Augen wie sein Sohn, sie leuchteten auch so überraschend hell aus dem braunen Gesicht. Aber sie blickten nicht so froh und lebensbejahend wie die des Sohnes, sondern in düsterem Ernst wie nach innen gerichtet.

Heute war er etwas lebhafter als sonst, die Freude, seinen Sohn nach langer Trennung wiederzuhaben, war ihm doch anzumerken. Jan erzählte von seinen Reiseeindrücken, und der Vater hörte interessiert zu. Im Laufe des Gesprächs sagte er dann:

»Schlüters erwarteten ja Gäste, die mit demselben Dampfer angekommen sind. Hast du sie gesehen?«

»Ja, Vater, ich bin sogar auf dem Dampfer in enge Berührung mit ihnen gekommen. Der alte Justizrat, Frau Doras Vater, ist ein sehr liebenswerter alter Herr, den du unbedingt kennenlernen mußt. Und Frau Doras Freundin ist eine ebenso reizende wie liebenswürdige junge Dame. Um ihnen noch einen Tag Gesellschaft in Kandy zu leisten, habe ich dich einen Tag länger auf meine Heimkehr warten lassen.«

»Schlüter hatte mir das vorausgesagt, ich traf ihn vorgestern am Fluß. So erwartete ich dich also nicht früher. Es freut mich sehr, Jan, daß du so wohl und frisch aussiehst, der Klimawechsel hat dir gutgetan.«

»Ja, Vater, das fühle ich. Und wie immer habe ich gefunden, daß ich mich in Deutschland am wohlsten fühle, es gefällt mir dort besser als in Holland. In Holland fehlen mir die Berge. Ich war mit Justus Boon im bayrischen Hochgebirge. Auch nach Tirol sind wir hinüber auf ein paar Wochen und haben den Großglockner bestiegen. An Schnee und Eis hat es uns nicht gemangelt. Wir haben uns prächtig erholt, fern von aller Tropenhitze. Schade, daß du nicht dabeisein konntest, Vater, so eine Bergtour ist etwas Herrliches.«

Es zuckte seltsam im Gesicht des alten Herrn.

»Du weißt, ich habe nie etwas für Bergtouren übrig gehabt. Ich sehe mir die Berge lieber von unten an«, sagte er rauh.

»Dadurch hast du aber das Schönste im Leben versäumt! Das Hochgefühl, wenn man wieder einen Gipfel genommen hat, wenn man alles Erdenleid, alle Erdenschwere tief unter sich lassen kann und dem lieben Gott am nächsten ist – siehst du, Vater, das läßt sich mit nichts anderem vergleichen.«

»Also, Frau Schlüters Vater ist ein angenehmer alter Herr?« fragte Hendrik Werkmeester schnell ablenkend.

»Ja, Vater, du wirst dich an ihm freuen können. Er ist ja wohl mindestens zehn Jahre jünger als du und vergnügt und betriebsam wie ein ganz Junger. Er wird dich aufheitern. Willst du nicht gleich morgen mit hinüberkommen nach Saorda, um ihn kennenzulernen?«

Der alte Herr zögerte.

»Morgen schon? Du mußt mir Zeit lassen, mich an den Gedanken zu gewöhnen, mit fremden Menschen zusammenzutreffen.«

»Du solltest dich nicht erst lange besinnen. Sonst wird es dir immer schwerer. Wir freuen uns so sehr, daß du in dem Herrn Justizrat eine passende Gesellschaft finden wirst, denn wir Jungen sind dir doch immer zu geräuschvoll. Und der Justizrat wird nicht lange bleiben, kaum einen Monat.«

»Nun ja, vielleicht übermorgen, Jan, übermorgen ist Sonntag, da habe ich mehr Zeit.«

»Gut, Vater, den Sonntag halten wir also fest. Ich melde uns bei Frau Dora zu Tisch an für diesen Tag.«

Hendrik Werkmeester rief einen Diener herbei und ließ noch eine Flasche Wein bringen. Die Gläser wurden frisch gefüllt.

»Auf deine Heimkehr, Jan!«

»Und auf deine Gesundheit, Vater!«

Sie tranken sich zu, und der alte Herr trank bedächtig den Wein.

»Was ist denn Frau Schlüters Freundin für eine Persönlichkeit, Jan? Ist sie auch so hübsch und so liebenswert wie Frau Dora selbst?«

»Beides noch viel mehr, Vater! Und blond ist sie, weißt du, so ein ganz sattes Goldblond. Augen hat sie wie der Enzian in den Tiroler Bergen. Aber was noch viel mehr ist, sie ist ein gütiges, vornehm denkendes Geschöpf.«

Mit einem forschenden Blick sah der Vater zum Sohne hinüber.

»Das klingt sehr engagiert.«

»Sieh sie nur erst selbst, Vater.«

»Ich dachte, du würdest dir eine Frau mitbringen von drüben.«

»Leider habe ich keine gefunden, die mir so gefallen hätte, daß ich sie hätte heiraten mögen. Wenn ich eine Frau heimführe, muß es schon eine sein, auf die ich mich ganz einstellen kann, denn hier in unserer Abgeschiedenheit muß man schon mindestens so gut übereinstimmen wie Schlüters, sonst wird es unerträglich.«

»Schade! Du bist in dem Alter, wo ein Mann heiraten müßte.«

»Will ich ja auch, Vater. Und wenn ich auch drüben keine fand, auf dem Dampfer fand ich eine, die möchte ich gern zur Frau.«

Überrascht richtete sich der alte Herr auf.

»Auf dem Dampfer?«

»Ja, Vater, Frau Schlüters Freundin – die möchte ich zur Frau.«

Mit einer hastigen Bewegung strich sich der alte Herr das Haar aus der Stirn.

»Die möchtest du zur Frau?«

»Ja, sie ist eine Frau nach meinem Herzen, und ich muß sie mir erringen, wenn ich glücklich werden soll.«

Ein Lächeln, wie es selten auf Hendrik Werkmeesters Gesicht trat, spielte um seinen sonst so fest geschlossenen Mund.

»Mein lieber Jan, dann muß ich freilich spätestens am Sonntag nach Saorda hinüber, um sie mir anzusehen. Aber, wird sie dich auch haben mögen? Wird sie hierbleiben wollen für immer?«

Jan atmete tief auf, und seine Augen blitzten.

»Das muß ich zwingen, Vater – und ich glaube, ich werde es schaffen. Ihre Augen sind holde Verräter, wenn sie auch sehr stolz und zurückhaltend ist.«

»Das sind die Besten, die Stolzen und Zurückhaltenden, sie sind zuverlässig und treu.«

»So denke ich auch! Und wenn ich glücklich werden soll, muß Waltraut Roland meine Frau werden.«

Der alte Herr saß eine Weile ganz still und ließ sich nicht anmerken, daß soeben etwas stark und drohend an seinem Lebensnerv gerissen hatte. Er war es aber gewohnt, sich zu beherrschen, und sein Sohn ahnte nicht, daß der Vater über etwas tief erschrocken war. Nur seine Gesichtsfarbe war etwas fahler geworden, und aus den Lippen war das Blut gewichen.

»Wie sagst du, heißt die junge Dame?« fragte er mit etwas unsicherer Stimme.

»Waltraut Roland«, erwiderte Jan unbefangen.

»Und – aus welchem Teil von Deutschland ist sie gebürtig?«

»Sie ist, wie Frau Dora, Hamburgerin.«

Wieder blieb es eine Weile ganz still. Das fiel Jan aber nicht auf, der Vater pflegte oft mitten im Gespräch zu verstummen.

Wie geistesabwesend sog Hendrik Werkmeester an seiner Zigarre, seine Hand, die auf seinem Knie lag, zitterte ein wenig, aber nicht so stark, daß es Jan gemerkt hätte.

»Soso, also aus Hamburg?« fragte er dann scheinbar harmlos.

»Ja, Vater, sie ist die einzige Tochter des Großkaufmanns Georg Roland, die Firma Roland hat einen guten Klang in der ganzen Welt.«

Hendrik Werkmeester erhob sich etwas unsicher.

»Ich möchte nun zur Ruhe gehen, Jan, gute Nacht!«

Jan war gewohnt, daß der Vater oft so schnell aufbrach, heute berührte es ihn aber mehr als sonst, er hätte gern noch mit dem Vater über Waltraut gesprochen. Aber etwas Auffallendes fand er nicht an seinem schnellen Aufbruch.

»Gute Nacht, lieber Vater. Also Sonntag kommst du mit nach Saorda.«

»Wir werden sehen«, sagte der alte Herr zögernd und verließ das Zimmer. Jan sah ihm betrübt nach. Das seltsame Wesen seines Vaters fiel ihm jetzt wieder sehr beklemmend auf die Seele. In seiner Abwesenheit hatte er das nicht so schwer empfunden.

Seufzend suchte auch er sein Lager auf. Aber ehe er sich niederlegte, suchten seine Augen da drüben auf dem Berge den Schlüterschen Bungalow, und ein heimlicher Gutenachtgruß flog hinüber zu Waltraut Roland. –

Am nächsten Morgen ging Jan, als sei er gar nicht fortgewesen, seinen Geschäften nach, fuhr hinunter in die Plantagen, kontrollierte die Arbeiter und machte einen Besuch im Eingeborenendorf, um einen kranken Arbeiter zu besuchen. Das alles besprach er nach seiner Heimkehr mit dem Vater. Die beiden Herren sprachen dann noch über geschäftliche Fragen, und zuletzt sagte Jan:

»Ich fahre jetzt nach Saorda hinüber, Vater, und melde uns beide für morgen zu Tisch an. Wir fahren morgen dann schon am Vormittag hinüber.«

Sein Vater zog die Stirn zusammen.

»Ich möchte es lieber bis nächsten Sonntag verschieben, Jan.«

Dieser sah ihn betrübt an.

»Ich habe mich so sehr darauf gefreut, daß du mit hinüberkommen wolltest, möchte ich doch gerne von dir hören, wie dir Waltraut Roland gefällt.«

Es zuckte wie schmerzhaft in dem Gesicht des alten Herrn. Dann richtete er sich auf, strich sich über die Stirn und sagte wie zu sich selbst:

»Es ist ja schließlich einerlei, ob früher oder später. Der Himmel hat sie hergesandt. Also ja, ich komme morgen mit. Bestelle Schlüters einen Gruß!«

Mit frohem Gesicht schüttelte Jan ihm die Hand.

»Ich danke dir, Vater, denn ich weiß, daß es ein Opfer für dich ist, mit neuen Menschen zusammenzutreffen. Du wirst es aber sicherlich nicht bereuen.«

Vater und Sohn verabschiedeten sich. Dann blieb Hendrik Werkmeester auf der Veranda stehen, die auch, wie am Schlüterschen Bungalow, das ganze Haus umgab. Er sah seinem Sohne nach, als er im Auto davonfuhr. Jan winkte lachend zurück, und der Vater winkte ihm nach. Dabei sagte der alte Herr gedankenschwer vor sich hin:

»Du weißt es doch nicht, mein Junge, was für ein Opfer ich dir bringe. Aber ich muß es bringen, der Himmel hat's gefügt – und es gilt dein Glück.«

Lange stand er so und sah zu dem anderen Berge hinüber. Ein grübelnder Ausdruck lag in seinen Augen. Endlich ging er in das Haus zurück und suchte sein Arbeitszimmer auf. Er setzte sich an seinen Schreibtisch und entnahm einem verschlossenen Fach ein kleines Buch, das er stets sorgsam unter Verschluß hatte. Es war ein Tagebuch, das er seit langen Jahren führte. Auch heute schrieb er in das Buch, länger, als er es seit Jahren getan. Irgend etwas mußte ihn stark beschäftigen, das er sich von der Seele schreiben wollte. Als er fertig war, schloß er das Buch sorgsam wieder ein und saß noch eine Weile da, mit grübelndem Blick vor sich hin sehend. Endlich raffte er sich auf und beschäftigte sich nun wieder mit geschäftlichen Dingen. Aber immer wieder sah er dazwischen gedankenschwer vor sich hin.

7

RUDOLF WERKMEISTER HATTE während der Reise, die ihn von zu Hause fernhalten sollte, bis Waltraut abgereist war, in verschiedenen deutschen Großstädten Geschäfte erledigt. So kam er auch nach Düsseldorf.

Dort wollte er eine befreundete Firma besuchen, deren Inhaber er noch nicht persönlich kannte.

Das Etablissement der Firma Karsten lag etwas abseits von der Stadt, und Rudolf fuhr in einem Mietauto vor, bestellte aber den Wagen ab, weil er nicht wußte, wie lange er aufgehalten werden würde. Er hatte sich gemerkt, daß er nur durch ein kleines Gehölz zu gehen brauchte, um an eine Haltestelle der Elektrischen zu gelangen, wenn er wieder in das Innere der Stadt zurückkehren wollte.

Er wollte sich dem Chef der Firma Karsten melden lassen, aber der Kontordiener sagte bestimmt:

»Sie müssen sich ein Weilchen gedulden, mein Herr, der Chef hat gerade eine Sekretärin rufen lassen, damit sie ein wichtiges Stenogramm aufnimmt. Solange Fräulein Lenz in seinem Privatkontor ist, darf er nicht gestört werden.«

Rudolf hatte nicht Lust, lange zu warten.

»Wird das lange dauern?«

»Gewiß nicht, mein Herr, Fräulein Lenz muß spätestens in einer halben Stunde die Post erledigen, die am Vormittag noch fort soll.«

Rudolf folgte nun dem Diener, und dieser öffnete leise, um nicht zu stören und um zugleich dem Besucher anzudeuten, daß er sich ruhig verhalten müsse, das Vorzimmer des Chefs. Rudolf drückte ihm ein Geldstück in die Hand, und beflissen flüsterte der Diener:

»Bitte, nehmen Sie Platz. Ich bleibe draußen vor der Tür, sobald Fräulein Lenz herauskommt, melde ich Sie dem Chef.«

Rudolf nickte ihm stumm zu und ließ sich in einem Sessel nieder. Er hörte hinter der Tür zu Herrn Karstens Zimmer eine Männerstimme laut diktieren. Der Diktierende mußte wohl dabei auf und ab gehen, da seine Stimme einmal näher, einmal weiter klang. Aber Rudolf konnte so ziemlich jedes Wort verstehen, und er dachte lächelnd bei sich, daß Herr Karsten auf diese Weise keine Geschäftsgeheimnisse diktieren dürfe. Bei uns ist das praktischer eingerichtet, da gibt es gepolsterte Doppeltüren, die den Schall dämpfen, dachte er befriedigt.

»Haben Sie das alles, Fräulein Lenz?« fragte jetzt die Männerstimme.

Und eine weiche, klare Frauenstimme antwortete: »Ja, Herr Karsten.«

»Lesen Sie noch einmal vor.«

Die Frauenstimme las das Diktierte noch einmal vor. Rudolf konnte nicht alles verstehen, anscheinend saß dieses Fräulein Lenz mit dem Rücken zur Tür. Aber plötzlich stockte das Vorlesen, anscheinend mitten im Satz. Rudolf hörte, wie jemand hastig aufsprang und dabei wohl den Stuhl umwarf. Und dann hörte er dieselbe Frauenstimme erregt und energisch sagen:

»Ich verbitte mir das! Ich bin Ihre Sekretärin, nichts weiter, und verlange, daß Sie das respektieren, Herr Karsten.«

Darauf hörte er ein fettes, brutales Lachen.

»Zieren Sie sich doch nicht, und vor allen Dingen schreien Sie nicht so laut, Sie kleines dummes Ding. So ein niedlicher Käfer wie Sie sollte nicht so abweisend sein. Ihr Nacken sah so verführerisch aus Ihrem Halsausschnitt, daß ich ihn küssen mußte. Seien Sie doch gescheit, Sie können sich zehnmal besser bei mir stehen, wenn Sie nur wollen.«

»Ich will aber nicht! Bitte, geben Sie mir den Weg frei, ich will hinaus!«

Rudolf hatte sich erhoben und starrte zur Tür. Und nun hörte er die Frauenstimme aufschreien.

»Lassen Sie mich los, Sie sind ein Unverschämter, lassen Sie mich los, oder ich rufe laut um Hilfe!«

Darauf ein unterdrücktes Murmeln einer Männerstimme, ein Keuchen und Stöhnen, als finde ein Kampf statt.

Rudolf trat an die Tür heran. Dieser Herr Karsten schien seinen Untergebenen wie ein Pascha gegenüberzustehen. Er überlegte, ob er sich einmischen solle, ob er da wirklich einer bedrohten Frau zu Hilfe kommen müsse. Aber ehe er sich noch schlüssig war, wurde von drinnen die Tür aufgerissen. Rudolf wich unwillkürlich zur Seite zurück. Eine schlanke Frauengestalt erschien auf der Schwelle, das Gesicht zu dem Zimmer zurückgewandt. Und mit bebender Stimme sagte Fräulein Lenz: »Ich wäre auch ohnedies nach diesem Vorkommnis um keinen Preis in Ihrem Hause geblieben. Lieber verhungern! Die Ohrfeige haben Sie verdient. Ich kündige meine Stellung sofort!«

Und an Rudolf vorbei eilte ein schlankes, junges Mädchen mit einem vor Entrüstung und Aufregung geröteten Gesicht. Im Zimmer hatte Rudolf für einen Moment einen dicken Herrn stehen sehen, der sich die Wange hielt, die wahrscheinlich als Quittung für seine Unverschämtheit soeben geohrfeigt worden war.

Hastig hatte Fräulein Lenz die Tür hinter sich ins Schloß gezogen und eilte nun durch das Vorzimmer davon. In diesem Moment sah sie Rudolf stehen. Eine noch dunklere Röte stieg in ihre Wangen, und ihre Lippen zuckten vor verhaltenem Weinen. Nervös an ihrem Haar ordnend, lief sie hinaus.

Mitleidig sah ihr Rudolf nach. Das arme Ding schien ernstlich bedroht gewesen zu sein, sie hatte scheinbar eine böse Szene hinter sich. Eine Schmach war es für diesen Herrn Karsten, daß er seine Machtstellung seinen Angestellten gegenüber mißbrauchte. Die Ohrfeige, die ihm dies energische Fräulein Lenz verabfolgt hatte, war eine sehr verdiente.

Ehe er sich noch ganz klarwerden konnte über das, was er ungewollt erlauscht hatte, trat der Kontordiener ein. Diensteifrig sagte er: »Jetzt werde ich Sie melden, der Chef ist allein, Fräulein Lenz hat ihn soeben verlassen.«

Rudolf hielt ihn einen Moment fest.

»Dieses Fräulein Lenz ist die Sekretärin des Herrn Karsten?«

Der Diener zuckte die Achseln.

»Gewesen! Sie hat mir eben gesagt, daß sie entlassen worden sei.«

»So mitten im Monat?«

»Ich verstehe das auch nicht! Sie war sehr aufgeregt und weinte. Es hat wohl etwas gegeben. Natürlich, eine gutbezahlte Stellung verliert man heute nicht gern, wo alles eingeschränkt wird. Aber sie muß sich doch wohl etwas haben zuschulden kommen lassen, sonst brauchte sie sich doch nicht mitten im Monat fortschicken zu lassen.«

Rudolf hätte ihm am liebsten gesagt:

»Sie hat den Chef geohrfeigt, weil er unverschämt geworden ist, deshalb hat er sie entlassen.« Aber er hielt sich zurück. Das alles war so schnell gekommen, daß er sich noch gar nicht hatte klarwerden können, ob es irgendeine Stellungnahme für ihn in dieser Angelegenheit gab. Der Diener hatte ihn gemeldet, und Rudolf trat ein. Er war nicht ganz sicher, ob ihn Herr Karsten hatte im Vorzimmer stehen sehen, als Fräulein Lenz die Tür geöffnet hatte. Aber die Art und Weise, wie ihn Herr Karsten begrüßte, bewies ihm, daß er keine Ahnung hatte, daß Rudolf die eben stattgefundene Szene, in der er eine so üble Rolle gespielt hatte, miterlebt hatte.

Er begrüßte Rudolf mit einer gutgespielten Jovialität und fragte, ob er ihn habe warten lassen; Rudolf erwiderte, daß er gerade gekommen sei, als eine junge Dame das Vorzimmer in sichtlicher Erregung verlassen habe.

Herr Karsten warf sich in die Brust.

»Ja, ja, Sie wissen, mein lieber Herr Werkmeister, man hat so seinen Ärger mit dem Personal. Es war meine Sekretärin, die ich Knall und Fall habe entlassen müssen.«

Rudolf biß sich auf die Lippen.

»Dann muß sie sich wohl etwas haben zuschulden kommen lassen.«

Herr Karsten nickte empört.

»Jawohl, unverschämt ist sie geworden – Gehorsamsverweigerung, verstehen Sie.«

Rudolf mußte an sich halten, damit er sich nicht verriet.

»Glauben Sie, daß sie deshalb die junge Dame fristlos entlassen können?«

Karsten lachte hart und brutal auf.

»Junge Dame, seien Sie so gut, diese kleinen Mädels gebärden sich schon viel zuviel als Damen. Man muß ihnen das nicht erst noch weismachen. Übrigens war sie mit ihrer Entlassung einverstanden.«

»Soso! Übrigens, wenn es dieselbe Dame ist, die in letzter Zeit Ihre Korrespondenz mit uns geführt hat, so scheint sie sehr tüchtig zu sein. Sie hat einen sehr guten Stil und eine äußerst präzise Sachlichkeit.«

»Nun ja, sie beherrscht auch die englische und französische Sprache perfekt in Wort und Schrift, und ich werde so leicht nicht wieder eine so tüchtige Kraft bekommen, aber – das kann man sich doch nicht gefallen lassen, daß solche Mädel frech werden. Aber nun lassen wir das, mein lieber Herr Werkmeister, ich denke, wir haben Wichtigeres zu besprechen. Es freut mich, daß ich Ihre persönliche Bekanntschaft endlich einmal machen kann.«

Es wurden nun streng geschäftliche Dinge besprochen, und als Rudolf sich dann sofort nach Erledigung derselben entfernen wollte, sagte Herr Karsten:

»Bleiben Sie noch lange in Düsseldorf?«

»Nur bis morgen.«

»Dann könnten wir doch den Abend zusammen verleben. Es würde mir eine Ehre und ein Vergnügen sein, wenn Sie heute abend bei uns speisen würden. Meine Frau würde sich sehr freuen.«

»Leider muß ich danken, ich habe eine Verabredung.«

Karsten lachte, ein häßliches, zynisches Lachen.

»Aha! Weiß schon! Familiensimpelei ist nicht Ihr Fall. Im Vertrauen, meiner auch nicht. Wenn ich Sie in eine nette lustige Gesellschaft einführen soll –«

»Nein, nein, wie gesagt, ich habe schon etwas anderes vor.«

Karsten blinzelte ihm zu.

»Was Nettes natürlich? Da bin ich auch gern dabei, wenn es nicht stört.«

Rudolf hätte am liebsten der Ohrfeige, die Herr Karsten von seiner tapferen Sekretärin erhalten hatte, seinerseits noch eine zweite hinzugefügt. Aber er mußte sich darauf beschränken, höflich ablehnend zu sagen:

»Sie irren, es ist nichts *Nettes,* was ich vorhabe, sondern eine ganz seriöse Angelegenheit, die es mir nicht gestattet, Ihre Gesellschaft zu genießen.«

Er hatte zwar absolut nichts vor, aber er sehnte sich begreiflicherweise nicht danach, die Gesellschaft dieses Mannes, der sich ihm, ohne es zu wissen, in einem so üblen Lichte gezeigt hatte, länger als unbedingt nötig zu ertragen. Und so verabschiedete er sich kurz und verließ das Geschäftshaus Karsten.

Als er wieder im Freien war, hob sich seine Brust, als könne er endlich wieder frei atmen. Und während er langsam zu dem kleinen Gehölz schritt, hinter dem, wie er wußte, die Haltestelle der Elektrischen war, dachte er an das arme Fräulein Lenz, und er überlegte, ob diese nicht eine passende Sekretärin für seinen Pflegevater sein würde. Die nötigen Fähigkeiten hatte sie entschieden, und es wäre vielleicht ein gutes Werk gewesen, ihr gerade jetzt eine gute Stellung zu verschaffen.

Ehe er noch mit diesem Gedanken im reinen war, hatte er das Gehölz erreicht, und plötzlich stockte sein Fuß. Da drüben auf einer Bank saß eine schlanke Frau, die sich anscheinend ganz allein hier wähnte, denn sie hatte das Gesicht im Taschentuch vergraben und schien haltlos zu weinen.

Als er näher kam, wollte ihm scheinen, als müsse dieses weinende weibliche Wesen dasselbe Fräulein Lenz sein, das Herr Karsten auf so ungewöhnliche Weise entlassen hatte. Die Tapferkeit ihrer Empörung war anscheinend einer tiefen Verzagtheit gewichen.

Rudolf konnte nun überhaupt keine Frau weinen, kein hilfloses Wesen leiden sehen, ohne daß alle ritterlichen Instinkte in ihm wach wurden. Es war ihm unmöglich, teilnahmslos vorüberzugehen, und zugleich hielt er es für einen Wink des Schicksals, daß er Fräulein Lenz noch einmal begegnete. Er blieb dicht neben ihr stehen, zog den Hut und fragte artig:

»Kann ich Ihnen irgendwie helfen?«

Ein erschrockenes, tränenüberströmtes Gesicht sah zu ihm auf. Es war wirklich Fräulein Lenz. Sie schüttelte den Kopf.

»Nein, nein, ich danke – ich –, mir ist nur nicht ganz wohl.«

»Eben deshalb sollten Sie meine Hilfe annehmen.«

Sie sah ihn genauer an und wurde plötzlich dunkelrot.

»Waren Sie nicht im Vorzimmer des Herrn Karsten?«

Er neigte den Kopf.

»Ja, und ich glaube, daß ich so ziemlich genau weiß, was zwischen Ihnen und Ihrem Chef vorgegangen ist. Sie sind sehr tapfer gewesen, Fräulein Lenz, und die Ohrfeige hat Herr Karsten verdient.«

Wieder schoß dunkle Glut in ihr Gesicht. Sie trocknete hastig ihre Tränen und sagte voller Empörung:

»Ganz gewiß hat er sie verdient, aber für mich war es furchtbar, daß ich mich nicht anders wehren konnte. Und meine Stellung bin ich nun ebenfalls los.«

»Eine so tüchtige Persönlichkeit wie Sie findet schnell wieder eine andere Stellung.«

Traurig schüttelte sie den Kopf.

»Es gibt nicht viel Möglichkeiten in dieser Zeit. Und daß ich hier in Düsseldorf keine Stellung wiederbekommen werde, dafür wird Herr Karsten schon sorgen. Es kommt ihm auf eine Unwahrheit nicht an, wenn er mich hier unmöglich machen kann. Ich aber kann mich nicht verteidigen, ich stehe ganz allein im Leben, und ich würde auch nicht über meine Lippen bringen, weshalb ich diese Stellung aufgeben mußte, schon nicht, weil ich Frau Karsten schonen möchte, die immer sehr freundlich zu mir gewesen ist, und die schon ohnedies in ihrer Ehe nicht auf Rosen gebettet ist.«

Rudolfs Teilnahme für die junge Dame wurde immer größer. Ihre letzten Worte verrieten ihm eine vornehme Gesinnung. Sie schien jetzt ihre Ruhe und Festigkeit wiedergewonnen zu haben, und er konnte nun erst beurteilen, was für ein reizendes Gesicht sie hatte. Ihre Züge waren feingeschnitten, und die großen braunen Augen blickten rein und stolz. Und ohne noch lange zu zögern, fragte er plötzlich: »Würden Sie ein Engagement nach Hamburg annehmen?«

Sie sah ihn erstaunt an.

»Nach Hamburg?«

»Ja.«

Sie atmete tief auf, es klang wie ein letztes, verhaltenes Schluchzen.

»Wenn ich dort ein Engagement finden würde, warum sollte ich es nicht annehmen. Mich hält hier nichts. Aber wer sollte mich in Hamburg engagieren?«

»Ich, wenn Sie gestatten.«

Ungläubig sah sie zu ihm auf.

»Sie?«

»Ja!«

»Ich glaube, Sie belieben zu scherzen.«

»Nein, nein, es ist mein Ernst. Wir können so tüchtige Kräfte wie Sie sehr gut gebrauchen.«

Fräulein Lenz steckte energisch ihr Taschentuch in eine kleine Handtasche, die sie nun von der Bank aufnahm. Dann richtete sie sich empor und sah ihn ernst und forschend an.

»Ich weiß nicht, wer Sie sind, mein Herr, und ich befinde

mich in einer sehr peinlichen Situation. Wenn ich Ihnen auch glauben wollte, daß Sie Ihr Angebot ehrlich meinen, so muß ich Sie doch fragen, wie Sie mich so ohne weiteres engagieren wollen und woher Sie wissen wollen, daß ich eine tüchtige Kraft bin.«

Er mußte ein wenig lächeln.

»Mir gegenüber brauchen Sie keine Kampfstellung einzunehmen, Fräulein Lenz. Ich bin Rudolf Werkmeister, Prokurist der Firma Roland in Hamburg.«

Ein Staunen lag in ihrem Blick.

»Verzeihen Sie, das konnte ich nicht wissen. Diese Firma hat einen guten Ruf in der ganzen Welt, glaube ich. Aber ich muß doch wieder fragen, woher wissen Sie, daß ich eine tüchtige Kraft bin?«

Wieder lächelte er leise.

»Sie führen doch schon seit längerer Zeit die Korrespondenz mit uns, mir haben Ihre Briefe sehr gefallen, weil sie einen guten Stil haben und sehr sachlich gehalten sind, sowie viel Verständnis der Branche verraten. Außerdem hat mir Herr Karsten, sehr widerwillig zwar, bestätigen müssen, daß Sie eine sichere englische und französische Korrespondentin sind. Hauptsächlich das Englische ist uns wichtig. Mein Pflegevater, der Chef der Firma Roland, sucht seit langem schon eine Sekretärin, die ihn entlasten soll. Für ihn möchte ich Sie engagieren, und er wird ohne weiteres dies Engagement bestätigen.«

Sie war nun sehr blaß geworden vor innerer Erregung, und mit bebenden Lippen stieß sie hervor:

»Ich weiß nicht, womit ich Ihr Vertrauen verdient habe.«

»Aber ich weiß es. Ich wäre Ihnen schon vorhin in Ihrer unangenehmen Lage gern zur Hilfe gekommen, da ich im Vorzimmer mit anhören mußte, wie Sie attackiert wurden. Aber ich wußte nicht recht, ob meine Hilfe wirklich erwünscht war – in solchen Fällen kann man hinter geschlossenen Türen nicht urteilen. Es hat mir nachher leid getan, daß ich zu spät kam. Aber um Ihnen, die ich bei dieser Gelegenheit als eine so tapfere und ehrenhafte junge Dame kennengelernt habe, jetzt noch zu Hilfe zu kommen, ist es nicht zu spät. Nochmals ganz ernsthaft, wenn Sie nach Hamburg kommen wollen, werde ich Ihnen die Stellung als Sekretärin bei meinem Pflegevater verschaffen, obwohl mir Herr Karsten vorlügen wollte, daß er sie plötzlich entlassen mußte, weil Sie unverschämt und frech geworden seien.«

Ein bitteres Lächeln umspielte ihren Mund.

»Das sieht ihm ähnlich. Diese Lüge wird er überall verbreiten, und Sie können mir glauben, daß mich danach so bald niemand beschäftigen würde.«

»Sie sehen, daß es mich nicht abgeschreckt hat.«

»Weil Sie gottlob ein Zufall zum Zeugen gemacht hat. Wäre das nicht der Fall gewesen, wie hätten Sie dann ahnen können, daß meine sogenannte Unverschämtheit nichts anderes war als Notwehr, als ein Akt der Selbstverteidigung. Ja, ich habe Herrn Karsten ins Gesicht geschlagen, weil er mich in seine Arme riß und mir unverschämte Anträge machte. Er wollte mich trotz meiner Gegenwehr auf den Mund küssen – da schlug ich zu, damit er mich losließ.«

»Bravo! Sie haben recht getan! Also, wollen Sie nach Hamburg kommen?« fragte er, sie mit einem warmen Blick ansehend.

Die Farbe war wieder in ihr Gesicht gekommen. Sie sah ihn mit ihren schönen braunen Augen an, daß ihm ganz seltsam ums Herz wurde.

»Darf ich das wirklich annehmen? Gibt es wirklich so edle, hilfsbereite Menschen?«

Er lachte. Es war, als wolle er eine in ihm aufsteigende Befangenheit fortlachen.

»Das ist weder sehr edel noch sehr hilfsbereit, ich kapere einfach für unsere Firma eine tüchtige Arbeitskraft.«

Sie reichte ihm impulsiv die Hand.

»Ich danke Ihnen, oh, ich danke Ihnen von ganzem Herzen. Und wenn es wirklich sein darf – mit tausend Freuden nehme ich diese Stellung an, und ich will mir viel Mühe geben, Sie und Ihren Herrn Pflegevater zufriedenzustellen.«

Mit festem Druck nahm er ihre Hand.

»Abgemacht, Fräulein Lenz. Bitte melden Sie sich am 15.

Oktober bei der Firma Roland. Reisevergütung wird Ihnen gern zugebilligt. Aber vielleicht bedürfen Sie auch eines Vorschusses, da Sie Ihr Domizil wechseln müssen, ich werde Ihnen einen Scheck ausschreiben.«

Sie hob bittend die Hand.

»Nein, ich danke, das ist nicht nötig, ich habe kleine Ersparnisse und werde damit auskommen. Wenn mir die Reisekosten später vergütet werden, nehme ich das dankbar an.«

»Das ist selbstverständlich. Sie bringen bitte dann der Ordnung halber Ihre Zeugnisse mit, für meinen Pflegevater.«

»Gewiß, Herr Werkmeister.«

»Sind Sie geborene Düsseldorferin?«

»Nein, ich bin in Elberfeld geboren und habe dort die Schule besucht. Bis zum Tode meiner Eltern habe ich in Elberfeld gelebt. Mein Vater war bei einer Elberfelder Zeitung Druckereifaktor. Da ich sein einziges Kind war, hat er mir eine gute Erziehung zuteil werden lassen können. Ich habe die Schule bis zur mittleren Reife besucht und gute Zeugnisse gehabt. So gelang es mir, gleich eine gute Stellung in Elberfeld zu bekommen. Aber diese Firma geriet infolge der Inflation in Konkurs und wurde aufgelöst, und so verlor ich diese Stellung. Da meine Eltern inzwischen gestorben waren, ging ich nach Düsseldorf, wo ich bei der Firma Karsten ein Engagement gefunden hatte. Aus meiner ersten Stellung habe ich ein sehr gutes Zeugnis, und ein solches kann mir auch Herr Karsten nicht vorenthalten.«

»Das wird er auch nicht tun. Und was Sie mir sagen, genügt. Es ist also abgemacht, ich erwarte Sie am 15. Oktober. Und – warten Sie einen Moment – ich will Ihnen die Adresse eines Hamburger Pensionats geben, in dem zuweilen Angestellte von uns wohnen und gut aufgehoben waren. Es liegt in der Nähe unseres Geschäftshauses.«

Er notierte ihr die Adresse auf ein Blatt seines Notizbuches und überreichte es ihr.

»So, Fräulein Lenz. In einigen Tagen bin ich wieder in Hamburg und werde meinem Pflegevater sofort Bericht erstatten. Und nun haben Sie wieder ein bißchen Mut, es sind nicht alle Menschen so schlecht wie Herr Karsten«, sagte er lächelnd.

Er reichte ihr die Hand zum Abschied und zog den Hut.

»Ich bin so glücklich und so dankbar, Herr Werkmeister, und hoffe nur, daß ich Ihnen diese Dankbarkeit werde beweisen können.«

Ihr noch einmal ermutigend zunickend ging er davon, und ein Lächeln flog über sein Gesicht, als er sich überlegte, auf wie seltsame Art dies Engagement zustande gekommen war.

Lore Lenz aber sah wie im Traume hinter ihm her und ging dann auch langsam davon, ihrer Wohnung zu.

Rudolf hatte noch an demselben Abend an seinen Pflegevater geschrieben und ihm mitgeteilt, daß er eine außerordentlich tüchtige Sekretärin für ihn engagiert habe, die bisher bei der Firma Karsten angestellt gewesen sei. Sie werde am 15. Oktober antreten, und er werde weiteres nach seiner baldigen Rückkehr berichten.

Er hatte damit vermeiden wollen, daß sein Pflegevater vielleicht zufällig jetzt eine andere Sekretärin engagieren würde.

Als Rudolf dann nach einigen Tagen nach Hause kam, war Georg Roland auch gerade erst von Bremerhaven zurückgekommen, wohin er Waltraut bis an Bord des Dampfers begleitet hatte. Neben anderen geschäftlichen Dingen wurde nun auch von den beiden Herren das Engagement von Fräulein Lenz besprochen.

»Ich ergriff die Gelegenheit, dir diese tüchtige Kraft zu sichern, um so lieber, als ich das junge Mädchen dadurch für die ungerechte Entlassung entschädigen konnte«, sagte Rudolf.

Georg Roland nickte ihm zu.

»Du hast recht gehandelt, und ich bin sehr froh, daß ich eine Sekretärin bekomme. Da sie schon bei Karsten war, ist sie ja auch mit der Art unserer Geschäfte bekannt, was mir nur lieb sein kann.«

»Das dachte ich auch. Und nun alles Geschäftliche erledigt ist – wie hat Waltraut den Abschied überstanden?«

Der alte Herr seufzte tief auf.

»Leicht ist er für uns beide nicht geworden. Und obwohl

Waltraut unter dem Schutze des Justizrats reist, mache ich mir doch Sorgen.«

»Der Justizrat ist aber doch ein energischer und zuverlässiger Beschützer.«

»Immerhin, es gibt auf Reisen Dinge, gegen die kein Mensch ein ausreichender Schutz ist.«

»Solche Dinge gibt es nicht nur auf Reisen, lieber Vater. Schließlich sind wir überall von Gefahren umgeben. Du mußt dich nicht zu sehr sorgen und dir sagen, daß Waltraut nichts geschehen wird, was ihr nicht vom Schicksal vorausbestimmt ist.«

»Du bist Fatalist?«

»Jeder Mensch sollte das im gewissen Sinne sein, dann sparte man sich manche unnötige Sorge.«

»Aber wir werden Waltraut beide sehr vermissen.«

»Das ist gewiß, Vater, aber du mußt bedenken, daß sie mit dieser Reise das Richtige fand, um uns über den Übergang hinwegzuhelfen.«

»Und hast du dich nun schon mit dem Gedanken vertraut gemacht, daß Waltraut deine Gattin wird?«

Rudolf zögerte eine Weile. Plötzlich sah er vor seinen geistigen Augen zwei feuchtschimmernde samtbraune Augen, und die Augen Waltrauts waren blau.

»Es geht nicht so schnell, Vater. Man löscht nicht in wenig Wochen aus, was man lange Jahre für einen Menschen empfunden hat. Ich sehe noch immer in Waltraut viel mehr meine Schwester als meine Braut.«

»Nun, das wird sich mit der Zeit ändern, bei gutem Willen.«

»Der gute Wille ist bestimmt vorhanden, Vater.«

Danach kamen die Herren wieder auf die Geschäfte zu sprechen.

8

PÜNKTLICH AM 15. Oktober fand sich Lore Lenz vormittags in den Geschäftsräumen der Firma Roland ein, und man sagte ihr, sie möge auf das Eintreffen des Chefs warten, der etwas später kommen würde, aber schon gestern Order gegeben habe, daß man sie im Wartezimmer warten lassen solle, falls sie früher kommen würde als er selbst.

Etwas beklommen war Lore Lenz zumute, als sie im Wartezimmer Platz nahm. Wieder und wieder hatte sie an Rudolf Werkmeister denken müssen. Sie war ihm so sehr dankbar. Aber zuweilen war doch etwas wie Angst und Beklommenheit in ihr aufgestiegen, daß er sich doch vielleicht nur einen Scherz mit ihr gemacht habe oder daß er sie vergessen haben könne. Als sie nun hörte, daß sie erwartet wurde, war ihr schon ein großer Stein vom Herzen gefallen. Nun sorgte sie sich nur noch darum, daß sie dem Chef des Hauses auch zusagen würde.

Etwa eine halbe Stunde hatte sie gewartet, ehe Georg Roland mit seinem Pflegesohn eintraf. Lore wurde nun sofort in das Privatkontor des Chefs gerufen, wo sie außer diesem zu ihrer Erleichterung auch Rudolf Werkmeister fand. Er begrüßte sie freundlich und stellte sie dem alten Herrn vor. Lore legte unaufgefordert ihre Zeugnisse vor, die Georg Roland gewissenhaft prüfte. Währenddessen sahen sich die beiden jungen Menschen mit großen, ernsten Augen ins Gesicht, aber sie ahnten beide voneinander nicht, daß sie im Innern eine durch nichts bedingte Erregung und Unruhe empfanden.

Mit einem freundlichen Neigen des Kopfes gab Georg Roland Lore ihre Zeugnisse zurück.

»Alles in Ordnung, Fräulein Lenz, wir haben nun nur noch die Gehaltsfrage zu lösen, die mein Sohn, wie er mir sagte, noch offengelassen hat, um mir nicht vorzugreifen. Was für ein Gehalt haben Sie bei der Firma Karsten bezogen?«

Lore nannte die Summe. Georg Roland nickte.

»Gut, ich zahle Ihnen monatlich hundert Mark mehr, denn das Leben in Hamburg ist sicher teurer als in Düsseldorf.«

»Soweit es mich angeht, nicht, Herr Roland, ich bin sogar noch eine Kleinigkeit billiger in der Pension untergebracht als in Düsseldorf«, sagte Lore.

Der alte Herr sah sie mit einem Lächeln an. Lores Ehrlichkeit gefiel ihm. Und Rudolf freute sich auch, daß sich Lore gleich so gut bei seinem Vater einführte.

»Was ich gesagt habe, gilt, Fräulein Lenz, Sie bekommen hundert Mark mehr.«

Lores Gesicht rötete sich vor Freude.

»Ich danke Ihnen sehr, Herr Roland.«

»Keine Ursache. Ihre Reisespesen lassen Sie sich an der Kasse auszahlen.«

»Auch dafür danke ich Ihnen.«

»Haben Sie in der Pension, die ich Ihnen bezeichnete, Aufnahme gefunden, Fräulein Lenz?« fragte Rudolf möglichst ruhig und unbefangen.

»Ja, Herr Werkmeister, und ich danke Ihnen sehr für die Angabe dieser Pension. Es ist dort sehr sauber, und die Pensionsinhaberin ist eine freundliche alte Dame, die mich sehr liebenswürdig aufnahm, als ich ihr sagte, daß Sie mich an ihre Adresse gewiesen haben.«

»Frau Dittmar wird Sie sicher gut versorgen, unsere Angestellten, die bei ihr gewohnt haben, waren alle sehr zufrieden. Einige Herren wohnen wohl jetzt noch dort.«

»Ja, so sagte sie mir.«

»Wie ist es, Fräulein Lenz, müssen Sie erst noch einmal in die Pension zurück, um sich einzurichten, oder können Sie gleich hierbleiben?« fragte Georg Roland.

»Sie können gleich über mich verfügen, ich kam schon vorgestern abend hier an und bin schon völlig eingerichtet.«

»Um so besser. Ich hoffe, daß wir uns schnell miteinander einarbeiten werden. Im Vorzimmer zu diesem Raum werden Sie Ihren Platz und eine Schreibmaschine finden, ich muß Sie in meiner nächsten Nähe haben, und Sie sollen nur für mich zur Verfügung stehen. Bitte, sehen Sie nach, ob Sie alles, was Sie brauchen, an Ihrem Platze finden, sonst wird Ihnen der Kontordiener alles Fehlende herbeischaffen. Sobald ich Sie brauche, werde ich nach Ihnen klingeln.«

Rudolf blieb, bis sich Lore entfernt hatte. Dann fragte er seinen Vater:

»Ist dir die junge Dame sympathisch, Vater?«

»Sehr! Sie gefällt mir. Und sie scheint ehrlich zu sein. Sie hätte lieber die hundert Mark Zulage aufs Spiel gesetzt, als mir zu verschweigen, daß sie hier nicht teurer lebt als in Düsseldorf.«

Rudolf nickte lächelnd.

»Diplomatisch war das gerade nicht, Vater.«

Auch der alte Herr lächelte.

»Wir brauchen ja hier auch keine Diplomatin, Rudolf, sondern einen ehrlichen, zuverlässigen Menschen. Und wenn mich meine Menschenkenntnis nicht trügt, haben wir den gefunden.«

Eine halbe Stunde später saß Lore Lenz ihrem neuen Chef gegenüber und mühte sich eifrig, ihn zufriedenzustellen. Dankbaren Herzens merkte sie sofort mit dem feinen Instinkt der Frau, daß hier in der Firma Roland ein ganz anderer Ton herrschte als in der Firma Karsten und daß die beiden Chefs dieser Firmen sehr verschieden voneinander waren. Das Ehrfurchtgebietende ihres neuen Chefs erfüllte sie mit großem Vertrauen.

Lore Lenz war in sehr bescheidenen Verhältnissen aufgewachsen. Ihr Vater hatte sich vom einfachen Buchdrucker zum Druckereifaktor emporgearbeitet und konnte seinem einzigen Kind eine gute Erziehung angedeihen lassen. Lore war ein sehr wertvoller Charakter und hatte es ihren Eltern innig gedankt, daß sie ihr so manches Opfer brachten, um ihr eine gute Erziehung zuteil werden lassen zu können. Als sie dann auf eigenen Füßen stehen konnte und ihre erste Stellung in Elberfeld angenommen hatte, starb nach einer schweren Grippeerkrankung zuerst ihre Mutter und dann, wenige Monate später, der Vater, der schon länger krank gewesen war. Lore stand nun ganz allein im Leben, sie hatte keinen Menschen, dem sie angehörte, und war sich sehr wohl bewußt, daß sie tapfer sein mußte, um sich im Lebenskampf behaupten zu können.

Als sie nach dem Konkurs der Firma, in der sie angestellt

war, die Stelle bei Karsten erhielt und von Elberfeld nach Düsseldorf übersiedeln mußte, hatte sie den Nachlaß ihrer Eltern an Möbeln verkauft und nur die Wäsche und bescheidene Schmucksachen der Mutter für sich zurückbehalten. Den Erlös dafür legte sie auf der Sparkasse an, um einen Notpfennig zu haben, aber die letzten Inflationswochen zehrten diesen Sparpfennig, wie so manchen anderen, auf, und Lore war nun ganz auf das angewiesen, was sie selber verdiente. Sie vermochte aber bei ihrer bescheidenen Lebensführung immer noch kleine Ersparnisse von ihrem Gehalt zu machen. Und da ihr Karsten schließlich doch ein volles Monatsgehalt ausgezahlt hatte, wohl weil er fürchtete, daß sie vor Gericht klagen könne, so war sie nicht ganz mittellos nach Hamburg gekommen. Daß sie nun hundert Mark im Monat mehr erhalten sollte, war für sie ein großes Glück. Sie wußte, daß sie diese hundert Mark mehr sparen konnte, denn in Frau Dittmar hatte sie eine Wirtin gefunden, die nicht darauf aus war, sich auf Kosten anderer zu bereichern. Sie hatte ein nettes, sauberes, wenn auch kleines Zimmerchen und ausreichende Kost für hundertzwanzig Mark im Monat gefunden. Da blieb ihr noch ein erheblicher Überschuß für Garderobe und sonstige Ausgaben, auch wenn sie die hundert Mark sparen würde.

Alles, was ihr nun in ihrer neuen Stellung Gutes geschah, nahm sie in ihrem Herzen zugunsten Rudolf Werkmeisters auf. Sie hegte eine große Dankbarkeit für ihn und zugleich eine stille Bewunderung. In ihrem jungen Leben hatte sie schon genug trübe Erfahrungen gesammelt, um erkennen zu können, daß Rudolf ein Ausnahmemensch war. Wenn sie ihn sah, was ja täglich mehrere Male geschah, sooft er zu seinem Pflegevater ins Kontor kam und durch das Vorzimmer gehen mußte, empfand sie ein starkes, frohes Glücksgefühl, und ihr war zumute, als habe sie jetzt wieder einen Beschützer. Dieses Gefühl hatte sie seit dem Tode ihres Vaters nicht mehr gehabt, und willig öffnete sie diesem Empfinden ihr Herz, ahnungslos, daß neben der Dankbarkeit verstohlen noch ein anderes, viel stärkeres Gefühl in ihr Herz mit hineinschlüpfte. Sie betete jeden Tag darum, daß Herr Roland mit ihr zufrieden sein und diese Stellung ihr recht lange erhalten bleiben möge.

Rudolf begrüßte sie bei ihrem jeweiligen Zusammentreffen stets mit ruhiger Freundlichkeit. Daß ihm diese Ruhe innerlich mehr und mehr verlorenging, wenn er in ihre gläubigen, vertrauenden Augen sah, ahnte sie nicht. Hatte sie doch selbst genug zu tun, ihre heimliche Erregung zu verbergen.

Und Rudolf wollte sich ebensowenig eingestehen, daß sich sein Interesse für Lore Lenz immer mehr verstärkte, aber instinktiv fühlte er wohl die Gefahr, die seine Herzensruhe bedrohte, und suchte deshalb Lore so viel wie möglich auszuweichen. Hatte er aber dann eine Weile diesem Zwange gehorcht, überfiel ihn zuweilen plötzlich ein so heißes, intensives Verlangen nach ihrem Anblick, daß er aufspringen mußte und sich irgendeinen Vorwand ersann, um zu seinem Pflegevater gehen zu können – um Lore wiederzusehen. Wenn sie nicht direkt in Georg Rolands Zimmer saß, fand er sie im Vorzimmer. Und wenn er durch dies Zimmer ging, sah sie mit ihren schönen Augen zu ihm auf – und da war wieder für eine Weile dies uneingestandene Sehnen gestillt.

Lange wehrte er sich gegen den Einfluß, den Lore Lenz, ohne es zu ahnen, auf ihn ausübte, und als er schon alles Wehren dagegen aufgegeben hatte, gestand er sich noch lange nicht ein, daß sie ihm mehr, viel mehr geworden war als je zuvor ein weibliches Wesen, viel mehr noch als Waltraut – seine Braut.

Und wenn er sich, lange vor seiner Bekanntschaft mit Lore, mit dem Gedanken an eine Heirat mit Waltraut hatte vertraut machen wollen, so wurde es ihm jetzt von Tag zu Tag klarer, daß es unmöglich sei, in Waltraut jemals etwas anderes zu sehen als seine Schwester, seine liebe kleine Schwester, aber nicht mehr und nicht weniger. Je öfter er in Lores Augen sah, desto unmöglicher wurde es ihm, an Waltraut als an seine künftige Gattin zu denken.

Dabei sprach er immer nur wenige Worte mit Lore, aber diese wenigen Worte wurden ihm zu schwerwiegenden Erlebnissen. Ihre weiche, dunkle Stimme, die sich mühte, ruhig zu bleiben, wenn sie mit ihm sprach, und durch die er doch die Zuneigung ihres jungen Herzens herausklingen hörte, schmeichelte sich immer mehr in sein Herz. Er hörte diese Stimme auch, wenn er fern von ihr war, sah ihre Augen vor sich, wenn er allein war. Nachts vor dem Einschlafen hörte er ihre Stimme, sah ihre gläubig vertrauenden Augen und rief dann in jäh aufflammender Sehnsucht nach ihr.

»Lore! Lore! Kleine Lore, süße kleine Lore!«

Und ihr Name schloß schon tausend Zärtlichkeiten für ihn ein, dieser schlichte Name, der doch so gut zu ihr paßte wie kein anderer. Ja, soweit war es nun schon mit ihm gekommen, nachdem Lore einige Monate Sekretärin seines Pflegevaters war. Er nannte sie bei sich immer nur mit diesem Namen, dem er allerlei kosende Zusätze gab.

Georg Roland war mit seiner jungen Sekretärin sehr zufrieden und machte Rudolf gegenüber durchaus kein Hehl aus dieser Zufriedenheit. Eines Tages sagte er:

»Ich bin dir sehr zu Dank verpflichtet, Rudolf, daß du Fräulein Lenz für mich engagiert hast. Es ist ganz erstaunlich, was für eine eminente Arbeitskraft in diesem jungen Mädchen steckt. Du ahnst nicht, mit welch feinem Instinkt – ich kann es nur Instinkt nennen – sie sich meinem Ideenkreis angepaßt hat. Ich brauche schon längst keine Diktate mehr aufzugeben, brauche keine langatmigen Auseinandersetzungen, um mich verständlich zu machen. Einige Stichworte von mir genügen, ihr klarzumachen, was ich will, und eine Viertelstunde später habe ich das fertige Schriftstück hier, das mit einem Schwung, mit einer stilistischen Feinheit ausgearbeitet ist, daß man nur staunen kann. Und eine wahrhaft verblüffende Sachkenntnis legt sie an den Tag, daß ich mich oft frage, wo sie das alles hernimmt. Ich kann dir sagen, wenn ich bei einem Manne so ein subtiles Empfinden für das, was ich will, suchen wollte, dann könnte ich lange suchen. In dieser Beziehung sind uns doch wirklich die Frauen überlegen. Sogar für meine Börsengeschäfte hat sie sozusagen etwas Hellhöriges, sie scheint zu spüren, wenn eine Sache nicht floriert. Dabei ist sie immer frisch und munter, immer arbeitswillig und unverdrossen, und immer freundlich und bescheiden – also –, wie gesagt, sie ist eine Perle von einer Sekretärin. Ich werde am Ersten ihr Gehalt erhöhen, sie ist nicht ihren Leistungen entsprechend bezahlt.«

Das hörte Rudolf sehr gern.

»Es ist mir sehr lieb, Vater, daß du mit ihr zufrieden bist, und es wird sie sicherlich freuen, wenn du ihr Gehalt erhöhst, wird sie doch daraus sehen, wie sehr du mit ihr zufrieden bist«, sagte er scheinbar ruhig und sachlich.

»Das weiß sie ohnedies. Gerade das ist das schönste an ihr, daß sie ein Lob verträgt, ohne arrogant zu werden. Aber freuen kann sie sich über jedes anerkennende Wort, daß ihr immer gleich die Tränen in die Augen treten. Schade, daß Waltraut jetzt nicht hier ist, sie müßte dieses Fräulein Lenz zuweilen einladen, ich möchte sie gern in solcher Weise auszeichnen, denn immerhin muß ich ihr in geschäftlichen Dingen viel anvertrauen. Und dadurch steht sie mir persönlich näher als meine anderen Angestellten. Waltraut würde auch sicher Gefallen an ihr finden, denn obwohl sie nur aus kleinen Verhältnissen stammt, hat sie unbedingt etwas Damenhaftes, Vornehmes.«

»Das finde ich auch, Vater«, erwiderte Rudolf, immer noch sehr ruhig, wenn ihm das Herz rebellisch klopfte.

»Und sie weiß auch klug über andere Dinge zu plaudern. Zuweilen mache ich mir das Vergnügen, mich eine Weile mit ihr zu unterhalten. Das darf ich mir jetzt leisten, denn sie nimmt mir so viel Arbeit ab, daß ich mir Ruhe gönnen kann. Sie kann über alles mitsprechen, und sie hat Geist und einen warmblütigen Humor.«

Georg Roland ahnte nicht, daß er mit solchen Worten Öl ins Feuer goß. Rudolf fiel es sehr schwer, bei diesen Lobsprüchen auf Lore Lenz Ruhe und Gleichmut zu markieren. Es wäre wahrlich nicht nötig gewesen, daß der alte Herr auch noch das Seine dazutat, um Rudolfs Herzensruhe zu untergraben.

Als er sich eine Weile später entfernte, mußte er wie immer durch das Zimmer gehen, in dem Lore an ihrer Schreibmaschine saß. Wieder blickte sie auf, als er herauskam, gerade in seine Augen hinein. Und obwohl er sich sagte, daß es gefährlich für ihn sei, blieb er doch neben ihr stehen – er vermochte jetzt nicht mit einem kurzen Gruß vorüberzugehen.

»Sie sind immer so fleißig, Fräulein Lenz«, sagte er, weil ihm nichts Besseres einfiel, und weil er ihr nicht sagen konnte, was er ihr so gern gesagt hätte.

Er merkte, wie sie bei seinen Worten erbleichte. Das trug natürlich nicht dazu bei, ihn ruhiger zu machen.

»Es ist doch meine Pflicht, hier fleißig zu sein, Herr Werkmeister.«

Das sagte sie mit leise bebender Stimme, die jeden Nerv in ihm erzittern ließ.

»Sie tun mehr als ihre Pflicht, sind meinem Vater eine unschätzbare Mitarbeiterin geworden. Ich habe soeben Ihr Lob in allen Tönen anhören müssen. Er hat mir gedankt, daß ich Sie für ihn engagiert habe.« Ein flammendes Rot jagte über ihr Gesicht.

»Oh, wie mich das freut. Es wäre doch auch gar zu schlimm, wenn Sie noch Vorwürfe für Ihre gute Tat ernten würden.«

»Aber, Fräulein Lenz, ich bitte Sie – was habe ich groß getan? Es war doch nichts als reiner Egoismus, daß ich Sie engagierte und uns eine so tüchtige Kraft sicherte.«

Sie sah ihn mit einem unbeschreiblichen Blick an.

»Ich weiß dennoch, daß es eine edle Tat war«, sagte sie leise. Und lauter fuhr sie dann fort. »Noch nie habe ich mich so sehr darüber gefreut, daß ich etwas leisten kann, wie jetzt. Fühle ich doch die Verpflichtung in mir, zu beweisen, daß Sie keinen Fehlgriff getan haben, als Sie mich verpflichteten. Schon aus diesem Grunde tue ich alles, was in meiner Kraft steht, Herrn Roland zufriedenzustellen.«

Er wollte etwas antworten, konnte aber im Moment nicht reden. Denn das, was er so gern gesagt hätte, durfte nicht über seine Lippen, und alles andere erschien ihm so banal. Seine Augen aber sahen mit brennendem Ausdruck auf sie herab und verrieten etwas von dem, was er nicht sagen durfte. Da senkte sie wie erschrocken ihre Augen und saß ganz still da. Er zwang sich zu einem Scherz.

»Also Sie leisten so Großes, nur um mir Vorwürfe zu sparen?«

Sie nahm ihr Herz tapfer in die Hände und blickte wieder zu ihm auf.

»Irgendwie muß ich Ihnen doch meine Dankbarkeit beweisen, und auf andere Art kann ich das nicht.«

Mit heimlicher Rührung sah er in ihre tapferen Augen.

»Sind Sie denn zufrieden mit Ihrer Stellung?«

»Oh, wie sehr. Es ist hier ein ganz anderes Arbeiten als bei der Firma Karsten. Man fühlt sich hier als Mensch bewertet. Worte der Anerkennung, wie ich sie hier von Herrn Roland so oft höre, gab es bei Herrn Karsten nie. Und je mehr man sich anstrengte, desto mehr wurde einem aufgebürdet. Ich war dort oft bis zum Umsinken müde, wenn der Feierabend kam.«

»Und hier nicht?«

»Nein, hier bin ich am Abend so frisch wie am Morgen.«

»Und doch müssen Sie hier so viel arbeiten.«

»Nicht mehr als ich leisten kann. Es ist ein großer Unterschied, ob man mit Freuden arbeitet oder nur aus Pflichtgefühl.«

»Hier arbeiten Sie also mit Freuden?«

»Ganz gewiß!«

»Nun also, Sie sind zufrieden und mein Vater ist zufrieden, so ist alles in bester Ordnung«, suchte er wieder zu scherzen.

»Ja, ich wünsche mir nur, daß es nie anders werden möge.«

Mit einem seltsam forschenden Blick sah er sie an.

»Nie anders? So haben Sie keine anderen Wünsche für Ihr Leben, als immerfort in abhängiger Stellung zu bleiben?« fragte er heiser.

Sie erblaßte ein wenig, aber dann leuchteten ihre Augen auf.

»Was kann einem armen Mädchen besseres beschieden sein? Ist es nicht beneidenswert, wenn man einen Pflichtenkreis hat, der einem Freude macht, der einem lieb und angenehm ist? Ich freue mich jeden Morgen, wenn ich wieder an meine Arbeit gehen kann, und die Sonntage sind mir fast leid, weil ich da fernbleiben muß.«

Wieder schlich ein Gefühl der Rührung in sein Herz. Aber er fragte scheinbar ruhig und gleichmütig:

»Was fangen Sie denn mit Ihren Sonntagen an?«

»Ich gehe meistens zum Hafen, weil mich das Leben und Treiben dort interessiert. Häufig fahre ich ein Stück mit einem Hafendampfer und sehe mir die Schiffe an.«

»Und immer allein?« frage er unsicher.

»Ja, mit wem sollte ich gehen? Ich schließe mich sehr schwer an fremde Menschen an, und ehe ich mich einer Gesellschaft anschließe, die mir in geistiger und seelischer Beziehung nichts zu geben hat, begnüge ich mich lieber mit meiner eigenen. Ich habe auch nie Langeweile; ich denke mir herrliche Geschichten aus, wenn ich die großen Dampfer liegen sehe. Was für Menschenschicksale die wohl mit sich hinaustragen in die Welt. Und wie weit sie hinausfahren in diese weite Welt. Dann komme ich mit größerem Gewinn nach Hause, als wenn ich mich irgendeinem gleichgültigen Menschen angeschlossen hätte, der mich nur von meinen lieben Gedanken ferngehalten hätte.«

Sie verriet ihm natürlich nicht, daß er der Held all ihrer ausgedachten Geschichten war.

»Und dann kehren Sie wieder in Ihre Pension zurück?«

»Ja, Frau Dittmar hält mir dann eine Tasse Tee bereit, und ich plaudere ein Stündchen mit ihr. Sie ist eine liebe, gebildete Frau, die Witwe eines Kapitäns, und weiß viel aus dem Hamburger Leben zu erzählen. Viel Zeit hat sie ja nicht, aber für mich müßigt sie sich sonntags gern ein Stündchen ab. Ich bin überaus froh, daß ich bei ihr Unterkunft gefunden habe, und auch das danke ich Ihnen.«

Er hätte ihr gern, sehr gern gesagt, daß es ihn glücklich machen würde, wenn er zuweilen einen Sonntag in ihrer Gesellschaft verbringen dürfe, aber das durfte nicht sein, ihretwegen nicht und auch seinetwegen nicht. So sagte er nur:

»Wenn meine Schwester hier wäre, dann müßten sie mit ihr bekannt werden.«

Fast erschrocken sah sie ihn an.

»Oh, das würde doch Herr Roland nicht gestatten, selbst wenn es seine Tochter wünschen würde.«

Ein Lächeln flog über seine Züge.

»Sie irren sehr, mein Vater hat vorhin zu mir gesagt, wie leid es ihm tue, daß seine Tochter jetzt nicht hier ist, weil er Sie zuweilen in seine Familie einladen möchte.«

Lores Gesicht überflog eine jähe Röte.

»Wie ehrenvoll ist es für mich schon, daß er diese Absicht hat. Aber Fräulein Roland würde sicher nichts mit einem so einfachen Mädchen, wie ich es bin, anzufangen wissen.«

»Das würde sie gewiß. Sie ist selbst ein wertvoller, guter Mensch und schätzt andere Menschen nicht nach ihrer Stellung ein, sondern nach ihrem Wert. Und da können Sie, meine ich, den Vergleich mit jedem andern ruhig aushalten. In dieser Beziehung ist es wirklich schade, daß meine Schwester nicht hier ist. Sie würden sich sicher gut mit ihr verstehen.«

Sie wagte nicht zu ihm aufzusehen, weil sie spürte, daß ihr die Augen feucht wurden. Und sie mußte erst tapfer die aufsteigenden Freudentränen hinunterschlucken, ehe sie mit leidlich fester Stimme fragen konnte: »Fräulein Roland hat sich sicherlich sehr gefreut, daß sie ein so herrliches Stück Erde zu sehen bekommt. Ich habe kürzlich ein Buch über Ceylon gelesen; es wurde darin als eine Märcheninsel geschildert.«

»Ja, Ceylon ist wundervoll. Ich war auch vor Jahren dort und gönne es meiner Schwester, daß sie es kennenlernt. Sie hat sich auch sehr auf die Reise gefreut, um so mehr, da sie ihre liebste Freundin dort hat. Aber nun will ich Sie nicht länger stören. Auf Wiedersehn, Fräulein Lenz!«

»Auf Wiedersehn, Herr Werkmeister!«

Rudolf schritt schnell hinaus. Der Gedanke an Waltraut – an seine Braut – hatte ihn in die Flucht geschlagen, hatte ihm klargemacht, daß er schon viel zu lange mit Fräulein Lenz geplaudert, viel zu tief in ihre Augen gesehen hatte, in diese lieben, schönen Augen.

Lore aber saß eine Weile noch mit festgeschlossenen Augen, um das Erlebnis dieser Stunde in sich ausklingen zu lassen. Ja, es war ein Erlebnis für sie, daß Rudolf Werkmeister sich so lange und so freundlich mit ihr unterhalten hatte. Er galt im ganzen Betriebe als der künftige Herr und Erbe der Firma, das hatte Lore gehört, und natürlich sah sie in ihm nun in erhöhtem Maße eine bedeutende, imponierende Persönlichkeit. Sie rechnete es ihm hoch an, daß er so schlicht und einfach in seinem Wesen war und sich nicht hochmütig über die Angestellten der Firma erhob. Daß er mit allen Leuten im Geschäft freundlich war, hatte sie selbst oft beurteilen können. Und ihr gegenüber? Oh, wie gut war er zu ihr.

Es war kein Wunder, daß sie bewundernd zu ihm aufsah. Keine Ahnung kam ihr, daß seine Empfindungen für sie weit über die Schranke hinausgingen, die die Gefühle eines Vorgesetzten einem Untergebenen gegenüber begrenzte. Sie machte sich nicht einmal klar, daß ihre große Bewunderung für ihn noch mit einem ganz anderen Gefühl gemischt war, mit einem Gefühl, das sie in Angst und Schrecken versetzt hätte, wäre sie sich darüber klargeworden.

Aber jedenfalls war sie sehr stolz und glücklich, daß er sich so freundlich mit ihr unterhalten hatte. Und mit verdoppeltem Eifer machte sie sich nun wieder an die Arbeit, um das Versäumte nachzuholen.

Als sie eine Stunde später wieder zu ihrem Chef gerufen wurde, um mit ihm zu arbeiten, lag noch ein Abglanz dieses Glücks auf ihrem Antlitz, so daß Georg Roland ganz erstaunt erkannte:

Dieses Fräulein Lenz ist nicht nur klug und tüchtig, sie ist auch bildhübsch, beinahe eine Schönheit. Wäre sie eine große Dame, würde alle Welt von ihrer Schönheit entzückt sein.

Aber er ahnte nicht, daß Lore Lenz seinen Wünschen und Plänen sehr gefährlich war und daß sie vielleicht zu einem ernsten Hindernis werden könne, sein Gelübde zu erfüllen.

Ehe er heute mit ihr zu arbeiten begann, sagte er freundlich: »Ich wollte Ihnen sagen, Fräulein Lenz, daß Ihr Gehalt vom Ersten ab um hundert Mark erhöht wird. Sie haben mir schon große Dienste erwiesen und werden mir hoffentlich noch recht viele erweisen, deshalb mag ich nicht, daß Sie nicht Ihren Verdiensten entsprechend entlohnt werden.«

Lore sah ihn fast erschrocken an. Ihre Augen wurden gleich wieder feucht. Sie war durchaus kein sehr weichmütiger

Mensch, war immer hart vom Leben angefaßt worden und wußte sich mit seinen Härten tapfer abzufinden, aber Güte, wirkliche Güte hatte sie nicht oft erfahren, seit dem Tode ihrer Eltern überhaupt nicht mehr, und solcher Güte gegenüber war sie immer schwach. Sie suchte sich schnell zu fassen, aber ihre Stimme schwankte doch bedenklich, als sie sagte:

»Sie sind sehr gütig zu mir, Herr Roland. Ich weiß gar nicht, womit ich das verdient habe.«

Er lächelte.

»Das gerade ist das Nette an Ihnen, daß Sie es nicht wissen.«

»Ich tat doch nur meine Pflicht.«

Er lächelte gütig.

»Vielleicht doch etwas mehr als Ihre Pflicht. Und vor allem Dingen – wie Sie Ihre Pflicht tun, das ist so erstaunlich. Ich muß Ihnen immer wieder sagen, daß ich sehr zufrieden mit Ihnen bin. Ich möchte Ihnen das gern auf eine besondere Art zeigen, aber solange meine Tochter fern ist, geht das nicht an. Jedoch ist mir eingefallen, daß unser Theaterabonnement jetzt wenig ausgenützt wird, und wenn es Ihnen Spaß macht, können Sie zuweilen auf unser Abonnement ins Theater gehen. Wollen Sie?«

Lores Augen leuchteten auf.

»Ob ich will? Es war für mich immer wie ein Fest, wenn ich einmal das Theater besuchen durfte.«

»Gut, dieses Vergnügen sollen Sie jetzt öfter haben, ich werde es Sie immer wissen lassen, wenn ein Platz frei ist.«

»Ich weiß nicht, wie ich Ihnen für Ihre große Güte danken soll.«

Gerührt sah er in ihre schönen Augen hinein, in denen es schon wieder feucht glänzte.

»Sie scheinen nicht sehr verwöhnt zu sein, daß Ihnen das so großen Eindruck macht. Aber reden wir nicht mehr davon. Wenn Sie mir danken wollen, dann bleiben Sie weiter meine tüchtige Helferin und meine verständnisvolle Mitarbeiterin. Und nun lassen Sie uns an die Arbeit gehen.«

9

JAN WERKMEESTER WAR in einem sehr flotten Tempo nach Saorda gefahren und kam dort gerade an, als Schlüters mit ihren Gästen auf der Veranda den Tee einnahmen. Er wurde von Harry und Dora mit übermütigen Neckereien empfangen, die er in gleicher Weise erwiderte. Aber seine Augen flogen dabei heiß und brennend zu Waltraut hinüber, die in einem zarten weißen Spitzenkleid, mit dem goldenen Haar wie eine Märchenprinzessin aussah.

Er war aus dem Auto gesprungen und ins Haus hineingeeilt, um sich zu erfrischen und umzuziehen. Dann erst trat er zu den anderen hinaus und begrüßte sie herzlich.

»Kann ich noch Tee haben, Frau Dora? Mich dürstet.«

»Soviel Sie wollen, Jan. Setzen Sie sich, nein, nicht zwischen meinen Vater und mich, den will ich jetzt an meiner Seite haben. Rücken Sie etwas weiter!«

Wie gerne Jan gehorsam war. Er stellte sich einen Sessel zwischen den Justizrat und Waltraut, während Harry zwischen Waltraut und seiner Frau saß.

»Zuerst das wichtigste, Fräulein Roland – wie gefällt Ihnen Saorda?« eröffnete er die Unterhaltung mit Waltraut, während seine Blicke ihr Gesicht liebkosten.

Da sie sich mit ihrer Teetasse beschäftigte, sah sie diese Blicke nicht.

»Es ist ganz märchenhaft schön hier, mir ist zumute, als lebte ich im Paradiese«, erwiderte sie ehrlich entzückt. »Das macht mich froh. Nicht wahr, ich habe Ihnen nicht zuviel versprochen?«

»Nein, im Gegenteil, meine Erwartungen sind noch weit übertroffen. Die Sprache ist viel zu arm, um diese paradiesische Schönheit zu schildern.«

»Und wie finden Sie sich mit der Tropenhitze ab?«

»Davon habe ich noch nicht viel gemerkt. Hier oben geht immer ein kühlender Luftzug, und ich finde es hier nicht viel heißer, als es bei uns an heißen Sommertagen ist.«

»Das muß ich ebenfalls sagen«, warf der Justizrat ein, »ich

hatte mir die Hitze viel belastender vorgestellt. Und dabei war ich mit meinem Schwiegersohn heute vormittag unten im Tal auf den Plantagen und habe sogar das Eingeborenendorf besucht.«

»Du vergißt lieber Vater, daß wir im Auto mit achtzig Kilometer Geschwindigkeit fuhren. Da ist der Luftzug so stark, daß man immer einige Kühlung hat. Auch in dieser Beziehung ist das Auto ein Segen für die Tropen.«

»Stimmt! Daran hatte ich nicht gedacht. Aber hier oben ist es wirklich ganz erträglich, wenn man im Schatten sitzt. Jedenfalls bin ich nun viel beruhigter über das Schicksal meiner Tochter und werde auch ihre Mutter beruhigen können.«

»Nicht wahr, Herr Justizrat, es ist gewiß kein verbrecherisches Unterfangen, wenn ein Mann eine Europäerin in dies Klima verpflanzt, zumal wenn er ihr alle vier Jahre eine Erholungsreise nach Europa garantieren kann. Das können Sie doch jedem Menschen bezeugen, der Sie danach fragen sollte?«

Diese etwas rätselhaften Worte Jans fielen niemandem auf. Nur Frau Dora spitzte heimlich ein wenig die Ohren. Der Justizrat aber erwiderte unbefangen:

»Ganz gewiß kann ich das bezeugen, und ich bitte in dieser Beziehung meinem Schwiegersohn viel ab. Das Leben hier hat manche Annehmlichkeit, die wir zu Hause nicht kennen, wenn man nicht über ein fürstliches Vermögen verfügen kann. Die Lebensführung hat hier etwas Großartiges. Ihr lebt doch hier wie die kleinen Fürsten! Ach, was rede ich, mancher von unseren Fürsten wäre heutzutage froh, wenn er so leben könnte, wie Ihr es tut. Freilich, für euch Männer gibt es hier in den Plantagen harte Arbeit, es fehlt nicht an großem und kleinem Ärger, denn so viel habe ich nun schon herausgefunden, so freundlich und gutartig hier die Arbeiter sind, sehr fleißig sind sie nicht.«

»Man kann es ihnen nicht verargen, Vater, das Klima macht träge und müde«, sagte Harry einsichtsvoll. »In Europa ärgert man sich gleichfalls mit den Leuten, wenn auch wieder auf andere Weise. Und wenn man hier die Arbeiter gut behandelt und sie zu nehmen weiß, ist gut mit ihnen auszukommen. Sie werden zudem so gering bezahlt, daß man mehr Arbeit von ihnen gerechterweise nicht verlangen darf.«

»Wie haben Sie Ihren Herrn Vater angetroffen, Mijnheer Werkmeester?« fragte Waltraut.

Jan sah sie mit so zärtlich leuchtenden Augen an, daß ihr das Herz bis zum Halse hinaufschlug.

»Er war in der Wiedersehensfreude etwas lebhafter als sonst, wurde aber dann zeitig müde und zog sich leider viel früher zurück, als mir lieb war, weil ich ihm noch allerlei zu sagen gehabt hätte. Aber, hören und staunen Sie, Frau Dora, Vater sagt sich für morgen als Mittagsgast bei Ihnen an.«

»Wirklich? Das ist allerdings ein Ereignis. Sonst muß man ihn doch lange bitten, ehe er einmal herüberkommt.«

Jan sah von der Seite in Waltrauts Gesicht.

»Ich habe ihm so viel von Ihren Gästen erzählt, daß er sie kennenlernen möchte. Wir kommen Ihnen doch nicht ungelegen, Frau Dora, denn selbstverständlich lade ich mich auch mit ein.«

Dora lachte.

»Darauf gebe ich gar keine Antwort. Ungelegen? Seit wann machen Sie so viele Umstände, Jan?«

Er machte ein drolliges Gesicht, wie ein artiger Schuljunge.

»Ich muß doch einen guten, gesitteten Eindruck auf ihre Gäste machen. Die schaudern sonst doch, wenn ich mich in meiner sonstigen formlosen Art einlade.«

»Fandest du es besonders formell, wie du dich heute eingeladen hast, Jan?« neckte der Hausherr.

»Warte noch einen Moment, mein Lieber, ich bin noch nicht fertig. Also liebe, hochverehrte Frau Dora, da Sie mir, gastlicher als Ihr Herr Gemahl, so liebenswürdig Ihre Aufnahme für morgen zugesagt haben, erlaube ich mir, Sie zugleich im Namen meines Vaters für den nächsten Sonntag mit Ihren Gästen nach Larina einzuladen, wenn es sein muß, können Sie auch Ihren Herrn Gemahl mitbringen.«

Alle lachten hell auf. Harry gab sich aber nicht geschlagen.

»Ich weiß gar nicht, ob ich so großmütig sein werde, dir unsere Gäste für einen Sonntag abzutreten.«

»Es sind, soviel ich weiß, in der Hauptsache die Gäste deiner Frau, mein Lieber.«

»Hm! Aber ich möchte wissen, was sie in Larina sollen?«

»Sie müssen doch auch unsere Behausung kennenlernen.«

»Finde ich durchaus nicht nötig, Larina unterscheidet sich von Saorda in keiner Weise.«

Jan sah Harry strafend an. Dabei krempelte er die Ärmel seines Blusenhemdes langsam und bedächtig auf.

»Frau Dora – bitte, stellen Sie Ihren Gatten in eine geschützte Ecke, ich möchte hier kein Blutbad anrichten.«

»Aber Jan«, sagte Dora lachend, »mein Mann hat doch nur die Wahrheit gesagt.«

Mit milder Trauer sah Jan Frau Dora an.

»Auch du, Brutus? Soll das vielleicht heißen, daß Sie mit diesem Ungeheuer, das sich Ihr Gatte nennt, gemeinsame Sache machen und uns Ihre Gäste vorenthalten wollen?«

»Nein, mein Lieber, das soll selbstverständlich heißen, daß wir sehr gern mit unseren Gästen kommen werden«, erklärte Harry vergnügt.

»So? Nun, sehr klar hast du dich da nicht ausgedrückt, deine verehrte Frau Gemahlin auch nicht.«

»Was mich aber nicht abhalten wird, Jan, nächsten Sonntag mit Vergnügen mit nach Larina zu kommen, wenn Sie mir versprechen, daß wir, meine Freundin und ich, ein Bad und ein Ankleidezimmer vorfinden werden, damit wir uns nach der staubigen Fahrt erfrischen können.«

»Steht selbstverständlich zur Verfügung, Frau Dora.«

»Lieber Himmel«, sagte der Justizrat lachend, »ein Glück, daß unsere Gäste in Hamburg nicht auch solche Anforderungen an uns stellen, wenn sie uns auf einen Sonntag besuchen.«

Das löste wieder ein lustiges Lachen aus.

»Du mußt bedenken, lieber Vater, mit welcher Staubkruste du heute von der Plantagenfahrt heimkamst. Ich habe Jan nur ein wenig geneckt, denn es ist hier selbstverständlich, daß man für seine Gäste immer ein Bad bereithält. Du hast doch vorhin gesehen, Jan verschwand auch zuerst im Badezimmer, und einen Anzug zum Wechseln hält er sich immer hier vorrätig.«

»Nun ja, ländlich – sittlich«, erwiderte der Justizrat nekkend. Jan wandte sich aber wieder zu Waltraut, die lachend Zeugin der kleinen, übermütigen Plänkelei gewesen war.

»Lassen Sie sich ja nicht bange machen vor der Fahrt nach Larina, Fräulein Roland, sonst kommen Sie am Ende nicht mit.«

»Oh, sie kommt schon mit, denn sie ist schon sehr neugierig auf Larina. Sie hat heute morgen schon per Fernglas einen Besuch drüben abgestattet«, sagte Dora.

Jan wandte sich Waltraut rasch wieder zu und sah sie sehr beglückt an.

»Wirklich? So viel Interesse haben Sie an Larina?«

Waltraut war sehr rot geworden, erwiderte aber scherzend:

»Sie wissen, daß Neugier das Privileg der Frauen ist.«

»Also nur Neugier?« fragte er leise, nur ihr verständlich, mit dem betrübten Blick, der sie immer ganz hilflos ihm gegenüber machte.

»Es war auch ein wenig Interesse dabei, wie und wo Sie wohnen«, sagte sie leise.

Aber mit großer Unruhe fragte sie sich, wohin das führen sollte, wenn Jan Werkmeester immer mehr Einfluß auf sie gewann. Teils war sie befangen, teils beglückt, wenn sie sich dieses Einflusses bewußt wurde. Dora beobachtete die Freundin und Jan heimlich sehr scharf, ohne es sich anmerken zu lassen, und sie wußte es dann so einzurichten, daß die beiden eine Weile allein blieben. Sie behauptete, ihrem Gatten und ihrem Vater im Zimmer etwas zeigen zu müssen. Waltraut machte instinktiv eine Bewegung, als wolle sie ihr folgen, aber Jan sah sie bittend an, und da sank sie willenlos wieder in ihren Sessel zurück.

»Sie ahnen nicht, wie sehr ich Ihre Gesellschaft vermißt habe, Fräulein Roland. So lange ist es her, daß wir uns nicht allein und ungestört unterhalten konnten.«

Sie zwang sich zu einem schelmischen Lächeln.

»Lassen Sie mich einmal rechnen! Eins, zwei, drei – vier Tage sind es her, seit wir zuletzt an Bord, während der Herr Justizrat sein Mittagsschläfchen hielt, miteinander geplaudert haben.«

»Ganz recht, vier endlos lange Tage, Ihnen scheint das eine sehr kurze Zeit zu sein.«

»Gewiß!«

»Aber mir nicht! Ich habe Ihnen immer so viel zu sagen, was ich Ihnen nur sagen kann, wenn wir allein sind.«

Sie wurde glühend rot.

»Aber bitte, was wir sprechen, kann doch jeder hören.«

»Ja, aber ich kann nicht so, wie ich gern möchte, mit Ihnen reden, wenn andere Leute zuhören. Man muß dann immer gleich einen konventionellen Ton anschlagen, und das ist für mich wie eine Disharmonie. Wenn ich mit Ihnen rede, will ich keinerlei Phrasen machen. Begreifen Sie das nicht?«

»Ja doch, ich begreife es«, sagte sie leise, weil sie unter seinem zwingenden Blick einfach nicht anders konnte.

Schnell faßte er ihre Hand und preßte sie an seine Lippen.

»Wenn Sie wüßten, wie glücklich ich bin, daß es Ihnen hier gefällt.«

Sie zwang sich zur Ruhe.

»Aber Sie sind doch nicht verantwortlich dafür.«

»Nein, aber es hätte mich sehr traurig gemacht, wenn es Ihnen nicht gefallen hätte, weil ich sehr gern einmal dafür verantwortlich sein möchte«, sagte er ein wenig unklar.

Aber sie verstand ihn doch, fühlte, was er damit sagen wollte, und gab sich krampfhaft Mühe, ihn nicht zu verstehen.

»Nun, jedenfalls gefällt es mir sehr gut hier«, sagte sie, sich zur Unbefangenheit zwingend.

»Das freut mich sehr. Ich habe meinem Vater viel von Ihnen erzählt.«

»Was gibt es von mir zu erzählen, das Ihren Herrn Vater interessieren könnte?«

»Viel, sehr viel. Zum Beispiel, daß Sie sehr anmutig sind, daß Sie wundervolles Haar haben, und Augen so blau wie der Enzian. Und daß Sie sehr stolz sind und sehr unnahbar, trotz aller Freundlichkeit.«

Sie wagte ihn nicht anzusehen.

»Ich meine, Sie könnten sich nicht beklagen über meine Unnahbarkeit.«

»Ich beklage mich auch nicht. Es gefällt mir ja gerade über

alles, daß Sie so stolz und zurückhaltend sind. Mein Vater sagte: Die Stolzen und die Unnahbaren, das sind die besten Frauen, sie sind treu und zuverlässig. Das ist auch meine Ansicht. Aber gar zu stolz und unnahbar dürfen Sie nicht sein – mir gegenüber nicht.«

Sie zwang ihre Verlegenheit tapfer nieder.

»Weil wir gut Freund geworden sind, meinen Sie?« fragte sie scheinbar harmlos.

»Nun ja, auch deswegen.«

»Aber nun wollen wir doch nicht mehr von mir sprechen.«

»Darf ich das nicht?«

»Nein, ich bin mir zu uninteressant.«

»Oh, für mich nicht – im Gegenteil. Aber wovon darf ich jetzt sprechen? Vielleicht von mir?«

Schelmisch sah sie ihn an.

»Wollen Sie damit sagen, daß Sie ein interessanteres Thema sind als ich?« fragte sie neckend.

Es blitzte in seinen Augen auf.

»Ich wünsche mir brennend, daß ich wenigstens für Sie ein wenig interessant wäre. Ob ich andere Leute interessiere, ist mir gleichgültig. Sagen Sie mir, Fräulein Roland, bin ich für Sie ein ganz klein wenig interessant?«

Dabei sah er sie halb lächelnd, halb ernst mit einem flehenden Blick an. Sie sah hilflos befangen zu der Tür. Er sah diesen hilflosen Blick und gab sich einen Ruck.

»Nein, nein – bitte –, antworten sie mir nicht. Verzeihen Sie mir, daß ich diese Frage stellte, sie war ungeschickt und brachte Sie in eine peinliche Situation. Das sollte ein Mann nie tun einer Frau gegenüber. Bitte, bitte, sehen Sie nicht zu der Tür, als müßten Sie Hilfe herbeirufen. Verzeihen Sie mir.«

Sie hörten die anderen zurückkommen, und Waltraut fand noch immer keine Antwort.

»Sagen Sie mir doch, daß Sie mir verziehen haben«, bettelte er ganz zerknirscht.

»Ja, ja, ich verzeihe Ihnen, Sie haben es doch nicht böse gemeint.«

»O nein, nein, ganz gewiß nicht. Ich danke Ihnen:«

Und er preßte seine Lippen auf ihre Hand.

Dann kamen die anderen wieder heraus, aber Frau Dora sah noch den zärtlichen Handkuß.

Die Unterhaltung wurde nun wieder allgemein. Es kam nicht noch einmal zu einem Alleinsein zwischen Jan und Waltraut. Man war sehr lustig und heiter, auch Waltraut stimmte in den übermütigen Neckton mit ein, um ihre Unruhe zu verbergen.

Bis nach dem Abendessen blieb Jan, dann brach er auf. Bald darauf ging man auch in Saorda zu Bett, denn man stand morgens sehr zeitig auf, um die Stunden auszunützen, in denen es noch nicht zu heiß und doch schon hell war.

Waltraut fand aber noch lange keinen Schlaf. Jedes Wort, jeder Blick von Jan Werkmeester zitterte noch in ihrer Seele nach. Ihr Herz pochte laut und schwer, und sie hatte ein Gefühl, als habe sie ein ganz schlechtes Gewissen. Schließlich barg sie das Gesicht in ihrem Arm und horchte auf die Stimme in ihrem Innern: Du liebst ihn, ja, du liebst Jan Werkmeester, liebst ihn so ganz anders, als du je einen Menschen geliebt hast, ganz anders, als du Rudolf liebst. –

Es war, als wolle vor Schreck über diese Erkenntnis ihr Herzschlag aussetzen. Und doch wurde diese Stimme in ihrem Innern immer lauter und dringender. Ja, ja, sie liebte ihn, und diese Liebe hätte sie so unsagbar glücklich machen können, da sie fühlte, daß sie erwidert wurde, wenn sie nicht Rudolfs Braut gewesen wäre.

Wie hatte man sie nur zu dieser Verlobung bereden und wie hatte sie zustimmen können. Das begriff sie jetzt selbst nicht mehr. Und einen festen Entschluß faßte sie in dieser Stunde – sie mußte diese Verlobung lösen um jeden Preis, mußte sich frei machen von dem Band, das man ihr übergestreift hatte, ohne ihr zu Bewußtsein kommen zu lassen, was man ihr damit aufgebürdet hatte. Zur unerträglichen Fessel mußte diese Verbindung für sie werden, wenn sie sich nicht lösen konnte. Sie mußte sich lösen, konnte sich nicht opfern, damit der Vater sein Gelübde halten konnte.

Sie richtete sich auf im Bett und starrte im Dunkeln vor sich hin. Was konnte sie tun, um frei zu werden, frei für Jan, frei für das Glück? Wenn sie sich nicht frei machte, das fühlte sie, war es nicht nur um ihr Glück geschehen, sondern auch um das Jans. Und das letzte war am ausschlaggebendsten für sie.

Und so kam sie zu einem Entschluß – sie wollte an Rudolf schreiben. War sie doch auch sonst in allen großen und kleinen Nöten ihres Lebens vertrauensvoll zu ihm geflüchtet. Immer hatte sie Verständnis bei ihm gefunden, sie würde es auch diesmal finden. Rudolf mußte ihr helfen, würde ihr helfen, wenn er sah, daß ihr Glück in Gefahr war. Bald, sehr bald wollte sie an Rudolf schreiben, sobald sie Ruhe und Sammlung dazu fand.

Nun sie diesen Entschluß gefaßt hatte, wurde sie etwas ruhiger und schlief endlich ein.

Am nächsten Vormittag mußte Waltraut zunächst dem Justizrat Gesellschaft leisten, während Dora Anordnungen zur Bewirtung ihrer Gäste traf und Harry einige wichtige geschäftliche Briefe schreiben mußte. Dann trafen die beiden Werkmeesters ein. Waltraut war ein wenig beklommen, als sie Jans Vater entgegentrat, aber irgend etwas in seinem Gesicht fesselte sie sogleich und flößte ihr ein Gefühl des Mitleids ein. Diese Züge sprachen von Leiden und Kämpfen. Dora hatte recht, dieser Mann machte den Eindruck, als schleppe er etwas Schweres mit sich herum.

Sie mußte an ihren Vater denken, der auch zuweilen diesen düsteren leidvollen Blick hatte, wenn auch nicht so ausgeprägt, wie es bei Jans Vater der Fall war. Von einem warmen Impuls getrieben, reichte sie ihm mit einem lieben Lächeln die Hand.

»Ich freue mich sehr, Sie kennenzulernen, Mijnheer Werkmeester, Ihr Herr Sohn hat mir so viel Liebes und Gutes von Ihnen erzählt.«

Die grauen Augen Hendrik Werkmeesters schienen sich festzusaugen an Waltrauts Gesicht.

»Die Freude ist gegenseitig, Fräulein Roland, auch mir hat mein Sohn viel Liebes und Schönes von Ihnen berichtet, so daß ich die Zeit nicht erwarten konnte, Sie kennenzulernen.«

Jan sah den Vater an, als wollte er fragen: Habe ich zuviel versprochen?

Aber seines Vaters Augen blieben ernst und düster. Es war jedoch seltsam, im Laufe des Tages suchte Hendrik Werkmeester immer wieder in Waltrauts Nähe zu kommen und sie zu isolieren. Sobald ihm das wieder einmal gelungen war, versuchte er die Rede auf die Heimat der jungen Dame zu bringen.

Nach Tisch, als der Justizrat sich zu seiner üblichen Siesta zurückgezogen hatte, Harry und Jan im Zimmer des Hausherrn eine Zigarre rauchten und Dora ihren Hausfrauenpflichten nachging, saß Hendrik Werkmeester ungestört mit Waltraut allein. Und wieder kam er auf Waltrauts deutsche Heimat zu sprechen. Schließlich fragte er: »Sie haben keine Mutter mehr, wie mir mein Sohn erzählte?«

»Nein, Mijnheer Werkmeester, Mutter starb vor zwei Jahren.«

»Dann haben Sie sich sicher noch mehr an Ihren Vater angeschlossen?«

»Soviel es ging. Vater ist sehr von Geschäften in Anspruch genommen.«

»Trotzdem wird es für ihn hart gewesen sein, Sie für einen so langen Urlaub fortzugeben?«

»Ich hoffe, daß er nicht allzuschwer darunter zu leiden hat.«

»Wenn man alt wird, kann man das Alleinsein fast schwerer ertragen als in der Jugend.«

»Oh, Vater ist gottlob nicht allein geblieben.«

»Sie haben noch Geschwister?«

»Rechte Geschwister nicht, aber einen Pflegebruder, den mein Vater, schon lange, ehe ich zur Welt kam, an Kindes Statt angenommen hatte. Und Vater hat ihn lieb wie sein eigenes Kind, wie er auch mir lieb wie ein echter Bruder ist.«

»Soso! Sie verstehen sich gut mit ihm und Ihr Vater auch?«

»Oh, mit Rudolf kann man sich nicht anders als gut stellen. Er ist so ein guter und zuverlässiger Mensch. Wenn ich ihn nicht gehabt hätte, wäre ich kaum über den Verlust meiner Mutter hinweggekommen. Er hat meine Mutter auch sehr geliebt und verehrt, weil sie ihn wie eine echte Mutter an ihr

Herz genommen hatte. Und da er sie so sehr schmerzlich vermißte, konnte er auch meinen Schmerz verstehen und mir darüber hinweghelfen. Übrigens, da fällt mir ein, er trägt denselben Namen, den auch Sie tragen, nur natürlich ins Deutsche übersetzt. Er heißt Rudolf Werkmeister.«

Der alte Herr hatte seinen Kopf so gestützt, daß sein Gesicht im Schatten war.

»Rudolf – Rudolf Werkmeister?« fragte er heiser.

Sie sah ihn lächelnd an.

»Ich glaube, Mijnheer Werkmeester, daß Sie sich auch nach einer Ruhestunde sehnen. Bitte, nehmen Sie auf mich keine Rücksicht, ich bleibe allein hier sitzen, bis die anderen Herrschaften zurückkommen. Ziehen Sie sich ruhig zu einem Schläfchen zurück.«

Er ließ die Hand sinken, und sie sah, daß sein Gesicht schlaff und fahl war.

»Nein, nein, lassen Sie uns ruhig noch ein wenig plaudern. Ihre liebe, weiche Stimme tut mir so wohl. Bitte, erzählen Sie noch ein wenig von daheim, wir hören hier doch alle so gern von Europa erzählen.«

Sie sah ihn besorgt an.

»Mir scheint, Sie sehen sehr müde aus.«

»Ich bin es bestimmt nicht. Lassen Sie sich nicht lange bitten. Also Ihr Pflegebruder lebt noch im Hause Ihres Vaters?«

»Gewiß, ich könnte mir auch gar nicht denken, daß er es je verlassen könnte. Vater hängt sehr an ihm. Und er ist auch im Geschäft seine Stütze, er hat Prokura bekommen, und er ist ein sehr tüchtiger Mensch. Mein Vater ist sonst ein sehr ernster, fast harter Mann, am härtesten ist er freilich gegen sich selbst. Er hat ein sehr gutes Herz, aber leider ist er oft sehr düster. Ich glaube, das ist so seit einem sehr tragischen Erlebnis aus seiner Jugendzeit, als er noch nicht verheiratet war.«

Wieder verbarg Hendrik Werkmeester sein Gesicht in der Hand, auf die er es stützte.

»Er hat etwas Tragisches erlebt?«

»Ja, er hatte einen Freund, den er sehr liebte. Das war Rudolfs Vater. Dieser Freund verunglückte bei einer Bergpartie, die er mit meinem Vater zusammen machte. Es war ihm unmöglich, den Freund zu retten, und es gelang ihm nicht einmal, seine Leiche zu bergen. Das bedrückt sein Gemüt noch heute. Mir selbst hat er nie darüber gesprochen, aber Mutter und Rudolf haben es mir erzählt, um mir Vaters bedrücktes Wesen zu erklären. Und von dieser Zeit an verstand ich Vater auch viel besser. Es muß sehr quälend sein, wenn man einen lieben Menschen vor seinen Augen in einen Abgrund stürzen sieht, ohne ihn halten zu können. Vater hat dann Rudolf als eigenen Sohn angenommen, denn seine Mutter war schon vorher gestorben, bald nach seiner Geburt. Vater hatte es seinem Freunde versprochen, daß er sich seines Sohnes nach seinem Tode annehmen würde.«

Der alte Herr stieß einen leisen Seufzer aus. Aber er fragte scheinbar ruhig:

»Wie kam es denn, daß Ihr Vater ein solches Versprechen gab? Wußte denn sein Freund, daß er vor ihm sterben würde?«

»Es ist wohl so etwas wie eine Todesahnung gewesen. Vaters Freund erlitt, ehe er abstürzte, einen totalen Nervenzusammenbruch. Er hatte vorher viel Schweres durchgemacht, hatte seine geliebte Frau verloren und mit schweren Sorgen zu kämpfen. Und als sie sich bei jener Bergtour im Schneetreiben verirrt hatten, bekam er einen Anfall von Bergkrankheit. Wissen Sie, was das für eine Krankheit ist?«

»Nur vom Hörensagen, ich war nie auf einem Berg. Aber ich hörte, daß diese Krankheit in einem völligen Versagen der Nerven besteht, die jede Willensregung ausschließt.«

»So ist es, es muß eine furchtbare Krankheit sein. Also Vaters Freund verfiel in diese Krankheit, gerade als sie beide im dichtesten Schneegestöber an einem furchtbaren Abgrund angelangt waren. Der Unglückliche bat meinen Vater, er möge ihn allein lassen und wenigstens sich selbst zu retten suchen, er wolle zurückbleiben und sterben. Und er bat meinen Vater, sich seines Sohnes anzunehmen. Vater redete ihm nun energisch zu, sich aufzuraffen, und da erhob sich schließlich sein Freund, taumelte aber und stürzte in den Abgrund, ehe ihn mein Vater nur halten konnte. Das hat mein armer Vater nie vergessen können, es liegt noch heute wie ein Schatten auf seinem Leben, zumal die Leiche seines Freundes nicht geborgen werden konnte, weil ein schrecklich brodelnder Wasserkessel auf dem Grunde des Abgrunds toste, der alles mit sich fortriß.«

Eine Weile blieb es still. Dann rang sich eine Frage schwer über die Lippen des alten Herrn.

»War denn der Freund Ihres Vaters wert, daß er sich so um ihn grämte? Ich meine, war er denn ein untadeliger Ehrenmann?«

Erstaunt sah Waltraut ihn an.

»Gewiß, sonst hätte ihn mein Vater doch nicht Freund genannt.«

Hendrik Werkmeester ließ jetzt die Hand vom Gesicht sinken und Waltraut sah erschrocken, wie blaß und verfallen er aussah.

»Oh, ich habe Sie mit meiner grauenvollen Erzählung sicher aufgeregt. Sie sehen so bleich und müde aus.«

Er zwang sich zu einem Lächeln.

»Nein nein, daran liegt es nicht. Aber so ist es, wenn alte Leute es noch mit den jungen aufnehmen wollen – die Müdigkeit überfällt mich nun mit Gewalt. Bitte, seien Sie mir nicht böse, wenn ich mich auf ein halbes Stündchen zurückziehe. Sie werden ja nicht lange allein bleiben.«

Waltraut sprang auf und stützte ihn, denn sie sah, daß er ein wenig taumelte.

»Ich muß mit Ihnen schelten! Aus Rücksicht für mich haben Sie sich über Gebühr angestrengt. Sie müssen mir nun wenigstens gestatten, Sie auf die andere Schattenseite der Veranda zu einem der Liegestühle zu führen, damit Sie sich erholen können. Ich mache mir Vorwürfe, Sie mit meiner traurigen Geschichte auch noch gequält zu haben.«

»Das dürfen Sie nicht. Es war alles sehr interessant, was Sie mir erzählten, und wenn ich ein halbes Stündchen ruhen kann, bin ich wieder frisch und munter.«

Sie geleitete ihn zu einem Liegestuhl, half ihm sich niederlegen und schob ihm ein Kissen unter den Kopf. Er faßte ihre Hand.

»Liebes, gutes Kind, Sie haben mir wohlgetan. Bitte, verraten Sie meinem Jan nicht, daß ich ein wenig schwach war, er macht sich sonst unnütze Sorge. Alte Leute sollen eben nicht gegen ein Mittagsschläfchen revoltieren wollen.«

Sie nickte ihm lächelnd zu.

»Ich verrate nichts. Aber Sie müssen auch schön schlafen.«

Er schloß gehorsam die Augen, sah ihr aber dann nach, ehe sie um das Haus herum verschwand. Dann schloß er die Augen wieder, aber er schlief nicht. Die Gedanken jagten hinter seiner Stirn wie aufgescheuchte Vögel. Und zuweilen stieß er einen tiefen Seufzer aus, der mehr einem Stöhnen glich.

Waltraud ließ sich wieder in ihrem Sessel nieder, und gleich darauf kamen Jan und Harry heraus und dann auch Dora.

»Sie sind allein, Fräulein Roland? Ich glaubte, mein Vater leiste Ihnen Gesellschaft?« sagte Jan.

»Das hat er auch bis vor einigen Minuten getan, aber dann übermannte ihn die Müdigkeit, und nun hält er drüben auf der anderen Seite der Veranda eine Siesta.«

»Oh, das ist gut, da hält er länger aus, und wir müssen nicht so zeitig aufbrechen. Ich möchte nicht so bald heim.«

Sie plauderten vergnügt zusammen, aber wenn die anderen einmal zu laut wurden, legte Waltraut den Finger an den Mund.

»Ruhe! Der alte Herr wird sonst gestört.«

Jan faßte ihre Hand und küßte sie.

»Wie sorgsam Sie sind! Sie verwöhnen Ihren Herrn Vater gewiß recht sehr.«

»Er läßt sich das leider nicht gefallen.«

Jan lachte.

»Das haben Väter so an sich. Am liebsten wollen sie alles allein tun.«

»Ihr Herr Vater hat auch erst heldenhaft gegen seine Müdigkeit gekämpft, er wollte mich absolut nicht allein lassen.«

Mit einem seltsamen Blick sah Jan sie an.

»Das kann ich ihm nicht verdenken.«

Sie wich errötend seinem Blick aus und dachte wieder: Ich muß an Rudolf schreiben.

Etwa eine Stunde war Hendrik Werkmeester nicht in Erscheinung getreten, als er dann wieder zu den anderen trat, fast zu gleicher Zeit mit dem Justizrat, der ausgeschlafen und vergnügt aussah und das Muster eines Kissens auf der Wange hatte, wurde der Tee serviert. Hendrik Werkmeester schien wieder ruhig und frisch zu sein, aber seine Augen ruhten immer wieder wie sinnend auf Waltraut. Er blieb auch noch auf Doras dringende Einladung zum Abendessen, aber gleich danach verabschiedete er sich von Schlüters und ihren Gästen und lud sie nochmals dringend ein, nächsten Sonntag in Larina zu verbringen.

Jan aber meinte lachend:

»Ich warte aber nicht bis Sonntag mit einem Wiedersehn, ich komme viel früher wieder.«

»Das ist doch selbstverständlich, Jan! Ich habe neue Platten für das Grammophon, wir wollen tanzen, wenn Sie wiederkommen«, sagte Dora bestimmt.

»Famos! Ich halte mit. Also auf Wiedersehn, spätestens übermorgen.«

Dabei sah er aber nur Waltraut an.

Als er mit seinem Vater davonfuhr, blieb es lange Zeit still zwischen den beiden Herren. Endlich sagte Jan:

»Nun, Vater, wie gefällt dir Waltraut Roland?«

Der Vater faßte seine Hand mit einem fast krampfhaften Druck.

»Die halte dir fest, mein Junge, und wenn es eine Welt voll Hindernissen zwischen euch geben sollte. Die halte dir fest!«

Jan gab den Händedruck zurück. Seine Augen leuchteten.

»Ja, Vater, mit aller Kraft meines Herzens, wenn sie sich halten lassen will. Sie gefällt dir also?«

»Gefallen? Was ist das für ein armes Wort. Sie hat mein Herz gelabt, hat mir wohlgetan. Aber laß dir Zeit, überstürze nichts, solche Mädchen vergeben sich nicht leicht, auch nicht, wenn sie lieben. Und ich möchte, na einerlei, laß ihr Zeit und mir auch.«

Und er drückte seinem Sohne wieder die Hand wie im Krampf.

Dieser war kleine Wunderlichkeiten bei seinem Vater gewöhnt und fand nichts Auffallendes in seinen Worten. Aber er freute sich innig, daß sein Vater Waltraut Roland so hoch einschätzte. Das war ihm lieb, wenn er sich auch durch das Gegenteil nicht hätte abhalten lassen, Waltraut zu lieben.

Ja, er liebte sie, liebte sie mit der ganzen Kraft seiner Jugend, mit der ganzen Innigkeit seines Herzens. Er wußte, daß das Schicksal ihn aufgespart hatte für dieses Mädchen, für diese eine einzige, die ihm Ergänzung seines Ichs sein konnte. Und er war gar nicht verzagt, daß Waltraut ihn vielleicht nicht wiederlieben könne. Seine Liebe war so stark, daß er glaubte, Berge damit versetzen zu können. Er mußte Waltraut damit an seine Seite zwingen, das war für ihn Gewißheit. Nur daß ihm der Vater zuredete zu warten, das lag ihm nicht, Geduld war seine Stärke nicht.

10

WALTRAUT KAM DIE ganze Woche nicht dazu, an Rudolf zu schreiben. Es gab allzuviel Neues zu sehen und zu erleben. Man machte große Autotouren, um Waltraut verschiedene Sehenswürdigkeiten zu zeigen, wobei sich Jan wie selbstverständlich immer anschloß. Dann wurden die Plantagen besichtigt, im Eingeborenendorf gab es ein Volksfest, das sie ansehen mußte, und an einem Tag machte man gar einen Ausflug auf Elefanten. Jan kam auf einem Prachttier geritten, das ein buntverziertes Tragzelt auf dem Rücken trug. Und Harry Schlüter hatte seinen Elefanten ähnlich ausgestattet. Jans Elefant war bedeutend größer als der Harrys, deshalb wurde bestimmt, daß er Waltraut, Jan und den Justizrat tragen müsse, während Harry und Dora den anderen benutzten. Die Treiber liefen nebenher, und an unwegsamen Stellen wurden sie einfach von den Elefanten auf ihren Rüsseln fortgetragen. Jans Elefant, Jumbo genannt, war sehr komisch, er leistete sich allerlei kleine Späße, legte den Kopf schief und sah verschmitzt zu seinem Besitzer auf, als wollte er sagen: Bin ich nicht ein großer Schalk? Waltraut lachte herzlich über seine Späße, und wenn er den Rüssel zu ihr hinaufreichte, gab sie ihm kleine Leckerbissen, die sie auf Doras Rat mitgenommen hatte. So blieb Jumbo guter Laune und trug seine Last mit Freuden. Auf den Elefanten konnte man tief in die tropische Vegetation eindringen, auch dorthin, wo es keine Wege gab und wohin man mit dem Auto unmöglich gelangen konnte. Auf einem paradiesischen Fleckchen wurde haltgemacht, dicht am Ufer des Flusses, und hier wurde eine Art Picknick arrangiert. Man hatte alles Nötige dazu mitgenommen. Jumbo legte sich galant auf die Knie, damit Waltraut leichter absteigen konnte. Jan hob sie aus dem Tragsessel heraus und setzte sie behutsam ab, worauf Jumbo in edler Bescheidenheit Waltraut seinen Rüssel hinstreckte und sich belohnen ließ. Sie tat es auch folgsam.

Die Damen breiteten nun ein Tischtuch aus und legten die Speisen auf große Blätter. Jumbo holte mit seinem Rüssel einige Kokosnüsse herbei und legte sie Waltraut zu Füßen. Er wollte auch seinen Teil zur Bewirtung der Gäste beitragen. Einer der Treiber hatte Feuer angezündet, auf dem man Tee bereiten und einige Früchte rösten konnte, die nur im gerösteten Zustand schmackhaft waren. Das so bereitete Mahl war herrlich, und Waltraut erklärte, es habe ihr nie zuvor so gut gemundet.

Nach eingenommener Mahlzeit ging man ein Stück am Fluß entlang, und hier sollte Waltraut ihre Bekanntschaft mit der ersten Schlange machen. Sie kroch über ihren Weg, als sie mit Jan dahinschlenderte, Waltraut schrie laut auf und wurde totenbleich, aber schon hatte Jan die Schlange mit einem Stock erschlagen und sah Waltraut lachend an.

»Keine Angst, Fräulein Roland, sie ist schon tot.«

Waltraut stand wie gelähmt und preßte die Hände aufs Herz.

»Oh, wie bin ich erschrocken.«

Er nahm ihre Hand und sah sie mit seinen zärtlichen Augen so beruhigend an, daß ein wohliges Gefühl der Geborgenheit über sie kam.

»Solange ich bei Ihnen bin, wird Ihnen nichts Böses geschehen, Fräulein Roland.«

»Schlangen machen mir Angst«, hauchte sie, noch immer ein wenig blaß.

»Sie sind auch sehr selten hier, nur wenn man so tief in die Wildnis eindringt, wie wir es heute getan haben, begegnet man zuweilen einer. Aber sie greifen fast nie an, und wenn man schnell ist, sind sie leicht unschädlich zu machen.«

»Ich bewundere Sie, daß Sie die Geistesgegenwart hatten, so schnell zuzuschlagen.«

Er lachte froh auf.

»Da gibt es nichts zu bewundern, das lernt sich hier von selbst.«

Jetzt waren die anderen herbei gekommen, von Waltrauts Aufschrei alarmiert.

»Was gibt es?« fragte Harry.

Waltraut flog auf Dora zu.

»Sieh doch, Dora, Mijnheer Werkmeester hat eine Schlange erschlagen, die über unseren Weg kroch.«

Neugierig kam Dora herbei.

»Wahrhaftig! Das ist die zweite tote Schlange, die ich hier sehe, die erste hatten wir mit dem Auto überfahren. Jan, Sie sind ja ein Held!«

Jan warf sich in Pose.

»Ovationen strengstens verboten!«

»Wegen so eines Regenwurms brauchst du dich nicht als Held aufzuspielen«, knurrte Harry.

»Harry, mein Sohn, der blasse Neid sieht dir aus den Augen. Du gönnst mir meine Lorbeeren nicht. Sagen Sie selbst, Fräulein Roland, haben Sie schon je einen so großen Regenwurm gesehen?«

Die beiden Herren hatten mit ihrem Geplänkel erreicht, was sie wollten. Waltraut hatte ihren Schrecken überwunden und lachte schon wieder.

»Ich habe noch nicht einmal einen Räucheraal von solcher Ausdehnung gesehen und fand es fabelhaft, wie schnell Sie die Schlange erschlagen haben.«

»Also schön, flechten wir ihm einen Lorbeerkranz«, sagte Harry gelassen. Bald darauf brach man wieder auf. Jumbo und sein Freund, Schlüters Elefant Lola, hatten inzwischen ihre Mahlzeit auf eigene Faust gesucht, aber sie schienen beide noch auf ein Dessert zu warten, was sie denn auch von den Resten der Mahlzeit erhielten. Dann nahmen sie geduldig ihre Reiter wieder auf und trotteten heimwärts. Im Eingeborenendorf trennten sich Schlüters und ihre Gäste von Jan. Hier standen die beiden Autos bereit, und Jan fuhr nach Larina, während Schlüters mit ihren Gästen nach Saorda zurückkehrten. –

Jan kam mindestens jeden zweiten Tag nach Saorda. Meist traf er schon zur Teestunde ein und blieb bis nach dem Abendessen. Sein ganzes Wesen verriet Waltraut, daß er um sie warb, mit jedem Wort, mit jedem Blick, mit all den vielen Aufmerksamkeiten, die er ihr erwies.

Das entging natürlich auch Dora nicht. Sie war hellhörig und scharfsichtig und ahnte sehr wohl, daß Jan ernsthaft Feuer gefangen hatte. Über Waltraut war sie sich noch nicht ganz im klaren. Diese gab sich immer sehr zurückhaltend. Nur selten verriet sie durch eine kleine Unbedachtsamkeit, daß ihr Jan nicht gleichgültig sei, aber dann konnte sie gleich wieder so verschlossen und ablehnend sein, daß Dora wieder zweifelte. Als sie eines Abends mit ihrem Gatten darüber sprach, daß sie hoffe, aus Waltraut und Jan möge ein Paar werden, nahm er sie in seine Arme und sah sie ernsthaft an.

»Verbrenne dir damit nicht die Finger, Dorle, sei vorsichtig! Ich kann dir wohl nachfühlen, wie gern du die Freundin für immer hierhalten möchtest, mir scheint auch, daß die beiden ein prachtvolles Paar abgeben würden, aber du darfst nichts dazu und nichts dagegen tun. Waltrauts Vater würde kaum so ruhig seine Einwilligung geben zu dieser Heirat, die seine Tochter für immer von ihm entfernte. Du weißt, was es bei uns für Kämpfe gekostet hat, bis die Eltern einwilligten, daß ich dich mit mir nahm. Und doch waren wir schon verlobt, ehe wir wußten, daß wir hierhergehen würden. Hätten die Eltern das vorher gewußt, sie hätten mir wohl glatt ihre Einwilligung zu unserm Bunde versagt.«

Unsicher sah Dora ihn an.

»Ich tue ja auch nichts dazu, Harry, aber freuen würde es

mich doch riesig, wenn aus ihnen ein Paar würde. Und Waltraut gefällt es so gut hier. Bei ihren und Jans Vermögensverhältnissen könnten sie sich ja oft genug eine Europareise gestatten. Aber wie gesagt, ich verspreche dir, den Dingen ihren Lauf zu lassen.«

»Weiter will ich ja nichts, Dorle!«

Und Dora hielt Wort, wenn sie auch gar zu gern ein wenig nachgeholfen hätte, sobald sie Jans sehnsüchtige Blicke sah, mit denen er Waltraut verfolgte. Daß sie zuweilen abgerufen wurde und dann beide infolge ihres Fortgehens allein zurückbleiben mußten, konnte Dora doch niemand zum Vorwurf machen.

Als man also am nächsten Sonntag nach Larina fuhr, hatte Waltraut noch keine Zeit gefunden, an Rudolf zu schreiben, vielleicht auch hatte sie sich noch nicht dazu aufraffen können, obwohl bei ihr feststand, daß es geschehen müsse.

Jan kam ihnen schon unterwegs im Auto entgegen, er hatte es einfach nicht mehr aushalten können zu warten. Als sie am Werkmeesterschen Bungalow vorfuhren, stand Hendrik Werkmeester auf der Veranda und kam schnell herab, um seine Gäste zu begrüßen und ihnen beim Aussteigen zu helfen. Die Damen zogen sich gleich zurück, um sich zu erfrischen und Toilette zu machen. Sie hatten alles Nötige mitgebracht. Auch die Herren erfrischten sich und kleideten sich um, und eine Stunde darauf saß man bei Tische.

Auch die innere Ausstattung dieses Bungalows erinnerte sehr an die des Schlüterschen, aber es fehlte sichtlich an der verschönernden Hand einer Hausfrau. Es war alles sehr praktisch, sehr zweckmäßig und sauber. Auch war alles vorhanden, was nötig war, und Möbel und Geräte waren entschieden kostbarer als bei Schlüters, aber irgend etwas fehlte doch, man merkte, daß es ein Junggesellenhaushalt war. Die Speisen waren jedoch vorzüglich zubereitet. Es gab verschiedene Gänge, und zu jedem Gang wurde Reis gereicht, der in einer silbernen Schüssel auf einem silbernen Rechaud im Wasserbad stand, damit er immer heiß bliebe. Gewissermaßen vertrat der Reis die bei uns üblichen Kartoffelgerichte.

Zahlreiche Dienerschaft war in Larina ebenfalls angestellt. Alle trugen weiße Leinenanzüge und ein weißes Band um die Stirn. Es war interessant zu beobachten, mit welcher Anmut und mit welchem Geschick die Diener servierten.

Eine angeregte Unterhaltung herrschte bei Tisch. Hendrik Werkmeester und der Justizrat plauderten über die politischen Zustände in Deutschland, über die Hendrik Werkmeester außerordentlich gut informiert war. Aber immer wieder sah der Hausherr zu Waltraut hinüber, die heute in großer Toilette war und ein entzückendes mattblaues Kleid aus weichem Seidenkrepp trug, das reich mit kleinen Wachsperlen bestickt war.

Dora hatte dies Kleid sehr bewundert und Waltraut geraten, es mit nach Larina zu nehmen.

»Da wir uns dort erst ankleiden, kannst du es ruhig riskieren, und du wirst großen Effekt machen mit dieser Toilette. Ich werde ebenfalls, Mijnheer Werkmeester zu Ehren, mein hübschestes Kleid anziehen. Mutterle hat mir ja durch Vater einige reizende Kleider mitgeschickt.«

So hatte sie gesagt. Und sie hatte ein Kleid von ganz zarter, jadegrüner Seide angezogen, das zu ihren dunklen Augen und ihrem kastanienbraunen Haar vortrefflich paßte. Die beiden jungen Damen waren ein sehr erfreulicher Anblick für die Herren, die wieder ihre weißen Tropenanzüge trugen, die hier den Smoking ersetzten. Und gerade zwischen diesem etwas eintönigen Weiß wirkten die zarten Farben der Damenkleider belebend.

Auch heute wollte sich Hendrik Werkmeester nach Tisch wieder mit Waltraut absondern und sie in ein Gespräch ziehen, aber sie bat ihn mit so dringender Sorgsamkeit, sich erst ein Stündchen Ruhe zu gönnen, daß er gehorchen mußte, obwohl er nicht gern von ihrer Seite wich. Dafür belegte er sie dann zur Teestunde mit Beschlag. Er setzte sich so, daß Waltraut ihren Platz zwischen ihm und Jan hatte und während der lebhaften Unterhaltung, die am Teetisch geführt wurde, fragte er Waltraut anscheinend leichthin:

»Haben Sie nicht Fotografien aus Ihrer Heimat mitgebracht, Fräulein Roland? Wir Hinterwäldler interessieren uns sehr für alles Europäische, und ich muß auch gestehen, was Sie mir von Ihren Angehörigen erzählt haben, ließ den Wunsch in mir aufkommen, sie wenigstens auf einem Bild zu sehen.«

Waltraut nickte ihm lächelnd zu.

»Ein ganzes Album habe ich mitgebracht, allerdings nur eigene Aufnahmen. Ich will auch hier Aufnahmen machen. Ich habe meinen ganzen Vorrat davon mitgebracht, weil ich Dora damit eine Freude machen wollte.«

»Darf ich mir dies Album gelegentlich auch ansehen?«

»Aber gewiß, Mijnheer Werkmeester, wenn es Sie interessiert. Sie werden hoffentlich bald wieder nach Saorda kommen.«

»Gut, ich werde kommen und Sie dann an Ihr Versprechen erinnern.«

Jan war ein wenig eifersüchtig, daß der Vater Waltraut so viel in Anspruch nahm und fragte nun ungeduldig, ob er ihr nicht die Einrichtung des Hauses zeigen dürfe. Sie müsse sich doch ordentlich umsehen. Dabei sah er sie so flehend an, daß sie nicht die Kraft fand, ihn abzuweisen und sich etwas befangen erhob, um ihm zu folgen. Er merkte ihre Befangenheit, und das befähigte ihn, sich ihr, während sie durch das ganze Haus gingen, das noch geräumiger war als das Schlütersche, ganz ruhig zu zeigen. Er forschte sie nur gründlich aus, was ihr in diesem Hause gefiele und was sie daran auszusetzen hätte. Während er ihr eine wunderbare Waffensammlung zeigte, sagte er:

»Sie haben an meinem Vater eine große Eroberung gemacht, Fräulein Roland. Er ist Ihr begeisterter Verehrer geworden.«

Sie sah ihn schelmisch an.

»Verehrer in dem ehrwürdigen Alter Ihres Herr Vaters kann man sich wohl gefallen lassen.«

»Jüngere nicht?« fragte er seufzend.

Sie zwang sich zu einem Lachen.

»Nein, die werden leicht zu übermütig.«

»Ach lieber Gott, Sie wissen ihnen den Übermut schon auszutreiben und sie ganz schüchtern zu machen.«

Schnell ging sie auf ein anderes Thema über.

»Wenn ich Ihrem Herrn Vater sympathisch bin, dann beruht das auf Gegenseitigkeit. Ich muß gestehen, daß ich noch nie einen alten Herrn kennengelernt habe, der in mir ein so großes und warmes Interesse geweckt hat wie er. Aber darf ich Ihren einmal etwas sehr Ernstes sagen, was Sie vielleicht betrüben wird?«

Er sah sie unruhig an.

»Von Ihnen kann mich nur eins betrüben, und das hoffe ich nie zu hören. Also bitte, sprechen Sie.«

»Ich muß Ihnen sagen, daß Ihr Herr Vater vielleicht doch nicht mehr so rüstig ist, wie er sich den Anschein gibt. Er wird zuweilen erschreckend blaß, und seine Augen blicken dann matt und trübe. Müßte er nicht bald wieder einen Klimawechsel vornehmen? Oder wollen Sie nicht dafür sorgen, daß er einen tüchtigen Arzt konsultiert? Sie müssen mir verzeihen, daß ich darüber mit Ihnen spreche, Ihr Vater wünscht das gewiß nicht, aber ein Fremder sieht zuweilen mehr als ein Angehöriger.«

Er küßte dankbar und innig ihre Hand.

»Es ist sehr gütig von Ihnen, sich um meines Vaters Wohlsein zu kümmern. Aber ich kenne diese Anfälle schon, solange ich denken kann. Und er behauptet, daß es damit nichts auf sich hat, ich merke auch nicht, daß seine körperlichen Kräfte dadurch abnehmen. Gottlob ist er noch sehr kräftig und rüstig. Ich bin zu der Ansicht gekommen, daß diese kleinen Anfälle auf einer seelischen Depression basieren. Mein Vater muß in seiner Vergangenheit sehr Schweres und Bedrückendes erlebt haben. Nie spricht er mit mir davon, hat mir nur gesagt, daß ich nach seinem Tode in einem Tagebuch alles verzeichnet finden würde, worüber er nicht sprechen möge. Ich weiß, ich würde ihn nur quälen, wollte ich ihn auszuforschen suchen. Deshalb berühre ich dies Thema nie mehr. Wenn ich ihm jetzt wegen seiner Gesundheit Vorhaltungen machen würde, würde er mich ruhig und bestimmt abwehren, würde mir vielleicht lächelnd ein Kraftstück zeigen zum Beweise, wieviel Kräfte er noch hat, aber damit wäre die Sache für ihn erledigt. So lieb mich mein Vater auch hat, und so offen er auch sonst alles mit mir bespricht, einen Punkt gibt es, an den ich nicht rühren darf. Ich würde mir vielleicht mehr Kopfschmerzen darüber machen, aber meine Mutter, die um sein Geheimnis wußte, sagte mir kurze Zeit vor ihrem Tode: Vater hat einmal in seinem Leben schwere Sorgen zu tragen gehabt; hat sich von diesen Sorgen so niederdrücken lassen, daß er eine Torheit beging. Das quält ihn noch, mein Junge, und du mußt ihn gewähren lassen. Er hat mir alles gebeichtet, schon ehe wir uns heirateten, und ich habe trotzdem mein Geschick vertrauensvoll in seine Hände gelegt und habe es nie zu bereuen gehabt. Aber er selbst will sich nicht freisprechen von dieser Torheit. Manche Menschen hängen an ihren Sorgen und Kümmernissen mehr als an allen Freuden, und so ein Mensch ist dein Vater. Aber du wirst ihn immer liebenswert finden, auch wenn du einmal alles weißt, was auf ihm gelastet hat. So sprach meine Mutter, und darum weiß ich, daß ich meinem Vater seine Sorgen lassen muß.«

Waltraut nickte vor sich hin.

»Ähnliches habe ich an meinem Vater gefunden. Auch er quält sich mit schweren Erinnerungen an ein Erlebnis seiner Jugend.«

Und sie mußte plötzlich wieder an das Gelöbnis ihres Vaters denken. Das legte sich ihr beklemmend aufs Herz. Was hatte den Vater nur bewegen können, solch ein Gelübde abzulegen? Würde es den Vater sehr schwer treffen, wenn sie es ihm unmöglich machte, dies Gelübde zu halten? Aber sie konnte Rudolf nicht heiraten, nein, um keinen Preis, es ging nicht.

Jan hob mit einem tiefen Atemzug den Kopf.

»Jedenfalls danke ich Ihnen sehr herzlich, daß Sie sich um meinen Vater sorgten, das war sehr lieb und gütig von Ihnen, und ich will ihn im Auge behalten. Aber nun dürfen wir nicht mehr von so ernsten Dingen reden, ganz blaß sind Sie geworden, das darf nicht sein.«

Und er bemühte sich, Waltraut wieder aufzuheitern, und da er darin eine große Übung hatte, weil er Harry so oft hatte helfen müssen, seine Frau aufzuheitern, gelang es ihm bald, und sie kehrten nach einer Weile in bester Stimmung zu den anderen zurück. Aber Waltraut hatte nun den festen Entschluß gefaßt, spätestens morgen an Rudolf zu schreiben, sie mußte es tun, durfte es nicht länger hinausschieben. Rudolf mußte helfen, denn sie liebte Jan, liebte ihn mit aller Kraft ihres Herzens und – er durfte nicht unglücklich werden durch sie. Denn er würde unglücklich werden, wenn sie ihm sagen mußte, daß sie an einen anderen Mann gebunden sei. Frei mußte sie sein, frei für ihn.

Rudolf Werkmeister war in einer ähnlich schweren Lage wie Waltraut. Lore Lenz war ihm von Tag zu Tag lieber geworden, und doch mußte er seine Gefühle fest in sich verschließen. Ihm blieb nicht einmal die Hoffnung, Waltraut sein Herz auszuschütten und sie bitten zu können, ihn freizugeben. Denn ihm erschien es unmöglich, daß er seine Verlobung lösen könne, weil er annehmen mußte, daß sich Waltraut schon mit dem Gedanken vertraut gemacht haben könne, seine Frau zu werden. Ihr jetzt zu sagen: Es ist ausgeschlossen, daß ich dich heirate, das erschien ihm roh und undankbar. Wie es sein Pflegevater aufnehmen würde, wenn er ihm die Wahrheit enthüllte, daran wagte er gar nicht zu denken. Es gibt unüberwindbare Hindernisse auch für den entschlossensten und stärksten Mann. Georg Roland zu sagen, er müsse sein Wort zurücknehmen, daß er Waltraut, die ihm doch ihr Jawort gegeben hatte, nicht heiraten könne, das war ein solches Hindernis für Rudolf. Denn mehr, als Georg Roland zu betrüben, fürchtete er sich davor, die geliebte Schwester zu verletzen. Auch dem Vater konnte er das nicht antun. Soviel Dank war er ihm schuldig. Sollte er ihm diesen Dank nun dadurch abstatten, daß er ihm sagte: Ich mag deine Tochter nicht zur Frau, weil ich eine andere liebe? Sollte er vor allen Dingen Waltraut, die sich wohl inzwischen schon anders zu ihm eingestellt hatte, zurückweisen?

Daß Waltraut reich war, daß seine Verbindung mit ihr ihm ein bedeutendes Erbe sichern würde, zählte bei Rudolf so wenig wie der Umstand, daß Lore arm war. Er hatte nie mit diesem Erbe gerechnet, war froh und glücklich gewesen, als ihm der Vater eine Stellung gab, durch die er sein Brot selber verdiente. Freilich, nur auf sein Gehalt angewiesen, mußte sein Leben ein völlig anderes werden. Das wußte er, und deshalb hatte er früher nie an eine Heirat gedacht, höchstens an eine Ehe mit einer Frau, die so gestellt war, daß sie sich alle Annehmlichkeiten selber finanzieren konnte. Da ihm auch dieser Gedanke nie sympathisch gewesen war, hatte er den Gedanken an eine Ehe immer weit von sich gewiesen. Jetzt hätte es ihn aber nicht mehr geschreckt, sich mit einer armen Frau zu verbinden, jetzt, seit er Lore Lenz kannte. Sie war anspruchslos genug, um sich in ein bescheidenes Los zu fügen, und mit ihr zusammen hätte er freudig den Daseinskampf aufgenommen. Er hatte genug gelernt, um jederzeit auch in einem anderen Betrieb eine gute, führende Stellung zu erhalten, falls ihn der Vater verstoßen hätte. Aber die Dankbarkeit hielt ihn mit starken Banden, davon kam er nicht los.

Er machte vergebliche Versuche, die Liebe zu Lore Lenz aus seinem Herzen zu reißen, versuchte ihr auszuweichen, sprach nicht mehr mit ihr, wenn er durch das Vorzimmer seines Vaters gehen mußte, und wappnete sich gegen ihr blasses Gesicht, ihre traurigen Augen – es nutzte alles nichts. Hatte er sich eine Weile mit dieser Zurückhaltung selbstgequält, zog es ihn mit doppelter Gewalt zu ihr hin. Alle diese seelischen Kämpfe brachten ihn schließlich in eine Verfassung, die seinem Pflegevater auffiel. Eines Tages sagte er zu ihm:

»Du siehst miserabel aus, mein Sohn, was ist mit dir? Du fühlst dich doch nicht krank?«

Rudolf nahm sich zusammen.

»Es ist nichts, Vater, ich habe ein wenig viel zu tun gehabt in der letzten Zeit und schlecht geschlafen. Das wird schon wieder besser werden.«

Besorgt sah ihn der alte Herr an.

»Nun ja, die Geschäfte wachsen einem manchmal über den Kopf. Ich merke das jetzt nur nicht so, weil ich Fräulein Lenz zu Hilfe habe. Aber ich will dir was sagen – fahre ein paar Tage in den Schnee, das frischt schnell auf. Der Wintersport ist schon überall im Gange.«

Das war vierzehn Tage vor Weihnachten. Die beiden Herren hatten sich gegenseitig nicht eingestanden, wie nüchtern und trostlos ihnen ein Weihnachtsfest ohne Waltraut vorkommen würde.

Rudolf griff nach dem Angebot, in den Schnee fahren zu dürfen, wie nach einem Rettungsanker. Ja, einige Tage fort – aus der Nähe von Lore Lenz, hinaus in die freie Natur, das mußte guttun. Dort würde er vielleicht mit seinen Gefühlen fertig werden. Er hatte sogar schon mit dem Gedanken gespielt, Lore Lenz aus ihrer Stellung zu entlassen, ihr irgendwo anders eine gute Stellung zu verschaffen, aber das war aussichtslos, der Vater würde sie nicht fortlassen, es sei denn, er sagte ihm, warum er sie fort haben wollte. Und das ging nicht an. Mußte doch Rudolf immer wieder anhören, wie der Vater Lore Lenz lobte. Er wollte ihr eine besondere Gratifikation zu Weihnachten geben.

Das schlimmste war für Rudolf, daß er mit ansehen mußte, wie Lore immer blasser und trauriger wurde. Sie war befangen und bedrückt, wenn er eintrat. Er wußte ja, fühlte es, daß Lore ihn liebte, wie er sie liebte, und daß er ihr immer kühler und reservierter gegenübertreten mußte, quälte nicht nur ihn, sondern auch sie.

So sah er die Fahrt in den Schnee als eine letzte Rettung an. Er fuhr davon, ohne sich von Lore zu verabschieden. Sie erfuhr es erst von Georg Roland, als er schon abgereist war. Und da wurde sie noch blasser, biß aber die Zähne zusammen. Die arme Lore hatte ihr Herz rettungslos an Rudolf verloren, und wenn ihre Liebe auch wunschlos und still war, so quälte es sie doch namenlos, daß Rudolf jetzt nie mehr ein freundliches Wort für sie hatte. Er sah an ihr vorbei, als sei sie nicht vorhanden. Und war er doch einmal geschäftlich gezwungen, das Wort an sie zu richten, so geschah es in einer kalten, formellen Art. Sah sie ihn dann hilflos an, dann wurde er noch formeller, weil er sich zu verlieren drohte. Denn er konnte sich kaum dagegen wehren, sie in seine Arme zu nehmen und herzhaft zu küssen.

Rudolf hatte sich also einige Tage im Schnee getummelt, hatte sich bis zum Umsinken ermüdet, um nachts schlafen zu können, und alles getan, um Lore zu vergessen oder doch wenigstens ruhig an sie zu denken. Der Erfolg war, daß ihm die Sehnsucht nach ihr immer schmerzhafter im Herzen brannte. Körperlich erfrischt, aber seelisch noch mehr krank, kam er wieder nach Hause, voll bebender Sehnsucht nach Lores Anblick. Er fuhr zuerst zu der Villa seines Pflegevaters. In seinem Zimmer fand er einen Brief von Waltraut. Er lag auf seinem Schreibtisch; schon vor zwei Tagen war er angekommen.

Er erkannte die Schrift sofort, auch die Briefmarke verriet, woher der Brief kam. Mit erblassendem Gesicht sah er darauf nieder. Was würde dieser Brief enthalten? Waltraut hatte doch selbst bestimmt, daß sie einander nicht schreiben wollten. Weshalb tat sie es dennoch? Sie mußte doch wohl eine besondere Veranlassung dazu haben.

Er fiel schwer in den Sessel, der vor seinem Schreibtisch stand, und öffnete endlich den Brief. Er las:

›Mein lieber, lieber Bruder Rudolf! Ja, Rudolf, ich kann Dich nicht anders nennen. Nie, niemals kann ich einen anderen Namen für Dich finden, das weiß ich jetzt. Du bist mein Bruder, bist es immer gewesen und sollst es immer und immer bleiben. Ich kann Deine Frau nicht werden, Rudolf; ich weiß nicht, wie ich dareinwilligen konnte, mich mit Dir zu verloben. Erst dachte ich freilich, ich könnte mich zwingen, Vater zuliebe wollte ich es tun, und ich merkte, daß Du Dich aus dem gleichen Grunde ebenfalls zwingen wolltest. Aber, mein lieber, guter Bruder, wir haben uns damit beide gegen unsere innerste Natur gewehrt. Das weiß ich jetzt, Rudolf, es ist mir klargeworden, täglich klarer, weil ich jetzt weiß, wie eine Frau den Mann zu lieben hat, der ihr Gatte werden soll. Ja, Rudolf, ich komme vertrauensvoll zu Dir in meiner Herzensnot, wie ich immer zu Dir kam, wenn ich Hilfe brauchte. Du mußt mir helfen, Rudolf, ich bitte Dich darum. Ich liebe einen andern, ja, da steht es, ich liebe ihn mit aller Innigkeit meines Herzens, und wenn ich auch niemals seine Frau werden könnte, könnte ich doch auch nie die Frau eines anderen Mannes werden. Er hat mir noch mit keinem Wort gesagt, daß er mich wiederliebt, aber ich weiß es doch, so etwas fühlt man, ohne daß es ausgesprochen zu werden braucht. Das mußte ich Dir beichten, Rudolf, damit Du, um Gottes willen, nicht andere Gefühle als bisher in Deinem Herzen für mich aufkeimen läßt. Aber das brauche ich nicht zu fürchten, so wenig ich in Dir etwas anderes sehen kann als meinen lieben Bruder, so wenig wirst Du je in mir etwas anderes sehen können als eine Schwester. Hilf mir, lieber, lieber Rudolf, wie Du mir oft geholfen hast. Und vor allen Dingen schreibe mir sofort, daß Du mich freigibst, daß Du einverstanden bist, daß unser Verlöbnis, das wir nicht freiwillig schlossen, gelöst ist. Wie wir es Vater beibringen wollen, das werden wir erst später besprechen. Jetzt bitte ich Dich nur um meine Freiheit, gib mir mein Wort zurück und sage mir, daß Du mir nicht zürnst und daß Du mich verstehst. Ich will ja gern mein Erbe mit Dir teilen, aber auf andere Art. Vater muß begreifen lernen, daß man nicht gegen seine Natur kann. Bitte, bitte, lasse mich nicht lange auf Antwort warten. Wie Vater es aufnehmen wird, daran wage ich noch gar nicht zu denken, aber nicht wahr, er kann mich doch nicht zwingen, etwas zu tun, was ich als unmöglich empfinde? Geschwister dürfen sich doch auch nicht heiraten, und wir sind Geschwister, wenn auch nicht blutsverwandt, so doch in unserem ganzen Wesen. Hoffentlich hat sich das inzwischen bei Dir nicht geändert, das wäre furchtbar. Beruhige mich, lieber, guter Rudolf, schreibe mir sofort, daß Du mich freigibst und in mir nach wie vor nur Deine Schwester siehst, wie ich in Dir nur meinen Bruder sehe. Sollte Vater diesen Brief an Dich bemerkt haben, so wirst Du ihm vorläufig eine ausweichende Antwort geben. Wenn ich wieder an Dich schreibe, adressiere ich lieber an den Klub. Frage also dort immer nach Post für Dich. Und nun behüt Dich Gott, mein lieber Bruder, und erlöse bald von großer Angst und Qual

Deine treue Schwester Waltraut.«

Rudolf atmete auf, wie von einer großen Last befreit, als er diesen Brief gelesen hatte. Ihm war, als sei ein schwerer Stein von seinem Herzen gefallen. Ganz leicht und frei war ihm nun plötzlich zumute. Er streichelte Waltrauts Brief.

Schwesterchen, liebes kleines Schwesterchen, gottlob, daß

du nur meine Schwester bist und bleiben willst. Gottlob, nun kann noch alles gut werden. Wenn ich auch für dich mitkämpfen muß, werde ich es schaffen. Du sollst ganz gewiß nicht unglücklich werden, und nun darf auch ich an mein Glück denken.

Er sprang auf und reckte sich, wie von einer schweren Belastung befreit.

Sogleich setzte er sich dann wieder hin, um Waltrauts Brief sofort zu beantworten. Er schrieb ihr, was ihm sein Herz eingab, einen lieben, brüderlichen Brief, der sie beruhigen und ihr Mut machen sollte. Als er gerade fertig war, hörte er den Vater heimkommen. Schnell steckte er seinen und Waltrauts Brief zu sich. Den ersteren wollte er nachher gleich zur Post geben. Dann lief er mit großen Sätzen hinunter, um den Vater zu begrüßen. Dieser fing ihn in seinen Armen auf.

»Da bist du ja schon wieder, mein Sohn, und gottlob, du siehst wieder hell und frisch aus den Augen. Ja, die Jugend, da renkt sich alles schnell wieder ein. Der Ausflug in den Schnee ist dir glänzend bekommen.«

Rudolf dachte, daß der Schnee ihm nicht geholfen habe, sondern nur Waltrauts Brief. Aber er sagte:

»Herrlich war es, Vater. Du solltest auch mal wieder in die Berge gehen.«

Georg Rolands Blick verdüsterte sich.

»Nein, nie wieder! Nie bin ich wieder in den Bergen gewesen seit deines Vaters Tode. Und nie wieder werde ich in die Berge gehen.«

»Vielleicht würdest du gerade dort deinen inneren Gleichmut wiederfinden. Kannst du denn nicht über diese Erinnerung hinwegkommen?«

»Nein, ich kann nicht. Aber lassen wir das, erzähle, was hast du für Touren gemacht?«

Rudolf erzählte. Sie waren zu Tisch gegangen und speisten zusammen. Rudolf war so lebhaft und heiter, wie seit langer Zeit nicht. Wie gern hätte er nach Lore Lenz gefragt, aber er wagte es nicht, um sich nicht zu verraten. Aber der Vater kam von selber auf sie zu sprechen.

»Du hast mir sehr gefehlt, Rudolf, ich bin froh, daß du wieder da bist. Die ganz einsamen Mahlzeiten hier zu Hause waren wirklich nicht schön. Im Geschäft da ging es noch, da hatte ich Fräulein Lenz. Sie ist ein prachtvolles Geschöpf, es war, als ahnte sie, daß ich mich einsam fühlte. Wir haben viel von dir gesprochen. Auch von Waltraut habe ich ihr erzählt. Ich erhielt einen sehr ausführlichen Brief von Waltraut.«

»Du hast Nachricht von Waltraut?« fragte Rudolf gespannt.

»Ja, ich habe dir den Brief aufgehoben, wenn du ihn lesen willst. Sie schreibt sehr begeistert von Ceylon im allgemeinen und von Saorda im besonderen. Es ist ihr erster ausführlicher Bericht, ich erhielt außer ihrem Ankunftstelegramm nur noch einen kurzen Brief, in dem sie mir ausführlichere Nachricht versprach, die ja nun eingetroffen ist. Sie läßt dich natürlich herzlich grüßen.«

»Ich danke dir, Vater. Wenn du an Waltraut schreibst, grüße sie bitte auch von mir sehr herzlich. Also, Fräulein Lenz hat dir ein wenig über deine Vereinsamung hinweggeholfen?«

»Ja, sie versteht es, einen so verständnisvoll und teilnehmend anzusehen, wenn man mit ihr plaudert. Ich machte kein Hehl aus meiner Sorge um dich, weil du so nervös und blaß aussahst. Und da hat sie wahrhaftig gleich wieder feuchte Augen bekommen. Sie hat mich dann sehr lieb und verständnisvoll getröstet, und ich merkte, daß es ihr aus dem Herzen kam. Ihre Stimme klingt dann immer so warm und erinnert mich an die Waltrauts. Wie gesagt, sie ist ein prachtvolles Geschöpf.«

Rudolf wäre dem Vater am liebsten um den Hals gefallen. Sie plauderten noch ein Weilchen, dann zog sich Georg Roland zu seinem Mittagsschläfchen zurück. Rudolf aber sagte ihm, daß er gleich ins Geschäft fahren wolle, da er viel Arbeit nachzuholen haben würde.

»Das wird nicht schlimm sein, Rudolf, Fräulein Lenz hat sich einfach von mir die Erlaubnis ausgebeten, einen Teil deiner Arbeit, soweit sie das konnte, zu erledigen. Und natürlich hat sie sich auch da ganz famos hineingefunden. Immerhin waren einige Dinge dabei, die du unbedingt selbst erledigen mußt. Deshalb will ich dich nicht aufhalten, fahre ruhig ins Geschäft und schicke mir den Wagen zurück.«

11

RUDOLF GAB UNTERWEGS den Brief an Waltraut zur Post. Als er ins Geschäft kam, führte sein erster Weg zu Lore Lenz. Bei seinem Eintritt saß sie an der Schreibmaschine und tippte eifrig, so daß sie ihn nicht kommen hörte. Erst als er neben sie trat, schrak sie auf und hob das Gesicht zu ihm empor. Er sah, wie blaß und schmal ihr Gesicht geworden war, und am liebsten hätte er sie in seine Arme gerissen und sie geküßt in jubelnder Wiedersehensfreude. Aber er tat es nicht, sah sie nur mit strahlenden Augen an und sagte lächelnd:

»Guten Tag, Fräulein Lenz! Da bin ich wieder.«

Als sie sein strahlendes Gesicht sah, glitt ein Abglanz davon über das ihre.

»Sie sehen sehr gut erholt aus, Herr Werkmeister. Hoffentlich hat ihnen ihr Urlaub gutgetan. Er war freilich nur sehr kurz.«

»Länger hätte ich es nicht ausgehalten, fernzubleiben. So schön es auch in den Bergen war, hier wartete zuviel auf mich.«

Sie war sehr glücklich, daß er wieder einmal freundlich und liebenswürdig mit ihr plauderte. Das wirkte auf sie mindestens so belebend ein wie eine Erholungsreise, ihr Gesicht sah gleich wieder rosig und frisch aus, und ihre Augen strahlten wie die seinen.

»Sie hätten sich ruhig etwas mehr Zeit gönnen könne, es ist gar nicht viel Arbeit liegengeblieben für Sie. Mit Erlaubnis des Chefs habe ich erledigt, was ich erledigen konnte.«

Er sah ihr tief in die Augen, so daß sie die ihren erschrokken senkte. »Mein Vater hat mir das schon mitgeteilt. Sie haben zu ihrem ohnedies sehr reichlichen Arbeitspensum auch noch einen Teil des meinigen erledigt. Deshalb sollte ich eigentlich mit Ihnen zanken, Sie sind ganz blaß und müde davon geworden. Als ich eintrat, erschrak ich über Ihr Aussehen, aber jetzt ist es schon nicht mehr so schlimm, Sie haben schon wieder ein wenig rote Wangen bekommen. Wahrscheinlich freuen Sie sich, daß ich Ihnen nun meinen Teil der Arbeit wieder abnehme.«

»O nein, ich habe ihn gern übernommen.«

»So? Also Sie hätten es lieber gesehen, wenn ich länger fortgeblieben wäre?« fragte er fast übermütig.

Sie wurde dunkelrot.

»O nein, gewiß nicht.«

»Das freut mich. Es hätte mir sehr weh getan, wenn Sie mich weit fort gewünscht hätten.«

Sie sah schnell, mit großen, ernsten Augen zu ihm auf, mit einem reinen, stolzen Blick, der ihm bis ins Herz drang.

»Es steht mir nicht zu, Sie fort- oder herbeizuwünschen, das wäre eine Anmaßung von mir, die Sie mir hoffentlich nicht zutrauen«, sagte sie leise.

Er strich sich hastig über die Stirn, als sei ihm zu heiß.

»Verzeihen Sie, Fräulein Lenz, ich bin heute ein wenig aus dem Gleichgewicht. Ich habe nämlich, als ich zu Hause ankam, eine ganz wundervolle Nachricht vorgefunden, und da weiß ich vor Freude nicht, was ich rede. Seien Sie mir nicht böse, wenn ich allerlei törichte Fragen an Sie stelle.«

Es zuckte leise in ihrem Gesicht, und ein weher, schmerzlicher Zug lag um ihren Mund. Sie fragte sich, was einen Menschen so übermütig machen, ihn so aus dem Gleichgewicht bringen konnte. Es konnte doch nur etwas sehr, sehr Liebes sein. Hatte er jemanden, den er so sehr liebte und von dem er eine so gute Nachricht bekommen hatte, die ihn anscheinend sehr glücklich machte?

»Ich habe nichts zu verzeihen, Herr Werkmeister, man merkt Ihnen an, daß Sie sehr glücklich sind«, sagte sie heiser vor unterdrückter Erregung.

Er stutzte und sah den wehen Zug um ihren Mund, den er am liebsten fortgeküßt hätte. Instinktiv fühlte er, daß sie auf falscher Fährte war und wußte, daß er sie sogleich beruhigen mußte.

»Ja, ich bekam eine sehr gute Nachricht von meiner Schwester, die mir einen großen Stein vom Herzen genommen hat, der mich lange schon quälte.«

Befriedigt sah er, wie der wehe Zug um ihren Mund verschwand und wie ihre Augen heller strahlten.

»Ach, deshalb waren Sie so verändert in den letzten Wochen«, entfuhr es ihr unbedacht.

»Ja, Fräulein Lenz, deshalb war ich – unausstehlich – nicht wahr?«

»O nein, das sind Sie nie. Sie sorgten sich sicher nur um Ihr Fräulein Schwester, die allein eine so weite Reise macht. Herr Roland hat auch einen Brief bekommen mit guten Nachrichten. Er sprach mit mir davon.«

»Ganz recht! Auch mir hat er davon erzählt. Aber da fällt mir ein, bitte, erwähnen Sie nichts davon meinem Vater gegenüber, daß ich einen Brief von meiner Schwester erhalten habe, es handelt sich nämlich um eine Überraschung für ihn.«

»Ich werde gewiß nichts davon sagen.«

»Gut, und nun lasse ich Sie allein. Die Arbeit brennt Ihnen ja schon wieder unter den Händen. Und ich will auch etwas tun. Aber das möchte ich Ihnen noch sagen, später werden Sie einmal erfahren, um was für eine Überraschung es sich handelt und warum ich heute so frohen, leichten Herzens bin. Es betrifft nämlich im gewissen Sinne auch Sie.«

»Mich?« fragte sie erstaunt.

»Ja, auch Sie, aber das muß leider vorläufig noch Geheimnis bleiben.«

»Weiß denn Ihr Fräulein Schwester etwas von mir?«

»Ich weiß nicht, ob sie schon Post von ihrem Vater erhalten hat, nehme es aber an. Und dann weiß sie auch von Ihnen, denn mein Vater wird ihr viel Liebes und Gutes über seine neue Sekretärin geschrieben haben. Er hat mir wieder von Ihnen vorgeschwärmt, daß Sie ihm geholfen haben, seine Vereinsamung zu ertragen. Dafür müssen Sie sich auch meinen Dank gefallen lassen.«

Er reichte ihr die Hand. Sie legte die ihre etwas zaghaft hinein, und dieses holde Zagen brachte ihn für einen Moment um seine Selbstbeherrschung. Er preßte seine Lippen auf ihre Hand, gab sie aber dann schnell frei und ging davon wie auf der Flucht vor sich selbst.

Lore Lenz saß wie gelähmt. Sie sah auf ihre Hand hinab wie im Traume. Es war eine sehr schöne, kleine Hand, die sorgsam gepflegt war. Aber diese Hand war noch nie geküßt worden, das geschah ihr jetzt um ersten Male, und es war so etwas Ungewohntes für sie, daß ihr das Herz wie ein Hammer in der Brust schlug. Wie benommen sah sie immer wieder auf ihre Hand hinab, und dann legte sie plötzlich ihr Gesicht auf diese geküßte Hand und berührte die Stelle, auf der seine Lippen geruht hatten. Ganz scheu und leise geschah das, und zugleich rang sich ein hartes, trockenes Schluchzen über ihre Lippen. So verharrte sie einige Augenblicke, aber dann raffte sie sich auf, strich sich wie besinnend über die Stirn und vertiefte sich, die Zähne zusammenbeißend, wieder in ihre Arbeit. Pflicht ist Pflicht, wenn das Herz auch brechen will vor Wonne oder Schmerz.

Und fleißig arbeitete sie weiter und hatte keine Ahnung, was Rudolf bewegt hatte, als er neben ihr stand, wie glücklich er gewesen war, weil er frei war und lieben konnte, wen er wollte.

Daß er noch lange nicht so frei war, wie er zu sein wünschte, daß es wahrscheinlich noch Kämpfe, harte Kämpfe kosten würde, bevor er seinem Herzen folgen konnte, das machte ihm vorläufig nicht gar zu schwere Sorge. Er war dem Schicksal dankbar, daß es ihn von der schwersten Sorge befreit hatte. Waltraut wollte nicht seine Frau werden, Waltraut liebte einen andern, wie er eine andere liebte, sie blieb für immer seine Schwester, das war ihm vorläufig Glücks genug, alles andere würde, mußte sich fügen mit der Zeit.

Und wie Lore Lenz, so arbeitete auch Rudolf, aber nicht mit zusammengebissenen Zähnen, nicht mit dem Bewußtsein, daß es für ihn kein Glück geben könne, sondern mit der frohen Gewißheit, daß noch alles gut werden würde. Und das war ein so schönes, so beseligendes Gefühl, daß er am liebsten noch einmal zu Lore hinübergelaufen wäre, um ihr zu sagen: Das Glück ist uns sicher, Lore, wir gehören zusammen und werden das Leben schon meistern, wir beiden, so oder so. Hab' nur noch eine Weile Geduld, mein liebes, süßes Mädel.

Aber er hielt sich im Zaum und blieb bei seiner Arbeit. Er durfte noch nicht sprechen, denn es hieße, Lore mit in einen

Kampf hineinreißen, bei dem es Wunden geben konnte. Erst mußte er freie Bahn vor sich sehen, ehe er sie beunruhigte. Sie war vorläufig in Sicherheit, hatte es gut in ihrer Stellung, und für ein bißchen Sonnenschein für sie wollte er nun schon sorgen.

Leicht und flink ging ihm die Arbeit von der Hand, es arbeitet sich gut mit einem freien, leichten Herzen, und er wollte Lore nun wieder täglich sehen, wollte täglich wieder mit ihr plaudern und dabei in ihre schönen samtbraunen Augen sehen, in denen, wenn sie froh war, immer goldene Lichter aufleuchteten. Trübe waren ihre tapferen Augen in der letzten Zeit geworden, heute hatten sie wieder aufgeleuchtet, und das blasse, müde Gesicht hatte wieder Leben und Farbe bekommen. Wie weh es um ihren Mund gezuckt hatte, als sie glaubte, er sei glücklich einer anderen Frau wegen! Ja, ja, Lore liebte ihn, das wußte er, daran wollte und konnte er nicht mehr zweifeln, und das war die Hauptsache. Freilich, er hätte ihr auch gern die Sicherheit gegeben, daß er sie liebte, aber er würde sie doch nur erschrecken, wenn er ihr von Liebe sprach, bevor er ihr nicht zugleich sagen konnte, daß sie seine Frau werden sollte.

Kleine Lore, süße, kleine, tapfere Lore, warte nur noch ein Weilchen, mein Mädel, mein liebes, es wird schon kommen, das Glück, nur noch ein wenig Geduld.

Und da hatte er einen Fehler in seiner geschäftlichen Berechnung, sie stimmte absolut nicht. Aber wer sollte auch rechnen können, wenn man so verliebt ist, wenn man so ein süßes Mädel so lieb hat. Liebe und Zahlen, das paßt nun mal nicht zueinander. Aber jetzt aufgepaßt, jetzt muß es stimmen, und für eine Weile muß das liebe Mädel aus dem Kopf heraus, es kann sich ja dafür im Herzen so recht behaglich breitmachen.

Er lachte glücklich vor sich hin, weil er so närrisch war, und versuchte noch einmal richtig zu rechnen.

Waltraut war in großer Unruhe, wie Rudolf ihr Schreiben auffassen würde. Sie rechnete aus, daß er den Brief noch vor dem Weihnachtsfest bekommen müsse, und Ende Januar konnte dann Antwort von ihm da sein. Das erschien ihr freilich eine lange Zeit, aber sie mußte Geduld haben.

Jan kam nach wie vor mindestens jeden zweiten Tag nach Saorda. Er traf auch sonst, wie und wo es anging, mit Schlüters und ihren Gästen zusammen. Sein Vater hatte zu Jans freudiger Überraschung schon am Ende der Woche erklärt, daß er ihn am nächsten Sonntag wieder nach Saorda begleiten wolle.

»Ich will die Zeit wahrnehmen, solange der Herr Justizrat hier ist. Da habe ich doch die Gesellschaft eines alten Herrn, wenn ihr Jungen mit euch selber zu tun habt«, hatte er gesagt.

Jan berichtete das in Saorda, und Schlüters freuten sich sehr, daß der alte Herr sich aus seiner Zurückgezogenheit herauslocken ließ.

»Das haben wir nur deiner Anwesenheit zu danken, lieber Vater«, sagte Frau Dora überzeugt.

Als man aber dann bei sinkender Sonne vor dem Abendessen einen Spaziergang über das Bergplateau machte, sagte Jan, der selbstverständlich an Waltrauts Seite ging, zu ihr:

»Ich glaube, daß Sie ein noch viel stärkerer Magnet für meinen Vater sind als der Herr Justizrat.«

Sie sah ihn ungläubig an.

»Das ist wohl nicht möglich!«

»Doch, doch, glauben Sie es nur. Vater spricht sehr viel von Ihnen, und wenn er mir auch den Justizrat als Grund angab, so kenne ich ihn doch zu gut, um nicht zu wissen, daß es ihm viel mehr um Ihre Gesellschaft geht. Das will er nur nicht eingestehen. Er weicht ja kaum von Ihrer Seite, wenn Sie in seiner Nähe sind. Sie verwöhnen ihn aber auch ganz sträflich. Wenn man das mit ansehen muß, könnte man neidisch werden.«

Sie zwang sich zu einem Lachen.

»Wie kann ein Sohn neidisch auf seinen Vater sein.«

»Sehr leicht, wenn man sieht, daß so alte Herren es viel besser haben bei jungen Damen.«

»Also hoffen Sie auf Ihr Alter, Mijnheer Werkmeester«, neckte sie, »dann werden Sie es auch besser haben.«

»Hm! Ich bezweifle, daß ich dann noch so stark darauf reflektiere. Aber immerhin hoffe ich, daß Sie, wenn ich ein alter Herr bin, liebevoller mit mir umgehen als jetzt.«

»Vorausgesetzt, daß wir uns wieder begegnen, wenn Sie erst weiße Haare haben«, sagte sie scheinbar unbefangen, als habe sie den tieferen Sinn nicht verstanden.

Vorwurfsvoll sah er sie an.

»Begegnen? Nein, an einer *Begegnung* liegt mir dann absolut nichts. Ich hoffe stark auf ein dauerndes, beschauliches Beisammensein mit Ihnen, wenn ich mal soweit bin.«

Ihr Erröten verriet ihm, daß sie ihn sehr wohl verstand. Aber sie hielt sich tapfer und markierte die Unbefangene.

»Schließlich haben Sie es doch nicht so eilig, ein alter Herr zu werden.«

»Nein, gewiß nicht, ich habe noch sehr viel wichtige Dinge bis dahin vor.«

Sie wurden jetzt von den andern eingeholt, und es begann sogleich wieder das scherzhafte Geplänkel zwischen Harry und Jan, an dem sich auch die beiden Damen und der Justizrat beteiligten.

Nach dem Spaziergang wurde das Abendessen eingenommen, und dann wurde noch ein wenig getanzt. Dora war eine leidenschaftliche Tänzerin und immer bereit zu tanzen. Aber auch Waltraut tanzte mit Harry und Jan einige Tänze. Als sie wieder mit Jan dahinschwebte, fragte sie ihn:

»Müssen Sie die Heimfahrt noch nicht antreten?«

Er hielt sie unwillkürlich etwas fester, als es nötig war.

»Wollen Sie mich schon los sein?«

»Ich meine nur, so spät sollten Sie nicht mehr unterwegs sein. Ist das nicht gefährlich?«

Seine Augen strahlten glückselig in die ihren.

»Sorgen Sie sich ein wenig um mich?«

»Sie sind doch mein Freund, Mijnheer Werkmeester«, erwiderte sie, so ruhig sie konnte.

»Trotzdem beglückt es mich, daß Sie sich um mich sorgen. Was fürchten Sie für mich?«

»Die Tropennächte sind doch voller Gefahren. Doras Mann will nicht, daß wir bei Dunkelheit außer Haus gehen.«

»Nun ja, für Damen ist es besser, sie bleiben daheim. Aber so schlimm, wie Sie denken, ist es nicht. Wir haben in unseren Distrikten kaum gefährliche wilde Tiere. Und wenn mir doch eines begegnen würde, bei einem Tempo von achtzig Kilometern weicht mir alles in respektvollem Bogen aus.«

»Wenn Sie aber so schnell fahren und es geschieht etwas mit dem Wagen? Ist es da nicht möglich, daß Ihnen ein Unglück zustößt?«

Zärtlich sah er sie an.

»Keine Sorge, ich bin schon vorsichtig und kenne Weg und Steg genau. Wo es gefährlich ist, passe ich schon auf. Ich muß Ihnen alle Sorgen nehmen, obwohl es mich beglückt zu wissen, daß Sie sich um mich sorgen.«

Der Tanz war zu Ende, und Jan sagte lächelnd:

»Fräulein Roland schickt mich nach Hause, da muß ich gehorchen.«

Und er verabschiedete sich. Dora und Waltraut standen innig umschlungen auf der Veranda, als er abfuhr. Sie winkten ihm nach. Sein Blick suchte Waltrauts Augen. Frau Dora erschrak vor der leidenschaftlichen Sehnsucht, die in seinen Augen lag. Verstohlen blickte sie die Freundin von der Seite an. Sie sah sehr bleich aus, und ihre Augen glänzten feucht. Unwillkürlich zog Dora die Freundin in die Arme und küßte sie. Das eine wurde ihr klar, gleichgültig stand Waltraut Jan nicht gegenüber. –

Am nächsten Sonntag kam Jan mit seinem Vater nach Saorda herüber. Sie trafen etwas früher ein als das letztemal. Schon vor Tisch mahnte Hendrik Werkmeester Waltraut an ihr Versprechen, ihm ihre Fotos zu zeigen. Waltraut holte das Album herbei und legte es vor den alten Herrn hin. Dicht neben ihm stehend, schlug sie Blatt für Blatt um und erklärte die Bilder. Hendrik Werkmeester betrachtete sie mit stummem, aber brennendem Interesse. Wenn Waltraut ihn beobachtet hätte, wären ihr seine gespannten Züge sicher aufgefallen. Es zuckte immer wieder erregt in seinem Gesicht, und zuweilen stieg jäh eine dunkle Röte in seine Stirn. Als das Album durchgeblättert war, sagte Jan:

»Nun komme ich aber an die Reihe, Fräulein Roland. Ich bitte Sie, mir die Bilder ebenfalls zu zeigen.«

Sie schob ihm lächelnd das Album hinüber.

»Gern, bitte sehr!«

Er schüttelte den Kopf.

»Nein, so stiefmütterlich will ich nicht behandelt werden. Sie müssen so liebenswürdig sein, mir die Bilder ebenfalls mit so ausführlichen Erklärungen zu beschreiben, wie Sie es Vater gegenüber getan haben.«

Sein Vater erhob sich.

»Ich gehe inzwischen eine Zigarre rauchen. Kommen Sie mit, Herr Justizrat, wir suchen uns eine Ecke da drüben, wo der Rauch die Damen nicht belästigt.«

»Bei dergleichen bin ich immer, Mijnheer Werkmeester«, erwiderte der Justizrat.

Hendrik wandte sich noch einmal an Waltraut.

»Darf ich mir nach Tisch Ihr Album noch einmal mit Muße betrachten, ohne daß mich mein Sohn mit neidischen Augen ansieht?«

»Gewiß, Mijnheer Werkmeester, aber erst, wenn Sie Ihre Siesta gehalten haben.«

»Wenn ich bitten darf, bevor ich meine Siesta halte. Ich nehme mir das Album mit in meinen Siestawinkel und sehe es vor dem Schlafen noch einmal in aller Ruhe durch.«

»Das will ich gestatten«, erwiderte sie mit ihrem lieben Lächeln.

»Also was die alten Herren für ein Glück haben!« murrte Jan eifersüchtig. »So ein Lächeln ist mir noch nie von Ihnen zuteil geworden.«

»Oh, welch ein häßliches Laster ist der Neid«, neckte sie, um ihre Verlegenheit zu verbergen.

»Nun kommen Sie doch, bitte, zu mir, und erklären Sie mir Ihre Bilder«, bettelte er, und sie tat ihm den Gefallen.

Jan hatte viel zu sagen und zu fragen, während sie die Bilder durchsahen. Die anderen hatten ein Stück entfernt Platz genommen. Auch Dora rauchte eine Zigarette. Hendrik Werkmeester saß Jan und Waltraut am nächsten, sah zwar nicht zu ihnen hinüber, aber lauschte auf jedes Wort, das

Waltraut zur Erklärung der Bilder sagte, während er sich den Anschein gab, als höre er aufmerksam zu, was der Justizrat sprach.

»Das sind mein Vater und mein Bruder Rudolf«, sagte Waltraut, auf eine sehr gut gelungene Aufnahme dieser beiden Herren deutend.

Interessiert betrachtete Jan dieses Bild.

»Ein stattlicher alter Herr, Ihr Herr Vater! Und Ihr Pflegebruder ist noch ein Stück größer als er. Interessante Köpfe alle beide. An wen erinnert mich doch Ihr Bruder? Hier auf dem Bilde hauptsächlich, wo er so vorgeneigt auf einem Sessel sitzt und scheinbar aufmerksam zuhört, was Ihr Herr Vater ihm sagt? Ich muß einen Menschen kennen, der ihm ähnlich sieht.«

»Das kann ich natürlich nicht beurteilen, Mijnheer Werkmeester.«

»Wie alt ist Ihr Bruder?«

»Vierunddreißig Jahre alt.«

»Also fast vier Jahre älter als ich.«

»Sind Sie dreißig Jahre alt?«

»Ja! Erscheine ich Ihnen älter?«

»Zuweilen, wenn Sie sehr ernsthaft sind. Wenn Sie lachen, sehen Sie viel jünger aus. Im übrigen ist mir aufgefallen, daß Sie dieselben Augen haben wie mein Bruder. Er hat auch graue Augen, die so eigenartig hell unter dunklen Brauen und Wimpern hervorleuchten, gerade wie bei Ihnen. Und auch Ihr Herr Vater hat dieselben Augen.«

»Aber sonst besteht kaum eine Ähnlichkeit zwischen Vater und mir.«

»Zuweilen doch. Aber es ist ganz seltsam, Ihr Vater erinnert mich oft an meinen Pflegebruder. Zum Beispiel eben jetzt, wo er sich so interessiert lauschend vorbeugt, um dem Herrn Justizrat zuzuhören. Hier, bitte, sehen Sie dies Bild meines Pflegebruders noch einmal an, er sitzt auf diesem Bild genauso da, wie eben jetzt Ihr Herr Vater. Es ist genau dieselbe Haltung, dieselbe schmale, rassige Kopfform, die Sie übrigens auch haben, und genau dieselbe Profillinie, bitte, vergleichen Sie doch.«

Jan tat das, und als sie dabei beide Jans Vater ansahen, merkten sie, daß dessen Stirn sich jäh rötete. Sie brachten das aber nicht mit ihrem Thema in Zusammenhang, sondern glaubten, der alte Herr höre nur auf das, was der Justizrat sprach. Sie ahnten nicht, daß er jedes Wort ihrer Unterhaltung gehört hatte und daß ihm Waltrauts Worte das Blut in die Stirn trieben.

Jan nickte lächelnd.

»Ja, wahrhaftig, es ist eine gewisse Ähnlichkeit vorhanden. Und da Ihr Pflegebruder auch Werkmeister heißt, ist es gar nicht ausgeschlossen, daß wir in alten Zeiten dieselben Vorfahren gehabt haben. Es wäre ganz interessant, das einmal zu verfolgen. Man müßte ergründen, ob die deutschen Werkmeisters von holländischen Werkmeesters oder umgekehrt die holländischen Werkmeesters von den deutschen Werkmeisters abstammen. Jedenfalls scheint Ihr Pflegebruder mit meinem Vater mehr Ähnlichkeit zu haben, als eine solche zwischen meinem Vater und mir besteht.«

»Sie gleichen Ihrem Herrn Vater hauptsächlich im Gang und in der Haltung und haben dieselben Augen und dieselbe Kopfform. Sonst scheinen Sie mehr Ihrer Mutter zu gleichen, deren Bild ich ja in Larina gesehen und mit Ihnen verglichen habe.«

Glücklich lächelnd sah er sie an.

»Ich freue mich!« sagte er leise.

»Worüber?«

»Darüber, daß Sie mich so genau betrachtet haben. Das läßt doch immerhin auf ein schwaches Interesse schließen.«

Sie errötete, zwang sich aber zu einem lächelnd strafenden Blick.

»Ein schwaches Interesse? Mijnheer Werkmeester, ich glaube Ihnen sogar ein sehr starkes Interesse bekundet zu haben, schon auf dem Dampfer, als ich erfuhr, daß Sie mit Schlüters befreundet scien.«

Er seufzte tief auf.

»Wenn ich mich nun schon mal freue, daß ich von Ihnen Zucker bekomme, wie mein Jumbo, dann streuen Sie gleich wieder eine Handvoll Salz darüber. Als Mensch an sich habe ich Ihnen kein Interesse abnötigen können, nur als Freund von Schlüters.«

Sie mußte über seine drollige Zerknirschung lachen.

»Salz ist gesund, zuviel Zucker verdirbt den Magen«, neckte sie.

»Oh, ich habe einen ausgezeichneten Magen, der hauptsächlich für Zucker sehr empfänglich ist. Davon kann ich nie genug bekommen genau wie Jumbo, mein Elefant.«

Das Album war durchgeblättert. Waltraut richtete sich auf.

»Jetzt hole ich meinen Fotoapparat und mache einige Aufnahmen. Bitte, setzen Sie sich mit hinüber zu den anderen Herrschaften, damit ich eine nette Gruppe aufnehmen kann.«

So sprach Waltraut laut genug, daß es auch die anderen hören mußten.

Jans Vater machte unwillkürlich eine Bewegung, als wolle er entfliehen. Aber er fiel wieder in seinen Sessel zurück und sagte mit rauher Stimme: »Jan, hole mir bitte meinen Hut.«

»Oh, Mijnheer Werkmeester will mit Hut fotografiert werden«, neckte Dora.

Der alte Herr zwang sich zu einem Scherz.

»Ich bin eine Gartenschönheit!«

»Ausgeschlossen, mit Ihrem prachtvollen weißen Haar. So interessante Köpfe darf man nicht unter einen Hut stecken.«

»Also bitte, Frau Dora, machen Sie meinen Vater nicht eitel, er flirtet schon ohnedies genug mit jungen Damen, die eine bedauerliche Vorliebe für alte Herren haben«, protestierte Jan mit gutgespielter Entrüstung, so daß es Waltraut hören mußte, die soeben zurückkam.

Sein Vater griff nach dem Album und sicherte es sich für die Zeit nach Tisch. Dann manövrierte er so geschickt, daß er hinter Harry Schlüter zu sitzen kam.

Waltraut stellte ihren Apparat ein.

»Bitte, Mijnheer Werkmeester, rücken Sie ein wenig mehr nach rechts, Herr Schlüter verdeckt sie, und ich möchte einen so interessanten Charakterkopf wie den Ihren gern recht deutlich auf dem Bilde haben.«

Jan wandte sich drollig erbost nach seinem Vater um.

»Ich sage es ja, die alten Herren! Von meinem interessanten Kopf wird kein Wort gesagt«, schalt er, scheinbar schwer beleidigt.

Waltraut lachte.

»Sie sind ohnedies sehr vorteilhaft plaziert! Nun, bitte, hierher sehen, ich mache eine Momentaufnahme, es ist hell genug!«

Alle sahen mit lachenden Gesichtern in den Apparat, aber in dem Moment, in dem Waltraut knipste, machte Hendrik Werkmeester eine hastige Bewegung, so daß sein Gesicht sich abwandte. Außerdem hatte er seinen Hut tief in die Stirn gezogen, niemand hatte dies kleine Manöver bemerkt.

Waltraut dankte den Herrschaften und erklärte, daß sie gleich noch eine Aufnahme machen werde, aber unten im Garten.

Bereitwillig gruppierte man sich mitten in der tropischen Blütenpracht. Auch Hendrik Werkmeester machte keinen Einwand, er stellte sich dicht neben einen blühenden Strauch und faßte mit der Hand in die Zweige. Und als Waltraut die Aufnahme machte, zog er die Zweige rasch vor sein Gesicht. Auch das hatte niemand bemerkt.

Waltraut brachte ihren Apparat ins Haus.

»Wann bekommen wir die Bilder zu sehen, Fräulein Roland?« fragte Jan.

»Ich entwickele sie wahrscheinlich schon morgen«, entgegnete Waltraut.

Als sie wieder herauskam, sagte Jan:

»Wenn Sie wieder in Larina sind, dann mache ich mit meinem Apparat Aufnahmen, damit auch Sie auf den Bildern zu sehen sind. Sie dürfen nicht ungeknipst bleiben.«

»Sehr richtig, und in Larina werde ich die Aufnahmen machen«, ließ sich der alte Herr Werkmeester vernehmen. »Es ist wichtiger, die jungen Herrschaften sind auf der Platte. Ich erkläre hiermit feierlich, daß ich mich nicht noch einmal mit fotografieren lasse, ich habe eine große Aversion dagegen. Heute habe ich Ihnen den Gefallen einmal getan, Fräulein Roland, aber nie wieder. In Zukunft, wenn wieder fotografiert wird, mache ich die Aufnahmen. So bin ich nützlicher beschäftigt.«

Waltraut sah ihn schelmisch an.

»Ich hatte keine Ahnung von Ihrer Aversion, Mijnheer Werkmeester, und danke Ihnen doppelt, daß Sie sich wenigstens einmal von mir mit aufnehmen ließen.«

In diesem Moment kam einer der Tischdiener heraus.

»Khana mez pur« (Es ist angerichtet)! meldete er gravitätisch.

Man ging zu Tisch. Jan führte natürlich Waltraut, er ließ niemanden an sie heran. Er saß auch bei Tisch an ihrer Seite.

In heiterster Stimmung wurde die Mahlzeit eingenommen.

Nach Tisch zogen sich der Justizrat und Hendrik Werkmeester zur Siesta zurück, der letztere nicht, ohne sich das Album mitgenommen zu haben. Schlüters gingen mit Jan und Waltraut zu dem Pavillon hinüber, damit sie ungestört plaudern konnten, ohne die beiden alten Herren zu stören. Dora wurde noch einige Minuten aufgehalten, und ihr Mann wartete auf sie. So gingen Jan und Waltraut allein voraus.

»Jetzt sind Sie schon drei Wochen in Saorda, Fräulein Roland«, sagte Jan.

Waltraut nickte.

»Die Zeit vergeht anscheinend hier noch schneller als anderswo. In zehn Tagen muß der Herr Justizrat schon abreisen.«

»Wir werden ihn alle nach Kandy begleiten, schon damit Sie mal wieder andere Menschen zu sehen bekommen.«

»Danach sehne ich mich gar nicht so sehr.«

»Nein? Wird es Ihnen nicht langweilig hier?«

»Dazu habe ich wahrlich noch keine Zeit gehabt. Wir haben doch täglich irgend etwas Interessantes vor.«

»Aber doch keine Geselligkeit, wie Sie gewöhnt sind.«

»Wenn Sie damit große Feste, Bälle und dergleichen meinen, so muß ich Ihnen gestehen, daß ich davon so viel genossen habe, daß mich nach weiteren nicht verlangt. Ich bin im Grunde kein Gesellschaftsmensch, wenn ich auch gern mit einigen lieben Menschen zusammen bin. Das genügt mir aber auch vollkommen. Gleichgültige Phrasen mit gleichgültigen Menschen austauschen oder mit Herren tanzen müssen, denen man viel lieber aus dem Wege gehen möchte, das ist mir nicht erstrebenswert, ist es nie gewesen.«

»So könnten Sie es also noch lange hier aushalten, ohne sich zu langweilen?«

»Gewiß, das einzige, was ich vielleicht vermissen würde, wären Theater und Konzerte.«

»Frau Dora meint, daß sie sich in dieser Beziehung entschädigen will, wenn sie mit ihrem Gatten auf Erholungsurlaub nach Europa geht.«

»Sehr richtig, das kann sie ja auch. Und im übrigen gibt es in Kandy doch auch zuweilen Konzerte, und ein Kino ist auch vorhanden.«

»Sie finden also Frau Dora nicht bedauernswert, daß sie hier leben muß?«

»Nicht mehr!«

»Ah, Sie haben es aber getan?«

»Als ich das Leben auf Ceylon noch nicht kannte. Ich habe mir alles viel primitiver vorgestellt. Und in Kandy kann sie doch jederzeit eine interessante, internationale Geselligkeit finden.«

»Das gewiß.«

»Also, was entbehrt sie dann eigentlich? Ihr Mann trägt sie auf Händen, das müßte sie auch für viel größere Entbehrungen entschädigen.«

Er ergriff plötzlich ihre Hand und preßte seine Lippen darauf.

»Es ist ganz wundervoll, daß Sie finden, daß Frau Dora nichts entbehrt. Ich freue mich!«

»Oh, ich finde Dora sehr beneidenswert«, sagte sie leise, und ein trüber Schleier legte sich über ihre Augen. Er beugte sich vor und sah ihr unruhig ins Gesicht.

»Es würde doch nur an Ihnen liegen, Fräulein Waltraut, eine ebenso beneidenswerte Frau zu werden.«

Sie sah in seine Augen hinein, in diese heiß flehenden Augen. Da sie soeben im Pavillon angelangt waren, sank sie in einen Sessel.

»Das liegt nicht an mir«, sagte sie mit zitternder Stimme.

Er wollte ihre Hand fassen und erregte Worte hervorstoßen, aber da kamen Schlüters herbei, und er konnte nur noch sagen: »Nur an Ihnen, nur an Ihnen!«

Sie wandte sich ab und sah mit großen, leeren Augen in die Ferne. Ach, daß sie frei wäre, um mit frohem, glücklichem Herzen in seine zärtlichen Augen hineinsehen zu dürfen. Wie sollte sie es nur ertragen, ihn immer wieder abzuweisen und zurückzuhalten von einer Erklärung. Immer wieder mußte sie die Kühle, Unnahbare spielen, zu ihrer Qual, da sie wußte, daß sie Jan damit weh tat.

Sie war froh, daß Schlüters kamen. Nur Zeit gewinnen, Zeit gewinnen, bis Nachricht von Rudolf kam, eine hoffentlich erlösende Nachricht. Aber das würde noch lange dauern, frühestens Mitte Januar konnte seine Antwort auf ihren Brief eintreffen. Würde sie ihr die Freiheit bringen? Aber sie hoffte auf Rudolf, er würde ihr Unglück nicht wollen, ganz gewiß nicht. Wenn sie Jan nur so lange hinzuhalten vermochte, um ihm sagen zu können, daß sie frei sei, dann würde doch vielleicht alles gut werden.

Schlüters sprachen heute von Weihnachten.

»Wirst du zum Feste nicht Heimweh bekommen, Waltraut, wenn du weißt, daß man in Deutschland Weihnachten feiert?« fragte Dora.

Waltraut sah nachdenklich vor sich hin.

»Wie erging es dir am ersten Weihnachtsfest im fremden Lande, Dora?«

Die faßte Harrys Hand.

»Da hatte ich das Schlimmste schon überwunden, und Harry hatte mir so gut es ging, den deutschen Weihnachtszauber hierher verpflanzt. Es gab sogar einen geschmückten Weihnachtsbaum, wenn es auch keine Tanne war. Auch an dem Knecht Ruprecht fehlte es nicht, den mimte Jan mit solcher Vehemenz, daß wir aus dem Lachen nicht herauskamen. Unsere Dienerschaft staunte uns mit großen Augen an, auch als wir unsere Weihnachtslieder sangen. Jan feierte natürlich mit, es war wirklich sehr stimmungsvoll. Und so haben wir es jede Weihnachten hier gehalten, nur hat Jan nie wieder den Knecht Ruprecht gespielt, er hat erklärt, daß ihm dabei zu heiß geworden sei. Auch dieses Mal soll es wieder so stimmungsvoll werden, damit dir nicht zuviel fehlt. Schnee und Eis können wir freilich nicht als Szenerie versprechen.«

Waltraut lachte.

»Daran fehlt es in Deutschland auch zuweilen, zumal in den letzen Jahren. Da war es naß und schmutzig auf den Straßen, was durchaus kein schöner Anblick ist.«

»Wir werden Ihnen schon ein stimmungsvolles Weihnachtsfest bereiten, Fräulein Roland«, versicherte Jan und sah sie an mit Augen, in denen sie deutlich lesen konnte: Laß es dir nur bei uns gefallen, wir haben dich alle so lieb. Sie zwang sich zu einem Scherz.

»Ich lege aber großen Wert darauf, Sie als Knecht Ruprecht zu bewundern.«

Seine Augen blitzten sie an.

»Ihr Wunsch ist mir Befehl, aber ich mache Sie darauf aufmerksam daß hier der Knecht Ruprecht auf dem Elefanten angeritten kommt. Jumbo hat das erstemal auch mitwirken müssen.«

Waltraut mußte laut auflachen.

»Das ist ja eine originelle Idee. Nun bin ich erst recht darauf erpicht. Jumbo als Reittier für den Weihnachtsmann! Wundervoll!«

12

DIE ZEIT VERGING Waltraut wie im Fluge. Ende November reiste der Justizrat ab. Schlüters, Jan und Waltraut begleiteten ihn nach Kandy. Doras Abschied von ihrem Vater war sehr schmerzlich. Der alte Herr mußte gleichfalls mühsam um Fassung ringen. Ohne Jan wäre es einfach tragisch geworden. Aber er war mit seinen Späßen bei der Hand und mühte sich, Dora zu beruhigen.

»Sie sehen ja Vater und Mutter schon nächstes Jahr wieder, Frau Dora. Und dann kommt der Herr Justizrat wieder einmal nach Saorda. Dann müssen Sie Ihre Frau Gemahlin mitbringen, Herr Justizrat, Sie haben ja gesehen, daß wir hier allen Komfort haben. Auf dem Dampfer ist immer ein Arzt zugegen, und wir werden dann hier dafür sorgen, daß Ihre Frau Gemahlin einen tüchtigen Arzt vorfindet. Hier in Kandy gibt es gute englische Ärzte. Ich bin überzeugt, daß es Ihrer Frau Gemahlin sehr gut auf Saorda gefallen wird, und denken Sie sich Frau Doras Freude! Also nicht geweint, Frau Dora, wir malen uns aus, wie das Wiedersehen schön sein wird, dann vergessen wir alles Trennungsweh.«

So plauderte Jan, und Waltraut unterstützte ihn. Sie trug dem Justizrat Grüße auf an Vater und Bruder und hatte ihm auch eine Anzahl Fotos mitgegeben, von Saorda und auch von Larina für Doras Mutter. Denn sie hatte noch viele Aufnahmen gemacht. Leider war Mijnheer Werkmeester auf den beiden Aufnahmen absolut nicht zu erkennen, so gut die anderen alle getroffen waren. Dafür schalt Waltraut ihn im Scherze, weil er nicht stillgehalten habe. Sie hatte bei dem nächsten Besuch in Larina verlangt, daß er sich noch einmal aufnehmen lasse, aber er hatte energisch gestreikt.

»Geben Sie es auf, Fräulein Roland, mein Gesicht ist nicht so schön, daß es verewigt werden müßte. Ich sagte Ihnen schon, daß ich eine große Aversion gegen das Fotografieren habe, lieber gehe ich zum Zahnarzt nach Kandy. Und einer muß ja bei den Gesamtaufnahmen doch immer knipsen, so werde ich dieser eine immer sein.«

»Aber gestatten Sie mir wenigstens, daß ich von Ihnen eine Separataufnahme mache«, bat Waltraut.

Er zog die Stirne kraus.

»Nein, bitte, quälen Sie mich nicht«, sagte er fast schroff.

Da sah sie ein, daß sie ablassen müsse, zumal ihr Jan heimlich ein Zeichen machte, nicht in den Vater zu dringen. Und als er dann einen Moment mit ihr allein war, sagte er: »Seien Sie nicht traurig, Fräulein Roland, daß Vater Ihnen nicht vor die Linse will. Ich werde ihn gelegentlich einmal heimlich knipsen und Ihnen dann das Bild schenken, damit Sie sich an seinen interessanten Zügen erfreuen können.«

Sie hatte ihm freudig zugenickt.

»Oh, das ist lieb von Ihnen. Ich möchte sein Bild nicht unter meinen Erinnerungen missen, wenn ich hier fortgehen werde. Er ist ein so lieber alter Herr!«

Jan warf sich in die Brust.

»Bei so einem Sohne? Also, ich verspreche Ihnen, ehe Sie von Saorda abreisen, bekommen Sie eine gute Aufnahme von meinem Vater, und wenn ich ihn mit dem Apparat beschleichen sollte wie ein Indianer auf dem Kriegspfad. Im übrigen würde ich an Ihrer Stelle nicht so zuversichtlich von der Abreise sprechen.«

Sie seufzte ein wenig.

»Eines Tages wird es ja doch sein müssen.«

Ihr Seufzer freute ihn sehr, und er sagte:

»Kein Mensch muß müssen.«

Sie war nicht weiter darauf eingegangen.

Nun war der Abschied von dem Justizrat überstanden, der Zug fuhr davon, nach Colombo hinab. Dora weinte noch ein wenig, aber Harry, Jan und Waltraut suchten sie zu beruhigen und abzulenken. Sie faßte sich endlich und ließ sich von ihrem Gatten die letzten Tränen fortküssen.

Man begab sich in das Hotel, wo man auf zwei Tage Wohnung genommen hatte. Man speiste inmitten einer großen Gesellschaft, amüsierte sich über eine Truppe Amerikaner, die sich hier versammelt hatte und im Fluge alles Sehenswerte in sich aufzunehmen suchte und immer wieder versicherte, daß sie alles charming, beautiful und wonderful fand, ohne aber nur etwas richtig anzusehen. Es genügte ihnen, daß sie versichern konnten, auf Ceylon gewesen zu sein und alles gesehen zu haben.

Nach dem Tee wurde im Hotel getanzt, danach wurde ein Kino besucht und endlich wieder im Hotel gespeist. Was an Lustbarkeiten erreichbar war, wurde genossen, und die Stimmung der beiden jungen Paare ließ nichts zu wünschen übrig. Jan wurde ein wenig eifersüchtig, weil alle Herren Waltraut mit großem Interesse ansahen und sich mehr oder minder diskret auf ihre goldene Haarfarbe aufmerksam machten. Eine blonde Schönheit war hier selten.

Wie gesagt, man genoß die internationale Geselligkeit mit

Eifer und Hingabe, aber als die beiden Tage vorüber waren, freuten sich alle sehr, nach Saorda zurückzukommen.

Der Dezember verging sehr schnell, denn man war allerseits mit geheimnisvollen Weihnachtsvorbereitungen beschäftigt. Hauptsächlich die beiden Herren waren von einer Wichtigtuerei, die sehr drollig wirkte.

Und sie hatten wirklich ein reizendes, stimmungsvolles Fest arrangiert, an dem auch Hendrik Werkmeester teilnehmen mußte.

Jan leitete das Weihnachtsfest ein, indem er tatsächlich auf Jumbo angeritten kam und trotz der Hitze in einen Pelz gehüllt war. Jumbo wurde dicht an die Veranda herangeritten, und dann mußte er mit seinem Rüssel den beiden Damen allerlei geheimnisvolle Pakete überreichen, was sehr viel Vergnügen bereitete.

»Wenn ich jetzt aber nicht den Pelz loswerde und mich unter kaltes Wasser setzen kann, werde ich meinen Geist aufgeben«, sagte Jan schließlich lachend.

Es wurde ihm gestattet, und dann begann die richtige Feier mit Weihnachtsliedern und Kerzenglanz.

Von Waltrauts Vater waren verschiedene Briefe gekommen, und sie hatte dem Vater auch regelmäßig Nachricht gegeben. Schmerzlich empfand sie, daß die Post so lange hin und her brauchte, weil Rudolfs Antwort so lange ausbleiben würde.

Zu einem längeren Alleinsein mit Jan ließ es Waltraut nicht mehr kommen, sie konnten nur wenige Worte wechseln, die von den andern nicht gehört wurden. Aber jeder Blick, jeder Atemzug Jans war ein heimlich stilles Werben um Waltrauts Liebe. Sie fühlte das sehr wohl, und es trieb ihr immer wieder Tränen in die Augen, wenn sie ihn mit ihrer Zurückhaltung quälen mußte. Sie zählte die Tage, bis Rudolfs Antwort eintraf.

Eines Tages, es war schon Ende Januar geworden, ohne daß Rudolfs Nachricht eingetroffen war, blieb Waltraut allein zu Hause, während Schlüters in das Eingeborenendorf fuhren, um bei einer Hochzeit als Ehrengäste zu fungieren. Das gehörte mit zu ihren Pflichten ihren Arbeitern gegenüber, und solche Pflichten durften nicht versäumt werden. Waltraut hatten sie aber nicht mitnehmen wollen, weil es durchaus kein Vergnügen, sondern eine Strapaze war, so ein Fest mitzufeiern. Waltraut hatte auch von ihren verschiedenen Besuchen im Dorfe genug. Schon wenn das Auto der Herrschaft von weitem zu sehen war, schrien sich die Frauen zu:

»Kubbardar! Mem Sahib! Ap ki kuski!« (Achtung, die Herrin! Der Wille des Beschützers der Armen geschehe.)

Damit machten sie sich darauf aufmerksam, daß die Herrin die Pflicht habe, sie zu beschenken. Und Frauen und Kinder hängten sich dann wie die Kletten an die Mem Sahib.

Waltraut hatte keine Lust gehabt, Schlüters zu begleiten. Sie wollte sich gern einmal ungestört in die Lektüre von Büchern vertiefen, die der Vater ihr gesandt hatte. Und so hatte sie sich, nachdem Schlüters abgefahren waren, auf die schattige Veranda in einen Liegestuhl niedergelassen. Schatten war jetzt auf der Seite, die dem Eingang des Bungalows gegenüberlag. Waltraut vertiefte sich in ein Buch, aber da es sehr heiß war und eine lautlose Stille um sie herrschte, wurde sie müde. Sie ließ das Buch in den Schoß sinken und schlief ein. Da sie an der Rückseite des Bungalows saß, merkte sie nicht, daß etwa eine Stunde, nachdem Schlüters fortgefahren waren, ein Auto vorfuhr. Jan hatte am Tage vorher zufällig vernommen, daß Schlüters zur Hochzeit ins Eingeborenendorf fahren wollten und daß Waltraut zu Hause bleiben würde. Er hatte sich den Anschein gegeben, das nicht zu hören, beschloß aber sofort, diese Gelegenheit zu ergreifen, um Waltraut endlich einmal ganz allein und ungestört sprechen zu können. Seine Liebe zu Waltraut war so übermächtig geworden, daß er es nicht länger ertragen konnte, ihr zu begegnen, ohne davon sprechen zu dürfen.

Ein Diener, der sich die Abwesenheit der Herrschaft zunutze machte, um am Eingang des Bungalows ein Schläfchen zu machen, und nun gestört worden war, nahm ihn in Empfang und sagte bedauernd:

»Mem Sahib darwaza bund.« (Die Herrin ist nicht zu sprechen.)

»Warum nicht?« fragte Jan, scheinbar ahnungslos, daß Schlüters nicht zu gegen waren.

»Mem Sahib und Sahib sind ins Dorf zur Hochzeit.«

Jan schlug sich leicht an die Stirn.

»Ah, da werde ich lange warten müssen, bis sie wiederkommen. Aber die junge Sahiba ist doch zu Hause?«

»Ja, Sahib, sie befindet sich auf der Veranda hinter dem Hause und liest, ich werde Sahib melden.«

Jan hielt ihn fest.

»Störe die Sahiba nicht, ich will mich erst durch ein Bad erfrischen. Du kannst dann meine Sachen vom Staub reinigen lassen. Ich kleide mich um und melde mich dann selbst bei der Sahiba, wenn ich fertig bin.«

»Es wird geschehen, wie du befiehlst, Sahib.«

Jan beeilte sich nun, aus seinen staubigen Kleidern herauszukommen, sich zu erfrischen und in den Anzug zu schlüpfen, der in Saorda immer für ihn bereitlag.

In weißen Hosen und einem Hemd begab er sich dann auf die Veranda hinter dem Hause. Er vermied, großes Geräusch zu machen, weil er Waltraut überraschen wollte, und sah beim Heraustreten, daß sie schlummerte. Er wagte nicht, sie zu wecken, konnte es sich aber nicht versagen, sich ungestört in ihren Anblick zu vertiefen. Leise ließ er sich in einiger Entfernung von ihr nieder und betrachtete sie voll inniger Liebe. Wie ein friedlich schlummerndes Kind lag sie da. Wie schön und hold sie war in dieser wohligen Aufgelöstheit des Schlummers. Ein leises Rot lag auf ihren Wangen, und die langen Wimpern, die etwas dunkler als ihr Haar waren, breiteten sich wie zarte Halbmonde über ihren Augen aus. Ruhig hob und senkte sich ihre Brust. Auf ihrem Schoß lag das Buch, in dem sie gelesen hatte, die eine Hand ruhte auf dem Buch, während die andere schlaff herabgesunken war.

Es mußte aber doch wohl eine magnetische Kraft in seinen Blicken liegen, denn nach einer Weile wurde Waltrauts Schlummer unruhiger, und dann schlug sie die Augen auf, obwohl ringsum feierliche Stille herrschte. Sie sah auf Jan, als sei er eine Traumgestalt, und lächelte ihm, noch vom Schlaf befangen, zu, wie sie ihn noch nie angelächelt hatte. Der Wirklichkeit noch nicht bewußt, schloß sie die Augen noch einmal, als wolle sie weiterschlafen, aber plötzlich wurde ihr bewußt, daß sie wachte und daß da drüben wirklich Jan Werkmeester saß. Sie richtete sich nun mit einem Ruck aus ihrer halbliegenden Stellung auf.

»Mijnheer Werkmeester? Sind Sie das wirklich? Wie kommen Sie hierher?« fragte sie verwirrt.

Er erhob sich und trat zu ihr heran.

»Wie immer, in meinem Auto«, sagte er lächelnd. »Ich hörte erstaunt, daß Schlüters nicht zu Hause seien und daß Sie hier bei Ihrer Lektüre sitzen. Ich wollte Ihnen Gesellschaft leisten, bis Harry und Frau Dora wiederkommen, und fand Sie schlummernd. Da wollte ich nicht stören und setzte mich ruhig hierher. Anscheinend habe ich Sie aber doch gestört.«

Sie strich sich das Haar aus der Stirn.

»Wahrhaftig, ich bin am hellen Tage ganz fest eingeschlafen. Das ist mir noch nie geschehen.«

»In den Tropen sollten auch junge Menschen nach Tisch eine Siesta halten.«

»Ja, Dora und ich ruhen auch jeden Tag nach Tisch, weil Harry Schlüter das unbedingt will, aber wir schlafen nie. Heute ist es das erstemal geschehen.«

»Bei dieser Stille kein Wunder. Sie werden mir nun böse sein, daß ich Sie gestört habe.«

»Sie haben mich ja nicht gestört, ich wachte von selber auf. Lange kann ich übrigens nicht geschlafen haben. Wie spät ist es?«

Er sah auf seine Armbanduhr.

»Noch nicht vier Uhr.«

»Oh, da sind Sie heute zeitig da, und Sie werden mindestens noch eine Stunde warten müssen, bis Schlüters wieder nach Hause kommen. Zum Tee wollten sie wieder da sein. Sie sind ins Dorf, um eine Hochzeit mitfeiern zu helfen. Wir haben Sie heute gar nicht erwartet, da Sie doch gestern hier waren.«

Und sie sah etwas unruhig an seiner hohen Gestalt empor, die in dem leichten Anzug so wundervoll zur Geltung kam.

»Darf ich mich zu Ihnen setzen«, bat er.

»Bitte!«

Er ließ sich ihr gegenüber nieder, und nun merkte sie sehr wohl, daß er nicht so ruhig war, wie er scheinen wollte. Das übertrug sich natürlich auf sie, und sie plauderte mit einer etwas nervösen Hast, als wolle sie verhindern, daß er etwas zu Worte kommen ließ, was sie doch um jeden Preis noch verschieben wollte.

Eine Weile tat ihr Jan den Gefallen, auf die belanglosen Themen, die sie anschlug, einzugehen, aber er hatte nicht Lust, diese seltene Gelegenheit zu verpassen. Plötzlich beugte er sich vor und faßte ihre Hand.

»Ich will ganz ehrlich sein, Fräulein Waltraut, ich habe gewußt, daß Schlüters nicht zu Hause sind, und gerade deshalb bin ich gekommen.«

Sie machte eine Bewegung, als wolle sie sich erheben und entfliehen, aber er hielt ihre Hand fest.

»Sie dürfen mich jetzt nicht verlassen«, sagte er ernst und dringlich, »Sie müssen doch wissen, begreifen, daß ich nicht länger so wie bisher mit Ihnen verkehren kann. Das geht über meine Kraft. Sie müssen doch wissen, Waltraut, wie es in mir aussieht. Ich liebe Sie, ich liebe Sie über alle Maßen und –«

Mit einem Satz war sie aufgesprungen und stand bebend und zitternd vor ihm, die Hände auf das wild klopfende Herz gepreßt.

»Nicht weiter, o bitte, nicht weiter. Kein Wort darf ich mehr hören. Ich weiß ja alles, was Sie sagen wollen, o mein Gott, ja, ich weiß es. Aber ich darf Sie nicht anhören, bin ihnen deshalb immer ausgewichen, ach, hätten Sie doch nicht gesprochen!«

Und sie sank in ihren Sessel zurück und barg das Gesicht aufschluchzend in den Händen. Er war sehr blaß geworden und sah erregt zu ihr hinüber.

»Waltraut, warum soll ich nicht sprechen von dem, was in meiner Seele lebt und was ich auch in Ihren Augen lesen durfte. Weshalb gebieten Sie mir Schweigen?«

Sie ließ die Hände sinken und wandte ihm ihr blasses Gesicht zu. Ihre Augen blickten matt und erloschen.

»Das muß ich Ihnen nun sagen, Jan Werkmeester, und es

wird mir weh tun, weil ich auch Ihnen weh tun muß. Ich darf Sie nicht anhören, weil ich verlobt bin.«

Als hätte der Blitz vor ihm eingeschlagen, so saß er da und starrte sie an. Wie im Krampf biß er die Zähne zusammen, und die Muskeln seines Gesichts zuckten. So saß er eine Weile, fassungslos, völlig verstört. Endlich rang es sich über seine Lippen:

»Sie, Sie sind verlobt – gehören einem andern –, und sehen mich doch noch immer an, wie sonst – als gehöre Ihr Herz nur mir – mir?«

Sie preßte die Hände zusammen.

»O Jan, ich bitte Sie, verurteilen Sie mich nicht, ehe Sie nicht alles gehört haben. Meine Augen haben nicht gelogen, ja, ja, ich liebe Sie, nur Sie, Jan, habe Sie geliebt vom ersten Augenblick an, da ich Sie auf dem Dampfer sah. Ja, ich liebe Sie, und der Mann, dem ich verlobt wurde, gegen meinen Willen, ist mein Pflegebruder Rudolf. Sie müssen jetzt alles hören, Jan.«

Und mit bebender Stimme erzählte sie ihm von dem Wunsch ihres Vaters und von seinem Gelübde, daß sie die Frau des Sohnes seines Freundes werden solle.

»So kam es, Jan, daß ich einwilligte, Rudolfs Frau zu werden, um meinem Vater zu helfen, sein Gelübde zu erfüllen. Wir haben immer nur wie Geschwister zueinander gestanden, der Wunsch meines Vaters überraschte uns, so daß wir gar nicht dazu kamen, ruhig zu überlegen. Ich kannte auch damals keinen Mann, der mir lieber gewesen wäre als mein Bruder Rudolf. Ich glaubte, wenn ich nur Zeit hätte, mich an den Gedanken zu gewöhnen, würde ich ihm doch eines Tages als Frau angehören können. Ich wußte ja nicht, was Liebe ist. Aber ich bat meinen Vater, mir ein Jahr Urlaub zu geben, damit wir, Rudolf und ich, uns erst anders zueinander einstellen könnten. Auch Rudolf wünschte das; denn auch er stand Vaters Wunsch fassungslos gegenüber, sah er doch in mir nur die Schwester, wie ich in ihm nur den Bruder sah. So reiste ich ab, Jan, mit dem festen Wunsch, meinem Vater zu helfen, sein Gelübde zu halten, und überzeugt, daß mein Geschick in keines Mannes Händen besser aufgehoben sein könne, als in denen meines Bruders, dessen wertvollen Charakter ich kenne. Ich ahnte nicht, weil ich die Liebe nicht kannte, was ich mir aufgebürdet hatte. Aber es wurde mir bald klar. Sobald ich Sie kennenlernte, erwachte in mir das Bewußtsein, daß es unmöglich für mich sei, Rudolfs Frau zu werden, denn ich habe Sie geliebt, Jan, vom ersten Sehen an, und diese Liebe machte mir klar, was ich auf mich genommen hätte. Ich wehrte mich erst gegen diese Liebe – aber je mehr ich mich wehrte, desto lieber wurden Sie mir. Und als ich erst erkannte, daß Sie mich wiederliebten, da wurde der Wunsch in mir wach, mich von den Fesseln zu lösen, die man mir übergestreift hatte. Oft schon wollte ich Ihnen sagen, daß ich gebunden sei, aber ich brachte es nicht übers Herz, weil ich fühlte, daß ich Ihnen weh tun mußte. Bitte, bitte, sagen Sie mir, daß Sie mir nicht zürnen, Jan.«

Er hatte die Ellenbogen auf die Knie gestützt und sein Gesicht in den Händen vergraben. So blieb er lange sitzen. Endlich hob er das Gesicht, und sie erschrak, wie sehr es verändert war.

»Ja, Sie haben mir weh getan, Waltraut, furchtbar weh, obgleich es so süß ist, von Ihnen zu hören, daß Sie mich lieben. Aber was hilft mir das? Wohin soll ich mit all meiner Liebe, wenn Sie nicht meine Frau werden können?«

Sie faßte zaghaft seine Hand.

»Jan, ich werde nie einem anderen Manne angehören, als Ihnen«, sagte sie fest und ruhig.

Er sah sie an in tiefer Unruhe.

»Waltraut?«

Ein leises Hoffen lag in diesem Wort.

Sie atmete tief auf.

»Hören Sie weiter, Jan. Ich habe Rudolf geschrieben, schon nachdem ich etwa eine Woche hier war. Alles habe ich ihm vertrauensvoll gebeichtet, daß ich einen andern liebe und nun wisse, daß ich nie seine Frau werden könne. Auch wenn der andere mich nicht wiederliebte, könnte ich es nicht, nun ich wisse, was Liebe sei. Ich habe ihn gebeten, mich freizugeben und mir sofort zu antworten. Ich hoffte, Sie am Sprechen zu hindern, Jan, bis ich seine Antwort habe. Aber ich weiß, Rudolf wird nicht wollen, daß ich leide. Immer habe ich mich mit allen meinen kleinen Nöten zu ihm geflüchtet, er ist so gut, und er wird mich gewiß auch diesmal nicht im Stich lassen.«

»Aber er muß mit Ihnen, wie ich es übersehe, ein großes Erbe aufgeben«, sagte Jan bedenklich.

Sie lächelte leise.

»Oh, Sie kennen Rudolf nicht, das kommt bei ihm nie in Frage. Nein, nein, er wird mir helfen. Ich weiß ja auch, daß ich ihm im Herzen nicht weh tun werde, denn auch er hat nur eingewilligt, um Vater zu helfen, dem er soviel Dank schuldig ist. Und jedenfalls weiß ich, daß ich nie eines anderen Mannes Frau werden kann, Jan, dazu liebe ich Sie zu sehr.«

Dabei sah sie ihn mit so innigem Ausdruck an, daß er ihr glauben mußte. Er faßte ihre Hände und legte sein Gesicht hinein, küßte ihre Handflächen wieder und wieder und sah sie dann voll Zärtlichkeit an.

»Ich weiß jetzt nur eines, Waltraut, daß Sie meine Frau werden müssen, wenn wir nicht beide unglücklich werden sollen.«

Sie erzitterte unter seinem Blicke.

»Ach, Jan, einen anderen Wunsch kenne ich nicht. Aber Sie müssen Geduld haben, Sie dürfen meines Vaters Gelübde nicht vergessen. Es wird nicht leicht sein, Vater klarzumachen, daß dieses Gelübde unerfüllt bleiben muß. Das wird noch Kämpfe kosten. Aber wenn ich nur erst Rudolf an meiner Seite weiß, dann werden wir Vater doch vielleicht dazu bringen, daß er mir seine Einwilligung zu einer Verbindung mit Ihnen gibt. Denn ohne meines Vaters Segen, Jan, nein, das darf nicht sein.«

Und sie barg ihr Gesicht wieder in den Händen.

Er streichelte ihr Köpfchen, war schon glücklich, daß sie es sich gefallen ließ und daß nach der ersten, furchtbaren Enttäuschung doch eine Hoffnung blieb, sie sich zu erringen.

Entschlossen richtete er sich auf.

»Ihr Vater muß uns seinen Segen geben, Waltraut. Wenn es sein muß, werde ich nach Deutschland reisen und ihm sagen, wie unglücklich er uns beide machen würden, wenn er auf seinem Willen bestehen wollte. Ich werde ihm mitteilen, daß Sie keinesfalls die Frau ihres Pflegebruders werden. Dann muß er einsehen, daß er sein Gelübde nicht halten kann. Wie kann überhaupt das Gelübde Ihres Vaters für Sie bindend sein? Ein Mensch kann wohl ein Gelübde ablegen und sich selber dadurch gebunden fühlen, aber doch nicht eines, daß ein anderer Mensch für ihn erfüllen müßte.«

»Sie haben recht, Jan. Aber mein Vater muß seinen Jugendfreund sehr geliebt haben. Hat er doch deshalb Rudolf an sein Herz genommen, daß mir oft schien, als hätte er ihn lieber als mich, sein eigenes Kind.«

Jan sah eine Weile sinnend vor sich hin. Dann nahm er wieder Waltrauts Hände in die seinen und sah sie mit zärtlichem Blick an.

»Wie Sie mich erschreckt haben, Waltraut, als Sie mir sagten, daß Sie mit einem andern verlobt sind. Nun bin ich viel zuversichtlicher, und die Hauptsache für mich ist, daß ich weiß, Sie lieben mich. Ich denke nicht daran, Sie aufzugeben. Sie müssen meine Frau werden, und wenn ich Himmel und Hölle in Bewegung setzen sollte.«

Ein mattes Lächeln huschte um ihren Mund.

»Ich bin von Herzen froh, daß Sie nun alles wissen und daß ich Ihnen nicht noch weher tun mußte, als es schon geschehen ist.«

Er preßte seine Lippen auf ihre Hände, wieder und wieder.

»Du liebst mich, du liebst mich, das ist soviel Seligkeit für mich, dafür nehme ich auch gern einige Schmerzen mit in Kauf.«

Sie ließ ihm ihre Hände.

»Nur ein wenig Geduld noch, Jan, nur bis ich Antwort von Rudolf habe. Dann wollen wir weiter darüber sprechen, was wir tun müssen. Rudolfs Antwort muß bald eintreffen, ich erwarte sie jeden Tag. Bitte, nur wenige Tage noch Geduld.«

Er sah sie mit einem brennenden Blick an.

»Geduld? Ach, Waltraut, das ist nie meine Stärke gewesen, Geduld? Diese Augen haben mir gesagt, daß Sie mich lieben, lange schon, ehe es der Mund aussprach, und ich darf sie nicht küssen. Dieses ganze holde, liebe Geschöpf ist mein, mit jedem Atemzug, und ich darf es nicht in meine Arme nehmen. Sind das nicht Tantalusqualen?«

Unter Tränen lächelnd strich sie leise und zaghaft über seinen Kopf.

»Ich bin nur eine schwache Frau, Jan, und muß dieselben Tantalusqualen ertragen. Sollte ein starker Mann dazu nicht imstande sein?«

Er sprang auf und ging einige Schritte von ihr fort.

»Ach ihr Frauen, ihr seid so stark im Dulden und Entsagen. Wir nicht – wir nicht! Muß ich mich darauf beschränken, dich anzusehen, während ich mich doch in Sehnsucht nach dir verzehre?«

Sie hob bittend die Hände zu ihm auf.

»Jan!«

Da kam er wieder heran, ließ sich in seinen Sessel nieder und barg das Gesicht in ihren Händen.

»Liebe, süße, schöne Frau! Ich bin ja schon wieder ruhig. Du machst mit mir, was du willst, wenn du mich so ansiehst.«

Wieder strich sie leise und sanft über seinen Kopf. Er hielt ganz still, und als sie ihre Hand fortzog, bat er:

»Tue das noch einmal und sage mir: Ich liebe dich, Jan!«

Sie streichelte nochmals über sein Haar und sagte mit tiefer Innigkeit:

»Ich liebe dich, Jan, liebe dich von ganzem Herzen und von ganzer Seele und werde nie einem andern angehören, das gelobe ich dir.«

Da hielt er ganz still und sah sie zärtlich an.

»Das ist doch wenigstens ein kleiner Trost.«

»Sag das nicht, Jan. Ist es nicht schön, wunderschön, daß wir nun wissen, daß wir uns lieben? Muß uns das nicht stark machen, alle Hindernisse zu besiegen?«

Er warf den Kopf zurück.

»Ja, wenn ich nur erst gegen diese Hindernisse anrennen kann, dann wird mir wohler sein. Sag mir nur, was wir jetzt tun wollen, tun können?«

»Erst muß ich Rudolfs Brief abwarten. Dann, wenn ich weiß, daß er mich freigibt, werden wir weitere Pläne machen. Du hörst sofort von mir, wenn diese Nachricht eingetroffen ist.«

»Aber wie? Sollen wir Schlüters einweihen?«

Sie überlegte und schüttelte dann den Kopf.

»Nein, Jan, ich darf sie nicht in die Lage versetzen, daß sie uns gegen meines Vaters Willen helfen. Sie würden es tun, aber es würde ihnen peinlich sein, weil Vater mich doch ihrem Schutze anvertraute. Dora würde sich darüber hinwegsetzen, mir zuliebe, aber Harry Schlüter hat so viel Verantwortungsgefühl, und ich möchte ihn damit nicht in einen Zwiespalt bringen, solange ich es vermeiden kann. Laß mich den Zeitpunkt bestimmen, wo wir sie einweihen werden. Sag doch, wann kann die nächste Post aus Europa hier sein?«

Jan zog ein kleines Notizbuch hervor und blätterte darin.

»Übermorgen kommt die nächste Post.«

Waltraut seufzte.

»Wenn sie mir doch meine Freiheit brächte. Nur erst wieder frei sein, dann werde ich alles leichter ertragen. Ich hoffe, daß Rudolf sofort geantwortet hat.«

»Ich werde übermorgen wiederkommen und die Post für Saorda aus dem Dak-Bungalow (Posthaus) mit heraufbringen. Hoffentlich kann ich dir den erwarteten Brief mitbringen.«

»Wenn nicht, dann müssen wir bis zur nächsten Post warten, die ihn dann bestimmt bringen wird.«

»Aber wie verständigen wir uns, wenn Schlüters nicht eingeweiht werden sollen?«

Waltraut strich sich über die Stirn.

»Wir werden schon Gelegenheit haben, allein miteinander zu sprechen, wenn ich dir nicht mehr absichtlich ausweiche.«

Mit zärtlichem Vorwurf sah er sie an.

»Ja, das hast du oft getan, ich habe es bemerkt und war darüber oft ganz verzweifelt.«

»Nun weißt du, warum ich es tat. Wäre es mir nur noch kurze Zeit gelungen, dann hätte ich dir nicht so weh tun müssen. Darum allein wich ich dir aus.«

Er preßte seine Lippen auf ihre Hand, die einzige Zärtlichkeit, die er sich erlaubte, da sie noch nicht frei war.

»Du! Liebe, Süße, ich ertrug es ja nicht mehr, daß du mir

auswichest. Wenn es auch ein wenig weh getan hat, nun weiß ich doch, daß du mich liebst. Ich konnte nicht länger warten, obwohl auch mein Vater mir immer wieder predigte, ich solle dir Zeit lassen.«

Überrascht sah sie ihn an.

»Dein Vater weiß!«

»Daß ich dich liebe und dich zu meiner Frau machen will, ja, das weiß er, seit ich heimgekommen bin.«

»Und wie stellt er sich dazu?«

Er lachte ein wenig.

»Nun, ich denke, du hast gemerkt, wieviel du ihm bedeutest. Aber ein wenig wunderlich ist er auch in dieser Beziehung. Zuweilen redet er mir zu, mir mein Glück zu sichern, zuweilen bittet er mich, noch zu warten. Ich soll dir Zeit lassen, ihm Zeit lassen. Aber an dem Tage, an dem er dich kennengelernt hatte, sagte er mir: ›Die halte dir fest, mein Sohn, und wenn es eine Welt voll Hindernisse geben würde, die halte dir fest.‹«

Waltraut lächelte gerührt.

»Wie lieb von ihm. Ach, Jan, Hindernisse wird es leider genug geben.«

»Aber ich werde tun, was mein Vater mir geraten hat, festhalten, ganz fest und allen Hindernissen zum Trotz.«

Sie sprachen noch über mancherlei, berieten dies und das und hatten sich wenigstens leidlich gefaßt, als Schlüters nach Hause kamen. Jan ging ihnen scheinbar unbefangen entgegen.

»Ich warte auf den Tee, Frau Dora, aber ich werde mich gedulden, bis Sie sich erfrischt und ein wenig von der anstrengenden Hochzeitsfeier erholt haben.«

»Das müssen Sie auch, Jan. Sie wissen ja, was so eine Hochzeit auf sich hat. Puh, war das ein Lärm! Und diese Umständlichkeiten, bis der Mann endlich zu seiner Frau kam. Ihr habt es doch bedeutend leichter, Ihr Europäer. So viele Prüfungen würde bei uns mancher Mann nicht aushalten, ohne davonzulaufen und seine Braut ihrem Schicksal zu überlassen.«

»Ich danke, mir genügen die Schwierigkeiten, bis ich mal

zu einer Frau komme, vollkommen«, meinte Jan, der nun seine gute Laune wiedergefunden hatte.

Dora warf einen schnellen, prüfenden Seitenblick auf Jan und Waltraut. Sie sagte aber nichts, erzählte nur, daß die Frauen im Dorfe sie bald vor Begeisterung über die gestifteten Hochzeitsgeschenke in Stücke gerissen hätten.

»Harry mußte mich buchstäblich auf seinen Armen aus dem Gewühl tragen«, sagte sie lachend und ging davon, um sich umzukleiden.

Als sie dann sauber und erfrischt wieder erschien, sagte sie lachend: »Wie haben wir es hier oben schön und friedlich! Jetzt bin ich wieder Mensch. Und mein Harry sieht auch wieder ganz menschlich aus. Aber sagen Sie, Jan, wann sind Sie denn gekommen?«

Er machte ein harmloses Gesicht.

»Eine Viertelstunde warte ich sicherlich schon. Zu meinem Erstaunen fand ich keinen Menschen hier zu Hause, und Fräulein Roland, die ich endlich auf der hinteren Veranda entdeckte, war über ihrer Lektüre eingeschlafen. Was sollte ich tun als wohlerzogener junger Mann? Ich setze mich bescheiden in respektvoller Entfernung nieder und bewachte ihren Schlummer. Als euer Auto hupte, wachte sie endlich auf und sah mich sehr erstaunt und durchaus nicht besonders gastfreundlich an.«

Waltraut wurde bei diesen seelenruhig hervorgebrachten Unwahrheiten ein wenig rot, flüchtete sich aber gleichfalls hinter einen Neckton und sagte:

»Ich habe meines Wissens hier weder ein Recht noch eine Pflicht, Gastfreundschaft zu üben.«

Dora hatte Waltrauts Erröten aber doch bemerkt und dachte sich ihr Teil. Aber sie sagte nichts. In Liebesangelegenheiten muß man zart und diskret sein, damit man nichts verdirbt. Und sie wollte doch so gern die Freundin hierbehalten.

Harry sah Jan kopfschüttelnd an.

»Ich hatte keine Ahnung, daß du heute kommen würdest. Du weißt doch, daß es unten im Dorf eine Hochzeit gab und daß man da nicht fernbleiben darf.«

Jan zuckte gemütsruhig die Achseln.

»Daran habe ich natürlich nicht gedacht. Ihr hättet mir gestern etwas davon sagen können.«

»Wir dachten doch nicht, daß du heute schon wieder kämest.«

Jan sah anklagend zum Himmel.

»Schon wieder? Da nennst du vielleicht Gastfreundschaft? Durch dieses ›Schon wieder‹ fühle ich mich direkt an die Luft gesetzt. Fräulein Roland, ich bewundere Ihren Mut, daß Sie ein Jahr lang bei diesen Leuten bleiben wollen.«

»Du, vergraule mir meine Gäste nicht«, drohte Harry lachend.

»Nun, jedenfalls wird mir dein ›Schon wieder‹ noch nächtelang in den Ohren klingen.«

»Was dich aber hoffentlich nicht hindern wird, bald wiederzukommen.«

»Das tue ich nur, um deiner Frau das Herz nicht zu brechen.«

Lachend legte Dora die Hand aufs Herz:

»Brich, o Herz, was liegt daran«, deklamierte sie pathetisch.

Jan wandte sich lachend an Waltraut:

»Was sagen Sie zu dieser gastfreundlichen Familie, Fräulein Roland? Wollen Sie nicht lieber ihre Koffer packen, ehe es Ihnen geht wie mir, und lieber nach Larina übersiedeln?«

Waltraut errötete unter seinem Blick, der ihr heimlich viel Liebes und Süßes sagte, und erwiderte lachend:

»Es gefällt mir sehr gut hier in Saorda.«

Jan nickte in scheinbar düsterer Ergebung.

»Das ist ja eben das Elend, man fühlt sich zu wohl hier, würde ich sonst fast täglich den weiten Weg zurücklegen, um einige Stunden hier verbringen zu können?«

»Laß uns nicht weich werden, Jan. Ich kann Rührung nicht vertragen, und es rührt mich, daß du so anhänglich bist.«

So flogen wie gewöhnlich die Neckereien hin und her. Auch Waltraut beteiligte sich, freieren Herzens als sonst, daran. Wenn auch die beiden Liebenden durchaus nicht beruhigt sein konnten über das Schicksal ihrer Liebe, so wußten sie nun doch, daß sie alles gemeinsam tragen würden und daß sie einander liebten.

Als Jan sich an diesem Tage verabschiedete, sagte er wie beiläufig: »Übermorgen komme ich wieder und bringe gleich die Post mit herauf. Frau Dora kann doch schon Nachricht über die Heimkehr ihres Vaters erwarten.«

Dora zuckte die Achseln.

»Ich glaube, mit dieser Post noch nicht, Jan, aber es ist natürlich sehr lieb, wenn Sie die Post mit heraufbringen. Dann brauchen wir nicht zu dem Dak-Bungalow extra hinunterzuschicken.«

Jan sah Waltraut noch einmal bedeutungsvoll an, als er sich von ihr verabschiedete.

13

JAN BRACHTE AM übernächsten Tage die Post. Es waren für Waltraut drei Briefe dabei, zwei von ihrem Vater und einer von Rudolf. Waltrauts Hand zitterte, und sie wurde sehr blaß. Sie nahm die Briefe und ging in ihr Zimmer. Sie mußte allein sein, wenn sie Rudolfs Antwort las.

Jan sah ihr unruhig nach. Schlüters hatten aber auch Post, und wenn man weiß, wie wichtig an so abgelegenen Orten der Posttag ist, wird man verstehen, daß Jan sich vorläufig mit sich selbst beschäftigen mußte. Tee bekam er vorläufig noch nicht, als er sich inzwischen erfrischt hatte. Schlüters saßen noch bei ihrer Post, und Waltraut war auch noch nicht erschienen.

Sie saß in ihrem Zimmer und hatte mit zitternden Händen Rudolfs Brief geöffnet. Mit brennenden Augen las sie:

›Meine liebe, arme, kleine Schwester! Wie leid tut es mir, daß Du soviel Kummer hattest durch unser Verlöbnis. Aber Du konntest das Dir doch denken, Waltraut, daß ich auf keinen Fall zulassen würde, daß man Dich zu etwas zwingt. Ich habe Deinem Vater damals gleich gesagt, unter keinen Umständen. Sei ruhig, mein liebes Schwesterchen, Du bist frei! Laß mich Dir zugleich beichten, daß Dein lieber Brief auch mich von einem qualvollen Zwange befreit hat. Mir ist es ergangen wie Dir, auch ich habe mein Herz erst entdeckt, nachdem wir uns auf Vaters Wunsch verlobt hatten, und für mich war die Angst und Sorge, daß Du Dich bereits mit dem Gedanken an eine Verbindung zwischen uns gewöhnt haben könntest, noch viel quälender. Ich hätte ja nicht davon sprechen können, daß ich mich von Dir lösen wollte. Gottlob, Du hast dies Wort gesprochen, das Dich und mich befreit. Und sei ganz ruhig, wenn wir beide fest entschlossen sind, uns nicht zu heiraten, so muß auch Dein Vater einsehen, daß unsere Verlobung wieder gelöst werden muß. Schade, daß die Post so lange braucht, wir können uns deshalb nur langsam verständigen über das, was getan werden muß. Ehe ich aber näher darauf eingehe, laß Dir von ganzem Herzen Glück wünschen zu der Wahl, die Dein Herz getroffen hat. Hoffentlich wird Dir dieser Mann auch sein Herz ganz und ungeteilt schenken. Daß Du es keinem Unwürdigen geschenkt haben wirst, weiß ich, dazu kenne ich Dich zu gut. Und so kann ich ruhigen Herzens wünschen, daß Deine Liebe erwidert wird.

Doch nun zu dem, was wir tun müssen. Es wird natürlich nicht leicht sein, Deinen Vater umzustimmen und ihn zu überzeugen, daß sein Gelübde nicht bindend sein kann für uns und daß wir ihm nicht helfen können, es zu erfüllen. Ich werde ihm klarzumachen versuchen, daß er seine Freundschaft für meinen Vater dadurch besser bezeigen kann, wenn er uns nach unserem Willen glücklich werden läßt. Wenn er sich gelobte, seine Tochter dem Sohne seines Freundes zu vermählen, so geschah dies doch nur, um mir Gutes zu tun, mich an seinem Erbe teilhaftig werden zu lassen. Aber ich habe nie auf dies Erbe gerechnet und verzichte gern darauf. Es genügt mir, wenn er mich in meiner Stellung als Prokurist der Firma beläßt, damit ich die Frau, die ich liebe, heimführen und ihr ein sorgloses, wenn auch bescheidenes Los bieten kann. Denn das Mädchen, das ich liebe, ist arm wie ich selber und darauf angewiesen, sich sein Brot selbst zu verdienen. Dir will ich es gestehen, Waltraut, es ist die neue Sekretärin Deines Vaters, Lore Lenz, von der Dir der Vater sicher schon geschrieben hat. Sie ist seine rechte Hand geworden, und er mag sie sehr gern. Auch ich weiß noch nicht genau, ob ich wiedergeliebt werde, doch sage ich wie Du, so etwas fühlt man. Sie ist eine lieber, feiner und guter Mensch, wenn auch aus ganz schlichten Verhältnissen. Und ich weiß nun auch, wie glücklich man sein kann, wenn man liebt, wirklich liebt. Du hast es ja nun auch erfahren, meine liebe, kleine Schwester, und so sind wir beide noch rechtzeitig vor einem großen Irrtum bewahrt worden. Hab' Dank, daß Du das erlösende Wort fandest.

Und nun sage mir, willst Du mir freie Hand geben, unsere Sache bei Vater zu führen, wie ich es für das beste halte? Dann telegraphiere mir das eine Wort: Einverstanden. Denn es dauert zu lange, bis ich briefliche Antwort bekomme. Wir dürfen keine Zeit verlieren. Richte das Telegramm ruhig an meine Adresse ins Geschäft; denn wenn Vater es sieht, habe ich gleich eine Gelegenheit, mit ihm über die Sache zu sprechen. Es ist das beste, wenn das baldmöglichst geschieht. Du bekommst dann sofort Nachricht von mir, wie es abgelaufen ist. Geht Vater auf unseren Wunsch, unser Verlöbnis zu lösen, sogleich ein, dann depeschiere ich Dir das eine Wort: Sieg! Erlange ich das aber nicht sogleich, was ich annehmen muß, dann telegraphiere ich: Geduld. Das heißt dann, daß meine erste Attacke abgewiesen ist und daß wir weiteres abwarten müssen. Ich werde dann aber nicht nachlassen, in Vater zu dringen und um unser Glück zu kämpfen. Und damit Gott befohlen, meine liebe, kleine Schwester. Beunruhige Dich nicht, schließlich muß doch alles noch gut werden, so oder so. Wir wollen jetzt offiziell im steten Briefwechsel bleiben, denn es hat keinen Zweck, ihn vor Vater zu verheimlichen. Er soll ruhig merken, daß wir zusammenhalten und uns ganz klar sind, daß wir uns in keinem Falle heiraten werden. Du hast recht, das wäre eine Versündigung gegen unsere Natur. Also Mut und Kopf hoch, Schwesterchen! Sei innig gegrüßt und in alter brüderlicher Liebe und Treue geküßt von Deinem

Bruder Rudolf.‹

Waltraut drückte den Brief ans Herz.

»Lieber, guter Rudolf, wie danke ich dir«, sagte sie leise vor sich hin. Dann steckte sie den Brief wieder in das Kuvert und schrieb ein Billett an Jan:

›Lieber Jan! Ich bin überaus froh und glücklich, daß ich frei bin. Bitte, telegraphiere an Rudolfs Adresse, die Du in seinem Brief findest: ›Einverstanden!‹ Tue das spätestens morgen vormittag. Und bitte lies Rudolfs Brief, damit Du über alles unterrichtet bist. Ich bin über alle Maßen froh!

Deine-*Deine* Waltraut.‹

Diesem Billett legte sie Rudolfs Brief bei und barg ihn in ihrer kleinen Handtasche. Sie wollte ihn Jan irgendwie heimlich übergeben. Denn so gerne sie Dora eingeweiht hätte, sagte sie sich doch, daß es eine Belastung für Schlüters sein würde, müßten sie gegen ihren Vater Partei ergreifen.

Waltraut nahm sich jetzt nicht Zeit, die Briefe ihres Vaters zu lesen, es zog sie hinaus zu Jan, der, wie sie wußte, voll Unruhe auf ihren Bescheid warten würde.

Als sie wieder auf die Veranda hinaustrat, sah sie Jan allein in der Nähe ihres Zimmers stehen. Er sah mit brennenden Augen in die Ferne und wartete sehnsüchtig auf sie. Schlüters saßen noch über ihrer Post. So trat Waltraut zu Jan heran und schob ihm verstohlen den Brief in die Hand.

»Ich bin frei!« sagte sie leise.

Er wandte sich rasch nach ihr um und sah sie glückstrahlend an.

»Liebling!« flüsterte er.

Aber sie konnten sich nicht weiter unterhalten. Dora sprang auf.

»Ich bitte tausendmal um Entschuldigung, aber Post geht über alles. Und jetzt gibt es Tee mit allem Zubehör. Jan, machen Sie doch nicht so schrecklich hungrige Augen.«

»Wenn Sie wüßten, Frau Dora, was ich ausgestanden habe, solange Sie gemütlich Ihre Post durchsahen. Ich verschmachte!«

Dabei sah er Waltraut an, und sie wußte, was er damit sagen wollte.

»Halten Sie nur noch fünf Minuten aus«, rief Dora lachend und verschwand im Hause.

Als man dann beim Tee saß, fragte Dora:

»Hast du gute Nachricht von deinem Vater, Waltraut?«

»Vaters Briefe habe ich noch gar nicht gelesen, nur den meines Bruders, aus dem ich ersehen habe, daß zu Hause alles gutgeht. Vaters Briefe lese ich erst heute abend, wenn ich ganz ungestört bin.«

Jan hätte sehr gern Rudolfs Brief gleich jetzt gelesen, aber er mußte damit schon warten, bis er nach Hause kam. Er wußte ja die Hauptsache schon durch Waltrauts Worte.

Der Abend verlief wie gewöhnlich, und nachdem Jan sich entfernt hatte, bat Waltraut, sich zurückziehen zu dürfen, weil sie ihre Briefe lesen wollte. Dora umarmte und küßte sie.

»Ich finde es fabelhaft, daß du dich so lange hast bezwingen können. Wir wollen dich nun ganz bestimmt nicht länger abhalten, dich in die Lektüre deiner Briefe zu vertiefen.«

Waltraut verabschiedete sich und suchte ihr Zimmer auf. Als sie verschwunden war, flüsterte Dora ihrem Gatten zu:

»Ich wette mit dir, um was du willst, daß Jan und Waltraut ein Paar werden.«

Harry Schlüter küßte seine Dora lachend.

»Dorle, da ist der Wunsch der Vater des Gedankens, und wir wollen lieber nicht wetten.«

Sie zog die Brauen hoch.

»Du wirst es erleben, daß ich recht behalte.«

»Das tun Frauen doch immer und auf jeden Fall.«

Waltraut saß in ihrem Zimmer und hatte die beiden Briefe ihres Vaters vor sich. Sie las zuerst den, der einige Tage vor Weihnachten geschrieben war. Er lautete:

›Mein liebes Kind! Nun bist Du schon fast ein Vierteljahr fort von uns, und bei dem Gedanken, daß Du Weihnachten nicht mit uns feiern wirst, ist mir recht unbehaglich zumute. Rudolf und ich werden am Weihnachtsabend im Klub sein, zusammen mit anderen einsamen Junggesellen. Denn zu Hause ohne Dich will es uns beiden nicht gefallen. Ich schrieb Dir in meinem letzten Briefe schon von meiner Sekretärin, Fräulein Lenz. Wenn ich sie ansehe, muß ich immer an Dich denken. Sie ist auch nicht viel älter als Du und ist mir eine große Stütze. Sie ist eine ganz eminent tüchtige Kraft, und ich hoffe, daß sie mir erhalten bleibt.

Rudolf fühlte sich einige Zeit nicht recht wohl, und ich schickte ihn einige Tage in die Berge in den Schnee. Heute ist er zurückgekommen und hat sich fabelhaft erholt. Er läßt Dich herzlich grüßen. Über Deine ausführlichen Berichte freue ich mich sehr und bin froh, daß es Dir in Saorda so gut gefällt. Hoffentlich erfüllt Deine lange Abwesenheit auch unsere anderen Erwartungen. Du wirst Dich bald mit dem Gedanken vertraut gemacht haben, daß Rudolf Dein Gatte wird. Ich bin Dir aufrichtig dankbar, daß Du dich meinem Wunsche gefügt hast und es mir ermöglichst, mein Gelübde zu halten.

Damit für heute genug, ich schreibe bald wieder. Bitte grüße Deine lieben Gastgeber herzlich von mir, und empfiehl mich auch den Besitzern von Larina, die sich, wie Du mir schriebst, so freundlich Deiner annehmen. Es ist wirklich ein drolliges Zusammentreffen, daß sie Werkmeester heißen. Aber warum soll dieser Name nicht auch in Holland vorkommen. Und nun bleib gesund und freue Dich des schönen Lebens dort. Laß bald wieder von dir hören.

Dein Dich innigliebender Vater.‹

Aufseufzend legte Waltraut diesen Brief zur Seite. Es bedrückte sie sehr, daß der Vater ihr dankte, daß sie es ihm ermöglichen würde, sein Gelübde zu halten. Sie konnte es ja nicht tun – konnte nicht. Und nun ergriff sie den anderen Brief, der vom fünfundzwanzigsten Dezember datiert war.

›Mein geliebtes Kind! Das war gestern ein wenig schöner Weihnachtsabend. Rudolf und ich kamen sehr spät aus dem Klub, weil wir uns einfach fürchteten, wieder nach Hause zu gehen. Aber nun ist es ja überstanden, und am nächsten Weihnachtsfest haben wir Dich wieder hier. Ich habe unsere Leute, wie gewöhnlich, beschenkt, unsere Haushälterin hatte alles sehr nett arrangiert. Und im Geschäft habe ich die gewöhnlichen Weihnachtsgratifikationen ausgeteilt. Nur Fräulein Lenz habe ich außerdem noch eine kleine Aufmerksamkeit erwiesen. Rudolf hat mir für sie eine hübsche Armbanduhr besorgt, die sie noch nicht besaß. Du hättest die Freude sehen sollen, Waltraut, es war rührend. Sie ist wirklich ein lieber, feinfühliger Mensch, was mir sehr lieb ist, da ich sie fast den ganzen Tag um mich habe. Das arme Ding steht ganz allein im Leben, und ich hoffe, daß Du dich ihrer, wenn Du erst wieder hier bist, ein wenig annimmst. Weißt Du, wenn man jemandem sein ganzes Vertrauen schenken muß in geschäftlichen Dingen, dann soll man ihn auch privat nicht völlig ignorieren. Sie ist wirklich eine Dame, obwohl sie aus kleinen Verhältnissen stammt. Ihre ganze Art hat etwas Taktvolles, vornehm Zurückhaltendes und doch Liebenswürdiges. Ich bin überzeugt, daß sie auch Dir sehr gut gefallen wird. Ich habe nun immer daran denken müssen, wie Du wohl da unten Weihnachten feiern wirst. Hast Du nicht ein wenig Sehnsucht gehabt nach daheim? Rudolf, der sonst wieder recht frisch und munter ist, war gestern abend auch recht traurig. Ich tröstete ihn und sagte ihm: ›Das Christfest übers Jahr wirst Du mit deiner jungen Frau feiern.‹ Da sagte er mit einem Seufzer und ganz sehnsüchtigen Augen: ›Gott mag es geben, lieber Vater.‹ – Er läßt Dich herzlich grüßen. Ich habe Dir absichtlich keine Weihnachtsgeschenke geschickt, mein liebes Kind, Du hast also nach Deiner Rückkehr verschiedene Wünsche frei. Bücher sende ich Dir, sobald wir, Rudolf und ich, etwas Neues entdecken, von dem wir annehmen können, daß es Dich interessiert.

Grüße Schlüters herzlich und in dankbarer Ergebenheit für Ihre Gastfreundschaft. Dein treuer Vater.‹

Lange sah Waltraut vor sich hin, als sie die beiden Briefe gelesen hatte. Also Lore Lenz, des Vaters Sekretärin, hatte Rudolfs Herz gewonnen. Wie sehr sie der Vater lobte! Das zählte bei ihm doppelt, denn er sparte mit solchem Lobe. Oh, sie wollte diese Lore Lenz wie eine Schwester lieben, denn da sie Rudolfs Herz gewonnen hatte, dankte sie es gewissermaßen ihr, daß sie sich mit Rudolf so schnell verständigt hatte. Wenn es nur erst soweit wäre, daß sie diese Lore ihre Verwandte nennen könnte.

Aber der Gedanke an den Vater lag ihr schwer auf der Seele. Sie schob ihn jedoch weit von sich und dachte an Jan. Wie glücklich er sie angesehen hatte heute nachmittag, als sie ihm gesagt hatte, sie sei frei. Heute abend noch würde er Rudolfs Brief und ihre Zeilen lesen. Wie glücklich würde er sein – wie sehr liebte er sie – und wie sehr liebte sie ihn.

Jan, lieber Jan, werden wir glücklich sein dürfen?

Sie erhob sich und trat an das Fenster. Ihre Augen suchten den Berg von Larina. Der Mond schien hell und hüllte alles in ein mildes Licht. Da drüben – da drüben wohnte ihr Glück.

Sehnsüchtig breitete sie die Arme aus.

Als Jan an diesem Abend nach Larina zurückkam, fand er seinen Vater noch wach. Dieser hatte erst in seinem Tagebuch geschrieben und sich dann in die Lektüre von deutschen Zeitungen vertieft, die er heute mit der Post bekommen hatte.

Jan begab sich zunächst auf sein Zimmer, um endlich Rudolf Werkmeisters Brief zu lesen. Beglückt entdeckte er Waltrauts Billett und drückte es an seine Lippen. Der Inhalt von Rudolfs Brief beruhigte ihn sehr. Er nahm sich vor, gleich morgen früh zu dem Dak-Bungalow zu fahren und das Telegramm aufzugeben.

Dann erhob er sich und suchte seinen Vater auf.

»Guten Abend, lieber Vater, du bist ja noch wach. Ah, ich sehe, du hast deutsche Zeitungen bekommen. Das ist doch deine liebste Lektüre.«

»Sie sind am sachlichsten gehalten«, erwiderte der alte Herr, als müsse er erklären, weshalb er am liebsten deutsche Zeitungen las, obwohl er doch Holländer war.

Jan setzte sich zu ihm, den Vater groß und ernst anblikkend. Dieser schob die Zeitungen beiseite, nahm die Shagpfeife aus dem Munde und sagte forschend:

»Du siehst aus, mein Junge, als hättest du mir etwas Besonderes mitzuteilen.«

Jan fuhr sich durch seinen Haarschopf.

»Ja, Vater, ich habe dir etwas zu sagen.«

»Bist du einig geworden mit Waltraut Roland?« forschte der alte Herr etwas erregt.

»Ja, mit ihr bin ich einig, Vater, aber es ging nicht alles so glatt, wie ich hoffte. Es gab erst arges Herzweh, und es türmen sich allerlei Hindernisse auf.«

Und er erzählte alles, was gestern in Saorda zwischen ihm und Waltraut geschehen und gesprochen worden war, dann zeigte er ihm Waltrauts Billett und zuletzt Rudolfs Brief.

Die Hand des alten Herrn zitterte ein wenig, als er nach diesem Brief griff. Er stützte seinen Kopf in die Hand, so daß sein Gesicht beschattet war, während er las. Als er damit zu Ende war, ließ er den Brief sinken und sah lange in Gedanken verloren vor sich hin. Jan wartete still und geduldig, bis der Vater sprechen werde.

Endlich sagte der alte Herr scheinbar sehr ruhig:

»Die Hauptsache, dünkt mich, ist, daß ihr beiden einig seid. Aus diesem Briefe geht hervor, daß Waltraut wirklich nur auf Wunsch ihres Vaters diese Verlobung eingegangen ist. Ein Glück, daß die beiden Menschen noch rechtzeitig erkannt haben, daß sie nicht zueinander passen als Mann und Frau.«

»Ja, Vater. Und zwischen ihnen ist ja nun alles im klaren, aber was fängt man mit dem Vater an? Wenn er sich durch dies Gelübde gebunden fühlt, wie soll man ihn dann dazu bringen, Waltraut und mir seinen Segen zu geben? Denn ohne ihres Vaters Segen wird Waltraut nicht glücklich, dafür kenne ich sie.«

Wieder sah der alte Herr in tiefes Sinnen verloren vor sich hin. Seine Hand glitt dabei immer wieder über Rudolfs Brief. Es sah aus, als streichele er ihn. Nach einer Weile ergriff er ihn und las nochmals die Stelle durch: Wenn er sich gelobte, seine Tochter dem – Sohne seines Freundes zu vermählen . . . Lange blieben seine Augen darauf ruhen. Dann erhob er den Kopf, sah seinen Sohn mit großen Augen an und sagte feierlich:

»Die Wege des Herrn sind wunderbar! Er führt uns auf Wegen, wie er will, mein Sohn. Und wenn wir glauben, daß wir unsere eigenen Wege gehen, dann kommt ein Tag, an dem wir einsehen, er hat uns geführt. Und nun höre mir zu: Du wirst Waltraut Roland heiraten können, ohne daß ihr Vater sein Gelübde zu brechen braucht.«

Jan sah den Vater unsicher an. An kleine Wunderlichkeiten war er bei ihm gewöhnt. Was er jedoch jetzt gesagt hatte, war mehr als wunderlich.

»Wie meinst du das, Vater?«

Der alte Herr strich sich über die Stirn.

»Ich meine es genau, wie ich es gesagt habe. Du hast mit kindlicher Liebe und Geduld manche Schrullen deines Vaters in Kauf genommen, ohne zu deuteln und zu fragen. Ertrage sie noch ein Weilchen, dann soll dir, das verspreche ich dir, alles klarwerden. Heute nur das eine, was aus der Vergangenheit immer wieder vor mir aufsteigen wollte wie eine drohende Wolke, die über mir schwebte und seit vielen Jahren an meinem Herzen fraß, daß ... ach, auch für mich wird es vielleicht noch eine Ruhe geben. Ich werde jetzt die Kraft finden, etwas auf mich zu nehmen, was ich fürchtete. Ich muß eine alte Schuld bekennen, muß sie ausbreiten vor den Augen meines Sohnes. Gebüßt habe ich diese Schuld ein halbes Leben lang, aber ich habe sie keinem Menschen bekannt außer deiner lieben Mutter. Sie hat meine Beichte verständnisvoll aufgenommen, hat mir Absolution erteilt und mir manches tragen helfen, was für mich allein zu schwer war. Für dich legte ich meine Beichte in einem Tagebuch nieder, du solltest sie erst nach meinem Tode finden und dann die alte Schuld für mich bezahlen. Ich war zu feige, meinem Sohne ins Gesicht zu sagen, was ich auf mich geladen habe in bitterer Not, unter einem dumpfen Zwange. Aber nun gilt es dein Glück und das Glück zweier anderer Menschen, und nun werde ich den Mut haben und bekennen, ehe ich sterbe. Frage mich heute nicht weiter, es soll bald alles klarwerden. Sobald ihr telegraphischen Bescheid von Rudolf Werkmeister habt, gebt mir Nachricht, was er depeschiert hat. Und dann werde ich sehen, wie ich euch helfen kann. Daß ich es tue, daß ich die Hindernisse, die euch trennen, beiseite räumen werde, so oder so, dessen sei gewiß, mein Junge. Mache dir keine Sorgen mehr, ihr werdet glücklich sein dürfen. Damit laß dir für heute genügen.«

Fassungslos sah Jan den Vater an. Seine Hände ergreifend, sagte er bewegt

»Lieber, lieber Vater, was für eine Schuld du auch zu beichten hast, fürchte dich nicht, sie einzugestehen. Mutter hat dir Absolution erteilt, und für mich wirst du stets der verehrungswürdige Mensch bleiben, der du für mich immer warst. Das sollst du wissen, ehe du mir etwas beichtest. Ich will nicht in dich dringen, will geduldig warten, was du mir eröffnen wirst, was mir jetzt noch rätselhaft erscheint. Ich will dir auch glauben, daß ich mit Waltraut glücklich werden darf; denn ohne sie, Vater, gibt es kein Glück für mich.«

Der Vater streichelte über seinen Kopf. Das war bei ihm eine seltene Liebkosung, und Jan sah eine fremde Weichheit auf des Vaters Zügen. Seine Augen schienen heller zu blikken.

»Geh zur Ruhe, mein Sohn, und schlafe gut. Diesen Brief laß mir für diese Nacht. Und morgen früh gib gleich das Telegramm an Rudolf Werkmeister auf.«

»Das werde ich tun, Vater.«

Am nächsten Morgen jagte er in aller Frühe mit dem Auto hinunter zu dem Dak-Bungalow und gab das Telegramm an Rudolf Werkmeister auf. Dann ging er an seine Arbeit und war froh, daß er tüchtig zu tun hatte, damit die Zeit schneller verging.

14

RUDOLF WERKMEISTER HATTE die Depesche erhalten. Sie war ihm durch seinen Pflegevater selbst überreicht worden. Rudolf war darauf vorbereitet, und als er sie gelesen hatte, sagte er, seinen Pflegevater fest ansehend:

»Das Telegramm ist von Waltraut, Vater.«

Unruhig sah ihn der alte Herr an.

»Von Waltraut? Es ist ihr doch, um Gottes willen, nichts zugestoßen?«

Rudolf sah noch einmal auf das eine Wort herab: Einverstanden! Dann reichte er dem Vater die Depesche.

Erstaunt sah der darauf nieder.

»Einverstanden? Was bedeutet das, Rudolf?«

Ernst und gefaßt sah ihn dieser an.

»Hast du eine halbe Stunde Zeit für mich, Vater?«

»Ja, ja, aber so rede doch, was heißt das alles, weshalb telegraphiert dir Waltraut dieses ›Einverstanden‹?«

Rudolf rückte dem alten Herrn einen Sessel zurecht und drückte ihn sanft hinein. Dann setzte er sich ihm gegenüber nieder und faßte seine Hand.

»Ich will nicht große Umschweife machen, Vater, will dir kurz und bündig sagen, daß wir beide, Waltraut und ich, die Unmöglichkeit eingesehen haben, uns zu heiraten, wir können es nicht tun, wenn wir uns nicht an uns selbst versündigen wollen.«

Der alte Herr zuckte zusammen.

»Was heißt das, wollt ihr euer Spiel mit mir treiben? Habt ihr euch nur zum Schein verlobt, damit Waltraut erst fortreisen konnte und du dann mit mir darüber verhandeln solltest?« fragte er heiser.

»Nein, Vater, wir waren beide ehrlich bemüht, deinen Wunsch zu erfüllen und dir zu ermöglichen, dein Gelübde zu erfüllen. Aber entsinne dich, daß ich dir gleich sagte, daß ich nur einwilligen würde, wenn keinerlei Zwang auf Waltraut ausgeübt werden würde. Wie die Dinge jetzt liegen, müßtest du sie zwingen. Wir haben beide eingesehen, daß es uns unmöglich ist, uns zu heiraten. Bei aller Liebe zu dir, es geht nicht.«

Der alte Herr bekam einen dunkelroten Kopf.

»So? Und alles das ist hinter meinem Rücken verhandelt worden. Während ihr mich in dem Glauben laßt, daß alles gutgeht, verständigt ihr euch heimlich darüber, daß es nun plötzlich nicht gehen soll?«

Rudolf zog Waltrauts Brief hervor.

»Waltraut hat mir diesen einzigen Brief geschrieben, und

ich habe ihr in einem einzigen Brief geantwortet und sie um ihre telegraphische Einwilligung gebeten, daß ich dir alles sagen und unsere Sache führen darf nach meinem eigenen Gutdünken. Bitte, lies diesen Brief erst, ehe wir weitersprechen.«

Der alte Herr griff hastig danach.

Während er las, wurde sein Gesicht immer röter, und dann erblaßte er jäh. Als er zu Ende gelesen hatte, sprang er auf und schlug mit der geballten Faust auf seinen Schreibtisch.

»Ihr seid verlobt – und ihr bleibt es!«

»Vater!«

»Schweig! Ich lasse nicht mit mir spielen, ich will und muß mein Gelübde halten! Was Waltraut hier schreibt, sind Phantastereien. Mag Gott wissen, an wen sie ihr Herz verloren hat, sicher an einen Menschen, der nach dem Goldfisch geangelt hat. Sie schlägt dich aus, dich, einen Mann, für den sie Gott auf den Knien danken sollte.«

Das alles kam so heftig und so hart aus ihm heraus, wohl in der Angst, daß man ihn hindern könne, sein Gelübde zu halten, daß Rudolf im Moment nicht wußte, was er noch sagen sollte. Er wußte nur, daß er Waltraut decken, daß er dem Vater klarmachen müsse, daß er nicht nur Waltrauts wegen frei sein wollte. Und daß er Lores Namen jetzt um keinen Preis nennen durfte, stand auch bei ihm fest, denn sonst war ihre Existenz gefährdet, ehe er ihr eine neue bereiten konnte. Das durfte nicht sein. Und so wollte er sich jetzt darauf beschränken, dem Vater zu sagen, daß es auch sein Wunsch sei, frei zu werden.

»Lieber Vater, gestatte, daß ich dich zu überzeugen versuche, daß du ein Unrecht an uns begehen würdest, wolltest du uns zu einer Verbindung zwingen, die wir als eine Sünde wider unsere Natur ansehen müssen. Wir können einfach nicht anders als geschwisterlich füreinander empfinden. Ehrlich haben wir versucht, deinen Wunsch zu erfüllen, bis wir erkannten, daß unser Herz einen anderen Weg ging. Ich flehe dich an –«

Der alte Herr ließ ihn nicht weiterreden. Er hatte wie geistesabwesend vor sich hin gestarrt. Von einer Erfüllung seines Gelöbnisses hatte er eine Befreiung seines Gewissens von der wenn auch ungewollten Schuld am Tode seines Freundes erhofft. Diese Befreiung wollten zwei, nach seiner Ansicht törichte Kinder verhindern.

»Kein Wort weiter! Es bleibt alles, wie es ist! Du darfst nicht vergessen, daß ich dir alle Liebe erwiesen und dich wie einen Sohn gehalten habe, wie ich es deinem Vater versprach. Du sollst auch mein rechtmäßiger Erbe sein, und das kannst du nur, wenn du Waltraut heiratest, da ich sie nicht enterben kann. Waltraut zur Vernunft zu bringen, laß meine Sorge sein. Sie darf keinen Tag länger in Saorda bleiben, da ich nicht weiß, was sie für Torheiten treibt. Ich rufe sie nach Hause, depeschiere noch heute. Und dann werden wir weitersehen. Damit Schluß der Debatte, kein Wort will ich mehr davon hören. Wenn Waltraut zurückgekommen ist, werde ich diese Sache in Ordnung bringen.«

Er war so aufgeregt, daß Rudolf einsah, daß er vorläufig nichts weiter sagen durfte, um den Vater nicht in eine für seine Gesundheit schädliche Aufregung hineinzusteigern. Verloren gab er seine Sache nicht, aber erst mußte er den Vater wieder ruhig werden lassen. Still ging er hinaus.

Er sehnte sich nach einem Menschen, mit dem er alles besprechen konnte, was ihm auf der Seele lastete, und diesen Menschen, das wußte er, brauchte er nicht lange zu suchen. Draußen im Vorzimmer trat er an Lore Lenz heran, sah sie mit großen, ernsten Augen an und sagte halblaut:

»Fräulein Lenz, ich müßte Sie in einer dringenden Angelegenheit ungestört sprechen. Das kann hier nicht geschehen. Wie und wo würden Sie mir erlauben, auf eine Stunde mit Ihnen zusammenzutreffen?«

Erschrocken sah sie zu ihm auf. Sie merkte, daß er schmerzlich erregt war. Impulsiv, immer darauf bedacht, sich nie etwas zu vergeben, wollte sie ihn abweisen, aber ein Blick in seine Augen ließ solche Bedenken kleinlich erscheinen. Und so sagte sie leise:

»Ich weiß nicht, wo ich mit Ihnen zusammentreffen könnte. Wenn es aber sein muß, so bitte, bestimmen Sie Zeit und Ort.«

Er überlegte eine Weile. Er wußte, daß ihm Lore ein Opfer

brachte. Er wollte es ihr so leicht wie möglich machen. Schließlich sagte er:

»Morgen ist Sonntag, da sind Sie frei. Haben Sie morgen nachmittag etwas Besonderes vor?«

»Meine freie Zeit steht Ihnen zur Verfügung, ich weiß, daß Sie nichts Unrechtes von mir verlangen werden.«

»Davon dürfen Sie überzeugt sein. Darf ich Sie also morgen nachmittag um drei Uhr in der Allee vor dem Uhlenhorster Fährhaus erwarten? Ich will Sie nicht in die Lage bringen, mit mir irgendein Lokal aufzusuchen, wo wir doch vielleicht nicht ungestört sprechen könnten. Aber die Allee ist um diese Zeit ziemlich menschenleer, und wir könnten dort auf und ab promenieren und ungestört miteinander sprechen. Ich meine, so ist es am wenigsten peinlich für Sie, mir eine Zusammenkunft zu gewähren.«

Ein wenig bange, aber doch mit dem Ausdruck grenzenlosen Vertrauens sah sie ihn an.

»Ich werde pünktlich dort sein.«

»Ich danke Ihnen. Und bitte, sagen Sie meinem Vater vorläufig nichts davon, er wird es später selbst von mir erfahren.«

Sie atmete wie befreit auf.

»Das ist mir lieb, ich möchte keine Heimlichkeiten vor Herrn Roland haben.«

Ein Lächeln, ein gutes, vertrauenerweckendes Lächeln erhellte sein Gesicht.

»Sie müssen ganz fest davon überzeugt sein, daß ich Sie zu nichts veranlassen werde, was Ihnen irgendwelche Unannehmlichkeiten bereiten könnte.«

Ihre Augen leuchteten auf.

»Das weiß ich«, sagte sie schlicht.

»Also auf Wiedersehen morgen!«

Damit ging Rudolf hinaus und suchte sein Kontor auf. Hier gab er sogleich telefonisch ein Telegramm an Waltraut auf. Geduld! Dieses Wort depeschierte er. Aber mit schwerem Herzen dachte er daran, daß der Vater Waltraut telegraphisch nach Hause rufen würde. Daß er Waltraut helfen müsse, helfen werde, stand fest für ihn, aber nach der heftigen Aufregung des Vaters bei der ersten Auseinandersetzung in dieser Angelegenheit konnte er vorläufig nichts weiter tun. Er mußte warten, bis der Vater sich beruhigt hatte.

Inzwischen hatte auch Georg Roland ein Telegramm an seine Tochter aufgegeben. Es lautete:

›Sofort heimkommen! Nächsten Dampfer benutzen. Drahtantwort. Vater.‹ –

Am nächsten Nachmittag um drei Uhr stand Rudolf Werkmeister wartend in der Allee vor dem Uhlenhorster Fährhaus. Um diese Zeit war es ganz menschenleer hier.

Lore Lenz war pünktlich. Er sah sie kommen. Sie trug einen glatt herabfallenden Tuchmantel, der ihre schlanke Gestalt vorteilhaft zur Geltung brachte. Ein kleiner, einfacher Hut bedeckte das Haar ganz und umrahmte das reizende Gesicht. Schnell, aber ohne Hast kam sie mit ihrem elastischen, zielsicheren Gang auf ihn zu. Er ging ihr entgegen, zog den Hut und reichte ihr die Hand.

»Ich danke Ihnen, daß Sie gekommen sind, Fräulein Lenz.«

Ihr Gesicht rötete sich leicht.

»Ich hatte es doch versprochen, Herr Werkmeister.«

»Sie sehen, daß es hier ganz menschenleer ist, das ist mir Ihretwegen sehr lieb, denn ich möchte um keinen Preis, daß Sie Mißdeutungen ausgesetzt werden. Sollte uns doch zufällig jemand hier sehen, so ist das ganz unverfänglich.«

»Wie immer sind Sie sehr rücksichtsvoll.«

Er sah sie lächelnd an.

»Ich weiß, daß Sie mir alle guten Eigenschaften zutrauen, und das möchte ich mir verdienen.«

»Oh, das haben Sie sich schon verdient, ich weiß, daß ich Ihnen rückhaltlos vertrauen kann.«

»Dieses Vertrauen dürfen Sie mir nie entziehen. Und nun lassen Sie uns langsam hier auf und ab gehen, und dabei hören Sie mir einmal ganz ruhig zu, was ich Ihnen zu sagen habe. Zuerst das Wichtigste: Meine Pflegeschwester, Herrn Rolands Tochter, und ich waren verlobt.«

Ganz leise nur zuckte Lore zusammen, aber sie wurde sehr

blaß. Beides entging ihm nicht. Und er merkte auch, daß sie vergeblich nach einer Antwort rang. So fuhr er fort:

»Ich sage ausdrücklich, daß dir verlobt waren«, und er erzählte ihr alles.

Mit zuckenden Lippen und leise bebender Stimme fragte sie: »Und warum sagen Sie mir das, Herr Werkmeister?«

»Weil Sie, gerade Sie das wissen müssen, Lore Lenz. Erinnern Sie sich des Tages, da ich nach meinem kurzen Urlaub aus den Bergen zurückgekommen war?«

»Ja«, erwiderte sie mit versagender Stimme.

»Ich sagte Ihnen an jenem Tage, daß ich eine sehr freudige Nachricht erhalten habe, die mich ganz übermütig machte. Diese Nachricht war von meiner Schwester, die mir mitteilte, daß sie unmöglich meine Frau werden könne, weil sie einen andern Mann liebgewonnen habe. Das machte mich sehr glücklich; denn, wie gesagt, auch ich hatte inzwischen mein Herz anderweitig verloren. Wissen Sie, an wen, Lore Lenz?«

Sie schüttelte stumm den Kopf, sprechen konnte sie nicht.

Da schob er leise seine Hand unter ihren Arm.

»An dich, Lore Lenz, und ich weiß, daß auch du mir dein Herz geschenkt hast.«

Sie blieb mit einem Ruck stehen und sah ihn mit flammenden Augen an.

»Herr Werkmeister, ich mache Sie darauf aufmerksam, daß ich mich selber beschützen muß und daß ich nicht anhören darf, wenn mir ein Mann aus Ihren Kreisen eine Liebeserklärung macht.«

Er sah in ihre Augen, in ihre stolzen, reinen Augen hinein.

»Lore, liebe Lore, ich bin durchaus nicht aus einer anderen gesellschaftlichen Schicht als du. Mir gegenüber brauchst du nicht eine Kampfstellung einzunehmen, das habe ich dir schon am ersten Tag unserer Bekanntschaft gesagt. Wenn mein Pflegevater die Hand von mir abzieht, Lore, dann bin ich auch nur auf den Ertrag meiner Arbeit angewiesen. Aber ich kann arbeiten, Lore, um meiner Frau eine sorglose, wenn auch bescheidene Existenz schaffen zu können. Glaube nicht von mir, daß ich dich in eine leichtsinnige Liebelei verstrikken will, dazu habe ich dich zu lieb und dazu stehst du mir zu hoch. Heiraten will ich dich, Lore, sobald ich Klarheit in meine Lage gebracht habe. Mein Pflegevater ist vorläufig noch ganz außer sich, weil ich ihm gestern erklärt habe, daß wir, meine Schwester und ich, uns nie heiraten werden. Es spielen da allerlei Gründe mit, die ich dir später einmal erklären werde. Aber heute muß es endlich klar zwischen uns beiden werden, Lore, ich kann nicht mehr mit ansehen, wie du dich quälst. Ja, Lore, ich weiß, daß du dich angstvoll mit deiner Liebe zu mir herumgeschlagen hast. Das muß aufhören, du sollst wissen, daß wir zusammengehören, so oder so. Es ist nicht ausgeschlossen, daß es zwischen meinem Pflegevater und mir zu einem Bruch kommen kann, denn ich muß auch für meine Schwester eintreten, nicht nur für mich. Ich hoffe freilich, daß es dazu nicht kommt, aber rechnen muß ich damit, und dann sollst du wissen, daß wir zusammengehören. Ich sehnte mich nach dieser Aussprache mit dir. Aber ich rede, als sei gar kein Zweifel möglich, daß du mich liebst. Nun sag mir erst einmal, Lore, ob du mich liebst, auch dann noch, wenn ich nichts als ein armer Schlucker bin, und ob du meine Frau werden willst.

Sie sah zu ihm auf mit einem so warmen, innigen Blick, daß es ihrer Worte gar nicht bedurft hätte.

»Ich will nicht lügen, Herr Werkmeister, ja, ach ja, ich habe Sie lieb schon seit jenem Tage, da Sie mir so ritterlich geholfen haben. Und ob ich mein Geschick in Ihre Hand legen will?« Sie schluchzte auf vor tiefer Erregung. »Ach, lieber Gott, so ein Glück kann es doch gar nicht geben für ein armes Mädel, wie ich es bin. Aber eines muß ich Ihnen sagen, solange ich bei Herrn Roland Sekretärin bin, darf ich keine heimlichen Beziehungen zu Ihnen unterhalten. Ich könnte dem alten Herrn, der so gütig zu mir ist, nicht frei und offen in die Augen sehen. Deshalb bitte ich Sie, bis alles geklärt ist, nennen Sie mich Fräulein Lenz, auch wenn wir einmal allein sind, und lassen Sie alles zwischen uns beim alten bleiben. Gerade weil ich ein armes Mädel bin, habe ich nichts als meine Ehre und meinen guten Ruf und den Stolz meiner Armut. Ich habe Ihnen nun gesagt, wie lieb – wie sehr lieb ich Sie habe, und wenn Sie erst ganz frei sind und sich offen zu mir bekennen können, dann – dann –«

Sie konnte nicht weiterreden, die Tränen saßen ihr in der Kehle.

Liebevoll und tief bewegt sah er sie an.

»Lore! Lore Lenz! Das kannst du doch nicht von mir verlangen, daß ich dir jetzt noch so fremd gegenüberstehen soll. Du bist doch meine Braut von dieser Stunde an, wenn ich es auch, in deinem Interesse, vorläufig noch geheimhalten muß. Ich darf dir deine Existenz nicht nehmen, bevor ich dich nicht heimführen kann, aber sei beruhigt, bald soll alles klar sein. Mein Pflegevater hat meine Schwester telegraphisch sofort heimgerufen. Sie wird diesem Rufe Folge leisten müssen. In einem Monat ungefähr muß sie dann hier eintreffen, und dann wird sich schnell alles klären. Also sei vernünftig, Lore, dein Verlobter darf dich doch du nennen, wenn wir beide allein sind?«

Unsicher sah sie ihn an.

»Ach, Rudolf – lieber Rudolf«, hauchte sie, von seinem bittenden Blick und ihrem eigenen Herzen besiegt.

Er küßte ihre Hand.

»Meine Lore!« sagte er voll heißer Zärtlichkeit, »ich darf dich nicht einmal beim Kopf nehmen und dir den Brautkuß geben. Aber das holen wir nach, Lore – bald –, sehr bald. Im Geschäft und in Gegenwart anderer Menschen muß ich dich schon noch förmlich Fräulein Lenz nennen, was mir schwer genug fallen wird, aber wenn wir mal allein sind, dann will ich auch von dir das Du hören, sonst müßte ich glauben, du liebst mich nicht, du vertraust mir nicht.«

Mit feuchtschimmernden Augen sah sie zu ihm auf.

»Keinem Menschen vertraue ich so sehr wie dir, und lieb hab' ich dich von Herzen, aber du mußt bedenken, daß ich immer für mich habe einstehen müssen und daß ich auf mich halten mußte . . .«

»Du sollst immer auf dich halten, meine tapfere Lore. Ich sorge schon selber dafür, daß meine Lore ein stolzes Mädchen bleiben darf, sei ganz ruhig. Ich will dich gar nicht anders, aber mein Recht als Bräutigam lasse ich mir nicht verkürzen, auch von meiner stolzen Lore nicht.«

Sie seufzte glücklich auf.

»Lieber – lieber Rudolf – stolz ist deine Lore nicht, aber – so glücklich – so unsagbar glücklich, daß mir bange davor werden könnte.«

Er lachte beseligt auf.

»Du wirst es auch nicht leicht haben! Schrecklich tyrannisieren werde ich dich, wenn du erst meine Frau bist.«

Nun mußte sie auch lachen.

»Davor habe ich gar keine Angst.«

»Warte es erst ab! Aber jetzt darf ich mich dahinein noch gar nicht in meinen Gedanken vertiefen, sonst ist es aus mit meiner Ruhe. Also, eines weißt du nun, Lore, was auch kommen mag, wir gehören zusammen, vergiß das nicht.«

»Wie könnte ich das vergessen, Rudolf – mein Rudolf –, ich bin ja so glücklich, so namenlos glücklich.«

Er preßte ihren Arm an sich, während sie weitergingen.

»Lore – süße Lore! Herrgott, mein Mädel, wird das ein Leben werden, wenn wir erst für immer zusammen sein können. Lange darf das nicht mehr dauern, Lore! Und sollte etwas Unvorhergesehenes kommen, so daß wir uns vielleicht im Geschäft nicht sehen könnten – ich will auf alles gefaßt sein –, dann schreibe ich dir in deine Pension. Also tapfer sein, Lore! Wir beide sind jung, und du wirst auch mit einem bescheidenen Lose zufrieden sein, nicht wahr?«

Ein wenig bange sah sie ihn an.

»Ich wohl, Rudolf, ich bin an ein bescheidenes Leben gewöhnt und war stets zufrieden. Aber du? Du wirst vielleicht manches entbehren müssen, und es ist gar nicht leicht, arm zu sein.«

Fest drückte er ihren Arm an sich.

»Kleine Lore, so arm werden wir nicht sein, daß wir darben müssen. Ich stehe schon meinen Mann, und so viel verdiene ich, das weiß ich bestimmt, daß wir sorgenfrei leben können, wenn wir nicht gar zu große Ansprüche stellen. Ein wenig besser als jetzt wirst du es als meine Frau schon haben, das laß meine Sorge sein, und was ich etwa aufgeben muß, dafür wirst du mich hundertfach entschädigen. Um meines armen Vaters willen hoffe ich ja, daß es nicht zum Äußersten kommt, ich bin ihm so viel Dank schuldig. Und wenn meine Schwester nicht selbst das befreiende Wort gefunden hätte, dann hätte ich vielleicht nicht den Mut gefunden, mich für dich frei zu machen. Deshalb war ich so glücklich, als ihre Nachricht eintraf. Also mache dir um nichts Sorge, meine Lore. Und nun lasse ich dich allein weitergehen, so schwer es mir jetzt auch fällt, mich von dir zu trennen.«

Er preßte seine Lippen auf ihre Hand, den Handschuh zurückstreifend.

»Auf Wiedersehen, Rudolf, lieber Rudolf«, stammelte sie. »Der Himmel mag geben, daß du nicht zu schwere Kämpfe hast. Gott mit dir!«

»Auf Wiedersehen, Lore – *meine* Lore!«

Waltraut war, nun sie sich mit Jan ausgesprochen hatte, viel ruhiger geworden. Es war ein unbeschreibliches Glück für sie, sich mit ihm eins zu wissen. Sie konnte und wollte nicht glauben, daß unüberwindliche Hindernisse sie von ihm trennen könnten.

Aber sie wartete voll Unruhe auf die versprochene Depesche von Rudolf. Ihr Telegramm an ihn mußte längst in seinen Händen sein. Wenn er bald danach mit dem Vater gesprochen hatte, würde sie seinen telegraphischen Bescheid bald bekommen. Wie würde er lauten? Sieg – oder Geduld? Es quälte sie ein wenig, daß sie sich Dora nicht anvertrauen konnte, aber sie tat es nur aus Rücksicht auf ihre Gastgeber, nicht aus mangelndem Vertrauen.

Jan war gestern wieder dagewesen und hatte ihr, als sie eine Weile allein waren, berichten können, was sein Vater zu ihm gesagt hatte. Nur von der Schuld seines Vaters, die dieser ihm beichten wollte, sprach er nicht, dazu fühlte er sich nicht ermächtigt. Aber von seiner rätselhaften Versicherung, daß sie beide heiraten könnten, ohne daß Waltrauts Vater sein Gelübde brechen müsse, erzählte er ihr. Waltraut schüttelte verständnislos den Kopf.

»Was kann er nur damit meinen, Jan?«

»Das weiß ich auch nicht. Vielleicht war es nichts als eine seiner kleinen Schrullen, aber es klang so deutlich und so klar. Wir dürfen natürlich nicht allzuviel Hoffnung darauf setzen, aber eines ist sicher, depeschiert uns dein Bruder ›Geduld‹ – dann reise ich sofort nach Deutschland und führe unsere Sache selbst. Auf einen andern kann und will ich mich da nicht verlassen, und wenn dein Bruder noch so zuverlässig ist. Das habe ich heute auch schon meinem Vater gesagt, und was meinst du, was er darauf geantwortet hat?«

»Nun?«

»Er sagte sehr ruhig und bestimmt: ›Dann werde ich dich begleiten, mein Junge, denn dann werde ich wohl auch noch ein Wörtchen mit dem Vater deiner Waltraut zu reden haben. Inzwischen grüße sie herzlich von mir und sage ihr, daß ich die Wahl meines Sohnes von Herzen billige.‹«

Erstaunt sah sie ihn an.

»Er will dich begleiten?«

»Ja. Ich sagte ihm: ›Aber, Vater, wir können doch nicht beide fort von Larina?‹ Darauf erwiderte er mir: ›Es wird gehen müssen. Es wird einmal eine Zeit geben, wo ich nicht mehr bin, dann mußt du Larina auch allein lassen, wenn du zum Klimawechsel nach Europa gehst. Harry Schlüter wird dann schon zuweilen hier bei uns nach dem Rechten sehen, und einer von uns beiden kehrt dann so schnell wie möglich hierher zurück.‹«

»Wie gut, wie sehr gut von deinem Vater, daß er so viel für uns tun will.«

Jan lachte.

»Er hat sich eben darauf versteift, dich zur Schwiegertochter zu bekommen, du hast es ihm angetan. Offen gesagt, ich war auch etwas verwundert, daß er so bestimmt seine Mitreise in Aussicht stellte. Aber er hätte nächstes Jahr ohnedies einen Klimawechsel vornehmen müssen, so ist es nicht schlimm, wenn er das schon ein Jahr früher tut. Er kann dann gleich drüben bleiben. Ich aber kehre so schnell wie möglich zu dir zurück, und hoffentlich mit guter Botschaft.«

Waltraut seufzte.

»Dann müssen wir uns für lange Wochen trennen.«

Er seufzte noch viel tiefer.

»Leider, leider! Aber ich hoffe, daß wir uns dann nie mehr zu trennen brauchen.«

Als Waltraut heute mit Dora auf der Veranda saß, während Harry Schlüter unten in den Plantagen weilte, kam der Dak Wallah (Postbote) und brachte ein Telegramm für Waltraut. Sie faßte mit zitternden Händen danach und bat Dora, dem Boten zu sagen, er möge warten, falls eine Rückantwort nötig sei. Das tat Dora auch und sah die Freundin besorgt an. Ein Telegramm war hier immerhin eine wichtige Angelegenheit. Und sie sah, daß Waltraut erblaßte, als sie das Telegramm las.

»Du hast hoffentlich keine erschreckende Nachricht bekommen, Waltraut?«

Diese hatte mit trüben Augen auf das Wort »Geduld« herabgesehen, das ihr Rudolf depeschiert hatte. Sie wußte somit, daß Rudolfs erster Versuch, dem Vater seine Zustimmung zur Lösung ihres Verlöbnisses abzunötigen, fehlgeschlagen war. Sich, so gut es ging, fassend, sagte sie:

»Es ist nichts Erschreckendes, Dora, aber doch etwas, das mir keine Freude, sondern schwere Sorgen macht, ich hatte meinen Bruder um etwas gebeten, was er mir vorläufig nicht erfüllen kann. Sieh, er depeschiert mir: Geduld! Das soll heißen, daß ich mich mit der Erfüllung meiner Bitte gedulden muß. Bitte, verzeihe mir, wenn ich dir nicht offen sagen kann, um was es sich handelt, ich – ich kann noch nicht darüber sprechen. Später sollst du es erfahren.«

»Aber, Waltraut, ich dränge mich doch nicht in dein Vertrauen.«

»So darfst du nicht reden, Dora, ich würde dir auch in dieser Sache, wie in allen andern Dingen, rückhaltlos vertrauen, aber ich darf es nicht, es – es geht mich nicht allein an. Du bist mir nicht böse?«

Dora küßte sie.

»Ganz gewiß nicht, Waltraut, ich fühlte nur, daß du etwas Unangenehmes oder gar Schmerzliches erfahren hast; denn du bist sehr blaß geworden. Und ich hätte dir gern helfen mögen, wenn es in meiner Macht gestanden hätte.«

»Leider steht das nicht in deiner Macht. Aber nun laß uns von etwas anderem reden, und sage dem Dak Wallah, daß eine Antwort nicht nötig ist.«

Dora schickte den Postboten fort, und nun saßen die Freundinnen eine Weile stumm einander gegenüber. Waltraut sehnte sich nach Jans Nähe. Aber heute würde er wohl nicht schon wiederkommen, da er erst gestern hier gewesen war. Freilich kam er jetzt fast jeden Tag.

Jan hatte sich jedoch ausgerechnet, daß heute schon ein Telegramm kommen könne, und er war unten am Fluß mit Harry Schlüter zusammengetroffen. Dieser rief ihm lachend zu:

»Komme doch mit hinauf zu uns, Jan!«

»Das lasse ich mir nicht zweimal sagen, ich komme mit«, hatte Jan vergnügt geantwortet.

Und so kamen die beiden Herren hintereinander hergefahren und trafen zu gleicher Zeit in Saorda ein. Waltraut atmete erleichtert auf, und bald fand sich eine Gelegenheit, daß sie Jan mitteilen konnte, was Rudolf depeschiert hatte. Er zog die Stirne kraus, und seine Augen blitzten.

»Also dein Vater hat sich vorläufig geweigert, euren Wunsch zu erfüllen?«

»So ist es, Jan.«

Jan warf den Kopf zurück.

»Geduld kann ich jetzt weniger üben als je, Liebling. Wer weiß, wie lange man uns noch quälen wird. Das ertrage ich nicht. Und so bitter es jetzt für mich ist, mich von dir zu trennen, so ist es doch das beste, ich reise sobald wie möglich nach Deutschland, um unsere Sache selber bei deinem Vater zu führen. Alle Achtung vor der Energie deines Bruders, aber wie die Sache liegt, kann ich nur auf mich selber bauen.«

Waltraut fürchtete sich vor einer Trennung von Jan und sagte ein wenig verzagt:

»Rudolf führt doch mit unserer Sache auch die seine, und er ist sehr energisch und zuverlässig.«

»Trotzdem, mein Liebling, selbst ist der Mann. Dies tatenlose Abwarten halte ich nicht aus. Ich rede noch heute abend mit meinem Vater.«

Sie konnten jetzt nicht ungestört weiterreden. Als sie dann mit Schlüters beim Tee auf der Veranda saßen, kam abermals ein Dak Wallah mit einem Telegramm für Waltraut. Sie riß es auf und wurde blaß bis in die Lippen.

»Sofort heimkommen. Nächsten Dampfer benutzen. Drahtantwort. Vater.«

Fassungslos sah sie auf diese Worte hinab und sank wie kraftlos in ihren Sessel zurück.

»Mein Gott, Waltraut, was ist dir?« fragte Dora entsetzt.

Waltraut sah Jan mit einem unbeschreiblichen Blick an und reichte ihm stumm das Telegramm, als sei er der nächste dazu. Das gab nicht nur Dora, sondern auch ihrem Gatten zu denken.

Jan las und sah Waltraut an. Und dann gab er Schlüters die Depesche. Beide waren sehr erschrocken.

»Das kann doch nicht sein! Waltraut, was mag da geschehen sein, daß dein Vater dich jetzt schon heimruft?« rief Dora.

Jan und Waltraut hatten Auge in Auge dagesessen. Nun richtete sich Waltraut plötzlich auf und sagte mit bebender Stimme:

»Nun müßt ihr alles wissen, und nun darf ich euch auch alles wissen lassen, denn da mein Vater mich heimruft, müßt ihr erfahren, warum es geschieht.«

Und sie faßte mit krampfhaftem Druck Jans Hand und sagte erregt:

»Sprich du, Jan!«

Schlüters hörten schon aus diesen wenigen Worten, daß zwischen Jan und Waltraut etwas geschehen war. Jan nahm ihnen dann auch allen Zweifel, indem er sagte:

»Liebe Freunde, außer unsern Vätern sollt ihr die ersten sein, die es erfahren, Waltraut und ich haben uns verlobt.«

Jubelnd fiel Dora Waltraut um den Hals, und Harry schüttelte dem Freunde die Hand. Aber er jubelte nicht, denn er merkte, daß nicht alles in Ordnung war. Waltraut küßte Dora und schob sie dann sanft von sich. Sie sah noch sehr blaß aus.

»Es ist noch keine Veranlassung zum Jubel, Dora, unserer Liebe türmen sich große Hindernisse entgegen. Die Antwort meines Vaters auf mein Geständnis, daß ich mein Herz verschenkt habe, ist, daß er mich heimruft. Ihr sollt jetzt alles wissen, denn jetzt bringe ich euch nicht mehr in die fatale Lage, meinem Vater gegenüber meine Partei nehmen zu müssen.«

Und sie erzählte von ihrem Verlöbnis mit Rudolf, davon, daß sie es wieder gelöst und daß Rudolf ihrem Vater davon Mitteilung gemacht habe.

»Dies Telegramm meines Vaters ist die Antwort darauf, die nicht schroffer hätte ausfallen können. Darauf war ich nicht vorbereitet. Daß mich Vater so energisch heimruft, ist schlimm, sehr schlimm.«

»Aber du kannst doch die Reise nicht allein machen?« sagte Dora.

»Das wird für Vater kein Grund sein, mich länger hier zu lassen, da er sich denken kann, daß ich hier mein Herz verloren habe. Ich habe ihm auch damals, als ich meinen Besuch bei euch durchsetzen wollte, ehe ich wußte, daß ich mit deinem Vater reisen könnte, klargemacht, daß ich sehr gut allein reisen könne, wenn ich mich unter den Schutz des Kapitäns stellen würde. Ach, Jan, was soll nun werden?«

Er legte wie schützend den Arm um sie, glücklich, daß er das jetzt tun durfte.

»Sei nicht so erschrocken, Liebling, das sieht schlimmer aus, als es ist. Ich bin sehr zufrieden, daß ich mich nicht von dir zu trennen brauche, denn du wirst natürlich reisen, aber in meiner Begleitung.«

Dora hob beschwörend die Hände:

»Das geht doch nicht, Jan, das darf ich nicht zulassen. In Hamburg würde ja alles kopfstehen, wenn ihr beide zusammen angereist kämet.«

Jan hatte seine gute Laune wieder.

»Das würde ja vielleicht ganz nett aussehen, aber Hamburg wird uns nicht das Vergnügen machen. Denn wenn auch Waltraut unter meinem Schutze so sicher ist wie in Abrahams Schoß, so würde ich sie doch nicht in eine so prekäre Lage bringen, daß man in Hamburg kopfstehen müßte. Waltraut wird einfach unter dem Schutze meines Vaters reisen, wie sie unter dem Schutze von Frau Doras Vater hergekommen ist, und ich werde meinen Vater begleiten.«

Schlüters staunten ihn an, und Harry sagte:

»Dein Vater? Das wirst du wohl schwerlich durchsetzen, daß er mitreist.«

Energisch schüttelte Jan den Kopf.

»Ist schon alles abgemacht. Eigentlich wollten wir zwei, Vater und ich, allein reisen, ohne Waltraut, aber nun ist es mir um so lieber. Waltraut, Kopf hoch, freue dich, daß wir uns nicht trennen müssen.«

Sie faßte seine Hand und lächelte tapfer. Und Jan erzählte Schlüters nun alles Weitere, was sie noch wissen mußten. Dora atmete auf.

»Dann reist du freilich mit starker Ehrengarde, Waltraut, aber daß ich dich schon hergeben soll, ist sehr schmerzlich für mich.«

»Geben Sie sich zufrieden, Frau Dora, Sie werden Waltraut bald auf immer zurückbekommen, denn ich kehre ohne sie nicht wieder nach Larina zurück.«

Waltraut hielt ihm den Mund zu.

»Ach, Jan, sei nicht so sicher!«

Er küßte ihr die Hand.

»Willst du mich etwa aufgeben, wenn dein Vater nein sagt?«

»Ach, Jan, Jan, mir ist das Herz so schwer!«

»Das mag ich nicht! Gleich machst du wieder ein frohes Gesicht. Es wird schon alles gutgehen. Dein Vater wird doch kein Ungeheuer sein, der uns unglücklich machen will. Zur Not riskiere ich einen Kniefall.«

Sie mußte ein wenig lachen.

»Darauf sollte es mir auch wahrlich nicht ankommen, aber du kennst meinen Vater nicht, er kann sehr hart sein.«

»Das haben Väter zuweilen so an sich, aber es sieht meistens viel schlimmer aus, als es ist. Mache keine Sorgenaugen, Liebling, es wird alles gutgehen. Und jetzt wollen wir erst mal die Schiffsliste nachsehen und feststellen, welchen Dampfer wir benutzen können, damit der Dak Wallah gleich das Antworttelegramm an deinen Vater mitnehmen kann. Er wird sich inzwischen in der Küche gütlich getan haben, da wir ihn so lange vergessen haben.«

Mit Hilfe des Fahrplans stellten sie fest, daß ein sehr guter Dampfer am 12. Februar von Colombo abginge.

»Gut, reisen wir am zwölften Februar. Da haben wir noch sechs Tage Zeit, uns vorzubereiten«, sagte Jan und fertigte den Dak Wallah mit dem Antworttelegramm ab. Und dann schob er seinen Arm unter den Waltrauts und sagte lachend zu Schlüters:

»Ihr lieben Leute könnt vielleicht verstehen, da es noch nicht gar so lange her ist, daß ihr Brautleute waret, daß ich mit meiner Braut noch allerlei zu besprechen habe, wobei ihr überflüssig seid. Ich habe noch nicht einmal einen Verlobungskuß bekommen. Bitte, beurlaubt uns eine Stunde, wir gehen hinüber in den Pavillon.«

Und er führte Waltraut einfach davon. Schlüters sahen ihnen halb lächelnd, halb beklommen nach.

»Nun, Harry, was habe ich gesagt?« fragte Dora.

Er küßte sie.

»Du bist eben eine eminent kluge Frau. Aber Gott mag geben, daß alles gutgeht. Von allem anderen abgesehen, schon daß Waltraut für immer nach Ceylon gehen will, wird ihrem Vater nicht recht sein. Und dann sein Gelübde? Wenn ein Mann sich mit solchen Dingen das Leben beschwert, dann hat es in der Regel einen besonderen Grund.«

Dora atmete tief auf.

»Wunderschön wäre es aber, wenn Waltraut für immer hierher käme, denke doch, welch ein Glück für mich.«

Er strich ihr das Haar aus dem Gesicht.

»Dorle, um dich glücklich zu machen, wird Herr Roland seiner Tochter nicht seinen Segen zu dieser Verbindung geben.«

15

JAN UND WALTRAUT fühlten sich im Pavillon unter dem Schutz der breitästigen Tiekbäume vor fremden Augen sicher. Ohne Umstände nahm Jan sein Glück in die Arme. Sie sahen sich lange in die Augen und küßten sich dann, wie eben nur zwei Menschen sich küssen, die endlich nach langem Harren eine Gelegenheit dazu finden. Waltraut lag ganz still in Jans Armen, fühlte nichts, als das grenzenlose Glück, zu lieben und geliebt zu werden, und vergaß alles Bangen und Zagen. Als Jan seinen ersten heißen Durst an Waltrauts Lippen gestillt hatte, sagte er aufatmend:

»So, mein süßes Herz, nun sind wir doch erst mal richtig verlobt, nun weiß man doch, wozu man eine Braut hat.«

»Ach, Jan, noch haben wir Vaters Zustimmung nicht.«

»Das ist nicht so wichtig wie das, daß du an Rudolf nicht mehr gebunden bist und daß wir zwei uns einig sind, nicht voneinander zu lassen. Mit Gewalt kann euch euer Vater nicht zwingen, euch zu heiraten, und wenn er erst eingesehen hat, daß ihr fest bei eurer Weigerung bleibt, dann wird er auch einsehen, daß seine Tochter einen andern Mann bekommen muß. Und dazu bin ich doch dann der nächste, nicht wahr?«

Sie mußte über sein drolliges Gesicht lachen, wurde aber gleich wieder ernst.

»Wenn Vater nur nicht so hart und unbeugsam wäre, Jan.«

Er klopfte an seine Stirn.

»Ich habe auch einen harten Schädel, Liebling, schließlich wird er doch nachgeben müssen, denn wir sind drei gegen einen, du, Rudolf und ich gegen deinen Vater. Und diese Lore Lenz wird uns eventuell auch zur Seite stehen, und mein Vater natürlich auch. Sollen wir uns da fürchten, meine Waltraut? Wir haben auf jeden Fall die besseren Karten. Sieh nicht so sorgenvoll aus, gib mir lieber noch einen Kuß.«

Er küßte sie wieder nach Herzenslust, und sein Gesicht wurde immer strahlender.

Und dann malte er ihr aus, wie schön es sein würde, wenn sie erst in Larina als Mann und Frau wohnen würden.

»Es soll alles nach deinem Geschmack hergerichtet werden, ich habe alles notiert, was deiner Ansicht nach in Larina noch fehlt. Alles soll ganz so werden, wie du es haben willst, das lassen wir alles herrichten, während wir fort sind.«

»Aber, Jan, darüber hat doch dein Vater zu bestimmen.«

Er schüttelte lachend den Kopf.

»Nein, Waltraut, Larina gehört mir ganz allein, ich habe es von meinem Großvater geerbt.«

Und er malte ihr alles im schönsten Lichte.

»Ach, Jan, das klingt alles so wunderschön! Larina gefällt mir, so wie es ist, sehr gut. Es fehlt nur noch ein wenig Farbe und Behagen, wie es eben nur Frauenhände schaffen können, so wie hier in Saorda. Das kommt alles von selbst, wenn ich wirklich erst deine Frau bin. Es soll unsere kleinste Sorge sein.«

»Oh, ich werde einfach Frau Dora bitten, in unserer Abwesenheit Larina nach ihren Angaben verschönern zu lassen. Das wird sie großartig machen, wenn wir sie darum bitten. Und der alte Bungalow soll ebenfalls recht behaglich eingerichtet werden, damit Vater sich darin wohl fühlen kann. Wenn alles gutgeht, werden wir gleich in Hamburg Hochzeit halten, und dann machen wir unsere Hochzeitsreise zurück nach Ceylon.«

Sie legte ihm die Hand auf den Mund.

»Nicht zu rasch, Jan!«

»Willst du mich vielleicht noch lange schmachten lassen? So hartherzig wirst du doch nicht sein?«

Sie schüttelte errötend den Kopf.

»Ach, ich? Jan, wenn es nach mir ginge, würde ich heute noch deine Frau!«

Er preßte sie an sich.

»Liebling, dafür muß ich dich küssen! Wäre das herrlich! Ich wäre auch dabei, auf der Stelle. Aber leider geht das nicht. Versprich mir nur, daß du nichts tun willst, um den Termin unserer Hochzeit hinauszuschieben.«

Sie mußte über seinen drolligen Eifer lachen.

»Das verspreche ich dir nur zu gern. Du lieber, lieber Mensch, wie glücklich könnten wir sein, wenn Vater nicht als drohende Wolke an unserem Glückshimmel stehen würde.«

»Nun, diese Wolke wird sich entladen, es wird ein wenig blitzen und donnern, vielleicht hagelt es auch ein wenig, und ein tüchtiger Platzregen ist uns sicher, aber das werden wir alles überstehen.«

»Wenn es nur nicht einschlägt in unser Glück!«

Er küßte ihre bangen Augen.

»Hab' nur ein bißchen Mut, Liebste, dann hilft uns der liebe Gott bestimmt. Verzagte Menschen mag er nicht leiden.«

Sie hatten sich noch viel zu sagen, und eine Stunde war längst herum, als sie wieder ins Haus zurückkamen. Sie staunten über die Festvorbereitungen, die Schlüters inzwischen getroffen hatten. Im Speisezimmer war die Tafel wunderschön gedeckt und mit Blumen geschmückt. Die Plätze des Brautpaares waren mit Girlanden umwunden und zusammengebunden.

»Und einen Festschmaus gibt es, Kinder, daß mir das Wasser schon im Munde zusammengelaufen ist. Dora hat die Prachtstücke aus ihrer Speisekammer gestiftet, ihr werdet staunen«, sagte Harry vergnügt.

Waltraut und Jan belagerten nun Frau Dora gleich mit ihren Wünschen wegen der Ausschmückung von Jans Bungalow.

»Sie müssen sich von Waltraut nur sagen lassen, wie sie alles haben will, Frau Dora«, sagte Jan.

Waltraut sah Dora ein wenig beklommen an.

»Ist das nicht sehr viel, was Jan verlangt, Dora?«

Diese lachte und umarmte Waltraut herzlich.

»Das kommt mir sehr gelegen, so habe ich doch etwas zu tun, womit ich mir die Langeweile vertreibe, solange ihr fort seid. So komme ich am besten über den Trennungsschmerz hinweg. Reizend soll es werden in Larina, ich werde meiner blühenden Phantasie ungehemmt die Zügel schießen lassen können, denn bei Jans Reichtum brauche ich nicht zu sparen. Ich habe doch freie Hand, Jan?«

»Selbstverständlich, Frau Dora, lassen Sie sich alles Nötige aus Colombo kommen. Die nötigen Handwerker kommen dann aus Kandy. Schaffen Sie für meine Waltraut ein Märchenreich.«

Und sie besprachen schon heute eifrig, was alles verschönert werden müsse. Dora war voll Feuereifer. Und Jan konnte sich nicht genug tun.

»Es muß alles so reizend werden, Frau Dora, daß sich Waltraut nie fortsehnt. Nirgends auf der Welt soll es ihr besser gefallen als in Larina. Ich lege alles vertrauensvoll in Ihre Hände. Und du, mein lieber Harry, sollst auch nicht zu kurz kommen, du mußt auf unseren Plantagen zuweilen nach dem Rechten sehen, damit die Leute wissen, daß sie kontrolliert werden. Dafür übernehme ich dann nächstes Jahr, wenn du mit deiner Frau nach Deutschland gehst, die Aufsicht über Saorda.«

»Das ist doch selbstverständlich, darüber mache dir keine Sorge.«

In heiterster Stimmung wurde das wirklich exquisite Festmahl eingenommen. Jan ließ es gar nicht mehr dazu kommen, daß Waltraut in sorgenvolle Stimmung verfiel. Wenn er auch selbst gar nicht so überzeugt war, daß alles glattgehen würde, so suchte er doch Waltraut das einzureden. Und Schlüters unterstützten ihn nach Kräften. Jan brach aber heute zeitiger auf als sonst, er wollte seinen Vater noch sprechen, ehe dieser zur Ruhe ging.

Nach einem innigen Abschied von Waltraut und herzlichem Händedruck von Schlüters entfernte er sich.

16

ALS JAN IN Larina ankam, wurde er von seinem Vater erwartet.

»Du wolltest doch heute nicht nach Saorda fahren, Jan. Ich habe auf dich gewartet.«

»Verzeih, lieber Vater, ich traf Harry, und er bat mich, mitzukommen. Das ließ ich mir nicht zweimal sagen, zumal ich annehmen durfte, daß Nachricht von Hamburg eingetroffen sein könnte. Und ich hatte mich nicht getäuscht.«

Hendrik Werkmeester sah lebhaft auf.
»Ist das Telegramm gekommen?«

Jan hatte sich die beiden Depeschen von Waltraut ausgebeten und legte sie dem Vater vor.

»Es sind zwei, Vater. Hier eines von Waltrauts Pflegebruder mit dem Wort ›Geduld‹. Was das heißen soll, weißt du. Das andere aber hat schlimmeren Inhalt. – Waltraut wird von ihrem Vater sofort nach Hause gerufen. Sie reist am 12. Februar von Colombo ab.«

Der alte Herr sah auf die beiden Schriftstücke hinab, dann strich er sich das dichte, aufbäumende Blondhaar aus der Stirn und sagte ruhig und bestimmt:

»Nicht ohne uns.«

Jan faßte seine Hand.

»Ich hatte das nicht anders erwartet, Vater, nach unserem Gespräch von neulich und habe es Waltraut auch schon in Aussicht gestellt. Sie ist sehr froh darüber und Frau Dora ebenfalls, die ihre Freundin nicht gern allein reisen lassen wollte.«

Hendrik Werkmeester sah eine Weile sinnend vor sich hin. Ein tiefer Atemzug hob dann seine Brust, und er sagte heiser:

»Setze dich zu mir, mein Sohn, nun es fest beschlossen ist, daß wir nach Deutschland reisen, mußt du meine Beichte hören, schon damit du verstehst, warum ich so zuversichtlich glaube, daß Georg Roland dir seine Tochter zur Frau gibt, da er damit sein Gelübde, seine Tochter dem Sohne seines Freundes zu vermählen, nicht zu brechen braucht.«

Jan setzte sich dem Vater gegenüber und sah ihn fragend an. Der alte Herr stützte den Kopf in die Hand und beschattete sein Gesicht.

»Wenn ich eine Schuld auf mich geladen habe, mein Sohn, ist es für mich Strafe genug, daß ich sie dir beichten muß. Zuerst höre also, daß ich nicht, wie du glaubst, von Geburt Holländer bin, ich bin ein Deutscher. Erst auf Sumatra erwarb ich das holländische Bürgerrecht, kurz bevor ich deine Mutter heiratete.«

Erstaunt sah Jan ihn an.

»Vater? Du bist ein Deutscher?«

Dieser nickte.

»Ja, Jan, ich war ein Deutscher und hieß Heinrich Werkmeister. Ich habe meinen Namen in das Holländische übersetzt in Hendrik Werkmeester. Und ich will dir nun auch sagen, daß ich vor deiner Mutter in Deutschland schon eine andere Frau hatte, sie ist gestorben, ehe ich Deutschland für immer verließ, einige Monate nachdem sie mir einen Sohn geschenkt hatte. Sie starb an den Folgen dieser Geburt. Mein Sohn aus erster Ehe ist aber noch am Leben, du hast einen Bruder, Jan – und dieser Bruder ist –, Rudolf Werkmeister, Waltrauts Pflegebruder.«

Jan war zusammengezuckt und starrte seinen Vater an, als zweifle er an dessen Verstand.

»Vater! Das kann doch nicht sein, bist du auch klar bei Sinnen?«

Ein mattes Lächeln flog über das Gesicht des alten Herrn, ein Lächeln voll Schmerz und Leid.

»Ich bin ganz klar bei Sinnen, Jan, und was ich sage, ist Wahrheit. Da drüben in meinem Schreibtisch liegt mein Tagebuch, das ich mit großer Gewissenhaftigkeit geführt habe, seit ich Deutschland verließ. Du kannst später nachlesen und nachprüfen, falls ich mich irgendwie nicht mehr genau an Kleinigkeiten erinnern kann. Etwas von Wichtigkeit habe ich bestimmt nicht vergessen. Es sind dreiunddreißig Jahre vergangen, seit ich meine alte Heimat verließ, als ein Betrüger.«

Jan schrak zusammen.

»Nein – nein –, das ist nicht wahr! Du bist kein Betrüger, Vater!«

»Doch, mein Sohn, auf die Gefahr hin, deine Liebe zu verlieren – ich bin ein Betrüger.«

Jan faßte erregt seine Hand mit einem krampfhaften Druck.

»Vater, meine Liebe wird dir immer gehören, und was du auch getan haben magst, ein gemeiner Verbrecher warst du nie, das weiß ich. Es soll dich nichts in meinen Augen herabsetzen. Aber nun mußt du mir alles sagen, jetzt kann ich von dir nur noch hören, was dich entschuldigen kann.«

»So höre weiter, Jan. Ich war ein armer Schlucker, mein Vater hatte gerade nur lange genug gelebt, um mir mit großen Opfern den Besuch der Handelsschule zu ermöglichen. Schon auf dem Realgymnasium wurde ich mit Georg Roland bekannt, wir wurden Freunde, treue Freunde, obwohl Georg der Sohn eines reichen Handelsherrn war. Wir besuchten auch gemeinsam die Handelsschule, und Georgs Vater sah unsere Freundschaft gern, weil ich, wie er sagte, Georg positiv beeinflußte. Ich bekam nach Absolvierung der Handelsschule zum Glück gleich eine gute Stellung, in der ich mich emporarbeiten konnte und die Zufriedenheit meiner Chefs erwarb. So ging alles gut, mein Gehalt reichte für meine Bedürfnisse aus, und ich hoffte, weiter voranzukommen. Nach und nach hatte ich eine Vertrauensstellung in dem Geschäft bekommen, in dem ich angestellt war, und ich meinte, mir stehe die ganze Welt offen. Jedes Jahr konnte ich es mir leisten, einige Wochen in die Berge zu gehen – der Bergsport war meine Leidenschaft.«

»Vater, ich denke, du bist nie auf einem Berge gewesen«, sagte Jan noch ganz benommen.

»Ich sagte es dir, um dir nicht erklären zu müssen, warum ich nie mehr in die Berge ging. Höre weiter. Eines Tages lernte ich meine erste Frau kennen, ich habe sie namenlos geliebt, Jan. Sie war arm, ärmer noch als ich, und sehr zart, aber ich liebte sie und wollte sie heiraten. Georg riet mir ab, hielt mir vor, daß ich die besten Partien machen, diese Heirat aber mich ins Verderben stürzen könne. Ich lachte ihn aus, ich fühlte mich so stark, daß ich das Schicksal zu meistern hoffte – und heiratete.

Wie sehr Georg recht behalten sollte, ahnte ich nicht. Damals lachte ich noch über allerlei Sorgen, die ich auf mich nehmen mußte, denn ich tat es für die Frau meiner Liebe. Ich schaffte unsern Hausrat auf Abzahlung an, in meinem Liebesglück gar nicht daran denkend, was ich mir damit für einen Klotz ans Bein band. War ich doch bisher mit meinem Gehalt gut ausgekommen; es konnte daher nicht schwer für mich sein, mich etwas einzuschränken. Und ein hübsches Heim wollte ich meiner jungen Frau auch schaffen, so nahm ich denn eine schwere Sorgenlast lachend und unbekümmert auf meine Schultern.

Und ein kurzes Jahr waren wir unsagbar glücklich, obwohl wir uns mehr einschränken mußten, als ich es für möglich gehalten hatte.

Dann fühlte sich meine Frau Mutter und begann schon damals zu kränkeln, sie war eben zu zart. In jener Zeit ging Georg Roland auf eine Weltreise. Unsere Freundschaft war, trotz meiner Heirat, die gleiche geblieben. Als er sah, daß ich mir nicht abraten ließ, kam kein weiteres Wort über meine Ehe über seine Lippen. Wir verabschiedeten uns sehr herzlich und hofften auf ein frohes Wiedersehen. Georg reiste von Ort zu Ort, von Land zu Land. Ich erhielt wohl zuweilen eine Karte von ihm, doch wußte ich nie, wo ihn meine Nachrichten treffen konnten.

Als er fort war, kamen die Sorgen über mich hereingestürzt, daß ich kaum aus und ein wußte. Meine Frau wurde immer leidender und brauchte sorgsame Pflege. Ich konnte sie nicht leiden sehen, ohne alles zu versuchen, ihr diese Leiden erträglich zu machen. Die besten Ärzte schaffte ich ihr herbei, ganz gleich, was für Honorare sie forderten. Ich blieb mit den Abzahlungen für die Möbel im Rückstand. Man drohte mir, die Möbel fortzuholen. Die Ärzte mußten bezahlt werden, eine Pflegerin mußte ich für meine Frau engagieren, und schließlich wurde es nötig, sie in ein teures Sanatorium zu schicken. Das alles kostete viel mehr Geld, als ich verdienen konnte, und eine namenlose Angst überfiel mich. Als ich meine Frau in das Sanatorium bringen mußte, wußte ich nicht, woher ich das Geld nehmen sollte. Und damals, damals mein Sohn, vergriff ich mich an fremdem Gelde. Es lief mir so viel durch die Finger – sollte ich meine Frau hinsiechen lassen? Sollte ich uns die Möbel fortnehmen lassen? Kurzum, ich unterschlug eine Summe und fälschte die mir anvertrauten Bücher.«

Hendrik Werkmeester beschattete wieder sein Gesicht mit den Händen. Jan aber legte ihm die Hand auf die Schulter.

»Armer Vater! Du tatest es nicht für dich, nicht aus Leichtsinn, sondern um ein geliebtes Leben zu retten.«

Der alte Herr ließ seine Hand sinken und sah den Sohn mit einem schmerzlichen Ausdruck an.

»Ich danke dir, mein Sohn, du sprichst wie deine gute Mutter, als ich ihr beichtete. Auch sie hat mir verziehen und legte trotzdem ihr Schicksal in meine Hände. Ich muß dir auch sagen, heute noch einmal vor dieselbe Wahl gestellt, würde ich wieder dasselbe tun. Ich war so zermürbt von Angst und Sorge um meine Frau, daß ich nicht lange fragen konnte, ob ich recht oder unrecht tat, als ich mich an fremdem Gelde vergriff, um ihr zu helfen. Es blieb nicht bei dem einen Mal, wieder und wieder nahm ich, was ich für sie brauchte. Ich mußte die Fehleintragungen in meinen Büchern vertuschen, und ein Unrecht zog das andere nach sich. Wäre Georg Roland zu Hause gewesen, so hätte er mir helfen können und es wäre nicht zum Schlimmsten gekommen, aber nun ich einmal die Bücher gefälscht hatte, wäre auch das ausgeschlossen gewesen.

In jener qualvollen Zeit wurde mir ein Sohn geboren, ich aber konnte mich nicht darüber freuen, denn eine neue Sorge kam zu den alten. Rudolf war ein starkes, kräftiges Kind, er kostete seiner Mutter die letzte Kraft. Sie mußte in dem teuren Sanatorium bleiben, ich mußte für meinen Sohn eine Pflegerin haben. Die Möbel wurden mir nun doch genommen, und, der Verzweiflung nahe, entwendete ich wieder und wieder eine Summe. Ich wollte die Möbel zurückhaben, meine Frau durfte nicht ahnen, wie es um uns stand. Wenn sie wiederkam, mußten die Möbel wieder in der Wohnung stehen.

Da unterschlug ich eine größere Summe, um endlich alles ordnen zu können. Wie ich das auf die Dauer vertuschen sollte, daran konnte ich damals gar nicht denken – kurzum, ich hatte erst siebentausend Mark so nach und nach unterschlagen, nun unterschlug ich mit einemmal noch dreizehntausend Mark, so daß ich im ganzen meiner Firma zwanzigtausend Mark entwendet hatte. Ehe ich noch Schritte tun konnte, um meine Möbel wieder zurückzukaufen, wurde ich ins Sanatorium gerufen – meine Frau lag im Sterben. Eine Operation, die nötig gewesen, war ungünstig verlaufen. Sie starb in meinen Armen, ahnungslos, daß sie sterben mußte. Als ich sie zur Ruhe bestattet hatte und herumlief, wie vor den Kopf geschlagen, keines klaren Gedankens fähig, kam Georg Roland von seiner Reise zurück. Er erschrak über mein Aussehen, fragte mich sogleich, ob und wie er mir helfen könne – ich schüttelte den Kopf. Helfen konnte mir kein Mensch, sobald eine Revision meiner Bücher stattfinden würde, war ich entlarvt. Nur daß man mir so viel Vertrauen schenkte, hatte das bisher verhütet. Und momentan hatte ich noch reichlich zehntausend Mark von der letzten Unterschlagung, denn die Möbel hatte ich noch nicht zurückbringen lassen, ich wohnte in einer Angestelltenwohnung und mein Sohn war bei einer Pflegerin untergebracht.

Der Gedanke, als Betrüger entlarvt zu werden, marterte mich nun erst, da nicht alle meine Gedanken mehr in Sorge um meine Frau kreisten. Fast betrachtete ich es als ein Glück für sie, daß sie gestorben war, denn was für ein Leben hätte sie erwartet an der Seite eines Betrügers. Ich wußte, über kurz oder lang würde man meinen Betrug entdecken, und ich würde ins Gefängnis wandern. Der Gedanke daran machte mich ganz elend.

Georg Roland merkte mir an, wie zermürbt ich war, er schob es auf die Trauer um meine Frau, und machte mir den Vorschlag, auf vierzehn Tage mit ihm in die Berge zu gehen, damit ich mich ablenken und erholen könne, er lud mich ein, sein Gast zu sein. Ich bat mir bis zum nächsten Tag Bedenkzeit aus.

Und in der folgenden Nacht grübelte ich darüber nach, wie ich den Tod suchen oder mich vor dem Gefängnis retten könne! Und da kam mir ein erleuchtender Gedanke, ich mußte in den Bergen verunglücken, ich durfte nicht wiederkommen. Aber die Lebensgier war noch immer groß genug in mir, und auch die Einsicht, daß ich nur sühnen konnte, wenn ich am Leben bliebe, aber für tot galt. Ich dachte mir einen Plan aus mit allen Einzelheiten.

Am nächsten Tage sagte ich Georg Roland, daß ich seine Einladung annehmen würde. Ich nahm Urlaub im Geschäft, der mir bereitwillig gegeben wurde. Daß ich nie wiederkehren würde, ahnte niemand. Ich wollte versuchen, ins Ausland zu entkommen, und war froh, daß ich noch die zehntausend

Mark besaß. Damit hoffte ich, mir eine neue Existenz gründen und eines Tages das veruntreute Geld zurückzahlen zu können. So hoffte ich besser zu sühnen, als wenn ich mich hätte ins Gefängnis stecken lassen.

Ich war ein sehr geübter Bergsteiger und hatte schon die schwierigsten Touren gemacht, ehe ich heiratete. Einen Reisepaß hatte ich mir verschafft, mit dem ich mich hinwenden konnte, wohin ich wollte. Wir reisten, auf meinen Rat, in das Engadin. Dort kannte ich sozusagen Weg und Steg genau, war auf allen Gipfeln gewesen und kannte jede Gletscherspalte und jeden Abgrund. Ehe ich abreiste, nahm ich heimlich Abschied von meinem Sohn, den ich ja nicht wiedersehen sollte. Obwohl ich damals meinem Sohne grollte, weil er der Mutter das Leben gekostet hatte, riß es doch an meinem Herzen, als ich ihn zum letztenmal in meinen Armen hielt. Nur die Gewißheit, daß Georg Roland sich seiner annehmen und ihm ein besseres Los bereiten würde, als ich es gekonnt hätte, wenn ich blieb, half mir über diesen Abschied hinweg. Ich hinterließ der Pflegerin Kostgeld für ein halbes Jahr für meinen Sohn und riß mich los. Mein Plan konnte mir auch den Tod bringen, das wußte ich, es war ein kühnes Wagnis, was ich unternehmen wollte. Aber ich sagte mir, gelänge es mir, dann würde es mir auch gelingen, später meine Schuld zu sühnen.

Ich hatte Georg eine Tour vorgeschlagen, die ich genau kannte, er aber nicht. Und so stiegen wir eines Tages zur Höhe hinauf. Ich hatte, wie schon oft, jeden Führer abgelehnt, und Georg wußte, daß ich dann auch keinen Führer brauchen würde. Übrigens hatten wir schon schwierigere Touren gemacht als diese, auch ohne Führer.

Es kam mir zunutze, daß ich gelernt hatte, soweit das möglich ist, das Wetter vorauszuberechnen, und ich wußte schon beim Verlassen der Schutzhütte, in der wir die Nacht verbracht hatten, daß wir in spätestens einer Stunde ein heftiges Schneetreiben haben würden. Das begünstigte meinen Plan sehr.

Es kam alles, wie ich mir ausgerechnet hatte. Nachdem wir uns am Morgen etwa eine Stunde weit von der Hütte entfernt hatten, setzte plötzlich ein so starker Schneesturm mit heftigem Schneegestöber ein, wie ich es selbst nicht erwartet hatte. Man sah kaum die Hand vor den Augen. Mir war das gerade recht. Absichtlich führte ich meinen Freund im Kreise herum, ohne daß er es ahnte, bis ich mit ihm an der Stelle anlangte, zu der ich gelangen wollte. Es war dicht am Rand eines schaurigen Abgrundes. Ich hatte schon eine Weile vorher Georg gestanden, daß wir uns verirrt hätten und hatte große Müdigkeit vorgetäuscht, obwohl all meine Nerven angespannt waren in der Energie der Verzweiflung. Und nun, am Rande des Abgrundes, überfiel mich scheinbar die Bergkrankheit. Ich ließ mich wie willenlos am Rande des Abgrundes nieder und erklärte, nicht mehr weiterzukönnen. Ich redete Georg zu, mich zu verlassen und sich allein zu retten und empfahl ihm, sich immer rechts zu halten, weil ich wußte, daß er so in einer halben Stunde sicher zur Schutzhütte zurückkommen mußte. Daß mich Georg nicht verlassen würde, wußte ich ganz genau, nur wollte ich ihm auf unverfängliche Art verraten, welchen Weg er einzuschlagen habe, wenn er nachher doch allein zurückgehen mußte. Ich brauchte ihn noch als Zeugen, daß ich in den Abgrund gestürzt sei, auf dessen Grunde einer jener wilden Wasserfälle brodelte, die in jahrtausendelanger Arbeit das Gestein ausgehöhlt haben und unbedingt alles vernichten, was hier hinunterstürzt. Die Leiche eines Menschen, der hier abstürzen würde, konnte kaum jemals wieder zum Vorschein kommen. Darauf baute ich meinen Plan. Jeder Mensch in jener Gegend wußte, daß der Wasserkessel, in den der Wasserfall hinabstürzte, nichts wieder herausgab.

Ich spielte Georg nun so überzeugend die Bergkrankheit vor, daß er schließlich zu einem Gewaltmittel griff, in seiner Sorge, mich aufzustacheln. Erst versuchte er es noch einmal mit eindringlichem Zureden. Ich reagierte nicht darauf und nahm ihm das Versprechen ab, für meinen Sohn zu sorgen, falls ich nicht aus dieser Gefahr errettet würde. Wußte ich doch wirklich nicht, ob mein Wagnis gelingen würde. Georg gab mir das Versprechen, und ich wußte, er würde es mit allen Konsequenzen halten. Und nun griff er zu dem Gewaltmittel, er schalt mich scheinbar verächtlich einen Feigling

Ich sprang plötzlich auf und wollte mich, wie ich geplant hatte, dabei scheinbar ausrutschend, in den Abgrund gleiten lassen. Aber Georg hatte mich nicht aus den Augen gelassen und faßte zu, um mich zu halten. Da markierte ich Zorn und stürzte mich auf ihn, so daß er glauben mußte, es geschähe, weil er mich einen Feigling genannt hatte, und nun begannen wir am Rande des furchtbaren Abgrundes zu ringen, wobei ich jedoch, der ich über die größeren Kräfte verfügte, so geschickt manövrierte, daß ich an die Seite kam, wo der Abgrund gähnte, der freilich im Schneegestöber kaum zu sehen war. Schließlich stieß ich Georg mit Aufbietung all meiner Kraft so weit wie möglich von dem Abgrund zurück, so daß er in den weichen Schnee fiel und in Sicherheit war, während ich, scheinbar ausgleitend, über den Rand des Abgrunds – in die grausige Tiefe glitt.

Ich höre heute noch den furchtbaren Schrei, den Georg ausstieß, als er mich verschwinden sah, hörte seine qualvollen Rufe um Hilfe, denn ich war nicht weit gestürzt. Wußte ich doch, daß etwa drei bis vier Meter unter dem Rand des Abgrundes ein schmaler Vorsprung war, auf dem ich Halt zu finden hoffte. Ich hatte dies Kunststück einmal infolge einer Wette vollbracht in Gegenwart zweier Führer und mehrerer Touristen. Damals war ich freilich angeseilt, was diesmal nicht der Fall war. Das Kunststück gelang mir aber auch diesmal, als es um mein Leben ging. Es war wirklich ein Spiel um Leben und Tod. Aber ich fand im Abgleiten Halt auf dem schmalen Vorsprung, wo ich kaum stehen konnte. Hart an die etwas schräg nach hinten abfallende Felswand gelehnt, hörte in Georg rufen und schreien, merkte, wie er sich weit über den Rand des Abgrunds beugte und jammervoll meinen Namen rief. Das Schneetreiben verbarg mich vor seinen Augen noch besser. Ich stand nur wenige Meter unter ihm und hörte sein qualvolles Stöhnen. Und dann raffte er sich auf und lief davon, wahrscheinlich um Hilfe zu holen. Ich hörte seine Hilferufe ferner und ferner klingen und merkte befriedigt aus der Richtung, daß er den Weg eingeschlagen hatte, der ihn zu der Hütte bringen mußte.

Über sein Schicksal beruhigt, wartete ich nun auf meinem gefährlichen Platz noch einige Minuten, dann begann ich langsam in der schräg emporsteigenden Felsschrunde wieder hinaufzuklettern. Es war ein schweres Stück Arbeit, denn die Felsschrunde war kaum einen Fuß breit, und minutenlang schwebte ich noch in Lebensgefahr. Von unten hörte ich das Tosen des Wasserfalls, wie er sich hinab in den Wasserkessel stürzte, und hinterher wurde mir etwas flau bei dem Gedanken, daß ich da unten liegen könnte. Ich kam aber in Sicherheit und lief wie ein gehetztes Wild davon, in die entgegengesetzte Seite, der italienischen Grenze zu. Meine Fußspuren im Schnee waren durch den Schneesturm binnen weniger Minuten völlig verweht. Das hat mir geholfen. Meinen Rucksack, das Seil und den Eispickel hatte ich an der Stelle zurückgelassen, wo ich scheinbar abgestürzt war. Ich hatte sorgsam schon vorher alles zu mir gesteckt, was ich zu meiner Flucht brauchte. Nach einer Stunde hörte das Schneetreiben ebenso plötzlich auf, wie es begonnen hatte, es war, als habe es der Himmel extra gesandt, um mir zu helfen. Ungehindert kam ich über die italienische Grenze. Daß Georg die Hütte erreicht und dort einen Führer mit zwei englischen Touristen gefunden hatte, beruhigte mich über sein Schicksal. Ich las es nach einigen Tagen in einer deutschen Zeitung, wie man versucht hatte, mich zu retten, und daß es ergebnislos gewesen sei. Meine Leiche habe man leider nicht einmal bergen können. Ich wurde überall als tot gemeldet, die Rettungsaktion, die mein Freund veranstaltet hatte, war ergebnislos verlaufen. Heinrich Werkmeister war tot, war dem Gefängnis entgangen. Sein Vergehen mußte als gesühnt angesehen werden.

Ich bin fest überzeugt, daß Georg Roland, sobald er von meiner Firma das durch mich verursachte Defizit erfahren hatte, diese Schuld gedeckt hat; denn so eifrig ich auch alle Zeitungen las, nie wurde etwas von meinen Verfehlungen erwähnt, immer sprach man von mir wie von einem untadeligen Ehrenmann. Und so erfuhr ich auch, daß Georg meinen

Sohn an Kindes Statt angenommen hatte und war somit über dessen Schicksal beruhigt. Daß Georg bei seinem Reichtum sich damit keine schwere Sorge aufgeladen hatte, wußte ich, trotzdem habe ich mich immer als sein Schuldner gefühlt.

In Italien hatte ich mir die nötigen Kleider und einen Koffer gekauft, ich war nach Genua gefahren, um hier auf irgendeinem Dampfer in die weite Welt zu fahren. Zufällig lag ein Dampfer bereit, der nach Sumatra und Java fuhr. Das betrachtete ich als einen Wink des Schicksals. Und es hat mich auch gut geführt. Ich bekam im Hause deines Großvaters, der Gefallen an mir fand, eine gute Stellung. Das übrige weißt du. Nur das weißt du nicht, was ich gelitten habe in dem Bewußtsein meiner Schuld und unter der Sehnsucht nach meinem Sohn. Als ich ganz in Sicherheit war, überfiel sie mich wie ein wildes Tier. Ich hatte nicht geglaubt, daß meine Liebe zu Rudolf so groß war. Mein vereinsamtes Herz klammerte sich an deine Mutter, die mir vom ersten Tag an ihre Liebe geschenkt hatte. Auch ich gewann sie lieb, der Schmerz um meine verstorbene Frau verblaßte. Ich wagte nicht, um deine Mutter anzuhalten, als ich aber merkte, daß sie unter meiner Zurückhaltung litt, habe ich ihr eines Tages eine umfassende Beichte abgelegt und sie gefragt, ob sie trotzdem meine Frau werden wollte. Sie verzieh großherzig und schenkte mir mit ihrer Liebe ihr Vertrauen. Nie hat sie es zu bereuen brauchen. Ab und zu konnte ich auf Umwegen Kunde aus der Heimat erhalten und hörte auch, daß mein Sohn im Hause Georg Rolands aufwuchs. Dieser hatte sich verheiratet.

Das Geld, das ich mit mir genommen hatte, legte ich in einer Plantage an, die ich günstig wieder verkaufte. Wie ich dann weiter zu Geld kam und mir, unabhängig von deiner Mutter, ein hübsches Vermögen erwarb, weißt du: Aber die ersten zwanzigtausend Mark, die ich zusammenhatte, legte ich fest auf eine Bank und ließ Zins und Zinseszins anwachsen, Jahr um Jahr. Dieses Geld habe ich testamentarisch Georg Roland vermacht, um meine Schuld zu tilgen. Das übrige von mir erworbene Kapital, mein lieber Jan, habe ich testamentarisch meinem Sohn aus erster Ehe vermacht, der erst nach meinem Tode erfahren sollte, daß sein Vater noch so lange gelebt hat. Im Vorwort zu meinem Tagebuch habe ich die Bitte an dich gerichtet, dieses Buch auch Georg Roland und meinem Sohne Rudolf zur Kenntnisnahme zu übergeben.

Nun hat es sich aber so gefügt, daß ich sozusagen wieder von den Toten auferstehen muß, wenn ich dir, mein Jan, und deinem Bruder Rudolf zu eurem Glück verhelfen will. Und es ist vielleicht gut so. Gesetzlich ist meine Schuld von damals verjährt, und ich will versuchen, auch dafür Vergebung zu erlangen bei den wenigen Menschen, die darum wissen müssen. Seit mir Waltraut erzählt hat, welches Gelübde ihr Vater abgelegt hat, ist mir erst so recht zum Bewußtsein gekommen, daß Georg Roland sich wohl eine Art Schuld an meinem Tode zugemessen hat, denn ein Mann wie er legt ein solches Gelübde nur in schwerer Gewissensnot ab. Und auch deshalb ist es gut, wenn ich wieder auftauche. Georg Roland soll wissen, wie vollkommen schuldlos er daran ist, daß ich scheinbar abstürzte. Und wenn er alles weiß, wird er sich gern damit von seinem Gelübde, seine Tochter meinem andern Sohne zur Frau zu geben, entbinden lassen. So hoffe ich, durch mein Auftauchen und durch meine Beichte bei Lebzeiten alle Konflikte zu lösen. Daß mir dadurch auch noch die unverdiente Gnade zuteil wird, meinen Sohn Rudolf vor meinem Tode wiederzusehen, habe ich nicht mehr gehofft. Das Schicksal geht gnädiger mit mir um, als ich es verdiente. Du aber, mein lieber Jan, wirst mir nicht zürnen, daß ich Rudolf vererbe, was ich mir erworben habe. Du bist reich durch dein mütterliches Erbe und das deines Großvaters. Und nach meinem Tode fallen dir ja auch die Zinsen wieder zu, die deine Mutter mir testamentarisch auf Lebenszeit aussetzte. Ich habe wenig davon verbraucht, und was ich davon ersparte, habe ich dir testamentarisch vermacht, da es von deiner Mutter stammt. Nicht wahr, du zürnst mir nicht und zweifelst nicht an meiner Liebe?«

Jan hatte mit atemloser Aufmerksamkeit zugehört. Nun erhob er sich und schloß den Vater in die Arme.

»Armer Vater, lieber Vater, wie hast du leiden müssen. Ich

zürne dir gewiß nicht. Du bist mir immer ein liebevoller Vater gewesen, hast für mich gearbeitet von früh bis spät und hast somit meinen Besitz vermehrt. Damit hast du mich reichlich abgefunden. Ich gönne meinem Bruder neidlos, was du ihm vererben willst und was vielleicht sein Glück begründen wird. Wie freue ich mich zu wissen, daß mein Bruder ein guter, edler Mensch ist. Ich hoffe, daß wir einander lieben können. Aber nun gehst du zu Bett, du wirst nach dieser Aufregung der Ruhe bedürfen. Alles andere besprechen wir morgen. Auch ich muß erst in mir ausklingen lassen, was ich von dir hörte, und mir klar darüber werden, was nun geschehen muß. Gott mag geben, daß deine Beichte nicht umsonst war. Ich kann sehr wohl ermessen, was sie dich gekostet hat. Aber sei versichert, du bist mir dadurch, wenn es möglich wäre, nur noch lieber geworden.«

Hendrik Werkmeester lehnte seinen Kopf aufatmend an die Schulter seines Sohnes.

»Gott lohne es dir, daß du mir deine Liebe nicht entziehst und daß du mir so verständnisvoll zugehört hast. Und nun nimm mein Tagebuch mit dir, du sollst es lesen, damit du weißt, was ich gelitten habe. Wir wollen es mit nach Deutschland nehmen, Georg Roland und Rudolf sollen es ebenfalls lesen, dann brauche ich nichts zu erklären. Das macht es mir leichter. Und nun gute Nacht, mein Sohn!«

17

GEORG ROLAND HATTE das Telegramm seiner Tochter erhalten, in dem sie ihm mitteilte, daß sie am 12. Februar von Colombo abfahren würde. Er atmete auf, es war ihm ein Zeichen, daß sie gehorsam sein wollte. Und er hoffte, daß sie, stünde sie nur erst wieder unter seinem Einfluß, doch noch Rudolfs Frau werden würde. Rudolf hatte noch keine Gelegenheit gehabt, ihm zu sagen, daß auch sein Herz einer anderen gehörte.

Zwischen Rudolf und seinem Pflegevater war kein Wort mehr in dieser Angelegenheit gewechselt worden. Als Rudolf noch einmal davon anfangen wollte, hatte der alte Herr bestimmt gesagt:

»Warte, bis Waltraut zurückgekommen ist, dann wird alles in Ordnung kommen. Bis dahin wollen wir nicht darüber reden.«

Rudolf sah ein, daß er vorläufig nichts tun konnte. Doch hatte er sich fest vorgenommen, die Angelegenheit auf seine Weise endgültig zu entscheiden, sobald Waltraut heimgekehrt war. Er wollte sich dann, ohne dem Vater vorher etwas davon zu sagen, mit Lore Lenz trauen lassen. Erst nach der Trauung wollte er dem Vater von seiner vollzogenen Vermählung Mitteilung machen. Dann stand er einer vollendeten Tatsache gegenüber. Freilich würde er sich durch diese Handlungsweise den ganzen Zorn des Vaters zuziehen, aber zugleich würde er dadurch Waltraut gründlich helfen und vor dem Zorn des Vaters schützen.

Lore schrieb er das alles, nachdem er mit sich im reinen war, in einem ausführlichen Brief und legte diesen im Vorübergehen auf ihr Pult. In diesem Brief hatte er sie gebeten, eine Antwort für ihn bereitzuhalten, damit er sie an sich nehmen konnte, wenn er wieder durch das Vorzimmer kam.

Lore schrieb ihm als Antwort:

›Mein lieber Rudolf! Wenn ich auch nur mit Bangen einwilligen kann, so soll doch alles geschehen, wie Du es willst. Du wirst schon wissen, daß es so gut ist. Hoffentlich verzeiht Dir Dein Pflegevater Deine eigenmächtige Handlungsweise. Wenn Du Deiner Schwester gründlich helfen willst, geschieht es so am besten, das sehe ich ein. Hoffentlich verhilfst Du ihr damit zu ihrem Glück. Es tut mir sehr leid, daß ich Herrn Roland gegenüber Geheimnisse habe, aber mein Glück kann ich deshalb nicht opfern, dazu liebe ich Dich zu sehr. Mir ist noch immer, als träume ich nur einen lieben, schönen Traum. Daß Du mich liebst und mich zu Deiner Frau machen willst, ist für mich ein so märchenhaftes Glück, wie ich es nie zu finden hoffte. Es wäre fast beängstigend, wenn alles ganz glattgehen würde und wir gar keine Hindernisse zu überwinden hätten. Mein ganzes Herz ist bei Dir, mein Rudolf! Gott erhalte uns unser Glück! Deine Lore.‹

Diesen Brief las Rudolf wieder und wieder, und er mußte Lore gleich darauf antworten mit vielen lieben und törichten Worten, wie sie eben nur Liebende nicht überschwenglich finden.

Lore hatte nach wie vor mit Georg Roland zu arbeiten, und sie sah sehr oft, daß er mit verdüstertem Gesicht vor sich hin starrte. Dann fühlte sie tiefes Mitleid mit ihm, und all ihre Liebe war nötig, um sie darüber hinwegzubringen, daß sie dazu beitrug, ihm Kummer zu bereiten.

In diesen Tagen kam auch endlich der Justizrat dazu, Georg Roland einen Besuch zu machen, um ihm die Fotos von Waltraut zu bringen und ihm von Saorda zu erzählen. Nach seiner Rückkehr hatte er so viel dringende Arbeit vorgefunden, daß er es immer wieder hatte verschieben müssen. Er hatte natürlich keine Ahnung davon, daß Waltraut zurückgerufen worden war. In leuchtenden Farben schilderte er das Leben auf Saorda und Larina.

Georg Roland erwähnte vorläufig nichts von Waltrauts bevorstehender Rückkehr, forschte aber den Justizrat gründlich aus, mit wem Waltraut auf der Reise und in Saorda in nähere Berührung gekommen war. Und harmlos gab der Justizrat Auskunft. Immer wieder tauchte in seinem Bericht der Name Jan Werkmeester auf. Und so kam Georg Roland die Erkenntnis, daß nur dieser es sein konnte, der das Herz seiner Tochter gewonnen hatte. Er interessierte sich natürlich auch für die Aufnahmen am meisten, auf denen Jan Werkmeester zu sehen war. Jan war, im Gegenteil zu seinem Vater, auf allen Bildern famos getroffen und seine sympathischen Gesichtszüge waren gut zu erkennen. Georg Roland mußte sich eingestehen, daß dieser Mann wohl dazu geschaffen war, ein junges Mädchenherz zu erobern.

Nach dem Fortgang des Justizrates starrte Georg Roland auf eine besonders gute Aufnahme von Jan Werkmeester herab und sagte:

»Du willst alle meine Pläne zunichte machen? Das leide ich

nicht – sie wird dich vergessen und vernünftig sein. Ich muß mein Gelübde halten, störe meine Kreise nicht!«

Wie eine angstvolle Beschwörung klang das.

In fieberhafter Unruhe erwartete er die Heimkehr seiner Tochter. Er war in einer rastlosen, bedrückten Stimmung. Sicher ging es ihm sehr nahe, daß Waltraut und Rudolf sich plötzlich ablehnend verhielten gegen sein Heiratsprojekt. Und seltsamerweise grollte er Waltraut deshalb mehr als Rudolf, erstens, weil er annahm, daß Rudolf nur Waltraut zuliebe zurückgetreten sei, und dann auch, weil sie durch ihre Weigerung gewissermaßen Rudolf um das ihm zugedachte Erbe bringen wollte. Er hatte Rudolf mindestens ebenso lieb wie seine Tochter, und dann hatte er schon immer in Rudolf seinen Nachfolger in der Firma gesehen, wußte er doch, daß Rudolf diese ganz in seinem Sinne weiterführen würde.

So war dem alten Herrn gar nicht wohl in seiner Haut, zumal er fühlte, daß er nun den beiden jungen Menschen als hartherziger Vater erscheinen mußte. Und doch war er durchaus nicht hartherzig, er beging nur den Fehler vieler Menschen, die andere nach ihrem Sinne beglücken wollen und nicht einsehen, daß jeder Mensch sein Glück auf seine eigene Art finden muß.

In all den trüben Gedanken erschien ihm Lore Lenz immer wie ein Lichtblick. Es ging etwas so Helles, Strahlendes und Lebensfrisches von diesem jungen Geschöpf aus, daß es nicht ohne Einfluß auf ihn blieb. So sehr hatte er sich schon daran gewöhnt, alles mit Lore zu besprechen, daß er ihr am liebsten auch mitgeteilt hätte, was ihm jetzt das Herz bedrückte, aber das ging natürlich nicht an. Sie hätte ihm ja auch nicht helfen können. Er ahnte nicht, daß sie in innigem Zusammenhang mit dem allen stand.

Aber er freute sich jedesmal, wenn sie in sein Kontor kam, ihm mit ihrer weichen, dunklen Stimme guten Morgen wünschte und ihn mit ihren schönen samtbraunen Augen so lieb und bittend ansah, als wolle sie sagen: Mach dir doch das Leben nicht zu schwer, es muß doch alles wieder gut werden.

Lore und Rudolf blieben in ständiger Korrespondenz, und

dieser Briefwechsel mußte vorläufig ihr ganzes Glück ausmachen. Denn persönlich konnten sie nur immer einen kurzen Gruß tauschen oder einige zärtliche Worte einander wie im Fluge zuflüstern. Damit mußten sie sich begnügen, aber das war gar nicht so schwer, da sie doch wußten, daß sie einander bald angehören würden.

So vergingen die Wochen bis zu Waltrauts Ankunft.

18

WALTRAUT BEFAND SICH nun wieder an Bord eines großen Luxusdampfers. Der Abschied von Saorda und Schlüters war ihr schwer geworden, aber doch nicht so schwer, als wenn sie auch Jan hätte zurücklassen müssen. In den Tagen, die die Reisevorbereitungen ausfüllten, war Jan wenig nach Saorda gekommen. Es galt so vieles zu bedenken, da auch sein Vater mit fortging, daß er wenig Zeit hatte. Von seines Vaters Beichte hatte er Waltraut noch nichts berichtet, er hatte ihr nur gesagt:

»Sobald wir in Ruhe an Bord sind, werde ich dir überraschende Eröffnungen machen können über das, was mir mein Vater mitgeteilt hat. Jetzt nur so viel – ich habe die bestimmte Hoffnung, daß unsere Sache sehr gut steht und daß sich alles harmonisch auflösen wird. Dank meines Vaters Eingreifen wird uns alles viel leichter gemacht werden, mein liebes Herz, du brauchst gar nicht mehr sorgenvoll auszusehen.«

Waltraut hatte natürlich über diese rätselhaften Worte nachgegrübelt. Und nun befand sie sich mit Jan und seinem Vater an Bord und war sehr gerührt, weil die beiden Herren alles taten, was sie ihr an den Augen absehen konnten.

Man hatte sich wohnlich eingerichtet in den Kabinen, und als nun der Dampfer in voller Fahrt war, führte Jan eines Tages nach Tisch Waltraut auf Deck in einen stillen, geschützten Winkel, wo sie ungestört sitzen konnten. Hendrik Werkmeester war in seine Kabine gegangen, um ein Mittagsschläfchen zu halten, was ihm Waltraut gewissenhaft und sorgsam jeden Tag verordnete. Nachdem Jan um Waltrauts Bequemlichkeit liebevoll bemüht gewesen war, setzte er sich zu ihr und nahm ihre Hand. Sie mit seinen zärtlichen Augen ansehend, sagte er:

»Nun wir endlich zur Ruhe gekommen sind, mein liebes Herz, sollst du auch erfahren, was Vater mir an jenem Abend, da wir in Saorda unsere Verlobung gefeiert hatten, anvertraut hat. Du wirst von seiner Beichte, von der ich dir mit seiner Einwilligung Kenntnis geben werde, nicht so tief betroffen werden wie ich, aber immerhin mache dich auf eine große Überraschung gefaßt.«

Unruhig fragend sah Waltraut in seine Augen. Er sah so ernst und feierlich aus, daß sie merkte, daß es sich um etwas Großes, Wichtiges handeln mußte.

»Sprich, Jan, ich fühle, daß du mir etwas zu sagen hast, was dich sehr aufgeregt hat.«

»Ja, Waltraut, es hat mich sehr erregt. Aber wir wollen in Zukunft keine Geheimnisse mehr voreinander haben, und deshalb mußt du alles wissen, auch wenn es nicht so wichtig für uns wäre. Wenn ich dir etwas sagen muß, was wie eine Schuld auf meines Vaters Vergangenheit liegt, so muß ich dir auch sagen, daß er mir dadurch nur noch lieber geworden ist, weil er so schwer hat leiden müssen. Und ich könnte es nicht ertragen, wenn du deshalb weniger gut von ihm denken würdest.«

Sie faßte seine Hand.

»Aber, Jan, wie kannst du so etwas denken? Bin ich deinem Vater nicht sehr viel Dank schuldig, schon allein deshalb, daß er dir das Leben gab? Und ich kenne doch deinen Vater. Hat er wirklich etwas getan, was eine Schuld zu nennen ist – wer von uns ist ohne Schuld? Du kannst mir unbesorgt alles sagen, ich werde deinen Vater nicht weniger schätzen, wenn ich alles weiß, dessen bin ich gewiß.«

Er küßte ihre Hand.

»Ich danke dir für diese Worte, mein geliebtes Herz. Und nun höre mich an und erschrick nicht, wenn ich dir das Bedeutungsvollste zuerst sage. Du hast einmal herausgefunden, daß mein Vater und dein Pflegebruder Rudolf einander ähnlich sind und daß ich dieselben Augen habe wie Rudolf. Das ist kein Wunder, denn Rudolf ist mein Bruder, der Sohn meines Vaters aus erster Ehe.«

Waltraut zuckte zusammen. Fassungslos sah sie in seine Augen.

»Jan! Wie könnte denn das sein? Dein Vater ist doch Holländer und Rudolfs Vater war ein Deutscher und ist seit langen, langen Jahren tot. Er ist vor meines Vaters Augen in einen Abgrund gestürzt.«

»Und seine Leiche ist nie geborgen worden, weil er sich retten konnte. Mein Vater ist geborener Deutscher und hieß Heinrich Werkmeister. Erst als er bei seiner Verheiratung holländischer Staatsangehöriger wurde, übersetzte er seinen Namen in die holländische Sprache und nannte sich Hendrik Werkmeester.«

Waltraut preßte die Hände an die Schläfen.

»Jan – Jan – das ist doch –, das ist so ungeheuerlich, so unfaßbar, ich kann das nicht verstehen. Dein Vater – der Freund meines Vaters, den er so lange Jahre schmerzlich betrauert hat? Und Rudolf – Rudolf –, sein Sohn, ich fasse das nicht!«

»Laß dir alles erklären, Waltraut! Ich habe dir meines Vaters Tagebuch mitgebracht, es ist für mich geschrieben und für Rudolf, auch für deinen Vater. Und nun sollst auch du es lesen, Vater will es so, damit dir alles klar wird. Der Umstand, daß sich unsere Herzen in Liebe fanden, hat meinen Vater veranlaßt, um unser aller Glück zu retten, das Geheimnis seiner Existenz zu lüften und mir seine Beichte schon bei Lebzeiten abzulegen. Er will deinen Vater wiedersehen, will endlich auch seinem Sohn Rudolf sagen dürfen, wie sehr er ihn liebt und wie schmerzlich es ihm war, für ihn als ein Toter zu gelten. Und vor allen Dingen will er deinem Vater Gelegenheit geben, sein Gelübde zu halten. Er gelobte, dich dem Sohn seines Freundes zur Frau zu geben – ich aber bin auch meines Vaters Sohn –, verstehst du nun, daß ich so voll Zuversicht bin?«

Waltraut war sehr blaß geworden und drückte die Hände erregt zusammen.

»Ja – o ja –, jetzt verstehe ich, was dein Vater damit sagen wollte, daß wir uns angehören dürfen, ohne daß mein Vater sein Gelübde zu brechen braucht. Aber sonst verstehe ich nichts von alledem.«

»Wenn du Vaters Beichte gelesen hast, wirst du alles verstehen und wirst begreifen, was er für ein Opfer bringt, um seine Söhne glücklich zu machen. Denn mit meinem Glück steht auch das Rudolfs auf dem Spiel. Und das wird dich befähigen, ihn milde zu beurteilen; hier, nimm dies Tagebuch und lies es durch, ich lasse dich so lange allein. Es ist kurz und knapp gehalten, ausführlich nur da, wo es sein mußte. Aber erschütternd ist es, von Anfang bis zum Ende. Die Qual eines ganzen Lebens liegt darin. Ich nehme dort drüben Platz, Liebling, bis du fertig bist, du brauchst mir dann nur einen Wink zu geben, dann bin ich wieder bei dir. Du sollst das Tagebuch ungestört durchlesen.«

Er küßte ihre Hand, legte ihr das Buch auf den Schoß und strich ihr liebevoll über die Wange. Dann ging er langsam davon und nahm etwas entfernt von ihr Platz.

Waltraut öffnete mit bebenden Händen Hendrik Werkmeesters Tagebuch und las und las, mit klopfendem Herzen und in tiefster Erregung. Alles wurde ihr nun klar, und die erschütternde Selbstanklage Hendrik Werkmeesters, all seine furchtbaren Nöte und Kümmernisse, die verzweifelte Sehnsucht nach seinem ältesten Sohne, die er nicht stillen durfte, weil er sich selbst aus der Reihe der Lebenden gestrichen hatte, das alles ließ nichts anderes als tiefstes Mitleid in ihr aufkommen. Und als sie fertig war, winkte sie Jan zu, der sie verstohlen mit tiefer Unruhe beobachtet hatte. Sie streckte ihm beide Hände entgegen, und heiße Tränen rannen über ihre Wangen.

»Jan, lieber Jan, dein armer Vater!« sagte sie mit bebender Stimme.

Er setzte sich wieder zu ihr und küßte ihre Hände, immer wieder, mit großer Zärtlichkeit.

»Mein Liebling, mein gütiges, liebes Herz, wie danke ich

dir, daß du solche Worte, solche Tränen für meinen Vater fandest.«

»Kann man denn anders, Jan, wenn man weiß, was er gelitten hat?«

In diesem Augenblick erschien Hendrik Werkmeester. Er sah auf die beiden jungen Menschen, sah sein Tagebuch in Waltrauts Händen und wollte stumm davongehen. Aber da sprang Waltraut auf, warf sich an seine Brust und küßte ihn innig auf den Mund, während ihr noch immer die Tränen aus den Augen stürzten. Das war das erstemal, daß sie eine solche Liebkosung für den alten Herrn hatte.

Er stand erschüttert, kämpfte heldenhaft gegen die Rührung, die in ihm aufstieg, und sagte leise, mit unterdrückter Erregung:

»Mein Töchterchen! Willst du nun noch immer mein Töchterchen werden, nun du alles weißt?«

Sie sah mit feuchten Augen zu ihm auf.

»Du bist meines Jan Vater, und ich weiß nun, weshalb du immer so düster und still warst. Du bist nun meinem Herzen noch viel nähergekommen, ich habe dich lieb, nicht nur, weil du Jans Vater bist, sondern auch, weil du so viel Schmerzen tragen mußtest. Was du gefehlt hast, tatest du aus deiner großen Liebe für Rudolfs arme Mutter.«

Er drückte sie an sich und sah tiefbewegt zu seinem Sohn hinüber, der auch mit seiner Rührung kämpfen mußte.

»Wie macht ihr mir meine Buße so leicht! Gottes Segen über euch beide, meine lieben Kinder. Jan, du bekommst einen warmherzigen, goldenen Menschen zur Frau! Und du, mein Töchterchen, wirst du mir eine Fürsprecherin sein bei meinem Sohn Rudolf? Dann wird auch er mir verzeihen.«

Sie konnte nun wieder lächeln.

»Gib Rudolf dein Tagebuch, lieber Vater, dann brauchst du keinen Fürsprecher, und Rudolf wird dir seine Liebe und Verzeihung nicht versagen, dafür kenne ich ihn.«

Sie setzten sich nun zusammen, es war inzwischen lebhafter auf Deck geworden, aber sie achteten nicht darauf. Die drei Menschen saßen so ganz mit sich allein beschäftigt, daß sie für nichts Sinn und Aufmerksamkeit hatten. –

Von diesem Tage an war Waltrauts Verhältnis zu Jan und seinem Vater noch viel inniger geworden. Alle drei wetteiferten miteinander, sich etwas zuliebe zu tun. Jan fand bald seine gute Laune wieder und ließ es nicht zu, daß die weichmütige Stimmung lange anhielt. Immer wieder brachte er Waltraut zum Lachen und nötigte auch seinem Vater immer wieder ein befreites Lächeln ab.

Es war eine wundervolle Reise für alle drei, die ihnen zeit ihres Lebens als ein herrliches Erlebnis im Gedächtnis blieb.

Eifrig berieten sie immer wieder, was nach ihrer Ankunft in Hamburg geschehen sollte.

Waltraut glaubte fest, daß entweder ihr Vater oder Rudolf sie in Bremerhaven von Bord abholen würde, und es wurde beschlossen, daß Waltraut sich dann den Anschein geben solle, als sei sie allein angekommen. Die beiden Herren wollten sich von ihr zurückhalten, und zwar mit demselben Zuge nach Hamburg fahren, aber nicht mit Waltraut zusammen im Kupee. In Hamburg wollten die Herren in den »Vier Jahreszeiten« Wohnung nehmen. Waltraut sollte vermeiden, mit ihrem Vater über die ganze Angelegenheit zu reden. Falls er selber davon anfing, sollte sie ihn bitten, ihr einige Tage Zeit zu lassen. Schon am andern Morgen wollte dann zuerst Jan Georg Roland aufsuchen und alles in die Wege leiten.

Und so geschah es auch.

Georg Roland holte wirklich seine Tochter vom Dampfer ab. Vater und Tochter umarmten sich herzlich, und Georg Roland hatte keine Zeit, sich die anderen Passagiere anzusehen, zumal sich die beiden Herren vorsichtig zurückhielten.

Ohne auf die eigentliche Frage zu kommen, fuhren Vater und Tochter nach Hamburg. In Hamburg auf dem Bahnhof wurden sie von Rudolf erwartet. Weder Rudolf noch sein Pflegevater merkten, daß sie von zwei Herren aufmerksam beobachtet wurden, die sich aber in nötiger Entfernung hielten. Nur Waltraut wußte es und warf einen verstohlenen Blick auf Jan und seinen Vater, die sich in der Menge verloren.

Zu Hause angekommen, nahm Waltraut mit ihrem Vater und Rudolf das Abendessen ein. Auch jetzt wurde nur von gleichgültigen Dingen geredet. Waltraut merkte aber, daß der Vater verhinderte, daß sie mit Rudolf auch nur kurze Zeit allein blieb. Aber Rudolfs Händedruck, sein beruhigender Blick sagten ihr, daß sie auf ihn rechnen konnte. Sie zog sich, Müdigkeit vorschützend, sehr zeitig auf ihr Zimmer zurück und fand auf ihrem Toilettentisch einen Brief von Rudolf mit folgendem Inhalt:

›Meine liebe, liebe Schwester! Es steht zu befürchten, daß Vater uns eine Aussprache unter vier Augen unmöglich machen wird, bevor er nicht mit uns die brennende Frage erörtert hat. Deshalb muß ich Dir auf diesem Wege das Nötigste mitteilen. Sei ganz unbesorgt, obwohl Vater von unserer Entlobung nichts wissen will, obwohl er mir das Wort abgeschnitten hat, als ich nochmals auf die Angelegenheit zurückkommen wollte, so daß ich ihm noch nicht einmal sagen konnte, daß auch mein Herz inzwischen eine andere Wahl getroffen hat, werde ich die Angelegenheit in kurzer Zeit zu einem für Dich günstigen Ende bringen. Ich werde mich einfach mit Lore Lenz trauen lassen, ohne Vater vorher etwas davon zu sagen. So wird er vor eine vollendete Tatsache gestellt. Ich werde schon morgen oder übermorgen unser Aufgebot bestellen und Vater erst beichten, wenn wir verheiratet sind. So wird all sein Groll auf mich gelenkt, und Du wirst keine Unannehmlichkeiten und Kämpfe mehr haben. Sollte Vater also mit Dir über diese Angelegenheit reden wollen, so wehre dich nicht gegen seinen Willen, bitte Dir nur einige Wochen Bedenkzeit aus. Alles andere überlasse mir, und sei ganz unbesorgt. Erhalte mir Deine schwesterliche Liebe, was auch kommen mag, und nimm meine Lore schwesterlich an Dein Herz. Ihr müßt Euch bald kennenlernen. Alles andere später. In brüderlicher Treue!

Rudolf.‹

Mit einem gerührten Lächeln sah Waltraut auf seinen Brief hinab. Guter, lieber Rudolf, er wollte für sie in die Schanze springen und alle Pfeile mit seiner eigenen Brust auffangen, wollte allen Groll des Vaters auf sich lenken, um ihr gründlich zu helfen. Das sah ihm ähnlich. Sie schrieb sogleich mit fliegender Hand:

›Mein lieber, lieber Bruder! Es wird alles anders kommen, als Du denkst, Du wirst Dich nicht für mich zu opfern brauchen, und ich hoffe, daß ich mit Vaters Erlaubnis auf Deiner Hochzeit tanzen kann. Heute nur soviel: Wappne Dich, mein lieber Bruder, Dir steht eine große Überraschung, eine große Freude, aber auch eine große Erregung bevor. Weiter darf ich Dir nichts verraten. Morgen um diese Zeit wird wohl schon alles entschieden sein, und hoffentlich zu unseren Gunsten. Ich kam nicht allein von Ceylon, der Mann, den ich liebe, und sein Vater begleiteten mich und werden morgen Vater aufsuchen. Unternimm also vorläufig noch nichts, aber tausend Dank für Deine gute Absicht, Dich für mich zu opfern. Es wird nicht nötig sein. Grüße mir Deine Lore! Einen schwesterlichen Kuß von Deiner Schwester Waltraut.‹

Dieses Briefchen faltete Waltraut eng zusammen und verließ leise damit ihr Zimmer. Sie huschte auf dem dicken Teppichläufer zu der anderen Seite des Hauses, wo Rudolfs Schlafzimmer lag und klopfte leise in einer besonderen Art an seine Tür, wie sie früher immer geklopft hatte, wenn sie eine Verabredung hatten und einander mitteilen wollten, daß sie fertig seien. Rudolf hörte das Klopfen und öffnete schnell und leise. Waltraut schob ihm stumm den Brief in die Hand und legte den Finger auf die Lippen. Dann eilte sie wieder davon.

Rudolf schloß die Tür hinter sich und las, was ihm Waltraut geschrieben hatte. Besorgt schüttelte er den Kopf. Würde das gutgehen? Waltraut schien aber so zuversichtlich. Was meinte sie mit der großen Überraschung und Freude, die ihm mit einer großen Erregung bevorstehen sollte?

Er zerbrach sich darüber den Kopf, ohne zu einem Resultat zu kommen.

Am anderen Morgen traf Waltraut mit dem Vater und Rudolf im Frühstückszimmer zusammen, und es war, als sei sie gar nicht fortgewesen. Alles ging im alten Gange, und der Vater berührte mit keinem Wort Waltrauts Reise und was damit zusammenhing. Es war, als wolle er alles totschweigen. Natürlich sprach auch Waltraut nicht davon. Rudolf erhob sich dann zuerst, um noch einmal auf sein Zimmer zu gehen. Der Vater und Waltraut blieben allein. Endlich erhob sich Georg Roland und trat zu Waltraut heran, hob ihr Köpfchen empor und sah sie mit einem bekümmerten Blick an.

»Wir wollen gar nicht mehr davon sprechen, mein Kind, was du an Rudolf geschrieben hast. Das wollen wir nur als eine Verirrung ansehen. Ich lasse dir Zeit, damit fertig zu werden, einige Wochen sollst du ganz unbehelligt bleiben, aber dann hoffe ich von dir zu hören, daß du deinen Vater nicht in die Notwendigkeit versetzen wirst, sein Gelübde zu brechen, das er in schwerer Herzensnot abgelegt hat. Ich gelobte, dich dem Sohne meines Freundes Heinrich Werkmeister zur Gattin zu geben – vergiß das nicht, mein Kind.«

Sie sah ihn mit feuchten Augen an, sah, wie er litt und ahnte, warum er dies Gelübde getan; denn Hendrik Werkmeester hatte ihr das Verständnis dafür erschlossen. Sie faßte seine Hand und drückte ihre Lippen darauf.

»Laß mir Zeit, lieber Vater, und sorge dich nicht, es wird alles gut werden, ich will dich gewiß nicht betrüben«, sagte sie.

Er atmete erleichtert auf und nickte ihr zu, schon ganz überzeugt, daß sie sich fügen würde. Bedeutend leichteren Herzens ging er hinaus, im Vestibül mit Rudolf zusammentreffend. Sie fuhren nun beide ins Geschäft und sprachen unterwegs nur über geschäftliche Dinge. Im Geschäft angekommen begaben sie sich jeder in sein Kontor. Als Georg Roland durch sein Vorzimmer ging, sah er Lore Lenz schon an ihrem Platze.

»Guten Morgen, Fräulein Lenz!«

»Guten Morgen, Herr Roland.«

»Meine Tochter ist gestern angekommen.«

Mit warmer Teilnahme sah sie zu ihm auf.

»Das wird eine große Freude für Sie sein, Herr Roland.«

Er nickte ihr zu.

»Nun hoffe ich, Sie bald einmal in meinem Hause zu sehen;

wenn meine Tochter in den nächsten Tagen hierherkommt, werde ich Sie mit ihr bekanntmachen.«

Ein leiser, beklommener Seufzer entfloh Lores Lippen.

»Das wird mir eine große Ehre und Freude sein.«

Er nickte ihr nochmals zu und sagte, sein Kontor betretend: »Wenn ich Sie brauche, werde ich klingeln.«

Lore sah einen Moment hinter ihm her und seufzte wieder, diesmal tief und schwer.

Bald darauf kam Rudolf, wie jeden Morgen, um mit seinem Vater die Posteingänge zu besprechen. Er legte ihr den gestern abend von Waltraut erhaltenen Brief auf den Schreibtisch.

»Zu deiner Orientierung, Lore! Vorläufig unternehmen wir also noch nichts. Ich schreibe dir noch heute. Hast du mich lieb?«

»Du weißt es, von ganzem Herzen, Rudolf!«

»Bald sollst du von aller Heimlichkeit erlöst werden, ich weiß, du leidest darunter. Sei tapfer!« flüsterte er ihr zu.

Mit ihrem lieben, vertrauenden Blick sah sie ihn an.

Er ging zu seinem Vater hinein und besprach mit ihm die Post. Als er den Vater verließ und gerade wieder durch das Vorzimmer ging, trat der Kontordiener ein:

»Herr Werkmeister, es ist ein Herr im Wartezimmer, der Herrn Roland in einer wichtigen Angelegenheit sprechen möchte. Wird Herr Roland jetzt zu sprechen sein?«

Rudolf ahnte, wer der Besucher sei.

»Hat der Herr seine Karte abgegeben?«

»Ja«, erwiderte der Diener und reichte Rudolf eine Visitenkarte. Dieser sah darauf nieder.

»Jan Werkmeester.«

Mit einem seltsamen Gefühl sah Rudolf auf diese Karte hinab.

»Ich werde meinem Vater den Besuch gleich selbst melden, warten Sie einen Augenblick.«

Rudolf ging wieder zu seinem Vater hinein.

»Vater, es wünscht dich jemand in dringender Angelegenheit sofort zu sprechen. Darf ich den Herrn hereinführen lassen?«

»Was will er denn?« fragte Georg Roland, nicht sehr begeistert aufsehend.

»Es muß sehr dringend sein – hier ist seine Karte.«

Und er legte Jans Karte vor den Vater hin.

Der las, stutzte und sah verwirrt zu Rudolf auf.

»Jan Werkmeester? Das ist doch der Holländer, der in Schlüters Hause verkehrte.«

»Scheint so, Vater!«

»Ich bin nicht zu sprechen«, stieß der alte Herr erregt hervor.

Rudolf sah ihn bittend an.

»Es ist doch wohl besser, Vater, wenn du ihn anhörst, das muß doch schließlich geschehen.«

Der alte Herr zog die Stirn nervös zusammen und sah Rudolf unruhig forschend an.

»Was will er denn? Das ist doch verdächtig. Wie kommt der plötzlich hierher, so zu gleicher Zeit mit Waltraut? Du kannst dich darauf verlassen, das ist der Mensch, in den sich Waltraut verliebt hat. Er soll sich nach Ceylon zurückscheren und meine Tochter ungeschoren lassen und mich auch.«

»Es ist aber doch auf alle Fälle besser, Vater, wenn du ihn anhörst, dann wirst du wenigstens klarsehen können.«

Eine Weile überlegte der alte Herr, dann richtete er sich entschlossen auf.

»Gut, du hast recht. Ich werde ihm den Standpunkt gehörig klarmachen. Laß ihn herein. Aber bitte, laß draußen die Doppeltür schließen, damit Fräulein Lenz nicht hört, wenn wir hier etwas laut werden.«

Rudolf legte beschwörend die Hand auf seinen Arm.

»Ich bitte dich um Ruhe und Mäßigung, in deinem eigenen Interesse.«

Georg Roland biß die Zähne zusammen. Dann sagte er mit verhaltener Erregung:

»Ruhig soll man bleiben, wenn man so viel Aufregung hat? Aber ich werde mich beherrschen, so gut es gehen will.«

»Soll ich nicht bei dir bleiben, wenigstens draußen im Vorzimmer?«

»Nein, nein, wenn ich dich brauchen sollte, bist du ja schnell herbeigerufen. Ich gedenke, mit diesem Mijnheer Werkmeester schnell fertig zu werden. Also geh und lasse ihn hereinführen.«

Rudolf ging hinaus und gab dem Diener Weisung. Dann beugte er sich zu Lore hinab.

»Lore, der Herr, der jetzt zu meinem Vater gerufen wird, ist der Mann, den meine Schwester liebt und dem wir demzufolge unser Glück mit verdanken, sieh ihn dir genau an. Und wenn er drinnen ist, bei meinem Vater, schließe bitte die Doppeltüren.«

Lore war ein wenig blaß geworden und nickte ihm zu. Rudolf ging nun schnell davon.

19

GEORG ROLAND STAND, als Jan eintrat, an seinem Schreibtisch – eine imponierende Erscheinung.

Als Jan sich verneigte, nickte er ihm sehr kurz und unfreundlich zu. Das verriet Jan, daß der alte Herr schon wußte, daß er der Mann sei, dem Waltrauts Liebe gehörte. Er blieb aber ganz ruhig und gelassen.

»Verzeihen Sie, Herr Roland, wenn ich Sie in einer privaten Angelegenheit in ihrem Kontor aufsuche. Ich denke, wir sind hier am ungestörtesten.«

»Ich wüßte nicht, daß ich mit Ihnen etwas zu besprechen hätte, was keine Störung verträgt«, erwiderte der alte Herr kurz und schroff.

Jan sah ihn mit großen, ernsten Augen an, die Georg Roland aus irgendeinem Grunde etwas beunruhigten.

»Darf ich fragen, Herr Roland, ob Sie ahnen, weshalb ich Sie aufgesucht habe?«

»Ich nehme an, daß sie von Ceylon kommen und daß meine Tochter mit Ihnen in Saorda verkehrt hat. Und da Sie seltsamerweise fast zu gleicher Zeit mit dieser hier eingetroffen zu sein scheinen, gehört für mich nicht viel Scharfsinn dazu zu erraten, was Sie zu mir führt. Aber ich kann Ihnen gleich im voraus sagen, daß Sie sich umsonst bemüht haben.«

»Vielleicht doch nicht, Herr Roland. Haben Sie die Güte, mir nicht zu zürnen, wenn ich Ihre Zeit etwas länger in Anspruch nehmen muß, als Ihnen jetzt angenehm erscheint, aber ich habe Ihnen viel zu sagen.«

»Wenn das, was Sie mir zu sagen haben, mit meiner Tochter zusammenhängt, können Sie sich und mir Zeit sparen, da es absolut keinen Zweck hat.«

Trotz der fast unhöflichen Kälte und Schroffheit des alten Herrn blieb Jan ruhig und beherrscht, wenn ihm auch die Röte ins Gesicht stieg. Er sagte sich, daß er um jeden Preis ruhig bleiben müsse, um zu seinem Ziele zu gelangen.

»Vorläufig habe ich Ihnen etwas zu sagen, was nicht direkt mit Ihrem Fräulein Tochter zusammenhängt, sondern mit Ihrem ehemaligen Jugendfreund Heinrich Werkmeister.«

Georg Roland zuckte betroffen zusammen.

»Was sagen Sie da? Welchen Namen nennen Sie?«

»Den Namen Heinrich Werkmeister.«

Der alte Herr starrte ihn an, dann sagte er, sich mühsam fassend:

»Sie nennen einen Namen, der mir einst sehr teuer war. Ah, und jetzt verstehe ich. Meine Tochter nannte Ihnen diesen Namen, weil Sie denselben Namen, wenn auch in holländischer Übertragung, führen. Sie glauben, daß Sie mich damit weichmachen können. Aber Sie irren, es wird mich nur härter und unbeugsamer machen. Es war nicht klug von Ihnen, mir diesen Namen, den eines mir teuren Toten, zu nennen.«

Fast mitleidig sah Jan den erregten Mann an.

»Es tut mir leid, daß ich Ihnen einige Aufregung verursachen muß. Ich habe durchaus nicht die Absicht, diesen Namen zu mißbrauchen, da er auch mir teuer ist. Dringend bitte ich Sie, sich zu fassen und sich nicht mehr als nötig aufzuregen, denn ich weiß, daß ich Ihnen eine Aufregung bringe. Darf ich weitersprechen?«

Mit einem unsicheren Griff strich sich Georg Roland über die Augen. Er rang nach Fassung und sah Jan forschend und fragend ins Gesicht, in dieses sympathische, jugendliche Gesicht mit den von dunklen Brauen und Wimpern umrahmten grauen Augen – Augen, wie sie Rudolf hat und wie sie auch Heinrich Werkmeister gehabt hatte. Es kam ihm die Einsicht, daß er kein Recht habe, diesen jungen Mann so kurz und unhöflich abzutun.

»Verzeihen Sie, daß ich Ihnen noch keinen Platz anbot, ich bin der begleitenden Umstände halber über Ihren Besuch naturgemäß sehr erregt. Bitte, nehmen Sie Platz.«

Jan setzte sich in den Sessel am Schreibtisch. Einen Moment zögerte er noch. Dann sagte er so ruhig er konnte:

»Ich bitte nochmals, sich nicht aufzuregen und auf eine große Überraschung gefaßt zu sein. Sie müssen an Ihre Gesundheit denken, denn ich muß Ihnen etwas sagen, was Sie sehr erschüttern wird. Ich, ich bin jetzt hier bei Ihnen – im Auftrag von Heinrich Werkmeister –, er ist nicht tot – er lebt.«

Mit einem jähen Ruck, als sei der Blitz vor ihm eingeschlagen, fuhr Georg Roland wieder aus seinem Sessel empor, in den er sich hatte sinken lassen. Aber er fiel gleich wieder, wie aller Kraft beraubt, zurück.

»Das ist nicht wahr! Das kann nicht sein!« stieß er mit versagender Stimme hervor.

»Doch, Herr Roland, es ist so. *Heinrich Werkmeister ist mein Vater.«*

Beide Arme auf den Schreibtisch werfend, beugte sich Georg Roland weit vor und starrte Jan ganz verstört ins Gesicht.

»Treiben Sie keinen Scherz mit mir, junger Mann!« keuchte der alte Herr.

Jan schüttelte den Kopf.

»Mir ist nicht nach Scherzen zumute. Ich bin, obwohl ich mich so leicht nicht vor etwas fürchte, mit einigem Bangen hierhergekommen, um Ihnen diese Eröffnung zu machen, aber es mußte sein. Mein Vater hat sich vor dreiunddreißig Jahren, an jenem Tag im Engadin, nicht, wie Sie glauben, zu Tode gestürzt, sondern er hat sich retten können und verließ die Heimat, weil ihn Verfehlungen, die er in bitterster Not und aus Angst um ein geliebtes Leben beging, nur die Wahl ließen, zu sterben oder fern von der Heimat seine Schuld zu sühnen. Denn ins Gefängnis wollte er nicht gehen, lieber wäre er gestorben. Er ging heimlich nach Sumatra, wo er später zum zweiten Male heiratete, meine Mutter. Er wurde holländischer Staatsangehöriger und nannte sich Hendrik Werkmeester. Nach dem Tode meiner Mutter ging er mit mir nach Ceylon, wo wir ebenfalls eine große Besitzung hatten. Schlüters wurden unsere Nachbarn. Und ein Zufall, nein, eine Himmelsfügung, führte uns mit Ihrer Tochter Waltraut zusammen. Von meiner Liebe zu Ihrer Tochter und deren Liebe zu mir will ich jetzt nicht sprechen, nur soviel: Mein Vater sah mein und meines Bruders Rudolf Glück bedroht, – weil Sie ein Gelübde abgelegt haben, daß Ihre Tochter nur den Sohn Ihres Freundes Werkmeister heiraten solle. Und da blieb ihm nichts weiter übrig, als von den Toten aufzuerstehen.«

Er hatte so ernst und überzeugend gesprochen, daß Georg Roland ihm glauben mußte. Er barg das Gesicht in den Händen, und ein Stöhnen brach aus seiner Brust.

»Und ich quälte mich ein halbes Menschenleben mit dem Bewußtsein, unschuldig schuld an seinem Tode geworden zu sein«, stieß er heiser hervor.

Jetzt wurde Jan sehr blaß. Er konnte Georg Rolands Qual nachempfinden.

»Daß Sie sich eine Schuld beimaßen, hat mein Vater erst zu ahnen begonnen, als er von Ihrem Gelübde hörte. Er sagte sich, ein Mann wie Sie könnte ein solches Gelübde nur in einer eingebildeten Gewissensnot abgelegt haben. Ich will jetzt nichts zu meines Vaters Entschuldigung sagen, aber ich will Ihnen sein Tagebuch vorlegen mit der Bitte es durchzulesen. Er wird dadurch selber zu Ihnen sprechen und kein wirksamerer Verteidiger kann ihn freisprechen als seine Leiden und Schmerzen. Sie werden alles in diesem Buche finden, was Sie wissen müssen und was ich selbst auch erst seit einigen Wochen weiß. Bitte, lesen Sie das Buch durch, und wenn Sie es gelesen haben, geben Sie es meinem Bruder Rudolf, nachdem Sie ihn vorbereitet haben, daß sein Vater noch lebt. Wir alle sollten von seiner Beichte erst nach seinem Tode in Kenntnis gesetzt werden, aber die Liebe zu meinem Bruder und mir, die Sorge um unser Glück, ließ ihn den Mut finden, alles zu bekennen und wieder zu den Lebenden zurückzukehren. Meine Sache will ich heute nicht führen, aber ich bitte Sie, wenn Sie das Buch gelesen und Ihre Fassung wiedererlangt haben, mir Nachricht in die ›Vier Jahreszeiten‹ zu geben, dort wohne ich mit meinem Vater, der nicht, ohne daß Sie vorbereitet wären, vor Sie treten wollte. Alles Weitere besprechen wir, wenn Sie ruhiger geworden sind. Ich bitte Sie nur, meinem Bruder Rudolf, wenn Sie ihm alles mitgeteilt haben, einen brüderlichen Gruß von mir zu bestellen.«

Damit erhob sich Jan, legte das Buch vor Georg Roland hin und verbeugte sich abschiednehmend. Georg Roland machte eine matte Bewegung, als wolle er ihn halten, aber er ließ die Hand sinken und verbarg sein Gesicht wieder in den Händen.

Leise ging Jan hinaus.

Georg Roland saß, von stummem, trockenem Schluchzen erschüttert, da und rang mühsam nach Fassung. Es dauerte lange, bis er sich ermannen, sich aufrichten konnte. Er griff nach dem Tagebuch, öffnete es und las es ohne Unterbrechung bis zu Ende durch. Und je weiter er las, desto ruhiger und friedlicher wurden seine Züge. Er konnte, nachdem er alles gelesen hatte, was die ihm wohlbekannte Handschrift des Freundes aufgezeichnet hatte, diesem nicht zürnen, mußte ihm, um seiner Schmerzen und Leiden willen, verzeihen, wie die anderen, die um seine Schuld wußten. Und von seiner Seele löste sich eine schwere Last, die jahrelang darauf geruht hatte. Befreit atmete er auf und gehoben durch das Bewußtsein, nicht schuld zu sein an des Freundes Tode. Und langsam stieg dann eine heiße Freude in ihm auf, daß der Freund noch lebte und in Hamburg weilte, daß er ihn wiedersehen konnte, sobald er wollte. Auch aller Groll auf Jan verflog, auf den Mann, der seiner Tochter Herz gewonnen und den er mit harten, kalten Worten hatte abweisen wollen. Jan war Heinrichs Sohn und Heinrich lebte, das gab allem ein ganz anderes Gesicht.

Den Kopf in die Hand gestützt, saß er noch eine Weile das überdenkend, was der Freund in das Tagebuch geschrieben hatte. Aber dann dachte er an Rudolf und richtete sich schnell auf. Rudolf mußte sofort alles wissen, er durfte ihm das nicht eine Minute länger vorenthalten. Durch das Haustelefon rief er Rudolf herbei. Dieser hatte voll Unruhe auf den Ruf gewartet, wußte er doch nicht, wie die Unterredung des Vaters mit Jan Werkmeester abgelaufen war. Schnell eilte er zu dem Vater hinüber und trat erwartungsvoll bei ihm ein, nachdem er Lore nur liebevoll zugenickt hatte.

Der Vater kam ihm entgegen. Er faßte seine Hände mit krampfhaftem Druck.

»Du siehst mich in einer Verfassung, die dir verraten wird, wie erregt ich bin, obwohl ich das Schlimmste schon überstanden habe.«

Betreten sah ihn Rudolf an.

»Ich habe mich gesorgt um dich, Vater. Darf ich wissen, was du mit Jan Werkmeester verhandelt hast?«

Mit großen Augen sah der alte Herr ihn an.

»Etwas, mein Sohn, was auch dich bis in die Tiefen deines Seins erregen wird. Setze dich zu mir und versuche, ruhig zu bleiben, denn ich habe dir etwas zu sagen, was dich maßlos erschüttern wird.«

Rudolf ließ sich nieder und sah den alten Herrn unruhig an.

»Sprich, Vater, wenn du es ertragen hast, werde ich es auch nicht zu schwer empfinden.«

Georg Roland faßte wieder seine Hand.

»Rudolf, ohne alle Umschweife, *dein Vater lebt!*«

Nun zuckte Rudolf doch zusammen. Er sah den Pflegevater fassungslos an. Dieser berichtete nun, was er wußte, und drückte dann Hendrik Werkmeesters Tagebuch in seine Hände.

»Lies das, mein Junge, und alle ungelösten Fragen, alle Bitterkeit, die vielleicht in dir aufsteigen will, daß dein Vater lebte und sich nicht um dich kümmerte, wird schwinden. Laß dir nur noch sagen, die Verfehlung, die deinen Vater aus der Heimat trieb und ihn bestimmte, sich selbst zu den Toten zu rechnen, kannte ich längst. Ich tilgte seine Schuld und hielt seinen Namen deinetwegen rein. Und nun geh, mein Junge, du mußt allein sein, wenn du dies Bekenntnis deines Vaters liest. Und wenn du fertig bist, dann komme zu mir, dann wollen wir weiterreden.«

Rudolf ließ sich das Buch in die Hand drücken, ließ sich von dem Vater willenlos hinausschieben und ging durch das Vorzimmer wie im Traum, blickte nicht einmal zu Lore hinüber, die erschrocken hinter ihm hersah. Sie sah, daß er wie ein Blinder nach der Klinke tastete und aus dem Zimmer ging. Eine heiße Angst stieg in ihr auf. Was war geschehen? Warum hatte Rudolf so verändert, so verstört ausgesehen, ohne ihr auch nur einen Blick zu gönnen? Sie sah schon ihr Glück in Gefahr und preßte die Hände wie im Gebet zusammen. Auch daß sie der Chef noch nicht zu sich gerufen hatte, beunruhigte sie. Instinktiv fühlte sie, daß etwas Bedeutungsvolles geschehen war, seit Jan Werkmeester bei dem Chef gewesen war.

In großer Unruhe saß sie und wartete auf irgend etwas Schlimmes, das kommen mußte. Ganz mechanisch verrichtete sie ihre Arbeit. Im Zimmer des Chefs rührte sich nichts. Ihre Tischzeit kam, aber sie war nicht imstande, ihren Platz zu verlassen, ihr war, als dürfe das nicht geschehen. Sie wußte auch, daß sie in dieser Angst und Sorge keinen Bissen essen könnte.

Endlich wurde das Vorzimmer wieder geöffnet, und Rudolf trat ein. Er hatte das kleine Buch wieder in den Händen, das er mit sich genommen hatte, und war sehr blau. Seine Augen sahen aus, als habe er brennende Tränen unterdrücken müssen. Er trat zu Lore heran. Angstvoll sah sie zu ihm auf, sie sah, daß seine Augen feucht waren. Liebevoll strich er über ihr Haar.

»Ich habe dich wohl erschreckt, Lore, als ich vorhin so kopflos hier durch das Zimmer ging. Aber ich habe etwas sehr Aufregendes erlebt. Nein, erschrick nicht, es betrifft nicht unsere Liebe, oder doch nur soweit, daß es unsere Sache günstig beeinflussen wird. Ich glaube, Lore, jetzt wird alles gut werden. Habe noch ein Weilchen Geduld, ich kann dir jetzt nichts weiter sagen. Morgen, Lore, morgen spätestens sollst du alles wissen. Bis dahin sei ganz unverzagt.«

Sie nahm seine Hand und legte ihre Wange einen Moment

hinein. Dann nickte sie ihm tapfer zu. Er beugte sich schnell herab und küßte sie auf den Mund. Das hatte er noch nie getan. Sie erschrak und sah sich angstvoll um, als könne es einen Zeugen gegeben haben. Schnell ging er dann wieder zu seinem Vater hinein. Dieser hatte in Gedanken versunken an seinem Schreibtisch gesessen. Er erhob sich und sah Rudolf entgegen. Der warf sich in seine Arme.

»Vater, lieber Vater!«

Erschüttert strich der alte Herr über seinen Kopf.

»Ruhe, mein Junge! Und Kopf hoch! Ich danke dir, daß du mich auch jetzt noch Vater nennst.«

»Nie wirst du mir etwas anderes sein, obwohl jetzt mein leiblicher Vater aus dem Reiche der Toten zurückgekehrt ist. Ich habe seine Beichte mit tiefster Erschütterung gelesen und kann ihn nicht verurteilen. Er hat so viel gelitten.«

»Ja, mein Junge, und was er gelitten hat, das soll in unseren Herzen auslöschen, was auch wir gelitten haben. Nun kann ich es dir ja gestehen, Rudolf, ich fühlte mich schuldig an seinem Tode. Du hast ja in seinem Tagebuch gelesen, wie sich die Szene an dem Abgrunde in Wahrheit abgespielt hat. Ich glaubte, daß ich bei unserem Ringen schuld an seinem Absturz gehabt haben könne. Bei meinem Charakter mußte ich mir schwere Vorwürfe machen, obwohl ich nur das Beste gewollt hatte. Gott sei Dank, daß dein Vater lebt und daß ich nun weiß, daß ich ganz unschuldig war. In meiner Gewissensnot legte ich das Gelübde ab, daß meine Tochter den Sohn meines Freundes heiraten solle, denn mir war, als hätte ich an dir vieles gutzumachen.«

»Das hast du auch ohnedies hundertfach getan. Und daß du so schwer gelitten hast, tut mir sehr leid. Aber nun das alles von deinem Herzen herunter ist, Vater, nun darf doch Waltraut glücklich werden, sie kann nun in dem Falle einen Sohn deines Freundes heiraten, wenn auch ich es nicht bin.«

Forschend sah der alte Herr ihn an.

»Aber du, Rudolf? Du tratest doch nur von der Verlobung zurück, weil Waltraut es wünschte?«

»Nein, Vater, du ließest mich ja nicht weiter zu Worte kommen, sonst hätte ich dir gleich gesagt, daß auch ich inzwischen mein Herz verloren und die Überzeugung gewonnen hatte, daß wir beide, Waltraut und ich, in einer Ehe unglücklich werden müßten.«

Georg Roland sank in einen Sessel.

»Mein Gott, was wäre das für ein Unglück geworden. Und nun löst das Schicksal alles ohne mein Dazutun. Aber jetzt wollen wir deinen Vater nicht länger warten lassen, wir wollen zu ihm gehen.«

Erstaunt sah ihn Rudolf an.

»Du wolltest eine so weite Reise machen, um ihn zu sehen?«

»Ach, das weißt du ja noch nicht. Er ist hier, in Hamburg, mit deinem Bruder Jan zusammen. Er bat mich, ihm Nachricht in die ›Vier Jahreszeiten‹ zukommen zu lassen.«

Das erschütterte Rudolf von neuem.

»Mein Vater ist hier? Und einen Bruder habe ich nun auch?«

»Ja, ja, und nun laß uns zu ihnen gehen und sie erlösen aus qualvoller Unruhe.«

Sie machten sich schnell fertig. Georg Roland sagte Lore, daß er heute ihrer Dienste nicht mehr bedürfe, sie möge alte Sachen aufarbeiten. Rudolf konnte Lore nur noch einmal verstohlen zunicken. Dann gingen die beiden Herren davon.

Jan saß unruhig und erregt im Vestibül des Hotels in der Nähe des Telefons, Stunde um Stunde, und wartete auf Nachricht von Georg Roland. Wohl hatte er sich gesagt, daß es lange dauern würde, bis er Nachricht bekäme, denn erst mußte Georg Roland das Tagebuch seines Vaters lesen und dann sein Bruder Rudolf. Fast zwei Stunden mußte die Lektüre für jeden in Anspruch nehmen; also vor zwei Uhr würde er keinen Bescheid bekommen. Sein Vater befand sich oben in seinem Zimmer in einer unbeschreiblichen Aufregung und wartete ebenfalls. Die Minuten dehnten sich wie Ewigkeiten, auch für ihn.

Endlich aber sah Jan ein Auto vorfahren, und diesem Auto sah er Georg Roland mit einem anderen, jüngeren Herrn entsteigen. Er wußte sogleich, daß es sein Bruder war, hatte er ihn doch schon gestern auf dem Bahnhof gesehen. Seine Brust hob ein tiefer Atemzug. Schnell ging er den beiden Herren entgegen.

»Gottlob, daß Sie kommen! Mein Vater ist schon ganz zermürbt vor Unruhe. Sagen Sie mir, daß Sie ihm Erlösung bringen werden und Ruhe und Frieden?«

»Ja, ja, wir hoffen, ihm das zu bringen«, sagte der alte Herr bewegt.

Jan reichte Rudolf die Hand und sah ihn mit strahlenden Augen an. Mit krampfhaftem Druck umschloß Rudolf die Hand des Bruders, und seine Augen senkten sich in die seinen. Dann sagte Jan zu Georg Roland:

»Ich bitte Sie, gehen sie zuerst allein zu meinem Vater hinauf, Rudolf leistet mir inzwischen Gesellschaft; denn ich denke, wir haben uns auch allerlei zu sagen. Sobald Sie mit meinem Vater sich ausgesprochen haben, lassen Sie uns bitte rufen, ich komme dann mit Rudolf hinauf.«

Er rief den Liftboy herbei und gab ihm Weisung, den Herrn zu dem Zimmer seines Vaters zu führen.

Jan und Rudolf zogen sich in ein stilles Eckchen zurück. Dort saßen sie sich eine Weile schweigend gegenüber und sahen sich in die Augen. Dann reichte Jan dem Bruder die Hand über den Tisch hinweg, der zwischen ihnen stand. Mit einem warmen, ehrlichen Blick sagte er bewegt:

»Wir wollen in Zukunft einander lieben, wie es Brüder tun sollen, Rudolf, ja?«

Dieser ergriff seine Hand mit warmem Druck.

»Es ist mein ehrliches Bestreben, Jan. Wir müssen uns freilich erst zueinander finden, aber daß ich dich werde lieben können, erscheint mir sicher, da Waltraut dich liebt.«

Jans Blick leuchtete auf.

»Und ich mußte dich schon lieben, als mir Waltraut von dir erzählte. Aber ehe wir weiter miteinander Fühlung nehmen, habe ich eine große Bitte an dich.«

»Ich hoffe, daß ich die erste Bitte meines Bruders erfüllen kann.«

»Du sollst nur mit Waltraut telefonieren und ihr sagen, daß alles gut steht. Sie sorgt sich sicher sehr. Sage ihr, sie möge sich noch ein Weilchen gedulden. Wann geht ihr sonst zu Tisch?«

»Um zwei Uhr.«

»So weit ist es fast jetzt schon, und es dürfte heute erheblich später werden. Sage ihr das und bestelle ihr einen herzlichen Gruß.«

Rudolf lächelte.

»Ich denke, sie wird das lieber von dir selber hören.«

»Geht das? Kann ich mit ihr sprechen?«

»Damit ich deine erste Bitte nicht unerfüllt lasse, werde ich die Verbindung zwischen euch herstellen, dann kannst du ihr alles selber sagen.«

Sie begaben sich in die Telefonzelle. Rudolf läutete Waltraut an. Sie mußte erst an den Apparat gerufen werden.

»Hier ist Rudolf, Waltraut!«

»Ach, gottlob, daß ich etwas höre. Sag mir doch, hat Vater Besuch gehabt heute vormittag?«

»Ja, Waltraut, und dieser Besuch steht hier neben mir und will dich selbst sprechen.«

Er reichte Jan den Hörer.

»Liebling!«

»Ach, Jan, lieber Jan, ich bin fast umgekommen vor Unruhe. Wie steht es?«

»Gut, sehr gut. Ich konnte dir leider nicht früher Bescheid geben, eben erst ist dein Vater mit Rudolf ins Hotel gekommen. Unsere beiden Väter sind oben auf Vaters Zimmer und sprechen sich aus. Rudolf und ich haben gerade erst die ersten Fühler ausgestreckt, um uns recht liebgewinnen zu können, wie sich das für Brüder gehört.«

»Gott sei Dank, o Gott sei Dank! Ist Vater sehr erregt gewesen?«

»Du kannst dir schon denken, daß es ohne Erregung nicht abgegangen ist, aber ich hoffe, daß alles zu einem versöhnlichen Ende kommt. Sei unbesorgt, es wird alles gut. Das wollte ich dir nur schnell sagen. Und daß du dich nicht sorgen sollst, wenn dein Vater und Rudolf nicht pünktlich zu Tisch kommen. Das werden sie keinesfalls, aber vielleicht triffst du Anordnungen, daß noch ein paar Gäste mitessen können. Ich werde es jedenfalls deinem Vater sehr nahelegen, daß er mich zu Tisch in seinem Hause einlädt.«

»Ach, Jan, so zuversichtlich bist du?«

»Ja, so zuversichtlich bin ich. Natürlich muß ich das deinem Vater begreiflich machen, falls er nicht von selbst daraufkommt, uns einzuladen. Du weißt doch von Saorda auf was für eine Routine ich habe, mich selbst einzuladen, wenn eine gewisse junge Dame anzutreffen ist. Also Kopf hoch, Liebling, und ein wenig Geduld, es wird alles gut werden.«

»Wie froh bin ich, daß du so zuversichtlich bist, nun will auch ich ganz tapfer und geduldig sein.«

»Brav! Auf Wiedersehen, Liebling!«

»Auf Wiedersehen, Jan!«

Mit einem glücklichen Gesicht wandte sich Jan dem Bruder wieder zu.

»So, Rudolf, nun bin ich neu gestärkt, nun kann meinetwegen der Kampf noch ein Weilchen weitertoben.«

»Ich glaube, daß du das nicht zu fürchten brauchst, Jan.«

Dieser schob seinen Arm unter den des Bruders und führte ihn wieder in die stille Ecke. Hier sprachen sie sich nun vom Herzen, was sie einander zu sagen hatten. Rudolf erzählte dann auch von seiner Liebe zu Lore Lenz und von seinem Plan, für sie und sich ein bescheidenes Heim zu gründen. Da lachte Jan glücklich auf.

»Gar so bescheiden braucht es nicht zu sein, Rudolf, dafür laß Vater sorgen, er brennt darauf, dir etwas Gutes tun zu dürfen.«

Rudolfs Lippen zuckten.

»An den Gedanken, daß ich einen richtigen Vater besitze, werde ich mich erst gewöhnen müssen. Alles kam mir bisher von meinem Pflegevater, und ihn werde ich immer als einen rechten Vater lieben.«

»Das sollst du auch, etwas anderes wäre undankbar. Aber du wirst ihn nicht ärmer machen, wenn du auch deinem Vater ein wenig Liebe schenkst. Ich nehme als selbstverständlich an, daß mein Bruder Gefühlsreichtum genug besitzt, um zwei Väter damit beglücken zu können«, sagte Jan dringlich.

Da lächelte Rudolf, ein gutes, warmes Lächeln.

»Ich habe immer einen Überschuß an Liebe gehabt.«

»Nun also, den kannst du herrlich für Vater verwenden, und

wenn dabei auch für mich noch ein gut Teil abfällt, bin ich nicht böse.«

Rudolf drückte ihm die Hand. Und Jan erzählte nun so viel Liebes und Gutes von seinem Vater und suchte ihn Rudolf immer näherzubringen, daß diesem das Herz warm wurde und er eine große Sehnsucht nach seinem Vater in sich aufsteigen fühlte. So tasteten sich die beiden Brüder immer näher zueinander hin und verstanden sich von Minute zu Minute besser. Blut ist dicker als Wasser, und sie fühlten doch, daß dasselbe Blut in ihren Adern floß.

20

DIE BEIDEN JUGENDFREUNDE saßen oben in Hendrik Werkmeesters Zimmer zusammen. Jans Vater war rastlos auf und ab gelaufen, bis Georg Roland zu ihm eingetreten war. Starr und steif blieb er da mitten im Zimmer stehen und sah dem Eintretenden entgegen. Wortlos sahen sich die beiden Freunde an, und dann streckten sie zu gleicher Zeit die Hände nacheinander aus und hielten sich fest, Auge in Auge verharrend.

Lange waren sie beide nicht fähig, ein Wort zu reden, hielten sich nur krampfhaft fest und kämpften mit ihrer Bewegung. Endlich rang es sich über Georg Rolands Lippen:

»Daß du lebst, Heinrich, daß du lebst, ist eine Gnade des Himmels für mich.«

»Und daß du mich bei den Händen hältst und mich nicht voll Verachtung von dir stößt, das ist für mich ein Gnadengeschenk, Georg!«

»Wie solltе ich dich verachten, Heinrich? In der Not, in der du dich damals befandest, hätte wahrscheinlich auch ich getan, was du tatest. Leider war ich ja nicht da, um dir helfen zu können. Ich habe längst um diese deine Schuld gewußt und habe sie getilgt, damit dein Name rein bliebe für deinen Sohn.«

»Das danke ich dir mit jedem Atemzug, ich wußte, ahnte wenigstens, daß du meine Verfehlung gedeckt hattest. Und als ich die ersten zwanzigtausend Mark zusammen hatte, legte ich sie für dich an, mit Zins und Zinseszins, die Summe hat sich inzwischen fast verdreifacht, sie sollte nach meinem Tode dir oder deinen Erben zufallen. Nun kann ich sie dir noch bei Lebzeiten zurückerstatten.«

»Wenn es dich entlasten wird, mag es geschehen, ich habe sie längst verschmerzt.«

»Ich werde auch ohnedies ewig dein Schuldner bleiben, da du meinem Sohn ein Vater warst und ihn zu einem tüchtigen Mann erzogen hast.«

»Diese Tat trug ihren Lohn in sich selbst. Ich liebe Rudolf wie ein eigenes Kind, und du weißt, daß ich ihn zu meinem Erben machen wollte, ohne daß ich meine Tochter zu enterben brauchte. Laß mir ein wenig von seiner Liebe, das ist mir Dank genug.«

»Die wird er dir nie entziehen. Aber du weißt, daß Rudolfs und Waltrauts Herzen andere Wege gingen. Darf mein Sohn Jan nun hoffen, Georg, *Jan, mein jüngster Sohn?*«

Georg Roland atmete auf, wie von einer Last befreit.

»Gottlob, daß er dein Sohn ist! So brauche ich mein Gelübde nicht zu brechen und muß meine Tochter nicht zu einer Verbindung zwingen, die ihr kein Glück gebracht hätte, obwohl ich ihr wahrlich einen Prachtmenschen zum Manne ausgesucht hatte.«

»Ich glaube, daß dich auch mein Jan in diesem Punkte nicht enttäuschen wird. Laß ihn mit deiner Tochter glücklich werden.«

»Was aber soll mit Rudolf werden? Wenn er nicht mein Erbe wird, was bleibt ihm da?«

»Ich hoffe, ihn entschädigen zu können. Doch das werden wir alles später besprechen, wenn wir uns erst ein wenig gefaßt haben.«

Sie saßen zusammen und tauschten ihre Gedanken aus, sagten sich, was sie beide gelitten hatten und räumten fort, was trennend zwischen ihnen stand. Und dann sagte Hendrik Werkmeester bittend:

»Und wann werde ich meinen Sohn Rudolf sehen dürfen? Weiß er, daß ich lebe?«

»Alles weiß er, er hat dein Tagebuch gelesen und ist mit mir hierher ins Hotel gekommen, er wartet unten mit Jan, bis wir ihn rufen lassen.«

Wie ein junger Mann sprang Hendrik auf, klingelte und befahl dem Boy, die beiden jungen Herren heraufzurufen.

Wenige Minuten später standen Vater und Sohn einander gegenüber und staunend sahen die beiden anderen, wie sehr ähnlich sie einander waren. Es war eine erschütternde Szene des Wiederfindens zwischen den beiden, und es wollte lange nicht ruhig werden in den vier aufgestörten Gemütern. Viel gab es noch zu sagen und zu fragen. Bis Jan schließlich mit seiner Munterkeit die Situation klärte. Er sagte lächelnd:

»Jetzt haben wir beiden Brüder jeder einen Bruder und jeder zwei Väter bekommen. Rudolf hat seinen rechten Vater gefunden, und Waltrauts Vater wird mich nun auch als Sohn in seinem Herzen aufnehmen müssen. Und indem ihr beide Väter teilt, gewinnt ihr doppelt. Aber das alles hindert mich nicht, in heißer Sehnsucht an meine Braut zu denken, die in Sorge und Unruhe daheim sitzt. Ich habe ihr vorhin telefonisch versprochen, daß ihr Vater mich und meinen Vater zum Mittagessen einladen wird, wenn ich ein wenig nachhelfe. Nachgeholfen habe ich nun ziemlich heftig, und ich hoffe, Herr Roland, daß Sie mich bei meiner Braut nicht wortbrüchig machen werden?«

»Nur unter der Bedingung, daß du, mein lieber Jan, auf der Stelle diese steife Anrede unterläßt. Einen Vater nennt man nicht Sie und Herr Roland.«

Jan umarmte ihn strahlend.

»Mit tausend Freuden, lieber Vater!«

»Und du willst mir meine Waltraut entführen – so weit weg soll mein Kind heiraten? Das will mir noch gar nicht in den Kopf, was soll ich ohne Waltraut anfangen?«

»Ich hoffe, lieber Vater, daß dir Rudolf einen Ersatz ins Haus bringt, soviel ich weiß, hast du viel Sympathie für seine künftige Frau.«

Georg Roland sah betroffen auf.

»Richtig, Rudolf hat ja auch sein Herz anderweitig vergeben. Aber ich weiß noch immer nicht, an wen. Wer ist die Glückliche, die diesen Prachtkerl zum Manne bekommt?«

Rudolf sah ihn mit großen Augen an.

»Es ist Lore Lenz, Vater!«

Fassungslos fiel der alte Herr in seinen Sessel zurück.

»Lore Lenz? Die also hat dein Herz gewonnen? Nun, das kann ich freilich verstehen, für so ein Mädel hätte ich in meiner Jugend auch allerlei Torheiten begangen. Und wenn mir eine für Waltraut Ersatz bringen kann, so ist es die. Ich bin heute einmal dabei, mir lauter Einwilligungen abnötigen zu lassen, so soll auch dir mein Segen nicht fehlen, mein lieber Junge. Ich bin viel zu froh und glücklich heute, daß sich alles so harmonisch und friedlich gelöst hat, daß ich keine trüben Gesichter sehen mag. Und da dein Vater dafür sorgen wird, daß du für das verlorene Erbe Ersatz finden wirst, so ist nichts dagegen einzuwenden, daß du dir den Luxus leisten willst, eine arme Frau heimzuführen. Und wenn die Lore Lenz auch kein Vermögen hat, so bringt sie dir doch allerhand Schätze mit in die Ehe, die nicht von Motten und Rost zerfressen werden.«

Rudolf fiel ihm um den Hals, und dann umarmte er seinen Vater, so daß auch dieser nicht zu kurz kam.

In schönster Eintracht und Harmonie brachen die vier Herren endlich auf, um zur Villa Roland zu fahren und Waltraut aus ihren Sorgen zu erlösen. Ehe sie das Hotel verließen, sagte Georg Roland:

»Ich muß erst noch einmal telefonieren.«

Die anderen warteten auf ihn, und als er aus der Telefonzelle herauskam, sagte er lächelnd zu Rudolf:

»Ohne die Braut können wir doch nicht Verlobung feiern. Ich habe Fräulein Lenz gesagt, daß ich sie sofort in meiner Wohnung erwarte, sie soll sich ein Auto nehmen. Ich hätte allerlei Wichtiges zu diktieren.«

Rudolf faßte seine Hand mit so festem Druck, daß er eine kleine Grimmasse schnitt und lachend sagte:

»Sei so gut, Junge, und laß mich noch ein wenig am Leben. Jetzt möchte ich doch gern noch ein paar Jährchen bei euch bleiben und mich an eurem Glück freuen. Und das sage ich dir, mit der Lore Lenz rede ich selbst erst ein Wörtchen Ich selbst will ihr beibringen, wozu ich sie animiert habe.«

»Aber laß mich dabei sein, Vater, sie ängstigt sich sonst. Wenn du wüßtest, wie bange sie war, als sie vor dir Heimlichkeiten haben mußte.«

»Nun ja, das kann ich mir denken, es ist sonst ihre Art nicht. Aber ein wenig necken muß ich sie doch, Strafe muß sein.«

21

WALTRAUT KLOPFTE DAS Herz bis zum Halse hinauf, als sie die vier Herren aus dem Auto steigen sah. Mit blassen Wangen kam sie ihnen im Vestibül entgegen.

Georg Roland nahm sie in seine Arme.

»So blasse Wangen darf eine Braut nicht haben, Waltraut.«

Er küßte sie und schob sie Jan in die Arme, der sie ohne Umstände herzhaft küßte, so daß die blassen Wangen im Nu verschwunden waren. Sie sahen sich glückstrahlend in die Augen, dann fiel Waltraut dem Vater um den Hals und küßte ihn.

Danach kam Hendrik Werkmeester an die Reihe, und zuletzt bekam auch Rudolf einen schwesterlichen Kuß. Das konnte aber Jan nicht mehr mit ansehen, er zog sie wieder in seine Arme und sagte eifersüchtig:

»Das hört jetzt auf, jetzt gibt es für andere Männer keine Küsse mehr, ich kann sie selber alle sehr gut verwerten.«

»Du bist ja ein schöner Othello«, scherzte Rudolf.

»Warte nur ab, bis deine Lore hier der Reihe nach von uns Herren abgeküßt wird. Dann wollen wir mal sehen, wer von uns beiden der größere Othello ist«, erwiderte Jan prompt.

Sie waren nun alle in das große Empfangszimmer getreten. Und nun sahen sie auch schon ein anderes Auto vorfahren.

»Das ist Lore Lenz!« sagte Georg Roland.

Rudolf wollte hinausstürmen.

»Hiergeblieben!« kommandierte sein Pflegevater und hielt

ihn am Ärmel fest. »Das ist gegen die Verabredung, erst habe ich mit ihr ein Wörtchen zu reden. Du darfst aber vom Nebenzimmer aus zuhören.«

Lore Lenz wurde in das Zimmer des Hausherrn geführt, wo ihr dieser sogleich entgegentrat. Rudolf stand hinter dem Türvorhang zum Nebenzimmer.

»Da sind Sie ja, Fräulein Lenz!«

»Ja, Herr Roland, ich habe mein Stenogrammheft mitgebracht. Bitte, wollen Sie mir Ihre Aufträge geben.«

»Hm! Das eilt nicht, ich habe etwas Privates mit Ihnen zu besprechen. Mir ist zugetragen worden, daß Sie ein Liebesverhältnis mit meinem Pflegesohn haben.«

Lore wurde blaß, richtete sich aber stolz empor.

»Wer Ihnen das zugetragen hat, lügt Herr Roland. Ich habe kein Liebesverhältnis mit Herrn Werkmeister, aber ich bin seine Braut. Wir lieben uns und werden uns heiraten.«

»So, so? Und ich werde gar nicht gefragt?«

»Verzeihen Sie mir, ich hätte das nicht so schroff sagen sollen, aber ich darf nicht dulden, daß auch nur der Schatten eines unlauteren Verhältnisses auf mich fällt. Und wenn wir Sie nicht gefragt haben, so lag das daran, daß die Verhältnisse es nicht gestatteten, bis alles geklärt war. Aus Freude an Heimlichkeiten haben wir es Ihnen sicher nicht verschwiegen. Mir ist es herzlich schwer geworden, es Ihnen verheimlichen zu müssen. Ich kann mir auch sehr gut denken, daß Sie sehr gegen unsere Verbindung sind, ich bin ja nur ein armes Mädchen. Aber ich liebe Rudolf viel zu sehr, als daß ich stark genug gewesen wäre, seine Werbung, seine ehrliche Werbung, abzuweisen. Wenn das ein Unrecht war, so muß ich es auf mich nehmen.«

»Sie können sich aber doch wohl denken, daß ich unter diesen Umständen Ihre Dienste nicht mehr in Anspruch nehmen kann.«

Mit einem traurigen Blick sah sie ihn an.

»Ja, ich sehe ein, daß ich von Ihnen entlassen bin«, sagte sie müde.

»Selbstverständlich, ich kann doch unmöglich die Braut meines Sohnes als meine bezahlte Sekretärin beschäftigen. Aber vielleicht helfen Sie mir ohne Bezahlung noch ein Weilchen, bis ich eine andere Sekretärin gefunden habe. Oder soll die Hochzeit gleich sein?«

Ihre Augen füllten sich mit Tränen.

»Ich habe einen so grausamen Scherz nicht verdient.«

Da nahm er sie ohne Umstände in seine Arme.

»Wer scherzt denn, Lore Lenz? Sehen Sie sich nur einmal um, wer dort zitternd und bebend am Vorhang steht und mir drohende Blicke zuwirft. Er ist imstande, mich umzubringen, wenn ich Sie noch länger necke.«

Lore sah sich um, sah Rudolf mit ausgebreiteten Armen stehen.

»Lore! Lore!«

Sie flog in diese Arme hinein, in denen sie sich sicher fühlte vor der ganzen Welt.

Leise ging Georg Roland aus dem Zimmer. Rudolf erklärte Lore nun in Eile, was geschehen war und daß sie hierherbeordert sei, um Verlobung mit ihm zu feiern. Lore hörte halb beglückt und halb beklommen zu und sagte dann, was jede Frau in solch einer Situation gesagt hätte:

»Ach, Rudolf, ich bin doch nicht danach angezogen, ich habe doch mein Arbeitskleid an.«

Er lachte glücklich und küßte sie immer wieder.

»Lore, du bist schön wie eine junge Königin, so wie du bist, und dein Arbeitskleid gefällt mir besser als die herrlichsten Toiletten anderer Frauen.«

In diesem Moment trat Waltraut in das Zimmer.

»Waltraut, das ist meine Lore und denke dir, sie will nicht mit mir Verlobung feiern, weil sie kein Festkleid trägt.«

Waltraut zog Lore bei den Händen zu sich heran.

»Das ist also Lore Lenz!«

»Hab' sie lieb, Waltraut.«

Herzlich umarmte Waltraut die glückliche, aber ganz benommene Lore.

»Wir müssen Schwestern sein, Lore, sonst machen wir Rudolf unglücklich. Und das willst du doch nicht?«

Lore schüttelte unter Tränen den Kopf.

»Nein, nein, o nein! Aber ich fasse das alles noch nicht, das Glück kommt zu plötzlich.«

»Wir sind heute alle ein wenig aus den Fugen, und alles geht bei uns arg durcheinander, aber um so leichter werden wir uns im Herzen zueinanderfinden. Ich habe gehört, daß du so ein tapferes Mädel bist. Das zeige uns heute einmal. Jetzt müssen wir endlich zu Tische gehen.«

Lore sah hilflos an sich herab.

»So kann ich doch nicht!«

Waltraut lachte.

»Es hilft nichts, Lore, vorläufig soll ja auch nur eine provisorische Verlobungsfeier stattfinden, es folgt noch eine nach, und da wirst du Zeit haben, dich noch schöner zu machen, als du ohnedies schon bist. Ich kann dich schon verstehen, aber was nicht zu ändern ist, mußt du mit Ergebung tragen.«

Rudolf küßte Lore schnell noch einmal.

»Nun komm zu meinem Vater und meinem Bruder, Lore.«

Es ging bei dieser Mahlzeit noch sehr aufgeregt zu, aber die beiden jungen Paare waren jedenfalls sehr glücklich, und die beiden Väter nicht minder. Alle Schatten waren gewichen, leuchtender Sonnenschein des Glücks verklärte alle Gesichter. Nach der Tafel, als man im Nebenzimmer den Mokka nahm, wurde Lore erst einmal von allen liebevoll als Familienmitglied umarmt und geküßt, und Jan sah mit übermütigem Lächeln zu, wie Rudolf dabei wie auf Kohlen stand. Die beiden Brüder waren nun schon sehr vertraut miteinander, und Jan nahm sich, um Rudolf zu necken, sehr umständlich von Lore einen Bruderkuß. Lore fand sich schließlich mit viel Grazie und reizender Drolerie in die neue Situation, und die beiden Väter machten ihr abwechselnd ein wenig den Hof, was zu allerlei Neckereien Anlaß gab.

Noch an diesem Nachmittag ging auf Waltrauts Bitte ein Telegramm an Schlüters ab:

»Mit väterlichem Segen glücklich. Waltraut, Jan.«

»So«, sagte Jan, als er das aufgesetzt hatte, »nun wird Frau Dora ein großer Stein vom Herzen fallen, und sie wird in Larina das Oberste zuunterst kehren, um alles zu deinem Empfang herzurichten.«

Es gab bald eine Doppelhochzeit im Hause Roland. Jan und

Waltraut wollten nicht zu lange zögern, nach Larina zurückzukehren. Hendrik Werkmeester sollte noch ein halbes Jahr in Deutschland bleiben, um dem Freunde und seinem ältesten Sohne noch für eine Weile nahezubleiben.

Lore und Rudolf, so hatte sich Georg Roland ausgebeten, wohnten mit ihm in Villa Roland, damit er sich nicht so einsam fühlte. Waltraut war mit dieser Anordnung ein Stein vom Herzen gefallen, sie wußte nun, daß der Vater nicht allein bleiben würde. So konnte sie leichteren Herzens scheiden.

Rudolf trat mit einem Kapital, das ihm sein Vater zur Verfügung stellte, als Teilhaber in die Firma Roland ein, so wurde Georg Roland auch die Sorge los, was später mit der Firma werden sollte. Rudolf sollte sie später zugleich mit für Waltraut verwalten.

Lore Lenz brachte ihre Dankbarkeit für ihren ehemaligen Chef dadurch zum Ausdruck, daß sie ihn hausmütterlich verwöhnte und ihm eine liebevolle, sorgsame Tochter wurde.

Waltraut und Lore waren sich rasch sehr nahegekommen und fühlten sehr schwesterlich füreinander. Die Wochen vor der Hochzeit waren sie täglich zusammen gewesen und hatten sich herzlich liebgewonnen.

Als Jan und Waltraut am Tage nach der Hochzeit abreisten, wurden sie von allen Familienmitgliedern an den Dampfer begleitet. Sie hatten das Versprechen erhalten, daß Georg Roland Hendrik Werkmeester bei dessen Heimkehr nach Larina begleiten und daselbst einige Monate verweilen wolle. Lore und Rudolf sollten im nächsten Jahre eine verspätete Hochzeitsreise nach Ceylon machen und ebenfalls einige Zeit in Larina bleiben. Und Georg Roland hatte gefordert, daß Waltraut mit ihrem Gatten mindestens jedes dritte Jahr für längere Zeit nach Europa käme. So hoffte man allerseits im steten Verkehr zu bleiben.

An Bord des Dampfers gab es einen bewegten Abschied, aber die Augen blickten dabei froh und zuversichtlich, sollte es doch für alle keine gar zu lange Trennung werden.

Als sich der Dampfer in Bewegung setzte, standen Jan und Waltraut umschlungen an der Reling und winkten die letzten Grüße zurück. Und an Land standen Rudolf und Lore ebenso eng umschlungen und ließen ihre Tücher flattern. Hendrik Werkmeester aber und sein Freund Georg Roland hielten einander fest bei den Händen und blickten mit ernsten Augen hinter ihren Kindern her.

Zum drittenmal nun innerhalb eines Jahres legten Jan und Waltraut die Reise zwischen Ceylon und Deutschland zurück, und sie gingen so ineinander auf, daß sie sich nicht einsam fühlen konnten. Ein reiches, volles Glück begleitete sie auf dieser Fahrt und blieb ihnen auch im fremden Lande treu.

Als sie sich nach einer herrlichen Seereise in Colombo wieder an Land begaben und dann in Kandy eintrafen, wurden sie von Schlüters empfangen. Dora flog Waltraut jubelnd um den Hals, und die beiden Männer drückten sich fest und warm die Hände.

In Larina hatte Dora Wunderdinge vollbracht, das Haus glich wirklich einem Märchentraum, und es war kein Wunder, daß das Glück für alle Zeit hier weilte.

Als Jan und Waltraut zum erstenmal in ihrem Heim allein waren, zog Jan sie in seine Arme und sah seine junge Frau mit seinen zärtlichen Augen an.

»Wirst du nie Heimweh bekommen, mein geliebtes Herz?«

Sie schüttelte den Kopf.

»Meine Heimat ist an deinem Herzen, mein Jan, wie sollte ich Heimweh nach einem Lande bekommen, in dem du nicht weilst.«

Ihre Lippen fanden sich in inniger Glückseligkeit.

Band 12695

Hedwig Courths-Mahler

Ich darf dich nicht lieben

Roman um zwei Menschen, die ein bitteres Schicksal trennt

Vor dem Portal hat die Dienerschaft Aufstellung genommen, um die neue Herrin des Schlosses willkommen zu heißen. Lächelnd dankt die junge Gräfin für die Begrüßung. Aber als sie dann in ihren Zimmern allein ist, sinkt sie verzweifelt in einen Sessel und sieht sich mit leeren Augen um. Was soll ich hier? denkt sie. Nie wird mir dieses Haus eine Heimat sein. Jetzt bin ich die Frau eines Mannes, den ich nicht liebe. Und den anderen, dem mein Herz gehört, darf ich nicht lieben…

Band 12600

Hedwig Courths-Mahler

Gib mich frei

Ein junger Mann, ohne eigenes Versagen mit einem überschuldeten Erbe belastet, heiratet ein reiches Mädchen, um sich aus der Notlage zu befreien.
Lisa, seine Braut, glaubt jedoch an wirkliche Liebe. Sie ist überglücklich, bis sie durch Zufall am Hochzeitsabend aller Illusionen beraubt wird. Sie erleidet einen völligen körperlichen und seelischen Zusammenbruch. Von schweren Selbstvorwürfen geplagt, versucht ihr Mann sie wiederaufzurichten, doch auch er weiß, daß nur ein Wunder die soeben geschlossene Ehe vor dem Scheitern bewahren kann ...

BASTEI LÜBBE

Band 12667

Hedwig Courths-Mahler

Die Testamentsklausel

Roman um eine zauberhafte Frau und ein folgenschweres Erbe

Armin von Leyden hat eine bittere Enttäuschung hinter sich. Die Frau, die er von ganzem Herzen liebt, hat einen reichen Mann geheiratet, der ihr mehr bieten kann als er, der arme Assessor.

Armin ist völlig verzweifelt. Da erhält er die überraschende Nachricht, daß der alte Schloßherr von Burgwerben ihn zum Alleinerben bestimmt hat. Allerdings enthält das Testament eine Klausel: Armin muß innerhalb eines Jahres heiraten. Aber nie, so glaubt er, wird er jemals wieder einer Frau vertrauen und sie lieben können. Doch da führt ihm das Schicksal die zauberhafte Eva Marie zu …

BASTEI LÜBBE